DE VLINDERKAMER

Ook verschenen van Lucinda Riley bij Xander Uitgevers

De zeven zussen (2017)
De zeven zussen – Storm (2018)
De zeven zussen – Schaduw (2018)
De zeven zussen – Parel (2018)
De zeven zussen – Maan (2019)
De zeven zussen – Zon (2020)

De nachtroos (2018)
De olijfboom (2019)
Het meisje op de rots (2019)
De lavendeltuin (2019)
Het Italiaanse meisje (2019)

Lees meer over Lucinda Riley en al haar boeken
op www.lucindariley.nl

LUCINDA RILEY

De vlinderkamer

XANDER

Uitgegeven door Xander Uitgevers BV
www.xanderuitgevers.nl

Oorspronkelijke titel: *The Butterfly Room*
Oorspronkelijke uitgever: Pan Macmillan
Vertaling: Ireen Niessen
Omslagontwerp: Studio Marlies Visser
Omslagbeeld: Patty Maher / Trevillion Images
Auteursfoto: Boris Breuer
Zetwerk: Michiel Niesen, ZetProducties

Eerste druk 2020

ISBN 978 94 0161 207 4 | NUR 302

Voor mijn dierbare schoonmoeder, Valerie

POSY

ADMIRAALVLINDER
(*Vanessa atalanta*)

ADMIRAL HOUSE, SOUTHWOLD, SUFFOLK

JUNI 1944

'Onthoud, lieverd, dat je een elfje bent, stilletjes over het gras zwevend met vleugels van gaas, klaar om je prooi te vangen in je zijden net. Kijk!' fluisterde hij in mijn oor. 'Daar, precies op de rand van het blad. Toe dan, vlieg!'

Zoals hij me had geleerd, sloot ik mijn ogen een paar seconden, ging op mijn tenen staan en stelde me voor hoe mijn kleine voeten zouden loslaten van de grond. Daarop gaf papa's handpalm me zachtjes een zetje voorwaarts. Ik opende mijn ogen, concentreerde me op de hyacintblauwe vleugels en vloog de twee korte stappen die ik nodig had om mijn net over het fragiele, langwerpige blad van de vlinderstruik te werpen waarop het tijmblauwtje was neergestreken.

Gealarmeerd door het zuchtje lucht dat ontstond bij het landen van het net opende het blauwtje zijn vleugels voor zijn vlucht. Maar het was te laat omdat ik, Posy, prinses van de elfjes, het had gevangen. Ik zou het geen kwaad doen, uiteraard, maar slechts naar Lawrence, koning van het elfjesvolk – tevens mijn vader – brengen, die het zou bestuderen en buiten zou vrijlaten nadat het uit een grote schaal van de beste nectar had gedronken.

'Posy, mijn knappe kind!' zei papa terwijl ik door het gebladerte naar hem terugliep en hem trots het net aanreikte. Hij zat op zijn hurken, zodat onze ogen – waarvan iedereen zei dat ze zo op elkaar leken – elkaar ontmoetten in gedeelde vreugde en voldoening.

Hij boog zijn hoofd om de vlinder te bekijken. Het beestje bleef doodstil zitten, zijn piepkleine pootjes vastgeklemd aan zijn witte gevangenis van gaas. Papa's haar was donker mahoniekleurig, en de olie die hij erop had aangebracht om het plat te maken liet het glanzen in de zon, zoals het blad van de lange eettafel als Daisy het had gepoetst. Het goedje rook ook heerlijk – naar hem, naar troost, want hij was mijn thuis en ik hield meer van hem dan van al het andere in mijn beide werelden: die van de mensen en die van de elfjes. Ik hield ook van *maman*, natuurlijk, maar hoewel zij veel thuis was, had ik niet het gevoel dat ik haar net zo goed kende als papa. Ze bracht een hoop tijd in haar kamer door met iets wat migraine heette, en daarbuiten leek ze het altijd te druk te hebben om tijd aan mij te besteden.

'Het is een prachtexemplaar, lieve meid!' zei papa, die weer naar me opkeek. 'Een echte zeldzaamheid in deze streek en ongetwijfeld van nobele afkomst,' voegde hij eraan toe.

'Zou het een vlinderprins kunnen zijn?' vroeg ik.

'Misschien wel,' antwoordde papa instemmend. 'We zullen het met alle respect behandelen, om zijn koninklijke komaf recht te doen.'

'Lawrence, Posy... lunch!' riep een stem van achter het gebladerte. Papa stond op, zodat hij boven de vlinderstruik uit kwam en over de gazons naar het terras van Admiral House kon zwaaien.

'We komen eraan, schat,' riep hij vrij luid, want we bevonden ons op enige afstand. Ik zag de rimpeltjes van een glimlach om zijn ogen verschijnen bij de aanblik van zijn vrouw: mijn moeder en de onwetende koningin van het elfjesvolk. Dit was een spel van papa en mij alleen.

Hand in hand liepen we over de gazons, het vleugje pasgemaaid gras opsnuivend dat ik associeerde met gelukkige dagen in de tuin: de vrienden van papa en maman, een glas champagne in de ene hand, een croquethamer in de andere, de klap van een bal die over het cricketveld werd geslagen, dat papa speciaal voor deze gelegenheden maaide...

Die gelukkige dagen kwamen minder vaak voor sinds het begin van de oorlog, waardoor de herinneringen eraan nog kostbaarder leken. De oorlog had papa ook een mank been bezorgd, dus moesten we langzaam lopen, wat ik prima vond omdat het betekende dat hij net wat langer helemaal van mij was. Het ging nu veel beter met hem dan toen hij net terug was uit het ziekenhuis. Hij had als een oude man in een rolstoel gezeten en zijn ogen waren grijs geweest. Maar dankzij de goede zorgen van maman en Daisy en mijn ijverige pogingen om hem verhalen voor te lezen, was zijn toestand snel verbeterd. Tegenwoordig had hij zelfs geen stok nodig bij het lopen, behalve als hij het landgoed verliet.

'Goed, Posy, ga gauw naar binnen om je handen en je gezicht te wassen. Zeg maar tegen je moeder dat ik onze nieuwe gast nog even naar zijn verblijf breng,' instrueerde papa me bij de opgang naar het terras, gebarend met het net.

'Ja, papa,' zei ik, waarop hij zich omdraaide, over het gazon liep en uiteindelijk door een grote buxushaag verdween. Hij was op weg naar de folly, die met zijn torentje van zandkleurige stenen het volmaakte kasteel voor elfjes en hun vlindervriendjes vormde. En papa bracht er heel veel tijd door. Alleen. Ik mocht slechts een blik werpen in de ronde ruimte achter de buitendeur – die erg donker was en rook naar muffe sokken – als maman me vroeg om papa voor de lunch te roepen.

Die ruimte beneden in de folly was de plek waar hij zijn 'buitenspullen' bewaarde, zoals hij ze noemde: een verzameling tennisrackets en wickets en bemodderde rubberlaarzen. Ik was nog nooit de trap op gevraagd, die in een spiraal omhoog leidde, helemaal naar boven (dat wist ik omdat ik hem stiekem een keer had beklommen toen papa door maman naar het huis was geroepen voor een telefoongesprek). Het was heel teleurstellend geweest te ontdekken dat hij de grote eikenhouten deur die me boven begroette op slot had gedaan. Hoe hard mijn kleine handen ook probeerden om de deurknop om te draaien, hij kwam niet in beweging. Ik wist dat deze kamer, in tegenstelling tot de ruimte eronder, veel ramen had, want die kon je van buitenaf zien. De folly deed me een beetje denken aan de vuurtoren in Southwold, hoewel ze was getooid met een gouden kroon in plaats van een fel licht.

Terwijl ik de treden naar het terras op liep, zuchtte ik vergenoegd bij de aanblik van de mooie lichtrode bakstenen muren van het huis met zijn rijen hoge schuiframen, omlijst door limoengroene ranken blauweregen. Ik zag dat de oude smeedijzeren tafel, nu eerder groen dan het oorspronkelijke zwart, op het terras al was gedekt voor de lunch. De drie placemats en glazen water vertelden me dat we met z'n drieën zouden lunchen, wat heel ongebruikelijk was. Ik dacht bij mezelf hoe fijn het was om papa en maman straks even voor mezelf te hebben. Ik ging door de openslaande deuren de salon binnen, liep tussen de met zijden damast beklede banken door, die stonden opgesteld rondom de reusachtige marmeren open haard – zo groot dat de Kerstman er een glanzende rode kinderfiets doorheen had weten te krijgen – en huppelde door de doolhof van gangen naar de wc op de benedenverdieping. Ik deed de deur achter me dicht, draaide de grote zilveren kraan met beide handen open en waste ze grondig. Daarna ging ik op mijn tenen staan om in de spiegel te kijken of er vegen op mijn gezicht zaten. Maman stelde veel prijs op een keurig uiterlijk – volgens papa lag dat aan haar Franse afkomst – en wee ons gebeente als we niet onberispelijk aan tafel verschenen.

Maar zelfs zij kon de weerbarstige bruine krullen die uit mijn strakke vlechten ontsnapten niet beteugelen. Ze kwamen tevoorschijn in mijn nek en wurmden zich een weg uit de schuifspeldjes die hun best deden om het haar van mijn voorhoofd te houden. Op een avond, toen hij me instopte, had ik papa gevraagd of ik wat van zijn haarolie mocht lenen omdat ik dacht dat die zou kunnen helpen, maar hij had alleen maar gegrinnikt en een van mijn springerige lokken om zijn vinger gewikkeld.

'Geen sprake van. Ik hou van je krullen, lieve meid, en als ik het voor het zeggen had, zouden ze elke dag vrijelijk over je schouders golven.'

Terwijl ik terugliep door de gang, verlangde ik er voor de zoveelste keer naar om mamans gladde, sluike, lange blonde haar te hebben. Dat had de kleur van de witte chocolaatjes die ze na het avondeten bij de koffie serveerde. Mijn haar had meer weg van café au lait, zo noemde maman het althans; ik noemde het muisbruin.

'Ah, daar ben je, Posy,' zei maman toen ik het terras op stapte. 'Waar is je zonnehoed?'

'O, die zal ik wel in de tuin hebben laten liggen toen papa en ik vlinders aan het vangen waren.'

'Hoe vaak heb ik je gezegd dat je gezicht zal verbranden en dat je al vroeg zult gaan rimpelen als een gedroogde pruim,' vermaande ze me terwijl ik ging zitten. 'Je zult er op je veertigste uitzien als zestig.'

'Ja, maman,' zei ik instemmend, bij mezelf denkend dat veertig al zo oud was dat het me tegen die tijd niet zou kunnen schelen.

'Hoe gaat het op deze mooie dag met mijn andere lievelingsmeisje?'

Papa maakte zijn opwachting op het terras en zwierde mijn moeder rond in zijn armen, waarbij het water uit de kan die ze vasthield op de grijze tegels klotste.

'Voorzichtig, Lawrence!' berispte maman hem met een frons, waarna ze zich uit zijn greep losmaakte en de kan op tafel zette.

'Is het geen prachtige dag?' Hij glimlachte en nam plaats tegenover me. 'En de weersverwachting voor het weekend en ons feest lijkt ook goed te zijn.'

'Geven we een feest?' vroeg ik terwijl maman naast hem ging zitten.

'Jazeker, lieve meid. Je oudeheer is gezond genoeg verklaard om zijn plichten te hervatten, dus hebben maman en ik besloten om nog eens flink de bloemetjes buiten te zetten.'

Mijn hart sloeg een slag over terwijl Daisy, onze dienstbode op allerlei gebied sinds de andere bedienden waren vertrokken om oorlogswerk te verrichten, de vleeswaren en radijsjes serveerde. Ik had een hekel aan radijsjes, maar het was het enige wat deze week uit de moestuin was overgebleven, aangezien de meeste dingen die er werden geteeld ook door de oorlog werden opgeslokt.

'Hoelang blijf je weg, papa?' vroeg ik met een benepen stemmetje, want er was een grote brok in mijn keel verschenen. Het voelde alsof er al een radijsje was blijven steken en ik wist dat ik misschien wel op het punt stond te gaan huilen.

'O, vast niet zo lang meer. Iedereen weet dat de moffen op verlies staan, maar ik moet nog even helpen het laatste zetje te geven, snap je? Ik kan mijn makkers niet in de steek laten, toch?'

'Nee, papa,' wist ik op beverige toon uit te brengen. 'Je raakt toch niet weer gewond, hè?'

'Maak je geen zorgen, *chérie*. Je papa is onverwoestbaar, nietwaar, Lawrence?'

Ik zag dat mijn moeder hem een strak glimlachje schonk en concludeerde dat zij net zo bezorgd was als ik.

'Zeker, lieve schat.' Hij legde zijn hand op de hare en gaf er een kneepje in. 'Dat ben ik zeker.'

'Papa?' vroeg ik de volgende dag tijdens het ontbijt, mijn reepjes geroosterd brood zorgvuldig in mijn ei dopend. 'Het is warm vandaag, dus kunnen we naar het strand gaan? We zijn al heel lang niet geweest.'

Ik zag papa een blik naar maman werpen, maar zij zat boven een kop café au lait haar brieven te lezen en leek het niet te merken. Maman kreeg altijd veel brieven uit Frankrijk, allemaal op flinterdun papier geschreven, nog dunner dan de vleugels van een vlinder, wat goed bij maman paste, want alles aan haar was fijntjes en slank.

'Papa? Het strand?' drong ik aan.

'Lieverd, ik ben bang dat het strand momenteel niet geschikt is om op te spelen. Er is prikkeldraad en er liggen mijnen. Weet je nog dat ik je heb uitgelegd wat er vorige maand in Southwold is gebeurd?'

'Ja, papa.' Ik keek omlaag naar mijn ei en huiverde bij de herinnering aan die nacht dat Daisy me naar de Anderson-schuilkelder had gedragen (waarvan ik dacht dat die zo werd genoemd vanwege onze achternaam – ik vond het bijzonder verwarrend toen ik van Mabel hoorde dat haar familie ook een Anderson-schuilkelder had, want haar achternaam was Price). Het had geklonken alsof de hemel tot leven kwam met donder en bliksem, maar volgens papa had niet God daarvoor gezorgd, maar Hitler. In de kelder waren we allemaal dicht bij elkaar gekropen en had papa gezegd dat we moesten doen alsof we een egelfamilie waren en dat ik me als een klein egeltje moest oprollen. Maman was behoorlijk boos op hem geworden omdat hij me een egeltje noemde, maar ik had toch gedaan alsof, me ingegraven onder de grond terwijl de mensen boven ons oorlog voerden. Uiteindelijk waren die verschrikkelijke geluiden gestopt. Papa had gezegd dat we allemaal terug naar bed konden, maar ik was droevig dat ik in mijn eentje naar mijn mensenbed moest en dat we niet allemaal samen in ons hol bleven.

De volgende ochtend had ik Daisy huilend in de keuken aangetroffen, maar ze wilde niet zeggen wat er was. De melkkar kwam die dag niet, en toen had maman ook nog gezegd dat ik niet naar school zou gaan omdat het gebouw er niet meer stond.

'Maar hoe kan het er niet meer staan, maman?'

'Er is een bom op gevallen, chérie,' had ze gezegd, een wolkje sigarettenrook uitblazend.

Maman zat nu ook te roken. Soms was ik bang dat ze haar brieven in brand zou steken, want ze hield ze tijdens het lezen heel dicht bij haar gezicht.

'Maar ons strandhuisje dan?' vroeg ik papa. Ik was dol op ons kleine huisje – het was botergeel geschilderd en het stond aan het einde van de rij. Als ik de ene kant op keek, kon ik dus doen alsof wij de enige mensen op het strand waren, en als ik de andere kant op keek, waren we niet zo heel ver verwijderd van de aardige ijscoman bij de pier. Papa en ik maakten altijd omvangrijke zandkastelen met torentjes en slotgrachten, groot genoeg voor alle kleine krabbetjes om in te wonen als ze dichtbij genoeg durfden te komen. Maman wilde nooit mee naar het strand; ze zei dat het er 'te zanderig' was, wat volgens mij net zoiets was als zeggen dat de zee te nat was.

Elke keer dat we gingen, liep er een oude man met een breedgerande hoed langzaam over het strand, in het zand porrend met een lange stok, maar niet zo een als papa had gebruikt als steun bij het lopen. De man had een grote zak in zijn hand en stopte zo nu en dan om te graven.

'Wat doet hij, papa?' had ik gevraagd.

'Die meneer is een strandjutter, lieverd. Hij stroopt de kust af, op zoek naar aangespoelde dingen die bijvoorbeeld van schepen af zijn gevallen of hiernaartoe zijn gedreven van verre kusten.'

'O ja,' had ik gezegd, hoewel er volgens mij geen stroop aan te pas kwam. 'Denk je dat hij een schat zal vinden?'

'Ik denk dat hij op een dag wel iets zal vinden als hij blijft zoeken.'

Met groeiende opwinding had ik toegekeken hoe de man iets uit het gegraven gat trok en het zand eraf streek, maar dat bleek alleen maar een oude emaillen theepot te zijn.

'Wat jammer nou,' had ik gezucht.

'Lieverd, wat voor de ene mens niets waard is, kan voor een ander wél waardevol zijn. Maar misschien zijn we in zekere zin allemaal strandjutters,' had papa gezegd, zijn ogen samengeknepen tegen het zonlicht. 'We gaan op zoek in de hoop die ene ongrijpbare schat te vinden die ons leven zal verrijken, en als we dan een theepot opgraven in plaats van een glinsterend juweel, blijven we zoeken.'

'Zoek jij nog steeds naar een schat, papa?'

'Nee, mijn prinses van de elfjes, die heb ik al gevonden,' had hij glimlachend gezegd, met een kus op mijn kruin.

Na veel gesmeek en gebedel gaf papa uiteindelijk toe en besloot hij me mee te nemen naar een rivier om te gaan zwemmen, dus hielp Daisy me mijn badpak aan te trekken, zette ze een hoed op mijn krullen en stapte ik in papa's auto. Maman had gezegd dat ze het te druk had met de voorbereidingen voor het feest van morgen, maar dat vond ik best, want nu konden de koning van het elfjesvolk en ik alle schepsels uit de rivier verwelkomen op ons hof.

'Zijn er otters?' vroeg ik, terwijl we niet naar zee reden, maar de andere kant op, door de golvende velden.

'Je moet heel stil zijn als je otters wilt zien,' zei papa. 'Denk je dat dat lukt, Posy?'

'Natuurlijk!'

We reden lange tijd voordat ik de blauwe slang van de rivier achter het riet ontdekte. Papa parkeerde de auto en samen liepen we naar de oever. Hij droeg onze wetenschappelijke uitrusting mee: een fototoestel, vlindernetten, glazen potjes, limonade en sandwiches met cornedbeef.

Er scheerden libellen over het wateroppervlak; ze verdwenen snel toen ik in het water plonsde. Dat was heerlijk koel, maar mijn hoofd en gezicht prikten van de warmte onder mijn hoed, dus die gooide ik op de kant, waar papa nu ook zijn zwembroek had aangetrokken.

'Als hier al otters zaten, waren ze nu zeker gevlucht met al deze drukte,' zei papa toen hij het water in liep. Het kwam amper tot zijn knieën, zo lang was hij. 'Nou, kijk eens naar al dat blaasjeskruid. Zullen we er wat van meenemen voor onze verzameling?'

Samen reikten we in het water en trokken een van de gele bloemen eruit, waarbij de knobbelige wortels tevoorschijn kwamen. Er hadden veel kleine beestjes in gewoond, dus vulden we een pot met water en stopten ons exemplaar erin om het goed te bewaren.

'Herinner je je de Latijnse naam nog, lieverd?'

'*Utri-cu-la-ria*!' antwoordde ik trots, en ik stapte uit het water om naast hem op de met gras begroeide oever te gaan zitten.

'Mijn knappe kind. Beloof me dat je onze verzameling blijft aanvullen. Als je een interessante plant vindt, droog die dan zoals ik het je heb geleerd. Tenslotte zal ik hulp nodig hebben met mijn boek als ik weg ben, Posy.' Hij gaf me een sandwich uit de picknickmand, die ik aanpakte terwijl ik heel ernstig en wetenschappelijk probeerde te kijken. Ik wilde dat papa wist dat hij me zijn werk kon toevertrouwen. Hij was voor de oorlog iets geweest wat botanicus heette, en hij was al zo ongeveer mijn hele leven bezig met het schrijven van zijn boek. Hij sloot zich vaak op in zijn folly om 'na te denken en te schrijven'. Soms nam hij het boek mee naar het huis en liet hij me wat van de door hem gemaakte tekeningen zien.

En die waren prachtig. Hij legde uit dat hij schreef over de omgeving waarin we leefden en toonde me mooie illustraties van de vlinders en insecten en planten. Hij had me eens verteld dat als er maar één ding verandert, alles uit balans kan raken.

'Kijk bijvoorbeeld eens naar die muggen daar,' had papa op een warme zomeravond gezegd, wijzend naar een hinderlijke wolk van beestjes. 'Die zijn essentieel voor het ecosysteem.'

'Maar ze bijten ons,' had ik gezegd, er eentje wegslaand.

'Dat is ook zo,' had hij gegrinnikt. 'Maar zonder muggen zouden veel vogelsoorten geen vaste voedselbron meer hebben en zouden hun aantallen drastisch verminderen. En als vogelpopulaties worden aangetast, heeft dat weer gevolgen voor de rest van de voedselketen. Zonder vogels zouden andere insecten, zoals sprinkhanen, ineens minder natuurlijke vijanden hebben, zodat ze zich zouden blijven vermenigvuldigen en alle planten zouden opeten. En zonder planten...'

'Is er geen voedsel voor de herbavoren.'

'Herbivoren. Dus alles hangt met elkaar samen, begrijp je? En de kleine slag van een vlindervleugel kan al het verschil in de wereld maken.'

Daar zat ik nu over na te denken, kauwend op mijn sandwich.

'Ik heb iets speciaals voor je,' zei papa, en hij stak zijn hand in zijn rugzak. Hij trok er een glanzend, rechthoekig plat blik uit en gaf het aan mij.

Ik maakte het open en zag tientallen perfect geslepen potloden in alle kleuren van de regenboog.

'Tijdens mijn afwezigheid wil ik graag dat je verdergaat met tekenen, zodat je me, als ik terug ben, kunt laten zien hoeveel beter je erin bent geworden.'

Ik knikte, te blij met mijn cadeau om iets te kunnen zeggen.

'In Cambridge werd ons geleerd om goed naar de wereld te kijken,' ging hij verder. 'Heel veel mensen zijn blind voor de schoonheid en de magie om hen heen. Maar jij niet, Posy, jij hebt er al meer oog voor dan de meesten. Als we de natuur tekenen, beginnen we haar te begrijpen – we zien alle verschillende onderdelen en hoe ze in elkaar grijpen. Door te tekenen wat je ziet en het te bestuderen, kun jij andere mensen helpen om ook het wonder van de natuur te begrijpen.'

Toen we thuiskwamen, gaf Daisy me een standje omdat mijn haar nat was geworden en stopte me in bad, wat ik onlogisch vond, want zo maakte ze mijn haar immers opnieuw nat. Nadat Daisy me naar bed had gebracht en de deur achter zich dicht had gedaan, glipte ik er weer uit, haalde mijn nieuwe kleurpotloden tevoorschijn en streek over de zachte maar toch scherpe punten. Ik dacht bij mezelf dat ik hard moest oefenen. Tegen de tijd dat papa terug zou zijn uit de oorlog zou ik hem dan kunnen laten zien dat ik goed genoeg was om ook naar Cambridge te gaan – al was ik een meisje.

De volgende ochtend keek ik uit mijn slaapkamerraam en zag ik hoe de auto's over onze oprijlaan aan kwamen rijden. Ze zaten allemaal vol mensen; ik had maman horen uitleggen dat al haar vrienden hun benzinebonnen hadden verzameld om de reis vanuit Londen te kunnen maken. Zij noemde ze trouwens *émigrés*, en ik wist dat dat 'emigranten' betekende, want ze sprak al Frans tegen me sinds ik een baby was. In het woordenboek stond dat een emigrant iemand was die van zijn oorspronkelijke land naar een ander land was verhuisd. Maman zei dat het voelde alsof heel Parijs naar Engeland was gekomen om de oorlog te ontvluchten. Ik wist uiteraard best dat dat niet waar was, maar er leken toch altijd meer van haar Franse vrienden op de feesten te zijn dan van papa's Engelse. Dat vond ik helemaal niet erg, want ze waren heel kleurrijk, de heren met hun fleurige sjaals en smokingjasjes in rijke tinten, en de dames met hun satijnen jurken en rood gestifte lippen. En het beste van alles was dat ze altijd cadeautjes voor me meebrachten, zodat het net Kerstmis was.

Papa noemde ze mamans 'bohemiens', over wie het woordenboek zei dat het creatieve mensen zijn, zoals artiesten, muzikanten en kunstschilders. Maman was ooit zangeres geweest in een beroemde Parijse nachtclub en ik luisterde graag naar haar stem, die zo diep en zijdezacht was als gesmolten chocolade. Ze wist natuurlijk niet dat ik luisterde, want het was de bedoeling dat ik al sliep, maar dat was onmogelijk als er een feest werd gehouden, dus sloop ik altijd de trap af om naar de muziek en het gepraat te luisteren. Het was alsof maman op zulke avonden tot leven kwam, alsof ze zich tussen de feesten voordeed als een zielloze pop. Ik vond het fijn te horen hoe ze lachte, want als we onder elkaar waren, deed ze dat niet vaak.

Papa's vliegende vrienden waren ook aardig, hoewel ze zich allemaal ongeveer hetzelfde kleedden, in marineblauw en bruin, waardoor het moeilijk was om ze uit elkaar te houden. Mijn peetvader, Ralph, die papa's beste vriend was, vond ik het leukst: hij was heel knap met zijn donkere haar en grote bruine ogen. In een van mijn sprookjesboeken stond een foto van de prins die Sneeuwwitje wakker kust. Ralph leek precies op hem. Hij speelde ook heel mooi piano – voor de oorlog was hij concertpianist (voor de oorlog was zo goed als iedere volwassene die ik kende iets anders geweest, behalve Daisy, onze dienstbode). Oom Ralph leed aan een of andere ziekte waardoor hij niet kon vechten of oorlogsvliegtuigen kon besturen. Hij had wat de volwassenen een 'kantoorbaan' noemden, maar ik kon me niet voorstellen wat iemand in een kantoor deed behalve achter een bureau zitten – dus dat deed hij waarschijnlijk. Als papa weg was om in zijn Spitfires te vliegen, kwam oom Ralph geregeld bij maman en mij op bezoek, waar we allebei enorm van opfleurden. Hij kwam dan op zondag lunchen, waarna hij voor mij en maman piano speelde. Ik had me kortgeleden gerealiseerd dat papa bijna vier van mijn zeven jaar op deze aarde weg naar de oorlog was geweest, wat voor maman heel naar moest zijn geweest, met alleen mij en Daisy als gezelschap.

Ik ging op mijn vensterbank zitten en rekte mijn nek om te zien hoe maman haar gasten begroette op het bordes dat naar de voordeur onder mijn raam leidde. Ze zag er prachtig uit vandaag, in een nachtblauwe jurk die bij haar mooie ogen paste, en toen papa zich bij haar voegde en een arm om haar middel liet glijden, voelde ik me heel gelukkig. Daisy kwam binnen om me de nieuwe jurk aan te trekken die ze van een stel oude groene gordijnen voor me had gemaakt. Terwijl ze mijn haar borstelde en er met een groen lint een klein gedeelte van naar achteren bond, besloot ik niet te denken aan papa's vertrek van morgen, wanneer er weer een stormachtige stilte zou neerdalen over Admiral House en over ons, de bewoners.

'Klaar om naar beneden te gaan, Posy?' vroeg Daisy me. Ik zag dat ze een rood gezicht had, dat ze bezweet was en er erg vermoeid uitzag, waarschijnlijk omdat het heel warm was en ze voor alle gasten eten moest maken, en dat zonder hulp. Ik schonk haar mijn liefste glimlach.

'Ja, Daisy.'

Eigenlijk was Posy niet mijn echte naam; ik was vernoemd naar mijn moeder, Adriana. Maar aangezien het veel te lastig zou zijn om twee van ons naar dezelfde naam te laten luisteren, werd er besloten dat mijn tweede naam als roepnaam gebruikt zou worden: Rose, naar mijn Engelse oma. Daisy had me verteld dat papa me, toen ik nog een baby was, 'Rosy Posy' begon te noemen en dat de tweede helft daarvan op een gegeven moment was blijven hangen. Wat ik prima vond omdat 'Posy' volgens mij ook veel beter bij me paste dan allebei mijn echte namen.

Sommige van papa's oudere familieleden noemden me nog steeds Rose, en daar reageerde ik natuurlijk wel op, want ik had geleerd dat ik volwassenen altijd beleefd antwoord moest geven, maar op het feest kende iedereen me als Posy. Ik kreeg knuffels en kusjes en ik kreeg met lintjes dichtgebonden netjes met lekkernijen toegestopt. Mamans Franse vrienden gaven de voorkeur aan gesuikerde amandelen, die ik eerlijk gezegd niet zo lekker vond, maar ik wist hoe moeilijk het was om chocolade te vinden, vanwege de oorlog.

Gezeten aan de lange schraagtafel die op het terras was neergezet opdat we er allemaal konden zitten, voelde ik de felle zon op mijn zonnehoed – waar ik het alleen maar warmer door had – en luisterde naar het geklets om me heen. Ik zou willen dat elke dag in en om Admiral House zo zou kunnen zijn. Maman en papa samen in het midden, als een koning en koningin die open hof hielden, zijn arm om haar witte schouder gedrapeerd. Ze zagen er allebei zo verschrikkelijk gelukkig uit dat ik wel kon huilen.

'Gaat het wel, lieve Posy?' vroeg oom Ralph, die naast me zat. 'Verrekte heet hierbuiten,' voegde hij eraan toe terwijl hij een onberispelijke witte zakdoek uit de zak van zijn jasje viste en er zijn voorhoofd mee afveegde.

'Ja, oom Ralph. Ik dacht alleen maar dat maman en papa er vandaag zo gelukkig uitzien. En dat het droevig is dat hij terug naar de oorlog moet.'

'Ja.'

Ik keek hoe Ralph mijn ouders gadesloeg en vond dat hij er plotseling ook droevig uitzag.

'Nou, als het een beetje meezit, is het allemaal snel voorbij,' zei hij ten slotte. 'En dan kunnen we allemaal ons leven weer oppakken.'

Na de lunch mocht ik een poosje croquet spelen, wat me verrassend goed afging, waarschijnlijk omdat de meeste volwassenen al vrij veel wijn hadden gedronken en de bal alle kanten op lieten zwabberen. Ik had papa eerder horen zeggen dat hij voor de gelegenheid de laatste wijn uit de kelder zou schenken, en het leek erop dat de gasten het grootste deel ervan al achterover hadden geslagen. Ik begreep niet goed waarom volwassenen dronken wilden worden; naar mijn idee werden ze alleen maar luider en dwazer, maar misschien zou ik het ooit begrijpen als ik volwassen was. Toen ik over het gazon naar de tennisbaan liep, zag ik een man met zijn armen om twee vrouwen heen geslagen onder een boom liggen. Ze waren alle drie in diepe slaap verzonken. Iemand op het terras speelde op een saxofoon en ik dacht bij mezelf hoe gunstig het was dat we geen buren dichtbij hadden wonen.

Ik wist dat ik van geluk mocht spreken dat ik in Admiral House woonde. Toen ik voor het eerst naar de plaatselijke school ging en voor de thee werd uitgenodigd bij Mabel, een vriendinnetje dat ik had opgedaan, was ik hogelijk verbaasd geweest dat haar familie in een huis woonde waar de voordeur direct toegang tot de woonkamer gaf. Er was een klein keukentje achterin en de wc was búíten! Ze had vier broertjes en zusjes, met wie ze een kleine slaapkamer op de bovenverdieping deelde. Het was de eerste keer dat ik me had gerealiseerd dat ik uit een rijke familie kwam, dat niet iedereen in een groot huis met een park als tuin woonde – en het was nogal een schok voor me. Toen Daisy me ophaalde, had ik gevraagd waarom dat zo was.

'Het leven is een loterij, Posy,' had Daisy met haar zachte Suffolkse accent gezegd. 'Sommige mensen hebben geluk en andere niet.'

Daisy hield ervan gezegdes te gebruiken. De helft van de tijd begreep ik niet wat ze bedoelde, maar ik was heel blij dat het lot mij kennelijk gunstig gezind was geweest, en ik besloot dat ik harder moest bidden voor iedereen die een minder gelukkig lootje had getrokken.

Ik wist eigenlijk niet zeker of de juf, Miss Dansart, me wel leuk vond. Hoewel ze ons allemaal aanmoedigde onze vinger op te steken als we het antwoord op een vraag wisten, leek ik altijd de eerste te zijn die dat deed. Op zo'n moment rolde ze een beetje met haar ogen en trok haar lippen in een rare vorm. 'Ja, Posy,' zei ze dan met een vermoeide stem. Ik hoorde haar op het schoolplein een keer praten tegen een andere juf toen ik aan het ene uiteinde van een lang springtouw stond te draaien.

'Enig kind... Opgegroeid in het gezelschap van volwassenen... Ontzettend voorlijk...'

Thuis had ik 'voorlijk' opgezocht in het woordenboek. En daarna was ik gestopt met mijn vinger opsteken, zelfs als het antwoord dat ik voor me hield brandde in mijn keel.

Om zes uur leken de gasten weer te ontwaken en gingen ze zich omkleden voor het diner. Ik liep naar de keuken, waar Daisy een gebaar maakte naar mijn avondeten.

'Brood en jam voor jou vanavond, Miss Posy. Ik heb hier twee zalmen die meneer Ralph heeft meegebracht en ik kan er kop noch staart aan vinden.'

Daisy grinnikte om haar eigen grapje en plotseling had ik medelijden met haar omdat ze steeds zo hard moest werken.

'Kan ik wat doen om je te helpen?'

'Ik heb Marjory's twee jongsten gevraagd om vanavond de tafel te dekken en te serveren, dus ik red me wel. Maar toch bedankt,' zei ze met een glimlach. 'Je bent een lieve meid.'

Toen ik mijn eten ophad, glipte ik de keuken uit voordat Daisy me naar boven kon sturen om me klaar te maken voor de nacht. Het was zo'n mooie avond dat ik weer naar buiten wilde om er nog even van te genieten. Ik stapte het terras op en zag dat de zon, die nog net boven de eikenbomen hing, met schuine strepen boterkleurig licht op het gras scheen. De vogels zongen alsof het nog midden op de dag was, en het was nog steeds warm genoeg om zonder vestje buiten te zijn. Ik ging op een van de treden zitten, streek mijn katoenen jurk over mijn knieën en bestudeerde een admiraalvlinder die was neergestreken op een plant in het glooiende bloembed dat afliep naar de tuin. Ik had altijd gedacht dat ons huis was genoemd naar de vlinders die zo fraai over de struiken fladderden. Ik was erg van streek geweest toen ik van maman hoorde dat het naar mijn over-over-overgrootvader (ik geloof met drie keer 'over', maar misschien ook vier) was genoemd, die admiraal bij de marine was geweest. Dat was lang niet zo romantisch.

Hoewel papa had gezegd dat admiraalvlinders in deze omgeving 'heel gewoon' waren (wat maman zei over sommige kinderen uit mijn klas), vond ik ze de mooiste vlinders die er bestonden, met hun roodzwarte vleugels en de witte stippen aan de bovenkant. Ze deden me denken aan de Spitfires waar papa in vloog. Maar daar werd ik dan weer verdrietig van, omdat ik wist dat hij morgen weer weg zou gaan om erin te vliegen.

'Hallo, lieverd van me, wat doe jij hier in je eentje?'

Het geluid van zijn stem deed me opschrikken, omdat ik net aan hem had zitten denken. Ik keek op en zag hem over het terras naar me toe lopen. Hij rookte een sigaret, maar die gooide hij op de grond en hij zette zijn voet erop om hem te doven. Hij wist dat ik een hekel had aan de stank.

'Vertel je Daisy niet dat je me gezien hebt, papa? Anders stuurt ze me meteen naar bed,' zei ik vlug toen hij naast me ging zitten.

'Vooruit dan maar. Niemand zou in bed moeten liggen op een hemelse avond als deze. Ik geloof dat juni de beste maand is die Engeland te bieden heeft. Alles in de natuur is hersteld na de lange winterslaap, heeft zich uitgerekt, gegaapt en zijn bladeren en bloemen voor ons ontvouwen. In augustus is de energie opgebrand door de warmte en maakt alles zich klaar om weer te gaan slapen.'

'Net als wij, papa. In de winter wil ik best naar bed,' zei ik.

'Precies, lieverd. Vergeet nooit dat we onverbrekelijk vervlochten zijn met de natuur.'

'In de Bijbel staat dat God alles op aarde gemaakt heeft,' zei ik gewichtig, want dat had ik geleerd in de godsdienstles.

'Zeker, hoewel ik het moeilijk te geloven vind dat hij dat in slechts zeven dagen voor elkaar heeft gekregen,' gniffelde hij.

'Het is magie, toch, papa? Net als de Kerstman die alle kinderen op de wereld in één nacht cadeautjes kan brengen.'

'Ja, Posy, ja natuurlijk. De wereld is een magische plek en we mogen ons gelukkig prijzen dat we er leven. Vergeet dat nooit, goed?'

'Nee, papa. Papa?'

'Ja, Posy?'

'Hoe laat ga je morgen weg?'

'Na de lunch moet ik met de trein.'

Ik bestudeerde mijn zwarte lakschoenen. 'Ik ben bang dat je weer gewond raakt.'

'Je hoeft niet bang te zijn, lieverd. Zoals je maman al heeft gezegd, ben ik onverwoestbaar,' zei hij glimlachend.

'Wanneer kom je weer thuis?'

'Wanneer ik verlof heb, en dat zal niet zo heel lang duren. Zorg je voor je moeder zolang ik weg ben? Ik weet dat ze zich hier in haar eentje ellendig voelt.'

'Dat probeer ik altijd, papa. Ze wordt alleen maar droevig omdat ze jou mist en van je houdt, toch?'

'Ja, en allemachtig, Posy, ik hou van haar. De gedachte aan haar – en aan jou – helpt me erdoorheen als ik vlieg. We waren nog maar kort getrouwd toen deze vervloekte oorlog begon, weet je.'

'Toen je haar had horen zingen in een club in Parijs, ter plekke verliefd op haar was geworden en haar mee naar Engeland had genomen om haar tot je bruid te maken voor ze zich kon bedenken,' zei ik dromerig. Mijn ouders' liefdesverhaal was veel beter dan alle sprookjes uit mijn boeken.

'Ja. De liefde maakt de magie in het leven, Posy. Zelfs op de meest troosteloze dag midden in de winter kan de liefde de wereld verlichten en net zo mooi laten lijken als ze nu is.'

Papa slaakte een diepe zucht en nam mijn hand in zijn grote hand. 'Beloof me dat je, als je de liefde ooit vindt, die dan vastgrijpt en nooit meer loslaat.'

'Dat beloof ik, papa,' zei ik met een ernstige blik.

'Goed zo. Nou, ik moet me maar eens gaan omkleden voor het diner.'

Hij plantte een kus op mijn krullen, stond op en liep het huis weer in.

Op dat moment wist ik het niet, maar dat was het laatste echte gesprek dat ik ooit met mijn vader zou hebben.

Papa vertrok de volgende middag, net als alle gasten. Die avond was het heel warm en voelde de lucht log en zwaar bij het inademen, alsof alle zuurstof eruit was gezogen. Het huis was stil. Daisy maakte haar wekelijkse uitstapje met haar vriendin Edith, dus was zelfs het geluid van haar gemopper of gezang bij de afwas afwezig – ik gaf de voorkeur aan het gemopper. Er was trouwens heel veel afwas: er stonden hele stapels vaat op dienbladen in de bijkeuken te wachten tot ze zouden worden schoongemaakt. Ik had aangeboden om met de glazen te helpen, maar Daisy had gezegd dat ze meer last dan gemak van me zou hebben, wat ik niet eerlijk vond.

Maman was naar bed gegaan zodra de laatste auto achter de kastanjebomen was verdwenen. Ze had klaarblijkelijk weer migraine, wat volgens Daisy een deftig woord was voor een kater, wat dat ook wezen mocht. Ik zat in mijn kamer, opgerold op de vensterbank boven het portaal aan de voorkant van Admiral House. Hier kon ik, als er iemand werd verwacht, diegene als eerste zien aankomen. Papa noemde deze plek mijn uitkijkpost, en sinds Frederick, de butler, was weggegaan om te vechten, was ik meestal degene die de voordeur opendeed.

Van hieruit had ik een perfect uitzicht op de oprijlaan, die werd geflankeerd door rijen oude kastanjes en eiken. Papa had me verteld dat sommige daarvan bijna driehonderd jaar geleden waren geplant, toen mijn over-over-overgrootvader het huis voor zichzelf had laten bouwen. (Ik vond dat een fascinerend idee, omdat het betekende dat bomen bijna vijf keer zo lang leefden als mensen – als de *Encyclopaedia Britannica* in de bibliotheek tenminste gelijk had en de gemiddelde levensverwachting van de mens eenenzestig was voor mannen, en zevenenzestig voor vrouwen.) Als ik mijn ogen op een heldere dag samenkneep, zag ik een dunne lijn grijsblauw die zich horizontaal uitstrekte boven de boomtoppen en onder de hemel. Dat was de Noordzee, die maar acht kilometer van Admiral House lag. Het was een beangstigende gedachte dat papa er binnenkort misschien wel overheen zou vliegen in zijn kleine toestel.

'Kom veilig thuis, kom snel thuis,' fluisterde ik naar de donkergrijze wolken die op de ondergaande zon drukten en op het punt stonden haar te pletten als een sappige sinaasappel (daar had ik er al héél lang geen meer van geproefd). De lucht was roerloos en er kwam geen briesje door mijn open raam zweven. Ik hoorde het gerommel van onweer in de verte en ik hoopte maar dat Daisy ongelijk had en dat God niet kwaad op ons was. Ik wist nooit zo goed of Hij Daisy's boze God was of de aardige van de dominee. Misschien was Hij net als een vader of moeder en kon Hij beide zijn.

Terwijl de eerste regendruppels begonnen te vallen, snel uitmondend in een stortbui met schichten van Gods toorn flitsend aan de hemel, hoopte ik dat papa veilig op zijn basis zat, want anders kon hij weleens vreselijk nat worden, of erger nog, door de bliksem worden geraakt. Ik sloot het raam omdat de vensterbank nat werd, en ik merkte dat mijn maag bijna net zo luid rammelde als de donder. Dus liep ik naar beneden om het brood en de jam te zoeken die Daisy voor me had klaargezet.

In het sombere schemerdonker daalde ik de brede eikenhouten trap af. Ik dacht bij mezelf hoe stil het huis was in vergelijking met gisteren, alsof er een nest zoemende, praatgrage bijen was neergedaald en net zo plotseling weer was vertrokken. Boven mij weerklonk opnieuw een donderslag, die de stilte doorbrak, en het leek me maar goed dat ik de duisternis, het onweer en het alleen-zijn niet eng vond.

'O Posy, wat een griezelig huis,' had Mabel gezegd toen ik haar bij ons had uitgenodigd. 'Met al die schilderijen van dode mensen in hun ouderwetse kleren! Ik krijg er de bibbers van, hoor,' had ze huiverend verklaard, wijzend naar de portretten van Anderson-voorouders langs de trap. 'Ik zou m'n kamer niet uit durven om 's nachts te gaan plassen, voor het geval het spookte.'

'Dat zijn mijn familieleden van lang geleden en ik ga ervan uit dat ze heel vriendelijk zouden zijn als ze terugkwamen om gedag te zeggen,' had ik gezegd, van mijn stuk gebracht omdat ze niet meteen weg was geweest van mijn geliefde Admiral House.

Nu, lopend door de hal en de galmende gang die naar de keuken leidde, was ik helemaal niet bang, hoewel het inmiddels erg donker was en maman, die waarschijnlijk nog steeds boven in haar kamer lag te slapen, me niet zou horen als ik gilde.

Ik wist dat ik hier veilig was, dat er niets ergs kon gebeuren binnen de solide muren van dit huis.

Ik stak mijn hand uit om de lamp in de keuken aan te knippen, maar die leek niet te werken, dus stak ik maar een van de kaarsen aan die op een plank stonden. Ik was goed in kaarsen aansteken, aangezien de elektriciteit in Admiral House, vooral sinds de oorlog, niet betrouwbaar was. Ik hield van hun zachte, flakkerende schijnsel dat alleen je directe omgeving verlichtte en dat zelfs de lelijkste persoon er mooi uit kon laten zien. Ik pakte de boterhammen die Daisy voor me had afgesneden – ik mocht dan wel kaarsen aansteken, maar beslist geen scherpe messen aanraken – en besmeerde ze met een dikke laag boter en jam. Daarna nam ik, kauwend op de eerste hap, het bord en de kaars mee naar boven en liep ik terug naar mijn slaapkamer om naar het onweer te kijken.

Ik ging op mijn vensterbank zitten en at van het brood met de jam, denkend aan Daisy, die altijd bezorgd om me was als ze wegging op haar vrije avond. Vooral als papa er niet was.

'Het is niet goed voor een klein meisje om alleen te zijn in zo'n groot huis,' mompelde ze dan. Ik legde dan altijd uit dat ik niet alleen was, aangezien maman er ook nog was, en dat ik trouwens niet 'klein' was, want ik was al zeven, dus best groot.

'Pf!' reageerde ze dan terwijl ze haar schort afdeed en aan het haakje aan de keukendeur hing. 'Wat ze ook zegt, maak je mama gewoon wakker als je haar nodig hebt, hoor.'

'Dat zal ik doen,' zei ik altijd, maar natuurlijk deed ik dat nooit, zelfs niet die keer dat ik op de vloer had overgegeven en ik heel erge buikpijn had. Ik wist dat maman boos zou worden als ik haar wakker maakte, omdat ze haar slaap hard nodig had. Hoe dan ook vond ik het niet vervelend om alleen te zijn, want daar was ik aan gewend sinds papa naar de oorlog was gegaan. Bovendien had ik de hele verzameling van de *Encyclopaedia Britannica* uit de bibliotheek om te lezen. Ik was klaar met de twee eerste delen, maar ik had er nog tweeëntwintig te gaan, waar ik volgens mij pas doorheen zou zijn als ik volwassen was.

Vanavond, zonder stroom, was het te donker om te lezen, en de kaars was nog maar een stompje, dus keek ik naar de sterren en probeerde niet te denken aan het feit dat papa was vertrokken, want dan zouden er tranen uit mijn ogen vallen, net zo hevig als de regendruppels die tegen het raam sloegen.

Terwijl ik naar buiten keek, viel mijn oog op een flitsje rood in de bovenhoek van het glas.

'O! Een vlinder! Een admiraalvlinder!'

Ik ging op de vensterbank staan en zag dat het arme ding zijn best deed om onder het raamkozijn een schuilplaats tegen het onweer te vinden. Ik moest het redden, dus opende ik voorzichtig het bovenste raampje en stak mijn hand naar buiten. Hoewel het beestje niet bewoog, duurde het even voor ik het tussen mijn duim en wijsvinger had vastgepakt, omdat ik zijn fragiele vleugels, die stevig gesloten en nat en glad waren, niet wilde beschadigen.

'Hebbes,' fluisterde ik. Voorzichtig trok ik mijn hand – nu kletsnat – terug door het raampje, dat ik met mijn droge hand weer sloot.

'Nou, kleintje,' zei ik zacht terwijl ik het beestje op mijn handpalm eens goed bekeek. 'Ik vraag me af hoe ik je vleugels droog krijg?'

Ik probeerde na te gaan hoe ze buiten in de natuur zouden opdrogen, want ze zouden vast wel vaker nat worden.

'Met een warm briesje,' bedacht ik hardop, en ik begon zachtjes te blazen. Aanvankelijk bleef de vlinder roerloos zitten, maar na enige tijd, toen ik dacht dat ik zou flauwvallen van alle adem die ik verbruikte, zag ik hoe de vleugels zich klapwiekend openden. Ik had nog nooit een vlinder op de palm van mijn hand gehad, dus boog ik voorover en bestudeerde de prachtige kleuren en het verfijnde patroon.

'Jij bent een schoonheid, zeg,' zei ik. 'Tja, je kunt vanavond niet terug naar buiten, want dan verdrink je, dus zal ik je hier op de vensterbank laten zitten? Dan kun je naar je vriendjes buiten kijken en laat ik je morgenochtend vrij.'

Behoedzaam pakte ik de vlinder met mijn vingertoppen op en zette hem op de vensterbank. Ik keek er een tijdje naar, me afvragend of vlinders met hun vleugels open of gesloten sliepen. Maar inmiddels begonnen mijn eigen ogen dicht te vallen, dus trok ik de gordijnen dicht om ervoor te zorgen dat het schepseltje niet in de verleiding zou komen de kamer in te vliegen om op het plafond ver boven mij te gaan zitten. Ik zou het dan nooit meer kunnen bereiken en dan stierf het misschien wel van de honger of angst.

Ik pakte de kaars en liep door de kamer naar mijn bed, voldaan dat ik een leven had weten te redden. Misschien was dat een goed voorteken en zou papa deze keer niet gewond raken.

'Welterusten, vlinder. Slaap lekker en tot morgenochtend,' fluisterde ik, waarna ik de kaars uitblies en in slaap viel.

Toen ik wakker werd, zag ik dat er vanuit de openingen tussen de gordijnen scherven licht over het plafond sneden. Ze waren vandaag goudkleurig, wat betekende dat de zon scheen. Ik dacht aan de vlinder, stapte uit bed en trok voorzichtig de gordijnen open.

'Ach!'

Ik hield mijn adem in bij het zien van mijn vlinder, zijn vleugels gesloten en liggend op zijn zij met zijn kleine pootjes in de lucht. Omdat de onderkant van zijn vleugels grotendeels donkerbruin was, zag hij er eerder uit als een grote en dode mot. De tranen sprongen me in de ogen toen ik het beestje aanraakte, voor de zekerheid, maar het verroerde zich niet, dus wist ik dat zijn ziel al in de hemel was. Misschien was het doodgegaan omdat ik het gisteravond niet had vrijgelaten. Papa zei altijd dat je ze heel snel weer moest bevrijden, en hoewel dit exemplaar niet in een glazen pot had gezeten, had ik het wel in huis gehaald. Misschien was het gestorven aan een longontsteking of bronchitis, want het was heel nat geworden.

Ik stond ernaar te kijken en ik wíst gewoon dat het een heel slecht voorteken was.

DE HERFST VAN 1944

Ik hield van de periode waarin de zomer begon over te gaan in de lange, doodse winter. De mist begon als enorme spinnenwebben boven de boomtoppen te hangen en de lucht rook houtachtig en weelderig van de fermentatie (dat woord had ik kortgeleden geleerd bij een bezoek met school aan de lokale brouwerij, waar ze het bier laten gisten). Maman zei dat ze het Engelse weer deprimerend vond, dat ze ergens wilde wonen waar het het hele jaar door zonnig en warm was. Dat leek mij persoonlijk nogal eentonig. De cyclus van de natuur, de onzichtbare magische handen die de smaragdgroene bladeren aan de beuken veranderden in een glanzend bronzen tint, was nou juist zo boeiend. Of misschien leidde ik zelf wel een heel saai leven.

En het wás saai geweest sinds papa's vertrek. Geen feesten meer, geen visite behalve van oom Ralph, die best vaak kwam, met bloemen en Franse sigaretten voor maman en heel af en toe chocolade voor mij. De eentonigheid werd in elk geval onderbroken door het jaarlijkse augustusbezoek aan mijn oma in Cornwall. Maman kwam gewoonlijk met me mee, en papa voegde zich dan een paar dagen bij ons als hij verlof kon krijgen, maar dit jaar verklaarde maman dat ik oud genoeg was om alleen te gaan.

'Ze wil jóú graag zien, Posy, mij niet. Ze heeft altijd al een hekel aan me gehad.'

Ik was er zeker van dat dit niet waar was, want niemand kon een hekel hebben aan maman, met haar schoonheid en haar mooie zangstem, maar het gevolg was wel dat ik alleen ging, samen met een slechtgehumeurde Daisy, die me op de reis ernaartoe en terug moest begeleiden.

Oma woonde vlak buiten een klein dorp dat Blisland heette en aan de westkant van Bodmin Moor lag. Hoewel haar huis best groot en zelfs groots was, schenen de grijze muren en zware donkere meubels mij altijd een beetje somber toe na de met licht gevulde vertrekken van Admiral House. Maar de omgeving was leuk om te verkennen. Als papa kwam, wandelden we altijd over de *moor* om heide te plukken, en wat van de prachtige wilde bloemen die tussen de doornstruiken groeiden.

Helaas was papa er dit jaar niet en regende het elke dag, wat betekende dat ik niet naar buiten kon. Tijdens de lange, natte middagen leerde oma me patience te spelen en aten we veel taart, maar ik was blij toen het tijd was om naar huis te gaan. Eenmaal thuis waren Daisy en ik uit de ponywagen geklommen die Benson, onze parttimetuinman (die zo ongeveer honderd jaar oud was) soms gebruikte om mensen van het treinstation op te halen. Ik had het aan Benson en Daisy overgelaten om de koffers naar binnen te brengen en was het huis in gerend, op zoek naar maman. Ik hoorde de grammofoon 'Blue Moon' spelen en trof maman en oom Ralph samen dansend aan.

'Posy!' had ze gezegd, zich uit oom Ralphs armen losmakend en naar me toe lopend om me te omhelzen. 'We hebben je niet horen aankomen.'

'Dat zal wel door de luide muziek komen, maman,' had ik geantwoord, bij mezelf denkend dat ze er mooi en gelukkig uitzag, met haar rode wangen en prachtige lange haar, dat uit zijn speld was gevallen en als een lichtgouden slinger over haar rug viel.

'We hebben iets te vieren, Posy,' zei oom Ralph. 'Er is goed nieuws vanuit Frankrijk gekomen. Het ziet ernaar uit dat de moffen zich snel zullen overgeven en dat de oorlog dan eindelijk voorbij zal zijn.'

'O, fijn,' reageerde ik. 'Dat betekent dat papa snel thuiskomt.'

'Ja.'

Er was een stilte gevallen voordat maman me naar boven had gestuurd om me te wassen en te verkleden na mijn lange reis. Terwijl ik dat deed, hoopte ik vurig dat oom Ralph gelijk had en dat papa inderdaad binnenkort thuis zou komen. Al sinds de radio ons in de nieuwsbulletins was gaan vertellen over de triomf van D-day hoopte ik voortdurend hem snel te zullen zien. Het was nu al drie maanden geleden en hij was nog steeds niet terug, hoewel maman hem een keer had bezocht tijdens een kort verlof, omdat dat gemakkelijker was. Toen ik had gevraagd waarom hij nog niet thuis was, aangezien we de oorlog bijna hadden gewonnen, had ze haar schouders opgehaald.

'Hij heeft het heel druk, Posy, en hij komt thuis als hij thuiskomt.'

'Maar hoe weet je dat het goed met hem gaat? Heeft hij je geschreven?'

'*Oui*, chérie, dat heeft hij. Je moet geduld hebben. Het beëindigen van een oorlog duurt nu eenmaal lang.'

Het voedseltekort werd nog groter en wij hadden nog maar twee kippen waarvan we het nekje nog niet hadden gebroken, aangezien ze onze beste eierproducenten waren. Zelfs zij leken terneergeslagen te zijn, hoewel ik elke dag met ze ging praten, omdat blije kippen volgens Benson meer eieren produceerden. Mijn gekeuvel werkte niet, want noch Ethel, noch Ruby had de afgelopen vijf dagen een ei gelegd.

'Waar ben je, papa?' vroeg ik aan de hemel boven mijn hoofd, bedenkend hoe geweldig het zou zijn als ik plotseling een Spitfire vanuit de wolken zou zien verschijnen, en als papa dan naar beneden zou komen zoeven en op het grote gazon zou landen.

Het werd november en ik bracht elke middag door met het zoeken naar brandhout in het zompige, door de vorst vochtig gemaakte struikgewas, voor het haardvuur dat maman en ik 's avonds in de ochtendkamer stookten, omdat die veel kleiner was om te verwarmen dan de grote salon.

'Posy, ik heb eens nagedacht over de kerstdagen,' zei maman op een avond.

'Misschien is papa dan thuis en kunnen we samen Kerstmis vieren.'

'Nee, hij komt niet thuis, en ik ben uitgenodigd om naar Londen te komen en daar kerst te vieren met mijn vrienden. Natuurlijk is dat voor jou veel te saai, met al die volwassenen, dus heb ik je oma geschreven, en zij vindt het fijn als je de kerst bij haar doorbrengt.'

'Maar ik...'

'Posy, begrijp alsjeblieft dat we niet hier kunnen blijven. Het is ijskoud in huis, er zijn geen kolen voor de haardvuren...'

'Maar we hebben houtblokken en...'

'We hebben hier amper te eten, Posy! Je oma is onlangs haar hulp kwijtgeraakt en ze is bereid ook Daisy over te nemen terwijl ze vervanging zoekt.'

Ik beet op mijn lip. Het huilen stond me nader dan het lachen. 'Maar wat als papa terugkomt en wij er niet zijn?'

'Ik zal hem schrijven om het hem te laten weten.'

'Misschien ontvangt hij de brief niet, en bovendien wil ik liever hier blijven en honger lijden dan de kerst bij oma doorbrengen! Ik hou van haar, maar ze is oud en het huis is niet mijn thuis en...'

'Zo is het genoeg! Mijn besluit staat vast. Vergeet niet, Posy, dat we allemaal moeten doen wat we kunnen om de laatste maanden van deze wrede oorlog te overleven. In elk geval zul je op een warme en veilige plek zijn, en krijg je te eten. Dat is meer dan de vele anderen over de hele wereld die verhongeren of zelfs doodgaan.'

Ik had maman nog nooit zo boos gezien, dus hoewel er een tranenvloed achter mijn ogen opwelde, waardoor ze pijn deden, slikte ik en knikte.

'Ja, maman.'

Daarna leek maman in elk geval op te fleuren, ook al liepen Daisy en ik door het huis als bleke schimmen die gedoemd waren voor de rest van ons bestaan.

'Als ik de keuze had, zou ik niet gaan,' mopperde Daisy toen ze me hielp mijn koffer te pakken. 'Maar de vrouw des huizes zegt dat ze geen geld heeft om me hier te betalen, dus wat moet ik? Ik kan niet van de wind leven, toch?'

'Ik denk dat alles beter zal worden als de oorlog voorbij is en papa weer naar huis komt,' zei ik tegen haar, daarmee ook mezelf troostend.

'Nou, slechter kan het in elk geval niet worden. Het is hier aardig uit de hand gelopen, durf ik wel te zeggen,' antwoordde Daisy zwartgallig. 'Ik ben geneigd te denken dat ze ons uit de weg wil hebben, zodat zij...'

'Zodat zij wat?' vroeg ik haar.

'Laat maar, jongedame, maar hoe eerder je vader thuis is, hoe beter.'

Nu het huis de komende maand onbewoond zou zijn, ging Daisy aan de slag om alle hoeken en gaten schoon te maken.

'Maar waarom maak je het zo schoon als hier toch niemand zal zijn?' vroeg ik haar.

'Genoeg vragen, Miss Posy. Help me hier liever even mee,' zei ze, een stapel witte lakens oppakkend en ze openslaand als grote witte zeilen. Samen spreidden we ze uit over alle bedden en meubels in de zesentwintig vertrekken van het huis, tot het leek alsof er een grote familie spoken was ingetrokken.

Toen de schoolvakantie begon, haalde ik mijn kleurpotloden en mijn blok met lege witte vellen tevoorschijn, en tekende ik de dingen die ik in de tuin aantrof. Dat was nog best lastig, want alles was dood. Op een koude decemberdag nam ik mijn vergrootglas mee de tuin in. Het had nog niet gesneeuwd, maar er zat al een glanzend laagje rijp op alle hulststruiken, en ik trok mijn wanten uit zodat ik de loep zo kon vasthouden dat ik de takjes goed kon zien. Papa had me geleerd waar ik de poppen van het boomblauwtje precies kon vinden.

Terwijl ik daarmee bezig was, zag ik de deur van de folly opengaan en kwam Daisy naar buiten, haar gezicht rood en haar armen vol schoonmaakspullen.

'Miss Posy, wat doe jij hier buiten zonder je wanten aan?' berispte ze me. 'Doe ze gauw weer aan, anders bevriezen je vingers nog en vallen ze eraf.' En met die woorden beende ze terug naar het huis. Ik keek naar de deur van de folly, die niet helemaal achter haar dicht was gezwaaid. Voordat ik me kon bedenken, glipte ik er naar binnen en viel de krakende deur achter me dicht.

Binnen was het heel donker, maar mijn ogen wenden er al snel aan. Ik zag de contouren van de wickets en croquetpoortjes die papa hier bewaarde, evenals de kast met geweren, waarvan hij me op het hart had gedrukt dat ik die nooit mocht opendoen. Ik keek omhoog langs de trap die naar papa's kamer leidde en bleef besluiteloos staan. Als Daisy de deur beneden open had gelaten, was de deur naar papa's privékamer misschien ook nog wel open. Ik wilde er o zo graag een kijkje nemen…

Uiteindelijk won de nieuwsgierigheid het en holde ik de wenteltrap op – snel, voordat Daisy terug zou komen. Toen ik boven was, legde ik mijn hand op de knop van de grote eikenhouten deur en draaide. Het was duidelijk dat Daisy hem niet op slot had gedaan, want hij ging open en een stap later stond ik in papa's geheime kantoor.

Het rook er naar poetsmiddel en er viel licht op de ronde muren tussen de ramen die Daisy net had gewassen. Op de muur vóór me hing zo te zien een omvangrijke familie admiraalvlinders, opgesteld in rijtjes van vier achter glas in een vergulde lijst.

Verwonderd zette ik een stap naar voren, want ik vroeg me af hoe de vlinders zo stil konden blijven zitten en wat ze in hun glazen gevangenis aan voedsel hadden gevonden.

Toen zag ik de knopjes van de spelden die ze tegen de achterwand pinden. Ik wierp een blik op de andere muren en zag dat die ook waren bedekt met de vlinders die we in de loop der jaren hadden gevangen.

Met een kreun van afgrijzen draaide ik me om en rende de trap af naar buiten, de tuin in. Ik zag Daisy vanuit het huis mijn kant op komen en ik holde om de folly heen naar het bosgedeelte erachter. Toen ik ver genoeg weg was, liet ik me happend naar adem op de wortels van een grote eik zakken.

'Ze zijn dood! Ze zijn dood! Ze zijn dood! Hoe heeft hij zo tegen me kunnen liegen?' schreeuwde ik tussen het snikken door.

Ik bleef lange tijd in het bos, tot ik hoorde dat Daisy me riep. Ik wilde alleen maar dat ik papa kon vragen waaróm hij ze had doodgemaakt, want ze waren toch zo mooi, en waarom hij ze daarna als trofeeën aan de muren had opgehangen zodat hij als hij opkeek hun doodsheid zou zien.

Nou, ik kon het hem niet vragen, want hij was er niet, maar ik moest erop vertrouwen dat er een goede reden was voor de moorden in ons vlinderkoninkrijk.

Terwijl ik opstond en langzaam terug naar het huis begon te lopen, kon ik er niet één bedenken. Ik wist alleen maar dat ik nooit meer een voet in de folly wilde zetten.

ADMIRAL HOUSE

SEPTEMBER 2006

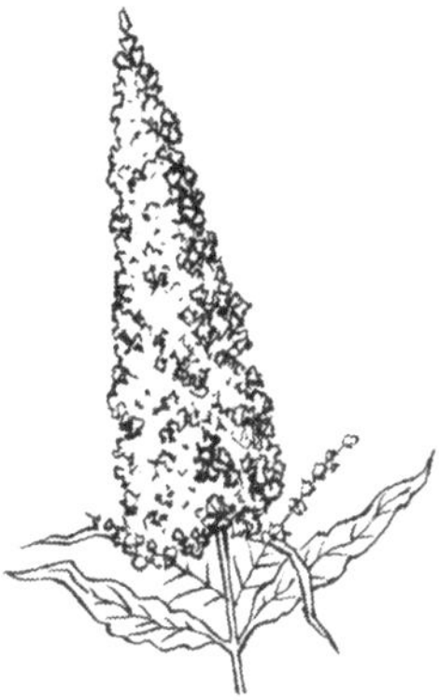

VLINDERSTRUIK
(*Buddleja davidii*)

1

Posy stond in de moestuin wortels uit de grond te trekken toen ze haar mobiele telefoon ergens in haar waxjas hoorde overgaan. Ze haalde hem uit haar zak en bracht hem naar haar oor.

'Hoi, mam. Ik heb je toch niet wakker gebeld?'

'Hemel, nee, en mocht dat wel zo geweest zijn, dan nog was het fijn om van je te horen. Hoe gaat het met je, Nick?'

'Goed, mam.'

'Alles in orde in Perth?' informeerde Posy. Ze stond op en liep door de tuin naar de keuken.

'Het begint hier warmer te worden nu het in Engeland kouder wordt. Hoe gaat het met jou?'

'Prima. Er verandert hier niet veel, zoals je weet.'

'Luister, ik bel om je te laten weten dat ik later deze maand naar Engeland kom.'

'O, Nick! Wat heerlijk. Na al die jaren.'

'Tien, om precies te zijn,' antwoordde haar zoon. 'Het wordt tijd dat ik weer eens thuiskom, vind je niet?'

'Dat vind ik zeker. Ik ben er buitengewoon blij om, lieverd. Je weet hoe erg ik je mis.'

'En ik jou, mam.'

'Hoelang blijf je? Lang genoeg om de eregast te kunnen zijn op mijn zeventigste verjaardag in juni komend jaar?' zei Posy glimlachend.

'Ik moet even afwachten hoe het allemaal loopt, maar mocht ik besluiten om hiernaartoe terug te keren, dan zorg ik er hoe dan ook voor dat ik nog wél op je feest aanwezig ben.'

'Zal ik je komen ophalen van het vliegveld?'

'Nee, dat hoeft niet. Ik logeer een paar dagen in Londen bij mijn vrienden Paul en Jane, want ik moet wat dingen regelen, maar ik bel je als ik meer weet over mijn plannen en dan rijd ik naar Admiral House om je te bezoeken.'

'Ik kan bijna niet wachten, lieverd.'

'Ik ook niet, mam. Het is al te lang geleden. Ik kan nu beter ophangen, maar ik laat snel van me horen.'

'Okido. O, Nick... Ik kan nauwelijks geloven dat je naar huis komt.'

Hij hoorde haar stem even stokken. 'Ik ook niet. Veel liefs, en ik bel je zodra ik de zaken geregeld heb. Tot later.'

'Dag, lieverd.'

Posy liet zich in de oude leren stoel naast het fornuis zakken. Ze voelde zich week van de emotie.

Van haar twee zoons was Nick degene aan wie ze de levendigste herinneringen uit zijn kindertijd had. Misschien omdat hij zo kort na de noodlottige dood van zijn vader was geboren, had Posy altijd het gevoel gehad dat Nick helemaal van haar was.

Zijn te vroege komst – bijna zeker bespoedigd door de verschrikkelijke schok van het tragische verlies van Jonny, haar echtgenoot, met wie ze toen dertien jaar getrouwd was – betekende dat Posy, met de drie jaar oude Sam en de pasgeboren Nick, weinig tijd had gehad om in haar verdriet te zwelgen.

Ze had veel moeten uitzoeken, een hoop harde beslissingen genomen in een tijd dat ze enorm in de put zat. Alle toekomstplannen die Jonny en zij hadden gemaakt, moesten worden opgeschort. Met twee kleine kinderen om in haar eentje groot te brengen – kinderen die de liefde en aandacht van hun moeder meer dan ooit nodig zouden hebben – had Posy beseft dat het onmogelijk zou zijn om Admiral House te runnen als de onderneming die ze voor zich hadden gezien.

Als er een extra slecht moment zou bestaan om een echtgenoot te verliezen, dacht Posy bij zichzelf, kwam dit er zeker voor in aanmerking. Na twaalf jaar op vele plekken op de wereld gestationeerd te zijn geweest, had Jonny besloten het leger te verlaten en de langgekoesterde droom van zijn vrouw te verwezenlijken: ze zouden terugkeren naar Admiral House om hun jonge gezin een echt thuis te geven.

Posy zette de fluitketel op het fornuis en bedacht hoe warm het die dag in augustus vierendertig jaar geleden was geweest, toen Jonny hen door het goudkleurige landschap van Suffolk naar het huis had gereden. Ze was nog niet zo lang zwanger van Nick; vanwege de spanning in combinatie met haar ochtendmisselijkheid hadden ze onderweg twee keer moeten stoppen. Toen ze uiteindelijk door de oude gietijzeren hekken waren gereden, had Posy haar adem ingehouden.

Bij het zien van Admiral House had ze een golf van herinneringen door zich heen voelen gaan. Het zag er precies uit zoals ze het zich herinnerde, misschien wat ouder en verweerder, maar dat was ze zelf ook. Jonny had het portier voor haar geopend en haar geholpen met uitstappen, en Sam was naar haar toe gehold en had haar hand stevig vastgegrepen terwijl ze de treden naar de enorme voordeur op liepen.

'Wil jij hem openmaken?' had ze hem gevraagd, de zware sleutel in de palm van zijn kleine hand leggend.

Hij had geknikt en ze had hem opgetild, zodat hij de sleutel in het slot kon omdraaien.

Nadat ze samen de zware deur hadden opengeduwd, had de zon een pad geschenen in het donkere huis met zijn gesloten luiken. Posy had de lichtknop op haar geheugen gevonden. De hal was plotseling overgoten geweest met elektrisch licht en ze hadden allemaal omhooggekeken naar de schitterende kroonluchter die zes meter boven hen hing.

Er waren witte lakens over het meubilair gedrapeerd en er lag stof op de vloer, dat was opgedwarreld toen Sam de indrukwekkende trap op rende. Posy had tranen voelen opwellen en ze had haar ogen dichtgeknepen, overvallen door de aanblik en de geuren van haar kindertijd, maman, Daisy, papa… en toen ze ze weer had geopend, had ze Sam zien staan zwaaien van bovenaan de trap en had ze zich bij hem gevoegd om de rest van het huis te bekijken.

Jonny was er ook weg van geweest, hoewel hij de nodige bedenkingen had gehad over het onderhoud.

'Het is reusachtig, lieverd,' had hij gezegd toen ze in de keuken waren gaan zitten, de plek waar Posy nog zo voor zich zag hoe Daisy vroeger haar deeg uitrolde op de oude eikenhouten tafel. 'En het moet zo te zien wel wat worden gemoderniseerd.'

'Ja, het is ook al meer dan een kwart eeuw onbewoond geweest,' had ze geantwoord.

Toen ze zich eenmaal hadden geïnstalleerd, hadden ze besproken hoe ze met Admiral House het inkomen zouden kunnen genereren dat hard nodig was naast het legerpensioen van Jonny. Ze hadden bedacht dat ze het huis konden gaan renoveren en er op een dag een bed and breakfast van zouden maken.

Ironisch genoeg was Jonny's dood, na al zijn jaren dienst bij het leger, het gevolg van een metalen tand aan een landbouwwerktuig dat frontaal op hem was gebotst nadat hij een smalle bocht had genomen, slechts drie kilometer van Admiral House.

Jonny had haar zijn pensioen en wat levensverzekeringen nagelaten. Ze had ook het landgoed van haar oma geërfd toen die een paar jaar eerder was overleden, en ze had het geld dat ze uit de verkoop van Manor House in Cornwall had ontvangen belegd. Ze had ook een klein legaat van haar moeder gekregen, die op vijfenvijftigjarige leeftijd aan een longontsteking was gestorven – een feit dat Posy nog steeds merkwaardig vond, aangezien ze heel veel jaren in Italië had doorgebracht.

Ze had overwogen om Admiral House te verkopen, maar zoals de makelaar die ze had gevraagd het te taxeren haar had verteld, waren er nog maar weinig mensen die zo'n groot huis wilden hebben. Als ze al een koper zou vinden, zou het bedrag dat ze ervoor zou krijgen ver onder de eigenlijke waarde zitten.

Bovendien was ze dol op het huis – de plek waar ze na al die jaren nog maar net naar was teruggekeerd – en nu Jonny er niet meer was, kon Posy de vertrouwde en troostende muren van haar kindertijd wel om zich heen gebruiken.

Dus had ze uitgerekend dat ze het financieel net zou redden als zij drieën zuinig zouden leven en ze wat van haar spaargeld en investeringen zou gebruiken als aanvulling op haar inkomen.

Gedurende de eenzame, donkere dagen van die eerste maanden zonder Jonny had Nick haar met zijn zonnige, gemakkelijke karakter eindeloos veel troost geboden. Dat ze haar baby tot een blij, tevreden kind had zien uitgroeien, met onvaste stapjes in de moestuin rondlopend, had haar hoop voor de toekomst gegeven.

Natuurlijk was het voor Nick eenvoudiger geweest: wat hij nooit had gekend, kon hij ook niet missen. Terwijl Sam net oud genoeg was geweest om de koude wind van de dood die door zijn leven waaide te ervaren.

'Wanneer komt papa thuis?'

Posy herinnerde zich dat hij de weken na zijn vaders dood elke avond diezelfde vraag stelde. Telkens weer brak haar hart bij het zien van de verwarring in zijn grote blauwe ogen, die zo op die van zijn vader leken. Dan zette Posy zich weer schrap om hem te vertellen dat papa nooit meer terug zou komen. Dat hij naar de hemel was gegaan en daar over hen waakte. En na een tijdje had Sam niet meer naar hem gevraagd.

Posy stond te luisteren naar het borrelende water dat aan de kook kwam. Ze roerde de oploskoffie door het laagje melk onder in de kop en goot er heet water bij.

Met de kop in beide handen liep ze naar het raam en keek naar de oude paardenkastanjeboom, die generaties kinderen een overvloed aan kastanjes had gegeven. Ze zag de groene, stekelige bolsters al, die het einde van de zomer en het begin van de herfst aankondigden.

De gedachte aan kastanjes herinnerde haar aan het begin van het schooljaar – een moment waar ze altijd als een berg tegenop had gezien toen haar zoons nog jong waren, aangezien het de aanschaf van nieuwe schooluniformen markeerde, het naaien van de labels en de koffers die ze uit de kelder naar boven sleepte. Daarna de afschuwelijke stilte als ze vertrokken waren.

Posy had lang en diep nagedacht over de vraag of ze haar zoons naar kostschool zou sturen. Ook al waren generaties van zowel Jonny's als haar eigen familie weggestuurd voor hun opleiding, het was eind jaren zeventig geweest en de tijden waren veranderd. Ze wist echter dat haar eigen ervaring haar niet alleen goed onderwijs had opgeleverd, maar ook onafhankelijkheid en discipline. Jonny zou hebben gewild dat zijn zoons naar kostschool gingen – hij had het vaak gehad over zijn alma mater. Dus had Posy haar investeringsgeld aangesproken – zichzelf troostend met de gedachte dat haar oma het er ook mee eens zou zijn – en ze naar een school in Norfolk gestuurd; niet zo ver dat ze nooit naar een rugbywedstrijd of toneelstuk kon gaan kijken, maar ver genoeg om niet in de verleiding te komen ze op te halen als ze heimwee zouden hebben.

Sam had het vaakst gebeld. Hij had het moeilijk gevonden om te wennen en leek altijd ruzie te hebben met een van zijn vrienden. Toen

Nick zijn broer drie jaar later volgde, had ze van hem zelden iets gehoord.

In de eerste jaren van haar weduwschap, toen de jongens nog klein waren, had ze verlangd naar tijd voor zichzelf, maar toen haar beide zoons naar school waren vertrokken en ze die tijd eindelijk kreeg, was de koude bries van de eenzaamheid door de vochtige muren heen gekomen en tot in haar hart doorgedrongen.

Voor het eerst in haar leven, wist Posy zich te herinneren, had ze het 's ochtends lastig gevonden een reden te bedenken om haar bed uit te komen. Ze had zich gerealiseerd dat de kern van haar leven van haar was weggerukt en dat alles eromheen slechts vulsel was. De afwezigheid van haar zoons bracht een nieuwe periode van rouw met zich mee.

Het gevoel had haar milder gemaakt. Tot dat moment in haar leven had ze nooit iets begrepen van depressiviteit en had ze een dergelijke gemoedstoestand beschouwd als teken van zwakte, maar tijdens die vreselijke maand toen Nick voor het eerst naar school was vertrokken, had ze zich schuldig gevoeld over het feit dat ze ooit van mening was geweest dat iemand zich simpelweg zou kunnen vermannen. Ze had ingezien dat ze iets nodig had wat haar kon afleiden van het gemis van haar jongens.

Op een ochtend in de herfst was ze in de werkkamer van haar vader in de la van zijn bureau diens oude plannen voor de tuin tegengekomen. Zo te zien was hij van plan geweest om de tuinen van het landgoed om te toveren tot iets spectaculairs. De plattegronden waren beschermd geweest tegen het licht, dus de inkt was nog duidelijk zichtbaar op het perkamentpapier, de lijnen en verhoudingen van het park zorgvuldig door haar vader in beeld gebracht. Ze zag dat hij naast de folly een gedeelte had gemarkeerd voor een vlindertuin, met een lijstje nectarrijke vaste planten waarvan ze wist dat ze een weelde van kleur zouden geven als ze in bloei zouden staan. Een pad overdekt met blauweregen leidde naar een boomgaard met al haar lievelingsfruit: peren, appels, pruimen en zelfs vijgen.

Naast de moestuin had hij een grote kas en een klein ommuurd tuintje getekend, met daarbij de aantekening 'wilgentunnel waar Posy kan spelen'. Er waren kronkelige paden geschetst om de verschillende gedeelten met elkaar te verbinden, en Posy had gegniffeld om zijn plan voor een vijver naast het croquetveldje ('ter afkoeling als het er te heet aan toe gaat'). Er was ook een rozentuin waar 'voor Adriana' bij stond.

Die middag was ze naar buiten gegaan, gewapend met touw en wilgentakken om een aantal van de door haar vader geplande borders te markeren, die gevuld zouden worden met blauwe druifjes, alliums en krokussen. Die hadden geen van alle veel aandacht nodig en waren perfect voor het aantrekken van bijen als ze zouden ontwaken uit hun winterslaap.

Een paar dagen later, herinnerde Posy zich nu, had ze met haar handen in de zachte aarde voor het eerst in weken weer geglimlacht. De geur van compost, het gevoel van de milde zon op haar hoofd en het planten van bollen die het volgende voorjaar hun welkome kleur zouden leveren, hadden haar doen denken aan haar tijd in Kew Gardens.

Die dag was het begin geweest van een vijfentwintig jaar durende passie. Ze had het enorme terrein in vakken ingedeeld en elke lente en elke herfst had ze aan een nieuw gedeelte gewerkt, haar eigen ontwerpen aan die van haar vader toevoegend, waaronder haar persoonlijke pièce de résistance: een groot bloemperk aan de voet van het terras met een netwerk van in bochtjes geplante lage buxushagen rondom bedden van geurige lavendel en rozen. Het was verdraaid onderhoudsintensief, maar de aanblik die het bood vanuit de ontvangstruimten en de logeerkamers was magnifiek.

Kortom, de tuin was haar meester, haar vriend en haar minnaar geworden, waardoor ze weinig tijd had voor andere dingen.

'Mama, het is prachtig,' had Nick altijd gezegd als hij in de zomervakantie thuiskwam en ze hem het werk in uitvoering liet zien.

'Ja, maar wat gaan we eten?' vroeg Sam dan terwijl hij een balletje trapte op het terras. Posy wist nog dat hij als jongen drie keer een raam van de kas had gebroken.

Terwijl ze de ingrediënten verzamelde om de cake te maken die ze later die dag voor haar kleinkinderen wilde meenemen, voelde Posy de bekende steek van schuldgevoel bij de gedachte aan haar oudste zoon.

Hoewel ze zielsveel van Sam hield, had ze hem altijd veel lastiger in de omgang gevonden dan Nick. Misschien kwam het gewoon door het feit dat zij en haar tweede zoon heel veel gemeen hadden. Zijn liefde voor 'oude dingen', zoals Sam ze had genoemd als hij toekeek hoe zijn jongere broer moeite deed om een oude dekenkist vol houtworm te restaureren. Waar Sam een en al actie was – zijn aandachtsboog was kort en hij was licht ontvlambaar – had Nick een veel rustiger karakter. Hij had oog voor schoonheid, iets waarvan Posy dacht dat hij het van haar had geërfd.

De verschrikkelijke waarheid was, bedacht ze toen ze de eieren door het cakemengsel roerde, dat je nog zoveel van je kinderen kon houden, maar dat dat niet betekende dat je ze allebei even graag mocht.

Wat haar het meest dwarszat, was dat haar zoons niet hecht met elkaar waren. Posy herinnerde zich hoe Nick door de tuin achter zijn grote broer aan waggelde toen ze allebei nog klein waren. Hij had Sam overduidelijk geadoreerd, maar naarmate de jaren verstreken, was ze gaan merken dat Nick hem in de schoolvakanties bewust begon te vermijden en liever tijd met haar in de keuken doorbracht of zijn meubels in de schuur opknapte.

Ze waren natuurlijk tegenpolen – Sam extravert en zelfverzekerd, Nick nogal op zichzelf. Via een zijden draad die door de decennia van hun jeugd was gesponnen, waren hun volwassen levens met elkaar verbonden, maar ze waren ook verschillende wegen ingeslagen.

Na zijn middelbareschooltijd had Sam zijn studie aan de universiteit niet afgemaakt en was hij naar Londen verhuisd. Hij had zich gewaagd aan computers, was kok geweest en had in de makelaardij gewerkt. Al zijn pogingen en ambities leken na enkele maanden als sneeuw voor de zon te zijn weggesmolten. Hij was tien jaar geleden teruggekeerd naar Southwold, was getrouwd en probeerde na enkele mislukte start-ups nu zijn eigen vastgoedbedrijf op te zetten.

Posy ondersteunde hem altijd zo goed mogelijk als hij naar haar toe kwam met nieuwe ideeën om geld te verdienen. Maar nu had ze besloten hem geen geld meer te lenen, hoe hard Sam ook zou proberen haar te overtuigen. Bovendien had ze er de middelen niet meer voor, want bijna al haar reserves zaten in haar geliefde tuin. Een jaar geleden had ze een van haar kostbare Staffordshire-beeldjes verkocht om Sams 'waterdichte' businessplan – promotiefilms maken voor lokale ondernemingen – te financieren. Het geld dat het beeldje had opgeleverd, was voor altijd in rook opgegaan toen het bedrijf na slechts negen maanden op de fles ging.

De moeite die ze had om nee te zeggen tegen Sam werd vergroot door het feit dat hij met een engel van een vrouw was getrouwd. Amy was een ontzettende lieverd die het zelfs lukte te glimlachen toen Sam onlangs, voor de zoveelste keer, aankondigde dat ze moesten verhuizen naar een kleiner huurhuis, omdat ze krap bij kas zaten.

Amy had Sam twee gezonde kinderen geschonken – Jake van zes en Sara van vier – en ze had een baan als hotelreceptioniste om een weliswaar bescheiden, maar ook zeer noodzakelijk inkomen bij te dragen, terwijl ze ondertussen zonder morren haar echtgenoot steunde, wat haar in Posy's ogen praktisch tot een heilige maakte.

Wat Nick betreft zwol Posy's hart op van vreugde bij het idee dat haar zoon eindelijk naar Engeland zou terugkeren. Toen hij de middelbare school had verlaten, had hij de aanbiedingen van een paar uitmuntende universiteiten afgeslagen en verklaard dat hij de antiekhandel in wilde. Nadat hij parttime bij een klein plaatselijk veilinghuis had gewerkt, was het hem gelukt om een stageplaats te bemachtigen bij een antiekhandelaar in Lavenham, waar hij dagelijks vanuit Admiral House naartoe reisde.

Toen hij nog maar eenentwintig was, had Nick in Southwold zijn eigen winkel geopend en maakte hij snel naam met het interessante en bijzondere antiek dat hij verkocht. Posy was dolblij geweest dat haar zoon ervoor had gekozen om zijn leven bij haar in de buurt te leiden. Twee jaar later had hij het naastliggende pand gehuurd om de ruimte voor zijn bloeiende zaak te verdubbelen. Als hij weg was om spullen in te kopen, verliet Posy haar geliefde tuin en werkte ze een aantal dagen in de winkel om klanten te helpen.

Een paar maanden later had Nick aangekondigd dat hij een fulltimeverkoopster in dienst nam om de winkel te runnen als hij naar veilingen ging. Evie Newman was geen klassieke schoonheid, haar tengere figuur en elfachtige gelaatstrekken waren eerder kinderlijk dan vrouwelijk, maar haar grote bruine ogen waren betoverend mooi. De eerste keer dat Nick Evie aan Posy had voorgesteld, had ze gezien dat haar zoon Evie continu gadesloeg en wist ze zeker dat Nick verliefd op haar was.

Niet dat Nick iets met die gevoelens kon. Evie had al een hele tijd een vriend op wie ze echt dol leek te zijn. Posy had hem een keer ontmoet en was verbaasd geweest dat Evie de pseudo-intellectuele Brian met zijn spitse gezicht aantrekkelijk vond. Hij was een gescheiden sociologieleraar en ruim vijftien jaar ouder dan Evie. Verder hield hij er uitgesproken meningen op na, die hij niet onder stoelen of banken stak. Posy had meteen een hekel aan hem gehad.

Terwijl Nick vaker en langer wegbleef om spullen in te kopen, had Posy Evie wegwijs gemaakt in de winkel. Ondanks het leeftijdsverschil tussen de twee vrouwen waren ze goede vriendinnen geworden. Evie had haar beide ouders verloren toen ze nog heel jong was, en ze was door haar oma opgevoed in een grillig victoriaans huis in Southwold. Posy, die zelf geen dochter had, koesterde de genegenheid die ze voor haar voelde.

Soms ging Evie met Nick mee en paste Posy op de winkel. Ze vond het heerlijk om Evies sprankelende ogen te zien als ze terugkeerde van zo'n reis en haar expressieve handen een elegante chiffonnière tevoorschijn haalden die zij en Nick voor een habbekrats bij een veiling op een schitterend chateau in Zuid-Frankrijk hadden gekocht.

Ondanks haar belofte aan zichzelf om niet te rekenen op Nicks blijvende aanwezigheid in haar leven, was de schok die ze, na jaren van tevreden samenleven in Admiral House, had gevoeld toen hij haar onverwacht vertelde dat hij de boel ging verkopen en naar Australië zou verhuizen hartverscheurend geweest. Tot overmaat van ramp had Evie snel daarna meegedeeld dat Brian een goede baan had aangeboden gekregen op een college in Leicester. Hij had haar kennelijk ten huwelijk gevraagd en zij had ja gezegd. Ze zouden Southwold verlaten.

Posy had geprobeerd uit te vinden waarom haar zoon de succesvolle zaak die hij door hard te werken had opgebouwd vaarwel wilde zeggen om naar de andere kant van de wereld te verkassen, maar Nick had er geen openheid over gegeven. Ze vermoedde dat het iets met Evie te maken had. Aangezien zij ook ging verhuizen, leek er iets niet helemaal te kloppen.

De zaak werd bijna meteen verkocht en kort daarna was Nick naar Perth vertrokken, waar hij ook spullen naartoe had laten verschepen om hem een goede start te geven op zijn Australische avontuur. Posy had niet laten merken hoe verloren ze zich zonder hem zou voelen.

Het feit dat Evie geen afscheid van haar was komen nemen voordat ze uit Southwold vertrok, had Posy diep gekwetst, maar ze had ingezien dat ze een oudere vrouw was in het leven van een jong iemand. Dat zij sterke gevoelens voor Evie had, wilde niet zeggen dat die ook werden beantwoord.

Toen de winter was gekomen, had Posy weer de bekende kou van de eenzaamheid gevoeld. Haar geliefde tuin sliep en tot het voorjaar was er weinig wat ze kon doen. Zonder die troost om zichzelf in te wentelen wist Posy dat ze dringend iets moest vinden om de leegte te vullen. Dus was ze naar Southwold gegaan en had ze daar parttimewerk gevonden. Drie ochtenden per week werkte ze in een galerie. Hoewel moderne schilderijen niet echt haar voorkeur hadden, verdiende ze er wat geld mee en had ze iets omhanden. Ze had de eigenaar nooit verteld hoe oud ze eigenlijk was en nu, tien jaar later, werkte Posy er nog steeds.

'Bijna zeventig,' mompelde Posy toen ze het cakebeslag in de oven zette en de kookwekker instelde en met zich meenam. Terwijl ze de keuken verliet en naar de trap liep, bedacht Posy wat voor enorme opgave het moederschap was. Hoe oud haar twee zoons ook waren, ze was nooit gestopt zich zorgen om hen te maken. Sterker nog: ze maakte zich alleen maar meer zorgen. Toen ze klein waren, had ze tenminste precies geweten waar ze waren en hoe het met hen ging. Ze hadden zich in haar invloedssfeer bevonden, maar nu ze volwassen waren en het nest hadden verlaten, was dat uiteraard niet meer het geval.

Ze voelde een lichte pijn in haar benen bij het beklimmen van de trap, wat haar herinnerde aan alles waar ze liever niet aan wilde denken. Hoewel ze een leeftijd had bereikt waarop ze best eens mocht klagen over haar kwaaltjes, wist ze dat ze geluk had dat ze nog zo fit was.

'Maar,' zei ze tegen een voorouder van wie het portret op de overloop hing, 'hoelang zal dat nog duren?'

In haar slaapkamer liep ze naar het raam en trok de zware gordijnen open. Ze had nooit het geld gehad om ze te vervangen en het oorspronkelijke patroon op de stof was onherkenbaar verbleekt.

Van hieruit had ze het beste uitzicht op de tuin die ze had gecreeerd. Zelfs in de vroege herfst, nu de natuur zich voorbereidde op haar slaap, streelden de schuine stralen van de middagzon de bladeren van bomen die langzaam naar goud verkleurden, en gaven de laatste rozen hun zware geur af. In de moestuin groeiden plompe oranje pompoenen, en de bomen in de boomgaard waren zwaarbeladen met blozend rode appels. En het bloemperk, vlak onder haar raam, zag er werkelijk prachtig uit.

Posy keerde de schoonheid buiten haar rug toe en keek de enorme slaapkamer in, waar generaties Andersons hadden geslapen. Haar ogen wierpen een blik op het ooit zo verfijnde chinoiseriebehang, dat nu in de hoeken afbladderde en vochtplekken vertoonde, het versleten kleed dat niet meer te redden viel, zoveel was erop geknoeid, en het verbleekte mahoniehouten meubilair.

'En dit is nog maar één kamer. Er zijn er nog vijfentwintig die aan een complete opknapbeurt toe zijn, nog afgezien van het gebouw op zich,' mompelde ze in zichzelf.

Terwijl ze zich uitkleedde, bedacht Posy dat ze in de loop der jaren slechts minimaal onderhoud aan het huis had gepleegd, deels vanwege geldgebrek, maar vooral omdat ze haar aandacht op de tuin – haar lieveling – had gericht. En als een verwaarloosd kind was het huis ongemerkt in verval geraakt.

'Ik woon hier in geleende tijd,' zuchtte ze, aan zichzelf toegevend dat dit fraaie oude huis als een juk om haar nek begon te voelen. Ze was gezond en fit voor een vrouw van negenenzestig, maar hoelang nog? Bovendien wist ze dat het huis niet meer te behouden was als het niet snel een grondige renovatie zou ondergaan.

De gedachte dat ze de handdoek in de ring zou gooien om te verhuizen naar een gemakkelijker te onderhouden woning vervulde haar met afgrijzen, maar Posy wist dat ze praktisch met de situatie zou moeten omgaan. Ze had een eventuele verkoop van Admiral House nog niet met Sam of Nick besproken, maar misschien zou ze dat moeten doen nu Nick terugkwam.

Posy kleedde zich verder uit en zag haar spiegelbeeld in de grote spiegel naar haar terugstaren. Het grijs in haar haar, de rimpeltjes rond haar ogen en de huid die niet meer zo strak was als vroeger stemden haar somber, en ze wendde haar blik af. Het was gemakkelijker om niet te kijken, want vanbinnen was ze nog altijd een jonge vrouw vol jeugdige energie, dezelfde Posy die had gedanst, gelachen en liefgehad.

'Jeetje, ik mis seks!' verkondigde ze tegen de ladekast, op zoek naar haar ondergoed. Vierendertig jaar was een zeer lange tijd zonder de aanraking van een man te voelen, zijn huid tegen de hare, haar lichaam strelend terwijl hij in haar rees en daalde...

Na Jonny's dood waren er wel wat mannen geweest die interesse hadden getoond, vooral in de eerste jaren. Misschien kwam het doordat haar aandacht bij de jongens lag, en later bij de tuin, maar na een paar 'dates', zoals haar zoons ze noemden, had Posy nooit de neiging gehad een relatie te beginnen.

'En nu is het te laat,' zei ze tegen haar spiegelbeeld terwijl ze aan haar toilettafel ging zitten en de goedkope huidcrème – het enige schoonheidsproduct dat ze geregeld gebruikte – op haar gezicht smeerde.

'Niet zo hebberig, Posy. Twee liefdes in je leven vinden is meer dan de meeste mensen ooit ten deel valt.'

Ze stond op, zette de duistere en grillige gedachten uit haar hoofd en concentreerde zich op de veel positievere gedachte aan haar zoon die na tien jaar in Australië eindelijk naar huis zou komen. Beneden haalde ze de cake uit de oven, stortte hem op een rooster en liet hem afkoelen. Toen liep ze door de keukendeur naar de achtertuin. Ze deed haar afgeragde Volvo van het slot en reed over de oprijlaan, waarna ze links afsloeg op de weg naar Southwold, tien minuten rijden verderop.

Ze reed naar de kust en draaide ondanks de koude septemberwind haar raampje open om de zilte zeelucht in te ademen, vermengd met de altijd aanwezige geur van gefrituurde donuts en fish-and-chips uit de shop bij de pier, die de Noordzee in stak, een vlak staalgrijs onder een nevelige blauwe lucht. Langs de weg stonden mooie witte rijtjeshuizen, de etalages eronder gevuld met strandspulletjes. Zeemeeuwen verkenden de stoep, op zoek naar etensrestjes.

De structuur van de plaats was amper veranderd sinds haar kindertijd, maar helaas had de ouderwetse kustsfeer horden welgestelde middenklassegezinnen ertoe bewogen om hier in vakantiehuizen te investeren. Hierdoor waren de huizenprijzen enorm gestegen, en hoewel het goed was voor de economie van de kleine plaats, had het beslist ook de dynamiek van de ooit hechte gemeenschap veranderd. De tweedehuisbezitters kwamen in de zomer in groten getale naar Southwold, waardoor parkeren een bezoeking werd, en vertrokken eind augustus weer als een zwerm gieren die zich tegoed heeft gedaan aan een karkas.

Nu, in september, voelde de plaats doods en verlaten, alsof alle energie eruit was gezogen door de horden en door hen was meegenomen. Terwijl Posy in de hoofdstraat parkeerde, zag ze een poster met END OF SEASON SALE in de boetiek, en de boekhandel had zijn schraagtafels met tweedehandsboeken niet langer buiten staan.

Ze liep kordaat de straat door, goedemorgen knikkend naar de mensen die haar passeerden en aankeken. Het idee dat ze hier thuishoorde, gaf haar in elk geval een prettig gevoel. Bij de kantoorboekhandel kocht Posy haar dagelijkse exemplaar van *The Telegraph*.

Ze liep de winkel weer uit met haar neus in de krantenkoppen en botste tegen een jong meisje op.

'Sorry,' verontschuldigde ze zich, omlaagkijkend naar de bruine ogen van het kind dat voor haar stond.

'Geeft niks,' zei het meisje schouderophalend.

'Hemel,' antwoordde Posy na een ogenblik. 'Sorry dat ik je zo aanstaar, maar je lijkt heel veel op iemand die ik gekend heb.'

'O.' Het kind wiebelde wat ongemakkelijk van de ene op de andere voet. Posy zette een stap opzij om haar de ruimte te geven de winkel in te gaan. 'Dag!'

'Dag.' Posy draaide zich om en liep verder langs de hoofdstraat naar de galerie. Er kwam een bekende gestalte over de straat in haar richting rennen.

'Evie? Jij bent het, toch?'

De jonge vrouw stond stokstijf stil, haar lichte gezicht rood kleurend van gêne.

'Ja. Hallo, Posy,' zei ze zacht.

'Hoe gaat het met je, meid? En wat doe je in hemelsnaam in Southwold? Op bezoek bij oude vrienden?'

'Nee.' Evie bestudeerde haar voeten. 'We zijn een paar weken geleden terugverhuisd. Ik... we wonen hier nu.'

'Echt?'

'Ja.'

'O, goh.'

Posy observeerde Evie, die het oogcontact met haar bleef vermijden. Ze was veel dunner dan ze vroeger was en haar mooie lange donkere haar was kortgeknipt.

'Ik denk dat ik zojuist je dochtertje gezien heb bij de kantoorboekhandel. Ik vond dat ze erg op je leek. Zijn jullie drieën voorgoed terug?'

'Wij tweeën, ja,' antwoordde Evie. 'Maar neem me alsjeblieft niet kwalijk, Posy, ik heb enorme haast.'

'Natuurlijk,' zei Posy. Ze voegde eraan toe: 'Ik werk tegenwoordig in Mason's Gallery, drie deuren verder dan The Swan. Als je eens zin hebt om te komen kijken of met me te lunchen, zou ik dat heel leuk vinden. En je dochtertje, hoe heet ze?'

'Clemmie, ze heet Clemmie.'

'Een afkorting van Clementine, neem ik aan, zoals Winston Churchills vrouw.'

'Ja.'

'Wat een prachtige naam. Nou, tot ziens, Evie, en welkom terug.'

'Dank je. Dag.'

Evie haastte zich naar de kantoorboekhandel, op zoek naar haar dochtertje, en Posy liep het laatste stukje naar de galerie. Ze voelde zich gekwetst door Evies overduidelijke ongemak bij de ontmoeting. Zich afvragend wat ze in godsnaam had gedaan om haar negatieve reactie teweeg te brengen, haalde Posy de sleutels van de galerie uit haar tas.

Terwijl ze de voordeur van het slot deed, naar binnen liep en naar de lichtknop tastte, dacht ze na over wat Evies woorden hadden laten doorschemeren: dat Brian, die al die jaren geleden haar levenspartner was, geen deel meer uitmaakte van haar leven. Ze zou er graag meer over willen weten, maar Posy achtte het onwaarschijnlijk dat ze er ooit meer over zou horen. Afgaand op Evies reactie leek het waarschijnlijker dat ze een volgende keer de straat zou oversteken om haar te vermijden.

Aan de andere kant had ze in de bijna zeventig jaar dat ze op deze aarde rondliep geleerd dat mensen rare wezens waren die haar telkens weer verrasten. Evie zal haar redenen wel hebben, dacht Posy bij zichzelf, terwijl ze naar het kantoortje achter de galerie liep en de waterkoker aanzette voor haar rituele tweede kop koffie.

Ze zou alleen graag willen weten wat die redenen dan waren.

2

‘Kom, Jake, ga je schoenen zoeken, en wel meteen!’

‘Maar mama, ik heb mijn Coco Pops nog niet op en…’

‘Dat is dan jammer! We komen te laat. Opschieten!’

Terwijl Jake de keuken verliet, veegde Amy Montague Sara’s met ontbijtgranen besmeurde mond met een doekje af, waarna ze hurkte om haar haar schoenen aan te doen. De neuzen waren versleten en de voeten van haar dochtertje pasten er nauwelijks nog in. Sara had een snottebel, haar haar zat na een nacht slapen nog in de war, en de broek, die eerder van Jake was geweest, reikte tot halverwege haar schenen.

‘Je ziet eruit als een zigeunerkind,’ zuchtte Amy, die een borstel vanuit de rommel op de zijtafel viste en een poging deed die door Sara’s massa blonde krullen te trekken.

‘Au, mama!’ schreeuwde Sara niet geheel onterecht.

‘Sorry lieverd, maar juf Ewing zal zich afvragen wat voor moeder ik ben als ik je zo naar school stuur.’

‘Ga ik naar school?’ Sara’s gezicht betrok. ‘Maar dat vind ik stom, mama.’

‘O, lieve schat, volgens de juf gaat het heel goed. En Josie haalt je vanmiddag op en neemt je mee naar huis, samen met Jake. Ik kom jullie na mijn werk bij haar ophalen,’ voegde Amy eraan toe.

‘Maar ik vind school niet leuk en ik vind Josie niet leuk. Ik wil bij jou blijven.’ Het gezicht van het kleine meisje vertrok en ze begon te huilen.

‘Sara, lieverd, je vindt school wél leuk, en Josie ook. En ik haal cake voor na het eten, oké?’

‘Oké,’ Sara knikte, enigszins gekalmeerd.

‘Jake? We gaan weg!’ riep Amy, Sara mee de gang in trekkend. Ze deed haar dochter haar jack aan en hulde zich in haar eigen jas, waarna ze in haar handtas naar de sleutels zocht.

Jake kwam met zijn schoenen in de hand van de trap hollen.
'Trek ze aan, Jake.'
'Maar ik wil dat jij het doet, mama. Slaapt papa nog?'
'Ja.' Amy bukte en schoof Jakes schoenen aan zijn voeten. 'Goed, we gaan.'
'Maar ik wil hem dag zeggen,' dreinde Jake terwijl Amy Sara's hand pakte en de deur opendeed.
'Nou, dat gaat niet.'
'Waarom niet?'
'Hij is moe. Kom, we moeten voortmaken!'
Nadat ze de kinderen op school had afgeleverd, reed Amy naar de garage om haar auto achter te laten voor de reparaties die nodig waren om door de jaarlijkse keuring te komen. Ze liep in een stevig tempo naar huis, want ze had nog maar een uur voordat ze naar haar werk moest; een uur waarin ze de keuken aan kant moest maken, de was moest doen en een boodschappenlijst moest maken. Hoe ze het vandaag allemaal zonder auto ging redden, was haar een raadsel, want een toch al lastig leven werd er vrijwel onmogelijk door. Bovendien had ze geen idee waarvan ze de reparaties moest betalen, maar ze zouden het geld ergens vandaan moeten halen, zo simpel was het.

Amy liep het pad op van het armoedige kleine huis waar ze zes weken geleden waren ingetrokken. Het was in wezen slechts een uit de kluiten gewassen strandhuisje, dat aan de rand van Southwold lag en heel charmant oogde als de zon scheen. Het was feitelijk alleen bedoeld voor gebruik in de zomer, en Amy wist dat de dunne, gepotdekselde muren en grote ramen de komende winter maar een karige bescherming tegen de elementen zouden bieden. Er was geen adequate verwarming, alleen maar een onbetrouwbare houtkachel in de woonkamer die, toen ze hem gisteravond uitprobeerde, meer rook dan warmte had afgegeven. Het huis had maar twee bedompte slaapkamers, die zo klein waren dat de meeste van hun bezittingen in dozen in het schuurtje in de achtertuin stonden.

Hoewel ze wist dat Sams trots een enorme knauw had opgelopen toen ze wegens geldgebrek gedwongen waren geweest hun vorige huis te verlaten, en ze hem niet verder wilde kwetsen door hem te vertellen hoe vreselijk ze hun huidige huis vond, was het moeilijk om haar gebruikelijke positieve houding vast te houden. Ze wist dat haar echtgenoot zijn best voor hen deed, maar hij leek eindeloos veel pech te hebben, met de ene na de andere onderneming die weer op de fles ging. Hoe kon ze hem vertellen dat Sara nieuwe schoenen nodig had, dat Jakes winterjas hem te klein werd, of hoe vermoeid ze was van al het huishoudelijke werk terwijl ze ook nog de kosten voor hun onderhoud moest ophoesten van het schamele bedrag dat ze verdiende met haar baan als hotelreceptioniste?

Sam stond in zijn boxershort in de keuken te gapen terwijl hij de waterkoker aanzette.

'Hoi, schat. Sorry dat ik gisteravond zo laat thuis was. Ken en ik hadden veel uit te vogelen.'

'Ging het gesprek goed?' Amy keek hem gespannen aan. Ze zag dat zijn blauwe ogen bloeddoorlopen waren en rook de onfrisse lucht van alcohol in zijn adem. Ze was blij dat ze had liggen slapen toen hij was thuisgekomen.

'Zeer goed.' Sam keek haar aan. 'Ik denk dat ik het tij voor het huishouden Montague snel zal kunnen keren.'

Normaal gesproken was een dergelijke uitspraak genoeg om Amy's stemming te verbeteren, maar vanochtend hadden Sams woorden een holle bijklank.

'Hoe dan precies?'

Hij pakte haar bij haar bovenarmen en hield haar vast. 'Mijn lieve schat, je kijkt nu naar de officiële directeur van Montague Property Development Limited.'

'Echt?'

'Ja. Wil je thee?'

'Nee, dank je. En hoeveel krijg je per week betaald?' vroeg Amy hoopvol.

'O, niet veel denk ik, maar natuurlijk worden al mijn onkosten vergoed.'

'Maar als jij de directeur bent, moet je jezelf toch een salaris betalen?'

Sam liet een theezakje in een mok zakken. 'Amy, dit draait om geld genereren door speculatie. Ik kan pas een salaris vragen als ik mezelf heb bewezen en een project in gang heb gezet. Tegen die tijd krijg ik vijftig procent van de winst. En dat wordt een hele hoop poen.'

Amy's hart zonk haar in de schoenen. 'Maar Sam, we hebben nú geld nodig, niet over een paar maanden. Ik begrijp dat dit je in de toekomst rijk zal kunnen maken, maar je realiseert je toch wel dat we niet kunnen leven van het inkomen dat ik bij het hotel verdien?'

Sam schonk kokend water in zijn mok en zette de waterkoker met een onnodig harde klap op het aanrecht. 'En wat vind je dan dat ik moet doen? Moet ik een of ander rotbaantje in een winkel of een fabriek nemen om wat extra ponden te verdienen?'

Dat was precies wat Amy zou willen. Ze haalde diep adem. 'Waarom heb je zo'n negatieve kijk op gewoon werk, Sam? Je hebt een goede opleiding genoten, veel ervaring opgedaan op allerlei gebied en er is volgens mij geen enkele reden waarom je geen goedbetaalde kantoorbaan zou kunnen krijgen...'

'Waar ons gezin op de lange termijn niets aan zal hebben, Amy. Ik moet aan de toekomst denken, een manier vinden om de levensstijl die we willen en die we verdienen te kunnen betalen. We weten allebei dat me dat niet gaat lukken als ik op andermans kantoor middelmatig bureauwerk ga zitten doen.'

'Sam, momenteel wil ik alleen maar elke dag brood op de plank hebben. Persoonlijk denk ik dat een deel van het probleem is dat we te vaak naar de toekomst hebben gekeken en te veel hebben gespeculeerd.' Amy veegde geagiteerd haar blonde haar uit haar gezicht. 'Het is nu anders dan toen we elkaar net kenden. We moeten beseffen dat we verantwoordelijkheden hebben, dat we kinderen moeten huisvesten en onderhouden, en dat we dat niet van de lucht kunnen doen.'

Hij keek haar aan en nam een slokje van zijn thee. 'Dus vertel je me nou dat je je vertrouwen in me kwijt bent? Dat je niet gelooft dat ik een grote slag zal slaan?'

'Nee...' Amy zag het potentiële gevaar in de blik in zijn ogen. 'Natuurlijk geloof ik in jou en je ondernemerschap, maar zou het niet mogelijk zijn om dit project in je vrije tijd te doen en het te combineren met iets wat ons nu extra geld oplevert?'

'Jezus, Amy! Je hebt kennelijk geen idee hoe de zakenwereld in elkaar zit. Als ik dit vastgoedbedrijf van de grond wil krijgen, moet ik daar elke minuut van de dag aan werken.' Sams gezicht was nu rood van kwaadheid. Hij greep haar arm stevig vast terwijl ze door de keuken naar de gootsteen liep. 'Ik ga dit doen, lieverd, omdat jij, ik en de kinderen anders voor de rest van ons leven in dit kleine klotehuis zullen zitten. Dus in plaats van me te bekritiseren nu ik mijn best doe om ons hieruit te halen, zou je me daarbij ook kunnen steunen!'

'Ik...' zei ze, terwijl de greep om haar arm strakker werd, 'Oké.'

'Goed zo.' Sam liet haar los, pakte zijn mok thee en liep naar de keukendeur. 'Ik ga me aankleden en daarna moet ik weg.'

Amy ging zitten, wrijvend over haar zere arm, en ze verroerde zich niet tot ze Sam de trap op had horen lopen en hem vijf minuten later weer naar beneden hoorde komen. Het hele huis schudde toen hij de voordeur achter zich dichtsloeg.

Ze slikte opgelucht en probeerde de tranen die in haar opwelden tegen te houden. Daarna stond ze op en liep ze als verdoofd naar de bergruimte waar zij en Sam sliepen, aangezien de twee bedden van de kinderen alleen in de grotere slaapkamer pasten.

Ze ging op het onopgemaakte bed zitten en staarde naar de vochtige muur tegenover haar.

Wat was er de afgelopen twee jaar met hen gebeurd? Waar was het misgegaan?

Ze had Sam ontmoet in de bar van The Swan. Zij zat destijds in haar laatste jaar van de kunstacademie in Londen en was in Southwold voor het huwelijk van een vriendin, hij kwam wat drinken op een zaterdagavond. Zijn vriend was laat en zij had even een adempauze nodig van de claustrofobische sfeer op de bruiloft. Ze waren aan de praat geraakt en van het een kwam het ander. Vervolgens had hij haar in Londen gebeld om te vragen of ze zin had een weekend door te brengen in het huis van zijn familie, vlak bij Southwold.

Amy herinnerde zich nog het moment dat ze Admiral House voor het eerst zag. Het was zo perfect van vorm, bijna poppenhuisachtig mooi, dat ze meteen zin kreeg om het op een schilderdoek vast te leggen. Sams moeder, Posy, was heel gastvrij geweest en het verblijf was zo ontspannen dat ze er, eenmaal terug in haar appartementje in Londen, van droomde terug te gaan naar de ruimte en rust van Suffolk.

Sam was toen net begonnen met zijn computerbedrijfje en hij had haar vol energie en verbeeldingskracht het hof gemaakt. Ze had zijn enthousiaste levenshouding aantrekkelijk gevonden, zijn familie innemend en zijn bed warm en uitnodigend.

Toen hij haar had gevraagd met hem te trouwen en naar Suffolk te verhuizen, vlak na haar laatste jaar op de kunstacademie, was het besluit niet moeilijk geweest. Ze huurden een klein rijtjeshuis in een van de schilderachtige straatjes van Southwold en begonnen hun leven samen. Amy nam haar ezel mee naar de boulevard, waar ze de uitzichten schilderde, die ze via een lokale galerie aan toeristen verkocht. Maar dat was seizoenswerk, en toen Sams computerbedrijf failliet was gegaan, had ze de eerste baan die ze kon krijgen aangenomen – als receptioniste bij The Feathers, een comfortabel maar ietwat ouderwets hotel in het centrum.

De afgelopen tien jaar hadden ze een reeks ups en downs meegemaakt, al naargelang hoe het ging met de ondernemingen van Sam. Als het allemaal goed ging, overlaadde hij haar met bloemen en cadeautjes en nam hij haar mee uit eten, en dan zag Amy de vrolijke man met wie ze was getrouwd. Maar als het slecht ging, was het leven heel anders…

En als ze eerlijk tegen zichzelf was, ging het al vrij lang slecht. Nadat zijn promotiefilmpjesbusiness over de kop was gegaan, zonk Sam weg in een moeras van wanhoop en verliet hij het huis nog amper.

Ze had heel hard geprobeerd om het hem niet nog moeilijker te maken. Hoewel hij overdag thuis was, vroeg ze hem zelden om de kinderen van school te halen of boodschappen te doen als zij moest werken. Ze wist dat Sams trots stoelde op het beeld dat hij van zichzelf had als zakenman, en ze had uit ervaring geleerd dat ze hem beter met rust kon laten als hij gedeprimeerd was.

'Maar ik dan?'

De woorden kwamen uit Amy's mond voor ze ze kon tegenhouden. Ze was bijna dertig en wat had ze tot nu toe bereikt in haar leven? Ze had een echtgenoot die permanent zonder werk leek te zitten, ze zaten financieel aan de grond en woonden inmiddels in een gehuurde bouwval. Ja, ze had twee schatten van kinderen en een baan, maar die was mijlenver verwijderd van de glanzende carrière als kunstenares waarvan ze had gedroomd voordat ze met Sam trouwde.

En wat zijn opvliegendheid betreft... Ze had gemerkt dat de agressie die hij tegenover haar tentoonspreidde erger werd, met name als hij gedronken had. Ze zou er wel met iemand over willen praten, maar wie kon ze het vertellen?

Genoeg zelfmedelijden, zei ze tegen zichzelf. Snel trok ze haar donkerblauwe uniform aan en bracht met wat make-up kleur aan op haar bleke wangen. Ze was gewoon moe, meer niet, en Sam deed echt zijn best. Ze verliet het huis, en bedacht dat ze iets speciaals zou kopen voor het eten vanavond. Als ze ruzie kregen, zou dat alles alleen maar erger maken, en hoewel haar intuïtie haar vertelde dat deze nieuwe onderneming ook weer gedoemd was te mislukken, wist Amy dat ze geen andere keuze had dan hem te vertrouwen.

Omdat het vrijdag was, en het Southwold Literary Festival net was begonnen, was het chaotisch in The Feathers Hotel. De andere receptioniste had zich ziek gemeld, wat betekende dat Amy geen lunchpauze had gehad en de boodschappen voor het weekend niet had kunnen doen. Ze had te maken gehad met een dubbele boeking, een verstopt toilet en een vermist horloge waarvan werd vermoed dat het was gestolen tot het een half uur later op mysterieuze wijze opdook. Met een blik op haar eigen horloge zag Amy dat ze nog maar tien minuten had voor ze haar kinderen moest ophalen bij Josie, de oppas, en Karen, de avondreceptioniste, was nog nergens te bekennen.

Meneer Todd, de manager, schitterde door afwezigheid, en toen ze Sam op zijn mobiele telefoon probeerde te bellen om te vragen of hij de kinderen kon halen, nam hij niet op. Ze rommelde in haar tas om haar adresboekje te zoeken, maar realiseerde zich toen dat ze het thuis op de keukentafel had laten liggen. Amy voelde tranen opwellen en belde nummerinformatie, maar daar bleek Josies nummer niet geregistreerd te zijn.

'Is het hier soms onmogelijk om enige service te krijgen?!'

De balie schudde onder de kracht van de vuist die erop sloeg.

'Ik heb drie keer naar beneden gebeld om te vragen of iemand ervoor kan zorgen dat er warm water door die verrekte kranen gaat stromen!'

'Het spijt me vreselijk, meneer, ik heb de onderhoudsdienst gebeld en daar hebben ze beloofd er zo snel mogelijk naar te kijken.' Amy wist dat haar stem beverig klonk vanwege de brok die achter in haar keel zat.

'Verdomme, ik wacht al twee uur! Hier neem ik geen genoegen mee. Als u het niet binnen tien minuten oplost, vertrek ik uit dit hotel.'

'Ik begrijp het, meneer, ik bel de onderhoudsdienst nog een keer.'

Haar hand trilde terwijl ze de hoorn greep en de tranen stonden haar nu in de ogen, hoe hard ze ook slikte. Voor ze de hoorn van de haak had genomen, zag ze Karen door de ingang binnenkomen.

'Sorry dat ik laat ben, Amy. Er ligt een vrachtwagen op zijn kant op de weg hiernaartoe.' Karen liep om de balie heen en trok haar jas uit. 'Gaat het wel?'

Amy kon alleen maar haar schouders ophalen en met een hand over haar ogen wrijven.

'Ga maar, ik handel dit wel af. Goed, meneer Girault,' zei Karen met een stralende glimlach, 'waarmee kan ik u helpen?'

Amy vluchtte het kantoortje achter de balie in, vond een oud papieren zakdoekje in haar handtas en snoot haar neus. Ze trok haar jas aan en liep met gebogen hoofd snel naar de uitgang. Ze stapte opgelucht de koele avondlucht in en voelde dat iemand een grote hand op haar schouder legde.

'Het spijt me vreselijk. Ik wilde u niet van streek maken. Ik snap best dat het niet uw schuld is.'

Amy draaide zich om en keek in het gezicht van de man die bij de receptie had geklaagd. Hij was behoorlijk lang. In haar ontreddering van daarnet had ze hem niet echt goed bekeken, maar nu zag ze zijn brede schouders, zijn golvende kastanjebruine haar en zijn diepliggende groene ogen, die haar bezorgd aankeken.

'Nee, u hoeft zich niet te verontschuldigen. Het lag niet aan u. Excuseer, ik moet mijn kinderen ophalen en ik ben al veel te laat.'

'Natuurlijk,' zei hij met een knikje, 'en het spijt me echt.'

'Dank u.' Amy keerde zich om en haastte zich weg.

Toen ze thuiskwam met twee narrige, vermoeide kinderen plus boodschappentassen, zag ze haar schoonmoeder bij het hekje van de voortuin staan en welden er weer tranen op in haar ogen.

'Hallo, Posy.' Ze dwong zichzelf te glimlachen en deed de voordeur van het slot.

'Lieve meid, je ziet er doodmoe uit. Kom, ik help je even.' Posy duwde het blik dat ze vasthield onder haar ene arm en nam met haar vrije hand een paar boodschappentassen van haar over. Binnen installeerde ze Sara en Jake aan de keukentafel en vroeg ze Amy om de waterkoker aan te zetten terwijl zij geroosterd brood met Marmite maakte en kant-en-klare pasta opwarmde voor de kinderen.

'Mijn hemel, het is hier ijskoud.' Posy huiverde.

'Er is helaas geen verwarming,' zei Amy. 'Het is eigenlijk alleen bedoeld voor gebruik in de zomer.'

Posy keek rond in het keukentje van niks. Het peertje dat in het midden van het vertrek hing, verlichtte alle vlekken op de muren.

'Niet bepaald een paleisje, hè?'

'Nee,' antwoordde Amy, 'maar hopelijk is het maar voor even, tot we financieel weer boven Jan zijn.'

'Je weet toch dat ik tegen Sam heb gezegd dat jullie zo lang als jullie willen bij mij in Admiral House kunnen komen wonen. Het is idioot dat ik er in mijn eentje woon terwijl jullie hier op een kluitje zitten.'

'Je weet dat Sam daar te trots voor is.'

'Nou, lieverd,' zei Posy, die het blik opende en er een prachtige chocoladecake uit tilde, 'hoogmoed komt voor de val en ik vind het een bijna ondraaglijk idee dat jullie hier wonen.' Ze sneed de cake in plakken. 'Kijk, oma's cake voor na jullie toast en pasta. Wil jij ook, Amy?'

'Nee, dank je.' Amy dacht dat ze er waarschijnlijk geen hap van door haar keel zou kunnen krijgen.

Posy sloeg haar schoondochter gade. Hoewel ze nog steeds mooi was, hing Amy's rok van haar heupen en waren haar blauwe ogen groot in haar bleke gezicht. Haar anders zo verzorgde lange blonde haar probeerde uit zijn paardenstaart te ontsnappen en zag eruit alsof het nodig gewassen moest worden.

'Je bent veel te mager, meid. Eet je wel genoeg?'

'Ja, Posy, maak je geen zorgen.' Amy veegde Sara's gezicht schoon. 'Als je het niet erg vindt, doe ik nu de kinderen in bad en breng ik ze naar bed.'

'Natuurlijk. Zal ik even helpen?'

Amy stelde zich Posy's reactie voor op de smerige badkamer en haalde toen haar schouders op. Wat maakte het uit? 'Als je wilt.'

Posy gaf geen commentaar terwijl ze samen de kinderen in bad deden. Nadat ze waren afgedroogd en hun pyjama aanhadden, zei ze dat ze de houtkachel in de woonkamer zou aansteken. Intussen las Amy de kinderen nog een verhaaltje voor.

Toen Sara en Jake eindelijk sliepen, kwam Amy naar beneden en zakte dankbaar neer in een versleten leunstoel. Posy kwam binnen vanuit de keuken met in elke hand een glas wijn.

'Ik hoop dat je het niet erg vindt dat ik de fles heb opengemaakt, maar ik geloof dat je wel een glaasje kunt gebruiken.'

De wijn was bedoeld voor haar en Sam later op de avond, maar Amy nam het glas dankbaar aan.

'Waar is Sam eigenlijk?' vroeg Posy, die zich op de oude leren bank nestelde.

Amy haalde haar schouders op. 'Dat weet ik niet, maar hij is bezig iets op te zetten, dus misschien heeft hij een bespreking.'

'Om half acht op vrijdagavond?' Posy trok een wenkbrauw op. 'Dat betwijfel ik.'

'Nou ja, hij zal zo wel thuiskomen.'

'Helpt hij je wel met de kinderen?'

'Door de week niet, maar in de weekenden heb ik veel aan hem,' zei Amy loyaal.

'Amy, lieverd, Sam is mijn zoon, en hoewel ik veel van hem hou, ken ik hem ook heel goed. Geef hem een vinger en hij neemt de hele hand.'

'Hij doet echt zijn best, Posy.'

'Zoals vanavond, bedoel je? Als Sam momenteel niet aan het werk is, zou hij toch thuis moeten zijn om je te helpen? Hij had op zijn minst de kinderen om vijf uur kunnen ophalen, of de boodschappen kunnen doen. Je ziet er afgepeigerd uit, meid.'

'Ik heb gewoon een goede nachtrust nodig, dat is alles. Het gaat prima met me.' Het laatste waar Amy behoefte aan had, was een preek over de tekortkomingen van haar echtgenoot, ook al waren die er zeker. 'En hoe gaat het met jou?'

'Ik heb geweldig nieuws!' Posy klapte in haar handen. 'Nick heeft me vanochtend gebeld om me te vertellen dat hij thuiskomt!'

'Na al die tijd,' merkte Amy glimlachend op. 'Je zult wel dolblij zijn.'

'Dat kun je wel zeggen. En ironisch genoeg kwam ik Evie Newman vandaag in Southwold tegen. Ze woont hier weer, samen met haar dochtertje.'

'Is Evie niet degene die Nick hielp in zijn antiekzaak?'

'Ja.' Posy nam een slokje van haar wijn. 'Ik weet niet meer of jij haar ooit hebt ontmoet?'

'Jawel, maar tegen de tijd dat Sam en ik trouwden en ik hier kwam wonen, had zij Southwold al verlaten.'

'Het is wel toevallig dat Nick en Evie met maar enkele weken ertussen terugkeren,' dacht Posy hardop.

'Ja. Weet je hoelang Nick van plan is te blijven?'

'Nee, en eerlijk gezegd durf ik hem dat niet te vragen. Ik geniet er gewoon van zolang hij er is, en het zal heerlijk zijn om hem en zijn expertise in Admiral House te hebben. Ik dacht de afgelopen week nog dat de tijd is gekomen om het meubilair te laten taxeren.'

'Echt? Denk je erover om het van de hand te doen?'

'Misschien. En zeker als ik besluit het huis ook te verkopen.'

'O Posy, dat meen je toch niet?' zei Amy geschokt. 'Dat huis is al generaties lang van jouw familie. Ik... Het is zo prachtig! Je kunt het niet verkopen!'

'Ik weet het, lieverd, maar die generaties hadden het geld – en het personeel, trouwens – om het te onderhouden,' zuchtte Posy. 'Maar goed, genoeg over mij. Hoe is het op je werk?'

'Hectisch, zoals altijd in de week van het literaire festival. Het hotel is volledig volgeboekt.'

'Wel leuk, al die interessante auteurs die zich hier verzamelen. Ik ga morgen naar een lezing van Sebastian Girault over zijn boek. Hij lijkt me een heel boeiende man.'

'Sebastian Girault?' herhaalde Amy mat.

'Ja. Zijn roman stond dit jaar op de shortlist voor de Booker Prize, en er zijn heel wat meer exemplaren van verkocht dan van het winnende boek. Je hebt vast wel van hem gehoord, Amy.'

Tegenwoordig vond ze het al een hele prestatie als ze ongestoord de koppen van de dagelijkse roddelkrant kon doornemen; een boek van kaft tot kaft lezen leek onmogelijk. 'Nee. Ik bedoel, ik had nooit van hem gehoord tot vandaag. Ik heb hem vanmiddag ontmoet. Hij verblijft in het hotel.'

'Echt waar? Bof jij even. Aantrekkelijk is hij, hè? Zo lang en stoer,' zei Posy met een glimlach.

'Ik heb het amper opgemerkt, eerlijk gezegd. Hij stond namelijk tegen me te schreeuwen omdat hij geen warm water op zijn kamer had.'

'O hemel, wat jammer. Ik hoopte dat hij net zo aardig zou zijn als hij overkomt op de radio. Maar hij heeft een moeilijk leven gehad. Zijn vrouw is een paar jaar geleden in het kraambed gestorven, en de baby ook. Toch is dat geen reden om je tegenover anderen onbeschoft te gedragen. Dat is het probleem met die beroemdheden, hè? De roem verandert ze, maakt ze arrogant.' Posy keek Amy aan en klapte in haar handen. 'Luister, waarom ga je morgen niet met me mee? Dan lunchen we eerst in The Swan en gaan we dan naar de lezing. Een uitstapje zal je goeddoen.'

'Ik kan niet, Posy. Ik heb geen oppas voor de kinderen.'

'Sam redt zich toch wel een paar uurtjes? Het is immers zaterdag.'

'Ik...' Voordat Amy antwoord kon geven, hoorde ze de voordeur opengaan en kwam Sam binnen.

'Lieverd.' Posy stond op en gaf haar zoon een kus op beide wangen. 'Waar was je?'

'Ik had een bespreking.'

'In de pub?' vroeg Posy, die zijn adem rook.

'Begin nou niet meteen te vitten, mam.'

'Oké, maar je arme echtgenote heeft een vreselijke dag gehad en ik zei net tegen haar dat ze er even uit moet. Dus morgen gaan we samen lunchen en daarna naar een evenement op het literaire festival. Jij redt je wel een middagje met de kinderen, toch, Sam? Dan ga ik nu maar, dan kunnen jullie rustig gaan eten. Goed, ik kom je morgen om half een halen, Amy. Dag, beiden.'

'Dag, Posy,' zei Amy met een rood gezicht van ongemak.

De voordeur ging dicht en Amy keek ongerust naar haar echtgenoot om zijn stemming te peilen. 'Het spijt me, Sam. Als je moeder eenmaal iets in haar hoofd heeft, bijt ze zich erin vast, dat weet je. Ik bel haar morgenochtend wel om te zeggen dat het me niet gaat lukken.'

'Nee, ze heeft gelijk, je moet er even uit. Ik pas morgenmiddag wel op de kinderen. En het spijt me dat ik vanochtend over de rooie ging.'

'En het spijt mij dat ik aan je twijfelde,' zei Amy. Er ging een golf van opluchting door haar heen na zijn verontschuldiging.

'Het is al goed. Ik begrijp wel waarom, maar je moet me vertrouwen.'

'Dat doe ik, Sam, echt.'

'Mooi. Nou, wat gaan we eten en waar is de rest van die wijn?'

3

'Ik wil er niet heen, mama, alsjeblieft!'

'Clemmie, Orwell Park is een voortreffelijke school en dit is een fantastische kans voor je.'

'Maar dat kan me niet schelen. Ik wil bij jou blijven. Alsjeblieft, mam, ik wil niet weg.'

'Kom eens hier.' Evie Newman nam haar dochter in haar armen en gaf haar een knuffel. 'Denk je dat ik wil dat jij weggaat?'

'Weet ik niet,' snufte Clemmie.

'Nou, natuurlijk niet, maar ik moet aan je toekomst denken. Je bent een slimme meid en ik wil je de beste kansen geven die er zijn.'

'Maar ik vond het leuk op mijn oude school in Leicester. Waarom gaan we niet terug?'

'Omdat we nu hier wonen, lieverd. En ook als we nog in Leicester woonden, zou ik willen dat je naar Orwell Park ging.'

'Ik wil alleen maar naar huis. Ik wil dat het weer wordt zoals het was,' snikte Clemmie tegen Evies schouder. 'Je hebt mij nodig om voor je te zorgen, mama, dat weet je.'

'Nee, Clemmie,' zei Evie op krachtige toon. 'Ik kan prima voor mezelf zorgen.'

'Maar als ik naar school ga, ben jij alleen in dit grote huis. Wat als...'

'Clemmie, lieverd, ik beloof je dat ik me uitstekend zal redden.' Evie streek over haar dochters haar. 'Ik heb je de afgelopen jaren veel te veel geclaimd. Het wordt tijd dat je je eigen leven gaat leiden en ophoudt je zorgen om mij te maken.'

'Dat gaat niet gebeuren, mama. Ik vond het fijn zoals het was: jij en ik met zijn tweetjes.'

'Dat weet ik, en ik vond het ook fijn, maar vergeet niet dat je elk weekend thuiskomt en dat de vakanties veel langer duren dan op je oude school. We hebben tijd genoeg om samen te zijn, heus.'

Clemmie maakte zich boos los uit Evies omhelzing en stond op. 'Je wilt gewoon van me af. Nou, ik ga niet en je kunt me niet dwingen!' Ze rende de kamer uit en smeet de deur achter zich dicht.

'Bah, bah, bah!' Evie gaf een dreun op de bank. Dat ze haar dierbare dochter weg moest sturen, verscheurde haar vanbinnen. Het leed geen twijfel dat zijzelf net zozeer leunde op haar dochter als Clemmie op haar moeder. In de tijd dat ze met z'n tweeën in hun kleine rijtjeshuis in Leicester woonden, en door alles wat er daar was gebeurd, had Clemmie veel te snel moeten opgroeien en verantwoordelijkheden gekregen die voor een volwassene al stressvol waren.

Evie wist dat het onontkoombaar was dat Clemmie naar kostschool zou gaan, hoeveel pijn het aanvankelijke afscheid ook zou doen. Het was tijd dat ze zou gaan leven en lachen als een normaal negenjarig kind, en dat ze haar eigen wereld zou creëren, buiten die van haar moeder.

Beneden ging de deurbel. Uitgeput hees Evie zichzelf overeind van de vloer, waarna ze de drie trappen af sjokte en de deur opendeed.

'Hoi, Evie. Ik weet dat ik vroeg ben, maar het is hartstikke druk in de stad.'

Marie Simmonds, Evies oudste vriendin, stond op de stoep naar haar te glimlachen. Vroeger op school werden ze 'Little en Large' genoemd. Evie was vrij klein en tenger, en Marie was een kop groter dan de rest van haar klasgenoten en behoorlijk stevig. Op dit moment, dacht Evie bij zichzelf, zou ze zo met haar willen ruilen.

'Kom binnen. Ik vrees dat het nog een puinhoop is.' Evie loodste Marie door de gang mee naar de keuken.

'God, Evie, wat heb je geboft met dit huis. Als je wilt, verkoop ik het morgen nog voor je, ook al heeft het een jarenvijftiginterieur.' Marie was manager bij een makelaarskantoor, waar ze zich omhooggewerkt had vanuit haar oorspronkelijke functie als receptioniste.

'Er is niets meer aan gedaan sinds mijn grootouders het hebben ingericht.' Evie haalde haar schouders op. 'En nee, dank je, ik wil hier blijven wonen, in elk geval voorlopig.'

'Nou, zoals het er nu voor staat, met al die Londenaren die hier in de buurt graag een huis willen hebben en bereid zijn de hoofdprijs te betalen voor het cachet van Southwold, denk ik dat je jezelf miljonair kunt noemen.'

'Dat is leuk om te weten, maar ik ben niet van plan het te verkopen, dus heeft het weinig zin daarover na te denken, toch? Koffie?'

'Graag. Waarom heb ík geen aardig familielid dat het loodje legt en zijn bezit in Southwold aan me nalaat?' klaagde Marie, met een hand door haar glanzende zwarte krullen strijkend.

'Omdat je lieve ouders hebt die nog leven,' zei Evie pragmatisch, 'iets wat ik sinds mijn tiende niet heb gehad.'

'Sorry, ik wilde niet harteloos of inhalig klinken. Ik voel soms gewoon wat bitterheid als ik op kantoor al dat geld van eigenaar zie wisselen terwijl mijn familie en ik, al generaties lang woonachtig in dit stadje, gedwongen worden uit het centrum weg te gaan omdat we ons de hoge prijzen niet kunnen veroorloven.'

'Wil je een sneetje toast?' vroeg Evie. Ze zette een kop koffie voor Marie op de tafel neer.

'Nee, dank je. Ik ben weer op dieet. Echt, Evie, ik zou bijna een hekel aan je krijgen: een enorm huis en een figuur dat niet is veranderd sinds je een schoolmeisje was, zelfs na een baby, en je kunt ook nog eens eten wat je wilt.' Marie keek afgunstig toe terwijl Evie haar toast rijkelijk met boter en jam besmeerde.

'Je wilt mijn lijf niet, Marie, echt niet,' zei Evie, en ze ging aan de tafel zitten. 'En ik zou jou kunnen benijden vanwege je gelukkige huwelijk en het feit dat jouw kinderen ouders hebben die nog bij elkaar zijn,' zei ze schouderophalend.

'Hoe gaat het met Clemmie?'

'Ze voelt zich ellendig, doet moeilijk en is heel emotioneel. Ze verafschuwt Southwold en wil terug naar Leicester. Ze zit boven te mokken omdat ze naar kostschool moet. Ik weet echt niet wat ik moet doen. Op het moment weigert ze te gaan. Ik voel me een ontaarde moeder. Ik vind het een ondraaglijk idee dat zij denkt dat ik haar niet bij me thuis wil hebben, maar om diverse redenen is het belangrijk dat ze gaat.'

'Echt?' vroeg Marie. 'Ze is nog erg jong, Evie. Kan ze voordat ze naar kostschool gaat niet nog een paar jaar naar de school in de buurt? Southwold Primary staat behoorlijk goed bekend. Er is veel veranderd sinds wij daar zaten. Je vindt er uiteraard niet de pracht en praal van een deftige particuliere school, maar mijn twee hebben het er erg naar hun zin.'

'Nee. In haar belang wil ik dat ze nu gaat.'

'Ik moet eerlijk zeggen dat ik die van mij niet graag op negenjarige leeftijd zou wegsturen.' Marie trok haar schouders op. 'Ik zou ze ontzettend missen. En als Clemmie gaat, zal dat voor jou niet meevallen. Dan ben je hier helemaal alleen.'

'O, ik heb genoeg te doen, ik red me wel.'

Marie nam een slokje van haar koffie. 'Hoe voelt het eigenlijk om hier terug te zijn?'

'Goed,' antwoordde Evie kort.

'Zie je Brian nog weleens?'

'God, nee zeg. Je weet toch dat hij is vertrokken toen Clemmie nog een baby was? Sindsdien heb ik niets meer van hem gehoord.'

'Dus hij heeft ook geen contact met zijn dochter?'

'Nee.'

'Wat verdrietig. Voor Clemmie, bedoel ik.'

'Ik kan je verzekeren dat we allebei beter af zijn zonder hem. Als ik terugkijk, vraag ik me af wat ik in vredesnaam in hem gezien heb.'

'Ja, hij betuttelde je nogal,' zei Marie instemmend.

'Hij behandelde me als een kind. Niets wat ik deed was goed genoeg. Ik bewonderde hem enorm, dacht dat hij veel intelligenter was dan ik, met al zijn levenservaring, en in het begin vond ik het prettig dat er iemand voor me zorgde.' Evie stond op en gooide het restje van haar koffie in de gootsteen. 'Nu zie ik in dat Brian alleen maar een surrogaat was voor de vader die ik op jonge leeftijd had verloren.'

'Het leven is voor jou niet gemakkelijk geweest, hè?'

'Misschien niet, maar je zou kunnen zeggen dat ik het mezelf ook wel moeilijk heb gemaakt. Ik heb een paar stomme fouten begaan.'

'Dat doen alle jonge mensen, Evie. Dat hoort bij het volwassen worden. Wees niet te hard voor jezelf. Oké, moeten we zo langzamerhand niet eens gaan?'

'Ja. Ik ga naar boven om te kijken of ik Clemmie haar slaapkamer uit kan krijgen. Ze heeft gezegd dat ze niet bij Lucy wil spelen terwijl wij naar de lezing gaan.'

'Ze zal het leuk vinden als ze er eenmaal is,' zei Marie. 'Vertel haar maar dat haar oom Geoff een pizza gaat bakken voor de lunch en dat Lucy zich erop verheugt haar te zien.'

Evie knikte. 'Ik doe mijn best.'

Nadat ze een stuurse Clemmie bij Maries huis in het nabijgelegen plaatsje Reydon hadden afgezet en Geoff, de echtgenoot van Marie, hadden geïnstrueerd haar op te vrolijken, gingen de beide vrouwen terug naar Southwold.

'Mijn hemel, wat is het druk,' merkte Evie op terwijl ze langs de brouwerij naar St Edmund's Hall reden, waar de lezing zou plaatsvinden.

'En volgende week om dezelfde tijd, als het literair festival achter de rug is en de meeste kinderen weer op school zijn, valt er niets meer te beleven,' zei Marie. 'Kijk, er staat al een rij. Kom, laten we opschieten.'

Evie en Marie wisten midden in de kleine aula goede zitplaatsen te bemachtigen.

'Heb jij het boek gelezen?' vroeg Evie.

'Nee, maar ik heb de foto's van de auteur gezien, en Sebastian Girault is absoluut de moeite waard om te gaan zien, als het luisteren niet bevalt,' giechelde Marie.

'Hij is echt een fantastische schrijver... O god! Nee! Kijk, daar heb je Posy.'

'Posy?'

'Posy Montague, zie je? Ze komt daar van het trappetje af.' Evie gebaarde met haar hand.

'Ach ja, ik zie haar. Ze is samen met haar schoondochter, Amy. Heb je haar weleens ontmoet?' fluisterde Marie.

'Ooit, lang geleden. Ze is mooi, hè?'

'Ja. Ik ken haar omdat haar zoontje Jake in dezelfde klas zit als mijn Josh. Ze is heel aardig en heeft engelengeduld, en dat moet ook wel, als echtgenote van Sam Montague met zijn neiging tot financiële fiasco's.' Marie rolde met haar ogen. 'Ze wonen in een aftands huisje aan Ferry Road terwijl moeder Montague een paar kilometer verderop in haar reusachtige pand zit.'

'Dames en heren!' Er verscheen een vrouw op het podium om de lezing aan te kondigen en het publiek viel stil.

'Namens het Southwold Literary Festival heet ik u allen van harte welkom. Het wordt ongetwijfeld een interessante middag. We gaan luisteren naar een lezing over *The Shadow Fields* door de bekroonde auteur en journalist Sebastian Girault.'

Het publiek applaudisseerde en Sebastian Girault betrad het podium.

'Wow,' fluisterde Marie toen de auteur met een hand door zijn dikke kastanjebruine haar streek voordat hij aan zijn openingspraatje begon, 'wat een mooie man, hè? Geen wonder dat het publiek vooral uit vrouwen bestaat. Hoe oud zou hij zijn? Begin veertig?'

'Ik heb geen idee.'

Amy sloot haar ogen terwijl de lichten in de aula werden gedimd. Ze was compleet uitgeput. Sam was pas op het allerlaatste moment thuisgekomen om op de kinderen te passen, wat betekende dat Posy en zij de geplande lunch in The Swan hadden moeten overslaan en meteen naar het theater waren gegaan. Er was geen parkeerplek meer te vinden geweest, dus hadden ze de auto aan de andere kant van het centrum neergezet, waarna ze zich hadden moeten haasten om op tijd te zijn voor de lezing.

Amy had weinig zin om Sebastian Girault te horen praten over een boek waar ze waarschijnlijk toch nooit de tijd voor zou hebben om het te lezen, maar in elk geval kon ze nu een uur in het donker zitten zonder te worden lastiggevallen door gasten, kinderen of haar man. Maar toen hij begon te spreken, begon zelfs Amy te luisteren. Zijn warme stem had iets rustgevends, een evenwichtigheid die haar suste en kalmeerde bij het voorlezen van passages uit een verhaal met zoveel intrinsieke droefheid dat Amy zich schuldig voelde dat ze ooit had geklaagd over haar eigen leven.

Het applaus aan het eind van de lezing was uitbundig. Daarna beantwoordde Sebastian vragen van het publiek. Posy vroeg hem hoe hij de feiten over de Eerste Wereldoorlog zo nauwkeurig op een rijtje had weten te krijgen, maar Amy zweeg, want ze had niet de behoefte om in welke vorm dan ook weer met hem in contact te komen.

Er werd meegedeeld dat de heer Girault in de foyer exemplaren van zijn boek zou signeren.

'Kom, ik ga een boek laten signeren, alleen al om even in die ogen te kunnen kijken,' zei Marie. Zij en Evie volgden de rest van het publiek de aula uit. 'Dan kan ik me inbeelden hoe hij me zijn boek voorleest in een met rozen bestrooid bad, in plaats van mijn eigen man met zijn kantoorbaan.'

'Maar Geoff heeft niet het moeilijke artistieke temperament dat gepaard gaat met dat broeierige knappe uiterlijk en het talent,' mompelde Evie. 'Brian omringde zichzelf altijd met zogenaamde intellectuelen. Ik ken het type en ik vind het niet aantrekkelijk. Ga jij maar, ik wacht hier wel.'

Evie nam plaats op een bankje in de hoek van de foyer en keek hoe Marie in de rij ging staan om haar gesigneerde boek te bemachtigen. Toen ze Posy met Amy de zaal uit zag lopen, boog ze haar hoofd in de hoop dat ze niet opgemerkt zou worden. Het werkte niet. Posy liep recht op haar af.

'Evie, hoe gaat het met je?' vroeg Posy met een warme glimlach.

'Prima,' zei ze met een knikje. Ze voelde haar wangen rood worden.

'Ik wil je graag voorstellen aan Amy Montague, de vrouw van Sam.'

'Hallo, Amy.' Het lukte Evie een beleefde glimlach tevoorschijn te toveren.

'Hoi. Ik geloof dat we elkaar lang geleden al weleens hebben ontmoet,' zei Amy. 'Ben je definitief terug in Southwold?'

'Dat is vooralsnog wel de bedoeling, ja.'

'Waar woon je nu?' vroeg Posy.

'In het huis van mijn oma. Ze heeft het me nagelaten.'

'O ja, ik hoorde een paar maanden geleden dat ze overleden was. Gecondoleerd.' Posy's blik bleef op Evie gericht. 'Wat zou je ervan vinden als we samen thee gingen drinken in The Swan? Ik wil graag al je nieuwtjes horen, Evie, en zo kunnen Amy en jij elkaar beter leren kennen.'

'O, maar ik ben hier samen met iemand en...'

'We willen heel graag thee met jullie gaan drinken,' onderbrak Marie haar, die achter Posy was verschenen. 'Ik geloof dat we nooit aan elkaar zijn voorgesteld, mevrouw Montague, maar ik weet waar u woont en ik vind uw huis prachtig. Hoi, Amy,' voegde ze eraan toe.

'Dit is Marie Simmonds. Ze is een oude vriendin van me en ze is makelaar,' zei Evie, gegeneerd om Maries ongedwongen houding tegenover Posy, waardoor ze zelf nog afstandelijker leek.

'Hallo, Marie. Goed dan, laten we gaan voordat alle goede tafels bezet zijn,' stelde Posy voor.

De vier vrouwen liepen naar de uitgang.

'Neem me niet kwalijk? U bent het, toch?'

Amy draaide zich om bij de lichte aanraking op haar schouder en zag Sebastian Girault achter zich staan.

'Pardon?'

'U bent toch de receptioniste van het hotel die ik gisteren van streek heb gemaakt met mijn onbeschofte gedrag?' Hij vergrootte de situatie nogal uit.

Amy voelde dat de ogen van de andere drie vrouwen op haar gericht waren. Ze bloosde hevig. 'Ja.'

'Alstublieft.' Sebastian stak zijn hand uit en bood Amy een exemplaar van zijn boek aan. 'Waarschijnlijk wilt u het helemaal niet hebben, maar ik wil het graag goedmaken. Ik bied u nogmaals mijn verontschuldigingen aan.'

'Dat hoeft echt niet. Ik heb gisteravond al gezegd dat het niet aan u lag.'

'Dus u vergeeft het me?'

Ondanks zichzelf glimlachte Amy om zijn oprechtheid. 'Natuurlijk. Bedankt voor het boek. Tot ziens.'

'Tot ziens.'

Amy draaide zich om en volgde de anderen het theater uit. Posy en Marie waren reuzebenieuwd waar dat allemaal over ging, dus Amy moest het wel uitleggen.

'Wat prettig om een ouderwetse heer te ontmoeten,' zei Posy toen ze de gezellige lounge van The Swan binnenliepen. Evie excuseerde zich en begaf zich richting het toilet, en de rest ging aan een tafel zitten.

'Dat valt tegen, hoor. Hij gedroeg zich gisteren echt als een hufter,' reageerde Amy.

'Nou, in elk geval heb je jezelf de kosten van zijn boek bespaard. Ik moest er vijftien pond negenennegentig voor neerleggen,' snoof Marie.

'Zullen we thee en scones voor vier bestellen?' vroeg Posy. 'Goh, wat leuk hè? Meiden onder elkaar. Ik had heel graag een dochter gehad.

Die arme Amy zit best vaak met me opgescheept, nietwaar, lieverd?'

'Ik vind het niet erg, Posy, dat weet je,' antwoordde Amy.

Evie keerde terug van het toilet en perste zich naast Marie op de bank, hoewel er naast Posy ruimte genoeg was.

'We kunnen niet lang blijven, Marie. Clemmie zal zich afvragen waar we blijven.' Evie klemde haar handen ongemakkelijk ineen en ontspande ze weer.

'Die amuseert zich wel, hoor,' zei Marie, die zich zo vermaakte dat ze nauwelijks acht sloeg op Evies subtiele hints.

'Jouw man is ontzettend goed met jullie kinderen, Marie,' zuchtte Amy. Omwille van Posy voegde ze er snel aan toe: 'Ik bedoel, Sam heeft het momenteel zo druk.'

'En, Evie, vind je het fijn om hier na al die tijd terug te zijn?' vroeg Posy vriendelijk.

'Ja hoor, het bevalt goed.'

De thee en scones werden op de tafel gezet, en tot Evies opluchting richtte Posy haar aandacht op Marie en begon ze haar vragen te stellen over de lokale huizenmarkt.

'Waarom laat je me niet eens langskomen om het huis te bekijken?' zei Marie enthousiast. 'Ik kan het voor je taxeren, dan weet je in elk geval hoeveel het waard is.'

'Je denkt er toch niet serieus over om Admiral House te verkopen, Posy?' Evie ving het einde van het gesprek op en kon het niet laten het te vragen.

Voor het eerst zag Posy weer een zweem van de oude Evie. 'Het is een mogelijkheid, lieverd. Zoals ik net tegen Marie zei, moet er veel geld aan het onderhoud worden besteed en is het voor mij alleen veel te groot.'

'Maar je zoons dan?' vroeg Evie. 'Een van hen zal er toch wel...'

'Willen wonen als ik mijn laatste adem heb uitgeblazen? Ik betwijfel het. Het is eerder een molensteen om de nek dan een voordelige erfenis.'

Terwijl Amy de thee inschonk, sloeg Posy Evie gade en vroeg ze zich af wat er in vredesnaam was gebeurd waardoor die lieve, jonge, intelligente vrouw, ooit zo vol levendigheid, was veranderd in een bleke en magere versie van haar vroegere zelf. Evie zag eruit alsof ze het leed van de wereld op haar schouders torste, en haar bruine ogen stonden droevig.

'Wanneer gaat Clemmie precies naar kostschool?' vroeg Marie aan Evie.

'Volgende week.'

'Goh, ik heb vroeger ook op een kostschool gezeten, en ik vond het er heerlijk,' merkte Posy op. 'Verheugt ze zich erop?'

'Nee, helemaal niet,' antwoordde Evie.

'Dat begrijp ik best, maar als ze er eenmaal is, zal ze zich er vast snel thuis voelen.'

'Ik hoop het.'

Posy zag dat Evie zich concentreerde op haar kop thee om haar niet te hoeven aankijken.

'Nou, als je wilt dat ik eens met haar praat om haar gerust te stellen, als iemand die vroeger zelf ook op een kostschool heeft gezeten, doe ik dat graag.'

'Dank je, maar ze redt zich wel.'

Posy zocht naar iets om de nu ongemakkelijke stilte mee te doorbreken. 'Trouwens, Evie, Nick komt binnenkort terug uit Australië, om me op te zoeken.'

'O ja? Wat leuk, zeg.' Ze stond op. 'We moeten nu echt gaan, Marie.'

Ze haalde wat geld uit haar portemonnee, legde het op de tafel en wachtte op de knorrige Marie, die haar jas aantrok.

'Dag, allemaal,' zei Marie, die haar visitekaartje nog net aan Posy wist te overhandigen, hoewel Evie haar bijna met geweld meetrok naar de deur. 'Bel me gerust.'

'Dat zal ik doen als ik erover nagedacht heb. Dag, Evie,' riep Posy achter haar al verdwijnende rug aan.

'Wij moeten ook op huis aan, Posy,' zei Amy. 'Het is al tijd voor het avondeten en Sam denkt er vast niet aan om iets voor de kinderen klaar te maken.'

'Goed dan.' Posy schudde treurig haar hoofd. 'Weet je, ik zou willen dat ik wist wat ik heb gedaan om Evie van streek te maken. We waren bevriend en we hadden altijd veel plezier samen. Alle fut lijkt uit haar verdwenen te zijn. Ze ziet er verschrikkelijk slecht uit.'

Amy haalde haar schouders op. 'Tien jaar is een lange tijd. En ze heeft kennelijk de nodige problemen met haar dochter die naar kostschool gaat.'

Terwijl Posy en Amy terug naar de auto liepen, dacht Posy aan de uitdrukking op Evies gezicht toen ze haar vertelde dat Nick zou terugkomen uit Australië. Er was iets aan de hand en Posy was vastbesloten erachter te komen wat dat was.

4

'Doe jij de deur even open, Clemmie? Ik kom net onder de douche vandaan,' riep Evie van bovenaan de trap naar haar dochter.

'Oké mam, ik ga al.' Clemmie liet zich van haar bed rollen, rende de trap af en opende de voordeur.

'Hallo, Clemmie. Ik ben Posy Montague, een oude vriendin van je moeder. Weet je nog dat je me een paar dagen geleden voor de kantoorboekhandel hebt gezien?'

'Ja,' zei Clemmie knikkend. 'Kom je voor mama?'

'Eigenlijk ben ik hier voor jou. Heb je weleens krabben gevangen?'

'Nee,' antwoordde Clemmie behoedzaam.

'Dan wordt het hoog tijd. Ik heb spek bij me als lokaas, en er liggen emmers en touw in de auto. Als het van je moeder mag, roeien we de rivier over naar Walberswick. Ga haar maar vragen of je mee mag.'

'Maar... Ik...'

'Hallo, Posy.'

Achter Clemmie verscheen Evie in haar badjas, met een gezicht dat op onweer stond.

'Ah, Evie, fijn je weer te zien. Vind jij het goed als ik met Clemmie krabben ga vangen? Het is zo'n prachtige dag! Ik zorg ervoor dat ze op tijd terug is voor het eten.'

'Nou, het is heel lief aangeboden, Posy, maar we hebben nog veel te doen voordat Clemmie naar school gaat en...'

'Die dingen krijg je waarschijnlijk dubbel zo snel gedaan als je een paar uurtjes voor jezelf hebt. Wat zeg je ervan, Clemmie?'

Clemmie keek Posy aan en begreep dat deze dame niet van plan was zich te laten afschepen. Ze haalde haar schouders op. 'Oké. Als het van mama mag.'

'Vooruit dan maar,' zei Evie berustend, want ze wist dat ze de strijd al had verloren.

‘Mooi zo. Neem maar een warm jack mee voor het geval het later nog fris wordt.’

Clemmie knikte en liep naar boven om zich klaar te maken.

‘Lieve Evie, vergeef me mijn bemoeizucht, maar ik dacht dat ik Clemmie misschien op andere gedachten zou kunnen brengen wat die kostschool betreft, door haar te vertellen hoe leuk het er kan zijn.’

‘Eerlijk gezegd ben ik ten einde raad. Ze weigert domweg om te gaan.’

‘Nou, ik zal mijn best doen haar er een positievere kijk op te geven.’

‘Dank je, Posy.’ Eindelijk verscheen er een zweem van een glimlach op Evies gezicht. ‘Dat is heel aardig van je.’

‘Nee hoor, een dagje krabben vangen vind ik altijd heerlijk. Oké, jongedame,’ zei ze toen Clemmie de trap weer af kwam, ‘laten we gaan.’

‘Dag, mam.’

‘Dag, lieverd. Veel plezier.’

Evie zwaaide de twee uit en deed de deur weer dicht. Huiverend in haar badjas vatte ze moed om de trap weer te beklimmen en zich aan te kleden. Ze voelde zich uitgeput – de afgelopen nacht was de zon al opgekomen voordat ze eindelijk in slaap viel.

Ze trok haar jeans en een trui aan – ze had het tegenwoordig altijd koud – en bedacht dat het voor Clemmie weliswaar goed was dat ze hiernaartoe waren gekomen, maar dat ze naïef was geweest te hopen dat ze terug in Southwold niet met haar verleden zou worden geconfronteerd. Kon ze het maar aan iemand vertellen, kon ze de last maar met iemand delen… Posy was tien jaar geleden een surrogaatmoeder voor haar. Ze waren heel close met elkaar geworden en Evie was dol op haar geweest. Wat zou het troostend zijn om zich tegen haar schouder te laten zakken en haar problemen bij haar uit te storten.

Maar ironisch genoeg, dacht Evie terwijl ze op het bed ging liggen, zich te zwak voelend om terug naar beneden te lopen, was Posy de laatste persoon die ze op dit moment in vertrouwen kon nemen.

‘Wow! En echte houten roeiboot,’ riep Clemmie enthousiast uit toen ze de smalle houten steiger op liepen en in de korte rij gingen staan om het glinsterende water van de rivier de Blyth over te steken, die Southwold scheidde van het nabijgelegen Walberswick.

‘Je hebt toch weleens in een boot gezeten?’ vroeg Posy terwijl ze het vaartuig over de riviermond terug zagen varen, voortgepeddeld door een roeier.

‘Nee. We woonden in Leicester niet in de buurt van water.’

‘Dat is ook zo,’ zei Posy instemmend. ‘Ik ben er nooit geweest. Is het een beetje een aardige plaats?’

‘Ik vind van wel,’ zei Clemmie. ‘Ik wilde er niet weg, want ik had er veel vriendjes en vriendinnetjes, maar mama zei dat we toch moesten verhuizen.’

‘Nou, ben je klaar om aan boord te gaan?’ vroeg Posy toen de boot aanlegde en de teruggekeerde passagiers uitstapten.

‘Ja.’

De roeier, zag Posy, was goed gekleed in een linnen overhemd, met een panamahoed die zwierig over zijn voorhoofd was getrokken om de felle schittering van de zon tegen te houden. Hij stak zijn hand uit naar Clemmie en hield haar in evenwicht toen ze in de boot stapte. Posy volgde nadat ze er eerst de twee emmers met lokaas in had gegooid.

‘Daar gaan we dan, mevrouw.’ De warme, zangerige stem had iets bekends en klonk heel anders dan die van Bob, de voormalig visser die de boot de afgelopen twintig jaar over de strook van honderd meter water had gevaren.

‘Dank u.’ Posy ging op een van de smalle bankjes zitten, waarna de rest van de passagiers aan boord kwam. ‘Je kunt toch wel zwemmen, Clemmie?’

‘Ja, ik heb zwemles gehad op school.’

‘Goed zo, want deze boot schijnt weleens gezonken te zijn onder het gewicht van een overdaad aan toeristen,’ plaagde Posy. Achter hen gooide de roeier de touwen los, waarna hij richting Walberswick begon te roeien. ‘Zo, Clemmie, ik heb gehoord dat je over een paar dagen weggaat naar school.’

‘Ja, maar ik wil niet.’

‘Ik heb ook op een kostschool gezeten,’ verklaarde Posy, die haar ogen sloot en haar hoofd schuin hield om de zonnestralen op te vangen. ‘Ik heb er een heerlijke tijd gehad. Ik maakte er heel veel vriendinnen, we hielden middernachtelijke feestjes met lekker eten in de slaapzaal, en we kregen een goede opleiding op de koop toe.'

Clemmie trok een pruillip. 'Dat zal vast wel, Posy, maar ik wil er toch niet heen.'

'Kijk, we zijn er al,' zei Posy opgewekt toen de roeier opstond en een touw aan de steiger vastgreep om de boot er verder naartoe te trekken. Hij sprong eruit en legde aan. Posy en Clemmie, die achterin zaten, waren de laatsten die uit de boot stapten. Posy keek toe hoe de roeier Clemmie moeiteloos de oever op zwaaide, zijn gespierde onderarmen gebruind en sterk.

Hij draaide zich om naar Posy en nam zijn hoed af om zijn voorhoofd af te vegen. 'Tjonge, het is vandaag warm voor de tijd van het jaar.' Hij glimlachte naar haar terwijl ze over de smalle banken naar hem toe klauterde. Hij stak zijn hand naar haar uit en ze keek hem voor het eerst in de ogen.

Op dat moment werd Posy bevangen door de vreemde gewaarwording dat de tijd stilstond. Ze had hem een seconde of een eeuw kunnen aankijken. Alles om haar heen – het gekrijs van de meeuwen in de lucht, het geanimeerde geklets van de andere passagiers die bij de steiger vandaan liepen – leek zich ergens in de verre verte af te spelen. Ze wist dat er maar één ander moment in haar leven was geweest waarop ze een vergelijkbaar gevoel had gehad, en dat was de eerste keer dat ze ruim vijftig jaar geleden in hetzelfde paar ogen had gekeken.

Posy kwam weer bij en zag dat hij zijn hand uitstak om haar de steiger op te helpen. Ze wist niet of ze zou flauwvallen of zelfs ter plekke zou overgeven in de roeiboot. Hoewel al haar instincten haar zeiden dat ze van hem en zijn aangeboden arm moest wegvluchten, wist ze dat ze in de val zat, tenzij ze zich in het water zou gooien en terug naar het veilige Southwold zou zwemmen, wat geen realistische optie was.

'Het lukt wel, dank u,' zei ze, bukkend en haar hoofd buigend om hem te ontwijken, waarna ze zich met haar handen vastgreep in een poging de steiger op te klauteren. Maar haar benen werkten niet mee en terwijl ze vervaarlijk tussen de boot en de steiger wankelde, bewoog hij zijn arm naar haar toe om haar te helpen. Bij zijn aanraking ging er een schok door haar heen, en toen hij zijn andere arm om haar heen sloeg en haar met gemak het houten plankier op tilde, begon haar hart hevig te bonzen.

‘Gaat het wel, mevrouw?’ vroeg hij haar toen ze hijgend op de steiger stond.

‘Ja, ja, het gaat prima,’ wist ze uit te brengen terwijl zijn bruine ogen haar onderzoekend aankeken en er iets van herkenning gloorde. Ze wendde zich snel af. ‘Kom, Clemmie,’ zei ze, en ze dwong haar benen, die zo week waren als drilpudding, om weg te lopen.

‘Ik... mijn god! Posy, ben jij het?’ hoorde ze hem achter zich roepen. Ze keek niet om.

‘Gaat het wel, Posy?’ vroeg Clemmie. Posy loodste haar snel mee langs de kade.

‘Ja, natuurlijk. Het is gewoon nogal warm vandaag. Laten we even op dat bankje gaan zitten om wat water te drinken.’

Vanaf haar plekje aan de kade kon Posy zien hoe hij mensen op zijn boot hielp voor de terugkeer. Pas toen hij de touwen had losgegooid en ze hem terug zag roeien naar Southwold vertraagde haar hartslag weer.

Misschien kunnen we een taxi terug nemen, peinsde ze. Wat doet hij hier in godsnaam?

Toen herinnerde ze zich dat het een van de dingen was waar ze het over hadden gehad toen ze elkaar voor het eerst ontmoetten...

‘Vertel eens, waar kom je vandaan, Posy?’

‘Oorspronkelijk uit Suffolk, maar ik ben in Cornwall opgegroeid.’

‘Suffolk? Nou, dat hebben we dan met elkaar gemeen...’

‘Voel je je al beter, Posy?’ vroeg Clemmie haar met een nerveuze blik.

‘Veel beter, het water heeft geholpen. Nou, laten we een goede plek gaan zoeken en een hoop krabben verzamelen!’

Ze voerde Clemmie zo ver mogelijk over de kade mee, waarna ze samen op de rand gingen zitten. Posy liet Clemmie zien hoe ze het spek aan het haakje aan het uiteinde van het touw moest bevestigen voor ze het in het water wierp.

‘Werp het nu maar in het water en zorg ervoor dat het niet te veel heen en weer beweegt, want de krab moet erop springen. Houd het dicht bij de muur. Daar zijn meer stenen waar de krabben zich onder kunnen verschuilen.’

Uiteindelijk, na een paar keer vals alarm, haalde Clemmie triomfantelijk een kleine maar levende krab omhoog. Posy maakte hem los en gooide hem in de emmer.

'Goed gedaan! En nu je je eerste krab hebt gevangen, volgen er meer, let maar op.'

En inderdaad ving Clemmie nog zes krabben voordat Posy verklaarde dat ze honger en dorst had.

'Oké,' zei Posy, en haar hart sloeg een slag over toen ze de roeiboot de steiger zag naderen, 'dit is het perfecte moment om wat te gaan drinken bij de pub, en een lichte lunch te nemen.' Ze wierpen de krabben terug in het water.

Nadat ze een tafel hadden gevonden in de tuin van The Anchor, bestelde Posy voor zichzelf een zeer welkom glas witte wijn, en voor Clemmie een cola, plus twee baguettes met verse garnalen. Wachtend aan de bar herinnerde ze zich dat ze had opgemerkt hoe aantrekkelijk hij was toen ze bij de boot aankwamen. En toen hij zijn hoed had afgenomen om zijn hoofd te onthullen, met het dikke en nu heel witte haar, van zijn voorhoofd naar achteren gestreken en tot over zijn oren groeiend...

Hou op, Posy, zei ze tegen zichzelf. Vergeet niet wat hij je heeft aangedaan, dat hij je hart heeft gebroken...

Helaas, dacht ze terwijl ze de wijn en cola meenam naar de tafel waar Clemmie zat te wachten, luisterde haar lichaam door de extreme fysieke reactie op zijn aanraking niet – althans nog niet – naar wat haar ratio haar vertelde.

Gedraag je, Posy! Je bent bijna zeventig! Bovendien is hij waarschijnlijk getrouwd en heeft hij een hele serie kinderen en kleinkinderen en...

'Bedankt, Posy,' zei Clemmie toen ze de glazen op de picknicktafel zette.

'De baguettes komen eraan, maar ik heb alvast een zakje chips meegenomen voor de eerste honger. Proost!' Posy tikte met haar glas tegen dat van Clemmie.

'Proost,' zei Clemmie haar na.

'Dus, lieve meid, je hebt niet veel zin om naar je nieuwe school te gaan, begrijp ik.'

'Nee,' Clemmie schudde opstandig haar hoofd. 'Als mama me dwingt, loop ik weg en kom ik weer naar huis. Ik heb mijn zakgeld gespaard voor het geval dat, en ik neem dan gewoon een trein, dat kan ik best.'

'Dat geloof ik graag, en ik begrijp hoe je je voelt. Ik vond het verschrikkelijk toen ik te horen kreeg dat ik naar kostschool zou gaan.'

'Nou, ik snap niet waarom ik erheen moet,' klaagde Clemmie.

'Omdat je moeder wil dat je de best mogelijke start krijgt. En soms nemen volwassenen beslissingen voor hun kinderen waar die kinderen het niet mee eens zijn of die ze niet begrijpen. Denk je nou echt dat je moeder het fijn vindt om je weg te sturen?'

Clemmie dronk langzaam door een rietje van haar cola en dacht erover na. 'Misschien wel. Ik weet dat ik moeilijk heb gedaan sinds we naar Southwold zijn verhuisd.'

Posy grinnikte. 'Lieve Clemmie, jouw gedrag heeft niets te maken met haar besluit. Toen mijn jongens naar kostschool vertrokken, heb ik dagenlang tranen met tuiten gehuild. Ik miste ze ontzettend.'

'Echt?' Clemmie keek verbaasd.

'O, absoluut,' zei Posy knikkend. 'En ik weet dat je moeder zich ook zo zal voelen, maar ze zal ervan overtuigd zijn dat het goed voor je is, zoals ik destijds het beste voorhad met mijn zoons, ook al zagen zij het anders.'

'Maar Posy, je begrijpt het niet, echt niet,' reageerde Clemmie koppig. 'Mama heeft me nodig. Bovendien...' Haar stem stierf weg.

'Ja?'

'Ik ben bang!' Clemmie beet op haar lip. 'Wat als ik het er vreselijk vind? Wat als alle andere meisjes afschuwelijk zijn?'

'Dan hoef je er vast niet te blijven,' zei Posy schouderophalend. 'Het is onzinnig om iets niet te doen alleen omdat je vreest dat je het misschien niet leuk vindt. En de school is niet zo ver weg. Je komt thuis in de weekenden en de vakanties. Alleen maar voordelen.'

'Wat als mama me vergeet als ik weg ben?'

'Och lieverd, je moeder is dol op je. Dat is van haar gezicht af te lezen. Ze doet het voor jou, niet voor zichzelf.'

Clemmie slaakte een zucht. 'Nou, als je het zo bekijkt... en misschien is het wel leuk om een slaapzaal te delen.'

'Dus waarom probeer je het niet gewoon? Dan kijk je stap voor stap hoe het bevalt. En als je het er echt heel naar vindt, zal je moeder je vast terughalen.'

'Zorg je ervoor dat ze dat belooft, Posy?'

'We kunnen het haar vragen als ik je terugbreng. Kijk eens.' Posy keek op naar de serveerster, die twee baguettes gevuld met garnalen en knapperige sla met een pikante dressing op de tafel neerzette. 'Dat ziet er lekker uit.'

Nadat ze Clemmie nog een half uur had vermaakt met vrolijke en grappige verhalen over school – sommige echt, de meeste verzonnen – liep Posy vol tegenzin met een gerustgestelde Clemmie terug naar de boot. Gelukkig was het druk en had de roeier geen tijd om iets tegen haar te zeggen terwijl hij de passagiers aan boord hielp. Toen ze Southwold bereikten en ze de boot konden verlaten, zette Posy zich schrap. Hij pakte haar bij de arm om haar de steiger op te helpen en boog zich naar haar toe.

'Jij bent het toch, Posy?' fluisterde hij.

'Ja.' Ze knikte kort, wetend dat het kinderachtig zou zijn om te zwijgen.

'Woon je hier in de buurt? Want dan zou ik graag...'

Op dat moment was ze al veilig op het droge. Zonder achterom te kijken liep Posy van hem weg.

5

Nick Montague keek door het taxiraam naar de mistige vroege ochtend. Hoewel het nog maar net zeven uur was geweest, stonden de auto's al bumper aan bumper op de M4 naar Londen.

Hij huiverde nu hij voor het eerst in tien jaar de kou van de Engelse herfst weer gewaarwerd. In Perth begon het net lente te worden en lagen de temperaturen rond begin twintig.

De taxi reed centraal Londen in en Nick voelde de gespannen dynamiek van de hoofdstad, die zo anders was dan de ontspannen sfeer van Perth. Hij werd er zowel opgetogen als ongedurig van, en hij wist dat het tijd zou kosten om er weer aan te wennen. Hij was blij dat hij had besloten hier eerst naartoe te komen en niet meteen naar Southwold te gaan. Hij had zijn moeder niet zijn exacte aankomstdatum in Engeland laten weten, want hij wilde graag wat tijd voor zichzelf hebben zonder dat zij hem al verwachtte. Er waren besluiten die hij moest nemen voordat hij haar zou zien.

In de afgelopen paar maanden had hij voor het eerst sinds hij in Perth was gaan wonen heimwee naar Engeland gehad. Misschien kwam dat omdat het aanvankelijk veel energie had gekost om zich te vestigen in een nieuw land en er een zaak op te zetten. Daar was hij uiteindelijk in geslaagd en nu was hij eigenaar van een bloeiende antiekhandel op de Left Bank en huurde hij een mooi appartement met uitzicht op het water in Peppermint Grove.

Misschien was het allemaal een beetje té gemakkelijk gegaan, moest hij toegeven. Hij was naar Perth gekomen in een periode dat het snel groeide en er veel rijke, jonge ondernemers naartoe trokken, en vanwege het gebrek aan concurrentie in de verkoop van kwaliteitsantiek had hij veel meer verdiend dan hij wellicht in Engeland zou hebben gedaan.

Hij had geprobeerd van zijn succes te genieten, maar voelde al een tijdje dat hij een nieuwe uitdaging nodig had. Hij had gespeeld met het idee om winkels in Sydney en Melbourne te openen, maar de afstand tussen de steden maakte het lastig, vooral qua vervoer van meubilair. Inmiddels had hij genoeg geld verdiend en ervaring opgedaan om groot te kunnen worden in de antiek, en als hij het er nu niet op zou wagen, ging het er nooit meer van komen. En simpel gezegd: daarvoor moest hij terugkeren.

Hij had besloten wat tijd in Londen door te brengen om zich in de antiekmarkt te verdiepen, naar enkele topveilingen te gaan en verschillende winkellocaties te bekijken die hij op het internet had gezien. Hij wilde ook nagaan hoe het voelde om terug in Engeland te zijn. Als het hier niet goed voelde, zou hij het misschien in New York proberen.

'We zijn er, Gordon Place 6.'

'Dank u,' zei Nick, en hij betaalde de chauffeur. De taxi reed weg en Nick sleepte zijn koffer naar de voordeur van het met blauweregen bedekte herenhuis. Hoewel het maar een paar minuten lopen was naar de drukte van Kensington High Street, was Nick zich bewust van de rust in deze elegante woonbuurt. Het was fijn om huizen te zien die er al een paar honderd jaar stonden, in plaats van de eindeloze nieuwe wijken van Perth.

Hij liep naar de voordeur en belde aan.

'Nick, hoi!' Paul Lyons-Harvey omarmde hem stevig en sloeg hem hartelijk op de rug. 'Goed je te zien! Je bent niets veranderd, man. En nog steeds een volle haardos, wat niet iedereen kan zeggen.' Paul streek over de kale plek op zijn kruin, pakte Nicks koffer en droeg die naar binnen.

'Nick!' Nog een omhelzing, deze keer van Jane, de vrouw van Paul, een lange, ranke blondine wier perfecte symmetrische trekken ooit het omslag van *Vogue* hadden gesierd.

'Ziet hij er niet goed uit?' zei Paul, die Nick door de smalle gang meenam naar de keuken.

'Jazeker. Zal wel al dat surfen zijn waarmee hij de pondjes eraf weet te houden. Ik blijf proberen Paul op dieet te krijgen, maar na een dag of wat zit hij alweer aan de toetjes,' merkte Jane op, met een tedere kus op de kale plek van haar kleine en onmiskenbaar gezette echtgenoot.

‘Wat ik qua lengte ontbeer, maak ik gewoon goed in de omvang,’ grinnikte Paul.

‘Het goede leven speelt je parten, zeker?’ vroeg Nick, die aan de keukentafel ging zitten en zijn benen eronder zwaaide.

‘Ik moet zeggen dat de zaken de afgelopen jaren behoorlijk voorspoedig zijn gegaan. Dat moest ook wel, om mijn dierbare wederhelft te kunnen voorzien van bont en juwelen.’

‘Absoluut,’ zei Jane instemmend, en ze zette de waterkoker aan. ‘Ik ben toch zeker niet met je getrouwd om je superknappe uiterlijk, hè, schat? Koffie, Nick?’

‘Ja, graag,’ antwoordde Nick, met een bewonderende blik op Janes lange, in jeans gestoken benen, bij zichzelf denkend dat zijn oudste vriend en diens vrouw fysiek gezien bepaald geen geweldige match waren, maar een sterker huwelijk hadden dan de meeste stellen die hij kende. Ze vulden elkaar perfect aan: Paul was een aristocratische kunsthandelaar en Jane een heel elegant en nuchter type; zij bezat een kalmte die het temperament van haar echtgenoot in balans hield. Ze waren dol op elkaar.

‘Ben je erg moe?’ vroeg Jane aan Nick. Ze zette een mok koffie voor hem neer.

‘Behoorlijk,’ gaf hij toe. ‘Ik denk dat ik een paar uurtjes ga dutten als jullie het niet erg vinden.’

‘Natuurlijk niet, maar we geven vanavond wel een etentje. Dat stond al gepland voordat we wisten dat je zou komen logeren,’ zei Jane verontschuldigend. ‘We zouden het heel leuk vinden als je erbij bent, maar als je er geen fut voor hebt, geeft dat niets.’

‘Ik zou komen als ik jou was. Er staan superverleidelijke dames op de gastenlijst,’ aldus Paul. ‘Een prachtige meid uit de goeie ouwe tijd toen Jane nog op de catwalk paradeerde. Mag ik aannemen dat jij nog steeds niet aan de vrouw bent?’

‘Nee. Ik ben een eeuwige vrijgezel.’ Nick haalde zijn schouders op.

‘Nou, met dat bruine kleurtje van je duurt het niet meer dan vierentwintig uur voordat de vrouwen voor onze deur in de rij staan,’ zei Jane. ‘Hoe dan ook, ik moet nu weg. Ik heb om twaalf uur een fotoshoot en ik heb nog geen geschikt paar schoenen gevonden voor het model.’

Een paar jaar geleden was Jane gestopt met haar modellenwerk en nu was ze freelance modestyliste – veelgevraagd, had Nick uit de e-mails van Paul begrepen.

'Ga jij eerst maar rusten, dan kun je later kijken of je de energie voor vanavond kunt opbrengen. Een extra man is welkom.' Jane masseerde Nicks schouders eventjes, gaf haar man een kus op zijn mond en liep de keuken uit.

'Je bent een echte geluksvogel, Paul,' grijnsde Nick. 'Jane is beeldschoon. Jullie lijken nog net zo gelukkig met elkaar als tien jaar geleden.'

'Ja, ik ben een bofkont,' zei Paul instemmend, 'maar elk huwelijk kent zo zijn problemen, kerel. Dat van ons ook.'

'Serieus? Dat zou je niet zeggen.'

'Nee, maar misschien is de afwezigheid van het getrippel van kleine voetjes je opgevallen? We proberen het al zes jaar, zonder succes.'

'Dat wist ik niet, Paul. Dat spijt me voor jullie.'

'Ach, nou ja, je kunt niet alles hebben, toch? Ik denk dat het voor Janey erger is, omdat zij een vrouw is en zo. We hebben alles geprobeerd, alle tests doorlopen en twee ivf-rondes gehad. En ik kan je wel vertellen, als er een tegengif voor seks is, is dat het wel. Het heeft iets onaantrekkelijks als je het op bestelling moet doen, op een bepaald tijdstip op een bepaalde datum.'

'Dat kan ik me voorstellen.'

'Hoe dan ook, we hebben besloten dat hoofdstuk af te sluiten. Het gaf geweldig veel spanning in ons huwelijk. Janey lijkt zich nu best gelukkig te voelen in haar carrière, en zelf mag ik momenteel ook zeker niet klagen.'

'Nog interessante vondsten?' Nick wilde al net zo graag van onderwerp veranderen als Paul.

'Alleen maar een Canaletto die ik op een van mijn reizen tegenkwam,' zei hij luchtig. 'Daar heb ik een goede prijs voor gekregen, zoals je je wel kunt indenken. Daarmee heb ik ons pensioen gewaarborgd, en alles wat we verder verdienen, is voor de leuke dingen. En hoe gaat het met jou?'

'Goed. Nou ja, financieel in elk geval, hoewel ik nog steeds op zoek ben naar mijn Canaletto,' antwoordde Nick grijnzend.

'Nou, ik heb een paar winkellocaties gevonden die volgens mij perfect zouden zijn als je besluit in Londen iets te openen. Zoals je vast wel weet, heeft de antiekmarkt nogal een dip doorgemaakt, met die alomtegenwoordige fetisj voor roestvrij staal en modern. Maar nu er een recessie dreigt en iedereen nerveus is over de financiële markten, kopen de mensen weer spullen waarvan ze hopen dat die hun waarde behouden. Iedereen lijkt er verstand van te hebben, met de komst van al die televisieprogramma's over dit onderwerp. De mensen zijn bereid veel geld neer te leggen voor topkwaliteit, maar het is moeilijker om de rommel kwijt te raken.'

'Dat is goed nieuws, want ik ga voor het hoogste marktsegment, zoals ik in Southwold al deed voor ik vertrok,' zei Nick, een gaap onderdrukkend. 'Sorry, het was een lange reis. Ik ben bekaf. Ik heb in het vliegtuig niet veel geslapen.'

'Natuurlijk. Ga jij maar naar boven om te rusten, dan ga ik mijn gezicht maar eens laten zien in Cork Street.' Hij gaf Nick nog een joviale klap op zijn rug. 'Fijn dat je terug bent, en je weet dat je hier zo lang als je wilt kunt logeren.'

'Dank je.' Nick stond op. 'Dat waardeer ik enorm. En ik vind het huis prachtig.' Hij gebaarde om zich heen. 'Het is zo... Engels. Ik heb deze architectuur gemist.'

'Dat is het inderdaad. Jij hebt de bovenste verdieping. Slaap lekker.'

Nick sleurde zijn koffer de drie trappen op en opende de deur naar een zolderslaapkamer. Zoals het hele huis was de kamer eclectisch maar gezellig gemeubileerd, en het grote tweepersoonsbed van koper met zijn kanten sprei zag er aanlokkelijk uit. Zonder zich uit te kleden liet Nick zich erop vallen en hij sliep vrijwel meteen.

Hij werd wakker toen het buiten al begon te schemeren, en hij kon zich wel voor z'n kop slaan dat hij geen wekker had gezet. Hij knipte het licht aan en zag dat het bijna zes uur 's avonds was, wat betekende dat de kans dat hij vannacht zou kunnen slapen vrijwel nihil zou zijn. Hij deed een deur open, waar een kast achter zat, en probeerde een andere deur, die naar een kleine maar prima badkamer leidde. Hij trok zijn waszak en wat schone kleren uit zijn koffer, stapte onder de douche en schoor zich.

Twintig minuten later liep hij naar beneden en trof hij Jane in de keuken aan, waar ze in haar kamerjas paprika en champignons stond te snijden.

'Hallo, slaapkop. Voel je je beter?'

'Ja, maar ik verontschuldig me nu alvast voor het feit dat ik tot vier uur in de ochtend zal willen opblijven om te kletsen.'

'Dat vind ik uitstekend, je weet dat ik een nachtmens ben.'

Nick pakte een reep paprika van de snijplank en nam een hap. 'En, heb je plezier in je nieuwe werk?'

'Ja, eigenlijk wel, veel meer dan ik had gedacht. Ik deed het aanvankelijk om een bevriende fotograaf een dienst te bewijzen. Eerlijk gezegd doodde ik gewoon de tijd terwijl ik… nou nee, terwijl Paul en ik wachtten op de baby's die zouden komen. Nu dat niet meer aan de orde is, lijkt het erop dat ik carrière aan het maken ben.'

'Ja, Paul vertelde vanochtend dat jullie problemen hadden gehad,' reageerde Nick voorzichtig.

'O ja?' Ze zuchtte. 'Het stomme is dat ik nooit over baby's had nagedacht. In feite heb ik er aan het eind van mijn tienertijd en als twintiger juist voor gezorgd dat ik ze níét zou krijgen. Ironisch, eigenlijk. Ik had gewoon nooit gedacht…' Jane stopte met snijden en staarde in de verte. 'Tja, je gaat er gewoon van uit dat je ze kunt krijgen, net als andere vrouwen. De moeilijkheid is dat je ergens pas heel erg naar gaat verlangen als je beseft dat je het niet kunt krijgen.'

'Het spijt me voor je, Jane.'

'Dank je.' Jane schudde een lok van haar blonde haar uit haar ogen en begon weer te snijden. 'Het ergste is dat ik steeds denk aan de manier waarop ik mijn lichaam heb verwaarloosd toen ik jonger was. Ik leefde, zoals vrijwel alle modellen, op zwarte koffie en sigaretten.'

'De artsen hebben toch niet gezegd dat daar de oorzaak ligt?'

'Nee. We behoren tot de stellen waarbij geen aanwijsbare oorzaak te vinden is. Hoe dan ook is het ergste achter de rug. We hebben geaccepteerd dat ons nest leeg zal blijven en ik ben het stadium voorbij dat ik elke keer moet huilen als ik een kinderwagen met een pasgeboren kindje zie.'

'O, Janey.' Nick liep naar haar toe en gaf haar een knuffel.

'Maar goed.' Jane veegde snel haar ogen af. 'En hoe zit het met jou,

Nick? Er zal in de afgelopen tien jaar toch wel een speciaal iemand in je leven zijn geweest?'

'Niet echt, nee. Er zijn wel wat vrouwen in mijn leven geweest, natuurlijk, maar het is met geen van hen wat geworden,' zei hij schouderophalend. 'Door schade en schande wijs geworden, zal ik maar zeggen. Ik ben tevreden zo.'

De voordeur ging open en Paul haastte zich door de gang naar de keuken. 'Goedenavond, lieveling!' Hij zwaaide zijn vrouw rond in zijn armen en kuste haar op de lippen. 'Ik heb net een schoonheid van een camee op de kop getikt. We doen nog nader onderzoek, maar we denken dat het Lady Emma Hamilton zou kunnen zijn, Lord Nelsons maîtresse. Nick, goede vriend. Hoe was jouw dag?'

'Heerlijk geslapen,' antwoordde hij. 'Nou, ik zal jullie niet langer in de weg lopen. Ik ga naar de pub. Ik heb enorm veel trek in mijn eerste echte glas bier op Engelse grond.'

'Ben je om acht uur terug, Nick?' riep Jane hem na terwijl hij de keuken verliet.

'Ja, komt goed,' riep hij terug.

Hij stak de straat over en liep naar de pub, bestelde een glas schuimend bier, ging op een barkruk zitten en nam tevreden glimlachend zijn eerste slok. Genietend van het bier en de unieke Britse sfeer die in de pub heerste, bedacht hij dat hij eigenlijk helemaal geen zin had om op zijn eerste avond terug in Engeland beleefde gesprekken te voeren met een groep volslagen onbekenden.

Een half uur later, nadat hij zichzelf op nog een biertje had getrakteerd, verliet Nick de pub en wandelde hij door Kensington Church Street, waar hij de etalages van de vele eersteklas antiekzaken bekeek. Hij stond even stil en keek om zich heen. Zou hij hier willen wonen? Het zonnige, relaxte Perth met zijn heerlijke stranden willen inruilen voor een leven in een van de meest jachtige steden op aarde?

'Om nog maar te zwijgen van het weer,' mompelde hij toen het begon te miezeren. Hij staarde naar een magnifieke georgiaanse ladekast met een spotje erop gericht in de etalage van de antiekwinkel waar hij voor stilstond.

Op dit moment dacht Nick van wel.

'Nick, we begonnen ons al zorgen te maken. We dachten dat je misschien wel ontvoerd was, je bent zo lang niet in de grote stad geweest. Kom, dan stel ik je even voor aan iedereen.' Jane, die er elegant uitzag in een leren broek en een zijden shirt, loodste hem mee naar de zitkamer. 'Zin in een glas champagne?'

'Waarom niet?' Nick nam het glas aan en knikte beleefd toen Jane hem voorstelde aan het gezelschap. Nick ging op de bank zitten, naast een aantrekkelijke brunette, getrouwd, als hij het goed had onthouden, met de al wat oudere lookalike van Ronnie Wood die met Paul stond te praten.

Toen ze hem leeghoofdige vragen begon te stellen over kangoeroes en koala's, begreep Nick dat het een heel lange avond zou worden. En het ergste was dat er geen ontsnapping mogelijk was.

De bel ging en Jane verliet de kamer om open te doen. Ze kwam terug met een vrouw wier buitengewone schoonheid zelfs de levensmoede Nick deed opveren. Terwijl Jane met haar naar hem toe liep en haar aan hem voorstelde, staarde hij naar haar lange gestalte, albasten huid en schitterende licht roodbruine haar. Ze leek zo uit een vijftiende-eeuws Florentijns schilderij te zijn gestapt in haar lange groenfluwelen jurk met een opstaand kraagje en piepkleine parelknoopjes helemaal doorlopend tot haar enkels.

'Nick, dit is Tammy Shaw, een van mijn oudste vriendinnen,' zei Jane, en ze overhandigde Tammy een glas champagne.

Tammy zweeg. Ze keek hem met haar grote groene ogen onderzoekend aan. Nick stond op en stak zijn hand uit. 'Prettig kennis te maken, Tammy.'

'Nick is vandaag vanuit Australië hiernaartoe gekomen,' zei Jane terwijl Nick een stukje opzijschoof om ruimte op de bank te maken, en Tammy naast hem ging zitten.

'Waar ken je Jane en Paul van?' vroeg hij haar.

'Ik leerde Janey jaren geleden kennen bij mijn eerste shoot. Ze heeft me erdoorheen geholpen en sindsdien zijn we bevriend.'

'Dus je bent ook model?'

'Dat was ik, ja,' zei ze knikkend. Ze nam een slokje van haar champagne en keek de kamer rond.

Nick voelde haar tegenzin en begreep die wel. Een vrouw met een uiterlijk als zij werd natuurlijk aan de lopende band door mannen met praatjes lastiggevallen.

'Eerlijk gezegd,' zei Nick met zachtere stem, 'was een etentje niet precies wat ik in gedachten had voor mijn eerste avond terug, dus vergeef me als mijn gespreksstof niet erg boeiend is.'

'Persoonlijk heb ik er een hekel aan.' Eindelijk schonk Tammy hem een glimlachje. 'En al helemaal als ik bewust word uitgenodigd omdat ik single ben. Maar Janey is mijn beste vriendin, dus maak ik voor haar een uitzondering. Woon je in Londen, Nick?'

'Nee, ik logeer hier bij Jane en Paul.'

'Waar ken jij ze van?'

'Ik leerde Paul op kostschool kennen toen ik negen was. Ik heb hem van wat pestkoppen gered die zijn hoofd in de wc-pot duwden. Sindsdien zijn we vrienden.' Nick keek met een glimlach naar Paul. 'Hij is geen spat veranderd, maar ik hoop van harte dat er van zijn wc-potpesters niks is terechtgekomen terwijl hij enorm succesvol is.'

'Jongens kunnen wreed zijn, hè? Als ik ooit kinderen krijg, stuur ik ze niet naar een kostschool. Alle mannen die er hebben gezeten, lijken een tik van de molen te hebben gekregen.'

'Niet alle, mag ik hopen.' Nick glimlachte wrang. 'En kostscholen zijn tegenwoordig de middeleeuwen wel ontgroeid, hoor.'

'Misschien wel.' Tammy haalde haar schouders op.

'Wat doe je nu voor werk?' vroeg hij beleefd.

'Ik verkoop vintage kledingstukken in een kraampje op de markt aan Portobello Road.'

Nick keek haar aan. 'Echt?' vroeg hij. Zijn beeld van haar veranderde in één klap compleet.

'Yep. Ik heb ze jarenlang bewaard in een opslagruimte, want ik hou er gewoon heel erg van. En nu wil iedereen ze hebben.'

'Wat bijzonder. Ik ben antiekhandelaar. Zou dat betekenen dat we allebei eerder naar het verleden kijken dan naar de toekomst?'

'Zo heb ik er nooit over nagedacht,' zei Tammy, die aan haar neus krabde, 'maar misschien heb je wel een punt. Ik heb altijd het gevoel gehad in de verkeerde eeuw geboren te zijn. Wat voor antiek verkoop je dan?'

'Eclectische spullen, geen ouderwets bruin meubilair. Ik zoek aparte dingen die ik zelf mooi vind en waarvan ik hoop dat andere mensen ze ook mooi zullen vinden. Ik ga morgen naar een veiling. Ik heb mijn oog laten vallen op een prachtige kroonluchter van muranoglas.'

'Dat geeft mij een beter gevoel over mezelf, want ik koop ook alleen kledingstukken die ik mooi vind en zelf zou willen dragen.'

'En verkopen ze goed?'

'Ja, eigenlijk wel. Maar eerlijk gezegd word ik langzamerhand te oud om op een ijskoude zondag in januari in de regen te staan, en dat doet de kleren ook geen goed. Dus ik ben op zoek naar een locatie.'

'Juist,' grinnikte Nick. 'Ik ook.'

'Oké allemaal, het eten wordt opgediend in de eetkamer.' Jane stond in de deuropening met een ovenwant te zwaaien.

Nick was blij dat hij een stoel naast Tammy kreeg toebedeeld. Hij vond haar fascinerend.

'Hoe ben je eigenlijk model geworden?'

'Puur toeval,' zei ze schouderophalend terwijl ze wat van de op de tafel uitgestalde tapas nam. 'Ik studeerde filosofie aan King's College in Londen,' ging ze verder tussen de happen door, 'toen ik bij Topshop aan Oxford Circus door een modellenbureau werd gescout. Ik verwachtte niet dat het lang zou duren, om eerlijk te zijn. Ik zag het als extra inkomen naast mijn studiebeurs. Maar ik bleef model, en nu ben ik dus uitgerangeerd.'

'Vast niet,' reageerde Nick, die blij was te zien dat ze een gezonde eetlust had. 'Vond je het leuk werk?'

'Voor een deel wel, ja. Ik bedoel, het was opwindend om met topontwerpers en in de beste ateliers te werken, maar het is zo'n keiharde wereld dat ik blij was toen ik ermee ophield en terugkeerde in de werkelijkheid.'

'Je lijkt me iemand die met beide benen op de grond staat.'

'Dank je. Niet alle modellen zijn hersenloze, cocaïnesnuivende verslaafden, hoor.'

'Ben je bang dat mensen je zo zien?' vroeg Nick haar botweg.

'Yep,' gaf ze toe. Er rees een lichte blos boven het kraagje van haar jurk uit.

'Is de kleding die je aanhebt een van je vintage stukken?'

'Ja. Deze jurk heb ik op mijn achttiende tweedehands gekocht in een liefdadigheidswinkel. Ik ben er nog altijd weg van.'

'Het probleem is,' overpeinsde Nick, 'dat je niet altijd rijk wordt van het najagen van je passie. Ik heb in Perth een huis vol prachtige spullen die ik gewoon niet kwijt wilde.'

'Ik snap wat je bedoelt,' zei Tammy instemmend. 'Mijn garderobe barst van de kleren die ik simpelweg liever niet wil verkopen. Nietzsche zei dat het bezit door het bezitten gewoonlijk minder waard wordt, en dat probeer ik me elke keer in te prenten als ik iets te koop aanbied,' zei ze glimlachend. 'Maar vertel me eens over jouw onderneming,' voegde ze eraan toe terwijl Jane sappige stukken biefstuk, krielaardappeltjes en sperziebonen serveerde.

Nick vertelde haar kort over zijn carrière, van zijn eerste dagen bij het kleine veilinghuis in Southwold tot zijn mogelijke verhuizing terug naar Londen.

'Heb je in Australië een leven opgebouwd?' vroeg Tammy.

'Als je me vraagt of ik een vrouw en een gezin heb, dan is het antwoord nee. En jij?'

'Ik heb je net al gezegd dat ik single ben,' bracht ze hem in herinnering. 'Ik woon in mijn eentje in mijn kleine pittoreske huisje in Chelsea, waar ik al mijn spaargeld aan heb besteed. Natuurlijk had ik een huis met drie slaapkamers moeten kopen...'

'Maar je was er weg van,' zei Nick grinnikend.

'Precies.'

Na het eten begeleidde Paul de gasten terug naar de zitkamer, waar een vuur in de haard brandde om de kou te verdrijven. Jane verscheen met een dienblad vol koffie en brandy. Nick zag dat het al elf uur was geweest en verbaasde zich erover dat de tijd zo snel voorbij was gegaan.

'En waarom ben je eigenlijk niet getrouwd, Nick?' vroeg Tammy onomwonden.

'Wow, dat is nogal een vraag,' zei hij terwijl Jane koffie voor hen inschonk. 'Ik ben gewoon slecht in relaties, geloof ik.'

'Of je hebt nooit de juiste persoon ontmoet,' zei Jane met een knipoog.

'Misschien niet. Mag ik jou nu dan dezelfde vraag stellen, Tammy?'

'Mijn antwoord is hetzelfde als dat van jou,' reageerde ze.

'Dat is dan duidelijk,' zei Paul, die met de brandy achter Jane aan liep. 'Gemaakt voor elkaar.'

Tammy keek op haar horloge. 'Het spijt me, ik wil niet onbeleefd zijn, maar het is al laat en ik heb nog veel naaiwerk liggen.' Ze stond op. 'Het was leuk je vanavond te spreken, Nick, en ik hoop dat je een geschikte locatie voor je winkel vindt. Als je voor mij een betaalbare plek vindt, laat je het me weten, oké?' zei ze met een glimlach.

'Natuurlijk. Heb je een nummer voor me waarop ik je kan bereiken?'

'Eh... ja, dat heeft Janey wel. Dag, Paul,' zei ze, en ze kuste hem op beide wangen. 'Dank je voor de fijne avond. Ik ga je echtgenote even zoeken. Dag, Nick.'

Tammy verliet de kamer en Paul ging naast hem zitten.

'Heb ik weer eens iets verkeerds gezegd, zoals gewoonlijk?'

'Dat weet je best, maar maak je er niet druk om.'

'Nou, dat doe ik wel, want jullie twee leken het heel goed met elkaar te kunnen vinden.'

'Ze lijkt me geweldig, en ook nog heel slim.'

'Intelligentie en schoonheid... de perfecte combinatie. Tammy is bijzonder. En onafhankelijk,' voegde hij eraan toe. 'Maar je houdt van een uitdaging, toch?'

'Dat was ooit wel zo, ja. Maar voorlopig hou ik het maar bij business. Dat is een stuk minder gecompliceerd.'

Een uur later waren alle gasten vertrokken. Nick hielp Paul en Jane met opruimen, waarna zij naar bed gingen en Nick met een tweede brandy in zijn eentje voor het haardvuur bleef zitten. Onwillekeurig bleef het beeld van Tammy in zijn gedachten bovenkomen, en hij moest toegeven dat hij iets van opwinding voelde. Hij probeerde zich de laatste keer te herinneren dat een vrouw dat effect op hem had gehad. En hij realiseerde zich dat het na háár niet meer was voorgekomen...

En moest je zien waar dat toe had geleid: de beëindiging van zijn succesvolle onderneming in het Verenigd Koninkrijk en een vlucht naar de andere kant van de wereld. Maar het feit dat Tammy iets in hem had wakker gemaakt, was goed nieuws, toch? Dat betekende dat hij – misschien – eindelijk was genezen.

En waarom zou hij niet een keer met haar afspreken? De afgelopen tien jaar waren heel eenzaam geweest. Hij had maar half geleefd en als hij niet de rest van zijn leven alleen wilde blijven, moest hij zich weer openstellen voor de liefde. Aan de andere kant: waarom zou een vrouw als zij geïnteresseerd zijn in een man als hij? Zij kon toch iedere man krijgen die ze hebben wilde?

Nick slaakte een diepe zucht. Hij zou er morgen over nadenken en als hij er dan nog zo over dacht, zou hij haar bellen.

De volgende dag zat Jane in de keuken toen Nick beneden kwam.

'Goedemiddag.' Ze keek op van haar laptop. 'Goed geslapen?'

'Uiteindelijk wel.' Hij haalde zijn schouders op. 'Ik reageer niet echt goed op een jetlag.'

'Heb je zin in een omelet? Ik stond op het punt om voor mezelf een lunch te maken.'

'Ik maak er wel eentje. Met kaas en ham?'

'Heerlijk. Dank je, Nick. De koffie staat daar. Neem gerust. Ik moet dit moodboard voor de shoot nog afmaken en opsturen naar het tijdschrift.'

Nick scharrelde rond in de keuken, nam af en toe een slok van zijn sterke koffie en verzamelde de ingrediënten voor de omelet. Hij keek uit over de kleine tuin achter het huis en zag de grandioze kleuren van de rode beuk die glansde in de heldere septemberzon. Hij werd meteen herinnerd aan Tammy's verbluffend mooie haar.

'Klaar,' zei Jane, haar laptop dichtslaand.

'De omelet ook,' reageerde Nick, die hem met een spatel over twee borden verdeelde.

'Wat een traktatie,' zei Jane toen Nick een schaal met een groene salade midden op tafel zette. 'Misschien kun je mijn man leren om ook eens een ei te breken.'

'Hij heeft jou altijd gehad om voor hem te koken, terwijl ik in mijn uppie was.'

'Daar zit wat in. Maar dit is heerlijk. Vertel eens, heb je je gisteravond vermaakt?'

'Jawel, maar om eerlijk te zijn, heb ik vooral met Tammy gepraat, en amper met de andere gasten.'

‘Dat is mij ook opgevallen.’ Jane keek hem aan en schepte met een vork wat salade uit de schaal. ‘Tammy is meestal nogal gereserveerd naar mannen toe, om voor de hand liggende redenen. Ze leek jou wel leuk te vinden.’

‘Dank je. Ze is opvallend mooi. Ze zal wel aan de lopende band sjans hebben.’

‘Toen ze nog model was zeker. Maar zoals je wel zult begrijpen, is het een nogal onfris wereldje, met veel opdringerige mannen. Ze werd een ijskoningin uit zelfbescherming, maar daaronder is ze een lieve schat. Ze is heel kwetsbaar.’

‘Heeft ze, eh… veel vriendjes gehad?’

‘Een stuk of wat, ja. Tijdens het grootste deel van haar carrière was er een jeugdvriend met wie ze optrok, maar die is drie jaar geleden naar het westen vertrokken. Voor zover ik weet, heeft ze sindsdien geen serieuze relatie gehad.’

‘O.’

‘Dus, wil je haar eens bellen?’

‘Ik… misschien wel. Als jij me haar nummer wilt geven.’

‘Oké, op voorwaarde dat je haar hart niet zult breken.’

‘Waarom zou ik dat doen?’ Nick fronste.

‘Je hebt ons gisteravond verteld dat je een verstokte vrijgezel bent. Ik wil niet dat Tammy een van je vele veroveringen wordt, Nick. Ze verdient meer. Ze heeft het hart op de tong en is verbazingwekkend naïef als het om mannen gaat.’

‘Ik begrijp het, Jane, en ik ben echt niet uit op een avontuurtje. Ik heb veel te veel te doen op het ogenblik. Maar ik zou haar graag nog eens willen zien. Het klikte tussen ons.’

‘Dat weet ik. Dat zag iedereen wel.’ Jane glimlachte. ‘Ik moet nu naar een vergadering, maar ik stuur haar nummer wel even naar je door.’

‘Dank je.’

Nadat Nick de tafel en het aanrecht had opgeruimd, hoorde hij zijn mobiele telefoon pingen en haalde hem uit de zak van zijn jeans.

Hoi, dit is Tammy’s nummer. Tot vanavond. x J

Nick voegde het nummer toe aan zijn contacten en liep naar zijn slaapkamer boven. Hij had het Jane uiteraard niet verteld, maar vannacht, toen hij eindelijk in slaap was gevallen, had hij over Tammy gedroomd. Hij ijsbeerde door de kamer en overwoog een paar dagen te wachten om niet te 'opdringerig' over te komen, zoals Jane het had uitgedrukt.

Kon hij nog twee dagen wachten?

Nee. Hij wilde haar nu zien, in die betoverende groene ogen kijken, dat prachtige haar aanraken… Hij miste haar.

Jezus, Nick, wat heeft ze met je gedaan?

Wat dat ook geweest mocht zijn, een paar minuten later haalde Nick zijn mobiel weer tevoorschijn en belde het nummer dat Jane hem had gegeven.

6

In het kantoortje klonk de bel die aangaf dat er een klant binnen was gekomen. Posy kwam achter de computer vandaan en liep naar de galerie.

'Kan ik u helpen?' vroeg ze routinematig, om ervoor te zorgen dat degene die was binnengelopen niet zou denken dat de winkel leeg was en er met een schilderij vandoor zou gaan.

'Jazeker. Hallo, Posy.'

Ze bleef stokstijf staan en haar hartslag versnelde. Hij stond midden in de galerie en keek haar recht aan.

'Ik...' Posy bracht een hand naar haar hals om de blos te bedekken die naar haar gezicht opsteeg. 'Hoe heb je me gevonden?'

'Nou,' zei hij, een paar stappen dichterbij komend, 'ik kan niet zeggen dat ik een privédetective heb moeten inhuren. De eerste persoon die ik ernaar vroeg, wist waar je werkte. Je bent tamelijk bekend in Southwold, zoals je vast wel weet.'

'Dat valt wel mee,' protesteerde Posy.

'Hoe dan ook, hier ben ik dan.'

'Ja. Dus, wat wil je eigenlijk?'

'Ik eh... nou, ik geloof dat ik je gewoon even normaal wilde begroeten na onze nogal vreemde ontmoeting op de boot.'

'Ik begrijp het.' Ze wendde haar ogen af, keek de andere kant op. Toen hij begin twintig was, had hij er ongelooflijk goed uitgezien, maar nu was hij – slechts een paar jaar ouder dan zij – zonder twijfel de knapste man die ze in tientallen jaren had gezien. En ze wilde niet dat haar verstand gekaapt zou worden door alweer een fysieke reactie.

'Hoelang is het geleden, Posy? Vijftig jaar ongeveer?'

'Zoiets, ja.'

'Ja,' antwoordde hij, en ze bleven een poosje zwijgend staan. 'Je ziet er nog precies hetzelfde uit, wist je dat?'

'Natuurlijk niet, Freddie! Ik ben een oude vrouw.'

'En ik ben een oude man,' zei hij schouderophalend.

Er viel nog een ongemakkelijke stilte, en Posy vertikte het om die te doorbreken.

'Luister, ik vroeg me af of je een keer met me wilt gaan lunchen? Ik zou het graag willen uitleggen.'

'Wat wil je uitleggen?'

'Waarom ik... nou, waarom ik bij je weg ben gegaan.'

'Dat is echt niet nodig. Het is verleden tijd,' zei Posy beslist.

'En je was me natuurlijk helemaal vergeten totdat ik zomaar opdook op die boot. Maar laat me je dan gewoon op een lunch trakteren om bij te praten over de tussenliggende jaren. Zeg alsjeblieft ja, Posy. Ik ben nog maar een paar maanden terug in Suffolk – ik ben vorig jaar namelijk met pensioen gegaan – en ik ken hier nog niet veel mensen.'

'Goed dan,' zei Posy voor ze het wist. Vooral omdat ze hem zo snel mogelijk weg wilde hebben – ze wist dat ze er niet op haar best uitzag, want ze had zich meteen na het bladeren vegen in de tuin naar de galerie gehaast.

'Fijn. Heb je nog voorkeur voor een plek?'

'Kies jij maar.'

'Dan wordt het The Swan. Ik weet dat het eten daar goed is. Kun je donderdag? Dan ben ik vrij van de boot.'

'Ja, dan kan ik wel.'

'Om een uur?'

'Dat is prima.'

'Okido. Dan zie ik je donderdag om een uur. Dag, Posy.'

Freddie vertrok en Posy trok zich terug in het kantoortje om even te gaan zitten en zich te herpakken.

'Waar ben je mee bezig, onnozele oude vrouw? Hij heeft de vorige keer je hart gebroken, weet je nog?'

Maar hoewel ze best de ernst inzag van het feit dat Freddie Lennox als een geestverschijning haar leven weer was binnengelopen, kon Posy het niet laten te gniffelen.

'Hemel, dat was zo mogelijk nóg ongemakkelijker dan die keer dat hij per ongeluk je slaapkamer binnenkwam toen je helemaal naakt was!'

Posy geneerde zich voor de moeite die ze deed om zich op te doffen voor haar lunch met Freddie. Hij was tenslotte iemand die ze al bijna vijftig jaar niet had gezien, maar belangrijker nog, hij was geen vage herinnering, zoals hij had verondersteld. Hun relatie en het abrupte einde ervan hadden een litteken op haar hart achtergelaten. En in verschillende opzichten ook haar levenspad beïnvloed.

Maar nu ze haar garderobe bekeek en zich realiseerde dat ze al jaren niets nieuws had gekocht, besefte ze dat deze lunchafspraak haar de broodnodige spreekwoordelijke schop onder de kont gaf.

'Je hebt jezelf verwaarloosd, Posy,' sprak ze zichzelf streng toe. 'Je bent toe aan een make-over, zoals ze het in die televisieprogramma's tegenwoordig noemen.'

Dus de volgende dag begaf ze zich naar Southwold. Ze liet haar haar knippen en wat subtiele highlights aanbrengen in het grijs dat de afgelopen tien jaar op haar hoofd was verschenen. Daarna ging ze de boetiek binnen, waar het nog uitverkoop was.

Toen ze de meeste dingen in haar maat had gepast – nog steeds maatje veertig, dacht ze trots – leek alles te ouwelijk of te jong.

'Mevrouw Montague, misschien kunt u deze eens proberen? Hij is net binnengekomen, dus hij is niet afgeprijsd.'

De verkoopmedewerkster hield een zwarte jeans omhoog.

'Die zijn toch meer voor tieners?'

'U hebt mooie benen, mevrouw Montague, waarom zou u die niet laten zien? En ik dacht dat deze er misschien goed bij zou passen.'

Posy nam de korenbloemblauwe katoenen blouse en de jeans mee de paskamer in. Vijf minuten later stond ze verbaasd voor de spiegel. De jeans flatteerde haar lange benen – nog steeds stevig van al die uren werk in de tuin – en de blouse paste niet alleen fraai bij haar teint, maar zat losjes genoeg om de slappe huid rond haar middenrif te verbloemen.

'Nu nog een nieuwe beha,' zei ze tegen zichzelf toen ze zich weer uitkleedde en het vormeloze geval zag dat haar borsten bedekte.

Uiteindelijk kwam Posy met twee tassen de winkel uit. Ze had twee jeans gekocht, drie nieuwe blouses, een beha en een paar glanzende zwarte laarzen die tot vlak onder haar knieën reikten.

'Ik hoop dat het allemaal niet té jeugdig is,' mompelde ze in zichzelf terwijl ze naar haar auto liep. Toen dacht ze aan Freddie met zijn kakibroek, blazer en zwierige hoed, en besloot ze blij te zijn met haar aankopen.

'Mijn hemel, Posy, je ziet er fantastisch uit,' zei Freddie toen hij de volgende dag opstond om haar aan de tafel te verwelkomen.

'Dank je wel,' zei ze, en ze nam plaats op de stoel tegenover hem, die hij naar achteren had getrokken. 'Jij mag er ook best wezen.'

'Ik ben zo vrij geweest om een fles chardonnay voor ons te bestellen. Ik herinner me dat je vroeger graag witte wijn dronk. Als we niet aan de gin waren, tenminste,' zei hij glimlachend.

'Ja, ik lust wel een wijntje.'

Freddie schonk wat voor haar in en hief zijn eigen glas. 'Op je gezondheid.'

'En de jouwe.' Posy nam een slokje.

'Wat is het merkwaardig, vind je niet, dat het lot na al die jaren heeft bepaald dat wij elkaar weer tegenkwamen?' zei hij.

'Nou ja, we komen allebei van oorsprong uit Suffolk, weet je nog, Freddie?'

'Natuurlijk. Hoelang ben jij al terug?'

'Ruim dertig jaar inmiddels. Ik heb mijn kinderen hier grootgebracht.'

'Waar?'

'In het huis van mijn jeugd, net buiten Southwold.'

'Aha.' Freddie nam een slok van zijn wijn en zweeg even voor hij verderging. 'En was het een fijn thuis voor je gezin? Geen slechte herinneringen?'

'Helemaal niet, waarom zouden die er zijn? Ik vond het er heerlijk toen ik klein was.'

'Juist ja,' zei Freddie.

'Is er iets?' vroeg Posy hem, met een onderzoekende blik in die maar al te bekende ogen. Zo keek hij vroeger altijd als er een probleem was.

'Nee hoor, lieve schat, helemaal niet. Ik ben blij dat je terug bent gegaan en dat je gelukkig was.'

'Dat ik gelukkig bén, in feite. Ik woon er nog steeds.'

'Echt waar? Goh.'

'Dat lijkt je te verbazen. Waarom?'

'Ik... weet het eigenlijk niet. Ik heb geloof ik altijd verondersteld dat je de hele wereld over zou vliegen, op zoek naar zeldzame flora en fauna. Maar goed.' Freddie overhandigde haar een menukaart. 'Zullen we bestellen?'

Terwijl Freddie zijn menukaart bestudeerde, sloeg Posy hem heimelijk gade, zich afvragend wat het was aan haar terugkeer naar Admiral House waardoor hij van slag leek te zijn.

'Ik ga voor de vis van de dag. En jij?' vroeg hij.

'Die neem ik ook.'

Freddie wenkte een serveerster en nadat hij hun bestelling had doorgegeven, nam Posy nog een slok van haar wijn. 'Nou, vertel eens, Freddie. Hoe is het jou in de loop der jaren vergaan?'

'Mijn leven is nogal standaard geweest, eerlijk gezegd. Je weet misschien nog wel dat ik me al had gerealiseerd dat een leven lang dromen van roem niet was wat ik voor ogen had, dus heb ik rechten gestudeerd en ben ik advocaat geworden. Toen ik in de dertig was, ben ik getrouwd met een juriste, en samen hebben we een goed leven gehad. Helaas is ze twee jaar geleden overleden, vlak nadat we hier in Southwold een cottage hadden gekocht. We zouden er na ons pensioen gaan wonen en onze oude dag doorbrengen met rondscharrelen, varen en reizen.'

'Dat spijt me voor je, Freddie. Je bent lange tijd getrouwd geweest. Het moet een vreselijke schok zijn geweest toen je plotseling alleen kwam te staan.'

'Inderdaad, vooral ook omdat Elspeth en ik geen kinderen hadden. Zij wilde ze niet, ze was bezig zich omhoog te werken naar het glazen plafond met de bedoeling het te verbrijzelen. Achteraf gezien geloof ik ook niet dat Elspeth het type was om "rond te scharrelen". Ze was gedreven en ambitieus, dus misschien is het maar goed dat ze is gestorven op haar hoogtepunt. Ik heb altijd een voorkeur gehad voor sterke vrouwen, weet je.'

Posy negeerde de opmerking. 'Waar staat je huis?'

'Aan het eind van een smalle straat in het centrum. Al had ik uitzicht op zee en een grotere tuin mooi gevonden, je moet pragmatisch denken als je een dagje ouder wordt, en dan kun je beter dicht bij de voorzieningen gaan wonen. Het is een *hophouse* geweest, met een naastliggende cottage waar de oorspronkelijke eigenaren woonden. Ik ben bijna klaar met de renovatie van beide, en ik ben van plan om het hophouse te gaan verhuren,' zei hij toen hun vis werd gebracht. 'Dit ziet er voortreffelijk uit, moet ik zeggen.'

Tijdens het eten kon Posy het niet laten af en toe stiekem naar Freddie te kijken en zich te verwonderen over hun weerzien. Hij was niets veranderd, de rechtenstudent met de artiestenziel van wie ze ooit had gehouden... De gedachte dat ze hier na al die tijd samen zaten, maakte haar nogal emotioneel.

'En, Posy, hoe zit het met jou?' Freddie glimlachte naar haar over de tafel heen terwijl de serveerster hun borden ophaalde. 'Je hebt al verteld dat je een echtgenoot en kinderen hebt.'

'Och hemel, nee! Althans, geen echtgenoot. Jonny is meer dan dertig jaar geleden gestorven. Sindsdien ben ik weduwe.'

'Wat spijt me dat voor je. Ik neem aan dat jullie kinderen nog jong waren? Het zal wel zwaar voor je zijn geweest.'

'Dat was het ook, maar ik heb het doorstaan. Ik heb in feite heel fijne herinneringen aan de tijd dat mijn zoons klein waren. Wij drieën tegen de wereld. Zij hielden me bij de les.'

'Het verbaast me dat je daarna niet hertrouwd bent, Posy. Een vrouw als jij...'

'Er is niemand geweest die bij me in de smaak viel.'

'Hoewel er vast wel belangstellenden zijn geweest?'

'Wel een paar in de loop der jaren, inderdaad. Nou, heb je zin in een dessert of nemen we koffie?'

Ze dronken koffie en Posy vertelde Freddie over haar leven.

'De tuin heeft me gered, om je de waarheid te zeggen. Te zien hoe die groeide en bloeide, zal vergelijkbaar zijn geweest met de vreugde die jij moet hebben gevoeld als je een rechtszaak won.'

'Ik denk dat het nog een stuk bevredigender moet zijn geweest. Je hebt vanuit het niets iets gecreëerd.'

'Nou, misschien vind je het leuk om een keer naar Admiral House te komen, dan leid ik je rond.'

Freddie gaf geen antwoord. In plaats daarvan wenkte hij de serveerster en vroeg om de rekening. 'Ik betaal. Het was fijn om even bij te praten, Posy, maar ik moet nu weg. Om drie uur komt er een elektricien om de spotjes in het plafond van het hophouse te plaatsen. Kom eens langs, als je zin hebt.'

Ze keek hoe hij wat biljetten op de tafel legde en vervolgens opstond. 'Sorry dat ik zo haastig vertrek. Ik was de tijd vergeten. Tot ziens, Posy.'

'Tot ziens.'

Toen hij weg was, slaakte ze een diepe zucht en sloeg het restje wijn dat nog in haar glas zat achterover. Ze was beduusd, zelfs geschokt door zijn abrupte aftocht. Tenslotte was hij degene geweest die haar had opgezocht en uitgenodigd voor de lunch, en ze vroeg zich af wat ze had gezegd of gedaan om hem weg te jagen.

'Of misschien was hij inderdaad gewoon de tijd vergeten,' mompelde Posy terwijl ze opstond om weg te gaan. Hoe dan ook voelde ze zich behoorlijk dwaas, zoals ze daar in de heldere septemberzon door de hoofdstraat liep. Ze had zich de afgelopen dagen geregeld afgevraagd of ze, als hij haar weer mee uit zou vragen, hem kon vergeven dat hij haar al die jaren geleden zo plompverloren had gedumpt. Van haar kant was de lichamelijke aantrekkingskracht in elk geval volop aanwezig, en ze had vandaag genoten van zijn gezelschap.

'O Posy, word je ooit nog volwassen, zul je ooit stoppen met dromen?'

In de auto op weg naar huis – voorzichtig, want ze had twee glazen wijn gedronken – herinnerde Posy zich dat Freddie aanvankelijk als reden voor de lunch had opgegeven dat hij haar wilde vertellen waarom hij haar destijds had verlaten. Maar hij had er niets over gezegd.

'Mannen,' zei ze, en ze verruilde haar nieuwe blouse en jeans voor haar oude en veel Posy-achtigere katoenen broek met daarop een oude, versleten trui. Daarna liep ze de tuin in.

7

'Heel erg bedankt dat je de kinderen hebt opgehaald,' zei Amy toen Marie Simmonds haar binnenliet. 'Mijn oppas heeft zich met een verkoudheid afgemeld en ik zat met de handen in het haar.'

'Graag gedaan. Heb je tijd voor een kop thee?' opperde Marie. 'De kinderen hebben al gegeten en ze zitten in de woonkamer televisie te kijken.'

Amy keek op haar horloge. 'Ach ja, als het niet te veel moeite is.'

'Natuurlijk niet. Kom verder.'

Amy volgde Marie door de smalle gang naar de kleine, onberispelijke keuken. Hoewel het huis in een nieuwe wijk lag, met vijftig andere huizen die er precies op leken, en het dus helemaal niet Amy's smaak was, voelde ze wel enige afgunst om de warmte en ordelijkheid, die een groot contrast vormden met haar eigen huidige woonsituatie.

'Je kunt me altijd vragen om de kinderen op te halen en een uurtje op ze te passen. Ik werk tot drie uur, dus ik kan ze om half vier halen. En Josh en Jake kunnen het heel goed met elkaar vinden,' voegde Marie eraan toe.

'Dat is heel aardig van je,' zei Amy, 'maar nu ik de auto terug heb van de garage, wordt het allemaal weer wat gemakkelijker.'

'Melk en suiker?'

'Ja, graag,' antwoordde Amy.

'Jij bent ook al zo'n slanke den, net als Evie,' zuchtte Marie, die voor zichzelf zwarte koffie zette.

'Is Evies dochter inmiddels naar kostschool?' vroeg Amy.

'Ja. Ze zit er nu een paar weken, en ondanks alle gedoe vooraf vindt ze het er geweldig. Het schijnt dat Posy, jouw schoonmoeder, heeft geholpen Clemmie van gedachte te laten veranderen. Ik vind haar echt een... interessante dame.'

'Dat is ze ook,' zei Amy instemmend. 'Posy is ontzettend sterk. Altijd als ik me neerslachtig voel, denk ik aan haar en verman ik me. Maar hoe is Evie eronder nu haar dochter naar kostschool gaat?'

'Ze mist Clemmie natuurlijk heel erg. Ze zal zich wel eenzaam voelen, helemaal alleen in dat grote huis.'

'Posy heeft altijd een zwak voor Evie gehad,' merkte Amy op.

'Ja,' antwoordde Marie, 'ze brachten samen veel tijd door toen ze in Nicks winkel werkten.'

'Daarom is het best vreemd dat Evie zich niet bij Posy op haar gemak leek te voelen op het literaire festival. Posy vroeg zich af wat ze had gedaan om haar van streek te maken.'

'Ik heb werkelijk geen idee.' Marie haalde haar schouders op. 'Evie is nogal gesloten, dat is ze altijd geweest. Trouwens, denk jij dat Posy Admiral House gaat verkopen?'

'Ik kan nauwelijks geloven dat ze erover denkt. Het is al minstens een paar honderd jaar in haar familie, maar ze heeft helaas niet genoeg geld om het te laten restaureren.'

'Misschien laat ze het wel na aan haar zoons, dan word jij mede-eigenares,' suggereerde Marie. 'En ik denk dat het er wel wat comfortabeler voor Sam en jou en de kinderen zal zijn dan in jullie huidige huis.'

'Posy heeft al vaak gezegd dat we er mogen komen wonen, maar Sam houdt het steeds af.' Die trots van hem was Amy een doorn in het oog. 'Hoe dan ook, ik hoop dat het niet lang meer duurt voor we kunnen verhuizen. Sam is bezig met een groot vastgoedproject.'

'Ja, daar heb ik over gehoord,' zei Marie knikkend.

'Echt?' Amy keek haar verbaasd aan. 'Hoe kan dat nou?'

'Daar is niets geheimzinnigs aan. Ik ben makelaar en Sam is een aantal keren op ons kantoor geweest voor mogelijke aankopen. Als je ziet waar hij naar op zoek is, wordt het wel duidelijk dat hij er behoorlijk wat duiten aan kan besteden. Hij zal wel een rijke geldschieter hebben?'

Maries nieuwsgierigheid begon Amy te irriteren. 'Ik heb geen idee. Ik hou me niet echt bezig met Sams zakelijke activiteiten.' Ze dronk haar theekopje leeg en keek op haar horloge. 'We moeten maar eens gaan.'

'Oké.' Marie keek Amy aan terwijl ze opstond. 'Trouwens, ik kwam pas nog een vriend van je tegen.'

'O? Wie dan?'

'Sebastian Girault. Hij kwam bij ons informeren naar een huurhuis voor de winter. Het schijnt dat hij een boek wil schrijven en iets wil huren in Southwold, om de komende maanden in alle rust te kunnen werken.'

'Hij is bepaald geen vriend van me, Marie, eerder het tegenovergestelde, zou ik zeggen.'

'Je snapt wel wat ik bedoel.' Marie knipoogde samenzweerderig. 'Hij leek op de dag van die lezing erg in je geïnteresseerd te zijn. En hij is superaantrekkelijk.'

'Vind je?' Amy liep de woonkamer in. 'Goed, kinders, we gaan naar huis.'

Tijdens de rit terug naar hun huisje merkte Amy dat ze van haar stuk was gebracht door het gesprek met Marie. Sinds zij en Posy haar en Evie een paar zaterdagen geleden waren tegengekomen, begon Marie telkens gesprekjes op het schoolplein, er kennelijk op gebrand om vriendschap te sluiten. Ze was beslist een reddende engel geweest toen ze vanochtend op school had aangeboden om Jake en Sara 's middags mee naar huis te nemen tot Amy in de gelegenheid was ze op te halen, maar iets aan de vertrouwelijkheid waarmee ze haar benaderde – alsof ze elkaar al jaren kenden – gaf Amy een ongemakkelijk gevoel. Marie was overduidelijk een roddelkous die zich gretig op elk nieuwtje stortte, en hoewel ze er vast geen kwaad mee in de zin had, vond Amy, die discretie hoog in het vaandel had staan, het toch twijfelachtig.

'Waarschijnlijk denkt half Southwold inmiddels dat ik iets heb met Sebastian Girault,' mompelde Amy in zichzelf toen ze de auto op de stoep voor het huis parkeerde.

Sam was niet thuis, zoals gewoonlijk, dus deed Amy de kinderen in bad, las ze een verhaaltje voor en bracht ze naar bed. Ze haalde haar portemonnee tevoorschijn en nam er twintig pond uit om toe te voegen aan de noodspaarpot die ze in een blikje onder in de kledingkast bewaarde, uit het zicht van Sam. Daarna ging ze met Sebastian Giraults boek voor de houtkachel zitten wachten tot Sam thuis zou komen. Ze hoopte maar dat hij niet te veel gedronken had. Ze begon te lezen, en ondanks haar gevoelens jegens de auteur raakte Amy betoverd en ontroerd door zijn roman. En iemand die met zoveel bezieling en inlevingsvermogen schreef, kon toch zeker niet alleen maar onsympathiek zijn?

Amy staarde in de vlammen. Wat Marie vanmiddag had gezegd, was belachelijk. Waarom zou iemand die zo begerenswaardig was als Sebastian Girault in godsnaam ook maar een klein beetje geïnteresseerd zijn in een alledaagse receptioniste die ook nog moeder van twee kinderen was?

Toen ze voetstappen op het pad naar de voordeur hoorde, sloeg ze het boek dicht. En zoals altijd wanneer Sam terugkwam uit de pub, versnelde Amy's hartslag. De deur ging open en Sam kwam de woonkamer binnen.

'Hoi, lieverd.' Sam boog zich voorover om haar een kus te geven en ze rook de bekende stank van bier in zijn adem. 'Ik zie dat je auto terug is, godzijdank.'

'Dat kun je wel zeggen,' zei Amy zacht. 'Het slechte nieuws is dat het meer dan driehonderd pond heeft gekost.'

'Jezus. Waar heb je dat van betaald?'

'Gelukkig was mijn salaris net overgemaakt, dus heb ik betaald met mijn pasje. En we staan iets minder rood, maar we zullen de rest van de maand moeten leven op soep en gebakken aardappels.'

Amy wachtte gespannen op zijn reactie, maar Sam zakte neer op de bank en zuchtte. 'God, lieverd, het spijt me, maar met een beetje mazzel kunnen we dit allemaal heel binnenkort achter ons laten.'

'Dat zou fijn zijn,' zei Amy, opgelucht dat Sam positief en opgewekt leek. 'Heb je trek?'

'Ik heb onderweg naar huis een pasteitje en friet genomen.'

'Oké. Het spijt me, Sam, maar dat soort dingen zul je de komende weken even niet kunnen doen, anders lukt het ons niet rond te komen.'

'Zeg je nou dat een man zichzelf niet op een zak friet kan trakteren na een dag hard werken?'

'Ik zeg dat we rood staan en dat we de kinderen voorrang moeten geven tot we financieel weer op orde zijn. Sara heeft dringend nieuwe schoenen nodig, Jake heeft een jas nodig...'

'Je zit me een schuldgevoel aan te praten!'

'Nee, echt niet. Ik zet alleen maar de feiten op een rijtje. We hebben deze maand nergens geld voor, werkelijk niet.'

Sam schudde zijn hoofd en zijn ogen kregen een sombere blik. 'Weet je, jij bent echt het type vrouw aan het worden waar mannen met tegenzin bij thuis komen.' Hij kwam overeind en liep naar haar toe.

'Het spijt me, heus. Ik... Ik ga een stukje lopen. Ik heb frisse lucht nodig.' Ze stond op, pakte snel haar jas, liep naar de voordeur en was buiten voor hij haar kon tegenhouden.

'Ja hoor,' spotte hij. 'Ga er maar vandoor, zoals gewoonlijk, ga de discussie maar uit de weg. Mevrouw Tekortgedaan, Mevrouw de Perfecte Moeder en Echtgenote, Mevrouw...'

Amy hoorde de rest niet meer en liep haastig richting het centrum, tranen brandend in haar ogen. Ze had geleerd dat dit de beste manier was om met hem om te gaan als hij dronken was. Met een beetje geluk, als ze lang genoeg wegbleef, zou hij buiten westen op de bank liggen voordat ze terug was. En de frisse zeelucht zou haar hoofd leegmaken. Het was een mooie avond en Amy liep in stevig tempo over de boulevard tot ze bij een bankje kwam. Ze ging zitten, keek voor zich uit naar het donker en hoorde de golven op het zand onder haar breken.

De onmetelijkheid van de zee gaf haar het gevoel dat ze onbeduidend was, wat hielp om haar problemen te relativeren. Ze ademde in en uit op het ritme van de golven en probeerde te kalmeren. Elders op de wereld leefden miljoenen mensen wier levens werden verwoest door oorlog, armoede en hongersnood. Elke dag stierven er kinderen aan vreselijke ziektes, of ze waren dakloos, wees, verminkt...

Amy telde haar zegeningen. Ook al was het leven moeilijk, en was Sam onmogelijk, ze had twee gezonde kinderen, een dak boven het hoofd en genoeg te eten.

'Onthoud dat je tot de miljarden mieren behoort die over deze aarde kruipen en allemaal hun best doen te overleven,' zei ze tegen de lucht.

'Heel poëtisch. En heel waar.'

Bij het geluid van de stem achter zich sprong ze op van het bankje en draaide zich om, haar armen instinctief voor haar borst gehouden. Ze staarde naar een rijzige gestalte in lange jas, met een vilten hoed die tegen de wind over het voorhoofd was getrokken. Amy zag meteen wie het was.

‘Het spijt me als ik u heb laten schrikken. We hebben elkaar eerder ontmoet, geloof ik.’

‘Ja. Wat doet u hier?’

‘Ik zou u dezelfde vraag kunnen stellen. Wat mezelf betreft, ik was bezig aan een korte avondwandeling voordat ik me de komende acht uur in mijn hotelkamer ga verschansen.’

‘Ik zag dat u niet meer in ons hotel verblijft.’

‘Nee. Ik geef de voorkeur aan een accommodatie met betrouwbaarder warm water, zodat ik de receptioniste niet van streek hoef te maken.’

‘O.’ Amy draaide zich om en ging weer op het bankje zitten.

‘Ik neem aan dat je – mag ik je zeggen? – hier zit omdat je alleen wilt zijn?’

‘Ja,’ antwoordde ze kortweg.

‘Nou, voor ik verderga, wil ik graag nog even zeker weten dat mijn harde woorden van een paar weken geleden niets te maken hebben met je huidige gemoedstoestand.’

‘Natuurlijk niet. Kunnen we dat incident nu gewoon vergeten?’

‘Jazeker. Nog één vraagje: heb je al kans gezien om mijn boek te lezen?’

‘Een gedeelte.’

‘En?’

‘Ik vind het prachtig,’ antwoordde Amy naar waarheid.

‘Daar ben ik blij om.’

‘Je bent auteur. Uiteraard ben je er blij om als iemand je werk waardeert.’

‘Ja, maar het maakt me extra blij dat jíj het waardeert. Nou, ik ga maar eens. Dan ben je weer alleen met de zee.’

‘Dank je.’ Amy draaide zich naar hem om. Ze voelde zich ineens schuldig om haar stuursheid. ‘Luister, sorry voor mijn onaardige gedrag. Ik voel me gewoon een beetje down.’

‘Je hoeft je niet te verontschuldigen. Geloof me, ik ken het gevoel. Ik kan alleen maar uit bittere ervaring zeggen dat het leven meestal wel weer beter wordt, als je maar positief probeert te blijven.’

‘Dat probeer ik al jaren, maar het lijkt eerlijk gezegd niet te helpen.’

‘Misschien moet je dan wat dieper graven om uit te zoeken waarom je ongelukkig bent. Dan kun je daar wat aan doen.’

'Je klinkt als een zelfhulpboek.'

'Dat klopt. Ik heb zo'n cursus gedaan en dat zal wel te merken zijn. Sorry.'

'Neem me niet kwalijk dat ik het zeg, maar persoonlijk denk ik dat het allemaal egocentrische lariekoek is. Als je twee kinderen hebt, fulltime werkt en zonder geld zit, moet je gewoon door.'

'Dus jij bent van het type "doorbijten"?'

'Absoluut.' Amy knikte verbeten.

'En daarom zit je hier met een inzinking op een bankje in het donker.'

'Ik heb geen inzinking. Ik had alleen even… frisse lucht nodig.'

'Natuurlijk. Hoe dan ook, ik heb me al te veel opgedrongen. Ik zie je nog wel.'

'Ja, tot ziens.'

Vanuit haar ooghoek keek Amy hoe Sebastian Girault verder wandelde. Objectief gezien snapte ze waarom vrouwen als Marie hem zo aantrekkelijk vonden. Hij was een markante man.

Op weg naar huis voelde ze zich rustiger. Dit was haar lot, haar leven en ze moest er gewoon het beste van maken. Toch hoorde ze Sebastians woorden doorklinken, over het vinden van de oorzaak van haar ellende – en daar dan wat aan te doen.

Ze bleef een paar minuten stilstaan voor het huis, want ze zag er enorm tegen op om naar binnen te gaan. Met bloedend hart moest Amy aan zichzelf toegeven wat de oorzaak van haar ongelukkige gevoel zou kunnen zijn.

8

‘Mag ik u maandag terugbellen met een definitief besluit?’ vroeg Nick. ‘Ik moet zeker weten dat het financiële plaatje klopt en ik wil mezelf achtenveertig uur de kans geven om erover na te denken. Maar ik ben er negenennegentig procent zeker van dat ik het doe.’

‘Prima. Dan hoor ik het maandag van u, meneer Montague.’

De twee mannen schudden elkaar de hand en Nick stapte de voordeur uit. Hij draaide zich om naar de winkel en stelde zich de troosteloze gevel voor met een verse smaragdgroene verflaag en zijn naam in goudkleurige letters boven de etalage.

Hij was ervan overtuigd dat dit de juiste locatie was om zijn antiekzaak te openen: veel etalageruimte om voorbijgangers te lokken, en behalve de ruime begane grond een groot souterrain met genoeg plek voor een werkplaats en opslag.

Hij stak de drukke Fulham Road over, in zijn nopjes met de perfecte plek. In het hart van een buurt waar meer eersteklas antiekzaken zaten, naast interieurwinkels en designshowrooms. Toegegeven: hij zou meer huur moeten betalen dan waar hij in zijn oorspronkelijke budgettering rekening mee had gehouden, en het was een risicovolle onderneming; doordat hij tien jaar in het buitenland had gezeten, had hij hier geen trackrecord en moest hij vanuit het niets beginnen.

Maar door dat alles liet hij zich niet afschrikken. Dat was niet de reden waarom hij om bedenktijd had gevraagd voordat hij de deal zou sluiten. De kwestie was fundamenteler: wist hij echt zeker dat hij weer in Engeland wilde komen wonen?

Nicks mobiele telefoon ging. ‘Hoi, Tam... Ja, ik denk het wel. Waar ben je? Oké, wat dacht je van de Bluebird aan King’s Road? Ik trakteer. Tot over tien minuten.’

Nick zag dat het verkeer vaststond en besloot geen taxi te nemen, maar de kleine kilometer naar het restaurant te lopen. Hoewel hij de kou van de herfst in de lucht voelde, scheen de zon en was de lucht azuurblauw. Hij bedacht hoe geweldig het leven was. Nadat hij zich de afgelopen tien jaar emotioneel verloren had gevoeld en alle gedachten aan een terugkeer naar huis had vermeden omdat het allemaal te pijnlijk was, ervoer hij na twee weken terug in Engeland iets wat hij alleen kon beschrijven als geluk.

Het waren vast de naweeën van de jetlag, of was hij in de war, of verkeerde hij nog in een roes? Er moest een verklaring zijn voor wat hij voelde – alsof de duisternis plotseling was opgeheven en hij de mensenwereld weer in was geslingerd.

En als het niet aan die dingen lag – en Nick moest bekennen dat hij het zeer betwijfelde – kon er maar één verklaring zijn voor zijn euforie: Tammy.

Sinds hun kennismaking op het feestje van Jane en Paul hadden ze elkaar voortdurend opgezocht. Allebei waren ze op zoek naar een locatie voor hun zaak, en ze spraken af voor koffie, een sandwich of een drankje in de vroege avond om hun ervaringen te delen. Ze hadden eindeloos geklaagd over de prijzen van geschikte panden, waarna ze de zaken vergaten en met elkaar praatten over hun leven, hun levensbeschouwing en hun hoop en vrees voor de toekomst.

Nick kon zich niet herinneren zich ooit zo bij iemand op zijn gemak te hebben gevoeld, laat staan bij een vrouw. Tammy was volwassen, evenwichtig en schrander. En het allerbeste: Nick had nog geen zweem opgevangen van de gebruikelijke neuroses die de meeste single vrouwen die hij kende leken te kwellen. Ze leek goed in haar vel te zitten, kwam kalm en zelfverzekerd over, en als ze al labiele of rancuneuze trekjes had, moest hij ze nog ontdekken.

Tot nu toe was het tussen hen niet verder gekomen dan vriendschap. In feite, peinsde Nick, moest hij toegeven dat hij geen idee had of Tammy hem mocht als een vriend of misschien meer voor hem voelde. Een vrouw als zij zou iedereen kunnen krijgen.

Terwijl hij verder liep, bedacht Nick dat Tammy alles in de war had geschopt. Het was nu onmogelijk om een rationeel besluit over zijn toekomst te nemen. Als hij hier in Londen bleef, zou dat dan vanwege haar zijn?

Hij kon Tammy moeilijk over zijn dilemma vertellen. Ze zou hem voor gek verklaren als hij haar vertelde dat hij de beslissing over zijn toekomst misschien wel zou laten afhangen van de vraag of zij er deel van zou uitmaken. Het laatste wat hij wilde was haar afschrikken, maar misschien kon hij bij de lunch straks tussen de regels door lezen of ze gevoelens voor hem had. En dan verder kijken.

Na een kwartiertje lopen liep hij het restaurant binnen en zag hij Tammy in de bar op een bank zitten. Haar lange benen waren in een jeans gestoken en ze droeg een groen kasjmieren truitje dat precies paste bij de kleur van haar ogen. Hij vond haar mooier dan ooit.

'Hoi, Tam.' Hij boog zich voorover en gaf haar een hartelijke kus op beide wangen.

'Hoi, Nick,' zei ze met een glimlach.

'Zullen we meteen doorlopen? Ik heb enorme trek.'

'Prima.' Tammy stond op en ze volgden een ober naar een tafel. 'Dit is wel even wat luxueuzer dan onze eerdere lunchgelegenheden. Je hebt vast goed nieuws.'

'Hopelijk wel, ja. Wat dacht je van een glas champagne?' vroeg Nick terwijl ze plaatsnamen.

'Heerlijk. Het is tenslotte vrijdag.'

'Zo is het maar net,' zei hij knikkend. 'Een uitstekend excuus.'

'Nick?'

'Ja?'

'Waarom staar je me zo aan?'

'Sorry... Ik dacht alleen maar... ergens over na.'

'Wat dan?'

Nick maakte korte metten met de romantische dagdroom waarin hij, kijkend naar haar, een met fluweel bedekt doosje en haar slanke witte vinger voor zich had gezien. Hij zei streng tegen zichzelf dat hij nu echt aan het doordraven was en pakte de menukaart. 'Niets bijzonders. Ik neem de chique fish-and-chips. En jij?'

'Hetzelfde, denk ik.'

Nick bestelde twee glazen champagne en de fish-and-chips. 'Ik hou van vrouwen die van lekker eten houden.'

'Nou, dan had je me een paar jaar geleden niet leuk gevonden. Ik was geobsedeerd door mijn lichaam. Ik at bijna niks,' zei Tammy. 'Want hoe je het ook wendt of keert, mijn hele carrière hing af van mijn figuur.

Toen ik ophield met mijn modellenwerk, besloot ik te eten waar ik zin in had, en weet je? Ik ben sindsdien amper aangekomen. Wat maar weer bewijst dat je gewicht voornamelijk met je stofwisseling te maken heeft. Maar goed, vertel eens over die locatie aan Fulham Road.'

Ze dronken van hun champagne en Nick vertelde.

'Ik heb dus het weekend nog om tot een besluit te komen,' concludeerde hij.

'Maar er is toch zeker geen twijfel mogelijk? Het klinkt perfect, helemaal perfect.'

'Dat is het ook, maar het leven is nu eenmaal niet zo simpel,' zuchtte Nick. 'Het is een grote stap om de boel in Australië te sluiten en hier opnieuw te beginnen.'

'Maar ik dacht dat dat was wat je wilde?' vroeg Tammy.

'Ik denk het wel, en ik ben er negenennegentig procent zeker van, maar niet honderd procent.'

Tammy's gezicht betrok. 'O Nick, ik hoop dat je niet teruggaat. Ik zou je enorm missen.'

'Echt?'

'Natuurlijk!'

'Tammy, ik...'

Het momentum ging verloren door de komst van de ober met twee borden fish-and-chips. Nick bestelde nog twee glazen champagne. Hij kon wel wat extra moed gebruiken.

Tammy keek hem over de tafel aan. 'Is er iets? Je bent al gespannen sinds je binnenkwam.'

'Ja, dat is ook zo.' Nick nam een grote slok. 'Luister, ik ben heel slecht in dit soort dingen, maar ik zal het zo goed mogelijk uitleggen.'

'Ga je gang,' moedigde Tammy hem aan.

'Het punt is, Tam, dat de afgelopen weken fantastisch waren. Ik heb echt genoten van je gezelschap en zo, maar, nou ja...'

'Wat?' Tammy's ogen keken ongerust. 'Probeer je me te vertellen dat je me niet meer wilt zien?'

'O god, nee! Het tegenovergestelde. We zijn zo snel goede vrienden geworden en ik ben echt heel erg op je gesteld geraakt... Meer dan dat, eigenlijk, en ik vroeg me af... Nou, wat ik wil zeggen is, dat ik me afvraag of dit het wat jou betreft is.'

'Bedoel je of ik liever "gewoon goede vrienden" wil blijven?' zei ze om mijn vraag te verduidelijken.

'Ja.'

'In plaats van wat?'

'In plaats van, je weet wel, een volgende stap.'

'Nick, zeg je nu dat je me graag mee uit wilt vragen? Ik bedoel, officieel, zoals tieners dat doen?'

Ze plaagde hem nu een beetje, maar dat kon hem niet schelen. 'Ja, inderdaad, heel graag.'

'Nou,' zei Tammy, een frietje aan haar vork prikkend, 'vraag me dan maar.'

'Oké,' zei Nick knikkend en met kloppend hart, 'zou je eens met me uit willen?'

'Nee, niet echt.' Ze schudde beslist haar hoofd.

'O.'

Tammy stak over de tafel haar hand naar hem uit.

'Ik zei dat we het zo zouden doen als we tieners waren, maar dat zijn we niet. En we zijn al een aantal keren met elkaar "uit" geweest. We zijn nu ook met elkaar uit. Dus zullen we ons gedragen als de volwassenen die we zijn? En na het eten van deze heerlijke maaltijd zonder er nog omheen te draaien naar mijn huis gaan?'

Hij keek haar aan en er ging een golf van opluchting door hem heen. 'Ik wil niets liever.'

De latemiddagzon scheen door Tammy's gordijnloze slaapkamerraam. Het bood uitzicht op een mooi dakterras waar ze potten vol bloemen had staan, en latwerk waarlangs in de zomer een clematis omhoogklom. De bloemen hadden hun beste tijd nu gehad, maar ze keek toch nog graag naar haar kleine stukje natuur in het centrum van de stad. Het piepkleine huisje was haar veilige haven en ze had het gevuld met schatten die ze op haar reizen over de wereld had verzameld.

Er dansten kleine stofdeeltjes door de lucht en Tammy keek er met halfgesloten ogen naar terwijl Nick met zijn handen en zijn mond zachtjes haar rug streelde. Ze voelde zich volkomen vredig en verzadigd nadat ze twee uur lang de liefde hadden bedreven.

Meestal zag ze op tegen de eerste keer met een nieuwe minnaar.

Hoewel er altijd de opwinding was die je voelde bij de aanraking van een nieuw, onbekend lichaam, was er ook de spanning door de vraag of ze bij hem in de smaak zou vallen – en andersom.

Maar met Nick was het alleen maar heerlijk geweest.

Hij had een fraai lichaam, gebruind door de Australische zon, sterk en slank, met precies de juiste mannelijke gespierdheid. En hij had haar heel teder aangeraakt, zonder een zweem onhandigheid of aarzeling, en zoveel lieve woordjes gefluisterd dat ze zich moeiteloos had kunnen overgeven aan de impulsen van haar lichaam, veilig en zonder enige gêne.

'Je bent beeld- en beeldschoon,' mompelde Nick in haar nek. 'En ik ben helemaal weg van je.'

Ze draaide zich naar hem toe en streek over zijn wang. Hij bracht haar vingers naar zijn lippen en kuste ze.

'Dus gaan we nu officieel met elkaar "uit"?' vroeg hij zacht.

'Dat ik met je naar bed ga, wil nog niet zeggen dat we verkering hebben,' giechelde ze.

'Verdorie zeg, wat is er veel veranderd. Vroeger was de volgorde toch echt anders,' zei hij plagerig.

'Ik wil graag officieel "met je uit",' verklaarde Tammy knikkend. 'Maar vooralsnog, op dit ogenblik, blijf ik liever binnen.'

'Absoluut, laten we vooral veel binnenblijven.' Hij wikkelde een lok van haar roodbruine haar om zijn vingers. 'Trouwens, ik ga mijn moeder dit weekend bellen om haar te laten weten dat ik terug ben. Ze woont in Suffolk en ik ga haar volgende week waarschijnlijk een bezoek brengen. Heb je zin om mee te gaan?' voegde hij er voor hij het wist aan toe.

'Ik zou je moeder graag een keer ontmoeten, maar misschien kun je de eerste keer beter alleen gaan? Jullie zullen wel veel te bespreken hebben en ze wil je vast een paar uurtjes helemaal voor zichzelf hebben.'

'Je hebt gelijk.' Nick voelde dat hij een kleur kreeg door zijn spontane voorstel.

'Heb je eigenlijk broers of zussen?'

'Ja.' Er trok een schaduw over Nicks gezicht. 'Ik heb een oudere broer, Sam. Om diverse redenen is hij niet mijn favoriete persoon.

Hij is een complete mislukkeling en ik heb eigenlijk gewoon een hekel aan hem.'

'Ze zeggen dat je je vrienden kunt uitkiezen, maar je familie niet,' zei Tammy.

'Zo is het. Hoe dan ook, laten we niet over Sam praten. Waar zullen we naartoe gaan op ons eerste officiële afspraakje vanavond? Als je tenminste niets anders te doen hebt?'

'Het wordt een afhaalrestaurant, helaas. Ik moet voor het weekend nog wat jurken verstellen voor mijn kraam. God, ik hoop dat ik snel een winkelpandje vind en een coupeuse die me kan helpen. Ik heb de wereld aan kraaltjes die aangenaaid moeten worden.' Tammy wees naar de plastic bakken die stonden opgestapeld in het gedeelte dat ze als haar kleedkamer gebruikte. 'Hemel, het is bijna zes uur. Sorry, lieverd, maar ik moet echt opstaan en aan de slag.'

'Oké. Heb je liever dat ik wegga?'

'Nee, helemaal niet, als je het tenminste niet erg vindt om met me te kletsen terwijl ik aan het werk ben, en er geen bezwaar tegen hebt een curry op te halen,' antwoordde Tammy glimlachend.

'Zeker niet.'

'Kun je nu dan meteen gaan? Ik heb honger.'

'Jij bent geobsedeerd door eten, dame,' zei Nick grijnzend toen ze uit het bed stapte.

Onderweg naar het afhaalrestaurant borrelde er een euforisch gevoel in Nick op. Wat er ook zou gebeuren, deze middag had hij zijn besluit al genomen. Hij zou de sprong wagen en een nieuw leven in Londen beginnen – met Tammy.

POSY

TIJMBLAUWTJE
(*Phengaris arion*)

ADMIRAL HOUSE

DECEMBER 1944

Ik was een beetje bedrukt omdat maman juist níét erg bedrukt leek te zijn toen we op een ijzige decembermorgen op de ponywagen klommen. Hoewel het nog geen zeven uur 's ochtends was, droeg ze een van haar mooie jurken en had ze rode lippenstift op.

'Wat zie je er mooi uit,' zei ik toen ze in de opening van de voordeur verscheen en de treden af kwam lopen.

'Het is dan ook bijna Kerstmis, chérie, en we moeten allemaal ons best doen er iets van te maken,' zei ze schouderophalend terwijl ze zich uitstrekte om me een kus op mijn wang te geven. 'Zul je lief zijn voor je oma?'

'Ja. Fijn kerstfeest, maman,' zei ik, waarop Benson de pony aanspoorde om te vertrekken. 'Tot in het nieuwe jaar,' voegde ik eraan toe toen de pony over de oprijlaan begon te klossen.

Maar maman had zich al omgedraaid en liep de treden op naar het huis.

Toch waren de kerstdagen minder ellendig dan ik me had voorgesteld. Om te beginnen begon het de dag voor kerstavond te sneeuwen. Waar ik woonde, vlak bij zee, had ik in mijn hele leven maar drie of vier dagen sneeuw meegemaakt, en daar was het witte kleed na een paar uur verdwenen door de regen. Hier, aan de rand van Bodmin Moor, viel de sneeuw als grote vlokken poedersuiker neer en bleef het wit. De sneeuw lag buiten op de vensterbanken, en binnen flonkerde het licht van het haardvuur en de adventskaars. Bill, de jongeman die allerlei klusjes voor oma deed en houtblokken voor het vuur bracht, kwam aanzetten met een oude slee waar hij zelf ook ooit in de winter op gereden had. Ik liep achter hem aan door de sneeuw, die tot mijn knieën reikte, en volgde zijn wijsvinger naar een helling. Daar zoefden kleine, felgekleurde bundeltjes af op allerhande geïmproviseerde sleetjes, van grote blikken platen tot oude houten pallets.

Hij nam me mee naar de voet van de helling en stelde me voor aan een klein figuurtje waarvan het gezicht schuilging onder een roze gebreide muts en sjaal, zodat ik alleen een paar helderblauwe ogen zag.

'Dit is m'n peetdochter, Katie,' zei Bill, zijn Cornische accent zo vet als de room van de koeien die over het landschap verspreid stonden. 'Ze helpt je wel verder.'

En dat deed ze. Hoewel ze maar tot mijn schouder kwam, bleek Katie net zo oud te zijn als ik, en ze was duidelijk iemand om rekening mee te houden in deze afgelegen gemeenschap. We ploeterden de helling op, waarbij Katie naar haar kameraadjes riep en zwaaide.

'Da's Boycee, de zoon van de slager, en da's Rosie, de dochter van de postbode,' deelde ze me mee op weg naar de besneeuwde top. 'Mijn pa is de melkboer.'

'Mijn va... mijn pa is piloot,' zei ik toen Katie me liet zien hoe ik op mijn buik op de slee moest gaan liggen en me met mijn handen in de sneeuw moest afzetten om een begin te maken met sleeën.

'Daar ga je dan!' riep Katie toen ze de slee een harde zet gaf en ik over de steile helling omlaag suisde, luidkeels gillend en genietend van elke seconde.

Die dag ging ik talloze keren naar boven en naar beneden. Het werd uiteindelijk een van mijn fijnste jeugdherinneringen, behalve vlinders vangen met papa, natuurlijk, maar daar kon ik niet meer aan denken zonder dat ik de neiging kreeg te huilen. De andere kinderen waren hartelijk en nadat ik de warme Ovomaltine had gedronken die door een van de moeders in tinnen mokken was uitgedeeld, ging ik naar huis met een blij gevoel omdat ik veel nieuwe vrienden had gemaakt. Dat gevoel verwarmde me vanbinnen net zozeer als de Ovomaltine.

Op kerstavond togen Bill en ik door de sneeuw naar een klein dennenbos aan de rand van het dorp. Ik koos een boompje dat weliswaar niet kon concurreren met de enorme boom die elk jaar in de hal van Admiral House stond, maar er prachtig uitzag met oma's oude, hier en daar dof geworden zilveren decoraties en de kaarsjes die op de takken stonden te flakkeren in het licht van het haardvuur.

Inwoners van het dorp kwamen de hele dag door naar oma's huis om verse mincepasteitjes te eten. Daisy was stomverbaasd geweest toen ze zes potten gekruide pasteivulling op de bovenste plank van de voorraadkast had aangetroffen. Oma had gegrinnikt dat het helemaal niet zo verbazingwekkend was, aangezien mincepasteitjes slechts een paar dagen per jaar werden gegeten. Ze legde Daisy uit dat de voorraad die haar oude kokkin voor de oorlog had gemaakt groot genoeg was om het halve westfront te voeden en dat het spul eindeloos houdbaar was. Daarna hadden oma, Daisy en ik gesmuld van een overheerlijk diner van *toad in the hole*. Er zaten niet veel worstjes in, maar het krokant gebakken goudkleurige beslag eromheen en de dikke saus maakten dat meer dan goed. Volgens mij hadden de mensen in dit dorpje aan de rand van Bodmin Moor in de oorlog beter te eten gehad dan de hertogen en hertoginnen in Londen.

'Dat komt omdat we het hier met elkaar samen doen,' had oma uitgelegd. 'Ik heb een moestuin en mijn kippen, dus ik ruil wortels en eieren voor melk en vlees. We zijn zelfvoorzienend. Dat kan ook niet anders op deze plek. Kijk maar eens naar buiten.' Ze wees naar de sneeuwvlokken die achter het raam neerdwarrelden. 'De weg is morgen onbegaanbaar, maar er zal 's ochtends toch verse melk voor de deur staan. Die komt Jack altijd brengen, weer of geen weer.'

En inderdaad bracht Daisy op kerstochtend de nog warme melk binnen, die in een tinnen bus op het stoepje was achtergelaten. Dit was een plattelandsgemeenschap waar de mensen voor elkaar zorgden, zo geïsoleerd als het was ten opzichte van de rest van de wereld. Bodmin, het dichtstbijzijnde stadje, lag zo'n tien kilometer verderop. Ik keek naar de hopen sneeuw die vanuit de hemel waren neergedaald en dacht bij mezelf dat het net zo goed duizend kilometer zou kunnen zijn. Ik voelde me ver van de werkelijkheid verwijderd in een zacht, veilig, door sneeuw omhuld nest. En hoewel ik maman en papa en Admiral House vreselijk miste, was het een prettig gevoel.

We openden de cadeautjes die we elkaar hadden gegeven, en ik was enorm verguld met het boek vol botanische tekeningen van Margaret Mee – die onderzoek had gedaan voor Kew Gardens – dat papa me had gestuurd in de aan oma geadresseerde kerstdoos die een paar dagen eerder was aangekomen.

Kerst 1944
Voor mijn lieve Posy. Veel plezier bij oma! Ik tel de dagen tot ik je weer zie. Veel liefs, papa xxx

Nou, dacht ik bij mezelf, in elk geval weet hij waar ik ben, wat net zo troostend was als het mooie geschenk, waar ik me menige lange winterdag mee zou vermaken. Daisy had een wollen muts voor me gebreid met flappen tot ver over mijn oren en met koordjes die ik onder mijn kin bijeen kon binden.

'Perfect voor het sleeën!' riep ik uit, en toen ik haar omhelsde, kleurde ze roze van plezier.

Oma had me een set in leer gebonden boeken gegeven, geschreven door zussen die Anne, Emily en Charlotte Brontë heetten.

'Je bent er nu nog te klein voor, Posy, lieverd, maar wat hield ik in mijn jongere jaren van die verhalen,' had ze glimlachend gezegd.

Daisy was uitgenodigd om samen met ons de kerstlunch te nuttigen, wat mij erg verbaasde. Nooit ofte nimmer zou ik me Daisy kunnen voorstellen bij ons aan de tafel in Admiral House, maar oma had erop gestaan, want ze vond het verkeerd om Daisy alleen in de keuken te laten eten op de heiligste dag van het jaar. Ik mocht oma extra graag omdat het haar niet uitmaakte welk lootje iemand had getrokken in de loterij van het leven. Ik begon steeds meer op haar gesteld te raken.

Ik merkte ook dat oma na een paar whisky's veel meer praatte. Toen we op de avond van eerste kerstdag voor het haardvuur zaten, ik in mijn nachthemd met een mok warme chocolademelk voor ik naar bed moest, vertelde ze me hoe zij en opa elkaar hadden leren kennen. Dat was tijdens iets wat ze '*The Season*' noemde, toen oma haar debuut had gemaakt (ik snapte niet zo goed waarmee). Het leek allemaal te draaien om een hele hoop feestjes en bals en huwbare knappe jongelingen. Daar was opa er een van geweest, kennelijk.

'Ik zag hem op het allereerste bal... Tja, hoe had ik hem ook over het hoofd kunnen zien? Hij was een meter drieënnegentig en net terug uit Oxford. Met die grote bruine ogen, die je vader en jij allebei hebben geërfd, lieverd, had hij iedere jongedame kunnen krijgen, hoewel hij geen titel had, zoals de meesten. Zijn moeder was een '*Hon*' geweest...' (Ik wist niet wat dat betekende, maar het klonk heel eerbiedwaardig.) 'Dus aan het eind van het Season waren we verloofd. Natuurlijk betekende het huwelijk dat ik mijn geliefde thuis hier in het dierbare oude Cornwall moest verlaten om naar Suffolk te verhuizen, maar dat deden jongedames in die tijd nu eenmaal. Ze volgden hun echtgenoot.'

Oma nam nog een slok whisky en haar ogen kregen een dromerige uitdrukking. 'Och lieverd, we waren zo gelukkig die eerste twee jaren voordat de Eerste Wereldoorlog begon. Ik werd zwanger van je vader en alles was volmaakt. En toen...' Oma zuchtte diep. 'Georgie nam dienst bij het leger zodra de oorlog begon, en hij werd naar de loopgraven in Frankrijk gestuurd. Hij heeft niet eens lang genoeg geleefd om zijn zoon geboren te zien worden.'

'O oma, wat vreselijk,' zei ik terwijl ze haar ogen depte met een kanten zakdoekje.

'Ja, dat was het ook, maar heel veel vrouwen verloren hun man, en sommigen waren vrijwel berooid, dus ik voelde het als mijn plicht om ze te helpen. En dat, plus de geboorte van je dierbare vader, heeft me erdoorheen geholpen. Lawrence was een schat van een baby en een lieve peuter. Misschien te lief voor een jongetje eerlijk gezegd, maar uiteraard kwam ik hem tegemoet in zijn liefde voor de natuur, want ik was ook een buitenmens. Hij was toen al gek op vlinders en hij had ook nog een aardige verzameling van andere insecten. Daarom gaf ik hem de kamer boven in de folly. Ik verdroeg de gedachte niet dat hij in een kamer sliep met al die potjes insecten en spinnen,' huiverde oma. 'Je wist nooit of ze eens zouden ontsnappen. Hij is slim, die vader van je, al laat hij zich eerder leiden door zijn hart dan zijn verstand. En hij is een lieve schat, maar als hij zijn zinnen op iets heeft gezet, is er geen houden aan.'

'Wat voor zinnen, oma?'

'Als hij eenmaal weet wat hij wil, bedoel ik. Dan is hij niet op andere gedachten te brengen. Al zijn leraren vonden hem slim genoeg om in Oxford rechten te gaan studeren, net als zijn vader, maar Lawrence wilde er niets van weten. Hij wilde zich op de plantkunde richten, en dat heeft hij gedaan, in Cambridge. En vervolgens was hij vastbesloten om je moeder te veroveren, hoewel...' Oma zweeg abrupt en haalde adem. '... zij Française was,' voegde ze er nogal halfslachtig aan toe.

‘Is er iets mis met mensen uit Frankrijk?’ vroeg ik haar.

‘Nee, nee, helemaal niet,’ antwoordde oma haastig. ‘Maar ze moesten wel elkaars taal leren. Nou, kijk eens hoe laat het is! Al na negenen, veel te laat voor kleine meisjes om nog op te zijn. Het is bedtijd, jongedame.’

Ik was blij dat de sneeuw na de kerst bleef liggen, want dat betekende dat ik van alles te doen had. Ik was elke dag buiten met de dorpskinderen om te sleeën, sneeuwbalgevechten te houden en sneeuwpoppen te maken. Ik vond het heel fijn dat we zo dicht bij het dorp woonden dat Katie me kon komen halen, of ik haar, want in Admiral House, dat kilometers van het volgende huis lag, was alleen Mabel ooit op bezoek geweest. En hoewel oma in het mooiste en grootste huis van het dorp woonde, behandelden de andere kinderen me niet anders, ze plaagden me alleen met mijn accent, wat ik best merkwaardig vond, aangezien het mij een heleboel moeite kostte om de dingen die zíj tegen mij zeiden te verstaan.

Op oudejaarsdag gingen alle dorpsbewoners naar de kerk voor een speciale dienst om alle mannen uit de buurt die in de oorlog gestorven waren te herdenken. Er werd behoorlijk wat gesnuft en gehuild, en ik bad hevig om papa’s veilige terugkeer – hoewel oma zei dat de strijd zo goed als gestreden was, en dat ze hoopte eerdaags van hem te horen (wanneer het eerdaags zou zijn, zei ze er niet bij). Na de dienst vloeide de drank rijkelijk in de zaal naast de kerk. Katie bood me stiekem wat punch aan die ze uit een van de grote schalen had geschept toen er niemand keek. Ik proefde ervan en moest bijna overgeven, want het spul smaakte en rook naar benzine met bedorven appels en overrijpe bramen. Toen haalde iemand een viool tevoorschijn, en iemand anders een fluit, en al snel sprong, huppelde en zwierde het hele dorp, inclusief ikzelf, oma en Daisy (die met Bill danste) door de zaal. Het was echt enig, al deed ik maar wat.

Die avond in bed, hoewel ik moe was van al het dansen en daarna de wandeling naar huis door de sneeuw, wenste ik maman en papa alle liefs. ‘Gelukkig nieuwjaar. Slaap zacht,’ mompelde ik voor ik tevreden in een diepe slaap viel.

Twee dagen later, toen de sneeuw overdag eindelijk overging in een modderige brij, maar 's nachts weer verraderlijk bevroor, ontving oma een telegram. We zaten op dat moment samen te ontbijten, en te bedenken wat Daisy voor het avondeten zou gaan maken, toen de bel ging. Daisy nam het telegram mee naar binnen en ik zag oma's gezicht zo wit worden als de as van de vorige avond die nog in de haard lag.

'Excuseer, lieve schat,' zei ze toen ze van de tafel opstond en de kamer verliet. Ze kwam niet terug en nadat ik in mijn slaapkamer mijn gezicht en handen had gewassen, wat ik altijd deed na het ontbijt, vertelde Daisy me toen ik beneden kwam dat oma in de studeerkamer aan de telefoon zat en dat ik haar niet mocht storen.

'Is alles in orde, Daisy?' vroeg ik voorzichtig, hoewel ik heel goed doorhad dat er iets mis was.

'Ja hoor. Nou, kijk eens wie daar aankomt!' antwoordde ze, want Katie kwam juist naar de voordeur fietsen. Toen Daisy ging opendoen, zag ik de opluchting op haar gezicht. 'Goedemorgen, Katie, wat een mooie fiets, zeg.'

'Die heb ik van de Kerstman, maar ik heb d'r niet op kunnen rijden door de sneeuw. Ga je mee, Posy? Jij mag d'r ook op rijden. Ma zegt dat je ook bij ons mag middageten.'

Ik zag wel hoe trots Katie op haar fiets was, maar ook dat hij allesbehalve nieuw was: er zat roest op de spatborden en er hing een versleten mandje nogal schuin aan het stuur. Ik dacht aan mijn mooie glanzende rode fiets in de grote schuur van Admiral House, wat me weer deed denken aan papa en de grauwe tint die oma had gekregen toen ze het telegram las. Ik wendde me tot Daisy.

'Weet je zeker dat alles in orde is?'

'Ja, Miss Posy, ga jij nou maar mee met je vriendinnetje. Tot later.'

Hoewel het leuk was om weer eens te fietsen en met Katies broertjes en zusjes aan de grote tafel te zitten om de pastei met vlees en aardappel te eten die ze *pasty* noemden, had ik de hele dag een knoop in mijn maag die niet meer wegging.

Toen ik thuiskwam, was het al donker aan het worden. Ik zag dat er licht aan was in de zitkamer, maar dat het haardvuur – dat rond dit tijdstip gewoonlijk vrolijk brandde – uit was.

'Hallo, Miss Posy,' begroette Daisy me bij de deur. Haar gezichtsuitdrukking was zo donker als de schemering buiten. 'Er is iemand voor je.'

'Wie dan?'

'Je moeder is hier.' Ze hielp me uit mijn jas en haalde de koordjes los van de muts die ze als kerstcadeau voor me had gebreid. Ik zag dat haar handen een beetje trilden.

'Maman? Hier?'

'Ja, Miss Posy. Ga maar gauw je gezicht en handen wassen en je haar borstelen, dan neem ik je daarna mee naar de zitkamer.'

Terwijl ik de trap naar mijn slaapkamer op liep, voelden mijn benen aan alsof ze van smeltend ijs waren. En toen ik voor de spiegel stond om mijn haar opnieuw te vlechten, hoorde ik de luide stemmen vanuit de zitkamer beneden. Ik hoorde mijn moeder huilen.

En ik wist, ik wíst gewoon wat ze me gingen vertellen.

'Posy, lieverd, kom binnen.'

Mijn oma loodste me door de deur en legde een liefdevolle hand op mijn schouder om me naar de leunstoel te manoeuvreren waarin mijn moeder naast de koude haard zat.

'Ik zal jullie even alleen laten,' zei oma toen ik maman aankeek en zij mij – met betraande ogen. Ik wilde oma vragen om te blijven. Haar krachtige persoonlijkheid bracht een zekere troost met zich mee waarvan ik wist dat maman me die niet zou kunnen geven, maar ze liep door de kamer en sloot de deur achter zich.

'Posy, ik...' zei maman, en haar stem brak terwijl ze weer begon te huilen.

'Het is papa, hè?' wist ik fluisterend uit te brengen. Ik wist het al maar hoopte tegelijkertijd dat het níét zo was.

'Ja,' antwoordde ze.

En met dat ene woordje spatte de wereld die ik tot dan toe had gekend in talloze splinters uiteen.

Bomaanval... papa's vliegtuig geraakt... vlammen... geen overlevenden... held...

De woorden maalden door mijn hoofd tot ik ze er door mijn oren uit wilde trekken zodat ik ze niet meer hoefde te horen. Of hoefde te begrijpen wat ze inhielden. Maman probeerde me vast te houden, maar ik wilde niet worden vastgehouden door wie dan ook, behalve de enige persoon die dat nooit meer zou kunnen. Dus ik rende naar boven, en in mijn kamer kon ik alleen mezelf nog maar vasthouden. Elke vezel in mijn lichaam deed pijn van verdriet en afgrijzen. Waarom híj en waarom nú, vroeg ik, nu iedereen zei dat de oorlog bijna voorbij was? Waarom was God – als Hij echt bestond – zo wreed dat hij papa op het laatst van ons had weggenomen, nadat hij het zo lang had overleefd? Ik had de laatste tijd op de radio niets meer gehoord over bomaanvallen, alleen maar dat de Duitsers zich terugtrokken door Frankrijk en dat ze het niet lang meer zouden volhouden.

Ik kende de woorden niet die beschreven hoe ik me voelde – misschien bestonden ze gewoon niet – dus ik huilde alleen maar als een gewond dier tot ik een zachte hand op mijn schouder voelde.

'Posy, mijn lieve schat, het spijt me zo verschrikkelijk. Voor jou, voor mij, voor Lawrence, en natuurlijk,' voegde oma er na een korte stilte aan toe, 'je moeder.'

Ik deed mijn mond open, want zelfs nu, op dit afschuwelijke moment, zei mijn opvoeding me dat ik beleefd moest zijn en iedere volwassene die tegen me sprak antwoord moest geven, maar er kwam niets. Oma nam me in haar armen en ik huilde nog meer tranen tegen haar troostende boezem. Waar mijn lichaam al dat vocht vandaan haalde, wist ik niet, want ik had sinds de lunch al niets meer gedronken.

'Stil maar, stil maar, lieverd,' suste ze me, en uiteindelijk zal ik wel ingedut zijn. Misschien verbeeldde ik het me, maar ik was er bijna zeker van dat ik, half in slaap, zacht gesnik hoorde, dat alleen maar van oma afkomstig kon zijn.

'Mijn lieve, lieve jongen... wat zul je geleden hebben. En na alles wat je hebt doorgemaakt... Ik begrijp het, lieverd, ik begrijp het...'

Daarna moet ik helemaal in slaap zijn gevallen, want het volgende ogenblik werd ik wakker bij het sombere grijze licht van een nieuwe dag. Mijn brein deed er maar een paar seconden over om zich dat vreselijke te herinneren wat er was gebeurd, en de tranen begonnen opnieuw te stromen.

Niet lang daarna kwam Daisy mijn slaapkamer binnen met een dienblad, dat ze op het bed zette. Net als oma nam ze me in haar armen.

'Arm klein meissie,' zei ze met haar zangerige stem toen ze me losliet. 'Kijk eens? Ik heb je een vers gekookt ei gebracht met wat reepjes toast om erin te dopen. Daar zul je wel wat van opknappen.'

Ik wilde antwoorden dat ik nóóit meer ergens van zou opknappen, maar ik deed automatisch mijn mond open terwijl Daisy me de toastreepjes met ei voerde alsof ik een peuter was.

'Is maman wakker?' vroeg ik haar.

'Ja, ze maakt zich klaar voor vertrek.'

'Gaan we vandaag al terug naar Admiral House? Dan moet ik mijn spullen pakken!' Ik trok de dekens opzij en sprong uit bed.

'Ga je eerst maar aankleden, Miss Posy. Je moeder wil je beneden graag even spreken.'

Ik kleedde me aan en trof maman aan bij het haardvuur in de salon. Haar mooie huid was net zo wit als de smeltende sneeuw die nog buiten lag, en ik zag haar hand trillen toen ze een sigaret opstak.

'*Bonjour*, Posy. Hoe heb je geslapen?'

'Beter dan ik had verwacht,' zei ik naar waarheid terwijl ik voor haar stond.

'Ga zitten, ik wil met je praten.'

Ik gehoorzaamde en troostte mezelf met de gedachte dat wat ze me moest vertellen niet zo erg kon zijn als het nieuws van gisteren.

'Posy, ik...'

Ik zag dat haar vingers zich ineenstrengelden en weer spreidden, en ik wachtte tot ze iets zou zeggen.

'Het spijt me ontzettend, wat er is gebeurd.'

'Jij kunt het niet helpen dat papa dood is, maman.'

'Nee, maar... jij hebt dit niet verdiend. En nu...'

Ze zweeg opnieuw, alsof ze, net zoals ik gisteren, de woorden niet kon vinden. Haar stem klonk hees, was amper hoorbaar. Ze keek me aan en ik kon de emotie die haar ogen uitdrukten niet duiden, maar ik zag wel dat maman zich buitengewoon ellendig voelde.

'Posy, oma en ik hebben overlegd wat voor jou het beste is. En wij denken dat je, in elk geval voorlopig, hier moet blijven.'

'O. Hoelang?'

'Dat weet ik echt niet. Ik moet... veel dingen regelen.'

'En papa's...' Ik slikte en verzamelde moed om het woord uit te spreken. 'Begrafenis?'

'Ik...' Maman keek in het vuur en slikte ook. 'Oma en ik hebben besloten dat we over een paar weken een herdenkingsdienst houden. Ze moeten... ze moeten zijn... ze moeten hém vanuit Frankrijk hiernaartoe brengen, snap je?'

'Ja,' fluisterde ik, heftig met mijn ogen knipperend. Ik besefte op dat moment dat ik sterk moest zijn voor maman. Dat ik de 'dappere grote meid' moest zijn, zoals papa me altijd had genoemd als ik mijn vinger openhaalde aan een doorn in de tuin of als ik van de schommel was gevallen die hij voor me had gemaakt. Zij had ook heel veel verdriet. 'Hoelang moet ik hier blijven? De school begint volgende week weer.'

'Oma zegt dat je veel vriendjes en vriendinnetjes hebt gemaakt in het dorp, dus dachten we dat je voorlopig hier naar school zou kunnen gaan.'

'Ja, maar hoelang dan?' Ik kon het niet laten mijn vraag te herhalen.

'O, Posy,' zuchtte maman. 'Daar heb ik geen antwoord op. Ik moet heel veel dingen regelen, begrijp je? Beslissingen nemen. En als ik daarmee bezig ben, kan ik jou niet de aandacht geven die je nodig hebt. Hier heb je oma en Daisy helemaal voor jezelf.'

'Blijft Daisy ook?'

'Ik heb het haar gevraagd en ze heeft ermee ingestemd. Het schijnt dat jij niet de enige bent die hier in het dorp nieuwe vrienden heeft gemaakt.' Voor het eerst schonk maman me een flauw glimlachje, en het lichte blosje dat op haar wangen verscheen, verwarmde haar teint, die me deed denken aan de grijzige pastei met reuzel die Daisy weleens maakte. 'En, Posy? Denk jij dat dit een goede oplossing is?'

Ik wreef langs mijn neus en dacht erover na. Ik vroeg me af wat papa zou vinden dat ik moest zeggen.

'Ik zal jou en Admiral House heel erg missen, maman, maar als het voor jou beter is, ja, dan blijf ik hier.'

Ik zag een zweem van opluchting over haar gezicht trekken en ik wist dat ik haar het juiste antwoord had gegeven. Misschien had ze gedacht dat ik zou schreeuwen en gillen en haar zou smeken me mee naar huis te nemen. Iets in mij wilde dat ook zielsgraag: naar huis gaan – en dat het dan weer zou zijn zoals het was. Maar ik realiseerde me dat niets ooit meer zou zijn zoals het was, dus wat maakte het uit?

'Kom hier, chérie.' Maman opende haar armen en ik nestelde me erin. Ik sloot mijn ogen en rook de vertrouwde muskachtige geur van haar parfum.

'Dit is voorlopig het beste voor je, heus,' fluisterde ze. 'Ik zal je natuurlijk schrijven en ik kom je halen zodra ik alles weer op orde heb.'

'Beloofd?'

'Beloofd.' Ze maakte zich van me los en liet haar handen langs haar lichaam zakken. Ze keek naar me op vanuit haar stoel en stak haar hand omhoog om mijn wang zachtjes aan te raken. 'Je lijkt heel veel op je papa, chérie. Je bent dapper en vastberaden, met een hart dat innig liefheeft. Laat je er niet door kapotmaken, goed?'

'Nee, maman, waarom? Het is toch goed om lief te hebben?'

'Oui, natuurlijk.' Ze knikte en stond op. Ik zag de wanhoop in haar ogen. 'Nou, ik moet me maar eens voorbereiden op het vertrek. Ik moet naar Londen om je vaders notaris te bezoeken. Ik heb nog wat dingen te doen. Ik kom afscheid nemen als ik gepakt heb.'

'Ja, maman.'

Ik keek hoe ze het vertrek verliet, voelde mijn benen slap worden en zakte neer in de stoel waar zij op had gezeten. Stilletjes kroop ik tegen de leuning en begon te huilen.

AUGUSTUS 1949

'Luister Posy, je moeder en ik hebben elkaar over de telefoon gesproken, want ik heb een voorstel.'

'O. Gaat Admiral House weer open en wil ze dat ik terugkom?'

'Nee, lieve meid, zoals we al eerder hebben gezegd, is het veel te groot voor jou en haar alleen. Misschien dat je er op een dag, als je bent getrouwd, naar kunt terugkeren en het kunt vullen met het grote, fijne gezin dat het verdient. Nu je vader... er niet meer is, behoort het jou tenslotte toe.'

'Nou, ik zou er morgen wel willen gaan wonen, samen met jou natuurlijk, lieve oma.'

'Als je meerderjarig bent en je het beheer krijgt over het huis en de nalatenschap, kun je dat besluit nemen. Voorlopig is het verstandig dat het huis gesloten blijft. Zoals je op een dag wel zult merken, kost het handenvol geld om het te onderhouden. Goed dan, ik zou je vertellen over mijn idee. Ik denk dat het voor jou het beste zou zijn als je naar een kostschool ging.'

'Wat? En jou en iedereen hier achterlaten? Nee!'

'Kalmeer alsjeblieft, Posy, en luister even. Ik begrijp dat je liever niet bij ons weg wilt, maar het is wel duidelijk dat je een veel hogere opleiding nodig hebt dan de dorpsschool je te bieden heeft. Miss Brennan is bij me op bezoek geweest en zei hetzelfde. Je werkt nu al op een veel hoger niveau dan de rest van de klas en ze gaf toe dat je háár kennisniveau ook al bijna voorbijstreeft. Ook zij denkt dat je op een school zou moeten zitten die je de brede opleiding kan geven die jouw academische begaafdheid verdient.'

'Maar...' Ik merkte dat ik pruilde, ik kon het niet helpen. 'Ik heb het naar mijn zin op school en bij jou, oma. Ik wil hier niet weg, echt niet.'

'Dat begrijp ik, maar heus, als je vader nog leefde, zou hij het met me eens zijn.'

'Echt?' Vijf jaar later vond ik het nog steeds ontzettend pijnlijk om over hem te praten.

'Ja, en over een aantal jaren wil je misschien wel gaan werken en carrière maken, zoals steeds meer vrouwen tegenwoordig.'

'Daar heb ik eigenlijk nooit over nagedacht,' gaf ik toe.

'Nee, waarom zou je ook? Het is mijn taak – en die van je moeder, natuurlijk – om aan je toekomst te denken. En hemel, Posy, als ik was geboren in een tijd waarin vrouwen een opleiding konden volgen en misschien zelf naar de universiteit konden gaan, zou ik die kans met beide handen hebben aangegrepen. Wist je dat ik, voordat ik je opa leerde kennen, een suffragette was? Lid van de WSPU en een fervent aanhangster van Emmeline Pankhurst? Ik heb mezelf vastgeketend aan een hek om te strijden voor vrouwenstemrecht.'

'Mijn hemel, oma! Echt waar?'

'Jazeker! Maar toen werd ik verliefd, heb ik me verloofd en moest ik met die capriolen stoppen. Maar ik heb in elk geval voor mijn gevoel iets bijgedragen, en de tijden veranderen nu, en dat is voor een groot deel te danken aan wat mevrouw Pankhurst en mijn andere dappere medestrijdsters toen hebben gedaan.'

Ik keek met een nieuwe blik naar mijn oma. Ik begreep dat zij ook ooit jong was geweest.

'Nou, Posy, de school die ik voor je in gedachten heb, is in Devon, niet heel ver hiervandaan. De reputatie van deze school is voortreffelijk, met name op het gebied van de exacte vakken, en een deel van de leerlingen stroomt door naar de universiteit. Ik heb de directrice gesproken en die wil je graag ontmoeten. Ik denk dat we er volgende week maar eens moeten gaan kijken.'

'En als het me niet bevalt?'

'Laten we maar even afwachten hoe het gaat, jongedame. Ik hou niet van een negatieve houding bij voorbaat, dat weet je. En trouwens, er ligt een brief van je moeder boven in je kamer.'

'O. Is ze nog in Italië?'

'Ja, nog steeds.'

'Maar ik dacht dat ze er alleen maar op vakantie ging, en dat is nu al meer dan een jaar geleden, toch? Wel een erg lange vakantie, als je het mij vraagt,' mopperde ik.

'Niet zo brutaal, jongedame. Ga maar naar boven om je handen te wassen. Het eten is over tien minuten klaar.'

Ik liep de trap op naar mijn slaapkamer, die niet meer tijdelijk was zoals toen ik hier kwam, maar nu was gevuld met alle spulletjes die ik de afgelopen vijf jaar had verzameld. Net als mijn kamer had ik me aangepast aan de situatie – dat moest ook wel. Na twee lange jaren van dag na dag wachten tot maman me zou komen halen, had ik me gerealiseerd dat ze dat niet zou doen. In elk geval niet op korte termijn. Na papa's dood was ze teruggegaan naar Parijs. De oorlog was afgelopen en veel van haar vrienden keerden er terug, had ze me laten weten op een van de weinige ansichtkaarten die ze me af en toe stuurde. En dat terwijl ik haar die eerste twee jaar elke week schreef – vaste prik op zondagmiddag voor het eten. Ik stelde altijd dezelfde twee vragen: wanneer zou ze me komen halen en wanneer zou papa's herdenkingsdienst plaatsvinden? Haar antwoord was altijd hetzelfde: '*Binnenkort, chérie, binnenkort. Probeer alsjeblieft te begrijpen dat ik nog niet kan terugkeren naar Admiral House. Elke kamer bevat zoveel herinneringen aan je papa…*'

Dus uiteindelijk had ik geaccepteerd dat mijn leven zich voorlopig hier zou afspelen, in deze kleine gemeenschap, letterlijk en figuurlijk afgesloten van de rest van de wereld. Zelfs oma's geliefde radio – waarnaar ze elke dag weer luisterde om het laatste nieuws over de oorlog te horen – was schijnbaar vlak na papa's dood kapotgegaan. Het ding had op wonderbaarlijke wijze weer een uurtje gefunctioneerd toen de overwinning in Europa werd aangekondigd. Ik had oma en Daisy omhelsd en we hadden gezamenlijk een dansje door de zitkamer gemaakt. Ik herinnerde me dat ik had gevraagd waarom we het vierden, aangezien de persoon van wie wij het meeste hielden nooit meer naar ons zou terugkeren, terwijl sommige andere vaders en zoons uit het dorp wel terugkwamen.

'We moeten in onszelf de kracht zien te vinden om blij voor ze te zijn, Posy, ook al is onze eigen dierbare van ons heengegaan,' had oma gezegd.

Misschien was ik wel een slecht mens, want toen het dorp bijeen was gekomen om VE *Day* – overwinningsdag – te vieren in het kerkgebouw, had ik geen kracht in mezelf gevonden, alleen maar een grote, doffe leegte.

Sinds die dag was er weinig veranderd, alleen reisde oma geregeld naar Londen om er naar haar eigen zeggen 'papierwerk af te handelen'. Dat papierwerk was kennelijk heel afmattend want als oma thuiskwam, zag ze er altijd grauw en vermoeid uit. Ik kon me levendig de laatste keer herinneren dat ze vanuit Londen was teruggekomen. In plaats van me meteen op te zoeken met een kleine traktatie die ze voor me had gekocht, was ze rechtstreeks naar haar kamer gegaan en drie dagen niet meer tevoorschijn gekomen. Toen ik naar haar toe wilde gaan, had Daisy gezegd dat ze een nare verkoudheid had opgelopen en me niet wilde aansteken.

Op dat moment had ik me voorgenomen dat, als ik ooit kinderen zou krijgen, ik ze altijd bij me zou laten, zelfs als ik stierf aan iets vreselijk besmettelijks, zoals cholera. Geliefde volwassenen die zich achter gesloten deuren verschansten, daar raakte een kind enorm van streek door. En ik had het in de loop der jaren al een aantal keren meegemaakt.

Uiteindelijk was oma weer verschenen en kon ik een hap naar adem nog net onderdrukken. Ze was heel erg afgevallen. Het leek wel alsof zíj aan cholera leed. Haar huid zag er wasachtig uit en haar ogen leken dieper in haar oogkassen te liggen. Ze oogde heel oud en helemaal niet opgewekt, zoals anders.

'Lieve Posy,' had ze gezegd, een glimlach forcerend die haar ogen niet bereikte toen we samen theedronken bij het haardvuur in de zitkamer. 'Ik moet me verontschuldigen voor mijn veelvuldige afwezigheid de afgelopen paar maanden. Je zult wel blij zijn dat daar nu een einde aan is gekomen. Alles is klaar en er is nu geen noodzaak meer voor me om nog naar Londen te gaan – misschien wel nooit meer. Ik heb een hékel aan die godvergeten stad, jij niet?' had ze huiverend gezegd.

'Ik ben er nooit geweest, oma, dus ik heb geen idee.'

'Nee, maar je zult er vast weleens naartoe gaan, dus ik moet het niet voor je verpesten. Ik heb er gewoon geen goede herinneringen aan...'

Haar droevige, diepliggende ogen hadden zich van me afgewend, maar keerden snel terug, met een naar mijn gevoel onechte opgewektheid.

'Maar we kunnen het verleden niet veranderen. En nu is het tijd om naar de toekomst te kijken. Binnenkort heb ik een verrassing voor je, Posy.'

'Echt? Wat lief,' had ik gezegd, niet goed wetend hoe ik op deze nieuwe, veranderde oma moest reageren. 'Bedankt.'

'Ik ga je niet verklappen wat het is, maar ik vond dat je iets van je vader zou moeten hebben. Een aandenken. Iets... praktisch. Nou, zou je nog een houtblok op het vuur willen gooien? Die kou gaat me in de botten zitten.'

Dat had ik gedaan, en na een gesprekje over wat er allemaal was gebeurd sinds zij weg was geweest – niet veel, hoewel ik haar had kunnen vertellen dat Daisy Bill in de keuken meer had beziggehouden dan mij nodig leek – had oma gezegd dat ze doodmoe was en wilde gaan rusten.

'Kom eens hier en geef je oma eerst nog even een knuffel.'

En dat had ik gedaan, en hoewel ze er heel broos uitzag, hadden haar armen me stevig vastgepakt, alsof ze me nooit meer zou laten gaan.

'Goed dan,' had ze gezegd toen ze opstond. 'Voorwaarts en opwaarts, Posy. Daarmee kom je vooruit.'

Drie dagen later was er een busje voor de deur gearriveerd. Ik was de gang in gelopen en zag een sterke man grote dozen de studeerkamer in dragen. Oma was naast me komen staan en ik keek haar schuin omhoog aan. Ze had een hand op mijn schouder gelegd.

'Ze zijn voor jou, lieve meid. Ga maar kijken, dan mag je ze zelf op de boekenplanken zetten. Ik heb er ruimte voor gemaakt.'

Ik ging de studeerkamer binnen en scheurde de dikke tape van een van de dozen. En daarin zaten, bedekt met hun vertrouwde zachte, bruine leer, mijn geliefde *Encyclopaedia Britannica*-boeken.

'Daarmee kun je je op menige donkere Cornische avond wel verpozen,' had oma gezegd toen ik er een exemplaar uit haalde en het op mijn schoot legde. 'Ik heb ze vroeger allemaal voor je vader gekocht, elke kerst en elke verjaardag. Ik weet zeker dat hij zou willen dat jij ze krijgt.'

'Dank je, oma, heel erg bedankt,' had ik gezegd terwijl mijn handen over het leer streken en mijn ogen glinsterden van de tranen. 'Dit is het beste wat ik me kan voorstellen als aandenken aan papa.'

In het jaar dat volgde, zag ik dat oma langzaam weer de oude werd. Hoewel ik vaak droefheid in haar ogen zag, was ik blij dat ze zichzelf hervond. Ze was druk in de weer in het huis en besteedde na de winter veel tijd en energie aan de grote tuin achter het huis, die snel ontwaakte na een winterslaap van maanden. Als ik niet op school was of met mijn klasgenoten op de moor speelde, hielp ik haar. Dan leerde ze me van alles over de verschillende soorten die we plantten of verzorgden. In de oude, met korstmos overdekte kas liet ze me zien hoe ik zaden moest laten ontkiemen. Ze had me zelfs mijn eigen set tuingereedschap gegeven, in een stevige mand van wilgentakken.

'Als ik me verdrietig voel,' had ze me daarbij verteld, 'graaf ik in de rijke aarde en denk ik aan de wonderen die eruit voortkomen. Ik voel me er altijd beter door. Ik hoop dat het voor jou ook zo zal zijn.'

En tot mijn verbazing wás dat zo. Ik bracht steeds meer van mijn vrije tijd door met mijn handen in de aarde en zat steeds vaker oma's tuinboeken en -tijdschriften te bestuderen. Daisy nam me in de keuken onder haar hoede en ik bracht vele prettige uren door met het uitrollen en bakken van deeg. Ik was ook weer bezig gegaan met mijn botanische tekeningen, zoals papa me had gevraagd.

Op een middag, eind maart, had oma de dominee uitgenodigd voor de thee om de organisatie van het jaarlijkse eierzoeken voor te bereiden (dat altijd in onze tuin werd gehouden, de grootste tuin van het dorp). Ik had een golf van trots door me heen voelen gaan toen de eierzoekdag was aangebroken en iedereen die meedeed zei hoe verzorgd en mooi de tuin erbij lag.

Rond die tijd begon ik ansichtkaarten van maman uit Parijs te ontvangen. Kennelijk was ze weer gaan zingen. Op een kaart was niet veel ruimte om andere dingen te vertellen, maar ze klonk gelukkig. Ik had geprobeerd daar blij om te zijn, maar aangezien de innerlijke Posy zo hol was als een lege kokosnoot (terwijl de uiterlijke Posy deed alsof ze niets was veranderd), was dat bijna onmogelijk. Oma had het altijd over 'ruimhartigheid van geest', en omdat mijn geest niet eens ruimhartig kon zijn jegens mijn eigen moeder, had ik geconcludeerd dat ik wel een slecht mens moest zijn. Want eerlijk gezegd wilde ik dat zij zich net zo ellendig voelde als ik. Dat het ook voor haar onmogelijk was zich gelukkig te voelen omdat de persoon van wie we allebei het allermeest hadden gehouden nooit meer terug zou komen.

Uiteindelijk had ik Katie in vertrouwen genomen, die, hoewel ze nooit verder was geweest dan Bodmin (maar één keer, voor de begrafenis van een oudtante) en er in de les niets van bakte, een hoop gezond verstand bezat.

'Ja, nou, misschien doet je ma alsof ze gelukkig is, net als jij, Posy. Kan dat zijn?' had ze me gevraagd.

En door die ene zin was alles een beetje gemakkelijker geworden. Maman en ik deden beiden 'alsof': maman had zich op het zingen gestort zoals ik me had gericht op mijn lessen en mijn eigen stukje tuin, dat ik van oma had gekregen om er te planten wat ik wilde. We deden allebei ons best om te vergeten, hoewel we de pijn nog steeds voelden. Ik dacht bovendien aan oma, en hoe zij trachtte het gewone leven weer op te pakken. Ik wist alleen dat ze nog pijn had vanwege papa's dood door de bedroefdheid die ik soms in haar ogen zag. Ik kon mamans ogen niet zien, en als oma mij vanuit het buitenland een ansichtkaart had gestuurd, zou ze vast ook iets opgewekts hebben geschreven.

De afgelopen twee jaar waren de ansichtkaarten minder frequent gekomen, en een jaar geleden had ik er een gekregen vanuit Rome, met een foto van het Colosseum, waar ze achterop iets over haar '*petites vacances*' had geschreven.

'Eerder *grandes* vacances,' klaagde ik nu tegenover mijn spiegelbeeld, mijn weerbarstige haar in een vlecht draaiend. Ik had geprobeerd om het me niet aan te trekken dat ze me niet één keer had opgezocht sinds haar vertrek na het nieuws van papa's dood, maar soms lukte dat niet en trok ik het me toch aan. Ze was tenslotte mijn moeder en het was al vijf lange jaren geleden.

'Je hebt oma tenminste nog,' voegde ik eraan toe, nog steeds in de spiegel kijkend. 'Zíj is nu je moeder.'

En terwijl ik de trap af liep om me bij haar te voegen voor het eten, besefte ik dat dat inderdaad zo was.

'Goed, dat is alles,' verklaarde Daisy toen ze de grote glanzende leren koffer sloot die oma vanuit Londen had laten komen, samen met het flesgroene schooluniform, dat ik persoonlijk spuuglelijk vond. Maar waarschijnlijk was het de bedoeling dat het lelijk was. Het hielp ook niet dat het was besteld zonder dat ik het had kunnen passen, zodat ik erin verzoop.

'Zo kun je er nog in groeien, Posy,' had oma gezegd toen ik voor de spiegel stond in een blazer waarvan de mouwen tot over mijn vingertoppen vielen en die in de schouders genoeg ruimte had voor mij en Katie samen. 'Je vader was lang, en je moeder is dat ook, dus je zult de komende maanden ongetwijfeld als een jong boompje omhoogschieten. Voor de tussentijd zal Daisy de mouwen en rok korter maken, maar met een rijgsteek, die je gemakkelijk weer kunt loskrijgen wanneer dat nodig is.'

Daisy liep bedrijvig om me heen en zette spelden in de mouwen en de zoom van de rok, die nu nog zo ongeveer de zwarte veterschoenen met gaatjes raakte, die voelden – en eruitzagen – alsof ik bootjes aan mijn voeten had. Het was best lastig voor haar om zich bedrijvig te bewegen, trouwens, want ze had een enorm bolle buik en kon nu elk moment bevallen. Ik wilde de baby dolgraag zien voordat ik naar school zou vertrekken, maar die kans werd met de dag kleiner.

Van ons drieën was Daisy degene die op de Cornische moors echt geluk had gevonden. Zij en Bill – oma's klusjesman – waren twee jaar geleden getrouwd. Het hele dorp was op de bruiloft geweest, zoals gold voor elk feest en elke viering. Daisy woonde nu met Bill in het gezellige tuinmanshuisje dat op ons landgoed stond. De bleke meid met de gelige teint die ik in Admiral House had gekend, was een mooie jonge vrouw geworden. Het was blijkbaar waar dat de liefde mooi maakte, dacht ik bij mezelf, en nu ik naar mijn spiegelbeeld keek, gekleed in flesgroen, wenste ik dat ik ook iemand zou vinden.

Later die dag, tijdens onze laatste avondmaaltijd samen, buiten in de milde avondlucht van eind augustus, vroeg ik aan oma of ze het wel zou redden in haar eentje.

'Ik bedoel, Daisy krijgt haar baby bijna, dus hoe moet dat nou?'

'Mijn hemel, Posy, schrijf me alsjeblieft niet af, zeg. Ik ben nog maar eind vijftig, hoor. En ik heb Bill en Daisy nog – een baby maakt een mens niet incapabel. En het zal heerlijk zijn, zo'n kleintje in de buurt. Een nieuw leven brengt vreugde met zich mee.'

Als jouw genegenheid voor die baby maar niet ten koste gaat van die voor mij, dacht ik, maar ik zei het niet.

De volgende ochtend stapte ik in de oude Ford waarin Bill me naar het station van Plymouth zou brengen. Met een kus nam ik afscheid van oma en ik hield mijn tranen in. Zij snikte tenminste niet alles bij elkaar, zoals Daisy even daarvoor had gedaan, hoewel haar ogen beslist meer glansden dan gewoonlijk.

'Pas goed op jezelf, mijn lieve meid. Schrijf me vaak en laat me weten wat je zoal meemaakt.'

'Dat zal ik doen.'

'Werk hard, ook ter ere van je vader, en maak mij een trotse oma.'

'Ik beloof dat ik mijn best zal doen, oma. Tot ziens.'

Terwijl Bill de auto van de oprit af reed, keek ik om. En ik wist dat, hoeveel pijn ik ook had gevoeld sinds ik hier vijf jaar geleden naartoe was gekomen, de kleine gemeenschap me had beschermd. En dat ik iedereen vreselijk zou missen.

Kostschool was... best leuk. Ik bedoel, als je geen acht sloeg op de ijsbloemen die zich in de winter aan de binnenkant van de ramen in de slaapzaal vormden, de werkelijk oneetbare maaltijden en de lessen lichamelijke oefening die we drie keer per week in de gymzaal hadden. 'Lichamelijke onzin', noemde ik het – en dat was het ook. Al die klungelige tienermeiden die over een springkast probeerden te hoppen moest wel een van de meest onelegante aanblikken ooit zijn. Aan de andere kant voelde ik me bij hockey – een spel dat ik nooit eerder had gespeeld, tot afgrijzen van Miss Chuter, de potige sportlerares – binnen de kortste keren als de spreekwoordelijke vis in het water. Ik had klaarblijkelijk een 'laag zwaartepunt', wat volgens mij gewoon betekende dat ik stevig op mijn beide benen stond, maar het was in elk geval gunstig voor het spel en ik werd al snel de topscorer van ons team. Ik was ook heel goed in veldlopen, want ik had een groot deel van de afgelopen vijf jaar doorgebracht op de moors van Cornwall.

Mijn aanleg voor sport hielp in elk geval te compenseren dat de andere meiden me veel te ijverig vonden – ik wás ook ijverig – en me Studiebol noemden. En zoals zij mijn leergierigheid niet snapten, begreep ik niet waarom zij de leerstof die ons elke dag werd voorgeschoteld niet met graagte verorberden. Na jaren waarin ik mijn meeste kennis had opgedaan uit de eerbiedwaardige *Encyclopaedia Britannica* (oma had natuurlijk gelijk gehad toen ze zei dat Miss Brennan me al bijna niet meer kon bijbenen), was het voor mij simpelweg geweldig dat elk vak tot leven werd gebracht door een levend, ademend mens. Omdat ik enig kind was, én gewend een vreemde eend in de bijt te zijn, zelfs toen ik in Cornwall min of meer deel uitmaakte van een groep met Katie en andere klasgenoten, vond ik het niet zo erg dat de meisjes op mijn nieuwe school me veelal met de nodige argwaan bekeken. Het hielp dat er nog een meisje in mijn jaar zat dat als vreemd werd beschouwd, vanwege haar passie voor ballet. Dat schiep een band tussen ons.

Soort zoekt soort, wordt er wel gezegd, maar afgezien van het feit dat we buitenbeentjes waren, leken Estelle Symons en ik in de verste verte niet op elkaar. Terwijl ik al behoorlijk lang was vergeleken met mijn klasgenoten, vrij stevig gebouwd en er, vond ik zelf, nogal gewoontjes uitzag, was Estelle klein en tenger. Zelfs als ze liep, deed ze me denken aan een ragfijn sprietje dat wiegde in een bries. Daar kwam bij dat ze een volle bos glanzend blonde lokken en grote helderblauwe ogen had. En terwijl ik al mijn vrije tijd doorbracht in de bibliotheek, was Estelle in de gymzaal te vinden, waar ze voor de spiegel haar beenoefeningen en pirouettes deed. Ze vertelde me dat ze uit een bohemien familie kwam; haar moeder was actrice, haar vader een bekend romanschrijver.

'Ze hebben me hiernaartoe gestuurd omdat mijn moeder altijd onderweg is naar een of ander theater, en paps – mijn vader – altijd met zijn neus in een manuscript zit, dus liep ik in de weg,' had Estelle tamelijk nuchter en schouderophalend gezegd.

Ze had me ook toevertrouwd dat ze op een dag een beroemde ballerina zou worden, zoals Margot Fonteyn, van wie ik nog nooit had gehoord, maar over wie Estelle vol bewondering sprak. Vanwege haar obsessie met het balletdansen, had Estelle weinig tijd voor haar schoolwerk, dus deed ik mijn best haar huiswerk voor haar te maken, waarbij ik wat spel- en grammaticafouten toevoegde waardoor het leek alsof ze het zelf had gedaan. Geheel passend bij haar etherische gestalte had Estelle een dromerige, 'bovenaardse' persoonlijkheid. Als er ooit een ballet gemaakt zou worden over een mooi, blond elfje, dacht ik soms, zouden ze Estelle uitkiezen om haar te dansen.

'Jij bent zo slim, Posy,' zei ze met een zucht toen ik haar haar wiskundewerkboek teruggaf. 'Ik zou willen dat ik zo'n goed stel hersens had.'

'Persoonlijk denk ik dat je heel veel hersens nodig hebt om al die danspassen te onthouden en de manier waarop je je armen moet bewegen.'

'O, maar dat is gemakkelijk. Mijn lichaam weet gewoon wat het moet doen, een beetje zoals jouw hersens de oplossing van een wiskundige vergelijking weten. Ieder mens heeft zijn of haar eigen unieke talent, weet je. We zijn allemaal gezegend met iets.'

Naarmate ik Estelle beter leerde kennen, kwam ik erachter dat ze alleen maar een langzame leerling was omdat de lessen haar gewoon niet interesseerden, want ze was in feite heel schrander als het ging om de wereld om ons heen – en ze was veel filosofischer ingesteld dan ik. Ik noemde de dingen gewoonlijk bij hun naam, terwijl Estelle er haar verbeeldingskracht op losliet. Door haar moest ik weer denken aan de tijd dat papa mij 'prinses van de elfjes' noemde en hij de koning van het elfjesvolk was, en ik besefte dat ik die magie ergens onderweg was kwijtgeraakt.

Toen de herfst en winter voorbij waren en we allemaal waren teruggekeerd voor het voorjaarstrimester, lagen wij met z'n tweeën vaak in de schaduw onder een eik, waar we vertrouwelijkheden uitwisselden.

'Denk jij veel aan jongens?' vroeg Estelle me op een zonnige middag in juni.

'Nee,' antwoordde ik naar waarheid.

'Maar je wilt ooit toch wel trouwen?'

'Daar heb ik nog nooit over nagedacht, waarschijnlijk omdat ik me niet kan voorstellen dat er jongens zijn die mij willen. Ik ben niet mooi en vrouwelijk, Estelle, zoals jij.' Ik keek omlaag naar mijn uitgestrekte bleke benen met sproetjes, en vond dat ze deden denken aan de boomstam waar ik tegenaan leunde, en vervolgens naar de volmaakte benen van Estelle die uitmondden in een paar elegante, smalle enkels, iets waarvan maman altijd had gezegd dat mannen daar dol op waren.

(Zij had ze zelf natuurlijk wel, in tegenstelling tot haar dochter.)

'O Posy, waarom zeg je zulke dingen over jezelf? Je hebt een fit, atletisch lichaam zonder een grammetje vet, prachtig haar in de kleur van herfstbladeren en grote, mooie bruine ogen,' zei Estelle berispend. 'En dan heb je natuurlijk ook nog die hersens van je, die zich met die van iedere man kunnen meten.'

'Misschien vinden mannen dat helemaal niet leuk,' verzuchtte ik. 'Het lijkt wel alsof ze graag een vrouw willen om hun baby's te baren en hun huis gezellig te maken, maar het niet op prijs stellen als ze haar mening over wat dan ook uitspreekt. Ik denk dat ik een slechte echtgenote zou zijn, want ik zou mijn man corrigeren als hij het bij het verkeerde eind had. Bovendien,' bekende ik, 'wil ik graag carrière maken.'

'Ik ook, lieve Posy, maar ik zou niet weten waarom ik dan niet óók een echtgenoot kan hebben.'

'Nou, ik ken geen enkele vrouw die getrouwd is en een baan heeft. Zelfs mijn eigen moeder hield op met zingen toen ze met mijn vader trouwde. En kijk eens naar de leraressen hier: ze zijn allemaal vrijgezel, stuk voor stuk.'

'Misschien zijn ze wel van de verkeerde kant,' giechelde Estelle.

'Hoe bedoel je?'

'Weet je dat niet?'

'Nee, doe niet zo raadselachtig.'

'Dat betekent dat ze misschien wel op elkáár vallen.'

'Wát? Een vrouw die op een vrouw valt?' zei ik geschokt.

'O Posy, je bent misschien wel slim, maar je kunt ook heel naïef zijn. Het is je vast wel opgevallen hoe Miss Chuter altijd in de buurt van Miss Williams rondhangt.'

'Nee,' reageerde ik abrupt. 'Ik geloof er niets van. Het is... nou... het is gewoon niet volgens de wetten van de natuur.'

'Je moet de botanie niet verwarren met de ménselijke natuur. En dat het onderwerp niet voorkomt in jouw dikke encyclopedie wil nog niet zeggen dat het niet bestaat. Het bestaat wel degelijk,' zei Estelle gedecideerd. 'En mannen die op mannen vallen ook. Je hebt toch wel gehoord van Oscar Wilde, die naar de gevangenis moest omdat hij een relatie had met een man?'

'Zie je wel? Het mag niet omdat het onnatuurlijk is.'

‘O Posy, doe niet zo ouderwets! In de theaterwereld zijn zulke dingen heel gewoon. Bovendien kunnen ze er toch niets aan doen? Mensen mogen toch zeker zijn wie ze zijn, ongeacht de regels van de maatschappij, vind je niet?’

En dankzij Estelle begon ik na te denken. Niet alleen over fotosynthese en chemische verbindingen, zoals ik tot dan toe had gedaan, maar over de regels die de wereld had bedacht als het ging om acceptabel of onacceptabel gedrag. En die begon ik in twijfel te trekken.

Ik was volwassen aan het worden.

NOVEMBER 1954

'Goed, Posy, we moeten het hebben over je toekomstplannen.'

Miss Sumpter, de directrice, schonk me een glimlachje vanaf de andere kant van haar bureau. Maar dat zag ik maar half, aangezien mijn blik, zoals elke keer dat ik haar de afgelopen vijf jaar had aangekeken, naar de wrat links van haar kin werd getrokken, en naar de lange grijze haren die eruit staken. Voor de zoveelste keer vroeg ik me af waarom ze ze niet met een schaar afknipte, want de rest van haar gezicht bood een heel prettige aanblik.

'Ja, Miss Sumpter,' antwoordde ik automatisch.

'De komende zomer ga je ons verlaten en het wordt nu tijd om na te denken over je aanmelding bij een universiteit. Ik neem tenminste aan dat je wilt gaan studeren?'

'Ik... nou, ja. Wat zou uw advies zijn?'

'Gegeven je academische talent vind ik dat je voor de top moet gaan en raad ik je aan een poging te wagen bij Cambridge.'

'Hemel,' zei ik, met een plotselinge brok in mijn keel. 'Daar heeft mijn vader vroeger gezeten. Denkt u echt dat ik een kans maak? Ik begrijp dat de concurrentie – met name voor vrouwen – heel groot is.'

'Dat klopt, maar jij bent een uitmuntende leerling. En in de aanmeldingsbrief moeten we er dus aan toevoegen dat je vader er heeft gestudeerd. Zo'n oude connectie kan nooit kwaad,' zei ze glimlachend.

'Ook niet als het om een vrouw gaat?' zei ik op wrange toon.

'Zelfs dan niet. Zoals je vast wel weet, zijn Girton en Newnham de twee gevestigde colleges voor vrouwen, maar ik vraag me af of je ook hebt gehoord van New Hall? Dat college is in september geopend met slechts zestien studentes, en de studieleidster daar, Miss Rosemary Murray, is een oude vriendin van me. Ik zou dus een goed woordje voor je kunnen doen, hoewel je toelating compleet afhangt van het halen van het drie uur durende schriftelijk examen. Vorig jaar meldden zich vierhonderd jonge vrouwen aan voor slechts die zestien plaatsen. De concurrentie is hevig, Posy, maar ik geloof echt dat je een goede kans zou maken. Ik veronderstel dat je iets natuurwetenschappelijks wilt studeren?'

'Ja, ik zou graag plantkunde willen doen,' antwoordde ik beslist.

'Nou, Cambridge is vermaard om zijn Botany School. Een betere keuze is er niet.'

'Ik moet het er natuurlijk met mijn oma over hebben voordat ik iets kan ondernemen, maar ik ga ervan uit dat ze me zal steunen. Hoewel het natuurlijk kan zijn dat ik niet word toegelaten, Miss Sumpter.'

'Wie niet waagt, die niet wint, en van alle leerlingen die ik op deze school heb gehad, behoor jij tot de beste. Ik heb alle vertrouwen in je, Posy. Nou, ga nu maar en alvast heel fijne kerstdagen gewenst.'

Hoewel het vooruitzicht dat ik naar Cornwall terug zou gaan – en al helemaal voor de kerst – er niet langer voor zorgde dat ik een week niet kon slapen van de opwinding, was het toch weer een speciaal moment toen Bill me door ons kleine dorpje reed. Er begon een laagje mist neer te dalen en de donker wordende hemel kondigde de schemering aan, al was het nog maar net drie uur geweest. Ik glimlachte van blijdschap toen ik de gekleurde lichtjes zag aan de prachtige dennenboom in oma's voortuin. Ze had me verteld dat haar eigen grootouders die boom ooit met Kerstmis hadden geplant in de hoop dat hij wortel zou schieten. Dat had hij, en nu verzamelde het hele dorp zich op de dag van de winterzonnewende eromheen voor het traditionele ontsteken van de lichtjes.

'Welkom thuis, lieve Posy!'

Oma stond me met open armen in de deuropening op te wachten, maar voor ik bij haar was, stormde er een jongetje langs haar heen en naar me toe.

'Posy! Het is Kerstmis! De Kerstman komt!'

'Ik weet het, Ross. Wat spannend, hè?' Ik boog me voorover, nam het jochie in mijn armen, gaf hem een kus op zijn kruin – die bedekt was met net zulk strokleurig haar als dat van Daisy – en droeg hem naar binnen.

Daisy stond in de gang op me te wachten. Ross wurmde zich uit mijn armen, want hij wilde me dolgraag een tekening van de Kerstman laten zien, die aan een van de keukenkastjes hing.

'Miss Posy kijkt straks naar je tekening, Ross,' wees Daisy haar zoontje liefdevol terecht. 'Ze heeft een lange reis achter de rug en ze wil vast even bij het haardvuur zitten met een lekkere kop thee en een scone.'

'Maar...'

'Geen gemaar.' Daisy loodste hem mee naar de keuken. 'Kom me maar helpen thee te zetten.'

Ik volgde oma de zitkamer in, waar een vrolijk haardvuur brandde. Binnen stond een dennenboom in een pot, maar die was nog niet versierd.

'Het leek me een goed idee om jou het genoegen te gunnen,' zei oma glimlachend. 'Ik weet hoe fijn je dat vindt. Nou, ga zitten en vertel me alles over je laatste herfsttrimester.'

Onder het genot van thee en scones vertelde ik oma hoe het de afgelopen drie maanden was gegaan. Ze was enorm trots geweest toen ik in september tot *head girl*, of hoofdmonitrice, was benoemd.

'Ik vind de verantwoordelijkheden die erbij horen niet altijd even leuk. Het moeilijkst was het om straffen uit te delen aan sommige vriendinnen. Aan het begin van het trimester betrapte ik Mathilda Mayhew op roken in het bos. Ik zag het door de vingers omdat ze me beloofde dat ze het niet meer zou doen, maar dat deed ze toch, dus ik móést het wel zeggen. Ze kreeg toen een uitgaansverbod van drie weken en nu heeft ze een hekel aan me,' zei ik zuchtend.

'Ja, maar heeft het anderen misschien tegengehouden wanneer ze in de verleiding kwamen om hetzelfde te doen?'

'Volgens mij wel, óf de meiden zijn veel voorzichtiger geworden, zodat ik ze niet betrap. Maar het betekent wel dat ze me vermijden en me niet betrekken bij de leuke dingen. Dat ik nu een eigen kamer heb, maakt de situatie er niet beter op. Ik voel me geïsoleerd, oma, en het is lang niet meer zo leuk op school.'

'Je leert nu dat het dragen van verantwoordelijkheid gepaard gaat met allerlei problemen en lastige beslissingen, Posy. Ik denk dat je in de toekomst veel aan deze ervaring zult hebben. Goed, vertel me eens wat meer over de aanmelding voor Cambridge.'

Dus ik vertelde oma over het nieuwe college voor jonge vrouwen, en dat Miss Sumpter dacht dat ik een goede kans maakte op een van de weinige beschikbare plekken. Ik zag dat haar ogen zich vulden met tranen.

'Je vader zou zo ontzettend trots op je zijn geweest, Posy. Net zo trots als ik.'

'Wacht even, oma, ik ben nog niet toegelaten!'

'Nee, maar het feit dat zij vindt dat je een poging moet wagen is genoeg. Je bent een bijzonder mens aan het worden, lieve meid, en ik ben echt heel trots op je.'

Het was lief van oma om dat te zeggen, maar naarmate de kerstvakantie vorderde en we de traditionele dorpsbijeenkomsten bijwoonden, besefte ik dat mijn 'bijzonder-zijn' ook hier thuis, in de gemeenschap waar ik een flink deel van mijn jeugd had doorgebracht, invloed had op mijn vriendschappen. Katie, die normaal gesproken voor de deur stond zodra ze de auto van Bill langs de cottage van haar ouders had zien rijden, kwam pas op kerstavond, op het feestje dat oma altijd voor het dorp gaf. In eerste instantie herkende ik haar nauwelijks, want ze had haar prachtige rode haar laten knippen en permanenten tot een zogeheten *poodle cut*, waarmee ze (dacht ik nogal onaardig) inderdaad een beetje op een poedel leek. Ze had heel veel make-up op, en het basislaagje hield op rond haar kaaklijn, zodat het, met de van nature lichte huid van haar hals eronder, leek alsof ze een masker droeg.

'Kom gauw eens 's avonds langs, dan maak ik jouw gezicht net zo mooi op,' bood ze aan terwijl we buiten in de kou stonden en zij een trekje van een sigaret nam. 'Je hebt prachtige ogen, Posy, en met wat zwarte eyeliner zullen ze nog meer opvallen.'

Ze vertelde me dat ze sinds kort een baan had als leerling-kapster in Bodmin. Ze woonde daar in bij een familielid en had een man leren kennen die Jago heette.

'Zijn pa is eigenaar van de slagerij in Bodmin en hij gaat de zaak op een dag overnemen. Er is veel geld te verdienen met vlees,' verzekerde ze me. 'En hoe gaat het met jou, Posy? Zit je nog steeds op die school?'

Ik antwoordde bevestigend en vertelde dat ik hoopte naar de universiteit van Cambridge te gaan, waar zij nooit van had gehoord.

'Sjonge, zo te horen ben je nóg aan het leren als je een ouwe dame bent! Wil je geen lol maken? Eens een keertje uit dansen gaan met een vrijer?'

Ik probeerde uit te leggen dat ik lol had in het leren, maar ik wist dat ze het niet begreep. Ik zag haar daarna nog een paar keer voordat ze terug moest naar Bodmin, maar het was overduidelijk dat we niets meer gemeen hadden. Ik werd er ontzettend droevig van. En misschien verbeeldde ik het me, maar daar kwam nog bij dat het huishouden waar ik me ooit het middelpunt van had gevoeld, probleemloos zonder mij leek te draaien. Het nieuwe brandpunt was de kleine Ross – eerlijk is eerlijk, een schat van een jochie – met wie zelfs oma meer tijd leek door te brengen dan met mij. Na de kerst merkte ik dat ik de dagen aftelde tot ik weer naar school zou gaan.

Toch kon je dáár niet wachten om naar huis te gaan, Posy, dacht ik bij mezelf toen ik op een middag in mijn eentje over Bodmin Moor wandelde. Maar ook hier hoor je niet echt thuis...

Waar dan wel, vroeg ik mezelf op de terugweg naar huis, zwelgend in zelfmedelijden als de bijna-wees die ik was geworden sinds maman me hier bijna tien jaar geleden had achtergelaten en nooit was teruggekeerd.

De waarheid was dat ik het gewoon niet wist.

De dag voordat ik weer naar school ging, ontving ik per luchtpost een brief vanuit Rome. Het handschrift was van mijn moeder, dus ik liep de trap op naar mijn slaapkamer om de brief te lezen.

Lieve Posy,

Het spijt me dat ik je niet eerder heb geschreven, maar het afgelopen jaar is een mallemolen geweest en ik wilde niets zeggen tot ik absoluut zeker was van mijn voornemen. Want, chérie, ik heb een geweldige man ontmoet, die Alessandro heet. Hij is een Italiaan en ook nog eens een graaf! Hij heeft me gevraagd of ik met hem wil trouwen. De bruiloft zal begin juni plaatsvinden – hier de allermooiste tijd van het jaar – en natuurlijk wil ik jou erbij hebben als mijn zeer speciale bruidsmeisje. Ik zal jou en je oma uiteraard meer gegevens en een officiële uitnodiging sturen, maar voor die tijd zal

er een jurk voor je moeten worden gemaakt.
Ik weet dat je nog op school zit, maar ik dacht dat je misschien, als je rond Pasen vrijaf hebt, hiernaartoe zou kunnen vliegen om te passen. Dan kun je ook Alessandro ontmoeten. Je vindt hem vast aardig, dat weet ik zeker. We zullen in zijn palazzo in Florence gaan wonen – stel je daarbij een veel warmere en oudere versie van Admiral House voor (sommige fresco's dateren van de dertiende eeuw), met cipressen in plaats van kastanjebomen. Het is er hemels en je maman is momenteel de gelukkigste vrouw op aarde.
Posy, ik weet hoeveel je van je papa hield – net als ik – maar de afgelopen tien jaar van rouw om zijn verlies zijn ellendig en eenzaam geweest. Dus ik hoop dat je toch blij voor me kunt zijn. We moeten allemaal verder en hoewel ik je lieve vader nooit zal vergeten, denk ik dat ik nog recht heb op wat vreugde in mijn leven voordat het te laat is.
Laat me alsjeblieft weten wanneer je paasvakantie hebt, dan kan ik een vlucht voor je boeken. En zo'n vliegreis, dat beloof ik je, is al een avontuur op zich.
Ik verheug me er enorm op om je te zien en al jouw nieuws te horen. Van je oma heb ik gehoord dat je op school een sterleerling bent.

Duizend kusjes, chérie,
maman

Ik had er maar een paar seconden voor nodig om het huis uit te stormen en naar de moor te rennen, waar ik het uitschreeuwde op een plek waar niemand me kon horen. Mijn tranen bleven maar stromen en ik jankte zoals ik me voorstelde dat het Beest van Bodmin Moor zou doen, om het vreselijke nieuws dat ik zojuist had gelezen.

'Hoe kan ze? Hoe kán ze!' riep ik telkens weer tegen het ruige gras en de lucht. Die drie woordjes bevatten al het onrecht dat ze me had aangedaan. Ten eerste, en tevens het ergste, dat ze verwachtte dat ik – papa's geliefde dochter – 'blij' zou zijn dat ze een nieuwe en heerlijke liefde had gevonden. Ten tweede, dat ze na al die jaren van afwezigheid – terwijl ik, met name in het begin, radeloos en verdrietig was geweest – aannam dat ze me simpelweg kon opdragen een vliegtuig te nemen om een júrk te komen passen, op een moment dat ik moest studeren voor mijn laatste examenperiode en de toelatingsprocedure voor Cambridge zou beginnen. Dat was zo verschrikkelijk egoïstisch. En de bruiloft in juni – had ze er niet eens aan gedácht dat in die tijd mijn examens zouden plaatsvinden?

En… daar kwam nog bij dat mijn achttiende verjaardag ook in juni viel. Ik had oma in de keuken tegen Daisy horen fluisteren over een feest en ik had gedacht dat maman er misschien – heel misschien – voor naar Engeland zou komen, maar het was duidelijk dat ze het zo druk had met het plannen van haar eigen feest dat het niet eens in haar was opgekomen dat haar dochter achttien jaar zou worden.

'Nee, natuurlijk niet, Posy! Ze heeft je sinds haar vertrek immers maar enkele keren aan de telefoon gehad,' zei ik hardop, ijsberend over het ruige gras van het veenland. 'Wat voor moeder is ze eigenlijk?' riep ik uit tegen de grijze wolken die langs de hemel scheerden.

Ik ging abrupt zitten. De emotie van het moment maakte mijn benen slap nu ik – niet langer het bange kleine meisje dat ik geweest was, maar de Posy die bijna volwassen zou worden – eindelijk de waarheid onder ogen zag. In de loop der jaren had het weleens in mijn achterhoofd gespeeld, maar ik had het nooit volledig toegelaten, uit angst voor wat het betekende: dat mijn moeder niet van me hield. Of in elk geval meer van zichzelf hield dan van mij.

'Ze is een heel slechte moeder,' vertelde ik aan de moors, met pijn in mijn woorden en mijn hart. Ik zag in dat ze het zelfs vroeger in Admiral House al grotendeels aan Daisy had overgelaten om voor me te zorgen. Hoewel het voor een rijke familie redelijk normaal was dat personeel voor de kinderen zorgde, probeerde ik me een moment te herinneren waarop maman me van school had gehaald, naar mijn kamer was gekomen om me welterusten te wensen of een verhaaltje voor te lezen. Hoe ik ook zocht in de nevel van de tijd, zo'n moment vond ik niet.

'Ze is nooit wreed tegen je geweest, Posy,' zei ik tegen mezelf, me ervan bewust hoe gemakkelijk het was om me alleen maar zielig te voelen, 'en ze heeft je nooit fysiek iets misdaan. En je hebt altijd genoeg kleren en te eten gekregen,' voegde ik er nog aan toe.

En dat was ook zo, en toen papa er was geweest om met me te lachen en van me te houden, had ik alles wat ik nodig had gehad. Zoals de stekjes op mijn vensterbank had ik, met de juiste combinatie van zonlicht, water en zórg, thuis en op school gefloreerd.

Vervolgens dacht ik aan oma en hoe geweldig ze was geweest, hoe ze de rol van moeder had vervuld, en meteen realiseerde ik me hoeveel geluk ik had gehad. Niemand had een perfect leven en al had ik een afwezige moeder (die waarschijnlijk al vanaf het begin afwezig was geweest), ik moest mijn zegeningen tellen. Niet iedereen werd geboren met het moederinstinct dat het eenvoudig maakte om een kind te verzorgen en lief te hebben. Ik dacht aan dieren in het wild die hun jong al een paar uur na de geboorte aan hun lot overlieten. Dat had maman beslist niet gedaan.

'Posy, je moet haar accepteren zoals ze is,' zei ik tegen mezelf, 'want ze zal nooit veranderen en het zal je alleen maar pijn doen daarop te hopen.'

Terwijl ik terug naar huis liep, sprak ik mezelf streng toe, wetend van wat ik over psychologie had gelezen dat niet alleen de dingen die je overkwamen ertoe deden, maar dat het vaak juist draaide om hoe je ermee omging.

'Van nu af aan moet je maman zien als een soort tante, of misschien een peetmoeder,' zei ik tegen mezelf en mijn psyche. 'Dan doet het geen pijn meer.'

Ik zat echter nog wel met het probleem van de bruiloft in Italië.

'Hoe kan ik er in hemelsnaam naartoe gaan, oma?' vroeg ik haar de volgende ochtend bij het ontbijt, toen ik tijd had gehad om te kalmeren.

'Als je haar schrijft en uitlegt dat je dan midden in je eindexamens zit, zal ze wel begrijpen dat je er niet bij kunt zijn. En ik moet haar laten weten dat ik ook niet kan komen.'

'Heb jij het dan ook druk?'

'Ik... ja,' antwoordde oma na een korte pauze. 'Juni is altijd een drukke maand in het dorp, met het zomerfeest dat georganiseerd moet worden.'

Ik begreep dat oma eigenlijk ook niet wilde gaan – het zomerfeest was pas aan het eind van de maand en het duurde niet meer dan een paar dagen om vlaggetjes in de tuin te hangen en het taartenkraampje op te zetten. Daardoor voelde ik me beter. Ook vroeg ik me af of ik, als ik geen geldig excuus had gehad, toch was gegaan. Ik had er totaal geen behoefte aan om mamans nieuwe echtgenoot te ontmoeten en het glas te heffen op hun 'liefde'. Hoe zou ik dat kunnen? Belangrijker nog, hoe kon zíj dat van mij verwachten? Misschien zou het anders voelen als we hechter waren geweest, als we de afgelopen tien jaar tijd met elkaar hadden doorgebracht en ik haar had zien rouwen om papa, maar deze donderslag bij heldere hemel had alleen maar boosheid in me losgemaakt.

Pas na tien kladversies had ik een brief terug aan maman geschreven. Ik vroeg oma hem te lezen voordat ik hem zou versturen.

'Het is een heel goede brief, Posy. Het beste wat je in zo'n geval kunt doen, is de feiten kalm weergeven, en dat heb je gedaan.'

Dus ik stopte de brief in een luchtpostenvelop en bracht die naar Laura, de postbode van het dorp. Toen pakte ik mijn koffer en ging terug naar school voor de zes belangrijkste maanden van mijn leven.

ADMIRAL HOUSE

OKTOBER 2006

IJZERHARD
(*Verbena officinalis*)

9

Posy was juist de rozen aan het snoeien toen ze een admiraalvlinder zag neerstrijken op de paarse bloemetjes van het ijzerhard, waarvan hij de laatste nectar voor de naderende winter dronk. Zijn vleugels waren open en toonden het opvallende patroon in zwart, rood en wit. Posy keek geboeid toe en werd herinnerd aan een ander moment, lang geleden… Ze schrikte op toen ze haar mobiele telefoon in de zak van haar broek hoorde overgaan, en het lukte haar nog net op tijd om haar tuinhandschoen uit te trekken en op te nemen.

'Hallo?'

'Mam, met Nick.'

'Nick! Lieve jongen, hoe gaat het met je?'

'Goed, mam, en met jou?'

'Uitstekend, Nick, dank je.'

'Luister, heb je woensdag iets te doen? Zo niet, dan kom ik naar je toe en neem ik je mee uit lunchen.'

'Maar…' Het duurde even voordat Posy deze informatie had verwerkt, 'Nick, vertel je me nou dat je in Engeland bent?'

'Ja, in Londen, om precies te zijn. Ik wilde wat zakelijke dingen regelen voordat ik je kwam opzoeken. Dat heb ik inmiddels gedaan.'

Posy werd verscheurd tussen pure blijdschap omdat Nick terug op Britse bodem was, en moederlijke jaloezie omdat hij het haar pas nu liet weten. 'Nou, natuurlijk wil ik je heel graag zien.'

'Fantastisch. Ik ben er rond twaalf uur, en dan gaan we naar een restaurant van jouw keuze. Ik heb je veel te vertellen.'

Ik heb jou ook veel te vertellen, peinsde Posy. 'Uitstekend, ik kijk ernaar uit, schat.'

'Oké, mam, je hoort al mijn nieuws dus nog wel. Tot dan.'

Posy leunde achterover in de zwakke oktoberzon, met vreugde aan Nick denkend, die na al die jaren terug was…

Op dat moment hoorde ze dat er een auto over de oprijlaan naar de voorkant van het huis reed.

'Verdorie! Wie kan dat nou zijn?' vroeg ze zichzelf, want ze wilde per se de rozen gesnoeid hebben voordat de wintervorst zijn intrede zou doen. De admiraalvlinder, misschien wel geïrriteerd door alle geluiden, was weggefladderd.

Ze bedacht dat het waarschijnlijk die aardige jongen was die eens per maand het kerkblad rondbracht. Ze zou hem normaal gesproken binnen hebben gevraagd voor een kop thee, maar vandaag zou ze doen alsof ze niet thuis was en kon hij het gewoon door de brievenbus gooien.

'Posy?'

Ze schrikte op. De stem kwam van dichtbij en toen ze opkeek, liep Freddie naar haar toe.

'Hallo,' zei ze, haar ogen afschermend tegen de zon en onwillekeurig wensend dat ze lippenstift op had gedaan.

'Neem me niet kwalijk dat ik je zo overval. Ik heb een aantal keren aangeklopt – de deurbel doet het niet, trouwens – maar ik zag je auto en vermoedde dat je in de tuin zou zijn.'

'Ik... Het geeft niet, en ik moet die verrekte bel inderdaad laten maken,' zei ze instemmend.

'Het is een prachtig huis, Posy. Ik neem aan dat het in de tijd van Queen Anne is gebouwd, te oordelen naar de symmetrische perfectie.'

'Ja, dat klopt.'

Er viel een korte stilte. Posy wachtte tot Freddie zou vertellen waarom hij hier was. Ze was zeker niet van plan hem dat te vragen.

'Ik... Posy, zullen we een kopje thee gaan drinken?'

'Nee, maar ik kan wel een glas water gebruiken.' Ze stond op en zag dat Freddie de tuin eens goed in ogenschouw nam.

'Mijn god, Posy! Dit is echt ongelooflijk! Heb je dit alles echt helemaal zelf gedaan?'

'Ja, behalve de aanleg van de paden. En de tuinman maait de gazons, verwijdert onkruid en verricht in de zomer het nodige snoeiwerk. Maar het heeft me bijna vijfentwintig jaar gekost. Ik ben ermee begonnen toen de jongens naar kostschool gingen.'

'Stel je je tuin weleens open voor het publiek?'

'Dat heb ik vroeger wel gedaan, ja, tijdens het jaarlijkse dorpsfeest. Ik heb hier ook een paar fotografen gehad die plaatjes schoten voor hun designtijdschriften, wat me genoegen deed, maar eerlijk gezegd dacht ik vanochtend nog dat ik er veel meer aandacht aan zou moeten schenken dan waar ik tegenwoordig nog de energie voor heb. Ik heb een monster geschapen dat continu van voeding en water moet worden voorzien.'

'Nou, het is een schitterend monster, Posy, hoe veeleisend ook,' zei hij terwijl ze over het pad terug naar het huis liepen, langs de rode beuk, die er prachtig bij stond met zijn glorieuze kleuren.

Plotseling stond Freddie stil. Hij keek naar links en wees. 'Wat is dat voor gebouw?'

'De folly. Die gebruikte mijn vader als hobbyruimte. Hij verzamelde vlinders en ik hielp hem ze te vangen. Ik dacht dat hij ze alleen maar bestudeerde en ze daarna vrijliet. Maar ik sloop er een keer naar binnen en was compleet overstuur toen ik ze aan de muren zag prijken, allemaal dood, met spelden door hun lijfjes. Ik ben er sindsdien niet meer geweest,' zei ze huiverend.

Freddie zweeg even en liet zijn blik op het gebouw rusten, waarna hij Posy aankeek. Hij zuchtte diep. 'Nee. Nou, dat kan ik me goed voorstellen.'

'Goed dan.' Posy voelde dat de sfeer zwaar werd door de geesten uit het verleden die zij tevoorschijn had gehaald. 'Laten we naar binnen gaan, dan zet ik een kop thee voor je.'

Ze liep bedrijvig rond in de keuken en Freddie zat zwijgend aan de oude eikenhouten tafel. Ze wist zeker dat het ding hygiënisch niet verantwoord werd geacht, vanwege de hoeveelheid bacteriën die zich in de loop der jaren in de houten groeven hadden verzameld, maar ze had heel fijne herinneringen aan lunches en avondmaaltijden met het gezin aan die tafel.

'Gaat het wel, Freddie?' vroeg ze hem toen ze een kop thee voor hem neerzette. 'Wat ben je stil.'

'Sorry, Posy, misschien brengt jouw aanblik me terug naar een vroeger moment in mijn leven. Waardoor ik me realiseer hoe oud ik ben,' voegde hij er schouderophalend aan toe.

'Wat treurig dat mijn aanwezigheid je somber maakt.' Ze ging met een glas water tegenover hem zitten. 'Wil je een plakje cake?'

'Nee, dank je, ik probeer op mijn lijn te letten. Maar serieus, Posy, ik ben heel blij dat we elkaar na al die jaren weer hebben ontmoet.'

'Dat zou je niet zeggen,' zei Posy bruusk, die besloot gewoon eerlijk te zijn. 'Waarom vertel je me niet wat er aan de hand is? We waren bijzonder genoeglijk aan het lunchen en toen moest je ineens halsoverkop weg.'

'Ik… luister, Posy.' Freddie slaakte een diepe zucht. 'Destijds was er een reden en ook nu is er een reden waarom ik niet… de relatie met je kan aangaan die ik zo ontzettend graag met je zou willen hebben. En het heeft absoluut niets met jou te maken. Het ligt helemaal aan… míj. Om het simpel te zeggen, zijn er… dingen waar ik mee zit.'

Er schoten honderd gedachten door Posy's hoofd: was hij een homo die nog uit de kast moest komen? Had hij een stoornis, was hij bijvoorbeeld bipolair? Was er een andere vrouw op de achtergrond aanwezig?

'Waarom vertel je me daar dan niet over? Dan kan ik misschien beoordelen of het belangrijk is of niet.'

'Ik ben bang dat ik dat niet kan doen, Posy,' antwoordde Freddie ernstig. 'En nu voel ik me zeer schuldig dat ik hiernaartoe gekomen ben. Ik had mezelf bezworen dat ik het niet zou doen, maar… toen ik je zag, vlamden de gevoelens die ik al die jaren geleden voor je had weer op en, nou ja, ik kon het gewoon niet laten.'

'Het klinkt allemaal nogal tegenstrijdig, Freddie,' zuchtte Posy. 'Ik zou willen dat je me gewoon vertelde wat het probleem is.'

'Kun je accepteren dat ik dat niet kan, voorlopig? Want als je dat kunt, is er volgens mij geen reden waarom we niet in elk geval bevriend met elkaar kunnen zijn.'

Posy realiseerde zich dat ze er wel mee móést instemmen. Anders zou ze onbeleefd overkomen, of hunkerend naar meer dan wat hij zei haar te kunnen geven.

'Vooruit dan maar,' zei ze schouderophalend.

Eindelijk verscheen er een glimlach op Freddies gezicht. 'Daar ben ik blij om. Wil je morgenavond dan met me mee uit eten, als ik je beloof dat ik tegen het einde niet wegvlucht als een blozende maagd die denkt dat zijn kuisheid op het spel staat?'

Daar moest Posy om grinniken, waardoor de spanning enigszins wegviel. 'Ja. Ik ga graag met je uit eten.'

Tegen de tijd dat Freddie was vertrokken, was het te donker om de tuin weer in te gaan. Ze maakte toast met witte bonen in tomatensaus voor zichzelf en liep de ochtendkamer in, die al jarenlang dienstdeed als zitkamer omdat de salon simpelweg te groot was om fatsoenlijk te verwarmen. Ze hurkte om het eerste vuur van de herfst aan te steken en ging in haar lievelingsstoel naar de opflakkerende vlammen zitten kijken.

'Waarom is het leven zo ingewikkeld?' vroeg ze zich met een zucht af. Het leek haar belachelijk dat er voor twee mensen van rond de zeventig 'dingen' waren die een relatie tussen hen in de weg stonden. Maar, dacht ze bij zichzelf, het was fijn dat ze morgen samen zouden dineren, ook al had Freddie duidelijk gemaakt dat er geen afscheidskus op het menu stond.

'Misschien vindt hij me gewoon niet aantrekkelijk, misschien vroeger ook al niet,' zei ze tegen de vlammen. 'En wie weet, was dat destijds al het probleem. Ja, dat moet het zijn, maar hij kan het niet over zijn hart verkrijgen het mij te vertellen.'

Het weinige zelfvertrouwen dat Posy had verzameld door Freddies recente aandacht plus het nieuwe kapsel en de jeans, vervluchtigde in de ether.

'Hou op, Posy!' sprak ze zichzelf toe. Ze nam zich voor zich te concentreren op het feit dat haar lieve zoon Nick over een paar dagen na tien lange jaren hiernaartoe zou komen.

10

In het holst van de nacht lag Amy te luisteren naar de wind die om de dunne muren van het huis huilde. Ze hoorde de golven op de kust slaan, nog geen halve kilometer verderop. De andere bewoners van de huisjes aan Ferry Road waren allang vertrokken naar warmere huizen die meer beschutting boden.

In de naastliggende kamer hoestte Sara in haar slaap. Amy draaide zich rusteloos om; ze wist dat ze morgen met haar dochtertje naar de huisarts moest. Het gehoest duurde inmiddels te lang.

Sam lag naast haar te snurken, zich niet bewust van de ongerustheid die zijn vrouw wakker hield. Hij kwam tegenwoordig later en later thuis, met als reden dat hij keihard werkte, en zij zorgde er steeds voor dat ze al in bed lag, en dan deed ze of ze sliep.

Er was geen twijfel aan dat hun huwelijk in zwaar weer verkeerde. En eigenlijk kon ze hun huidige omstandigheden niet eens de schuld geven. Ze hadden dit al eerder meegemaakt: telkens weer hadden ze geldproblemen gehad als een van Sams deals weer eens niet lukte. Misschien was het eerder niet zo dramatisch als nu, maar hun leven samen was nooit over rozen gegaan.

Op dit moment was de situatie verdomd beroerd. De gedachte aan een lange winter in dit akelige huis was bijna ondraaglijk. Ooit had ze geloofd dat het niet uitmaakte waar ze woonden of hoeveel geld ze hadden, zolang ze maar samen waren, maar het maakte wél uit, want op deze manier was het leven veel zwaarder. Ze had er genoeg van om zich sterk te houden tegenover de wereld, en om zichzelf te verdedigen tegen de woede van haar man als hij dronken was, terwijl ze ook nog eens uitgeput was van haar inspanningen om haar werk te doen en een goede moeder voor haar twee kinderen te zijn.

Hoewel Sam slechts een centimeter of dertig van haar af lag, was de emotionele kloof tussen hen reusachtig. En sinds die avond waarop ze

Sebastian Girault op de boulevard had ontmoet, was Amy zich gaan afvragen of het leven voor haar en Sam momenteel alleen maar moeilijk was of dat ze – wat onrustbarender zou zijn – zo neerslachtig was omdat ze niet meer van Sam hield. In feite, moest ze bekennen, walgde ze van hem als hij dronken was, maar wat kon ze ertegen doen?

De volgende ochtend stond Amy zoals gewoonlijk op en liet ze Sam slapen. Ze bracht Jake naar school en zat vervolgens met een zieke Sara op haar schoot in de spreekkamer van de huisarts.

'Sara heeft koorts en een vervelende verkoudheid. Met een paar dagen in een lekker warm bed zal ze wel herstellen. Als ze niet beter wordt, komt u met haar terug en dan kan ik eventueel antibiotica voorschrijven, maar laten we eerst even kijken of de nodige ouderwetse zorg helpt, goed?' opperde de dokter.

Amy's hart zonk haar in de schoenen. Dit betekende dat ze zich twee dagen voor haar werk zou moeten afmelden, wat weer betekende dat ze voor twee dagen minder betaald zou krijgen. Op weg naar huis belde ze het hotel om te zeggen dat ze niet kon komen, waarna ze de supermarkt binnenwipte om boodschappen te halen. Sara zat in het zitje van de winkelwagen te jammeren en te huilen terwijl Amy zich door de gangpaden spoedde, omdat ze snel naar huis wilde.

'Lieverd, het duurt niet lang, echt niet. We kopen nog wat bessensap voor je en...'

Amy liep vlug het volgende gangpad in, waar haar wagentje botste tegen het winkelmandje dat uitstak aan de arm van een man.

'Sorry, sorry.' Amy kon wel door de grond gaan toen ze zag wie het was.

Sebastian Girault trok een wenkbrauw naar haar op. 'Nu lopen we elkaar alweer tegen het lijf. De mensen gaan er nog wat van denken.'

'Ja. Sorry, en neem me niet kwalijk.' Amy strekte zich langs hem uit om een fles bessensap te pakken. Sebastian wuifde haar arm rustig weg, pakte een fles en zette die in haar wagentje. Sara begon te krijsen.

'Lieve hemel, zij klinkt niet blij.'

'Dat is ze ook niet. Ze is ziek. We moeten naar huis.'

'Natuurlijk. Tot ziens dan maar.'

'Tot ziens.'

Sebastian keek hoe Amy zich door het gangpad haastte en de hoek om verdween. Zelfs in haar huidige onverzorgde en overduidelijk gespannen toestand was ze een mooie vrouw. Hij vroeg zich af wie ze was en waar ze vandaan kwam. In dit kustplaatsje vol mensen van middelbare leeftijd en gepensioneerden, sprongen Amy en haar jeugdige schoonheid extra in het oog.

Hij stond op het punt weg te lopen toen hij een roze wantje op de vloer zag liggen. Dat had Amy's dochtertje natuurlijk laten vallen. Hij raapte het op en snelde door het gangpad achter haar aan. Toen hij bij de kassa kwam, zag hij Amy buiten in haar auto stappen. Tegen de tijd dat hij de uitgang bereikte, was ze al weggereden.

Sebastian keek naar het kleine wantje. Niet echt het glazen muiltje van Assepoester, maar het was tenminste iets.

Amy was opgelucht toen ze een paar dagen later weer aan het werk kon. Thuiszitten met alleen een ziek, dreinend kind als gezelschap en de regen die buiten maar bleef stromen, was bepaald geen pretje geweest. Het enige positieve eraan was geweest dat ze de tijd had gehad om het huishouden en de was te doen, dus hun onderkomen was nu weliswaar niet gezellig, maar in elk geval netjes.

'Hoe gaat het met Sara?' vroeg Wendy, het hoofd van de schoonmaakdienst, toen ze langs de balie liep.

'Een stuk beter. Ik ben degene die wel wat valium kan gebruiken.' Amy rolde met haar ogen.

'Er is niets erger dan een ziek kleintje,' babbelde Wendy. 'Maar gelukkig is ze aan de beterende hand.'

De moed zonk Amy in de schoenen toen Sebastian Girault binnenkwam en op de balie afstevende.

'Ja, daar ben ik weer. Sorry, maar ik kom iets terugbrengen wat van jou is, of van je dochtertje, moet ik zeggen.' Hij legde het wantje op de balie. 'Ze heeft het in de supermarkt laten vallen.'

'O, eh, bedankt,' zei Amy plichtmatig, zonder op te kijken om zijn blik te beantwoorden. Sebastian bleef staan en Amy nam aan dat hij nog meer te zeggen had. 'En verder?'

'Ik zou het leuk vinden als je wat met me ging drinken in je lunchpauze.'

'Waarom?'

'Waarom niet? Omdat ik dat graag wil,' zei hij schouderophalend.

'Meneer Girault…' Amy begon te fluisteren omdat ze niet wilde dat iemand haar zou horen. 'Je weet niet eens hoe ik heet.' Haar wangen kleurden roze van gêne.

'Jawel hoor. Mevrouw Amy Montague,' las hij voor van het kaartje dat op haar blouse gespeld zat. 'Zie je wel?'

'Precies, mevróúw,' siste Amy bijna. 'Misschien is het aan je aandacht ontsnapt, maar ik ben een getrouwde vrouw en ik heb twee kinderen. Ik kan niet zomaar met een vreemde man ergens wat gaan drinken.'

'Ik geef toe dat ik vreemd ben,' zei Sebastian instemmend, 'maar ik heb mijn bijbedoeling nog niet onthuld. Ik heb namelijk met je vriendin Marie gesproken en…'

'Neem me niet kwalijk, meneer Girault, ik moet de rekening van deze meneer opmaken.' Amy gebaarde naar de man die geduldig achter Sebastian stond te wachten.

'Natuurlijk. Dan zie ik je om één uur in de bar van The Crown.' Hij glimlachte naar haar en verliet het hotel.

Toen de hotelgast zijn rekening had betaald, belde Amy meteen naar Marie.

'O, dat is mijn schuld,' giechelde Marie aan de andere kant van de lijn, 'Ik heb gisteren iets geopperd toen hij op ons kantoor was. Hij is nog op zoek naar iets om te huren voor komende winter.'

'Wat heb je dan geopperd? Dat hij wel bij ons aan Ferry Road kan komen logeren?'

'Haha, nee. Maar je zult het vanmiddag wel van hem horen, nietwaar?'

'Marie, alsjeblieft, ik hou niet van zulke spelletjes. Vertel het me nou gewoon.'

'Oké, oké, maak je niet dik. Sebastian zoekt dus een plek waar hij zijn roman kan schrijven. Tot nu toe was alles te groot, te klein, te oud, te nieuw. Wat je maar kunt bedenken, niets was goed. Hoe dan ook, toen hij gisteren binnenliep, had ik net een telefoontje gekregen van je schoonmoeder, mevrouw Montague, die me vertelde dat ze er serieus over denkt om Admiral House te verkopen en me vroeg om het te komen taxeren. En ineens bedacht ik wat een fantastische plek dat zou zijn om een boek te schrijven.'

'En waarom heb je Sebastian dan niet rechtstreeks in contact gebracht met Posy, in plaats van mij erbij te betrekken?' vroeg Amy korzelig.

'Omdat ik je schoonmoeder amper ken en ik het onprofessioneel vond om haar telefoonnummer aan een onbekende te geven. Het leek me beter als Sebastian eerst met jou praat zodat jij eventueel als tussenpersoon kunt optreden. Meer niet. Het spijt me als ik iets verkeerd heb gedaan, Amy.'

'Nee, nee, het is al goed,' zei Amy haastig, die zich schaamde om haar achterdocht terwijl Marie kennelijk in alle onschuld had gehandeld. 'Ik lijk hem gewoon alsmaar tegen te komen.'

'Nou, ik denk niet dat je iets zal overkomen in de bar van The Crown,' zei Marie nuchter.

'Nee, het spijt me. Dank je, Marie.' Amy legde de hoorn op de haak en vroeg zich af wat voor iemand ze aan het worden was. Haar gebruikelijke zonnige karakter leek te vervliegen. Ze was humeurig tegen iedereen, vooral de kinderen. Na haar ontmoeting met Sebastian zou ze naar de winkel gaan en iets extra lekkers kopen voor het avondeten.

Sebastian had zich al met een exemplaar van *The Times* in de hoek van de bar geïnstalleerd toen Amy arriveerde. Ze keek nerveus om zich heen en was blij te zien dat de bar verlaten was, op wat oudere kerels met een glas Adnams-bier voor de neus na.

'Dag, meneer Girault.'

Hij keek op van achter zijn krant. 'Sebastian, alsjeblieft. Wat wil je drinken?'

'Niets, ik kan niet blijven. Ik moet nog wat boodschappen halen.' Amy was buiten adem en voelde haar hart bonzen in haar keel.

'Oké.' Sebastian haalde zijn schouders op. 'Wil je dan in elk geval even gaan zitten? Ik zweer je dat ik je reputatie niet zal bezoedelen, mevróúw, en dat mijn bedoelingen eerzaam zijn,' zei hij glimlachend, zijn groene ogen geamuseerd om haar ongemak.

'Steek niet zo de draak met me,' zei Amy zacht. 'Dit is een kleine plaats waar veel gekletst wordt. Ik wil niet dat mijn man hoort dat ik met jou iets ben gaan drinken.'

'Nou, je hebt al gezegd dat je niets te drinken wilde, dus dat lost het probleem al voor de helft op,' antwoordde Sebastian droog. 'En ik denk dat je niet de populairste bar in het centrum zou kiezen om met een minnaar af te spreken, maar goed... Ik neem wél wat te drinken. Pardon.'

Amy deed een stap opzij om hem erlangs te laten. Ze zag hem naar de bar lopen en realiseerde zich hoe kinderachtig hij haar gedrag moest vinden. Ze volgde hem.

'Sorry, Sebastian. Ik wil wel een sinaasappelsap, alsjeblieft.'

'Komt eraan.'

Amy liep terug en ging zitten.

'Alsjeblieft, een sinaasappelsap.'

'Dank je. Het spijt me dat ik me zo defensief gedroeg, eerder al, en nu ook weer.'

'Dat geeft niet. Ik weet hoe het gaat in zo'n kleine plaats. Ik heb in een dorp gewoond. Proost.' Sebastian nam een slok van zijn bier. 'Je hebt vast je vriendin Marie al gebeld...'

'Ik zou haar niet echt een vriendin willen noemen,' onderbrak Amy hem. 'Ik ken haar nauwelijks.'

'Oké, maar je hebt haar wel gebeld om te vragen wat ze tegen me gezegd heeft?'

'Ja,' zei Amy met een knikje.

'En wat vind jij ervan?'

'Ik heb geen idee of Posy een huurder zou willen hebben,' zei Amy schouderophalend. 'Of hoe jij het in Admiral House zou vinden. Het is geen luxueuze accommodatie. Boven is niet eens verwarming.'

'Dat vind ik niet erg. Ik heb op een kostschool gezeten, dus ik ben kou gewend waarbij je ballen eraf vriezen, excusez le mot. Ik moet zeggen, nu ik alle huurmogelijkheden heb bekeken, klinkt het huis van je schoonmoeder als een ideale oplossing. Ik heb veel ruimte nodig om te kunnen ijsberen.'

'Ruimte om te ijsberen is er genoeg in Admiral House, dat is zeker,' beaamde Amy. 'Nou, het enige wat ik kan doen is het aan Posy vragen en afwachten hoe ze reageert. Voor hoelang zou het zijn?'

'In eerste instantie een paar maanden. Het is lastig te zeggen hoe snel het schrijven gaat.'

'Je zou in elk geval goed te eten krijgen. Posy kookt heerlijk.'

'Hemel, ik rekende er niet op in de kost te komen, maar het zou wel geweldig zijn. Zelf kom ik nooit veel verder dan wat toast of kant-en-klare noedels als ik schrijf.'

'O, ik denk dat Posy het leuk zou vinden om voor je te koken. Ik weet dat ze het jammer vindt dat ze geen gezin meer heeft om eten voor te maken.'

'Jij bent dus met een van haar zoons getrouwd?'

'Ja. Sam, de oudste.'

'En ze woont alleen in het huis?'

'Ja, maar niet lang meer. Ik geloof dat ze eindelijk heeft besloten het te verkopen. Marie zei dat ze het later deze week gaat taxeren.'

'Dan kan ik maar beter snel in actie komen. Wil jij je schoonmoeder voor mij bellen? Een goed woordje voor me doen? Zeg maar dat ik schoon en zindelijk ben, en bereid te betalen, maar een beetje aan de excentrieke kant als het gaat om de uren die ik waak en slaap.'

'Ik zal mijn best doen.' Amy knikte.

'En waar woon jij? In een net zo statig pand, neem ik aan.'

'Nou, nee,' snoof ze. 'Sams familie is niet meer zo rijk als vroeger. Alles wat nog rest van de gloriedagen uit het verleden is Admiral House. Sam moet zichzelf bedruipen.'

'Ik begrijp het. En wat doet je echtgenoot voor werk?'

Normaal gesproken zei ze met gemak 'hij is ondernemer' als mensen haar vroegen wat Sam deed. Vandaag kreeg Amy het woord haar strot niet uit. Ze haalde haar schouders op. 'O, van alles en nog wat. Momenteel is hij bezig met een of ander vastgoedbedrijf dat, gegeven Sams staat van dienst, ergens in de komende zes maanden waarschijnlijk weer failliet gaat.'

'Aha.'

'O god, dat klinkt vreselijk, hè?' Amy sloeg beschaamd haar hand voor haar mond. 'Wat ik eigenlijk wilde zeggen, is dat Sam een leuke man is, van wie ik zielsveel hou, maar dat hij qua loopbaan niet erg veel geluk heeft gehad.'

'Dat zal wel moeilijk geweest zijn,' antwoordde Sebastian, 'vooral omdat je kinderen hebt.'

'Het is inderdaad niet allemaal van een leien dakje gegaan, maar voor wie geldt dat wel?'

'Voor niemand, denk ik.' Sebastian keek op zijn horloge. 'Ik moet gaan. Ik heb om half twee een afspraak. Bedankt voor je komst en als je de komende dagen de kans krijgt om met je schoonmoeder te praten, zou ik je heel dankbaar zijn. Ze kan me altijd bereiken via The Swan als ze me wil ontmoeten.' Sebastian stond op. 'Tot ziens, Amy.' Hij gaf haar een knikje en verliet de bar.

Amy bleef zitten met haar sinaasappelsap en voelde zich plotseling somber. Het feit dat Sebastian een half uur na de ontmoeting met haar een andere afspraak had, maakte dat ze zich nog onnozeler voelde. Hij had overduidelijk helemaal geen 'eerloze bedoelingen'.

En waarom zou hij ook? Amy dronk haar glas leeg en stond op. Ze was tenslotte niet bepaald het type vrouw waar Sebastian aan gewend – of in geïnteresseerd – was in zijn ambitieuze literaire wereldje.

En zij had zich gedragen als een of andere nerveuze tienermaagd wier onschuld werd bedreigd. Amy huiverde. Ze was er zeker van dat ze Sebastian Girault na haar houding van vandaag niet meer zou zien. Ze was verbaasd dat die gedachte haar van haar stuk bracht.

Vanaf zijn uitkijkpunt in een verborgen hoek van de hotellounge zag Sebastian Amy vertrekken. Hij slenterde terug de bar in, naar de tafel die zij net had verlaten, bestelde nog een biertje en ging zijn krant verder zitten lezen.

11

Toen Posy de auto over de oprijlaan naar het huis zag rijden, kon ze zichzelf amper beheersen en wilde ze het liefst naar buiten rennen. Maar ze liep naar de voordeur, deed hem open en bleef vol verwachting staan terwijl de auto tot stilstand kwam.

Eindelijk zwaaide haar knappe zoon zijn lange benen van achter het stuur naar buiten en liep hij zijn moeder tegemoet tot ze allebei halverwege het grind stonden.

Hij sloeg zijn armen om haar heen. 'Hoi, mam.'

'Nick, mijn lieve, lieve jongen. Wat ben ik blij dat je er bent!'

'Ik ook, mam, ik ook.'

Ze omhelsden elkaar nog wat langer en probeerden allebei hun emoties onder controle te krijgen voor ze weer wat zeiden. Nick liet Posy los en keek haar aan.

'Mam, wat zie je er fantastisch uit! Misschien nog wel jonger dan toen ik vertrok.'

'O, ga toch weg, Nick, natuurlijk niet, maar dank je voor het compliment.'

Hij legde een arm om haar schouders en ze liepen naar het huis. Hij stond even stil en keek omhoog. 'Mijn geheugen heeft me niet in de steek gelaten. Het ziet er precies zo uit als ik al die jaren in mijn hoofd had.'

'Mooi zo,' zei Posy terwijl ze de hal binnengingen, 'maar ik ben bang dat je wel zult kunnen zien dat er in tien jaar tijd nog meer verval is ingetreden.'

Toen ze de keuken in liepen, met zijn vertrouwde, troostende geur, werd Nick overvallen door herinneringen uit zijn jeugd. Het had hier altijd gevoeld als een veilige haven en hij zag dat er niets veranderd was. Dezelfde zware ijzeren steelpannen hingen aan de muur, de eclectische mengeling van zeldzaam en kostbaar porselein stond nog steeds in willekeurige volgorde op de buffetkast, en de grote stationsklok boven het fornuis, die er al hing sinds hij een peuter was, prijkte er nog steeds.

'Mmm, wat ruik ik voor lekkers?' vroeg Nick. 'Toch niet...'

'Ja, lever met spek, je lievelingseten,' zei Posy.

'Maar mam, ik wilde je mee uit nemen, je trakteren.'

'Je zei dat ik mocht kiezen en ik wilde graag thuis voor je koken. We kunnen een andere keer wel uitgaan. O Nick, lieverd, wat is het fijn om je te zien. Je bent geen sikkepit veranderd. Koffie, thee of misschien een biertje?'

'Een biertje graag, en jawel hoor, mam. Ik ben al vierendertig en krijg grijze haren en lijntjes rond mijn ogen,' zuchtte hij. 'Maar vertel eens, hoe gaat het met je?' vroeg hij terwijl hij een slok nam van het bier dat ze hem overhandigde.

'Mijn gewrichten beginnen stijf te worden, vooral in de ochtend, maar over het algemeen ben ik kerngezond.' Posy schonk zichzelf een glas wijn in. 'Op jou, lieverd, en je veilige thuiskeer na al die tijd.' Ze hief haar glas.

'Het is een heerlijk gevoel terug te zijn, alleen al om in een huis te zitten dat ouder is dan een paar jaar én geen bungalow is.'

'Ik wil alles weten over je tijd in Perth. Je bent er lang gebleven, dus je zult het er wel fijn hebben gehad.'

'Ja en nee,' zei Nick. 'Het is er heel anders dan hier in het Verenigd Koninkrijk en Southwold in het bijzonder. En dat had ik nodig.'

'Ik heb me altijd afgevraagd of je misschien ergens voor op de vlucht was.'

'Ja, natuurlijk, maar ik ben nu terug.'

'Voor hoelang?' Posy durfde het bijna niet te vragen.

'Dat is de grote vraag,' grijnsde Nick. 'Nou, waar blijft die lever met spek eigenlijk? Ik zou wel wat lusten.'

Door de opwinding was Posy's eetlust ver te zoeken, dus schoof ze haar eigen lunch rond op haar bord en luisterde naar Nick, die haar over Perth vertelde en haar op de hoogte bracht van zijn plannen voor een winkel in Londen. Ze dronk een beetje te veel wijn om moed te verzamelen – om Nick in te lichten over de naderende verkoop van Admiral House.

'Betekent het feit dat je op zoek bent geweest naar winkelruimte in Londen dat je erover denkt om te blijven?' vroeg Posy.

'Nou, de reden waarom ik niet meteen contact met je heb opgenomen toen ik voet op Engelse bodem zette, was dat ik eerst wat dingen wilde uitzoeken. Nu ik de juiste locatie heb gevonden, heb ik besloten het erop te wagen.'

Posy's gezicht lichtte op en ze klemde haar handen ineen van vreugde. 'Ach, lieve Nick. Wat ben ik daar blij om!'

'Je zult me waarschijnlijk niet vaker zien dan in de afgelopen tien jaar, zo hard zal ik moeten werken,' grinnikte Nick.

Posy maakte aanstalten om af te ruimen, maar Nick duwde haar zachtjes terug in haar stoel. 'Laat mij maar, mam.'

'Dank je, lieverd. De rijstpudding staat in de oven, zou je die eruit willen halen? En vertel me eens, hoe komt het dat je deze belangrijke beslissing nu hebt genomen?' vroeg Posy terwijl Nick de rijstpudding in twee schaaltjes schepte en op de tafel zette.

'O, er zijn verschillende redenen,' antwoordde Nick, die weer ging zitten. 'Misschien is de voornaamste reden dat ik me heb gerealiseerd dat je heel ver weg kunt vluchten, maar dat je aan jezelf niet kunt ontsnappen.'

Posy knikte en wachtte tot hij verder zou gaan.

'En eerlijk is eerlijk, ik heb Engeland gemist, vooral dit.' Nick gebaarde naar zijn schaaltje rijstpudding. 'Ik was daar gewoon niet helemaal thuis, denk ik.'

'Maar je bent wel blij dat je gegaan bent?'

'Absoluut,' zei Nick, roerend met zijn lepel. 'Het was een groot avontuur dat me als bijkomend voordeel een hoop geld heeft opgeleverd.'

'Daar ben je altijd goed in geweest,' reageerde Posy. 'Alles wat jij aanraakt, verandert in goud. Helemaal het tegenovergestelde van die arme Sam.'

Nicks gezicht betrok. 'Heeft hij het nog steeds moeilijk?'

'Ja.'

'Nou, hij roept het over zichzelf af, hè mam? Ik bedoel, het ene onbezonnen project na het andere. Houdt die lieve echtgenote van hem het nog een beetje vol?'

'O ja, Amy is nog steeds bij hem. Je hebt hun twee kinderen, Jake en Sara, natuurlijk nog nooit ontmoet. Het zijn schatten.'

'Dan lijken ze dus niet op hun vader,' zei Nick botweg.

'Mijn hemel, Nick, je praat wel met heel veel venijn over Sam,' zuchtte Posy, met droefheid in haar stem. 'Hij is misschien een ramp op zakelijk gebied, maar hij is geen slecht mens, hoor.'

'Ik snap dat je dat zegt, mam, hij is tenslotte je zoon, maar ik ben het niet helemaal met je eens.'

'Wat bedoel je daar precies mee?'

Haar zoon bleef stoïcijns zwijgend tegenover haar zitten.

'Nick, vertel het me alsjeblieft, zodat ik kan proberen het te begrijpen,' zei Posy smekend. 'Er is niets zo akelig voor een moeder als te zien dat haar kinderen met elkaar overhoopliggen.'

Nick schudde zijn hoofd. 'Maak je er niet druk over, mam. Laten we het over de leukere onderwerpen hebben. Een daarvan, ongelooflijk maar waar, is dat ik iemand heb leren kennen. Iemand die speciaal voor me is.'

'Nick! En dat zeg je nu pas! Wie dan? Waar dan? Ik neem aan dat ze Australische is?'

'Eh, nee, dat is het rare. Ik heb haar namelijk ontmoet op mijn eerste dag terug in Engeland. Ze is een vriendin van mijn oudste vrienden, Paul en Jane Lyons-Harvey. Ze heet Tammy, ze is betoverend mooi en ze heeft een zaak in vintage kleding.'

'Hemeltje, Nick, dat is snel.'

'Ik weet het. Is dat reden tot zorg?'

Posy dacht terug aan het moment dat ze Freddie voor het allereerst in de ogen had gekeken en schudde haar hoofd.

'Zeker niet. Als het gevoel er is, dan is het er, althans, zo denk ik erover.'

'Nou, bij mij is het nooit eerder zo snel gegaan, en ik vind het best eng, mam. Ik ben echt stapelgek op haar.'

'Goed. Wanneer kan ik haar ontmoeten?'

'Ik dacht erover haar volgende week mee te nemen, als ze tijd heeft. Zij heeft het ook druk met het opzetten van haar zaak, net als ik.'

'O, dat zou mooi zijn, Nick. Als jullie er een weekend van kunnen maken, des te beter. Ik zou ook Sam en Amy kunnen uitnodigen…

Wat je ook van je broer vindt, je wilt je neefje en nichtje toch wel leren kennen?'

'Natuurlijk, mam. We zijn nu immers volwassen. En ik zou het leuk vinden om Amy weer te zien, en de kinderen te ontmoeten, uiteraard. In principe volgend weekend, dus?'

'Perfect!' Posy klapte in haar handen. 'Druk je vriendin wel op het hart dat ze een warme pyjama moet meenemen. De nachten worden steeds kouder.'

'Zal ik doen, mam,' zei hij, zich bewust van de ondeugende grijns op haar gezicht. 'Nou, voor ik wegga, wil ik graag zien wat je allemaal aan de tuin hebt gedaan.'

Nadat ze door de tuin hadden gewandeld, ging Posy thee zetten in de keuken en liep Nick door de hal naar de ochtendkamer. Hij stond even stil om op te kijken naar de gigantische kroonluchter, en zag dat het licht de scheuren over het enorme plafond, de afbladderende verf en de afbrokkelende kroonlijsten blootlegde. In de ochtendkamer stak hij zijn hand uit naar de zware zwarte lichtschakelaar en liep hij naar de haard om het vuur aan te steken. Het was heel koud in de kamer en er hing een vochtige geur. De mooie zijden gordijnen waar hij zich als kind weleens achter had verstopt, waren rafelig en half vergaan. Als een koningin uit het stommefilmtijdperk veroorzaakte de vergane glorie van deze ooit zo stijlvolle kamer een brok in Nicks keel. Hij was bezig het vuur aan te steken toen zijn moeder binnenkwam met een dienblad met thee en haar beroemde victoriataart.

'Zo,' zei hij, hurkend voor de vlammen. 'Het eerste vuur in jaren dat ik heb aangestoken. Wow, dat geeft een goed gevoel.'

'Heb je al besloten waar je gaat wonen?' vroeg Posy hem.

'Nee, Paul en Jane hebben gezegd dat ik zo lang als ik wil bij hen mag logeren. Ik zet eerst de zaak op poten, dan hou ik me daarna wel bezig met een plek om te wonen.'

'Nou, als je hier volgend weekend bent, wil ik graag dat je eens rondkijkt in het huis. De meeste meubels zijn waarschijnlijk niets waard, maar misschien staan er enkele kostbare stukken tussen.'

'Zit je financieel krap, mam? Zoals ik je al vaker heb laten weten, moet je het dan gewoon zeggen, hoor.'

'Nee, Nick, het ontbreekt mij aan niets. Het punt is... Ik vind echt dat ik moet overwegen om Admiral House te verkopen. Volgend jaar word ik zeventig.'

Nick staarde haar aan en richtte zijn blik toen op de vlammen in de haard. Uiteindelijk zei hij: 'Juist ja.'

'Nick, vertel me alsjeblieft wat je daarvan vindt.'

'Om eerlijk te zijn, mam, weet ik het niet. Een mix van van alles. Droefheid, natuurlijk, want dit is het huis waar ik mijn jeugd heb doorgebracht, en jij trouwens ook, maar ik begrijp waarom je erover denkt het te verkopen.'

'Het is misschien vergelijkbaar met de zorg voor een oud en gebrekkig huisdier,' zei Posy treurig. 'Het is geliefd en het einde is hartverscheurend, maar je weet dat het beter is. Zo voelt Admiral House voor mij. Het heeft een nieuwe eigenaar nodig, iemand die het kan terugbrengen in zijn voormalige glorieuze staat. Het takelt langzaam af en ik moet iets doen voordat het te laat is.'

'Ik begrijp het, mam.'

Nick keek omhoog en zag de grote vochtplek die er al sinds zijn kindertijd zat. Hij wist nog dat hij er vroeger een nijlpaard in zag. Nu waren er meer vochtplekken, waardoor er een soort fresco op het plafond was ontstaan.

'Er komt volgende week een makelaar langs om het te taxeren,' vertelde Posy, 'maar natuurlijk moet ik jou eerst vragen of jij het zou willen overnemen.'

'Ten eerste zou Sam me dat nooit vergeven. Hij is tenslotte de oudste zoon en erfgenaam. Daar komt bij dat mijn leven zich elders afspeelt en dat ik al mijn geld in het bedrijf zal moeten steken. Sorry, mam.'

'Heel begrijpelijk, Nick. Maar ik moest het toch vragen.'

'Waar ga jij heen als je het eenmaal hebt verkocht?'

'Daar heb ik nog niet goed over nagedacht. Naar een kleinere woning die niet veel onderhoud nodig heeft. Met toch iets van een tuin erbij,' zei ze glimlachend. 'Ik hoop dat degene die dit huis koopt onze tuin niet met de grond gelijk zal maken.'

'Vast niet. De tuin is juist het paradepaardje. Je hebt gewoon een rijke stadsmeneer met een jonge echtgenote en een heel leger aan personeel nodig om de boel over te nemen.'

'Nou, ik geloof niet dat er daar veel van zijn, maar we zullen zien.'

'Zoals jij altijd tegen me hebt gezegd: kome wat komt. Maar nu is het tijd om op te stappen.'

Nick stond op, net als Posy, en samen liepen ze naar de hal.

'Voor je gaat, moet ik je deze nog geven.' Posy pakte een brief van een zijtafeltje bij de voordeur. 'Hij is gisteren bij de galerie afgeleverd en gelukkig zou ik je vandaag toevallig zien.'

Nick pakte de brief aan en keek naar zijn naam, die in haar bekende schuine handschrift met zwarte inkt op de envelop was geschreven. Hij slikte en probeerde niet te laten zien hoe geschokt hij was. 'Dank je, mam,' zei hij na een ogenblik.

'Het was heel fijn je te zien, lieverd,' zei ze, en ze gaf hem een kus. 'En ik ben ontzettend blij dat je voorgoed terug bent.'

'Ik ook, mam.' antwoordde Nick glimlachend. 'Tot gauw.'

Nick liep naar buiten, stapte in de auto en startte de motor. Hij reed tot het einde van de oprijlaan en stopte. De brief lag op de passagiersstoel te wachten. Met trillende vingers pakte hij hem op, scheurde de envelop open en las de woorden die ze hem had geschreven.

Daarna zat hij in de verte te staren, niet wetend wat hij moest doen. Hij zou de brief kunnen verscheuren en rechtstreeks terug naar Londen kunnen gaan, naar Tammy. Of hij zou naar Southwold kunnen rijden om te luisteren naar wat ze te zeggen had en de geest te bezweren.

Nick sloeg rechts af en reed naar Southwold. Het stadje zag er in de herfstschemering net zo mooi uit als altijd. Hij reed door High Street, waar zijn oude winkel nu een makelaarskantoor was, maar waar verder weinig leek te zijn veranderd. In een opwelling parkeerde hij zijn auto om een wandeling over de boulevard te maken.

Lopend langs de zee liet hij zich overspoelen door herinneringen, want hij wist dat het belangrijk was om ze niet te begraven. Misschien kon hij ze eindelijk uitdrijven als hij haar nu zag. Hij had immers een nieuw doel en Tammy in zijn leven.

Hij leunde over de reling, zag de zee tegen de kust wiegen en herinnerde zich de pure vertwijfeling die hij de laatste keer dat hij hier stond had gevoeld. Ja, hij had van haar gehouden. Misschien zou hij nooit meer op die manier liefhebben, en achteraf gezien hoopte hij dat maar. Hij had zich gerealiseerd dat dergelijke liefde geen positieve kracht was – maar overweldigend, allesomvattend en destructief.

Nick liep terug naar zijn auto, startte de motor en reed naar haar huis.

12

Tammy tekende de papieren met een zwierig gebaar en gaf de pen terug aan de makelaar. 'Zo, dan is het eindelijk officieel.'

'En deze zijn nu van u, meen ik.' De makelaar liet een sleutelbos voor haar heen en weer bungelen.

'Ja. Dank u.' Tammy nam de sleutels aan en stopte ze veilig in het ritsvakje van haar handtas. 'Moet er verder nog iets geregeld worden?'

'Nee, alles is in orde.' De makelaar keek op zijn horloge en streek een sliert haar over zijn kale schedel. 'Het is bijna lunchtijd. Hebt u zin om met een glas champagne te toosten op de toekomst van uw nieuwe onderneming?'

'Eh, bedankt voor het aanbod, maar ik wil natuurlijk heel graag meteen naar mijn nieuwe winkelruimte om de dingen in gang te zetten.'

'Zoals u wilt. Veel succes, mevrouw Shaw.'

'Dank u, meneer Brennan.'

Eenmaal buiten het kantoor hield Tammy een taxi aan.

'Ellis Place 4, alstublieft. Dat is een zijstraat van Sloane Street, aan de kant van Sloane Square,' voegde ze er trots aan toe terwijl ze haastig achter in de taxi stapte. Rijdend over King's Road keek Tammy uit het raam. Ze kon haar geluk niet op. Het was nog maar vorige week dat ze Nick had verteld dat ze bang was nooit een geschikte plek te zullen vinden. Locatie, locatie, locatie, daar draaide het om, maar in de juiste buurten leek er niets beschikbaar te zijn tegen een prijs die zij zich kon veroorloven.

Maar toen had Jane haar vanaf een fotoshoot gebeld en gezegd dat ze zojuist in de wandelgangen had gehoord dat er een kledingboetiek failliet was gegaan, en dat de curatoren de roerende goederen, het toebehoren en natuurlijk de rest van de huurtermijn wilden overdoen. Jane had haar het telefoonnummer gegeven waarnaar ze kon bellen en dat had Tammy meteen gedaan.

Ze had besloten dat het perfect was, al voordat ze een stap in het pand had gezet. Het lag aan een kleine zijstraat van Sloane Street, en de bescheiden gevel bevond zich tussen de winkel van een veelbelovend schoenenontwerpster – over wie ze onlangs een artikel in *Vogue* had gelezen – en een hoedenzaak in. Binnen zag het er bijna net zo uit als Tammy haar winkel voor zich had gezien: klein, maar smaakvol ingericht en met precies genoeg ruimte om haar kleding uit te stallen. Achterin waren een klein kantoor en een keukentje, en er was een droog souterrain dat zowel ruimte bood voor opslag als voor een coupeuse. Het feit dat de winkel op slechts vijf minuten rijden van haar huis lag, was een groot bijkomend voordeel.

Tammy had de makelaar met kloppend hart naar de prijs gevraagd. Die was helemaal aan de bovenkant van haar budget, en idioot hoog voor de kleine ruimte die ze zou huren, maar ze was ervan overtuigd dat ze er goed aan deed.

Ze hadden de deal ter plekke gesloten en nu, slechts een paar dagen later, stapte Tammy uit de taxi, liep ze met licht trillende handen naar de voordeur en draaide de sleutel om in het slot.

Ze bleef een paar minuten staan, want ze kon amper geloven dat het haar eindelijk was gelukt, maar daarna slaakte ze een triomfantelijke kreet. Ze haalde haar mobiele telefoon tevoorschijn en belde Nicks nummer. Hoewel hij vandaag bij zijn moeder op bezoek ging en ze zijn voicemail verwachtte, wilde ze dat hij de eerste was die het zou horen.

'Hoi lieverd, met mij. Ik wil alleen maar even zeggen dat ik er ben! En het is geweldig en ik ben hartstikke blij. We trekken de champagne vanavond wel open. Bel me maar even om me te laten weten hoe laat je terug bent. Ik ben dan waarschijnlijk nog hier in de boetiek, dus misschien kun je me komen halen. Dag, schat.'

Ze glimlachte vol genegenheid naar haar telefoon en stopte hem terug in haar tas. Het was lang geleden dat ze zich zo gelukkig had gevoeld. Nick maakte haar aan het lachen, en ze miste hem als hij niet bij haar was, zodanig zelfs dat ze zich afvroeg of ze verliefd op hem aan het worden was. Ze koesterde zich in de vreugde van het moment: ze had een knappe vriend en de droom van haar eigen boetiek kwam uit. Ze mocht haar handen beslist dichtknijpen. 'Oké, Tam, genoeg euforie. Elke seconde hier kost zo ongeveer vijf pond, dus aan het werk, meid,' zei ze tegen zichzelf.

De drie uren daarna besteedde ze aan het overbrengen van haar naaimachine en de plastic bakken met sieraden en kraaltjes naar de winkel. Vervolgens reed ze naar haar opslagbox om een selectie van haar vintage kleding op te halen. Ze bracht veel te veel tijd door met het ophangen van de kleren in verschillende volgordes en het bedenken van ideeën voor de etalage, in plaats van voort te maken met de noodzakelijke verhuiswerkzaamheden, maar ze mocht toch ook wel een paar uurtjes genieten?

Tammy was aan het swingen op Robbie Williams op de radio, met een van haar wijdere jurken over haar truitje en jeans getrokken, toen er op de deur werd geklopt.

'Hallo,' zei Tammy, halverwege een swingbeweging, toen er een knap Indiaas meisje de winkel binnenkwam.

'Hallo. Ik ben Joyti Rajeeve van de schoenenzaak hiernaast. Ik kom even kennismaken.'

'Ik ben Tammy Shaw, en ik ben een groot fan van je schoenen. Ze beginnen behoorlijk wat aandacht te krijgen in de glossy's, hè?'

'Ja, nu maar hopen dat het goed blijft gaan,' zei Joyti. 'Dit is in elk geval een heel fijne locatie, en het helpt enorm als je buren het goed doen, want dan krijgt de straat een goede naam en profiteer je van elkaars voorbijlopende klanten.'

'Zeker,' antwoordde Tammy instemmend. 'Nou, ik hoop dat ik aan de verwachtingen ga voldoen, anders dan de vorige zaak die hier zat.'

'Als ik zo naar die jurk kijk, heb ik er alle vertrouwen in. Hij is prachtig!' Joyti streek met haar vingers over de delicate kraaltjes op het chiffon.

'Ja hè? Ik heb hem gekocht op een boedelveiling, hoewel de eigenares er niet bepaald goed voor had gezorgd. Ik heb zelf alle kraaltjes met de hand vast moeten naaien, maar hopelijk is dat snel verleden tijd. Ik heb een medewerker nodig,' voegde Tammy eraan toe, 'maar ik heb een heel beperkt budget.'

'Nou, dat is interessant. Ik weet misschien wel iemand die bereid zal zijn je te helpen en die hooggekwalificeerd is.'

'Echt? Nou, die kan ik waarschijnlijk niet betalen.'

'Dat denk ik wel. Ik heb het over mijn moeder.'

'O, vandaar.' Tammy wilde niet uit de hoogte klinken, maar ze had een professional nodig.

'En zij was een van de beroemdste naaisters van op maat gemaakte sari's in het wereldje,' ging Joyti verder. 'Ze heeft ongekend veel oog voor detail. Ze is een jaar geleden met pensioen gegaan, maar nu zit ze zich thuis natuurlijk stierlijk te vervelen.'

'Misschien kan ze eens bij me langskomen?' opperde Tammy.

'Ik zal het haar vragen. Het zou mij een lief ding waard zijn als ze wat omhanden heeft, zodat ze mij weer wat meer met rust laat,' giechelde Joyti. 'Hoe dan ook, ik zal je niet langer ophouden, maar als je na het werk een keer zin hebt om wat te gaan drinken, dan hoor ik het graag. O, en ik heb trouwens het perfecte paar schoenen voor bij die jurk. Misschien kunnen we wat aan cross-marketing doen. Tot binnenkort,' zei Joyti toen ze de winkel verliet.

Om acht uur ging Tammy's mobiele telefoon, en ze nam meteen op in de verwachting dat het Nick zou zijn.

'Hoi, Tam, met Jane. Hoe gaat het?'

'Geweldig! Ik heb door de winkel lopen dansen van vreugde!'

'Mooi zo. Heb je al een naam voor je boetiek bedacht?'

'Nee.' Dat was het enige waar Tammy op vastliep.

'Nou, die moet je wel verzinnen vóór de opening.'

'Ja, dat is zonder meer waar.'

'Zal ik die kant op komen? Om het op de vijfde verdieping van Harvey Nicks te vieren met een fles champagne?'

'O Jane, dat klinkt heerlijk, maar ik heb al met Nick afgesproken.'

'Natuurlijk. Maar ik sta erop dat je morgenavond met mij naar de opening van de nieuwe Gucci-winkel gaat.'

'Jakkes,' kreunde Tammy. 'Ik heb een hekel aan zulke gelegenheden.'

'Dat weet ik, maar je moet jezelf de komende maanden echt zoveel mogelijk laten zien, om je nieuwe zaak onder de aandacht te brengen.'

'Ja, oké, je hebt gelijk,' gaf Tammy toe. 'Wat dacht je ervan als we een uurtje op dat openingsfeest blijven en dan ergens anders naartoe gaan om lekker te eten en te roddelen?'

'Klinkt goed,' zei Jane. 'Ik haal je morgen om zeven uur op bij je nieuwe zaak. Nogmaals gefeliciteerd, lieverd.'

'Dank je. Tot morgen, Janey.'

Om negen uur belde Tammy Nicks mobiele nummer. Ze kreeg opnieuw zijn voicemail. Ze besloot naar huis te gaan om een bad te nemen, en daar te wachten tot hij haar zou bellen. Misschien had hij zoveel te bespreken met zijn moeder dat hij de tijd was vergeten. Toch was het niets voor hem om niet even te bellen.

Na haar bad ijsbeerde Tammy rusteloos door haar woonkamer. Om tien uur probeerde ze Nicks mobiel nog een keer, en toen ze weer zijn voicemail kreeg, belde ze naar Jane en Paul. Hun antwoordapparaat stond aan.

Tammy zakte neer op de bank. Ze had inmiddels honger, dus warmde ze een pizzapunt op en opende ze de fles champagne.

'Proost! Op mezelf dan maar,' toostte ze halfhartig. Ze nam een flinke slok, maar alle plezier leek uit de dag te zijn weggesijpeld, en nu voelde ze zich boos en gefrustreerd. Als Nick had gebeld om te zeggen dat hij het niet zou redden, had ze met Jane uit kunnen gaan. Ze begreep er niets van. Nick wist hoeveel deze dag voor haar betekende.

'Verrekte kerels, ze zijn ook allemaal hetzelfde,' gromde ze bij haar derde glas champagne.

Rond middernacht gooide Tammy de lege champagnefles in de afvalbak en liep ze wankelend naar de slaapkamer, waar ze op het bed ging liggen en in een diepe, benevelde slaap viel.

De volgende ochtend ging ze, katerig en geërgerd, naar de boetiek en begon ze de kleding te ordenen. Ze had dure zwartfluwelen hangers gekocht, waar ze de avondjurken aan hing, gerangschikt op tijdperk en stijl. Toen wurmde ze een dieprode voorgevormde jarenvijftigjurk met een lange, wijde rok over een etalagepop, waarna ze aan het werk ging met de vintage accessoires die ze in de loop der tijd had verzameld. Ze legde de oorringen op kleine fluwelen kussentjes en hing de armbanden aan een porseleinen sieradenboom.

En nog steeds had ze niets van Nick gehoord.

'Wow,' zei Jane toen ze die avond arriveerde. 'Jij hebt hard gewerkt.'

'Dat klopt, maar er is nog heel veel te doen. Wat vind je van de etalage? Ik heb een massa nepbloemen en -struikjes besteld voor een *Midzomernachtdroom*-achtig thema.'

'Dat lijkt me een geweldig idee. En je ziet er schitterend uit in die jurk,' zei Jane bewonderend. 'Een wandelende advertentie voor je koopwaar, schat.'

'Dank je. Het enige waar ik nog een besluit over moet nemen, zoals jij gisteren al zei, is de naam.'

'Daar kunnen we het vanavond bij het eten over hebben. Kom, anders komen we nog te laat en missen we de canapés met gerookte zalm.' Jane stak haar arm door die van Tammy en ze vertrokken naar het feest.

Tammy voerde geanimeerde gesprekjes met de grote namen die voor de opening van de nieuwe winkel waren uitgenodigd. Hoewel het al een paar jaar geleden was dat ze deel had uitgemaakt van het celebritywereldje, waren het nog dezelfde gezichten. Ironisch genoeg zagen velen van hen er inmiddels jonger uit. De paparazzi legden het evenement vast voor hun kranten en tijdschriften, en hoewel ze het allemaal nogal oppervlakkig vond, zag Tammy wel in dat ze zich weer in deze scene moest begeven als ze wilde slagen in de modebusiness.

'In elk geval heb ik nu zelf de touwtjes in handen,' mompelde ze in zichzelf terwijl ze keek naar een beroemde designer, die werd omringd door it-girls en lage adel.

Jane zocht haar na een uur weer op, en ze namen een taxi naar een gezellig Italiaans restaurant in een zijstraat van King's Road.

'Champagne vanavond?' vroeg Jane toen ze aan hun tafel gingen zitten.

'Nou, ik heb gisteren in mijn eentje een hele fles leeggedronken. Nick kwam niet opdagen,' antwoordde Tammy.

'Wat vreemd.' Jane fronste. 'Dat verbaast me. Hij is ook niet thuisgekomen, dus nam ik aan dat hij bij jou was.'

'Nee dus.' Tammy schudde haar hoofd. 'Hij is van de aardbodem verdwenen. Ik heb vandaag ook niets van hem gehoord.'

'Dat is niks voor Nick. Hij is hartstikke betrouwbaar. God, ik hoop maar dat er niets ergs gebeurd is.'

'Nou,' zei Tammy schouderophalend, 'ik kan moeilijk de politie bellen en een vierendertigjarige man die één nacht is weggebleven als vermist opgeven, toch?'

'Nee, maar als je niets van hem hoort en hij ook niet bij ons opduikt, zou je zijn moeder kunnen bellen.'

'Ik heb haar nummer niet. Zullen we toch maar aan de champagne?'

'Nou, ik hoef eigenlijk niet, maar neem gerust. Ik drink water.'

'Echt? Ben je aan de detox?'

'Ja, in zekere zin. Ik... Nou, het punt is dat ik...' Jane schudde haar hoofd. 'O shit, ik wilde er helemaal niets over zeggen. Ik bedoel, ik heb het Paul nog niet eens verteld, maar, eh...'

'O, mijn god! Je bent zwanger, hè?'

Janes ogen glansden en ze knikte. 'Ja, ja, inderdaad. Ik kan het nauwelijks geloven. Ik ben nog steeds in shock.'

'O Janey!' Tammy's ogen vulden zich met tranen en ze reikte over de tafel om haar hand te pakken. 'Wat een heerlijk nieuws. Ik ben zo ontzettend blij voor jullie.'

'Dank je.' Ook de ogen van Jane waren vochtig en ze haalde een papieren zakdoekje uit haar tas om haar neus te snuiten. 'Maar het is nog vroeg. Ik ben nog maar zes weken heen en de kans is aanwezig dat het misgaat.'

'Nou, dan moet je alle mogelijke maatregelen treffen om dat te voorkomen. Veel rust, gezond eten, geen drank... alles. Maar... hoe is het nu gelukt?'

'Op de gebruikelijke manier,' grinnikte Jane. 'Zoals je weet hebben we het jaren geprobeerd en een godsvermogen aan ivf uitgegeven, om nog maar te zwijgen van het feit dat ik er bijna aan onderdoorging en mijn huwelijk er ernstig onder leed.' Ze kauwde op een broodstengel. 'Je herinnert je toch nog wel dat Paul en ik hebben afgesproken dat we het hele idee dan maar zouden vergeten? Dat we zouden accepteren dat we kinderloos bleven? Het ironische is dat we dat punt volgens mij eindelijk hebben bereikt.'

'Misschien heeft die ontspannen houding ertoe geleid dat je lichaam besloot om er toch maar werk van te maken,' zei Tammy.

'Ja, dat zei de huisarts ook al.'

'Wanneer ga je het Paul vertellen?'

'Dat weet ik niet. Ik wil het hem uiteraard snel laten weten, maar je kent hem, hij is zelf een groot kind. Hij zal overenthousiast zijn en al op zoek gaan naar antieke wiegjes en geschikt behang voor de kinderkamer. Ik zou het niet kunnen verdragen als er iets misging. Hij zou er kapot van zijn.'

‘God, Janey, ik denk dat ik het niet voor me zou kunnen houden, maar ik begrijp je wel.’

‘Misschien vertel ik het hem over een paar weken. Elke dag dat ik de baby bij me heb, is een dagje minder om bezorgd over te zijn. En als ik de twaalf weken bereik, kan ik geruster zijn.’

Tammy hief haar glas champagne. ‘Op jou, Janey, je hebt mijn dag helemaal goed gemaakt. Proost.’

‘En op jou, en je binnenkort beroemde maar nu nog naamloze onderneming,’ voegde Jane eraan toe.

Ze tikten hun glazen tegen elkaar.

‘Maar vergeet mijn winkel even, want wanneer wordt dat kleintje van je geboren?’

‘In mei.’ Jane zweeg nadenkend en keek Tammy aan. ‘Iets met geboren… of herboren. Wat dacht je van Reborn? Is dat geen coole naam voor je boetiek?’

‘Reborn… Reborn.’ Tammy liet het woord een paar keer door haar mond rollen en stelde zich de letters boven de etalage voor. ‘O, mijn god, de perfecte naam! Geweldig! Wat goed bedacht, Janey.’

‘Dank je.’

‘Nu kan ik een uithangbord laten maken en de uitnodigingen voor het openingsfeest laten maken.’

‘En wanneer gaat dat plaatsvinden?’ vroeg Jane toen hun pasta werd gebracht.

‘Zo snel mogelijk, want elke dag dat ik nog niet open ben, is een dag zonder geld. In november, denk ik. Veel van de kleding moet nog gerepareerd of vermaakt worden, maar mijn nieuwe buurvrouw zegt dat haar moeder me misschien wel kan helpen. God, ik heb nog heel veel te doen.’

‘Nou, in elk geval zal je naam de nodige kopstukken naar de opening trekken, al was het maar voor de drank en om rond te neuzen. Ik kan weleens kijken of ik jou en je kleding een artikel in een goed tijdschrift kan bezorgen.’

‘Janey, dat zou fantastisch zijn!’

‘Ik zal mijn best doen.’ Jane zag dat haar vriendin haar pasta over haar bord schoof. ‘Geen trek?’

Tammy haalde haar schouders op. ‘Nee, niet erg.’

'Je maakt je ongerust over Nick, hè?'

'Ja. Het gaat juist zo goed tussen ons dat ik begon te geloven dat het misschien wel echt wat kan worden. Ik heb sterke gevoelens voor hem en...' Tammy nam een slok van haar champagne. '... hij heeft me laten zitten. Gisteravond was belangrijk voor me, dat wist Nick.'

'Luister, Tam, ik ken Nick al heel lang en hij is geen hufter, echt niet. Wat er de afgelopen vierentwintig uur ook met hem is gebeurd, het heeft niets te maken met wat hij voor jou voelt, dat weet ik zeker. Ik heb gezien hoe hij naar je kijkt. Hij is stapelgek op je, Tammy, heus.'

'Ik weet het niet,' zuchtte ze. 'Ik had net het punt bereikt waarop ik me zeker begon te voelen, maar nu, tja... voel ik me weer ontmoedigd.'

'Ik begrijp het, maar je moet vertrouwen hebben.'

'Weet jij of hij veel vriendinnen heeft gehad voor hij naar Australië ging, en daarna?'

'Ik geloof het niet, hoewel ik me herinner dat Paul me heeft verteld over een meisje waar hij behoorlijk weg van was, vlak voordat hij naar Perth vertrok. Volgens mij werkte ze voor hem in zijn zaak in Southwold. Maar hij zal wel niet zo weg van haar zijn geweest, want dan was hij niet naar de andere kant van de wereld gegaan.'

'Tenzij hij juist vertrok omdat het misliep,' zei Tammy schouderophalend. 'Nou ja, ik hoor wel wat hij te melden heeft als hij uiteindelijk weer opduikt, áls hij tenminste weer opduikt.'

Tammy kwam rond elf uur thuis. Ze voelde zich rustiger na haar gesprek met Jane. Het had geen zin bezorgd te zijn tot ze het hele verhaal kende, maar juist de ongerustheid die ze voelde, bracht haar van haar stuk. Die betekende dat Nick onder haar huid was gekropen.

Omdat ze wist dat ze niet zou kunnen slapen, pakte ze een stuk papier en begon de letters te tekenen van de naam van haar nieuwe boetiek.

Haar mobiele telefoon ging om middernacht over.

'Hallo?'

'Tam, met mij, Nick. Heb ik je wakker gemaakt?'

Waar was je in vredesnaam, rotzak die je bent, wilde ze zeggen. In plaats daarvan zei ze: 'Nee hoor. Ik ben nog aan het werk.'

'Luister, het spijt me verschrikkelijk van gisteravond. Sorry dat ik niet heb gebeld. Er kwam iets tussen en... nou, ik kon echt even geen kant op. Kan ik alsjeblieft nog naar je toe komen en je op mijn blote knieën om vergiffenis vragen?'

Ze vond eigenlijk dat ze nee zou moeten zeggen, maar ze was te opgelucht dat hij in orde was en ze wilde hem dolgraag zien. 'Als je wilt,' zei ze zo nonchalant mogelijk, 'maar ik ben heel moe.'

'Ik ben er over een kwartier.'

Tammy rende naar de slaapkamer om haar haar te borstelen en haar tanden te poetsen. Ze beloofde zichzelf dat ze zich waardig zou gedragen en niet zou laten merken hoezeer ze van streek was.

Nick zette zijn huurauto stil bij een tankstation, deed de motor uit en bleef in de duisternis zitten. Hij voelde zich helemaal leeg, zowel mentaal als emotioneel.

Na de euforie terug te zijn in Engeland, de kennismaking met Tammy en de nieuwe start van zijn onderneming, had hij stom genoeg geloofd dat de goden hem gunstig gezind waren en dat het verleden nu echt achter hem lag. Maar in de afgelopen vierentwintig uur was hij er onverbiddelijk naar teruggesleurd. Hij keek naar zijn handen en zag dat ze nog trilden van de adrenaline.

De hele weg terug van Southwold had hij gepiekerd over wat hij Tammy zou moeten vertellen. Hoe kon hij van haar verwachten dat ze het zou begrijpen? De consequenties van wat hij te horen had gekregen waren voor hemzelf al moeilijk te aanvaarden. Hij kon het nauwelijks geloven. En hoewel hij en Tammy naar elkaar toe waren gegroeid, was de relatie nog nieuw en dus kwetsbaar.

Nick streek met een hand door zijn haar. Hij wilde niet liegen, maar als hij het haar zou vertellen, het zou proberen uit te leggen, was de kans groot dat de situatie haar zou afschrikken en hij haar zou verliezen. Bovendien was er nog geen honderd procent zekerheid. Misschien kon hij nu beter nog niets zeggen, wachten op de bevestiging en dan verder kijken.

De tranen sprongen hem in de ogen, van vermoeidheid of frustratie, dat wist hij niet. Wat hij wél wist, was dat niets in zijn liefdesleven vanzelf ging, dat het altijd ten koste van iets leek te gaan. Hij kon alleen maar hopen dat hij uiteindelijk niet de hoogste prijs zou hoeven betalen.

Tammy hoorde de bel gaan en liep naar de voordeur om open te doen.

'Alsjeblieft.' Nick duwde drie bossen al verwelkende bloemen, zo te zien gekocht bij een tankstation, in haar armen. 'Mag ik binnenkomen?'

'Natuurlijk.' Tammy deed een stap opzij en liet hem erlangs. Ze sloot de deur en volgde hem naar de woonkamer. Daar bleef ze zwijgend staan wachten tot hij iets zou zeggen.

'Het spijt me zo, Tam.' Nick haalde moedeloos zijn schouders op. 'Wat er gebeurd is... Het was onontkoombaar.'

'Wat heb je in vredesnaam gedaan? Je ziet eruit als een vogelverschrikker.'

'Zo voel ik me ook,' bekende hij. 'Vind je het goed als ik even snel een douche neem? Ik stink vast een uur in de wind.'

'Ga je gang,' zei Tammy koeltjes en ze sloeg weer aan het naaien terwijl hij de badkamer in liep.

Tien minuten later kwam hij in een handdoek gewikkeld weer tevoorschijn en zag hij er meer uit als zichzelf. Hij liep naar haar toe en legde zacht zijn handen op haar schouders.

'Lieverd...' mompelde hij, haar nek kussend. 'Vertel me eens hoe boos je nou werkelijk bent?'

'Ik voel me in de steek gelaten, ja, maar ik was vooral doodongerust. Ik heb vanavond met Jane gegeten, en zij zei dat je ook niet bij hen thuis bent geweest.'

'Nee.'

Er daalde een stilte in de kamer neer.

'Maar goed,' brak Tammy daar doorheen, 'ik ben jouw oppas niet en je hoeft me niet van elke stap die je zet op de hoogte te stellen.'

'Natuurlijk behoor ik je te laten weten waar ik ben, Tam. In godsnaam, we hebben een relatie! Wat ik gisteravond heb gedaan, is onvergeeflijk, maar er was iets wat ik per se moest uitzoeken.'

'Had het met een vrouw te maken?'

'Gedeeltelijk.' Nick zuchtte en liet zich in een leunstoel zakken. 'Het is een ingewikkeld verhaal en ik geloof dat ik me vanavond nog niet in staat voel om het je te vertellen.'

'Oké,' antwoordde ze kil.

‘Luister, Tam, het enige wat je moet weten is dat niets van dit alles afdoet aan mijn gevoelens voor jou.’

‘Juist. En ik moet je dus op je woord geloven?’

‘Ja, helaas wel,’ zei hij met een triestig knikje. ‘Maar daar draait het toch allemaal om? Elkaar vertrouwen? En het positieve van gisteravond is dat ik, hoewel ik je heb laten zitten, nu wél weet dat ik van je hou, hoe idioot ook gezien de korte tijd dat we samen zijn.’

Ze wilde zich opgetogen voelen omdat hij haar net had verteld dat hij van haar hield, maar toen ze opkeek, was de uitdrukking in zijn ogen te droevig.

‘Tam?’

‘Ja?’

‘Geloof je wat ik je zojuist heb verteld? Dat ik van je hou?’

‘Ik… nee, vanavond niet. Iedereen kan die woorden uitspreken.’

‘Dat is waar. Maar wil je me de kans geven om het je te bewijzen? Alsjeblieft?’

Tammy gaapte. ‘We zijn allebei uitgeput, Nick. Laten we gaan slapen. Dan praten we morgenochtend.’ Ze stond op, knipte de bureaulamp uit en stak haar hand naar hem uit.

‘Mag ik je vasthouden?’ vroeg Nick toen hij naast haar in het bed stapte.

Ze knikte en nestelde zich in zijn armen, met een angstig gevoel omdat ze zich daar zo goed voelde.

Hij streek zacht over haar haar. ‘Het spijt me heel erg, Tam, het spijt me. Ik wil je geen pijn doen, nooit. Ik hou van je, echt waar.’

Ik hou ook van jou.

‘Stil nu maar,’ fluisterde Tammy.

13

Posy keek op toen de bel aan de galeriedeur klingelde.

'Hallo, Freddie.' Hij kwam binnen en ze glimlachte. 'Hoe gaat het met je?'

'Heel goed, uitstekend.' Hij liep naar het bureau waar Posy aan zat. 'Ik vroeg me af of je zin hebt morgenavond met me naar de bios te gaan? Ze draaien die Franse film die al die goede recensies heeft gekregen.'

'Dat klinkt als een aanbod dat ik niet kan weigeren. Afgesproken dus.'

'Mooi zo,' zei hij. 'Zes uur bij de bioscoop?'

'Dat is prima.'

'Dan zie ik je morgen. Dag, Posy.'

'Dag, Freddie.'

Hij tikte tegen zijn hoed, liep naar de deur en verliet de galerie.

Posy zuchtte. Hoewel ze probeerde er niet aan te denken, worstelde ze met hun zogenaamde 'vriendschap'. Ze hadden een paar genoeglijke etentjes en lunches gehad sinds hij bij haar in de tuin was verschenen. Ze hadden zeker geen gebrek gehad aan gespreksstof. Freddie had haar vermaakt met boeiende verhalen uit zijn jaren als strafrechtadvocaat en zij had hem verteld over haar leven sinds die laatste keer dat ze elkaar hadden gezien.

Maar ze had heel erg het gevoel dat juist het óngezegde ertoe deed: waarom hij haar destijds had verlaten en haar nu, vijftig jaar later, alleen zijn gezelschap kon bieden, en niet zijn hart.

Het hielp niet dat ze hem, zoals Sam vroeger altijd zei, 'een lekker ding' vond. En hoewel ze zichzelf telkens weer vertelde dat ze het gewoon moest accepteren en moest genieten van wat hij haar wél kon geven, lukte dat niet. Hem zien was een soort heerlijke marteling en, zo realiseerde Posy zich, ze zou altijd weer teleurgesteld worden. Als ze afscheid namen, deed Freddie nooit een poging om fysiek contact te maken, afgezien van een keurig kusje op de wang.

Ze verliet de galerie kort na het middaguur en ging naar huis. Marie zou om twee uur komen om het huis te taxeren. Posy ruimde de keuken op en stak het haardvuur in de ochtendkamer aan. Ze wist dat ze weinig meer kon doen om het huis een aangename sfeer te geven.

Vlak voor een uur ging de telefoon. Ze nam op.

'Hallo?'

'Spreek ik met Posy Montague?'

'Ja, dat klopt.'

'Met Sebastian Girault. Als het goed is, heeft Amy, uw schoondochter, met u over mij gesproken.'

'Ze heeft inderdaad gezegd dat u misschien zou bellen.'

'Denkt u dat u een kamer zou willen verhuren? Het is maar voor een paar maanden. Tegen de kerst ben ik alweer weg.'

'Nou, u mag gerust het huis komen bekijken, meneer Girault, maar ik betwijfel of het geschikt voor u zal zijn. Het is behoorlijk basic.'

'Dat weet ik. Amy heeft het voor me beschreven en het klinkt mij perfect in de oren. U vindt het dus goed als ik langskom?'

'Zeker. Toevallig ben ik vanmiddag thuis. Als u om vier uur zou kunnen, komt dat prima uit. Het huis is gemakkelijk te vinden: onze door bomen geflankeerde oprijlaan komt uit op Halesworth Road richting Southwold, en op de brievenbus staat "Admiral House" geschreven.'

'Ik vind het wel, ik heb navigatie. Dank u, mevrouw Montague. Dan zie ik u om vier uur.'

Posy legde de hoorn op de haak, wetend dat Sebastian Girault van gedachte zou veranderen zodra hij het huis zou zien, maar een half uurtje in zijn gezelschap verkeren nadat Marie het huis had getaxeerd, zou de sluier van somberheid die ongetwijfeld zou neerdalen misschien enigszins opheffen.

Om precies twee uur hoorde Posy dat er op de voordeur werd geklopt.

'Hallo, Marie. Kom binnen, en noem me maar Posy, alsjeblieft.'

'Dank je.' Marie stapte naar binnen, gewapend met een klembord. Ze keek omhoog naar de kroonluchter. 'Wow. Dit is gewoonweg schitterend. Wat een fantastische entree.'

'Dank je. Wil je een kopje thee of koffie voor je begint?' bood Posy aan. 'Ik kan me voorstellen dat je wel even bezig zult zijn.'

'Nee, bedankt. Ik moet om drie uur mijn kinderen ophalen, dus ik kan maar beter meteen aan de slag gaan.'

'Zal ik je eerst de tuin, de begane grond en de eerste verdieping laten zien? Dan laat ik het aan jou over om zelf de zolderverdieping te gaan bekijken. Mijn benen zijn niet meer wat ze geweest zijn, en de trap is nogal steil.'

'Dat lijkt me prima, Posy.'

De twee vrouwen begonnen buiten, kwamen weer binnen en liepen van kamer naar kamer terwijl Marie verheugd reageerde op de vele originele elementen en notities maakte op haar klembord.

Nadat ze haar de zes slaapkamers op de eerste verdieping had laten zien, liep Posy naar beneden om de fluitketel te vullen en wat scones op te warmen die ze vanochtend voor vertrek naar haar werk had gemaakt. Gelukkig was Marie niet zo'n gladde vent in pak, want ze zou het niet kunnen verdragen als een dergelijk heerschap in haar dierbare huis zou lopen rondneuzen.

Na een tijdje liep Marie de keuken binnen en dronken ze thee en aten de verse scones aan de eettafel.

'Ze zijn verrukkelijk, Posy. Ik zou willen dat ik zo kon bakken.'

'Jaren oefening, dat is alles, meid.'

'Maar niet zo verrukkelijk als dit huis, om nog maar te zwijgen van de tuin, wow! Ongelooflijk dat je dat allemaal in je eentje voor elkaar hebt gekregen.'

'Ik heb het met liefde en dus met plezier gedaan, Marie.

'En misschien maakt dat het nou juist zo speciaal. Goed, laten we ter zake komen.' Marie keek haar aan. 'Posy, het huis is grandioos. De originele elementen zijn werkelijk prachtig. De haarden, de kroonlijsten, de luiken voor de ramen… en zo kan ik nog wel even doorgaan. De kamers zijn heerlijk groot en het hele landgoed is geweldig.'

'Maar…' vulde Posy alvast aan.

'Nou.' Marie wreef over haar neus. 'Het spreekt voor zich dat degene die dit huis koopt een enorme langetermijninvestering zal moeten doen, zowel qua tijd als qua geld. Je realiseert je ongetwijfeld hoeveel ervoor nodig is om het huis te restaureren. En dat is een probleem.'

'Ja,' zei Posy instemmend.

'Om je de waarheid te zeggen denk ik dat je van geluk mag spreken als er iemand zou zijn die het wil hebben. De markt voor landhuizen is de laatste tijd wat ingezakt, en hoewel Southwold een heel geliefde plek is voor een tweede woning, is dit huis daar veel te groot voor. En het is onwaarschijnlijk dat iemand van hieruit naar Londen zou willen forenzen, want dat is nogal een reis, en ik denk dat gepensioneerden ook niet geïnteresseerd zullen zijn, vanwege de grootte en de hoeveelheid werk die eraan vastzit.'

'Marie, meid, voor de dag ermee. Wat probeer je me te zeggen?'

'Eigenlijk dat het uiterst moeilijk zal zijn om een koper te vinden, of het moet een popzanger of filmster zijn met genoeg geld om dit fraaie landhuis te verwerven en het ook nog te laten renoveren.'

'Ik begrijp het.'

'Posy, ik denk dat je het een verschrikkelijk idee zult vinden, maar ik geloof echt dat je de meeste kans maakt om het aan een projectontwikkelaar te verkopen, die het waarschijnlijk zal opdelen in een aantal smaakvolle appartementen. Hoewel maar weinig mensen tegenwoordig nog zo'n groot huis willen bezitten, zijn ze wel op zoek naar het decor en de grandeur.'

'Ik was al bang dat je die mogelijkheid zou opperen. Het zou me enorm zwaar vallen en mijn voorouders zullen zich omdraaien in hun graf, maar...' Posy haalde mismoedig haar schouders op. '... ik moet realistisch zijn.'

'Ja. De moeilijkheid is dat een projectontwikkelaar het ongetwijfeld tegen de laagst mogelijke prijs zal willen aankopen. Er gaat veel werk in zitten en het draait uiteindelijk om de winst. Het enige voordeel is dat het huis niet op de vrije markt zal worden aangeboden. Dat blijft je dan bespaard. Ons kantoor kent wel wat partijen die wellicht geïnteresseerd zijn. We kunnen je met hen in contact brengen, dan kunnen ze een kijkje komen nemen en wordt de koop snel en discreet gesloten.'

'En hoeveel denk je dat zo'n projectontwikkelaar ervoor zou betalen?'

Marie haalde haar schouders op. 'Dat is heel lastig te zeggen, maar ik denk rond een miljoen.'

Posy grinnikte onwillekeurig. 'Hemeltje, en dat terwijl de cottage met drie slaapkamers van wijlen mevrouw Winstone aan High Street voor anderhalf zoveel te koop staat.'

'Ik weet het, en het lijkt inderdaad belachelijk als je de panden vergelijkt,' beaamde Marie, 'maar die cottage ligt in het centrum van Southwold en is een ideaal tweede huis. Posy, ik zou me helemaal niet beledigd voelen als je een andere makelaar zou vragen het ook eens te taxeren. Ik vind zelfs dat je dat zou moeten doen.'

'Nee, nee, lieverd, je hebt vast en zeker gelijk. En laten we eerlijk zijn: een miljoen pond is heel veel geld. Een bedrag dat ik mijn leven lang niet zal uitgeven, maar dat een mooie erfenis voor mijn zoons zal zijn.'

'Dat is ook zo. Nou, ik moet de kinderen gaan halen. Bedankt voor de thee en de scones.' Marie stond op. 'Ik zal alles wat we hebben besproken nog even samenvatten in een brief. Bel me maar als je erover hebt nagedacht en met je zoons hebt gepraat.'

'Dat zal ik doen.' Posy liep met Marie naar de voordeur en schudde haar hand. 'Je hebt deze ervaring redelijk pijnloos gemaakt, dank daarvoor. Ik neem contact op als ik een besluit heb genomen. Tot ziens, hoor.'

Posy zag Marie wegrijden en liep terug naar de keuken om nog een kopje thee te nemen en na te denken.

Niet lang daarna stond Sebastian Girault op de stoep.

'Prettig kennis te maken, mevrouw Montague.' Hij gaf haar een stevige hand.

'Noem me maar Posy, dat heb ik liever.' Ze keek in zijn doordringende groene ogen en wenste dat ze dertig jaar jonger was. 'Kom binnen.' Ze deed de deur achter hem dicht en ging hem voor naar de keuken, waar ze de fluitketel weer opzette. 'Gaat u zitten, meneer Girault.'

'Dank. En het is natuurlijk Sebastian. Wat is dit een schitterend huis.'

'Dus je wilt een plek waar je in alle rust kunt schrijven, heb ik van Amy begrepen?'

'Ja, en ruimte om me heen. Dat vind ik heel belangrijk.'

'Nou, ik heb misschien geen centrale verwarming of al te moderne voorzieningen, maar ruimte heb ik wel,' zei Posy grinnikend. 'Ik zal je de slaapkamers laten zien die me geschikt lijken, dan kun jij me vervolgens vertellen dat ze ijskoud en veel te stoffig zijn. Daarna gaan we naar beneden om thee te drinken en vergeten we het hele idee.'

Aan het einde van de gang op de eerste verdieping lag een van Posy's favoriete slaapkamers. Deze bevond zich op de hoek van het huis en had hoge ramen die aan twee kanten uitzicht boden op de tuin.

'Prachtig, zeg,' zei Sebastian zacht, waarop Posy hem meeloodste naar de naastliggende badkamer – een overblijfsel uit de jaren dertig. Het enorme gietijzeren bad stond midden in het vertrek en op de vloer lag het oorspronkelijke zwarte – en zeer versleten – linoleum.

'Nou. Wat vind je ervan? Ik ben echt niet beledigd als je nee zegt.'

Sebastian liep terug de slaapkamer in. 'Werkt de haard nog, denk je?'

'Waarschijnlijk wel. De schoorsteen moet wel eerst worden geveegd.'

'Daar zou ik dan natuurlijk voor betalen.' Sebastian liep naar het raam. 'En ik zou hier mijn bureau kunnen neerzetten, zodat ik van het uitzicht kan genieten als ik naar buiten zit te staren.' Hij draaide zich naar haar om. 'Posy, dit is perfect. Als je het ziet zitten, kom ik hier graag logeren. Ik betaal goed, uiteraard. Wat dacht je van tweehonderd per week?'

'Tweehonderd pond? Dat is veel te veel.' Posy verdiende in de galerie veel minder per week.

'Maar het is toch goedkoper dan als ik een cottage in het centrum zou huren. En zou een maaltijd af en toe tot de mogelijkheden behoren?' vroeg Sebastian. 'Ik heb gehoord dat je geweldig kunt koken.'

'Niet geweldig, alleen maar degelijk,' corrigeerde Posy hem. 'Natuurlijk zal ik voor je koken. Ik moet zelf toch ook eten. Maar weet je zeker dat deze kamer comfortabel genoeg voor je is? Ik kan wel voor een paar elektrische kachels zorgen, hoewel die behoorlijk wat stroom vragen.'

'Ik verzeker je dat ik alle kosten zal dekken. En zoals mijn beroep met zich meebrengt, zul je niet veel last van me hebben, hoewel ik er wel merkwaardige werktijden op nahoud.'

'Dat is geen enkel probleem, want ik slaap aan de andere kant van het huis. Er is nog wel iets wat ik moet zeggen, trouwens. Vanmiddag is hier een makelaar geweest, omdat ik erover denk het huis te gaan verkopen. Voor de kerst zal dat vast niet aan de orde zijn, maar ik weet niet hoelang je zou willen blijven.'

'Mijn deadline is in februari, maar ik moet de eerste versie medio december af hebben. Aan het herschrijven van passages kan ik wel in mijn appartement in Londen werken, dus voor Kerstmis ben ik weg. Dus... hebben we een deal?' Sebastian stak aarzelend zijn hand uit.

Posy nam hem aan. 'Ja, meneer Girault, dat denk ik inderdaad.'

Sebastian en Posy liepen de trap af, vergaten de thee en vierden hun overeenkomst in plaats daarvan met een glas wijn. Hij zag de ingelijste foto van Posy's vader in zijn RAF-uniform, die op de bijzettafel in de ochtendkamer stond.

'Het boek dat ik aan het schrijven ben, speelt zich af in de Tweede Wereldoorlog. Weet je misschien of je vader ook met Spitfires heeft gevlogen?'

'O, jazeker. Hij was betrokken bij een aantal van de grootste luchtgevechten, waaronder de Slag om Engeland. Helaas is hij kort voor het einde van de oorlog gestorven tijdens een van de laatste operationele vluchten.'

'Wat spijt me dat, Posy.'

'Dank je. Ik aanbad hem, zoals iedere dochter haar vader adoreert.'

'Natuurlijk. Mag ik je een keer interviewen over je herinneringen aan de oorlogstijd hier in Southwold?'

'Zeker, hoewel ik toen nog erg jong was.'

'Dat zou fantastisch zijn. Nou, om je te laten zien dat het me menens is, wil ik je de eerste week huur alvast vooruitbetalen.' Sebastian vouwde zijn portemonnee open en haalde er wat briefgeld uit. 'Wanneer kan ik de kamer betrekken?'

'Zo snel als je wilt, maar ik moet je wel waarschuwen dat de hele familie zondag komt lunchen, dus dan zal het minder rustig zijn dan gewoonlijk.'

'Geen probleem. Ik zal me terugtrekken, dat beloof ik.'

'Nonsens. Eet gerust een hapje mee,' zei ze terwijl ze naar de voordeur liep en die opentrok. 'O, hemel, ik zal je een sleutel moeten geven,' gniffelde Posy.

‘Dat zou wel handig zijn, inderdaad. Nou, tot binnenkort dan, en bedankt voor alles.’ Hij gaf haar een hartelijke kus op beide wangen.

‘Geen dank. Het zal fijn zijn om je hier te hebben. Tot binnenkort, Sebastian. Laat me weten wanneer je komt.’

14

De volgende ochtend had Posy zich net aangekleed toen ze een auto over de oprijlaan hoorde komen aanrijden. Tot haar verbazing zag ze Sams oude rode Fiat voor het huis stoppen. Ze liep naar beneden en trof Sam in de hal aan, waar hij naar de kroonluchter stond te staren.

'Hallo, lieverd. Wat een fijne verrassing.'

'Hoi, mam.' Sam kwam naar haar toe en gaf haar een kus. 'Hoe gaat het?'

'O, zijn gangetje, zoals altijd. Lang niet gezien. Waar heb ik dit bezoekje aan te danken?' vroeg ze hem.

'Sorry, mam, ik weet dat het al even geleden is dat ik je heb opgezocht,' zei Sam, 'maar ik heb het heel druk gehad met dat nieuwe bedrijf van me. Hoe dan ook, ik was in de buurt en dacht: laat ik eens binnenwippen. Heb je een kop koffie voor me?'

'Ja, ik heb nog wel even.' Posy keek op haar horloge. 'Ik heb wat dingen te doen in Southwold.'

Sam volgde haar de keuken in en stapte er rond terwijl zij de fluitketel op het vuur zette. 'Dit is echt een magnifieke ruimte,' zei hij, en hij nam plaats aan de keukentafel. 'Er passen zo vier moderne keukens in.'

'Ja, waarschijnlijk wel,' beaamde Posy.

'De kozijnen zijn niet eens in slechte staat, als je bedenkt hoe oud ze zijn,' voegde hij eraan toe.

'Nee.' Posy maakte een kop koffie voor haar zoon en zette die op de tafel voor hem neer. 'Hoe gaat het met Amy en de kinderen? Ik heb ze al een tijdje niet gezien.'

'Prima, het gaat prima,' zei Sam, die zijn ogen nu op de vloer had gericht. 'Dit zijn originele flagstones, toch?'

'Ja. Heeft Amy je verteld dat ik jullie heb uitgenodigd voor de lunch op zondag? Je weet dat Nick terug in Engeland is, nietwaar?'

'Ja. Lunch is oké. Mam?'

'Ja, Sam?' Posy zat al te wachten tot de vraag zou komen. Sam kwam alleen bij haar op bezoek als hij wat van haar wilde.

'Ik heb uit betrouwbare bron vernomen dat je gisteren het huis hebt laten taxeren, omdat je het misschien wilt verkopen.'

'Mijn hemel, gaat het nieuws zo snel rond? Ja, dat klopt. Vind je dat een akelige gedachte?'

'Nou ja, het is natuurlijk mijn vroegere thuis en ik zou willen dat we het in de familie konden houden en zo...' Sam zweeg even, kennelijk om na te denken over de formulering van zijn volgende zin. 'En ik heb een soort manier bedacht waarop dat min of meer zou kunnen.'

'Echt? Heb je de loterij gewonnen, Sam, en kom je me vertellen dat je financiële problemen voorbij zijn?'

'In zekere zin wel.'

'Ga verder,' opperde Posy, die zich schrap zette.'

'Nou, je weet dat ik onlangs een partnerschap ben aangegaan en directeur ben van een vastgoedbedrijf?'

'Amy heeft er iets over gezegd, ja,' antwoordde Posy langzaam, nu het kwartje begon te vallen.

'Ik heb een geldschieter die bereid is de projecten die ik in het leven roep te financieren. Ik organiseer het project en begeleid het hele proces tot het klaar is. Dan delen we de winst uit de verkoop van het vastgoed dat we hebben ontwikkeld.'

'Goh,' zei Posy, vastbesloten om te doen alsof ze niet al wist welke kant dit gesprek op zou gaan.

'Nou, mam, het punt is dat Marie in haar rol van makelaar opdracht heeft gekregen om mij te informeren als er iets geschikts voor ons op de markt komt. Toevallig sprak ik haar gistermiddag en vertelde ze me dat ze hier is geweest om het huis te taxeren.'

'Juist ja.'

'Mam, Admiral House is precies waar mijn bedrijf naar op zoek is. Een fantastisch huis boordevol karakter dat tot verschillende prachtige appartementen kan worden omgetoverd.'

Posy keek Sam een poosje zwijgend aan. Toen zei ze: 'Sam, heeft Marie je verteld op welk bedrag ze het huis heeft getaxeerd?'

'Ja, rond een miljoen.'

'En vertel je me nu dat jouw bedrijf een miljoen pond heeft liggen om Admiral House te kopen?'

'Absoluut.' Sam knikte zelfverzekerd.

'Plus het geld om de renovatie en aanpassingen te bekostigen, waar vast en zeker nog eens honderdduizenden mee gemoeid zijn, of misschien zelfs wel nog eens hetzelfde bedrag?'

'Yep, geen enkel probleem.'

'Nou, we hebben het hier kennelijk over big business,' overpeinsde Posy.

'Dat klopt. Mijn partner is een zeer, zeer vermogend man. Hij heeft geen zin in kleine projectjes.'

'En hoeveel andere "projecten" heb je tot nu toe van de grond gekregen, Sam?'

'Nou, dit wordt dan het eerste. We zijn nog maar een aantal weken bezig.'

'En wat kom je me nu precies vragen?'

'Ik wil graag weten of jij bereid zou zijn om Admiral House aan mijn bedrijf te verkopen. We zouden helemaal conform de marktprijs betalen, het gaat niet om een gunst omdat we familie zijn. Het zou echt in je voordeel werken, mam. Je hoeft het dan niet op de markt te brengen, we kunnen de overeenkomst discreet onder ons regelen. En natuurlijk hangt er voor jou een extra pluspunt aan vast.'

'Echt? Wat dan?' vroeg Posy.

'Ik heb het erover gehad met mijn partner en hij heeft ermee ingestemd dat we jou een van de appartementen voor een zacht prijsje willen aanbieden als je ons het huis verkoopt. Dan kun je hier blijven wonen! Wat vind je daarvan?'

'Ik heb geen idee wat ik ervan vind, Sam. Ik moet nog besluiten of ik het huis überhaupt wel wil verkopen.'

'Natuurlijk, maar als je inderdaad besluit het te verkopen, wil je mij dan de eerste optie geven? Een project als dit zal mij en het bedrijf op de kaart zetten, tussen de grote jongens. Het zal vertrouwen wekken bij andere potentiële verkopers. Als je het niet voor mij doet, dan voor Amy en de kids. Je hebt gezien waar we momenteel wonen.'

'Inderdaad, en ik schrok me rot,' zei Posy instemmend.

'Ze verdienen iets beters en dat wil ik ze heel graag geven. Dus alsjeblieft, mam, zul je erover denken het aan mij te verkopen?'

Posy keek naar haar zoon, zijn blauwe ogen – precies die van zijn vader – smekend om een bevestigend antwoord.

'Als ik mijn besluit heb genomen, beloof ik je dat ik jouw aanbod het eerst zal overwegen.'

'Dank je, mam.' Sam stond op, liep naar Posy toe en omhelsde haar. 'Ik beloof je dat je erop kunt vertrouwen dat ik goed voor het huis zal zorgen. En als het toch moet gebeuren, dan is het beter als het in de familie blijft, toch? Dat het niet in de handen van een onbekende terechtkomt die het alleen als een hoop stenen, cement en winst beschouwt?'

'Natuurlijk.' Posy wilde lachen om Sams onverholen emotionele chantage.

'Ik zal je niet opjagen, dat beloof ik. Neem de tijd. Maar ik moet erbij zeggen dat het huis wel snel achteruitgaat.'

'Nou, het staat er al driehonderd jaar, dus ik betwijfel of het nu binnen enkele weken om me heen zal afbrokkelen,' reageerde Posy kordaat. 'Nou, excuseer me, lieverd. Ik moet over vijf minuten weg.'

'Prima. Laat je het me meteen weten als je je besluit hebt genomen? Het zou fijn zijn om de deal op tijd rond te hebben, zodat we in de lente aan de slag kunnen gaan. Het is veel voordeliger om gedurende de zomermaanden te bouwen.'

'Ik dacht dat je zei dat je me niet zou opjagen,' berispte Posy hem terwijl ze de keuken verliet en naar de voordeur liep.

'Sorry, mam. Maar ik weet gewoon dat dit me succes zal brengen. Ook voor Amy en de kids.'

'Dag, Sam.' Posy zuchtte vermoeid en gaf haar zoon een kus op zijn wang. 'Tot zondag.'

Die avond ontmoette Posy Freddie bij het Arts Centre, zoals afgesproken. Met alle gedachten die haar bezighielden, moest Posy achteraf toegeven dat de subtiele details van de film aan haar voorbij waren gegaan.

'Aan mij ook, lieve meid. God mag weten waar die schorpioen een metafoor voor was.'

'Het zal mensen met veel meer intellect dan wij ongetwijfeld wel wat zeggen.' Posy glimlachte.

'Luister, heb je zin om bij mij thuis een borrel te drinken? Het is maar een paar minuten lopen hier vandaan.'

'Waarom niet?' hoorde Posy zichzelf zeggen, waarna ze zich wel voor de kop kon slaan omdat ze zo gretig had gereageerd.

Ze liepen in comfortabele stilte door High Street. Freddie sloeg een smalle straat in die uitkwam op een binnenplaatsje met daaraan grenzend een cottage van natuursteen en een oud hophouse. Er stond een Japanse esdoorn op de binnenplaats en aan beide kanten van de pasgeverfde voordeur stonden twee laurierboompjes. Freddie deed de deur van het slot en liet haar binnen.

'Freddie, wat prachtig!' zei ze toen ze een woonkamer met balkenplafond binnenstapte met een enorme ingebouwde haard als blikvanger.

'Dank je.' Freddie nam met een gespeelde buiging Posy's jas van haar schouders en hing hem aan een haak in de gang. 'Ik moet toegeven dat ik er behoorlijk verguld mee ben. Kom verder naar mijn lievelingskamer, de keuken.'

Posy volgde hem naar een ruim vertrek en zag dat de drie wanden voor haar helemaal van glas waren. Freddie knipte een licht aan en Posy keek door de ramen naar de kleine maar keurig verzorgde tuin.

'Dit was een kleine cottage met twee kamers boven en twee kamers beneden, dus heb ik een serre toegevoegd. Daarmee is de ruimte verdrievoudigd, om nog maar te zwijgen van het licht.'

'Wat een schitterend effect.' Posy klapte verrukt in haar handen. 'En wat een moderne apparaten,' zei ze, ronddraaiend om de glanzende, roestvrijstalen koelkast, de oven en de vaatwasser te bewonderen, die zich onder een dik marmeren werkblad bevonden. 'Hier steekt mijn keuken maar mager bij af.'

'Ik ben blij dat je het mooi vindt,' zei Freddie. 'Brandy?'

'Ja, graag. Dit is precies het type huis dat ik graag zou willen kopen. Klein, onderhoudsarm, maar met karakter,' zei ze, opgevrolijkt door het idee dat er misschien toch een alternatief was als ze Admiral House zou verkopen.

'Denk je erover te verhuizen, dan?' vroeg Freddie luchtig. Hij overhandigde haar een brandy en begeleidde haar terug naar de woonkamer.

'Ja.' Om de een of andere reden had Posy uit een soort onverklaarbaar ongemak tot nu toe niets gezegd over de taxatie en de mogelijke verkoop.

'Dat is een belangrijk besluit,' zei hij terwijl hij ging zitten.

'Ja, dat is zo.'

'Maar misschien wel het juiste. Soms is het goed om verder te gaan, om het verleden achter je te laten,' peinsde Freddie hardop.

'Maar toch alleen als dat verleden moeilijk is geweest? In Admiral House liggen allemaal gelukkige herinneringen voor mij,' reageerde ze defensief.

'Ja, natuurlijk. Dus je zou het alleen maar verkopen vanwege praktische redenen?'

'Inderdaad. In feite heb ik al een soort aanbod gekregen. Sam, mijn oudste zoon, kwam vanochtend langs en kondigde aan dat hij het huis graag zou willen kopen en het dan wil ombouwen tot appartementen,' zuchtte Posy. 'Ik moet zeggen dat ik daarmee voor nogal een dilemma sta.'

'Waarom dan?'

'Om te beginnen heb ik het huis gisteren pas laten taxeren. Het was eerder bedoeld als een heimelijk aftasten hoeveel het waard was dan een definitief voornemen.'

'En je hebt dus al een aanbod gekregen?'

'Ja, en het probleem is dat ik me nu in een hoek gedreven voel. Als ik inderdaad besluit te verkopen, hoe kan ik dan het aanbod van mijn eigen zoon weigeren? Aan de andere kant is zijn staat van dienst belabberd en heeft dit nieuwe bedrijf van hem nog niets gepresteerd. Admiral House, heb ik begrepen, zou het eerste grote project van zijn onderneming zijn.'

'Weet je zeker dat hij het geld ervoor heeft?'

'Sam zegt van wel, maar of ik hem geloof? Niet helemaal, nee.'

'Maar hij vraagt je niet om een voorkeursbehandeling?'

'Hij wil de vraagprijs betalen.'

'Oké. Is het waarschijnlijk dat hij zijn eigen moeder zou proberen te bedriegen?'

'Ik hoop en verwacht van niet, nee, maar ja, ik ben zijn moeder en ik zal altijd het beste van hem denken. Hoewel ik me bewust ben van zijn onvolkomenheden, ga ik ervan uit dat zijn hart op de juiste plek zit.'

'Natuurlijk, maar Sam heeft je wel in een heel lastig parket gebracht. Het is logisch dat je je nu bijna verplicht voelt om het huis aan hem te verkopen. Uit mijn advocatenverleden weet ik dat een financiële deal tussen familieleden een hoop ellende kan veroorzaken.'

'Dat begrijp ik,' zei Posy knikkend.

'Ik denk dat je geen andere keus hebt dan er zakelijk mee om te gaan. Het huis is door een onafhankelijke makelaar getaxeerd, dus je weet wat het waard is. Waarom geef je Sam en zijn bedrijf niet de mogelijkheid een bod te doen, met een deadline voor het overleggen van contracten en een aanzienlijke aanbetaling? Je hebt er geen haast mee, dus als het Sam niet lukt om de boel rond te krijgen, heb je slechts een aantal weken tijdverlies. Dan heb je hem in elk geval de kans gegeven.'

'Ja, dank je, lieve Freddie. Je bent een heel verstandige man. Ik denk dat je gelijk hebt. Ik zal je advies ter harte nemen.'

'Fijn u van dienst te zijn, *milady*.'

'Trouwens, ik wilde je vragen of je zin hebt om zondag aan te schuiven voor een familielunch in Admiral House? Mijn zoon Nick en zijn nieuwe vriendin, plus Sam, Amy en hun kinderen komen.'

'Ik zal Joe moeten vragen de boot voor me waar te nemen, maar ja, heel graag.'

'Mooi.' Posy stond op. 'Nou, ik ga maar eens. Bedankt voor de plezierige avond en je wijze woorden.'

Posy liep naar de gang en Freddie hielp haar in haar jas.

'Welterusten Posy, en jij ook bedankt.' Hij boog zich voorover en een fractie van een seconde dacht ze dat hij haar lippen zou kussen, maar op het laatste moment week hij af en gaf haar een kusje op haar wang.

'Welterusten Freddie.'

Ze wierp hem nog een blik toe voor ze zich omdraaide om het straatje in te lopen. En ze vroeg zich af waarom hij zo vreselijk droevig keek.

15

‘Nick! Wat is dit in hemelsnaam?’ lachte Tammy toen ze aan de passagierskant van een oude maar onberispelijke rode sportwagen instapte.

‘Dit, mijn lieve Tammy, is een vintage Austin Healey.’

‘Mooie kleur,’ zei ze terwijl ze ging zitten en de geur van leer en poetsmiddel opsnoof. ‘Hij begeeft het onderweg toch niet, hè?’ voegde ze eraan toe toen Nick vergeefs probeerde te starten.

‘Misschien wel, dan zullen we moeten duwen.’

‘Wat is dat toch met jou en oude dingen?’ vroeg ze hem nadat de auto toch gestart was en ze van de stoep wegreden.

‘Jij bent toch niet oud?’ glimlachte hij terwijl hij schakelde en haar hand pakte.

‘Dank je voor het compliment.’

‘Je bent toch niet nerveus over vandaag?’ vroeg hij. Ze zoefden oostwaarts door het grotendeels verlaten Londen, dat nog langzaam wakker moest worden op de zondagochtend.

‘Je bedoelt omdat ik je moeder ga ontmoeten, en je broer en zijn gezin? Een beetje wel, geloof ik.’

‘Mama is vast weg van je, en Sam waarschijnlijk ook, om de verkeerde redenen, overigens. Hij heeft altijd alles willen hebben wat ik had, maar ik denk dat je Amy zeker aardig zult vinden. Ik herinner me haar als een schat van een meid. En jij zult ze allemaal voor je winnen, dat weet ik zeker.’

‘Dat hoop ik maar,’ zuchtte Tammy, zich afvragend waarom ze het eigenlijk zo belangrijk vond.

Posy had net de keukentafel gedekt en was bezig een veelkleurige bos asters in een vaas te rangschikken, bloemen die ze in overvloed in haar tuin had staan omdat ze laat in het seizoen nectar leverden voor overwinterende vlindersoorten. Ze was vanochtend vol verwachtingsvolle opwinding wakker geworden – het vooruitzicht dat haar hele familie voor het eerst in jaren samen zou zijn, vervulde haar met plezier. Afgezien van haar korte uitstapje naar de tuin om de bloemen te plukken, had ze sinds zeven uur in de keuken gestaan om te bakken en de rosbief te bereiden die ze gisteren had gekocht.

De telefoon ging. 'Hallo?' zei ze nadat ze had opgenomen.

'Posy, met Freddie. Het spijt me heel erg dat ik op het laatste moment moet afzeggen, maar het gaat me vandaag toch niet lukken om bij je lunch aan te schuiven.'

'O.'

Posy wachtte tot Freddie uitleg zou geven, maar toen realiseerde ze zich dat de stilte die volgde betekende dat er geen verklaring zou komen.

'Dat is jammer. Ik verheugde me erop je voor te stellen aan mijn familie.'

'En ik zag ernaar uit je familie te ontmoeten. Niets aan te doen, ben ik bang. Ik bel je later deze week. Dag, Posy.'

Ze legde de hoorn op de haak en voelde iets van de glans uit haar dag verdwijnen. Hij had zo kortaf geklonken, koud bijna...

'Jij lijkt diep in gedachten verzonken, Posy.'

Ze schrok van Sebastians stem achter haar. Hij had een paar dagen geleden zijn kamer betrokken en ze moest er nog steeds aan wennen dat ze niet de enige in huis was.

'Wat?' Ze draaide zich naar hem om. 'Sorry.'

'Vind je het goed als ik een kop koffie voor mezelf maak?' vroeg Sebastian. 'Ik zal morgen een waterkoker kopen, dan hoef ik je niet steeds hier beneden te storen.'

'Je stoort helemaal niet, hoor.' Posy liep naar de tafel en begon Freddies bord en bestek weg te halen. Sebastian keek toe.

'Heeft er iemand afgezegd?'

'Ja,' zei Posy, die de leegte opvulde door de placemats anders te rangschikken. 'Freddie, een vriend van me.'

'Neem me niet kwalijk dat ik het zeg, maar dat is wel op het laatste moment, hè?'

'Ja.' Posy zuchtte en zakte, met het bestek nog in haar handen, neer op een stoel. 'Jij bent romanschrijver, Sebastian, en een man. Misschien kun jij me vertellen wat het betekent als iemand… het ene ogenblik heel attent is en graag bij je lijkt te willen zijn, en het volgende ogenblik kil en afstandelijk overkomt en een afspraak afzegt.'

'Wat zal ik zeggen?' Sebastian schepte wat oploskoffie in een mok. 'Zoals je weet hebben mannen de neiging veel basaler te reageren dan vrouwen, vaak minder complex in emotionele zin. Ze noemen de dingen bij de naam, terwijl vrouwen er eerder een hele beschrijving op loslaten.'

Daar moest Posy om glimlachen.

'Daar zou ik uit afleiden dat jouw Freddie vandaag niet kan komen omdat hij daar simpelweg een reden voor heeft.'

'Maar waarom vertelt hij me dan niet wat die reden is?'

'Dat mag Joost weten.' Sebastian nam de ketel van het fornuis en schonk kokend water in zijn mok. 'Als mannen samenkomen, is het naar mijn ervaring vooral bier en sport plus wat moppen wat de klok slaat. Ze kunnen uiterst slecht zijn in communiceren, met name – als ik dat mag zeggen – mannen van een bepaalde generatie, die van jongs af aan hebben geleerd om hun gedachten en emoties voor zich te houden. En Britse mannen zijn ook nog eens de ergste. Die zijn geboren met een stiff upper lip.'

'Nou, jij bent blijkbaar uit heel ander hout gesneden. Je drukt je uitstekend uit.'

'Dat zal wel de Fransman in me zijn,' zei Sebastian, in zijn koffie roerend.

'Ik ben half Frans, weet je, van mijn moeders kant,' zei Posy, die het grote stuk rosbief uit de oven haalde om het te bedruipen.

'Echt waar?' Sebastian glimlachte. 'Dat zal dan wel de reden zijn waarom ik je graag mag.'

'Nou, aangezien ik een vrouw ben én voor de helft Frans, zal ik maar zo vrij zijn om je te vragen of je zin hebt om Freddie vanmiddag bij de lunch te vervangen?'

'Serieus? Weet je zeker dat je mij erbij wilt hebben op je familiebijeenkomst?'

'Absoluut, ik heb je voordat je hier introk ook al gezegd dat je welkom zou zijn. Daar komt bij dat mijn zoons zich vermoedelijk beter zullen gedragen met een onbekende erbij.'

'Verwacht je dan dat ze het met elkaar aan de stok krijgen?'

'Ik hoop het niet, hoewel ik ervan uitga dat Nick er niet blij mee zal zijn als Sam vertelt dat hij Admiral House wil kopen en er appartementen in wil realiseren. Maar ik heb nog geen besluit genomen.'

'Ik geloof dat ik er ook niet blij mee ben, en ik ben niet eens familie van je,' merkte Sebastian meesmuilend op. 'Ik ben helemaal verliefd geworden op dit huis. Hoe dan ook, ik zou het leuk vinden om voor een uurtje aan te schuiven, als je het zeker weet.'

'Heel zeker,' zei Posy. 'Bovendien ben je nu mijn officiële date.'

'Dan zorg ik ervoor dat ik om stipt een uur beneden ben. Tot dan.'

Iets na het middaguur zag Posy een oude rode sportwagen over de oprijlaan aankomen. Hij werd geparkeerd op het grind en aan de passagierskant verscheen een paar lange, slanke benen in een chique suède broek, gevolgd door een elegant bovenlijf en een weelderige bos goudgetint rood haar.

'Grote goedheid, wat een prachtige vrouw,' mompelde Posy teleurgesteld. Ze had in haar leven maar heel weinig uitzonderlijk mooie vrouwen ontmoet die ze graag mocht, en ze hoopte maar dat Tammy tot de uitzonderingen zou behoren.

Tien minuten na haar kennismaking met Tammy realiseerde Posy zich dat deze aardige, open jonge vrouw inderdaad zo'n uitzondering was. Hoewel ze duidelijk nerveus was, wat Posy vertederend vond, kwam ze ook vrolijk en vriendelijk over, en leek ze zich totaal niet bewust van haar knappe uiterlijk. En het belangrijkste nog: aan de manier waarop Tammy de hand van haar zoon vastpakte en haar ogen hem door het vertrek heen volgden, kon Posy zien dat ze dol was op Nick.

'Kan ik je ergens mee helpen, Posy?' vroeg Tammy toen ze in de keuken stonden, alle drie met een glas wijn.

'Nee, ik…'

'Sam en Amy zijn gearriveerd, mam.' Nick tuurde uit het keukenraam. 'Mijn hemel, moet je mijn neefje en nichtje zien! Vinden jullie het goed dat ik naar buiten ga om me als hun oom aan hen voor te stellen?'

'Natuurlijk.'

‘Posy, wat een schitterend huis is dit,’ zei Tammy.

‘Dank je, dat vind ik zelf ook. Nog wat wijn?’

Tammy liet zich opnieuw inschenken.

‘Weet je, ik geloof dat ik Nick nooit eerder zo gelukkig heb gezien,’ verklaarde Posy, die ook haar eigen glas bijvulde. ‘Kennelijk voelt hij zich goed bij je.’

‘Ik hoop het,’ antwoordde Tammy. ‘Ik weet wel dat ik me goed voel bij hém.’

‘Het is gunstig dat jullie allebei op je eigen manier succesvol zijn. Ik geloof dat een relatie daardoor beter in balans is.’

‘Nou, ik ben er nog lang niet, Posy. Mijn boetiek kan een faliekante mislukking worden.’

‘Dat betwijfel ik, lieverd, maar zelfs dan zul je vast niet bij de pakken gaan neerzitten en komt er wel weer wat anders op je pad. Ah, ik hoor het geluid van kleine voetjes.’ Posy draaide zich om naar de deur.

Nick liep de keuken in met Sara in zijn armen en Jake aan zijn zijde.

‘Kijk, dit is jullie tante Tammy.’ Nick zette Sara op de grond en de twee kinderen lachten verlegen naar Tammy.

‘Hallo, allebei,’ Tammy boog zich naar hen toe.

‘Ben jij getrouwd met oom Nick?’ vroeg Jake.

‘Nee, we zijn niet getrouwd.’

‘Hoe kun jij dan onze tante zijn?’ wilde hij weten.

‘Wat heb je mooi haar,’ zei Sara zacht. ‘Is het echt?’

Tammy knikte. ‘Ja hoor. Wil je even voelen om het zeker te weten?’

Sara stak haar mollige handje uit en pakte een koperkleurig glanzende lok. ‘Het is net zo lang als het haar van mijn barbie. Maar dat is niet echt.’

‘Hoi, Posy, hoe gaat het?’

Tammy keek op en zag een mooie blonde vrouw door de keukendeur komen.

‘Amy!’ Posy gaf haar een hartelijke kus. ‘Je ziet er prachtig uit. Laat me je voorstellen aan Tammy. Tammy, dit is Amy, mijn liefste schoondochter.’

‘Haar liefste want vooralsnog enige schoondochter,’ zei Amy glimlachend, en Tammy wist meteen dat ze goed met elkaar zouden kunnen opschieten. ‘Hoi, Nick, wat fijn om je na al die jaren weer te zien.’

Tammy keek hoe Amy haar armen om Nick heen sloeg en hij haar stevig omhelsde.

'Je ziet er fantastisch uit,' zei Amy met een lach. 'En ik wil me van tevoren alvast verontschuldigen voor alles wat mijn kinderen tijdens de lunch zullen doen of zeggen. Laat hun kleine plakvingertjes vooral niet in de buurt van die prachtige suède broek van je komen, Tammy.'

'Hoi, mam.'

Tammy zag een vrij kleine maar breedgeschouderde, blonde man binnenkomen en Posy op haar wang kussen. Ze voelde Nick naast haar verstijven toen hij naar hen toe liep.

'Nick, ouwe jongen, goed je te zien.'

'Hallo, Sam,' zei Nick stijfjes. Hij stak zijn hand uit en zijn broer beantwoordde het gebaar met een krachtige handdruk.

Tammy bestudeerde Sam en constateerde dat hij van de beide broers het minst aantrekkelijk ouder werd. Zijn haar werd al dunner op zijn kruin en hij had een bierbuikje. Afgezien van zijn neus zag hij er heel anders uit dan Nick, die op zijn moeder leek.

'En, wat brengt je terug naar het oude Engeland? Gaan de zaken slecht in Perth?'

Tammy zag Nicks kaak verstrakken.

'Feitelijk verliep het daar allemaal beter dan ik ooit had verwacht,' antwoordde Nick kil.

'Goed zo. Nou, het ziet ernaar uit dat je binnenkort de nodige concurrentie van je grote broer kunt verwachten,' verklaarde Sam. 'Maar daar vertel ik je later wel over.'

'Ik kan niet wachten,' zei Nick, zijn stem druipend van het sarcasme.

Tammy keek naar Amy en ze wisselden een blik van verstandhouding.

'Oké, wie heeft er zin in een glas van de champagne die Tammy en Nick voor me hebben meegebracht?' Posy kwam er op precies het juiste moment tussen.

'Zal ik hem openmaken?' bood Nick aan. Hij liep door de keuken om de fles aan te pakken.

'Zo, schat, waar kent Nick jou van?' Sam wendde zich tot Tammy en zijn ogen gleden over haar lichaam omlaag en weer omhoog. Tammy wist meteen dat ze te maken had met een man die zijn charme handig wist toe te passen, het type man dat ze in haar volwassen leven al zo vaak had ontmoet… het type man dat ze niet kon uitstaan.

'We hebben gezamenlijke vrienden.'

'Je bent kennelijk geen Aussie, aan je accent te horen?'

'Nee, Sam, Tammy is een bekend model,' onderbrak Posy hem.

'Was,' corrigeerde Tammy haar. 'Tegenwoordig ben ik eerder zakenvrouw.'

'Nou, ik kan wel zien dat je geen kinderen hebt,' zei Sam. 'Van bevallingen en slapeloze nachten gaan vrouwen er ouder uitzien, nietwaar, lieverd?' Hij wierp zijn vrouw een niet al te complimenteuze blik toe. 'Goed dan, ik zal de dames maar eens met rust laten. Ik wil mijn moeder graag even spreken.' Sam knipoogde en liep weg.

Zoals haar wel vaker overkwam, voelde Tammy zich ongemakkelijk in het gezelschap van een vrouw wier echtgenoot zojuist had laten blijken dat hij haar aantrekkelijk vond. Ze wist niet goed wat ze moest zeggen tot Amy de stilte met een zucht verbrak.

'Sam heeft gelijk, hoor. Wat ik niet zou geven om een keertje uit te kunnen slapen, en om passende kleding bij elkaar te zoeken voordat ik de deur uit ga, maar dat is de consequentie als je moeder wordt.'

'Ik snap niet hoe vrouwen het doen. Maar het is vast de moeite waard, ik bedoel, moet je die twee daar zien,' zei Tammy glimlachend. 'Het zijn prachtige kinderen.'

Sara en Jake stonden bij Nick te grinniken om iets wat hun pas ontdekte oom had gezegd.

'Misschien wel, maar soms vraag ik me af of de natuur ons een streek levert met het moederschap. Natuurlijk zou ik mijn leven op het speelplein niet zeker zijn als ik ooit zou toegeven dat ik het niet zo stimulerend vind om de dag door te brengen met een vierjarige en een zesjarige, eindeloos kijkend naar kinderprogramma's, maar ik zou het soms wel willen uitschreeuwen.'

'Jij bent er tenminste eerlijk over,' zei Tammy, die Amy steeds meer begon te mogen. 'Van een afstandje lijkt het mij dat het moederschap negentig procent hard werken en tien procent genieten is.'

'Nou, natuurlijk is het de pijn en moeite op de lange duur wel waard. Iedereen zegt althans dat het fantastisch is als ze opgroeien en je vrienden worden. Het probleem is dat de meeste volwassen kinderen die ik ken het een opgave vinden om hun ouders te bezoeken. Jeetje,' giechelde Amy, 'ik ben niet bepaald een wandelende reclame voor het gezinsleven, hè? Maar ik zou ze echt niet willen missen.'

'Ik begrijp het best, Amy. Je zegt gewoon dat je graag ook eens tijd voor jezelf zou willen hebben.'

'Precies,' zei Amy, die keek naar haar kinderen met Nick. 'Kijk, Tammy, dat is nou een man die zich prettig lijkt te voelen met een stel kinderen aan zijn broekspijpen. Straks word je nog net als ik een klagerige, vermoeide moeder. Ik kan hem maar beter gaan redden.'

'Champagne, lieve mensen. Kom erbij.' Posy schonk de glazen op de tafel in. 'Ik wil graag proosten op Nick om hem welkom thuis te heten.'

'Dank je, mam.' zei Nick met een knikje.

'En Tammy, jij bent natuurlijk ook van harte welkom,' voegde Posy eraan toe. 'Nou, de lunch is over tien minuten gereed. Snijd jij het vlees aan, Nick?'

Tammy zag dat Amy's echtgenoot zijn ogen samenkneep omdat zijn moeder zoveel aandacht aan zijn jongere broer schonk. Er zweefde een wolk van jaloezie om hem heen als een sterke geur.

Juist op het moment dat iedereen plaatsnam, kwam Sebastian de keuken in lopen.

'Wat een perfecte timing,' zei Posy met een gebaar naar de stoel tussen haar en Tammy. 'Dit is mijn nieuwe huurder, Sebastian Girault.'

'Hoi.' Sebastian glimlachte kort naar het gezelschap en ging zitten. 'Ik hoop dat niemand er bezwaar tegen heeft dat ik kom binnenvallen tijdens deze speciale gelegenheid.'

'Helemaal niet. Nick Montague.' Nick reikte over de tafel om zijn hand te schudden. 'Ik heb je boek gelezen en ervan genoten.'

'Dank je.'

'Ik ben Sam Montague, en dit is mijn vrouw, Amy.'

'Ja. Amy en ik hebben elkaar al in het hotel ontmoet,' antwoordde Sebastian. 'Hoe gaat het met je?' vroeg hij haar.

'Prima, dank je.'

Tammy zag de kleur naar Amy's wangen stijgen terwijl ze haar ogen neersloeg.

'En wat doe je precies in Admiral House, Sebastian?' vroeg Sam, de rest van zijn champagne achteroverslaand en naar de fles grijpend voor meer.

'Ik schrijf hier mijn volgende boek. Je moeder heeft me kost en inwoning aangeboden.'

'Jij bent me er eentje, mam,' plaagde Nick.

'Ja, toen Sebastian binnenliep, dacht ik heel even dat je een toyboy in huis had,' zei Sam.

'Dat mocht ik willen,' reageerde Posy glimlachend. 'Nou, is iedereen van voldoende voorzien?'

Gedurende het uur dat volgde, zat Posy aan het hoofd van de tafel en voelde ze een warme gloed van tevredenheid nu ze haar familie na tien jaar herenigd zag. Zelfs Sam en Nick leken de spanning tussen hen opzijgezet te hebben; Nick vertelde hem over zijn tijd in Australië. Tammy en Sebastian zaten op hun gemak te kletsen en de enige persoon die niet ontspannen overkwam, was Amy. Dat kwam waarschijnlijk door de kinderen – Posy herinnerde zich nog maar al te goed de tijd dat ze haar zoontjes weleens meenam naar een zondagse lunch; het was altijd de vraag of ze zich wel zouden gedragen. Amy zag er uitgeput uit en Posy ontkwam er niet aan om haar afgetobde, bezorgde uitdrukking te vergelijken met Tammy's frisse, gladde gezicht.

'Nou, Posy, ik ga weer naar boven om te werken, of eerlijk gezegd, na al die voortreffelijke wijn, om een dutje te doen voor ik daadwerkelijk aan het werk ga,' zei Sebastian. Hij stond op. 'Tot ziens, mensen.' Hij wuifde naar de aan tafel gezeten groep en verliet de keuken.

Terwijl Posy koffiezette en Amy afruimde, liep Nick om de tafel heen om naast Tammy te gaan zitten. Hij legde een bezitterige arm om haar schouder.

'Hallo, lieverd.' Hij gaf haar een kus in haar hals. 'Lang niet gezien. Wat vond je van mijn moeders huurder?'

'Hij was hartstikke aardig,' zei Tammy. 'Helemaal niet arrogant, gezien het feit dat hij zo'n literaire beroemdheid is.'

'Mama, ik moet plassen,' zei Sara aan het andere uiteinde van de tafel.

'Oké, kom jij ook maar, Jake, dan gaan we meteen even rondkijken en gunnen we iedereen wat rust.' Amy nam haar kinderen bij de hand en verliet de keuken.

'Dus, ik neem aan dat mam je heeft verteld dat ze Admiral House aan me gaat verkopen?' zei Sam op lijzige toon, zijn wijnglas weer bijvullend.

'Wat?! Nee. Waarom heb je dat niet gezegd, mam?'

Posy's hart sloeg een slag over terwijl ze het dienblad met de koffie op de tafel zette. 'Er is nog niets zeker, Nick, daarom niet.'

'Je gaat Admiral House verkopen? Aan Sam?' Nick kon het niet geloven.

'Aan mijn bedrijf, ja, en wat is daar mis mee?' zei Sam. 'Zoals ik al tegen haar heb gezegd: als ze het toch verkoopt, is het beter om het in de familie te houden. En ik heb mam een van de appartementen tegen korting aangeboden, zodat ze hier kan blijven als ze wil.'

'Nou, Sam, luister, ik heb gezegd dat ik nog niet zeker weet...'

'Appartementen? Waar heeft hij het in godsnaam over?' De kleur was uit Nicks gezicht weggetrokken.

'Mam gaat het huis aan mijn vastgoedbedrijf verkopen en we gaan het ombouwen tot enkele stijlvolle appartementen. Die zijn tegenwoordig heel gewild – je kunt er een hoge prijs voor vragen, vooral in een gebied dat geliefd is bij gepensioneerden. Het tuinonderhoud wordt geregeld – daar huren we een fulltime kracht voor in – en er wordt ook voor beveiliging en dergelijke gezorgd.'

'God, mam.' Nick schudde zijn hoofd en probeerde zijn woede te beheersen. 'Ik kan niet geloven dat je dit niet eerst met mij hebt besproken. Dat ik niet de kans heb gekregen om mijn mening erover te geven.'

'Laten we eerlijk zijn, broer, jij hebt de afgelopen tien jaar aan de andere kant van de wereld vertoefd. Het leven gaat door,' reageerde Sam. 'Mam heeft dit huis met moeite in haar eentje beheerd.'

'Nou, klaarblijkelijk hebben jullie het samen al helemaal bekokstoofd en hebben jullie mijn bemoeienis niet nodig.' Nick stond op, trillend van boosheid en verontwaardiging. 'Kom, Tam, het wordt tijd om op te stappen.'

Tammy stond ook op, haar hoofd gegeneerd gebogen. Ze wilde dat ze ter plekke door de grond kon verdwijnen.

'Nick, ga alsjeblieft niet weg. Natuurlijk wilde ik het nog met je bespreken, om je mening vragen. Ik...' Posy haalde hulpeloos haar schouders op.

‘Zo te horen heb je je besluit al genomen.’ Nick liep om de tafel heen naar Posy en gaf haar een vluchtige kus op haar wang. ‘Dank je voor de lunch, mam.’

‘Ja, heel erg bedankt,’ zei Tammy, haar blik nog even gericht op Posy’s verslagen gezicht nu Nick naar de deur beende. Er zat niets anders op dan hem te volgen. ‘Ik hoop dat we elkaar snel weer zien. Dag.’

De keukendeur klapte achter hen dicht en Posy legde haar hoofd in haar handen.

‘Sorry, mam,’ zei Sam schouderophalend. ‘Ik ging ervan uit dat hij het wist. Hij komt er wel overheen. Eigenlijk had ik willen opperen dat ik Nick misschien de plannen…’

‘Hou op, Sam! Je hebt vandaag genoeg schade aangericht. Ik wil het er niet meer over hebben. Begrepen?’

‘Natuurlijk.’ Hij was zo verstandig sip te kijken. ‘Nou, zal ik je helpen de boel verder af te ruimen?’

Amy dwaalde rond in de slaapkamers op de eerste verdieping, waar ze halfhartig verstoppertje speelde met haar kinderen. Ze keek op haar horloge en hoopte dat Sam snel naar huis zou willen. Ze had een massa strijkwerk te doen als ze thuiskwamen. Wat leek het haar heerlijk om Tammy te zijn, dacht ze bij zichzelf, om gewoon naar huis te kunnen gaan en ongestoord een boek te kunnen lezen bij het haardvuur.

‘Mamaaaa! Kom me dan zoeken!’ klonk een gedempte stem aan de andere kant van de gang.

‘Ik kom!’ Ze liep een slaapkamer in, de klank volgend.

Daar zat Sebastian aan een bureau met zijn laptop voor zich. Het bureau was voor een van de hoge ramen neergezet, met het schitterende uitzicht over het bloemperk en de tuin.

‘God, sorry, ik dacht…’

‘Geeft niets.’ Sebastian draaide zich naar haar om. ‘Ik kan wel wat afleiding gebruiken, om eerlijk te zijn. Die uitmuntende rode wijn die we bij de lunch hebben gedronken, heeft weer enkele duizenden hersencellen kapotgemaakt en het wil niet erg lukken.’

‘Hoeveel pagina’s heb je geschreven?’

‘Nog lang niet genoeg. Ik ben ongeveer op een derde en inmiddels heb ik wel in de gaten dat het schrijven van het tweede boek een stuk lastiger is dan het eerste.'

'Ik zou denken dat het juist gemakkelijker zou zijn, aangezien je ervaring hebt opgedaan met je eersteling.'

'Dat klopt, maar soms is ervaring eerder nadelig. Toen ik *The Shadow Fields* schreef, gooide ik het er gewoon allemaal uit, zonder te weten of het goed of slecht was, en dat kon me ook niet echt schelen. Het ging bijna vanzelf, het was een stream of consciousness. Maar aangezien het een succes werd en het goede recensies kreeg, val ik nu in de kuil die ik voor mezelf heb gegraven, want iedereen zit op mijn mislukking te wachten.'

'Dat is een zeer negatieve benadering, als ik zo vrij mag zijn.'

'Dat ben ik met je eens, maar de kans is aanwezig dat ik een eendagsvlieg zal blijken te zijn,' zuchtte Sebastian. 'Ik heb het gevoel dat ik dit boek geacht word te schrijven, en ik heb geen idee of het goed is of waardeloos.'

'Mámamaa! Waar ben je?'

'Ik moet gaan.' Amy trok een wenkbrauw op.

Sebastian glimlachte naar haar. 'Ik heb van de lunch genoten. Je hebt een fijne schoonfamilie.'

'Tammy lijkt me heel aardig. En ze is beeldschoon,' zei Amy bewonderend.

'Ja, ze is een leuke, hartverwarmende dame, maar niet echt mijn type.'

'Wat is jouw type dan?' Ze had het gevraagd voor ze het wist.

'O, ik val op tengere, slanke blondines met grote blauwe ogen.' Sebastian keek haar aan. 'Grappig genoeg een beetje zo iemand als jij.'

Een rilling van opwinding zocht zich onhandig een weg omhoog over Amy's ruggengraat terwijl ze elkaars blik een moment vasthielden.

'Mama!' Sara verscheen pruilend in de deuropening. 'Ik heb gewacht en je kwam maar niet.'

'Nee, ik...' Amy verbrak het oogcontact. 'Sorry, lieverd. We moeten maar eens opstappen.'

'Dag, Sara. Dag, Amy.' Sebastian zwaaide even, met een geamuseerde blik in zijn ogen. 'Tot ziens.'

Amy vond Jake onder het bed van zijn oma, waarna ze met zijn drieën de trap af liepen. Wat had haar in vredesnaam bezield dat ze dat aan Sebastian had gevraagd? Het kwam in feite neer op flirten en dat was niets voor haar. Misschien was het de wijn, of misschien... misschien wel het feit dat ze, al wilde ze het niet aan zichzelf toegeven, Sebastian inderdaad aantrekkelijk vond.

Ze liepen de keuken binnen, waar Sam en Posy zich zwijgend door de berg afwas heen worstelden.

'Waar zijn Nick en Tammy?' vroeg ze.

'Terug naar Londen,' antwoordde Posy kortweg.

'Jullie hadden me even moeten roepen. Ik had graag afscheid van ze willen nemen.'

'Ze zijn nogal snel vertrokken,' zei Sam. 'Ik heb iets gezegd waar Nick door van streek is geraakt, ben ik bang.'

'Sam heeft Nick verteld dat ik overweeg om Admiral House aan hem te verkopen. Uiteraard was dat een schok voor hem. Ik had het hem liever zelf in alle rust verteld, maar het is niet anders,' legde Posy uit.

'Het spijt me, mam.'

Amy kreeg niet de indruk dat Sam er echt spijt van had.

'Nou ja, niets aan te doen. Ik zal Nick moeten bellen om met hem te praten.' Posy deed een poging te glimlachen. 'Goed, wie heeft er zin in een kop thee en een plak van oma's chocoladecake?'

'Ongelooflijk! Hoe is het mogelijk dat mijn moeder zelfs maar overweegt om Admiral House aan Sam te verkopen! Dat is gewoon... waanzin!'

Tammy zat stilletjes op de passagiersstoel terwijl Nick op topsnelheid terug naar Londen reed, zijn knokkels om het stuur wit van woede.

'Lieverd, ik weet zeker dat je moeder het er nog met je over wilde hebben. Soms lopen de dingen net even anders dan je in gedachten had.'

'Ik heb vorige week nog met haar geluncht en ja, ze zei toen wel dat ze het huis zou laten taxeren, maar niets over een eventuele verkoop aan Sam. Nee, ik durf te wedden dat ze het me niet heeft verteld omdat ze precies wist hoe ik zou reageren.'

Nu ze de afgelopen veertig minuten naar zijn relaas had geluisterd, vroeg Tammy zich af of Nick erger van streek was vanwege de verkoop van Admiral House – het geliefde huis van zijn jeugd – of vanwege het feit dat zijn moeder het aan Sam wilde verkopen.

'Nick, het is heel triest, maar probeer het eens van je moeders kant te zien. Dat huis is veel te groot voor haar, dat begrijpt iedereen. Het is niet haar schuld dat ze geen geld heeft voor de renovatie en het onderhoud, toch? En als Sams bedrijf het kan kopen, dan blijft het min of meer in de familie, zoals hij al zei.'

'Tammy, je hebt echt geen idee wat voor iemand Sam is. Als ik zeg dat hij zijn eigen moeder zou belazeren om zijn zin te krijgen, dan maak ik geen grapje.'

'En denk je dat hij daar nu mee bezig is?'

'Ik heb geen idee, want mijn moeder heeft me erbuiten gelaten, nietwaar? Ze heeft me duidelijk gemaakt dat ze mijn hulp of advies niet nodig heeft. Nou, als ze haar billen brandt, moet ze verdomme maar op de blaren zitten!'

16

De volgende ochtend reed Posy in een neerslachtige stemming naar Southwold. Ze had zo uitgekeken naar het samenzijn van haar familie dat de manier waarop de lunch was geëindigd haar enorm had aangegrepen. Ze had zich 's nachts liggen afvragen hoe ze de situatie het beste kon oplossen en ze had vanochtend een aantal keren de telefoon gepakt, maar vervolgens de hoorn weer neergelegd. Nick leek erg op haar. Ze wist dat hij tijd nodig had om te kalmeren voordat hij zou luisteren naar wat ze te zeggen had.

Ze opende de galerie, zette een kop thee voor zichzelf en keek door het raam naar de stromende regen. Het ergste was dat ze binnenkort echt een besluit zou moeten nemen over de verkoop van Admiral House. De onzekerheid was vervelend voor alle betrokkenen en er was al genoeg ongenoegen en ellende door ontstaan. Ze hoefde alleen maar de telefoon te pakken en Sam te vertellen dat hij de eerste optie had. Dan kon ze het allemaal overdragen aan haar notaris en haar energie steken in het vinden van een nieuwe woning.

Een uur later ging de deur van de galerie open en kwam Freddie binnen, de druppels van zijn regenjas schuddend.

'Goedemorgen, lieve Posy. Het is snertweer, echt verschrikkelijk.' Hij liep naar haar toe.

'Hallo, Freddie.'

Zelfs Posy hoorde hoe mat haar begroeting klonk.

'Luister, ik weet dat je woest op me zult zijn omdat ik de lunch gisteren op het laatste moment heb afgezegd.'

'Maak je er maar niet druk over, Freddie.'

'Nou, dat doe ik dus wel.' Freddie begon door de galerie te ijsberen. 'God, wat is dit frustrerend!'

'Wat?'

'Gewoon...' Hij keek haar met wanhopige ogen aan. 'Niets,' zei hij hoofdschuddend.

'Neem me niet kwalijk, Freddie, maar alles bij elkaar genomen ben ik niet in de stemming voor nog meer drama. En al helemaal niet als ik geen idee heb waar het over gaat. Dus als je nog steeds weigert me het te vertellen, zou ik het fijn vinden als je weer wegging.'

Posy stond op het punt in tranen uit te barsten, iets waar ze absoluut geen zin in had. Ze draaide zich van hem af en maakte aanstalten terug naar het kantoortje te lopen.

'Posy, het spijt me ontzettend. Ik wilde je niet nog erger van streek maken,' zei hij, en hij liep haar achterna.

'Het ligt niet aan jou.' Ze trok een tissue uit de doos die op het bureau stond en snoot haar neus. 'Het heeft te maken met de verkoop van dat verrekte huis van me. Het heeft grote onenigheid tussen mijn zoons veroorzaakt.'

'Posy, niet huilen, dat kan ik niet verdragen...'

Freddie sloeg zijn armen om haar heen en trok haar naar zich toe. Posy voelde zich te bedroefd om hem te weerstaan. Ze had een omhelzing nódig en ondanks zichzelf voelde ze zich in Freddies armen veilig en geborgen. Ze hoorde hem een diepe zucht slaken en toen ze naar hem opkeek, boog hij zich iets voorover om haar een kus op haar voorhoofd te geven. De klingelende bel kondigde aan dat er een klant binnenkwam, en ze lieten elkaar meteen los.

'Luister, zullen we als je hier klaar bent een hapje gaan eten in The Swan? Dan kun je me er dan over vertellen. Om een uur?'

'Ja, dat zou fijn zijn, Freddie.'

Posy zag hem vertrekken en bedacht dat ze, hoe hun relatie ook in elkaar stak, een vriend nodig had. En op zijn minst, dacht ze terwijl ze naar haar klant liep, kon ze Freddie als een vriend beschouwen.

Na een verkwikkende gin-tonic en een attente Freddie die haar verhaal had aangehoord, was Posy iets opgefleurd.

'Sjonge,' zei Freddie meelevend terwijl ze kauwden op hun kostelijke fish-and-chips. 'Dit klinkt veel ingewikkelder dan alleen maar de verkoop van het huis. De hevige rivaliteit tussen beide broers lijkt me net zo zwaarwegend.'

'Daar heb je gelijk in,' beaamde Posy. 'Sam heeft zich altijd minder gevoeld dan Nick vanwege diens zakelijke succes. Hij wilde opscheppen over zijn nieuwe bedrijf en de mogelijke aankoop van Admiral House. Nick was enorm van streek dat ik hem daar niet van op de hoogte had gesteld. Bovendien is hij oprecht verknocht aan het huis. En zo gaat dat dus. Zo valt een gezin uit elkaar,' zuchtte ze, 'en ik vind het ondraaglijk dat het met dat van mij gebeurt.'

'Nou, je zult met Nick moeten praten, die, als je het mij vraagt, wat al te gepikeerd heeft gereageerd.'

'Misschien wel,' zei Posy, 'maar hoewel Nick gewoonlijk mijn meest gemoedelijke zoon is, kan hij heel kortzichtig en koppig zijn als hij zich eenmaal ergens in heeft vastgebeten, en al helemaal als het om zijn broer gaat.'

'Hij draait vast wel bij, Posy, en weet je, als het erop aankomt, moet je deze keer volgens mij jezelf en je eigen wensen vooropstellen. Dat huis van je lijkt je de laatste tijd niets dan ellende te hebben opgeleverd, en ik denk echt dat je het beter kunt verkopen.'

Posy zag de verbeten blik op zijn gezicht. 'Je hebt iets tegen Admiral House, hè?'

'Wat ik ervan vind, is totaal irrelevant. Wat wél relevant is, en wat ik belangrijk vind, is dat je je gelukkig voelt. En als je naar mijn nederige mening vraagt, denk ik dat het tijd is om je op de toekomst te richten.'

'Ja, je hebt gelijk,' zei Posy met een zucht, haar gin-tonic achteroverslaand. 'Goed. Ik ga doen wat jij voorstelt en Sam de eerste optie voor de koop gunnen.'

'Mooi zo. Loslaten is altijd moeilijk. Toen ik na de dood van mijn vrouw het huis in Kent verkocht, was dat het zwaarste besluit dat ik ooit heb genomen. Maar het was zonder twijfel het juiste.'

'Ik ga straks naar het makelaarskantoor om het met Marie te bespreken,' beloofde Posy.

'Zo mag ik het horen,' zei Freddie, die met een handgebaar om de rekening vroeg. Hij keek haar lang aan en sloeg toen met zijn vuist op de tafel.

'Wat kan het ook schelen! Het leven is te kort!'

'Te kort waarvoor, Freddie?'

'Om je te vragen of je zin hebt om niet komend weekend maar het weekend daarna met me naar Amsterdam te gaan. Ik ben uitgenodigd voor de zeventigste verjaardag van een van mijn oudste vrienden, Jeremy. We hebben samen rechten gestudeerd. Ik zou het heel fijn vinden als je meeging, Posy, echt heel fijn.'

'Juist ja. Nou...'

'Luister, ik begrijp dat ik tegenstrijdige signalen afgeef, maar ik denk echt dat een weekend weg van Southwold ons allebei goed zal doen, even weg van de last van het verleden.'

'Óns verleden, bedoel je?'

'Ja, dat en...' Freddie schudde zijn hoofd. 'Ik vind dat we wel een leuk uitje verdienen, Posy, wij allebei. Zonder verplichtingen uiteraard, aparte kamers in het hotel en zo.'

'Uiteraard.'

'En?' Freddie keek haar aan.

'Waarom niet? Ik ben in geen jaren naar het buitenland geweest en zoals je al zei, het leven is kort. Dus ik neem de uitnodiging aan.' Posy glimlachte terwijl ze door de bar naar de uitgang liepen.

'Mam! Hoi.'

Posy voelde een blos naar haar wangen rijzen toen ze Sam met een glas Adnams-bier op een barkruk zag zitten.

'Hallo, Sam.'

'En wie is je vriend?' vroeg hij haar met een blik op Freddie en een plagerige glimlach naar zijn moeder.

'Freddie Lennox, aangenaam kennis te maken.' Freddie schudde Sam stevig de hand.

'Insgelijks. Heb je al een besluit genomen over onze deal, mam?'

Omdat ze het gevoel had dat dit niet het juiste moment was om Sam te informeren over de keuze die ze zojuist had gemaakt, zei Posy alleen maar: 'Ik laat het je weten zodra mijn besluit vaststaat. Tot binnenkort.' Ze liep kordaat door de bar naar de lobby. 'Goed, Freddie, bedankt voor de lunch en voor je advies. Daar ga ik nu actie op ondernemen. Ik ga naar Marie voordat ik van gedachten verander.'

Nadat ze bij Marie in het makelaarskantoor langs was geweest om haar te vertellen dat Sam de eerste optie zou krijgen, maar dat ze geen contact met hem mocht opnemen voordat een en ander met een notaris was geregeld, haastte Posy zich door de regen naar haar auto. Ze startte de motor en bedacht dat ze niet naar huis wilde om daar weer te gaan zitten piekeren over de situatie met Nick en Sam. Ze herinnerde zich dat Amy gisteren had gezegd dat het herfstvakantie was en dat ze een week vrij had moeten nemen om voor de kinderen te zorgen. Dus parkeerde ze voor de bakkerij, schoot even naar binnen om een cake te kopen en reed naar Ferry Road om haar schoondochter en kleinkinderen op te zoeken.

'Hallo, Amy, hoe gaat het?' zei Posy toen Amy opendeed. 'Ik heb een cake meegebracht.'

'Ik... dank je...' Een blekere Amy dan gewoonlijk legde een hand op haar ongeborstelde haar en Posy zag dat haar ogen rood waren. Het leek alsof ze had gehuild. 'Ik verwachtte geen bezoek,' zei ze terwijl ze Posy door de rommelige gang voorging naar de woonkamer. De vloer was bezaaid met speelgoed en op de bank lag een stapel ongestreken kleding. Jake en Sara zaten voor een televisie met korrelig beeld en merkten de aanwezigheid van hun oma nauwelijks op.

'Zullen we die twee even laten kijken en een kop thee gaan drinken?' opperde Posy vriendelijk.

'Oké, maar in de keuken is het een nog grotere bende.'

'Ik ben hier voor jou, niet voor je huishouden.' Posy volgde Amy naar de keuken. 'Gaat het wel, lieverd? Je ziet er niet zo goed uit.'

'O, ik denk dat ik dat virusje heb dat rondgaat, meer niet,' zei Amy. Ze zette de waterkoker aan en snoot haar neus in een velletje keukenpapier.

'Dan moet je in bed liggen.'

'Als dat zou kunnen.' Amy leunde over het aanrecht vol vlekken en Posy zag dat haar schouders beefden.

'Amy, lieverd,' Posy liep naar haar toe, nam haar in haar armen en hield haar vast terwijl ze snikte. 'Stil maar, lieverd, vertel eens wat er mis is,' troostte ze.

'O Posy, dat kan ik niet,' snotterde Amy.

'Jawel, en als het over Sam gaat, zal ik je dat echt niet kwalijk nemen. Ik ken zijn fouten beter dan wie ook. Ik ben zijn moeder.'

'Ik...' Amy hikte toen ze begon te praten. 'Ik weet gewoon niet hoe we deze maand moeten doorkomen, echt niet. We staan diep in het rood, we hebben honderden ponden aan rekeningen te betalen, waaronder die voor telefoon, gas en elektriciteit, daar zijn we al te laat mee, en het enige wat Sam doet, is het beetje geld dat we hebben uitgeven in die verrekte pub! Met de kinderen is geen land te bezeilen en ik voel me ziek en... het spijt me, Posy.' Amy zakte neer op een keukenstoel. 'Ik ben gewoon aan het eind van mijn Latijn.'

Posy scheurde nog een velletje keukenpapier af en gaf het aan Amy, die haar gezicht afveegde en haar neus weer snoot. 'Dat begrijp ik, lieverd. Iedereen heeft een punt waarop een laatste druppel de emmer doet overlopen. Dat punt heb jij bereikt. Eerlijk gezegd verbaast het me dat je het zo lang hebt volgehouden.'

'Echt?' Amy keek op naar Posy, die naast haar ging zitten en haar handen pakte.

'Ja. Iedereen die jou kent, vindt dat je ongelooflijk loyaal bent naar Sam toe. Je hebt het erg moeilijk gehad, Amy, en je hebt er nooit over geklaagd.'

'Tot vandaag dan.'

'Nou, het werd ook hoog tijd, je moet op een gegeven moment ook aan jezelf denken. Je bent geen heilige, lieve meid, maar gewoon een mens als wij allemaal.'

'Ik heb geprobeerd positief te blijven, echt, maar dat is heel moeilijk als je in een krot van een huis zit en het voortdurend regent en je het gevoel hebt dat er geen enkele hoop is.'

'Je hebt helemaal gelijk, dit is een krot, maar er is wel hoop, dat beloof ik je,' verzekerde Posy haar. 'Goed, ik ga een lekkere kop hete thee voor je zetten en dan gaan we het hebben over wat jullie kunnen doen om in elk geval een begin te maken met het oplossen van de financiële problemen.'

'Ik kan wel een voorschot krijgen op mijn loon voor de volgende maand, maar het probleem is dat we dan over een paar weken nog krapper zitten.'

'Ik denk dat je voorlopig even van dag tot dag moet leven,' zei Posy, die de waterkoker weer aanzette. 'Verdient Sam helemaal niets?'

'Nee, pas als hij een project van de grond weet te krijgen. Momenteel is het allemaal – zoals gewoonlijk – puur op speculatie gebaseerd.'

'Nou, ik heb dan misschien wel goed nieuws, Amy. Ik ben net bij

Marie geweest en ik heb haar verteld dat Sam de eerste optie krijgt op Admiral House.'

'Serieus? Nou, dat zal hij fijn vinden,' zei Amy instemmend. 'Maar weet je het wel zeker, Posy?'

'Nee, maar nu krijgt Sam tenminste een kans.'

'Ik bedoel wat de verkoop betreft.'

'Natuurlijk niet, maar zoals een goede vriend eerder vandaag tegen me zei: het is tijd om me op de toekomst te richten. En als dat project goed van de grond komt, ziet die van jullie er waarschijnlijk een stuk zonniger uit,' antwoordde Posy.

'Dat hoop ik dan maar. Sam lijkt in elk geval toegewijder en enthousiaster over dit project te zijn dan ik hem in lange tijd heb gezien. Maar het is in het verleden al zo vaak misgegaan dat ik bijna geen hoop durf te koesteren.'

Posy reikte Amy haar thee aan en op dat moment ging de deur open. Een klein schooiertje met warrig haar en een vies gezichtje kwam binnen. Sara klom op haar moeders schoot en stak een duim in haar mond.

'Knuffel, mama,' zei ze.

'Nou, Amy, er is nog iets waarvan ik vind dat jullie het serieus moeten overwegen. Het lijkt me goed als jullie bij mij intrekken tot de situatie verbetert. Ik denk niet dat deze woning geschikt is voor een jong gezin gedurende een lange winter. Het wordt jullie dood nog. De tocht is hier veel erger dan bij mij,' zei Posy, onwillekeurig huiverend.

'Dat gaat niet. Je weet dat Sam er niets van wil weten.'

'Sam moet nu maar eens gaan denken aan het welzijn van zijn gezin in plaats van die onzinnige trots van hem. Nou, Sara, ik ga een warmwaterkruik voor je moeder maken en dan gaat ze naar bed met een paar paracetamolletjes.'

'Nee, Posy, het gaat echt wel.'

'Je bent bekaf en bovendien gaan Sara en ik jamkoekjes bakken, toch?'

Sara sprong van haar moeders schoot, liep naar haar oma toe en sloeg haar armpjes om haar heen. 'Ja, leuk!'

Amy was nog niet beneden toen het tijd was voor de avondmaaltijd, dus gaf Posy de kinderen hun eten, deed ze in bad en dacht bij zichzelf dat de rust Amy vast goed zou doen. Ze was net een verhaaltje aan het voorlezen voor het slapengaan toen de sleutel werd omgedraaid in het slot en Sam thuiskwam. Posy gaf beide kinderen een kus, sloop langs Amy's slaapkamer en liep zachtjes de trap af.

'Hoi, mam. Wat...'

Posy legde een vinger tegen haar lippen. 'Sst. Amy slaapt. Ze voelt zich helemaal niet lekker. Kom maar mee naar de keuken, dan praten we daar.'

'Wat is er aan de hand?' vroeg Sam beduusd.

'Ik kwam hier vanmiddag en je vrouw was in tranen.'

'Waarom?'

'Misschien heeft haar gemoedstoestand iets te maken met het feit dat er geen geld lijkt te zijn om de rekeningen te betalen, dat ze bovendien in een bouwval van een huis woont, dat ze zich een slag in de rondte werkt en daarnaast voor de kinderen zorgt, waarbij ze, naar het schijnt, ook nog eens weinig tot geen steun van jou krijgt.'

'Mijn god, heeft dat zeikwijf over me zitten zeuren?'

'Sam, ik kan je verzekeren dat je jezelf geen dienst bewijst als je mij nu tegen de haren in strijkt. Ga zitten, alsjeblieft.'

Sam herinnerde zich die zeldzame koude ondertoon in zijn moeders stem nog uit zijn jeugd, en hij deed wat hem werd opgedragen.

'Nou, luister. Je vrouw is een zenuwinzinking nabij. Als je haar dúrft te bekritiseren omdat ze haar hart eindelijk heeft uitgestort, hoef je van mij geen greintje sympathie te verwachten. Amy heeft je jarenlang door dik en dun gesteund zonder te klagen. Ik en anderen hebben ons dikwijls afgevraagd waarom, maar hoe dan ook mag je je met haar zeer gelukkig prijzen.'

'Geen preek, alsjeblieft, mam. Ik besef dat ik met een heilige getrouwd ben, dat zegt iedereen, en dat ik dankbaar moet zijn en...'

'Sam, je zult Amy nog verliezen als je geen orde op zaken stelt – en snel. En dat zie ik echt liever niet gebeuren, eerder omwille van de kinderen dan om jou. En daarom ben ik bereid je te helpen.'

'Hoe dan?'

'Ik heb een cheque voor vijfhonderd pond voor jullie uitgeschreven.

Van Amy heb ik begrepen dat daarmee in elk geval de vaste lasten nu betaald kunnen worden en er voorlopig even brood op de plank is.'

'Ik denk echt niet dat het zo erg is als Amy je heeft voorgespiegeld, mam...'

'Ik denk van wel. Hier.' Posy overhandigde hem de cheque. Sam nam hem aan.

'Dank je, mam, ik betaal je uiteraard terug als de zaken gaan lopen.'

'Uiteraard.' Posy haalde diep adem. 'Wat je verder nog moet weten, is dat ik, in het belang van Amy en de kinderen, bereid ben om je bedrijf de koopoptie op Admiral House te geven.'

Sams gezicht lichtte op. 'Mam, dat is fantastisch! Ik weet niet wat ik moet zeggen.'

'Je mag zeggen wat je wilt, maar dan tegen mijn notaris, die het vanaf nu zal afhandelen,' zei Posy resoluut. 'Het zal tijd kosten om een en ander te organiseren, dus ik verhuis niet voor februari, maar er is geen reden waarom het papierwerk niet zo snel mogelijk kan worden geregeld. Ik neem morgen contact op met de notaris en laat hem weten wat ik heb besloten. Ik denk dat het goed is om het op een puur zakelijke basis af te wikkelen. Ik geef je de gelegenheid, maar als je het verprutst, ligt het risico bij jou.'

'Natuurlijk, mam. Ik ben er superblij mee.' Sam maakte aanstalten haar te omhelzen, maar Posy deinsde terug.

'Ik hoop, omwille van je gezin, dat je het project tot een succes weet te maken. En nu moet ik echt gaan.'

'Weet je zeker dat je niet nog even wilt blijven? Dan haal ik snel even een fles champagne om het te vieren.'

Posy zuchtte. 'Ik denk niet dat champagne tot de mogelijkheden behoort in jullie huidige financiële situatie. Doe alsjeblieft de groeten aan Amy en zeg maar dat ik haar snel weer opzoek. Dag, Sam.'

'Dag, mam.'

Zodra de deur dicht was, slaakte Sam een kreet van triomf.

17

Nick gooide zijn mobiele telefoon op de passagiersstoel van zijn auto. Hij staarde in de verte, had geen idee wat hij moest denken of voelen.

Dus nu wist hij het zeker. De vraag was wat hij ermee aan moest. Zou hij Tammy meteen de waarheid vertellen en proberen een situatie uit te leggen die feitelijk niet uit te leggen viel? Of was het beter om eerst de komende paar weken door te komen, en in stilte te doen wat hij moest doen? Waarna hij het haar zou vertellen als het stof was neergedaald?

Wie wist hoe het zou uitpakken? Misschien was het beter om de last een tijdje alleen te dragen. Hij zou het allemaal heel voorzichtig moeten spelen en het was hoe dan ook zeker dat zijn toch al stressvolle leven onder veel extra druk zou komen te staan. Maar wat kon hij eraan doen? Nu de omstandigheden zo waren als ze waren, kon hij er moeilijk van weglopen, hoewel hij dat, als hij eerlijk was, dolgraag zou doen.

Nick bedacht hoe een leven het ene moment gladjes en voorspoedig kon verlopen, en dan binnen enkele weken op zijn kop kon staan. Als hij in de stemming was om medelijden met zichzelf te hebben, zou hij kunnen zeggen dat het lot hem niet gunstig gezind was, maar hij wist dat er anderen waren die het veel zwaarder hadden dan hijzelf.

Nick slaakte een diepe zucht, vermande zich en stapte de auto uit. Hij stak zijn sleutel in het slot van Paul en Janeys voordeur en vertelde zichzelf dat hij hiertegen opgewassen was. Hij had tenslotte geen keus.

De deurbel ging en Evie riep naar Clemmie of ze wilde opendoen.

'Hoi, Clemmie. Hoe gaat het met je?'

'Goed, Marie. Mama is boven.'

'Oké. Ik wilde je eigenlijk vragen of je zin hebt om bij ons te komen lunchen en met Lucy te spelen,' zei Marie terwijl ze Clemmie de trap op volgde.

'Graag. Het is saai in de vakantie, want ik ken hier bijna niemand.'

'Gaat het goed op school?'

'Ja. Ik heb het er hartstikke leuk.' Ze duwde de deur naar de slaapkamer van haar moeder open. Evie zat in bed, met kussens achter haar rug.

'Hoi, Marie. Hoe gaat het?'

'Uitstekend, dank je wel. Ik heb Clemmie net gevraagd of ze zin heeft om bij ons thuis te lunchen. Ze wil wel.'

'Dat is prima.' zei Evie knikkend.

'Hoe gaat het met jou?'

'Ik heb dat virus dat rondgaat, maar het gaat al een stuk beter.'

'Wil je thee, Marie? Ik ga een kopje voor mama zetten.'

'Graag, Clemmie.'

'Wow, Evie.' Marie floot tussen haar tanden toen Clemmie de kamer had verlaten. 'Wat een bijzondere dochter heb je. Ik heb Lucy nog niet zover dat ze thee of koffie voor me gaat zetten.'

'Ja, ze is bijzonder, maar ze moet ook wel.'

'Ze zegt dat ze het leuk vindt op school.'

'Ja. Ik ben opgelucht dat ze het er naar haar zin heeft.'

'Trouwens...' Marie streek neer op het voeteneind van Evies bed. 'Heb je het nieuws over Posy Montague al gehoord?'

'Nee, ik luister niet naar roddels.'

'Ze gaat Admiral House verkopen.'

'Echt?'

'Ja, aan haar zoon, Sam.'

'O. En wat gaat hij ermee doen?'

'Het ombouwen tot luxueuze appartementen. Ik ben de makelaar,' voegde Marie eraan toe. 'Ik heb wel te doen met die arme vrouw van hem, trouwens. Het is duidelijk dat ze geen geld hebben, maar...'

'Hoe kan Sam Admiral House dan kopen?'

'Sam heeft me verteld dat hij een stille vennoot heeft, ene Ken Noakes. Ik heb begrepen dat hij schatrijk is.'

'Posy zal het verschrikkelijk vinden om haar geliefde huis te moeten verkopen,' zei Evie peinzend.

'Nou, ik hoop dat ik de komende weken een mooie woning voor haar kan vinden. Ik heb haar al wat gegevens gestuurd. Weet je, volgens mij mag ze je erg graag, Evie. Waarom ga je niet eens bij haar op bezoek?'

'Misschien doe ik dat wel als ik me beter voel.'

'En weet je wie ik laatst Southwold uit zag rijden in een vintage Austin Healey?'

'Nou?'

'Nick Montague. Dat is Sams jongere broer.'

'Ik weet wie hij is, Marie. Ik heb voor hem gewerkt, weet je nog?' zei Evie koeltjes.

'Dat is ook zo, sorry. Hoe dan ook zal hij wel goed geboerd hebben, als hij zich zo'n wagen kan veroorloven.'

Clemmie bracht de thee en Evie bedacht dat praten met Marie te vergelijken was met eten bij McDonald's: je verheugde je erop, maar halverwege begon je misselijk te worden.

'Dank je wel, Clemmie,' zei Marie. 'Over tien minuten gaan we.'

'Oké.' Clemmie liep de kamer weer uit.

'Heb je eigenlijk nooit behoefte aan een man in huis?'

'Nee,' zei Evie beslist. 'Ik ben graag alleen.'

'Je bent altijd al heel anders geweest dan ik. Ik heb graag de hele tijd mensen en drukte om me heen,' gaf Marie toe. 'Ik zou gek worden als ik in mijn eentje moest leven.'

'Soms voel ik me eenzaam, maar dat is zelden.'

Marie keek Evie even onderzoekend aan en zei: 'Weet je zeker dat het goed met je gaat? Je ziet erg bleek en je bent nog dunner dan anders.'

'Echt? Nou, het gaat best,' hield Evie vol.

'En je komt een beetje... gespannen over.'

'Het gaat wel, heus.'

Marie zuchtte. 'Oké, oké, ik snap het. Wat het ook is, je wilt er niet over praten. Ik maak me zorgen om je, dat is alles. Ik ken je al bijna mijn hele leven en ik weet het als er iets mis is.'

'Wil je nu verdomme ophouden me als een van je kinderen te behandelen, Marie! Ik ben een volwassen vrouw en ik kan echt wel voor mezelf zorgen!'

'Sorry.' Ze stond op. 'Ik kom Clemmie rond vijf uur terugbrengen.'

'Dank je. Het spijt me dat ik zo prikkelbaar deed en… ja, je hebt gelijk,' zei ze met een zucht. 'Er is iets waar ik 's nachts van wakker lig, maar dat komt wel goed als ik alles op orde heb.'

'Nou, je weet dat ik er voor je ben als je erover wilt praten.'

'Ja, dank je. En sorry dat ik zo snauwde.'

'Geeft niks. We hebben allemaal weleens een slechte dag. Neem jij nou maar je rust, dan zie ik je later.'

Vlak nadat Marie en Clemmie waren vertrokken, ging de telefoon. Evie ging overeind zitten en nam op.

'Hallo?'

'Met mij. Ik bel zomaar even. Hoe gaat het met je?' vroeg hij.

'Wel goed.'

'Zo klink je niet.'

'Het gaat goed met me,' zei ze nog eens.

'Heb je een slechte dag?'

'Een beetje, ja.'

'Het spijt me, Evie. Ik zou willen dat ik er vaker voor je kon zijn. Gaat het door, komend weekend?'

'Ja.'

'God, wat ben ik nerveus.'

'Je doet het vast heel goed, maak je niet druk,' stelde ze hem gerust.

'Ik zal mijn best doen.'

'Dat weet ik, maak je geen zorgen.'

'Ik zal het proberen. Als je wat nodig hebt, kun je mijn mobiele nummer bellen. En anders zie ik jullie morgenmiddag om twaalf uur.'

'Ja, tot morgen.' Evie hing op, liet zich achteroverzakken in de kussens en slaakte een lange, diepe zucht. Ze wist niet goed hoe ze het haar dochter moest vertellen. De gedachte haar pijn te doen was als een messteek door haar eigen hart, maar ze had geen keus. Ze sloot haar ogen, misselijk om de puinhoop die ze van haar leven had gemaakt en het effect dat het op Clemmie zou hebben.

Sommige dingen had ze niet in de hand, maar nu moest ze alles op alles zetten om de toekomst van haar dochter veilig te stellen.

'Hallo, Amy, wat een verrassing.' Posy keek op van haar bureau in de galerie. 'Hoe gaat het met je?'

'O, veel beter, dank je.' Amy liep naar Posy en legde een bos lelies op het bureau. 'Ik heb deze voor je meegenomen om je te bedanken dat je zo lief voor me was en voor de kinderen hebt gezorgd.'

'Daar zijn we familie voor, Amy,' zei Posy, die de bloemen oppakte en eraan rook. 'Hoe laat ben je uiteindelijk wakker geworden?'

'De volgende ochtend,' bekende Amy. 'Ik heb aan één ruk door geslapen en het heeft me goed gedaan. Ik zie het weer veel zonniger in. En ik wil je ook bedanken voor de cheque. Sam heeft me erover verteld en het is echt heel lief van je. Hij is ermee naar de bank gegaan en heeft een deel van de rekeningen betaald.'

'Nou, aangezien ik over een paar maanden formeel gezien een miljonair zal zijn, was het wel het minste wat ik kon doen.'

'Zoals je je wel kunt voorstellen, is Sam in de wolken over Admiral House. Hij lijkt wel een heel andere persoon. Ik ben je erg dankbaar dat je hem deze kans gunt, Posy.'

'O, trouwens, nu je hier toch bent, ik heb iets voor je.'

Posy bukte en haalde een envelop uit haar handtas. 'Alsjeblieft.'

'Wat is dat?'

'Een uitnodiging voor de opening van Tammy's boetiek. Ze heeft me geschreven om me te bedanken voor de lunch en had de envelop voor jou bijgesloten. Ze schreef dat jij en Sam die nacht bij haar in Londen kunnen logeren.'

'Dat is heel aardig van haar, maar ik kan er niet naartoe,' zei Amy, die de envelop opende en de mooie uitnodiging bekeek.

'Natuurlijk wel. De kinderen kunnen een nachtje bij mij komen en dan kunnen jij en Sam samen gaan. Maak er een leuk uitje van.'

'Dat is lief van je, Posy, maar ik moet werken.'

'Je kunt je dienst vast wel met iemand ruilen, Amy. Het zou je enorm goeddoen om er even uit te zijn.'

'Misschien wel, maar ik heb geen jurk om naar zo'n chic Londens feestje aan te trekken.'

'Hou op smoesjes te bedenken, jongedame.' Posy stak een vermanende vinger op. 'Laat het maar aan mij over. Ik bedenk wel wat, goed?'

'Je klinkt als een goede fee, Posy.'

'Nou, ik vind gewoon dat je recht hebt op een pleziertje zo nu en dan, lieverd. En over pleziertjes gesproken, raad eens waar ik volgend weekend naartoe ga?'

'Nou?'

'Naar Amsterdam!'

'Hemel! Met wie?'

'Een oude vriend van me. Sorry, Amy, maar ik móést het even aan iemand kwijt. Hoewel ik het fijn zou vinden als je het niet aan Sam vertelt. Hij keurt het misschien wel af.'

'Nou, ik vind het hartstikke leuk voor je. En zijn jullie ook...'

'Och, mijn hemel, nee, maar ik geniet van zijn gezelschap. Op mijn leeftijd moet je de dag plukken en niet te veel over de toekomst piekeren. En dat advies ga ik ter harte nemen in Amsterdam,' voegde Posy er met een glimlach aan toe.

18

Tammy kuste een stoffige Nick op zijn kruin. 'Lukt het allemaal een beetje?' vroeg ze terwijl hij opstond nadat hij de onderkant van een enorme beschilderde boekenkast had geïnspecteerd.

'Houtworm, er zit houtworm in, verdomme! Hoe is het mogelijk dat hij dat niet heeft gezien. Vijfduizend pond, en ik mag van geluk spreken als ik er tweeduizend voor krijg!'

'Jij ook goeiedag, schat.' Tammy zag hoe Nick met zijn vuist tegen de boekenkast beukte.

'Sorry. Dag, lieverd.'

'God, wat is het hier beneden koud,' merkte Tammy huiverend op. 'De showroom boven begint er al wel goed uit te zien.'

'Dank je. Ik ga ervan uit dat ik de deuren over ongeveer een maand kan openen. God zeg, wat baal ik van die boekenkast,' zuchtte hij.

'Heb je zin om een hapje te eten bij de Italiaan om de hoek?' vroeg Tammy.

'Om je de waarheid te zeggen, heb ik vanavond meer zin in een bad en een afhaalpizza voor de televisie.'

'Oké, mij best. Ga je mee naar mijn huis?' Ze keek toe hoe Nick de lampen in het souterrain uitknipte, waarna ze samen naar boven liepen. Tammy liet zich op een reusachtig hemelbed in het midden van de showroom vallen.

'O, heer, kom me verschalken, neem mij, hier en nu! Wat dacht je ervan om dit bed in de etalage te zetten met ons erop? Daar trek je wel klanten mee,' giechelde ze, naar hem opkijkend. Ze zag dat haar grap niet eens een grijns teweeg had gebracht. 'O jee, je ziet er echt gestrest uit.'

'Dat ben ik ook,' zei Nick schouderophalend. 'Sorry.'

Onder het genot van een Napolitaanse pizza en een fles wijn in Tammy's woonkamer somde Nick alle rampspoed op.

'Met de winkel die ingericht en geopend moet worden en alles wat daarbij komt, om nog maar te zwijgen van de verkoop van de zaak in Perth, heb ik geen tijd om veilingen af te gaan en zelf stukken in te kopen. Als ik zelf aanwezig was geweest en niet telefonisch had hoeven bieden, had ik de houtworm gezien. Mijn reputatie hier in Londen staat of valt met de kwaliteit van wat ik op voorraad heb.' Nick streek met een hand door zijn haar. 'Nou ja, trek je niets van me aan, zoals je al zei, ben ik gestrest. Vertel me over jouw dag.'

'Ik ben heel tevreden. Ik heb echt geweldige ondersteuning.'

'Je bedoelt de moeder van je buurvrouw, de sarikoningin van Brick Lane?'

'Ja, inderdaad. Meena is dan misschien bijna zestig, maar mijn god, ze heeft meer energie dan ik. Haar kraaltjeswerk en naaivaardigheid zijn subliem, daar steken die van mij maar magertjes bij af, maar het is meer dan dat, Nick. Ze is gewoon heel professioneel. Ik kwam vandaag om negen uur en Meena was er al. Ze had nog vijftig enveloppen van mijn gastenlijst geadresseerd. Als ze niets te doen heeft, vindt ze wel iets.'

'Kan ze niet voor mij komen werken?' mompelde Nick.

'Ha, mooi niet. Ze neemt zelfs tupperwarebakjes met Indiaas eten voor me mee. Ik heb haar een baan aangeboden als mijn rechterhand, en als we het erg druk krijgen, huur ik iemand anders in om het verstelwerk te doen. Meena zegt dat ze genoeg vriendinnen heeft die zouden willen bijspringen.'

'Is jouw voorraad al helemaal klaar?'

'Nog niet, nee, maar nu Meena meehelpt, heb ik bij de opening genoeg om mee te beginnen. En weet je? Die schat van een Janey heeft een artikel over mij en de kleding geregeld in *Marie Claire*. En er is een zondagmagazine en er zijn wat dagbladen die me willen interviewen.'

'Wat geweldig allemaal, lieverd.'

'Sorry, Nick, ik wil niet al te blij klinken als jij je rot voelt.'

'Doe niet zo raar.' Hij trok haar naar zich toe en streek over haar haar. 'Het komt goed als de zaak eenmaal loopt. De reclameschilder komt morgen om tien uur, dus dan staat mijn naam in elk geval boven de etalage.'

'Fijn. Trouwens, Janey heeft gebeld. Ze heeft ons uitgenodigd voor een etentje op zaterdagavond om hun grote nieuws te vieren. Kun jij dan?'

'Ik heb ze al gezegd dat het mij niet gaat lukken. Er is op zondag een veiling in een landhuis in Staffordshire, met een kijkdag op zaterdag. Ik ben het hele weekend weg.'

'Jammer, maar het is niet anders. Zal ik met je meegaan? Janey en ik kunnen vast wel een andere datum prikken.'

'Dat kan, maar je zult je kapot vervelen. Over Jane gesproken, het wordt langzamerhand tijd om mijn woonsituatie onder de loep te nemen. Ik weet dat ik de meeste nachten hier doorbreng, maar mijn spullen zijn daar en het is niet eerlijk tegenover Jane en Paul. Dus ik ga de komende dagen maar eens op zoek naar een huis.'

'Je kunt ook bij mij intrekken.'

'Echt?'

Tammy knikte. 'Ja.'

'Dat is een grote stap. We kennen elkaar tenslotte nog maar een paar weken.'

Tammy was plotseling geïrriteerd door Nicks lauwe reactie op haar aanbod. Het was voor haar ook een grote stap, maar kennelijk was Nick er nog niet klaar voor.

'Nou ja,' zei ze schouderophalend, 'het was maar een idee.'

'Dank je, en ik waardeer het zeer, maar ik denk dat ik de komende maanden een verschrikking zal zijn om mee samen te wonen. Eerlijk gezegd wacht ik liever tot alle drukte voorbij is en mijn kijk op de toekomst helder is. Oké?'

'Oké.'

'Wat is er, Tammy?'

Tammy keek op naar Meena, die een hete kop koffie op haar bureau zette in het kleine kantoortje achter haar boetiek. De oudere vrouw zag er zoals altijd uit om door een ringetje te halen, haar volle gestalte gehuld in een helderroze gewaad met een veelkleurige sjaal elegant over haar schouder gedrapeerd. Haar glanzende diepzwarte haar was opgestoken in een keurige wrong en haar make-up vakkundig aangebracht.

'Niets, alles is in orde,' zei Tammy, die de post zat open te maken.

‘We hebben weer tien aanmeldingen voor het openingsfeest. Ik vraag me af of we iedereen hier wel kunnen herbergen.’

‘Dat is goed nieuws, toch?’ Meena glimlachte haar witte tanden bloot. ‘Dus vertel eens waarom je zo somber kijkt?’

‘Dat doe ik niet.’

‘Pf!’ Meena zwaaide met haar beringde vingers. ‘Gisteren kreeg je een telefoontje van *Marie Claire* om een fotoshoot te regelen, en vanochtend kom je hier met een gezicht alsof je je laatste oortje versnoept hebt. Zeg eens, wat is er mis?’

‘Ik zal wel overgevoelig reageren, hoor. Ik opperde gisteravond dat Nick bij mij kon komen wonen, en hij zei dat hij daar nog niet klaar voor was. Dus kreeg ik het gevoel dat ik sneller wil dan hij.’

‘Mannen!’ snoof Meena. ‘Hij krijgt een warm bed aangeboden, met een schoonheid als jij erin, en hij slaat het af omdat hij “er niet klaar voor is”. Hij krijgt er nog spijt van, let op mijn woorden.’

‘Denk je?’ zuchtte Tammy. ‘Ik weet het niet. Mijn relatie met Nick voelt soms als één stap voorwaarts, twee stappen achteruit. Er zijn dagen dat hij fantastisch is, dan voel ik me geborgen en gelukkig en geloof ik echt dat hij van me houdt en dat het goed komt. Maar vanuit het niets kan hij dan iets doen of zeggen waardoor mijn vertrouwen weer wankelt. Het helpt ook niet dat hij zoveel tijd buiten Londen doorbrengt om veilingen af te struinen. Ik mis hem, Meena. Daardoor vraag ik me af of ik er misschien te diep in ben gedoken.’

‘O, zeker, daar is geen twijfel over mogelijk,’ knikte Meena. ‘Je houdt van deze man, dat is wel duidelijk. Als je er eenmaal in zit, kom je er niet meer uit, zoals ik met Sanjay. Moet je nagaan, als ik dertig jaar geleden mijn blik niet had laten vallen op een jongeman achter zijn kraampje op de markt aan Brick Lane, was ik misschien wel met een maharadja getrouwd in plaats van een sarimaker.’

Tammy grinnikte. ‘Hou je nog steeds van hem?’

‘Ja, maar belangrijker nog: ik mag hem en ik respecteer hem. Hij is een goed mens. En van wat ik van jouw Nick heb gezien, is hij dat ook. Geniet van het moment, Tammy. Van het feit dat je jong, mooi en verliefd bent, want voor je het weet, ben je een ouwe taart zoals ik.’

‘Meena, als ik er eind vijftig zo uitzie als jij, zal ik mijn geluk niet op kunnen,’ zei ze, met een blik op de rimpelloze karamelkleurige huid van haar assistente. 'Dus ik moet geen afstand van hem nemen, is dat wat je zegt?'

'Nee. Omarm het gevoel!' Meena spreidde haar armen. 'De pijn zal de vreugde alleen maar groter maken. Zo is het leven. En je bent jong genoeg om er weer bovenop te komen als het misgaat.'

Tammy knikte. 'Ja, je hebt gelijk. En als ik eindig als oude vrijster met alleen maar mijn herinneringen, kan ik in elk geval zeggen dat ik heb geleefd.'

'Juist, Tammy. Zo is het.'

De voordeurbel en de telefoon klonken tegelijkertijd.

'Tijd om de liefde even te vergeten en een zakenvrouw te worden,' zei Meena. 'Ik neem de telefoon wel op als jij de leverancier binnenlaat.'

19

Amy voelde zich opgewekter dan ze zich in tijden had gevoeld. In de afgelopen tien dagen, sinds Posy als reddende engel was verschenen en Sam groen licht had gegeven wat betreft Admiral House, was de sfeer thuis aanzienlijk verbeterd. Sam had gisteravond gezegd dat Ken Noakes, zijn partner, zo verheugd was dat Sam het project had binnengesleept dat hij hem een bescheiden weekloon had aangeboden terwijl hij aan de deal werkte.

'Het is nog niet veel, en het echte geld volgt pas als het project is voltooid, maar ik denk dat we het ons misschien wel kunnen veroorloven om in het voorjaar ergens anders te gaan wonen.'

'O Sam, dat zou het verschil al maken,' had Amy opgelucht gezegd tijdens het opdienen van hun worstjes en aardappels.

'Ik weet hoe moeilijk het voor je is geweest, schat. Weet je wat? Als dit allemaal achter de rug is en we een fijne som geld op onze rekening hebben staan, neem ik je mee op een speciale vakantie in het buitenland.'

'Dat klinkt grandioos,' had Amy geantwoord, blij om te zien dat haar echtgenoot zo positief was en ook niet zoveel dronk als anders, wat haar leven een stuk gemakkelijker maakte.

'Trouwens, ik ben er morgenavond niet,' had Sam opgemerkt. 'Ken vliegt vanuit Spanje hiernaartoe en hij wil met me dineren in een hotel in Norfolk. Hij heeft daar momenteel een ander project lopen en voor de nacht een kamer voor me geboekt. Ik denk dat hij de Admiral House-deal wil vieren.'

'Oké,' had Amy gezegd, bij zichzelf denkend dat Sam tegenwoordig 's avonds zo zelden thuis was dat die paar uur extra na middernacht niets uit zou maken. 'Veel plezier daar. Dat heb je wel verdiend, lieverd.'

Vanochtend had Amy Sam een kus gegeven voordat ze naar haar

werk ging en zich verheugd op een nacht in haar eentje. Marie zou de kinderen van school halen, en als ze thuiskwam, zou ze de kinderen naar bed brengen en zich bij het haardvuur nestelen om eindelijk Sebastians boek uit te lezen.

'Het ziet ernaar uit dat het vanavond onstuimig weer wordt,' zei Karen, haar collega-receptioniste, terwijl ze een kaart met het weerbericht op de balie zette. 'Er wordt storm verwacht en het gaat hard regenen.'

'O god,' zei Amy. 'Met die wind wordt het dak nog van ons huis geblazen.'

'Ja, jullie zitten daar niet echt comfortabel, hè? Maar het huis zal in de loop der tijd wel wat stormen hebben doorstaan.'

Tegen de tijd dat Amy bij Marie was aangekomen, was het weer inderdaad een stuk verslechterd.

'Wat een snertweer,' zei Marie toen ze de druipnatte Amy binnenliet. 'Ik heb de kinderen eten gegeven en ze vermaken zich wel even. Heb je zin in een glas wijn voor je naar huis gaat?'

'Een klein glaasje graag. Ik wil niet te laat terug zijn. Ik heb er een hekel aan als de winter nadert. Het is al bijna donker en het is nog maar twintig over vijf,' zei Amy, die het glas wijn aanpakte dat Marie haar overhandigde.

'Ja, het is kerst voor je het weet. Proost.' Marie hief haar glas. 'Op je vastgoedbaron van een echtgenoot. Is hij in zijn sas?'

'Enorm,' beaamde Amy.

'Goed zo. Ik denk dat hij een vermogen kan verdienen als hij de klus goed aanpakt.'

'Laten we het hopen,' zei Amy. 'Maar hij heeft nog een lange weg te gaan.'

Twintig minuten later zette Amy haar kinderen haastig in de auto en reden ze naar huis. Het regende nu zo hard dat ze nauwelijks door de voorruit kon kijken. Ze stopte voor het huis, griste de boodschappentassen uit de achterbak en rende met Jake en Sara het pad naar de voordeur op.

'Kom, we gaan naar binnen, dan gaan jullie lekker in bad om op te warmen.' Ze opende de voordeur en reikte naar de lichtknop. Er gebeurde niets. Ze probeerde het nog eens en uitte een kreun van frustratie. Kennelijk waren de stoppen doorgeslagen door het noodweer. Nadat ze Sara had neergezet en de voordeur achter zich had gesloten, stond Amy zich in de pikdonkere gang af te vragen waar de stoppenkast zich ook alweer bevond.

'Mama, ik ben bang,' jammerde Sara terwijl ze zich een weg naar de woonkamer zocht, waar ze op de tast de schoorsteenmantel vond, en vervolgens de lucifers.

'Zo.' Amy stak een lucifer aan en keek snel rond of ze een kaars zag om permanentere verlichting te creëren. Haar ogen vielen op een stompje dat op een schoteltje op de vensterbank stond. 'Goed.' Ze liep terug naar Sara en Jake, die angstig stonden te kijken. 'Kom maar mee, dan gaan we ervoor zorgen dat de lampen het weer doen.'

Met z'n drieën begaven ze zich voorzichtig door de keuken naar het kleine halletje erachter. Amy deed een luikje open, waarachter tot haar opluchting de stoppen zaten, en ze bekeek de schakelaars. Tot haar verwarring leek er niet een te zijn uitgeschakeld, maar ze probeerde ze toch allemaal, tevergeefs.

'Mama, ik vind het niet leuk in het donker. Ik zie allemaal monsters,' klaagde Jake. 'Wanneer gaat het licht weer aan?'

'Mama, ik heb het koud,' voegde Sara eraan toe.

'Ik weet het, maar mama moet even bedenken wat ze nu het beste kan doen. Misschien is door het noodweer in veel meer huizen de elektriciteit uitgegaan. Wie weet, komt het snel weer goed. Ik zal de mensen van het elektriciteitsbedrijf even bellen, oké?'

Met haar twee kleintjes die de zoom van haar jas stevig vasthielden, zocht Amy in haar handtas naar haar mobiele telefoon. Ze zocht het storingsnummer van het energiebedrijf en belde.

'O, hallo, ik zou graag willen weten of er in Southwold een stroomstoring is? Ik woon aan Ferry Road en toen ik net thuiskwam, was er geen elektriciteit. Nee? O, nou, kan er dan iemand komen om te kijken wat er aan de hand is? Mijn naam en adres… ja, natuurlijk.'

Amy gaf haar gegevens door en de telefonist zette haar in de wacht. Even later kwam de stem aan de andere kant van de lijn terug.

'Het spijt me vreselijk, mevrouw Montague, maar volgens onze computer is uw elektriciteit afgesloten.'

'Wat?! Waarom?'

'Omdat we nog steeds geen betaling voor het laatste kwartaal hebben ontvangen. U hebt twee weken geleden een brief gekregen waarin we u lieten weten dat we de stroom zouden afsluiten als u de rekening niet binnen veertien dagen zou betalen.'

Amy's hart begon te bonken. 'Ja, die heb ik ontvangen, maar ik weet zeker dat mijn echtgenoot inmiddels betaald heeft.'

'Het spijt me, mevrouw Montague, maar ons systeem laat geen betaling zien.'

'Maar hij heeft betaald, dat heeft hij me zelf gezegd. Misschien is er iets misgegaan,' zei Amy wanhopig.

'Misschien,' zei de telefonist, die het overduidelijk allemaal al eens eerder had gehoord.

Amy beet op haar lip. 'Wat kan ik nu doen?'

'De snelste manier is om naar het dichtstbijzijnde postkantoor te gaan, daar een contante betaling te doen en ons te bellen om door te geven dat het geld onderweg is. Zodra de betaling binnen is, sluiten wij u weer aan.'

'Maar... vanavond en vannacht dan? Ik heb twee kleine kinderen, het is gevaarlijk voor ze, hier in het donker.' Amy voelde de tranen in zich opwellen en kreeg een brok in haar keel.

'Het spijt me, maar we kunnen niets voor u doen tot de betaling is gedaan, mevrouw Montague.'

'Nou, ik... En bedankt!' Amy beëindigde het telefoontje en zakte neer op een stoel.

'Mama, wat is er?' vroeg Jake met een ongerust gezichtje.

'Niets, het komt wel goed, Jakey.' Amy veegde haar tranen weg met haar mouw en dacht na wat ze het beste kon doen. Ze konden hier vannacht niet blijven. Ze hadden geen kaarsen meer en het was veel te koud voor de kinderen. Ze was er zeker van dat ze bij Marie terechtkonden, maar ze was te trots om bij haar aan te kloppen.

Nee, er was maar één mogelijkheid. Ze belde Posy's nummer. De lijn was bezet, wat in elk geval betekende dat Posy thuis was. In plaats van nog even te wachten, besloot Amy de kinderen weer in de auto te zetten, meteen naar Admiral House te rijden en te vragen of ze daar vannacht konden blijven.

'Kom, jongens, we gaan op avontuur. Vannacht logeren we bij oma.'

'Gaan we in het grote huis slapen?' vroeg Jake, die nog nooit bij zijn oma had gelogeerd, aangezien hij maar tien minuten bij haar vandaan woonde.

'Ja, gezellig hè?' Amy tilde Sara op en pakte de kaars om ze bij te lichten op weg naar de voordeur.

'Maar onze pyjama dan?' wilde Jake weten,

'We vinden vast wel iets in het huis van oma,' stelde ze hem gerust. Ze wilde zo snel mogelijk dit huis uit. 'Goed, Jakey, ren jij maar vast naar de auto, dan doet mama de deur op slot.'

Amy was doorweekt tegen de tijd dat ze beide kinderen in hun zitje had gemanoeuvreerd.

'En papa dan? Als hij thuiskomt, weet hij niet waar we zijn,' zei Jake toen ze wegreden.

Op dit moment wenste Amy alleen maar dat Sam een ernstig ongeluk zou krijgen en dat ze hem nooit meer hoefde te zien. 'Papa blijft vannacht weg, lieverd. Tegen de tijd dat hij morgen terugkomt, zijn wij alweer thuis,' antwoordde ze sussend.

Het waaide stormachtig terwijl Amy door de verlaten straten en vervolgens Southwold uit reed, richting Admiral House. Toen ze afsloeg naar de oprijlaan, voelde ze de krachtige wind tegen de kleine auto beuken.

'We zijn er bijna,' zei ze bemoedigend. 'En oma heeft vast wel een lekkere cake voor ons in de voorraadkast staan.'

Ze stopte bij het huis en zette de motor uit, opgelucht dat ze op de benedenverdieping en in een paar kamers boven licht zag branden.

'Wachten jullie hier maar even, dan ga ik met oma praten.'

Amy opende het portier en deed het met moeite weer dicht vanwege de felle wind. Ze rende naar de voordeur en belde aan. Toen er niet werd opengedaan, klopte ze hard aan, maar vergeefs. Ze rende de hoek om naar de keukendeur aan de zijkant van het huis, haar haren druipend van de regen. Ook die deur was op slot, wat ongebruikelijk was. Ze holde terug naar de voordeur en bonsde er nog eens langdurig op.

'Posy? Ik ben het, Amy!'

Er klonk niets dan stilte vanuit het huis.

'O god, wat moet ik nu in hemelsnaam doen?' vroeg ze zich wanhopig af.

Ze beukte weer met haar vuisten op de deur en besefte tegelijkertijd dat ze haar trots opzij zou moeten zetten en geen andere keuze had dan zichzelf en de kinderen aan de genade van Marie over te leveren. Ze draaide zich om en liep met een zwaar gemoed terug naar de auto. Halverwege hoorde ze het geluid van grendels die werden weggeschoven en keek ze achterom. De voordeur ging open.

'Goddank, goddank,' zei ze zachtjes, en ze haastte zich terug naar de deur. 'Posy, ik ben het, Amy. Ik...'

Amy stond plotseling stil, want het was niet Posy die op de drempel stond, maar Sebastian Girault, met slechts een handdoek om zijn middel gewikkeld.

'Amy, mijn hemel, je bent kleddernat. Posy is niet thuis.'

Het hart zonk Amy in de schoenen. 'Waar is ze dan?'

'Ze is vanochtend naar Amsterdam vertrokken.'

'Shit! Daar heeft ze me vorige week over verteld, maar ik was het vergeten.' Amy stond op het punt in huilen uit te barsten.

'Nou, kom toch maar binnen, in elk geval om droog te worden,' stelde hij voor. 'Je vat nog kou.'

'Ik heb de kinderen in de auto zitten. O god, ik weet niet wat ik moet doen.'

'Luister, haal de kinderen en kom binnen, oké?'

Een half uur later, nadat ze alle drie in het warme bad waren geweest dat Amy voor ze had laten vollopen, zaten de beide kinderen in dekens gewikkeld op de bank in de ochtendkamer. Amy zat met gekruiste benen bij het haardvuur, in Posy's oude fluwelen kamerjas.

Sebastian kwam vanuit de keuken met warme chocolademelk voor de kinderen en reikte haar een groot glas brandy aan. 'Drink maar op. Je lijkt wel een borrel te kunnen gebruiken.'

'Dank je wel,' zei Amy dankbaar.

'Ik heb jullie natte kleren bij de kachel gehangen. Die zullen morgenochtend wel droog zijn.'

'Ik hoop dat je het niet erg vindt dat we zo binnen zijn komen vallen,' zei Amy. 'We konden nergens anders heen.'

'Ben je mal. Je bent Posy's schoondochter,' zei Sebastian, die zich inmiddels in een joggingbroek en trui had gehuld. 'Ze zou het me hoogst kwalijk nemen als ik jullie niet alle gastvrijheid had geboden. Maar je had mazzel dat ik je hoorde. Ik was net in bad gestapt en zat met mijn koptelefoon op naar Verdi te luisteren. Als ik de zeep niet op de wastafel had laten liggen en niet was opgestaan om hem te pakken, had ik nooit geweten wat voor tragedie zich voor de deur afspeelde. Mag ik vragen wat er precies is gebeurd?'

Amy legde een vinger tegen haar lippen en gebaarde naar de kinderen. 'Kom, jongens, het is bedtijd. Jullie mogen vannacht bij mama slapen en ik heb al kruiken in het bed gelegd, dus het is lekker warm.'

'Zal ik even helpen?' vroeg Sebastian terwijl Amy de slaperige Sara vermoeid in haar armen nam. 'Wil je op mijn rug?' stelde hij Jake voor.

'Jawel.' Jake knikte verlegen.

'Oké, jongeman, klim maar achterop.'

Amy glimlachte ondanks zichzelf toen Sebastian de trap op holde met een joelende Jake om zijn nek.

Ze stopten de kinderen in onder een behaaglijk donzen dekbed in het tweepersoonsbed in een van de logeerkamers.

'Verhaaltje, mama!'

'O, lieverd, mama is een beetje moe vanavond en het is al heel laat en...'

'Ik vertel wel een verhaaltje, Jake,' onderbrak Sebastian haar, 'maar aangezien mijn beroep verhalenverteller is, moet ik eigenlijk wel wat rekenen voor mijn diensten, dus misschien kan jullie mama naar beneden gaan en mijn wijnglas bijvullen met de fles uit de koelkast. Lijkt je dat een goed voorstel, Jake?'

'Ja! Waar gaat het verhaal over?'

Amy gaf Sara, die al bijna sliep, een kus, en knuffelde Jake, die haar nu wel weg kon kijken.

'Goed dan,' zei Sebastian met een knipoog naar Amy, die de kamer verliet. Ze liep langzaam de trap af, geroerd door de vanzelfsprekende klik die Sebastian met de kinderen had. Terwijl ze zijn wijnglas pakte, het bijvulde en mee naar boven nam, waar een verrukte Jake aan Sebastians lippen hing, vergeleek ze hem onwillekeurig met Sam. Ze moest Sam altijd zowat smeken om de kinderen voor te lezen, of überhaupt tijd aan ze te besteden. Amy was tot de conclusie gekomen dat hij weliswaar ongetwijfeld van ze hield, maar het niet echt fijn vond om met ze samen te zijn. Ze hoopte maar dat de situatie zou veranderen naarmate ze ouder en gezeglijker zouden worden.

Amy liep terug naar de ochtendkamer, nestelde zich bij het vuur en pakte het glas met de rest van haar brandy. Ze bedacht hoeveel ze van dit huis hield, versleten en afgetakeld, maar ook heel karaktervol. Het voelde veilig en geborgen, als het thuis waar ze zo naar verlangde.

'Waar denk je aan?'

Amy schrikte op en zag Sebastian in de deuropening staan. Ze was zo diep in gedachten geweest dat ze hem niet had gehoord.

'Ik zat te denken dat ik dol ben op dit huis en hoe akelig het is dat het wordt omgebouwd tot appartementen.'

'Praat me er niet van,' bromde Sebastian. 'Ik vind het ook een vreselijke gedachte. En het is bijna niet voor te stellen hoe het voor Posy moet zijn.'

'Ja, en denk je eens in hoe dat voor mij voelt. Het is het bedrijf van míjn echtgenoot dat de sloophamer gaat hanteren.'

'Dat heb ik gehoord.' Sebastian liep naar de bank en ging zitten. 'Maar hij zal er wel aan verdienen, wat gunstig is voor jou en jullie gezin, toch?'

'Misschien,' gaf Amy toe. 'Maar aangezien het zijn totale incompetentie is waardoor wij hier vanavond zijn beland, kan ik niet zeggen dat ik er veel van verwacht.'

'Mag ik ernaar vragen?'

'Ja hoor.' Amy zuchtte vermoeid. 'Hij heeft de elektriciteitsrekening niet betaald, dus ze hebben ons afgesloten.'

'O. En was dat per abuis of hadden jullie er geen geld voor?'

'Per abuis, absoluut. Ik weet zeker dat hij het geld had. Posy was zo lief geweest hem een cheque te geven. Maar het kan heel goed zijn dat hij die aan drank heeft uitgegeven...' Amy haalde haar schouders op. 'Laten we eerlijk zijn, het belooft hoe dan ook weinig goeds voor de toekomst.'

'Nee, dat begrijp ik. Eh, maar waar is hij nu dan? Heb je hem thuis in het donker achtergelaten?'

'Hij zit in een of ander chic hotel in Norfolk te dineren met zijn zakenpartner. Sebastian, vind je het goed als ik wat brood voor mezelf rooster? Ik heb sinds de lunch niets meer gegeten en mijn hoofd tolt een beetje van de brandy.'

'Ga je gang. Trouwens, ik denk dat ik met je meedoe. Ik heb trek gekregen van alle opwinding.' Hij volgde Amy naar de keuken.

'Wat dacht je van toast met kaas uit de oven?' vroeg ze.

'Heerlijk. Ik ben blij dat je er bent.'

'Maar laat me je niet van je werk houden. Als je verder moet, zeg je het maar gewoon,' zei Amy, die plakjes kaas op een paar sneden brood legde.

'Nee, ik was niet van plan om vanavond nog te werken en bovendien heb ik vandaag goed nieuws gehad.'

'Echt?' zei Amy, die het brood met de kaas in de oven schoof. 'Wat voor nieuws?'

'Een filmmaatschappij uit Hollywood heeft de rechten gekocht voor *The Shadow Fields*. Het schijnt dat ze het boek als basis willen gebruiken voor dé blockbuster van volgend jaar.'

'O, mijn god, Sebastian! Dat is geweldig. Word je nu een rijk man?'

'Het zou kunnen. Niet dat ik nu bepaald arm ben,' merkte Sebastian op zonder een zweem van arrogantie. 'Ze gaan het verhaal waarschijnlijk verkrachten natuurlijk, maar ik hoop dat er toch wat overblijft van de essentie van het origineel.'

'Alsjeblieft.' Amy zette de toast op de tafel. 'Niet echt een feestmaal, hè?' zei ze met een lachje.

Sebastian keek haar aan terwijl ze ging zitten. 'Ik vind het toevallig perfect.'

'Nou, in elk geval gefeliciteerd met de filmdeal.'

'Mag ik je een glas wijn aanbieden om op mijn succes te toosten?'

'Nou, graag.'

Sebastian schonk hun beiden wat wijn in en ze begonnen te eten.

'Het is best vreemd dat je hier vanavond op de stoep stond. Het lijkt wel of het zo heeft moeten zijn,' zei Sebastian. 'Posy vertelde me dat ze jaren niet weg is geweest...'

'En ik heb nooit eerder een reden gehad om haar te vragen om een slaapplaats,' voegde Amy eraan toe.

'Ik vraag me af wat je vriendin Marie ervan zou denken als ze ons beiden hier toast met kaas zag zitten eten in de keuken van je schoonmoeder,' zei Sebastian peinzend. 'Posy in Amsterdam, je man een nachtje weg...'

'Niet doen,' huiverde Amy. 'Ik weet precies wat ze zou denken.'

'Nou, zelfs de meest cynische geest zou de mogelijkheid overwegen dat het lot ons samen heeft willen brengen. En de vraag is nu: waarom?'

Amy was gestopt met eten en keek Sebastian aan. 'Wat zou jouw antwoord zijn?'

'In mijn schrijversmodus zou ik zeggen dat er vanaf het eerste ogenblik dat we elkaar zagen iets tussen ons was.'

'Je schreeuwde tegen me en maakte me aan het huilen,' wierp Amy tegen.

'Ja, maar daarna voelde ik me, om een reden die ik niet helemaal begrijp, geroepen om je naar buiten te volgen en je mijn verontschuldigingen aan te bieden.'

'Dat was toch zeker gewoon uit beleefdheid?' Amy ging onwillekeurig mee in zijn plagerige geflirt.

'Amy, lieve schat, je kent me niet goed, vrees ik. Een verontschuldiging van mij is zo zeldzaam als het Gulden Vlies,' zei hij hoofdschuddend. 'Nee, het was beslist iets anders. En later voelde ik me bij mijn lezing geroepen om mijn boek aan je op te dringen, kosteloos. Wat ook helemaal niets voor mij is, trouwens. Zullen we onze wijn meenemen naar de ochtendkamer?'

Ze liepen naar het naastliggende vertrek, waar Amy zich weer voor het haardvuur nestelde en het opstookte. 'Ik moet eerlijk zeggen dat ik je helemaal niet aardig vond. Maar toen las ik je boek en dacht ik dat iemand die zo ontroerend kon schrijven, niet alleen maar onaardig kon zijn.'

'Dank je,' antwoordde Sebastian. 'Dat beschouw ik dan maar als compliment. En mag ik je een geheim vertellen?'

'Als je wilt.'

'Ik denk,' zei hij, met zijn wijnglas in beide handen, 'dat ik vanwege jou in Southwold wilde blijven om te schrijven.'

'Wat? We hadden elkaar nog maar twee keer ontmoet toen je dat besloot. Als je probeert me met complimentjes het bed in te praten, gaat dat niet lukken,' voegde ze er blozend aan toe.

'Heb ik zoiets verachtelijks gesuggereerd?' Sebastian veinsde afgrijzen. 'Maar mevrouw, ik ben een heer. Ik respecteer uw eerbaarheid.'

'Goed zo,' zei Amy knikkend, met een overtuiging die ze niet voelde.

De sfeer was plotseling geladen terwijl ze zwijgend van hun wijn zaten te nippen.

'Hoe dan ook, je doet me veel te veel aan Posy denken in die kamerjas,' grapte Sebastian ten slotte. 'Maar vertel, Amy, zeg eens eerlijk, voel je helemaal niets voor mij?'

Ze keek op en zag dat zijn ogen niet meer lachten maar ernstig stonden.

'Ik...' Ze schudde haar hoofd. 'Ik weet het niet. Ik bedoel, ik mag je graag, maar jij bent een rijke, wereldwijd succesvolle romanschrijver en ik ben een afgematte, berooide moeder. Hoe kan ik nou denken dat er ook maar iets...'

'En als ik je nou vertel dat ik continu aan je heb gedacht sinds de eerste keer dat ik je ontmoette, en dat het gevoel telkens als ik je tegenkwam sterker werd?' mompelde hij langzaam. 'Dat ik je niet uit mijn hoofd kan zetten, wat ik ook doe of hoe vaak ik ook tegen mezelf zeg dat je niet beschikbaar en niet geïnteresseerd bent?'

Amy kon geen antwoord geven. Ze staarde hem aan, te geschokt om iets te zeggen.

'Amy, ik weet dat het idioot is en ik begrijp dat het waarschijnlijk nergens toe kan leiden, maar ik denk dat ik verliefd op je ben.'

'Dat kan niet, je kent me niet eens.' Haar stem was niet meer dan een schorre fluistering.

'Wil je misschien even bij me komen? Ik beloof je dat ik je alleen wil vasthouden, meer niet.'

Amy's hart bonsde. 'Het is beter van niet...'

'Luister, als het lot je vanavond niet naar me toe had gebracht, had ik waarschijnlijk in stilte geleden. Maar je bent er. Kom je bij me?' Sebastian stond op en stak zijn armen naar haar uit.

'De kinderen... Ik...'

'Ik wil je alleen maar vasthouden.'

Ze stond op en liep langzaam naar hem toe. Zijn armen omsloten haar en ze legde haar hoofd tegen zijn borst, waar ze zijn hart net zo snel hoorde bonzen als dat van haar. Er schoten vreemde erotische trillingen door haar buik terwijl ze zijn geur opsnoof en zijn fysieke nabijheid voor het eerst ervoer.

'En, Amy?'

'Wat?'

'Voel je iets voor mij?'

Ze keek hem aan en knikte triest. 'Natuurlijk, en ik neem het mezelf enorm kwalijk. Ik bedoel, moet je me hier nou zien staan, een getrouwde vrouw die het liefst wil...'

Sebastian boog zijn hoofd naar haar toe en kuste haar, heftig en hartstochtelijk.

Amy kon niet anders dan zijn kus beantwoorden met dezelfde vurigheid.

'Amy, Amy...' Zijn mond bewoog naar haar hals, zijn handen streelden haar haar. Terwijl ze naar de vloer zakten, trok hij Posy's kamerjas van haar schouders en gleed zachtjes met zijn vingers over haar borsten. Haar tepels werden hard onder zijn aanraking en ze trok op haar beurt zijn kleren uit en voelde zijn huid tegen de hare.

'Je bent prachtig, zo prachtig,' zei hij toen hij de kamerjas uiteindelijk helemaal van haar lichaam rukte. Hij kuste haar opnieuw en zijn hand kroop omlaag naar haar buik en streek langs de binnenkant van haar dij. Amy kreunde van genot en wist dat ze er meer dan ooit klaar voor was toen hij tussen haar benen kwam en moeiteloos bij haar naar binnen drong, waarna hij in haar bleef stoten tot ze allebei hijgden en Amy het uitschreeuwde omdat ze het niet langer kon tegenhouden.

Hij zakte op haar neer en bleef haar gezicht kussen, haar hals, haar borsten.

'Ik hou van je, Amy,' fluisterde hij. 'Het spijt me, maar het is zo.'

Ze bleven liggen, nu net zo stil als ze zojuist actief waren. Amy voelde dat haar ogen zich met tranen vulden.

'Wat heb ik gedaan?' vroeg ze.

'De liefde met me bedreven,' antwoordde hij.

'Hoe heb ik dat kunnen doen?'

'Omdat je het wilde.'

'Maar de kinderen... Die hadden binnen kunnen...'

'Nou, dat is niet gebeurd, lieverd.' Sebastian steunde op een elleboog, keek haar onderzoekend aan en streek een haarlok uit haar oog.

‘Zeg alsjeblieft niet dat je er spijt van hebt,’ zei hij zacht.

Amy schudde haar hoofd. ‘Ik weet het niet… Ik ben getrouwd, in godsnaam! Ik ben Sam nooit eerder ontrouw geweest. Wat voor echtgenote ben ik eigenlijk?’

‘Als ik af mag gaan op wat Posy heeft gezegd, ben je een liefhebbende steun en toeverlaat die veel geleden heeft.’

‘Ja, maar dat is geen excuus voor wat ik net heb gedaan: “O, sorry, Sam, ik had het even moeilijk, dus heb ik de liefde bedreven met een ander.” O god!’ Amy stond op en pakte Posy’s kamerjas van de grond. Ze trok hem aan en ging op de bank zitten, waar ze rusteloos handenwringend in het vuur staarde.

Sebastian stond op en ging naast haar zitten. ‘Amy, ik heb je daarnet toch nergens toe gedwongen?’

‘God, nee. Dat is nog het ergste eraan. Ik wilde het. Ik wilde het echt.’

Sebastian trok haar tegen zich aan en hield haar stevig vast. ‘Dat moest ik gewoon even weten.’

Zo bleven ze even zwijgend zitten, allebei in gedachten verzonken.

‘Dus,’ zei hij uiteindelijk, ‘hoe gaan we nu verder?’

‘Wat bedoel je daarmee?’

‘Precies wat ik zeg. Betekent vanavond het einde van een mooie vriendschap of het begin van een liefdesverhouding?’

‘Ik kan niet over morgen nadenken. Ik kan alleen maar denken aan wat er zojuist is gebeurd,’ zuchtte Amy, die het zichzelf kwalijk nam dat ze zich zo fijn voelde in zijn armen. ‘Ik ben veel te verward.’

‘Je hebt gelijk. Maak je maar even geen zorgen over morgen. We hebben nog de hele nacht, toch?’ Hij bracht haar kin met een vinger omhoog. ‘En wat er hierna ook gebeurt, laten we van het moment genieten,’ voegde hij eraan toe en hij kuste haar opnieuw.

Een aantal uren later maakte Amy zich los uit Sebastians armen en kroop ze in het bed waar haar kinderen lagen te slapen. Ze voelde de warmte van hun kleine lichamen naast zich en beet schuldbewust op haar lip.

Haar hoofd tolde terwijl ze probeerde te doorgronden wat er was gebeurd. Ze wist alleen maar dat ze – goed of fout – haar leven lang nog nooit zoiets had ervaren. De hartstocht en de opwinding die ze de afgelopen uren tijdens het liefdesspel had gevoeld, telkens weer, leken alleen maar te groeien naarmate ze elkaar nader verkenden en vertrouwder raakten met de intieme plekjes van elkaars lichaam.

Op zeker moment had Sebastian haar meegeloodst naar zijn bed, waar ze in het donker hadden liggen luisteren hoe de storm tekeerging en waar ze de wolken langs de maanverlichte hemel hadden zien scheren. Sebastian had tegen haar gepraat terwijl ze verstrengeld lagen, haar wat dingen verteld over zijn leven, over het verlies van zijn vrouw en hun baby. Op haar beurt had Amy hem verteld over haar jaren op de kunstacademie en haar droom om kunstenares te worden voordat ze Sam had leren kennen.

Uiteindelijk, toen ze serieus gevaar liep in slaap te vallen, had Amy gezegd dat ze moest gaan om bij haar kinderen in bed te glippen.

Hij had aan haar arm getrokken in een poging haar tegen te houden. 'Ga niet weg. Dat kan ik niet verdragen.'

'Ik moet wel.'

'Straks dan.' Hij had haar naast zich neergetrokken, gekust en vastgehouden. 'Amy, als jij besluit dat dit nooit meer mag gebeuren, zal ik me deze nacht voor de rest van mijn leven herinneren. Ik wil dat je dat weet. Welterusten.'

'Welterusten.' Ze had hem teder op zijn lippen gekust en was op wiebelige benen naar de slaapkamer gewankeld waar haar kinderen sliepen.

En nu lag ze daar wakker, met pijn in haar lijf, op sommige plekken zelfs letterlijk van het eindeloze bedrijven van de liefde.

En hoezeer ze zichzelf ook in herinnering bracht dat ze haar echtgenoot op verschrikkelijke wijze had bedrogen, kon ze alleen maar vreugde voelen... en besefte ze dat ze eindelijk thuis was gekomen.

20

Posy en Freddie landden om twee uur in de middag op Schiphol. Posy was doodop. Ze had 's nachts niet geslapen omdat ze zich bezorgd had afgevraagd of het een goed besluit was geweest om met Freddie naar Amsterdam te gaan, inclusief alles wat dat wellicht met zich meebracht. Uiteindelijk was ze om vijf uur in slaap gevallen, maar ze had om kwart voor zeven alweer moeten opstaan om op tijd klaar te staan toen Freddie haar kwam halen.

Ze had haar koffer gepakt, uitgepakt en opnieuw gepakt. Ze wist niet wat ze mee moest nemen en wat ze naar het feest zou aantrekken. Die lieve Sebastian had de koffer voor haar naar beneden gebracht en ze had hem aan Freddie voorgesteld.

'Ik heb van uw boek genoten, meneer Girault.'

'Sebastian. Misschien kunnen we een keer samen een biertje gaan drinken? Posy zegt dat je een kind van de Tweede Wereldoorlog bent, net als zij.'

'Dat zou ik leuk vinden.'

'Mooi. Zorg goed voor haar, hè?'

'Natuurlijk,' had Freddie met een glimlach gezegd.

'Dag, Sebastian,' had ze geroepen terwijl Freddie haar koffer naar de auto had gedragen en hem in de kofferbak naast die van hem had gezet.

'Ben je er klaar voor?' had Freddie haar gevraagd.

'Ik geloof het wel, ja.'

Hij had haar schouders omvat en haar een vluchtige kus op haar wang gegeven. 'Je kijkt doodsbenauwd, lieve Posy. Het is de bedoeling dat het leuk wordt.'

'Er is gewoon zoveel te regelen. Ik ben het niet meer gewend om weg te gaan.'

'Nou, dan moet je er geleidelijk maar weer aan wennen, vind je niet?'

Op dat moment had ze zich voorgenomen dat ze zich niet langer als een onnozele oude dame zou gedragen en van het weekend zou genieten.

Ze waren naar Stansted Airport gereden en hadden over van alles en nog wat gepraat, waardoor Posy zich eindelijk had kunnen ontspannen. Op het vliegveld huiverde ze van opwinding bij het inchecken.

'Weet je dat het meer dan twintig jaar geleden is dat ik in een vliegtuig heb gezeten? En dat was alleen maar naar Jersey voor een vakantie met de jongens,' had ze tegen Freddie gezegd toen ze naar de gate liepen.

'Nou, dan moet ik je misschien vast vertellen dat je tegenwoordig geen masker en vliegtuigbril meer hoeft te dragen,' had Freddie gegrapt.

Posy had genoten van de voorspoedige vlucht en vond het jammer toen ze al snel weer gingen landen. Freddie, die duidelijk een ervaren reiziger was, loodste haar mee door de paspoortcontrole en naar de bagagehal, waar ze beide koffers van de lopende band pakten.

Ze namen een taxi naar het centrum van de stad en Posy keek gretig uit het raam naar de hoge gevelhuizen die vooroverhelden langs het netwerk van grachten dat de kern van Amsterdam vormde. Bijna iedereen leek op de fiets te zijn en over de smalle beklinkerde straten te zoeven, met rinkelende bel om voetgangers en auto's op hun aanwezigheid attent te maken.

De taxi stopte voor een groot, elegant zeventiende-eeuws herenhuis met uitzicht op een gracht. 'Wat een prachtige stad,' mompelde ze terwijl ze uitstapten.

'Toen ik hier vele jaren geleden voor het eerst bij Jeremy kwam logeren, werd ik er verliefd op. Ik kom er graag. Het aardige is dat je praktisch overal naartoe kunt lopen, want de stad is heel compact. Of je kunt gaan varen.' Freddie gebaarde naar een rondvaartboot die onder de brug door de gracht voer. 'Goed, laten we inchecken, dan kunnen we daarna gaan rondkijken.'

De receptie was smaakvol ingericht, onopgesmukt en huiselijk. Posy nam plaats op een stoel en Freddie checkte hen in.

'Oké,' zei hij, haar een sleutel overhandigend, 'zullen we de koffers uitpakken en dan een wandeling gaan maken?'

De uren daarna brachten ze dwalend langs de grachten door en gingen ze een klein café binnen voor een mok warme chocolademelk en om op de plattegrond te kijken waar ze waren.

'Je weet wel wat je hier nog meer kunt kopen, toch?' Freddie trok een wenkbrauw op.

'Wat dan?'

'Allerlei soorten cannabis.' Freddie gebaarde naar het krijtbord dat tegen de bar stond, met daarop het menu van verschillende typen wiet en hasj. 'Ooit geprobeerd?'

'Nee, dat heb ik vroeger altijd geweigerd. En jij?'

'Heel af en toe.' Freddies ogen twinkelden. 'Wil je een joint bij je warme chocolademelk?'

'Waarom niet?'

'Serieus?'

'Serieus,' zei Posy knikkend. 'Mijn motto is dat je alles een keer geprobeerd moet hebben.'

'Goed dan.' Freddie knikte en liep naar de bar om wat te kopen. Hij kwam terug met een lange, kegelvormige sigaret en een doosje lucifers. 'Ik heb gevraagd om de mildste variant, overigens.' Hij stak de joint aan, inhaleerde en gaf hem door aan Posy, die hem aannam en naar haar lippen bracht. Ze nam een flinke trek, maar toen de scherpe rook recht naar haar keel ging, stikte ze er bijna in.

'Getver!' rilde ze, en ze gaf hem terug aan Freddie.

'Je moet het leren waarderen, maar je hebt het nu in elk geval geprobeerd. Nog een trekje?'

'Nee, dank je.' Ze veegde haar tranende ogen af en lachte. 'Hemeltjelief, als mijn zoons me eens konden zien, samen met een man hasj rokend in een café in Amsterdam!'

'Ze zouden je vast stoer vinden. Net als ik,' voegde Freddie eraan toe, die de joint uitdrukte in de asbak. 'Ga je mee?'

Posy nam de tijd om zich die avond gereed te maken voor het diner, zittend voor de spiegel in haar mooie kamer met uitzicht over de gracht. Ze bracht wat zorgvuldiger dan anders haar mascara en lippenstift aan.

Freddie haalde haar op van haar kamer, gekleed in een fris blauw overhemd en een fraai jasje.

'Je ziet er prachtig uit, Posy,' zei hij. 'Klaar om te gaan?'

Ze liepen naar een voortreffelijke Franse bistro die de receptionist van het hotel had aanbevolen. Onder het genot van een uitstekende fles chablis en een heerlijke steak bespraken ze wat ze morgen gingen doen voordat ze 's avonds naar het feest zouden gaan.

'Ik zou graag naar het Van Gogh Museum willen, als het kan,' zei Posy terwijl Freddie haar glas bijvulde.

'En ik zou graag het Anne Frank Huis bezoeken; dat ligt op een steenworp afstand van ons hotel. Misschien kunnen we daar het best als eerste naartoe gaan, want je schijnt er erg lang in de rij te moeten staan,' zei Freddie. 'En de eerder scabreuze kant van de stad? Ik heb gehoord dat de liveshows in bepaalde buurten tamelijk... educatief zijn, om het netjes uit te drukken!'

'Ik heb al de moed gevat om hasj te proberen, maar ik geloof dat ik pas voor een live seksshow,' verklaarde Posy. 'Maar ik hou je niet tegen.'

'Ook niets voor mij, hoor, zeker niet. Nou, zullen we nog een dessert bestellen?'

Na het diner slenterden ze genoeglijk terug naar het hotel. Hoewel het eind oktober was en de kou in de lucht zat, was het een aangename, heldere avond.

Posy stak haar arm door die van Freddie. 'Ik ben een beetje tipsy,' bekende ze. 'Ik heb veel meer gedronken dan ik gewend ben.'

'Af en toe kan dat geen kwaad, toch?'

'Nee.' Ze waren bij het hotel aangekomen en Posy wendde zich tot Freddie. 'Ik wil je graag zeggen hoe fijn ik het hier vind en hoe blij ik ben dat ik ben meegegaan.'

'Mooi zo,' zei hij terwijl ze de lobby binnenliepen. 'Nog een brandy voor het slapengaan?'

'Nee, dank je, Freddie. Ik ben bekaf en ik wil morgen graag fris en fruitig zijn.'

'Prima,' zei hij toen Posy haar sleutel bij de receptie haalde. Hij boog zich voorover en kuste haar zacht op haar wang. 'Slaap lekker, lieverd.'

Hij keek hoe ze met gemak de trap op liep, naar haar kamer op de eerste verdieping. Je zou niet zeggen dat ze bijna zeventig was – ze had het uithoudingsvermogen van een veel jongere vrouw. En dezelfde levenslust die ze als eenentwintigjarige had gehad.

Freddie liep de gezellige bar in en bestelde een brandy. Hij keek naar de stellen die zaten te kletsen in de comfortabele stoelen en zuchtte diep. Dat was wat hij óók wilde – wat hij wilde met Posy. Vanwege omstandigheden die hij niet voor mogelijk had geacht, was het hem indertijd niet gegund geweest, dus toen hij haar op zijn boot had weergezien, had hij een golf van euforie gevoeld omdat het lot hun misschien wel een tweede kans had geschonken.

Maar hij was voorbarig geweest met zijn veronderstelling dat ze het inmiddels zou wéten. Er waren tenslotte bijna vijftig jaren voorbijgegaan sinds hij haar voor het laatst had gezien. Iemand zou het haar in die tijd toch wel verteld hebben?

Freddie nam een slok van zijn brandy. Na die eerste lunch, toen duidelijk was geworden dat ze nog steeds van niets wist, was hij meteen vertrokken. Hij was te zeer van streek geweest om te blijven.

'Wat moet ik doen?' mompelde Freddie in zichzelf. Hij was ervan overtuigd dat ze zo niet konden doorgaan, dat hij haar zou moeten verlaten, net zoals toen. Wat hij wist, zou haar destijds hebben gebroken, dat was zeker. De vraag was of het haar nu nog steeds zou breken?

Hij sloeg de rest van zijn brandy achterover en haalde zijn sleutel bij de receptie. Hij moest met iemand praten, besloot hij, iemand die Posy relatief goed kende, maar hem verstandig, onbevooroordeeld advies kon geven.

Freddie dacht dat hij wist wie die persoon was.

Posy keek uit het raampje terwijl het vliegtuig van Schiphol vertrok. Het waren drie heerlijke dagen geweest en ze had van elke seconde genoten. Het feest was erg leuk en Freddies vriend Jeremy en zijn aardige vrouw Hilde waren heel gastvrij geweest.

Ze keek vluchtig opzij naar Freddie, die met gesloten ogen naast haar zat.

Ik hou van je, dacht ze treurig bij zichzelf. Dat was het enige minder fijne aan het weekend geweest: Freddie had zich zoals altijd als een heer gedragen terwijl zij eigenlijk zou willen dat hij niet steeds die gentleman was. Het voelde – zoals zo vaak tussen hen – alsof er veel ongezegd bleef.

Je kunt niet alles hebben, Posy. Wees dankbaar om wat je wél met Freddie hebt, in plaats van wat je niet met hem hebt, vermaande ze zichzelf.

Nadat ze hun koffers hadden opgehaald, reed Freddie zwijgend naar Suffolk, starend naar de weg die voor hem lag.

'Gaat het wel?' vroeg ze, met een blik op zijn bedrukte gezicht.

'Sorry, Posy.' Freddie vermande zich en schonk haar een glimlachje. 'Ja hoor. Ik ben alleen een beetje moe.'

Toen ze bij Admiral House waren aangekomen, droeg Freddie haar koffer naar binnen. Sebastian stond in de keuken een kop thee voor zichzelf te maken.

'Hallo, wereldreizigers. Hoe was het in Amsterdam?'

'Heerlijk,' zei Posy. 'Neem me niet kwalijk, ik moet even naar de wc.'

Ze verliet de keuken en Sebastian bood Freddie een kop thee aan.

'Nee, dank je wel, ik ga zo maar eens. Maar wat zou je ervan vinden om een afspraak te maken voor dat glas bier? Ik zou graag iets met je willen bespreken...'

POSY

KONINGINNENPAGE
(*Papilio machaon*)

MANOR HOUSE,
BODMIN MOOR, CORNWALL

JUNI 1955

'Goed, ter gelegenheid van haar achttiende verjaardag zou ik graag wat woorden aan mijn kleindochter, Posy, willen wijden. Ik kan met volle overtuiging zeggen dat ik enorm trots op haar ben. En ik weet dat ik ook voor haar vader spreek... en haar moeder natuurlijk.'

Ik zag tranen in oma's ogen glinsteren toen ze van opzij naar me keek.

Inmiddels had ik ervaren dat tranen de meest besmettelijke aandoening op aarde vormden, en ja hoor, voor ik het wist, had ik ze ook in mijn eigen ogen.

'Afgezien van het feit dat ze een felbegeerde plek heeft bemachtigd op de universiteit van Cambridge en uitblonk op haar schoolexamen, zou ik ook willen zeggen dat Posy, ondanks de tegenslagen die ze te verduren heeft gekregen sinds ze hier bij ons kwam wonen, nooit heeft gezwolgen in zelfmedelijden. Jullie weten allemaal dat ze altijd een glimlach klaar heeft voor iedereen, dat ze behulpzaam is in tijden van nood en een luisterend oor biedt waar nodig. Ze is gewoon een lieve schat.'

'Zeker is ze dat!' hoorde ik Katie roepen, ergens in de menigte die zich in de tuin om ons heen had verzameld. De mensen grinnikten om haar enthousiasme en het misschien wel onbedoelde rijmwoord.

'Dus laten we haar allemaal succes wensen op haar reis naar de volwassenheid en bij haar volgende grote uitdaging. Op Posy!'

'Op Posy!' zei iedereen in koor, hun glazen met bubbels heffend. Ik hief zelf ook maar mijn glas, hoewel ik niet wist of ik op mezelf hoorde te toosten, maar ik wilde in elk geval graag een slok nemen. Het was erg warm vandaag.

Daarna kwamen veel dorpsbewoners me persoonlijk feliciteren

en aten we van de feestelijke heerlijkheden die Daisy had klaargezet, voordat de sandwiches door de warmte slap zouden worden.

Later die avond, toen iedereen was vertrokken, opende ik de cadeautjes die op de tafel stonden. De meeste waren handgemaakt en ik had nu genoeg zakdoekjes met mijn initialen om mijn drie jaar in Cambridge door te komen – en waarschijnlijk zelfs de jaren tot mijn pensioen. Maar ik wist dat elk exemplaar met liefde genaaid was en mijn hart zwol om de genegenheid die dit dorp me had getoond. Het hielp een beetje om de leegte te vullen die was veroorzaakt door de teleurstelling dat maman niet naar mijn feest was gekomen. Hoewel dat steeds onwaarschijnlijk was geweest, had het kleine meisje in mij toch gehoopt dat oma haar komst misschien wel voor me geheimgehouden had, al had zij me een maand geleden voorzichtig verteld dat maman niet kon komen.

'Ze zijn op een lange huwelijksreis, lieve meid. Ze zei dat ze het heel jammer vond dat ze er niet bij kan zijn, maar ze heeft je deze gestuurd.'

De envelop lag op de cadeautafel, samen met oma's kaart, die vastzat aan een geschenk dat in glanzend zilverkleurig papier was verpakt. De grootte en vorm deden vermoeden dat het een boek was.

'Ga je nu de kaart van je moeder openen?' Oma pakte hem en gaf hem aan me.

Ergens wilde ik hem verscheuren of verbranden om mezelf de pijn te besparen van het lezen van de holle woorden, de platitudes aan een dochter die ze niet eens meer kende.

Maar ik opende de envelop, knarsetandend en me afvragend waarom ik op het punt stond in tranen uit te barsten, na alle reprimandes die ik mezelf had gegeven – dat ik haar moest accepteren zoals ze was.

Op de kaart stond 'GEFELICITEERD MET JE 18E VERJAARDAG!' met een afbeelding van een champagnefles en twee glazen voorop. Het was net zo'n soort kaart als ik van veel van de dorpsbewoners had gekregen.

Mijn hemel, Posy! Wat had je dan verwacht? Toch geen zelf geschilderde aquarel, berispte ik mezelf terwijl ik hem openvouwde. Er zat nog een envelop in, die ik op mijn schoot legde. Ik las wat ze in de kaart had geschreven.

Lieve Posy,
Gefeliciteerd met je achttiende verjaardag,
Heel veel liefs,
maman en Alessandro
xx

Ik beet op mijn lip bij de aanblik van zíjn naam, met moeite mijn tranen binnenhoudend; ik wilde er niet meer verspillen. Ik zette de kaart op de tafel bij de andere en opende de envelop die nog op mijn schoot lag. Ik trok er een foto uit en keek ernaar. Hij was van maman en een man die kleiner en dikker was dan zij. Maman droeg een mooie trouwjurk met een lange sleep en een fonkelende diadeem, en ze keek vol liefde omlaag in de ogen van haar kersverse echtgenoot. Ze stonden op een paar treden met een enorm kasteel op de achtergrond. Ik nam aan dat dat het palazzo was waar mijn moeder nu woonde.

'Kijk.' Ik gaf de foto aan oma en trok het andere item uit de envelop: een cheque met een briefje eromheen gevouwen.

Lieve Posy, omdat we niet goed wisten wat we je moesten geven, dacht Alessandro dat dit bedrag je misschien zou helpen met je uitgaven op de universiteit. Kom ons alsjeblieft snel een keer bezoeken. Alessandro wil graag met je kennismaken. Liefs, M en A x

Ik onderdrukte een huivering, keek toen naar het bedrag op de cheque en hapte naar adem. Het was vijfhónderd pond!

'Wat is er, Posy?'

Ik liet oma de cheque zien en ze knikte ernstig. 'Dat zal de komende jaren goed van pas komen, nietwaar?'

'Ja, maar oma, het is een vermogen! En we weten allebei dat maman niet zoveel geld heeft, wat betekent dat het afkomstig is van haar echtgenoot, die mij niet kent en me nooit heeft ontmoet en…'

'Hou op, Posy! Het is volkomen duidelijk dat je moeder met een zeer rijk man is getrouwd. En jij bent formeel gezien – of je dat nou leuk vindt of niet – zijn stiefdochter, dus als hij je zo'n bedrag wil schenken, neem je dat simpelweg met gratie in ontvangst.'

'Maar dat betekent dan toch dat ik op de een of andere manier...' Ik zocht naar het woord. '... verplicht aan hem ben?'

'Het betekent dat je familie bent, Posy, en dat hij dat erkent. En je hebt al jaren niets van je moeder gekregen, dus wat ook je gevoelens in dezen zijn, of waar het geld ook feitelijk vandaan komt, je mag dit gegeven paard niet in de bek kijken.'

'Ik ga er niets mee doen,' zei ik koppig. 'Het voelt alsof ze mijn genegenheid kopen. Bovendien heb ik een studiebeurs gewonnen, oma, dus ik heb dit geld helemaal niet nodig!'

'Je weet dat ik, als jouw bewindvoerder, al wat van de erfenis van je vader heb gebruikt om je schoolgeld te betalen, en dat we zijn overeengekomen dat we hetzelfde doen om je woonlasten in Cambridge te bekostigen, maar het is echt geen groot vermogen. Zal ik dit dan voor je bewaren? Als appeltje voor de dorst? Je hoeft er nooit aan te komen als je het niet nodig hebt, maar dan heb je het achter de hand voor het geval dat.'

'Oké, maar ik heb er geen goed gevoel over. En het betekent dat ik een bedankbriefje moet schrijven,' zei ik pruilend.

'Nou nou, doe maar tegendraads. Genoeg hierover, jarige jet. Waarom maak je mijn cadeautje nu niet open? Hoewel ik moet zeggen dat het niet erg indrukwekkend meer is na het vorige,' zei oma glimlachend.

Ik pakte het platte pakje en scheurde het papier eraf. Eerst dacht ik dat het een in leer gebonden boek was, zoals ik had vermoed, maar toen ik het uit het papier haalde, zag ik dat het een platte doos was. Ik maakte hem open en zag een roomkleurig parelsnoer op de donkerblauwe satijnen voering liggen.

'O, oma! Wat prachtig! Dank je wel.'

'Hij is van mijn moeder geweest, dus het is een heel oude ketting, maar het zijn echte parels, Posy, niet van die goedkope gekweekte die tegenwoordig zo modieus zijn. Wacht.' Ze stond op. 'Ik zal hem om je hals doen.'

Ik bleef stil staan terwijl ze het slotje in mijn nek vastmaakte. Toen liep ze om me heen om me te bekijken. 'Beeldschoon,' zei ze met een glimlach. 'Iedere jonge vrouw zou een parelsnoer moeten hebben.' Ze gaf me een kus op mijn wang. 'Nu ben je klaar om de wijde wereld in te gaan.'

Begin oktober arriveerde ik in Cambridge met mijn twee koffers en mijn map met botanische tekeningen. Bill en ik deden er enige tijd over om onze weg te vinden in de wirwar van kasseienstraten in het centrum van de stad. We waren Trinity en King's College al wel drie keer gepasseerd in onze zoektocht naar Silver Street. Toen we voor The Hermitage stopten, waar de studentes van New Hall werden gehuisvest, voelde ik een steek van teleurstelling door me heen gaan. The Hermitage was een mooi groot huis, maar niet zo'n prachtig vierhonderd jaar oud pand als van de jongenscolleges met hun alomtegenwoordige torens.

Ik werd hartelijk welkom geheten door Miss Murray, de studieleidster op New Hall, die Miss Sumpter, de directrice van mijn oude school, kende van haar eigen kostschooljaren.

'Miss Anderson, je bent er, helemaal uit Cornwall! Mijn hemel, je zult wel moe zijn. Ik zal je naar je kamer brengen, die eerlijk gezegd klein is en helemaal boven, aangezien de meiden van de eerste lichting van vorig jaar de beste kamers hebben ingepikt, maar het uitzicht over de stad is er magnifiek.'

Miss Murray had gelijk – de kamer was inderdaad klein. Ik vermoedde dat er ooit een bediende in had gewoond, op de zolder, maar het vertrek had een kleine haard en schuine plafonds plus een raam dat een schitterend uitzicht over de daken en torens bood. De wc en badkamer waren een verdieping lager, maar Miss Murray verzekerde me dat ze van plan was om de bezemkast naast mijn kamer om te bouwen tot een beter toegankelijke voorziening.

'Uiteraard is het dubbele aantal vanwege de nieuwe instroom van dit jaar een uitdaging, en veel van de meisjes delen de grotere kamers beneden. Ik dacht dat jij misschien de voorkeur gaf aan een eigen plek, hoe klein ook. Nou, ik zal je met rust laten, dan kun je uitpakken en even acclimatiseren. Kom om zes uur naar de eetzaal, dan kun je kennismaken met de andere meisjes.'

De deur ging achter me dicht en ik bleef even staan. Ik rook de geur van stof en oude boeken, hoewel ik me dat misschien verbeeldde. Ik liep naar het raam en keek uit over Cambridge.

'Het is me gelukt, papa,' mompelde ik in mezelf. 'Ik ben er!'

Toen ik een uur later naar beneden liep, begon mijn hart sneller te kloppen bij het idee dat ik de andere meisjes zou ontmoeten. Ik was moe, niet alleen van de lange rit, maar ook van de slapeloze nachten die eraan vooraf waren gegaan. Ik had mezelf gekweld met gedachten over hoe slim, wereldwijs en vrijwel zeker mooier dan ik mijn medestudentes zouden zijn. En met de gedachte dat ik waarschijnlijk alleen was toegelaten vanwege de vriendschap tussen Miss Sumpter en Miss Murray.

Ik haalde diep adem en liep de eetzaal in, waar het al behoorlijk druk was.

'Hallo, welke nieuweling ben jij?' vroeg een lange, jonge vrouw die een soort mannenpak droeg. Ze hield me een dienblad met sherry voor.

'Posy Anderson,' zei ik, een van de glaasjes pakkend. Een beetje moed indrinken kon geen kwaad.

'Aha. Je gaat plantkunde studeren, toch?'

'Ja.'

'Ik ben Andrea Granville. Ik studeer Engels. Er zijn maar enkele vrouwen die mijn studie doen, maar in jouw vak zijn er vast nog minder. Probeer maar snel te wennen aan een hele horde dwaze jongens die ten koste van jou stompzinnige grappen maken.'

'Okido, ik zal mijn best doen,' antwoordde ik, de sherry achteroverslaand.

'Het treurige is, Posy, dat de helft van hen hier alleen maar zit omdat hun voorouders hier hebben gezeten,' blafte Andrea. Ze had een erg luide stem. 'Een hele hoop zoons en kleinzoons van hoge omes. De meesten van hen vertrekken hier met matige resultaten en gaan terug naar hun oude geld om een luizenleventje te leiden.'

'O, Andrea, dat geldt voor lang niet alle jongens, hoor. Laat je niet afschrikken,' zei een meisje met prachtig zwart krullend haar en enorme helderblauwe ogen. 'Ik ben Celia Munro, trouwens. Ik studeer ook Engels.'

'Posy Anderson,' zei ik met een glimlach. Ze leek me meteen aardig.

'Nou, Posy, ik ga verder met de sherry, maar kijk uit voor padden in je la en scheetkussens op je stoel. O, en volgens de jongens zijn we allemaal lesbisch,' voegde Andrea er als laatste commentaar aan toe.

'Nou ja, zeg,' Celia schudde haar hoofd. 'We behoren je op je gemak te stellen, niet je de stuipen op het lijf te jagen. Trek je er niets van aan, Andrea is een prima meid, alleen zeer op vrouwenrechten gebrand. Daar zul je wel meer van merken onder het vrouwelijke smaldeel. Ik ben het er helemaal mee eens, natuurlijk, maar ik steek mijn energie liever in mijn studie en probeer er een leuke tijd van te maken.'

'Dat ben ik ook van plan. Dus jij zit in je tweede jaar?'

'Ja, en ondanks wat Andrea zegt over jongens die ons jennen, heb ik intens genoten van mijn eerste jaar. Het heeft waarschijnlijk wel geholpen dat ik het enige meisje ben in een gezin met drie broers, overigens.'

'Ik moet toegeven dat ik niet aan de jongens heb gedacht, alleen maar aan mijn examen en de toelating tot Cambridge.' Ik keek om me heen. 'Ik kan nog steeds nauwelijks geloven dat ik hier nu ben.'

'Nou, het is ook wel een onwerkelijke plek, een wereldje op zich, maar je zult je vast snel thuis voelen. Goed dan, zullen we even rondlopen en kijken met welke andere studentes uit jouw jaar we kunnen kennismaken?'

Dat deden we, en terwijl ik een hele reeks jonge vrouwen de hand schudde, besefte ik dat de meesten van hen net zo nerveus waren als ik. Over het geheel genomen leek het een prettige groep, en toen ik mijn tweede glaasje sherry had opgedronken, ging er een kalmerende warmte door me heen.

'Meiden! Mag ik jullie vragen om je hier even te verzamelen?'

Ik zag Miss Murray voor in de eetzaal staan en liep net als de rest naar voren.

'Ten eerste wil ik graag onze nieuwe lichting op New Hall verwelkomen. Zoals de oorspronkelijke lichting zal beamen, mogen jullie jezelf gelukkig prijzen dat jullie een jaar na de opening van het college zijn gearriveerd.'

'Ze bedoelt dat het ons eindelijk is gelukt om de matrassen bedwantsvrij te maken,' grapte Andrea, waarop haar vriendinnen grinnikten.

'Juist ja,' zei Miss Murray. 'Afgezien van die minuscule hindernissen waren er nog wel meer dingen die we op orde moesten krijgen toen we in dit pand trokken. Maar inmiddels is dat gelukt en denk ik dat we, na een jaar van kinderziekten, ons als college echt kunnen gaan vestigen als factor om rekening mee te houden, in academische zin, uiteraard, maar ook door jullie invloed als vrouwen van de toekomst. Zoals ik jullie heb uitgelegd in jullie afzonderlijke gesprekken, is het best intimiderend om als jonge vrouw in Cambridge te studeren, met een verhouding van één meisje op iedere tien jongens, zelfs voor de meest zelfverzekerde studente. Het is misschien gemakkelijk om scherp te reageren op de voortdurende plagerijtjes waar jullie mannelijke tegenhangers kennelijk plezier aan beleven. En natuurlijk mogen jullie daar allemaal op je eigen manier mee omgaan. Maar laat me dit zeggen: wij als vrouwen hebben onze eigen sterke punten. Als academica die de afgelopen twintig jaar in een mannenwereld heeft gewerkt, heb ik me vaak geneigd gevoeld om deze of gene met gelijke munt terug te betalen, maar ik raad jullie aan om je vrouwelijkheid te bewaren, om je eigen unieke talenten en vaardigheden in je voordeel te gebruiken. Onthoud dat veel jongens vooral op een bepaalde manier reageren omdat ze bang zijn. Hun mannenbastions worden langzaam maar zeker geïnfiltreerd, en ik kan jullie wel vertellen dat dit nog maar het begin is van ons streven naar gelijkheid.'

'Jeetje, zijn de jongens echt zo vervelend?' mompelde een van de nieuwe meisjes nerveus.

'Nee, maar een gewaarschuwd mens telt voor twee,' zei Miss Murray, 'en laat me niet merken dat een van jullie met een jongen op de vuist gaat, zoals op Girton vorig jaar is gebeurd. Maar nu even wat vrolijkers: als het weer warm genoeg is om de tuin te gebruiken, zullen we onze deuren komende vrijdagavond openen voor de nieuwe studenten van St John's College – de eigenaar van dit pand die zo vriendelijk is het aan ons te verhuren. Zo krijgen jullie de gelegenheid om in een ontspannen sfeer en onder het genot van een drankje wat mannelijke medestudenten te ontmoeten.'

'De vijand te vriend houden, bedoelt u?' Andrea grinnikte.

Miss Murray negeerde haar opmerking. Ik had het gevoel dat als er iemand was die op de vuist zou gaan met de jongens, het Andrea was.

'Nou, ik ga jullie overdragen aan onze andere studieleidster, dr. Hammond, die jullie zal inlichten over de praktische invulling op academisch gebied, maar eerst wil ik graag nog het glas heffen op New Hall en zijn nieuwe bewoonsters.'

'Op New Hall,' zeiden we allemaal, en dezelfde warmte waar ik me eerder van doordrongen voelde, stroomde opnieuw door me heen, want ik wíst dat ik deel uitmaakte van iets heel bijzonders.

En inderdaad: naarmate ik mijn medestudentes in de weken daarna beter leerde kennen, begon ik steeds meer het gevoel te krijgen dat ik niet langer een vreemde eend in de bijt was, dat ik voor het eerst in mijn leven ergens thuishoorde. Alle meisjes om me heen waren angstaanjagend slim en – belangrijker nog – ze waren hier omdat ze enthousiast waren over hun vak. De schemering begon steeds eerder in te vallen en de gesprekken rond het vuur in de comfortabele gezamenlijke woonruimte varieerden van wiskundige onderwerpen tot de dichtkunst van Yeats en Brooke. We leefden en droomden onze gekozen vakken, en er werd weinig geklaagd over de hoge werkdruk, misschien omdat we allemaal wisten dat we geluksvogels waren. Ik bloeide op en moest mezelf even knijpen elke keer als ik door de deur van de Botany School naar binnen liep.

Het gebouw, een vierkant met veel ramen gelegen aan Downing Street, was niet indrukwekkend, maar vanaf New Hall aan de andere kant van de rivier slechts een kort ritje op de fiets. Elke ochtend zag ik dezelfde gezichten op weg over de hobbelige kasseien; de oude tweedehandsfiets die ik had gekocht piepend protesterend bij elke draai van de pedalen.

Niets had me kunnen voorbereiden op de pure opwinding die ik ervoer toen ik voor het eerst het laboratorium betrad: de lange banken, het moderne gereedschap dat ik dolgraag wilde aanraken en de verzameling zaden en gedroogde planten die in het herbarium tot mijn beschikking stond (met schriftelijke toestemming, uiteraard).

Zoals Andrea me had voorspeld, was ik een van slechts drie vrouwelijke studenten in dit vak. Enid en Romy – de twee anderen – zaten opzettelijk ver van elkaar tijdens de colleges; beiden zochten liever hun eigen weg tussen de jonge mannen. We spraken elkaar vaak tijdens de lunchpauze op ons favoriete bankje in de botanische tuin, waar we aantekeningen uitwisselden en samen vermoeid onze wenkbrauwen optrokken om de fratsen van de jongens. Wij drieën voerden vaak gepassioneerde discussies over de toekomst van de plantkunde, liefst aan een tafel in The Eagle. In die pub was het altijd druk, deels omdat iedere wetenschapper op de universiteit leek te hopen er een glimp te kunnen opvangen van Watson en Crick, die twee jaar eerder de structuur van het DNA hadden ontdekt. De avond dat ik Francis Cricks achterhoofd aan de bar ontwaarde, was ik als verstijfd op mijn stoel blijven zitten, vol ontzag voor het genie. Enid, die veel meer zelfvertrouwen had dan ik, was naar hem toe gelopen en had hem de oren van het hoofd gepraat tot hij zich snel maar charmant had geëxcuseerd.

'Natuurlijk was het Rosalind Franklin die het leeuwendeel van het werk heeft verricht,' had Enid fel gezegd toen ze weer aan onze tafel kwam zitten. 'Maar zij is een vrouw, dus de erkenning gaat aan haar neus voorbij.'

Ik had noch de tijd, noch de aanvechting gehad om me bij een vereniging aan te sluiten, want ik wilde me volledig op mijn studie concentreren. Celia en Andrea, die mijn grote vriendinnen op New Hall waren geworden, hadden in het weekend het ene evenement na het andere, Celia met de schaakclub en Andrea met de Footlights, de gerenommeerde theaterclub. Ik bracht elk vrij moment door in de tuinen en kassen, en dr. Walters, een van mijn docenten, had me onder zijn hoede genomen in het Tropical House, een prachtig glazen gebouw waar de lucht zwaar was van de vochtigheid. Er waren avonden dat ik op het laatste ogenblik thuiskwam, de trap op liep naar mijn koude slaapkamer en meteen tussen de lakens kroop, vermoeid maar voldaan.

'Goh, wat ben jij een saaie piet,' zei Andrea op een ochtend bij het ontbijt tegen me. 'Je gaat amper de deur uit, behalve voor zaadjes en modder. Nou, vanavond is er een fuif van de Footlights en jij gaat met me mee, al moet ik je er eigenhandig naartoe sleuren.'

Ik wist dat Andrea gelijk had en dat ze bovendien geen nee zou accepteren, dus liet ik haar een van haar fleurige sjaals uitzoeken voor bij de rode jurk die ik op mijn achttiende verjaardag had gedragen. Ik wist binnen een paar seconden dat het feest net zo vreselijk was als ik had verwacht. De kakofonie van luide stemmen en muziek toen we het appartement van het hoofd van de Footlights betraden, waarschuwde me dat ik hier een vreemde eend in de bijt zou zijn. Desondanks pakte ik een drankje van de tafel om mijn zenuwen te bedwingen en betrad ik het strijdperk. Andrea baande zich een weg door de mensen om de gastheer te zoeken.

'Dat daar is Freddie. Is hij niet beeldschoon?' Ze glimlachte op een helemaal-niet-Andrea-achtige manier.

Ik volgde haar wijzende vinger en zag een jonge man die werd omringd door een groep aanbidsters die allemaal aandachtig luisterden terwijl hij hof hield. Toen ik naar hem keek, had ik het vreemde gevoel dat de tijd stilstond. Ik zag zijn volle lippen in slow motion bewegen. Zijn donkere haar was dik en viel golvend tot zijn schouders, zoals op de schilderijen van de romantische dichters die ik had gezien. Zijn ogen waren groot, expressief en reebruin, hij had hoge jukbeenderen en zijn kaak leek volmaakt gebeeldhouwd. Hij zou ook een prachtige vrouw kunnen zijn, dacht ik bij mezelf toen Andrea me meetrok en ik mezelf losrukte uit mijn mijmeringen.

'Freddie, *darling*, ik wil je graag voorstellen aan Posy Anderson, een goede vriendin van me.'

Ik voelde wel duizend bliksemschichten door me heen gaan toen hij mijn hand pakte en er een kus op plantte, zijn ogen op me gericht alsof ik de enige persoon in het vertrek was.

'Aangenaam,' zei hij met een diepe, melodieuze stem. 'En waar houd jij je zoal mee bezig, hier in Cambridge?'

'Plantkunde,' wist ik uit te brengen. En natuurlijk voelde ik die verrekte blos van me in mijn hals omhoogrijzen. In mijn rode jurk zag ik er vast uit als een overrijpe tomaat.

'Kijk eens aan, we hebben een natuurwetenschapper in ons midden!' zei hij tegen de menigte, en onwillekeurig had ik het gevoel dat hij me voor schut zette, hoewel zijn ogen – die nog steeds op me gericht waren – vriendelijk keken.

'Vertel eens, waar kom je vandaan, Posy?'

'Oorspronkelijk uit Suffolk, maar ik ben in Cornwall opgegroeid.'

'Suffolk?' Freddie glimlachte. 'Nou, dat hebben we dan met elkaar gemeen... Daar ben ik ook geboren. Laten we later verder praten, Posy. Ik zou heel graag willen weten hoe een prachtige vrouw zoals jij...' Ik voelde zijn ogen over mijn lichaam glijden. '... is terechtgekomen in een witte jas, turend door een microscoop.'

Ik knikte en grijnsde als een idioot. Ik kon letterlijk geen woord uitbrengen en was alleen maar blij toen iemand anders Freddies aandacht trok en hij zijn blik eindelijk van me afwendde.

Natuurlijk kwam er niks van 'later verder praten'. Freddie werd die avond omringd door het type mondaine vrouwen bij wie ik, in mijn simpele rode jurk en met mijn weerbarstige krullen, maar povertjes afstak. Andrea begaf zich al snel in het feestgewoel en vergat dat ik er was, dus een uur later vertrok ik en liep naar huis, dromend van Freddie en het feit dat hij me 'prachtig' had genoemd.

De winter in Cambridge was een onverwachte vreugde. De eeuwenoude stenen gebouwen werden bedekt door een sluier van glinsterend witte rijp en als je de kassen in de botanische tuin binnenging, leek het alsof je je in een reusachtige iglo bevond. Het was bijna kerstvakantie en de gesprekken tijdens het eten op New Hall draaiden nog om slechts één onderwerp: het kerstbal op St John's College.

'Ik trek een broek aan,' had Andrea verklaard. 'Zoals Marlene Dietrich, en iedere man die me durft te benaderen zal karakter moeten tonen.'

Celia en ik brachten een zaterdagochtend shoppend door, op zoek naar de perfecte outfit, en ik had wat van mijn toelage besteed aan een blauwfluwelen jurk, met een smalle taille en een strik aan de voorkant. Ik dacht meesmuilend aan alle mooie avondjurken van maman in Admiral House, en ik vroeg me af of ze een nieuw thuis hadden gevonden in haar palazzo.

Celia haalde me over om er schoenen met hoge hakken bij te kopen, want die had ik niet. 'En waag het niet om ze te dragen als je plantjes gaat graven,' waarschuwde ze me met een grijns.

'Ik ben veel te bang dat ik omtuimel en mezelf compleet voor paal zet,' zei ik tegen mezelf, rondlopend in mijn kleine slaapkamer om te oefenen.

Op de laatste dag voor de vakantie rende ik de Botany School uit, bijna uitglijdend over de ijzige treden en vervolgens morrelend aan het slot van mijn fiets. Ik was al laat voor mijn afspraak met Celia, die me had beloofd mijn haar te stylen tot iets enigszins modieus waar ik die avond op het bal mee voor de dag kon komen. Het was al zes uur toen ik op mijn fiets sprong en naar Silver Street reed, het getoeter van geïrriteerde autobestuurders negerend terwijl ik om de kuilen heen stuurde.

Plotseling buitelde de wereld omver en lag ik oog in oog met de gladde grijze kasseien, mijn fiets met draaiende wielen een centimeter of dertig van me verwijderd.

'Och heden, gaat het?' hoorde ik een stem boven me zeggen.

Geschrokken kwam ik overeind. 'Ik... ja, ik geloof het wel.'

'Ga even zitten om tot jezelf te komen. Dat was nogal een schuiver die je maakte,' zei de jonge man. Hij legde een geruststellende arm om me heen en begeleidde me van de weg af naar het bankje van een bushalte, waarna hij terugging om mijn fiets te halen. Hij trapte handig de standaard uit en ging naast me zitten. Zijn vriendelijke ogen waren blauw, hij glimlachte onder zijn keurige snor en ik zag plukjes blond haar onder de rand van zijn muts steken.

'Bedankt,' zei ik, mijn rok naar beneden trekkend. 'Ik ben nog nooit zo gevallen, ik ben meestal heel voorzichtig...'

'Het is bijna onvermijdelijk met deze gladheid,' zei hij. 'De gemeente heeft nog geen zand gestrooid. Typisch. Ik ben Jonny Montague, trouwens.'

'Posy Anderson,' antwoordde ik, zijn uitgestoken hand schuddend. Ik stond op. 'Het spijt me, ik moet voortmaken, mijn vriendin wacht op me...'

'Ik kan je niet zomaar verder laten fietsen na die val,' zei hij. 'Waar moet je heen? Ik loop wel mee.'

'Nee, echt, ik red me wel.'

'Ik sta erop.' Hij pakte het stuur van mijn fiets, dat inderdaad wel wat verbogen was. 'Gaat u voor, milady.'

Terwijl we samen naar New Hall liepen, vertelde Jonny me dat hij geografie studeerde aan St John's College.

'Maar na mijn studie ga ik het leger in, net als mijn dierbare ouweheer,' zei hij. 'En jij?'

'Ik doe plantkunde... plantenwetenschappen,' zei ik. Het woord 'wetenschappen' had het verwachte effect.

'Een wetenschapper?' zei hij, me verbaasd van opzij aankijkend. 'Goh, wat bestudeer je dan precies aan planten?'

Voor ik hem uitleg kon geven over enten en taxonomie en ecosystemen, waren we al bij het college gearriveerd.

'Laat die fiets eerst goed nakijken voor je er weer op stapt. Fijn je te hebben ontmoet, Miss Anderson, ondanks de vervelende omstandigheden.'

'Ja,' zei ik, 'en nogmaals bedankt voor je hulp. Heel aardig van je.'

'Het was een kleine moeite.' Jonny knikte, lichtte zijn muts en liep de avond weer in.

Een beetje verdwaasd ging ik de trap op naar mijn kamer, waar Celia ongeduldig met haar voet tikkend op me wachtte, met een angstaanjagende krultang in de aanslag.

'Maar mijn haar krult al,' protesteerde ik.

'Niet op de juiste manier,' zei ze. 'Nou, ga zitten. O Posy, wat heb je in vredesnaam gedaan? Je haar is een ramp!'

Anderhalf uur later probeerde ik niet al te erg te wankelen terwijl ik met een groepje New Hall-meiden naar St John's College liep. De duisternis werd doorbroken door lange kaarsen die in de met rijp bedekte gazons waren gestoken en de oude stenen torens en neogotische gevel verlichtten. We hoorden het geluid van een swingband vanuit de Great Hall komen, vermengd met het geroezemoes van stemmen die al door alcohol waren gesmeerd. In één vloeiende beweging werd mijn jas aangenomen door een bediende en kreeg ik een glas champagne in mijn hand gedrukt.

'Kom mee, Posy.' Celia nam me bij de arm en voerde me mee de Great Hall in. Het was haar gelukt om mijn haar glad te maken en er verfijnde golven in te creëren, die ze uit mijn gezicht naar achteren had gestoken met glinsterende speldjes. Ze had ook mijn make-up gedaan en ik durfde mijn lippen amper te bewegen voor het geval de helderrode lippenstift zou uitsmeren.

De zaal stond vol jonge mannen in smoking, hun stemmen weerklinkend via het hoge plafond.

'Proost, meiden,' toostte Andrea. 'Op een fijne kerst.'

'Hallo, schatje. Gelukkig heb ik je gevonden in deze drukte! Ga je mee dansen?'

Matthew, Celia's vrijer, verscheen. Ze gingen sinds oktober met elkaar uit.

'Natuurlijk.'

Ze zwierden weg en lieten mij en Andrea achter.

'Die is over een paar jaar waarschijnlijk getrouwd en zwanger,' snoof Andrea. 'En haar studie is dan vergeefs geweest. God, dit is totaal niet mijn wereld. Kom, laten we kijken of we iets te eten kunnen vinden. Ik heb trek.'

We baanden ons een weg door de menigte naar de lange schraagtafel vol gerechten en hapjes. Ik had geen honger, mijn maag was van slag door de zenuwen, maar Andrea laadde haar bord vol.

'De enige reden waarom ik hier ben,' zei ze glimlachend, en ze begon te eten.

'Hé, hallo,' zei een stem achter me.

Ik draaide me om en zag Jonny, mijn redder in nood van een paar uur geleden, achter me staan.

'Hallo.'

'Goh, wat zie je er anders uit,' zei hij bewonderend.

'Dank je.'

'Ben je hersteld van je val?'

'Jazeker.'

'Genoeg om met me te dansen?'

'Ik... ja,' antwoordde ik, terwijl ik de gebruikelijke blos in mijn hals voelde opkomen.

Hij stak zijn hand uit en ik pakte hem aan.

'Daar gaat er weer een,' hoorde ik Andrea fluisteren toen we naar de dansvloer liepen.

Later liepen we naar buiten voor wat frisse lucht en om te roken. (Ik had die gewoonte opgepikt omdat iedereen de hele tijd rookte en ik niet kleinburgerlijk wilde overkomen.) We gingen op een bankje op de binnenplaats zitten.

'Waar ga jij naartoe voor de kerstvakantie?' vroeg hij.

'Cornwall. Ik woon bij mijn oma.'

'Echt? Hoe zit het dan met je ouders?'

'Mijn vader is in de oorlog gestorven. Hij was piloot. Mijn moeder woont in Italië,' vertelde ik hem tot mijn verbazing. Ik praatte in Cambridge zelden over mijn thuissituatie, maar hij bleek uit te nodigen tot vertrouwelijkheden.

'Wat naar van je vader,' zei hij meelevend. 'Ik weet dat ik bof dat ik die van mij nog heb na die rotoorlog. Jouw vader was dus een held.'

'Ja.' Ik merkte dat hij dichter naar me toe was geschoven en dat de mouw van zijn smokingjasje tegen mijn arm streek. Ik voelde zijn warmte en verschoof niet.

'En jij?'

'Mijn ouders wonen in Surrey. Ik heb twee zussen, een kat en een oude labrador die Molly heet. Vrij standaard allemaal.'

'En je vader heeft dus in het leger gezeten?'

'Ja. Hij raakte al vroeg gewond bij Duinkerken. Hij verloor er een been, dus de rest van de oorlog bracht hij achter een bureau door. Hij heeft altijd gezegd dat het verlies van zijn been een zegen was. Hij behield zijn leven tenminste. Het spijt me dat dat voor jouw vader anders was.'

'Dank je.' Ik trapte mijn sigaret uit met een van mijn nieuwe schoenen en huiverde. 'Zullen we weer naar binnen gaan? Het is hier ontzettend koud.'

'Laten we dan gaan dansen om weer warm te worden.'

Hij pakte mijn arm en leidde me terug de Great Hall in.

Die kerst in Cornwall dacht ik voortdurend aan Jonny. Na onze dans had hij me naar New Hall teruggebracht en me mijn eerste kus gegeven. Hij had gezegd dat hij zou schrijven en ik haastte me elke dag om William, de postbode, te begroeten. En elke keer als er een brief voor me was, met het adres in Jonny's keurige handschrift op de envelop, ging er een rilling van opwinding door me heen.

Oma trok een wenkbrauw op en glimlachte, maar ze viste niet naar informatie, wat me dankbaar stemde. Toen ik na de vakantie in het nieuwe jaar terugkwam in Cambridge, hadden Jonny en ik al snel verkering. Het leek als vanzelf te gaan, en voor ik het wist, was ik niet meer alleen 'Posy', maar de helft van 'Jonny-en-Posy'. We zagen elkaar twee keer per week: op woensdag tussen de lessen door om te lunchen in een café, en op zondag in The Eagle. Ik ontdekte dat ik zoenen fijn vond, ook al kriebelde zijn snor op mijn huid, maar ik had nog niets van de andere dingen beleefd waar de meiden op New Hall 's avonds weleens over fluisterden in de gezamenlijke woonruimte.

Andrea was minder subtiel. Ze had erop gestaan nader met Jonny kennis te maken en hem aan een ondervraging onderworpen, om na te gaan of hij haar goedkeuring kon wegdragen.

'Hij lijkt me aardig, Posy, maar eerlijk gezegd is hij tamelijk saai, nietwaar? Al dat gepraat over zijn burgerlijke achtergrond. Weet je zeker dat je niet liever iemand wilt die opwindender is?'

Ik negeerde Andrea, want ik besefte dat zij graag de botte bijl hanteerde, gewoon om indruk te maken. Na mijn ongebruikelijke jeugd verwelkomde ik de beschrijving van zijn familie als positief, en ik hoopte dat hij me op een dag aan zijn ouders en zussen zou voorstellen.

Estelle, mijn vriendin van kostschool, die nu deel uitmaakte van het *corps de ballet* van het Royal Ballet in Londen, kwam een weekend bij me op bezoek. Tot diep in de nacht deelden we een fles goedkope wijn en vertrouwelijkheden.

'Dus heb je, je weet wel, het al met Jonny gedaan?'

'Hemel, nee.' Ik bloosde. 'We kennen elkaar nog maar een paar maanden.'

'Lieve Posy, je bent geen spat veranderd sinds onze schooltijd,' lachte ze. 'Ik heb in Londen met minstens vijf mannen het bed gedeeld – zonder er al te veel over na te denken!'

Het werd paasvakantie en ik bracht al mijn tijd door in Cornwall, waar ik hard studeerde voor mijn eerstejaarstentamens. Toen ik terug was in Cambridge, klaagde Jonny dat hij me bijna nooit zag.

'Als de tentamens achter de rug zijn, kun je me zien zo vaak je wilt,' troostte ik hem, me afvragend waarom hij niet hard studeerde voor zijn eigen tentamens.

Toen de tentamens uiteindelijk voorbij waren, had ik het gevoel dat ik me vrij goed van mijn taak gekweten had en dat ik me mocht ontspannen. Het May Ball-seizoen naderde en Jonny en ik vroegen ons af voor welk bal we moesten kiezen. Het lukte Jonny om vier kaarten voor het Trinity College May Ball te bemachtigen, het populairste bal van Cambridge.

'Ik zal Edward uitnodigen.' Dat was Jonny's beste vriend. 'En misschien kun jij Estelle vragen? Ik weet dat hij weg van haar is sinds hij haar in februari heeft ontmoet,' opperde Jonny.

Dus Estelle kwam, en wij brachten de dag samen door om ons klaar te maken.

'Vertel me nog eens hoe die Edward er ook alweer uitziet, lieverd,' zei Estelle terwijl ze haar vlasblonde haar in een vakkundige knot op haar hoofd vastzette. 'Is hij een spetter die het waard is om me voor op te tutten?'

'Het kan niet anders dan dat je je hem herinnert, Estelle. We hebben de avond in zijn kamer doorgebracht, gin gedronken en brood geroosterd boven zijn haardvuur.'

'O, maar dat is al eeuwen geleden, Posy. Wat vind je trouwens van mijn jurk?' vroeg ze, ronddraaiend in een flonkerende creatie van wit satijn en tule. 'Ik heb hem uit de kostuumafdeling ontvreemd.'

'Hij is heel... zwierig en hij past perfect bij je,' zei ik. Naast mijn sierlijke vriendin voelde ik me een olifant toen ze de knopen aan de achterkant van mijn jurk vastmaakte. Oma was mijn redding geweest en had haar kleermaakster (die volgens haar een fractie rekende van wat naaisters in de stad vroegen) gevraagd om een mooie lila japon voor me te maken, met een wijd uitlopende rok die om mijn enkels ruiste.

Toen we allebei tevreden waren over hoe we eruitzagen, liepen we de warme junilucht in om Jonny en Edward te ontmoeten.

'Je ziet er schitterend uit, lieverd,' zei Jonny, die met een glimlach mijn gehandschoende hand pakte en er een kus op drukte.

We voegden ons bij andere feestgangers die naar het bal liepen, en Estelle en ik bleven een paar passen achter de mannen lopen.

'Geen wonder dat ik me hem niet herinnerde, maar voor vanavond voldoet hij wel,' fluisterde ze.

'Estelle, je bent gewoonweg vreselijk,' mompelde ik terug.

Tijdens de champagneontvangst die werd gehouden in Trinity Great Court, wees Estelle de japonnen aan die ze herkende uit *Vogue*. Daarna genoten we van een uitmuntend vijfgangendiner voordat het daadwerkelijke dansen begon.

Ik zwierde tevreden rond in Jonny's armen terwijl Estelle pirouettes om Edward heen draaide en alom bewondering oogstte. Na de vuurwerkshow en het *survivors' breakfast* zaten we met z'n vieren op The Backs om het aanbreken van de ochtend mee te maken. Er hing een lichte nevel boven de rivier en het slaperige begin van vogelzang kondigde een nieuwe warme dag aan.

'Ik zou wel voor altijd in Cambridge willen blijven,' mijmerde Edward met een blik op de zonsopgang.

'Ik niet,' zei Jonny. 'Ik verheug me op mijn officiersopleiding op Mons als ik hier klaar ben. Ik ben hier alleen maar omdat mijn vader erop stond dat ik zou studeren voor het geval ik het leger vroeg zou willen verlaten. Ik kan nauwelijks wachten tot ik kan gaan reizen om wat van de wereld te zien.' Hij gaf een kneepje in mijn hand en wendde zich tot mij. 'Dat lijkt jou ook fijn, toch, Posy?'

'Ik... nou, jawel,' zei ik verrast, want tot dat moment had ik niet echt over de toekomst nagedacht, of in elk geval niet een toekomst met Jonny...

'Oké.' Estelle liet haar voeten uit haar schoenen glijden om me te hulp te schieten. 'Laten we eens kijken of we het beroemde Trinity Great Court-record kunnen verbreken. Wie het snelst is!' Ze sprintte weg, springend als een elfje, en voor Jonny me kon tegenhouden, rende ik achter haar aan.

Die zomer zou ik eindelijk kennismaken met Jonny's familie. Ik nam verschillende treinen van Cornwall naar Surrey, met potten jam en pickles die Daisy me had meegegeven als geschenk. Jonny kwam me van Cobham Station ophalen in een fraaie donkergroene Ford sedan.

'Lieverd! Wat heerlijk je te zien.' Hij begroette me met een kus en ik liet me op de leren stoel glijden. Ik keek geboeid om me heen terwijl hij de auto over weelderige, lommerrijke wegen stuurde, langs mooie huizen met goed onderhouden gazons. Uiteindelijk reden we een oprit op bij een huis met symmetrische beukenhagen die eruitzagen alsof ze waren gesnoeid met behulp van een waterpas. Jonny sprong uit de auto en trok het portier aan de passagierskant voor me open. Ik stapte het grind op met een knoop in mijn maag van de zenuwen.

De voordeur ging open en als eerste slofte er een oude labrador naar buiten, gevolgd door een knappe vrouw van begin veertig met een gladde blonde bob en een lieve glimlach. Achter haar stond een lange, slanke man met een wandelstok en een snor als die van Jonny.

Jonny pakte mijn hand en trok me mee. 'Posy, dit zijn mijn ouders.'

Meneer Montague schudde als eerste mijn hand, zijn aanraking droog en stevig. 'Fijn je te ontmoeten, Posy, Jonny heeft ons al veel over je verteld.'

'Aangenaam kennis te maken,' voegde mevrouw Montague eraan toe. 'Welkom bij ons thuis.'

Ik volgde hen naar binnen, met de labrador op mijn hielen, en ik zag dat Jonny's vader, ondanks zijn houten been, heel soepel liep.

'Jonny, lieverd, breng jij Posy's koffer naar de logeerkamer?'

'Natuurlijk, ma.'

Jonny liep gehoorzaam de trap op terwijl zijn moeder me door de gang meeloodste naar een schone, witte keuken. Er stond een prachtige victoriataart op het aanrecht. 'Ik hoop dat je het niet erg vindt om buiten thee te gaan drinken. Het is zo'n mooie dag.'

'Dat zou ik juist fijn vinden,' zei ik glimlachend. Ik volgde haar door de keukendeur naar een terras dat werd begrensd door een border vol met zoetgeurende gardenia's. Twee jonge vrouwen zetten hun porseleinen theekop op een tafel en keken me met een glimlach aan.

'Dit zijn Dorothy en Frances,' zei mevrouw Montague, en de twee meiden kwamen naar me toe om me te begroeten.

'Zeg maar Dotty,' zei een van hen met dezelfde stevige handdruk als haar vader.

Ze hadden allebei Jonny's gladde blonde haar en lichtblauwe ogen, en ze waren net zo lang als ik, waardoor ik tot mijn genoegen eens niet boven andere vrouwen uittorende.

'Jonny heeft nog nooit eerder een meisje meegenomen,' giechelde Frances, die de jongste van de twee zussen was – een jaar of zestien, schatte ik. 'Heeft hij je al ten huwelijk gevraagd?'

'Frances!' Jonny was achter me verschenen. 'Jij bent echt verschrikkelijk!'

Tijdens de thee sloeg ik Jonny's interactie met zijn familie gade en voelde ik een warme genegenheid voor hem. Ik was niet gewend aan de goedmoedige plagerij tussen hem en zijn zussen, of de milde, geamuseerde berispingen van zijn moeder, maar kijkend naar de zwermen gele vlinders boven het paarse ijzerhard in de keurig verzorgde tuin, voelde ik me ontspannen en op mijn gemak.

'Jonny heeft me verteld dat je bij je oma in Cornwall woont. Het leven zal daar wel rustig zijn,' zei mevrouw Montague terwijl Frances en Dorothy aan de andere kant van de tafel ergens over ruzieden.

'Ja, het is er vredig,' zei ik, een verkwikkende slok van mijn thee nemend, 'maar ook ruig, met name in de winter.'

'Jonny zei ook dat je plantkunde studeert. Misschien kunnen jij en ik morgen een rondje door de tuin maken, dan kun je me advies geven.'

Ik keek in haar vriendelijke blauwe ogen en voelde een verwarrende mengeling van emoties: blijdschap om de hartelijke ontvangst van Jonny's familie en afgunst om het feit dat hij was opgegroeid met zoveel liefde van zijn ouders, en omdat hij een moeder had die zo geïnteresseerd was in zijn leven.

'Heel graag,' zei ik tegen haar, de brok in mijn keel wegslikkend.

In de paar dagen die volgden, hielp ik mevrouw Montague, die erop stond dat ik haar Sally noemde, in de keuken en gaf ik haar tips over het tegengaan van slakken in de tuin. Met meneer Montague praatte ik over zijn tijd in de oorlog en met Frances en Dotty ging ik winkelen in het mooie plaatsje Cobham. Elke avond als ik in de logeerkamer in mijn bed stapte, vroeg ik me af of het misschien zo voelde om normaal te zijn en ik de laatste persoon was die het script had ontvangen.

Op de laatste avond voordat ik voor de rest van de zomer zou terugkeren naar Cornwall, leende Jonny weer de auto van zijn vader en nam hij me mee naar een restaurant in Cobham. Hij was opvallend nerveus en zat in zijn runderstoofschotel te prikken terwijl ik gulzig op die van mij aanviel.

Bij het dessert – een appelcrumble met dikke custard – pakte Jonny mijn hand in de zijne en schonk me een verlegen glimlach.

'Posy, ik wil je bedanken voor de fijne wijze waarop je met mijn familie bent omgegaan.'

'Ik heb het heel plezierig gevonden, Jonny, echt. Je ouders en zussen zijn gewoon geweldig.'

'Het punt is, Posy, dat we nu zeven maanden samen zijn en dat ik... nou, ik wil dat je weet dat ik het serieus met je meen. Ik hoop... Ik bedoel, ik hoop dat ik je op een dag formeel zal kunnen vragen om voor altijd de mijne te worden, maar dat zou niet correct zijn voordat ik klaar ben in Cambridge en een inkomen ga verdienen als officier,' zei hij. 'Dus ik dacht dat we onszelf misschien officieus aan elkaar konden verbinden, dat we beloven ons in de toekomst te zullen verloven. Vind je dat een goed idee?'

Ik nam een slok van mijn wijn, glimlachte naar hem en voelde de warmte van de tijd die ik met zijn familie had doorgebracht door me heen golven.

'Ja,' antwoordde ik.

Toen we terug bij het huis kwamen, waren de lichten al uit en lag de familie in bed. Jonny pakte mijn hand en we slopen de trap op om niemand wakker te maken. Voor mijn kamerdeur nam Jonny mijn gezicht in zijn handen en kuste me.

'Posy,' fluisterde hij in mijn hals, 'zou je... wil je misschien met me meekomen naar mijn kamer?'

Als we elkaar hebben beloofd ons te gaan verloven, zal het er op enig moment toch wel van komen, dacht ik terwijl ik me over de overloop door hem liet meeloodsen naar zijn slaapkamer, die ten opzichte van de kamer van zijn ouders gelukkig aan de andere kant van het huis lag.

Eenmaal binnen leidde hij me zachtjes naar zijn bed en kuste me opnieuw, waarna zijn handen de rits van mijn jurk opentrokken en teder hun weg over mijn huid zochten. Samen gingen we op zijn smalle bed liggen en ik voelde het gewicht van zijn lichaam op me, voor het eerst huid tegen huid. Ik deed mijn ogen stijf dicht toen hij zich plotseling oprichtte, de la van zijn nachtkastje opende en er een klein vierkant pakje uit haalde, fluisterend dat hij me moest beschermen. Een paar seconden later onderdrukte ik een kreet van pijn toen hij bij me binnendrong.

Het was allemaal veel sneller voorbij dan ik had verwacht. Jonny rolde van me af, sloeg zijn armen om mijn naakte schouders en hield me tegen zich aan.

'Ik hou van je, Posy,' zei hij slaperig, en niet lang daarna hoorde ik hem zachtjes naast mij snurken.

Ik wurmde me weer in mijn ondergoed, stond op en pakte mijn jurk en schoenen voordat ik naar de logeerkamer sloop. Ik lag wakker tot het eerste zwakke schijnsel van de ochtend achter mijn raam verscheen, me afvragend waar iedereen zich in vredesnaam zo druk over maakte.

Die herfst, terug in Cambridge, vervielen we in onze oude routine – met één belangrijke verandering: ongeveer eens per maand brachten we samen de nacht door in een bed and breakfast aan de rand van de stad. Dankzij de strenge straf – weggestuurd worden – die gold voor studenten die met een bedgenoot in hun slaapkamer werden betrapt, deed de bed and breakfast goede zaken. Ik zag er geregeld gezichten die ik kende heimelijk naar binnen of naar buiten gaan.

'Ach, wat ben je toch keurig, Posy,' had Andrea afkeurend gezegd toen ik terugkwam na een van mijn nachtelijke uitstapjes. 'Gisteravond zag ik Arabella Baskin op King's nog uit George Rustwells raam klimmen.'

'Nou, dan heeft ze geluk dat haar vriendje een kamer op de begane grond heeft. Bovendien ga ik mijn studie niet in de waagschaal stellen,' had ik verontwaardigd geantwoord.

Ik hield me stil over onze belofte tot verloven en stortte me op mijn werk met dr. Walters. Ik deed als een van de weinige studenten en als enige vrouw mee aan zijn prestigieuze onderzoeksproject op het gebied van de cytogenetica van planten in de Asteraceae-familie. Onder zijn begeleiding groeide mijn zelfvertrouwen en merkte ik dat ik niet langer bang was om mijn mening te geven tijdens colleges. Ik had op de Botany School ook naam gemaakt als iemand die een gave had om planten weer tot leven te brengen. Mijn kleine kamer op New Hall was nu gevuld met de gronderige geur van planten, aangezien ik kwijnende graslelies, cactussen en op zeker moment zelfs een ginkgobonsaiboompje in handen geduwd kreeg.

'Het schijnt vijftig jaar oud te zijn,' had Henry, een van de laboranten, gezegd toen hij mij het dwergboompje met zielig neerhangende blaadjes overhandigde. 'Het is van mijn opa geweest en na al die tijd kan het niet zo zijn dat ik verantwoordelijk ben voor zijn ondergang, Posy, mijn familie zou het me nooit vergeven.'

In de ochtenden, voor het ontbijt, zorgde ik voor mijn bonte minikwekerijtje, waarna ik naar de Botany School fietste. Ik telde de weken, maanden en seizoenen in Cambridge niet aan de hand van trimesters of deadlines voor essays, zoals mijn medestudenten, maar aan de hand van de natuurlijke ritmes van de flora om me heen. Ik maakte gedetailleerde botanische tekeningen van alle bijzondere en exotische planten in het herbarium, en ik was op mijn gelukkigst als mijn vingers in de vochtige, zachte aarde groeven wanneer ik zaailingen overplantte die uit hun oorspronkelijke potjes waren gegroeid.

Na de tentamens van mijn tweede jaar kreeg ik het verzoek van dr. Walters om voor een gesprek naar zijn kantoor te komen. De nacht ervoor kon ik niet slapen, want ik vroeg me af waar hij me in vredesnaam over wilde spreken. Ik kreeg sombere visioenen over wangedrag waarvan ik me niet bewust was dat zou resulteren in mijn eerloze aftocht.

'Kom binnen, Miss Anderson,' zei hij glimlachend toen ik de stijlvolle kamer met eikenhouten lambrisering binnenkwam. 'Sherry?'

'Eh... nou, ja, graag.'

Hij reikte me een glas aan en gebaarde naar de versleten leren stoel vol barstjes aan de andere kant van zijn bureau. Aan de muren hingen zijn vele verfijnde botanische tekeningen, die ik graag van dichterbij zou willen bestuderen.

'Miss Anderson, het spreekt voor zich dat je een grote bijdrage aan ons project hebt geleverd,' zei hij achteroverleunend in zijn stoel, zijn handen over zijn buik gevouwen en me over zijn bril heen aankijkend. 'Heb je al nagedacht over wat je wilt doen na je tijd in Cambridge?'

'Nou,' begon ik, mijn mond plotseling droog, 'ik werk graag met planten, ik koester ze, dus als de mogelijkheid bestaat dat ik als postdoctoraalstudent research voor u zou kunnen verrichten...'

'Ik voel me gevleid, Miss Anderson, maar ik heb iets anders voor je in gedachten.' Hij nam een slokje sherry. 'Je hebt wel gemerkt dat ons onderzoek steeds meer gericht is op het minuscule – het genetische niveau – maar jij hebt een talent voor het verzorgen van planten dat niet verspild zou moeten worden in een laboratorium. Heb je Kew Gardens in Londen weleens bezocht?'

De naam Kew bracht een huivering over mijn ruggengraat teweeg. 'Nee, maar ik heb er niets dan goeds over gehoord,' zei ik zacht.

'De heer Turrill, een goede vriend van me, is de Keeper of the Herbarium en hoofd van de andere kassen,' zei hij. 'Ik denk dat jij een perfecte kandidaat zou zijn om daar aan de slag te gaan.'

Ik was sprakeloos. 'Ik...'

'Natuurlijk zou het helpen als je cum laude afstudeert,' ging hij verder, 'maar ik heb je cijfers gezien, dus ik ga ervan uit dat dat voor jou gemakkelijk haalbaar is. Wat denk je ervan, wil je dat ik een goed woordje voor je doe bij meneer Turrill?'

'Hemel,' zei ik, totaal overweldigd, 'dat zou fantastisch zijn!'

Ik was bedroefd toen Andrea en Celia, die beiden een jaar boven mij hadden gezeten, Cambridge verlieten. Bij hun afstuderen zagen ze er allebei tiptop uit in hun zwarte gewaad, de pelskraag netjes over hun rug gedrapeerd. Celia had zich een paar maanden daarvoor verloofd en ik verheugde me op haar bruiloft met Matthew in augustus in Gloucestershire.

'Denk je dat je wel zult gaan werken?' vroeg ik terwijl ik toekeek hoe ze haar bezittingen over twee koffers verdeelde.

'Ik heb gesolliciteerd naar twee banen als lerares, dus tot de baby's komen, jazeker. We zullen het geld nodig hebben, want Matthew moet nog verder met zijn rechtenstudie,' zei ze, en ze omhelsde me stevig. 'We houden contact, hè Posy?'

Daarna ging ik naar beneden om afscheid te nemen van Andrea.

'Och, heden, ik ga maar naar de British Library in Londen, Posy,' zei ze tegen me toen er tranen in mijn ogen opwelden. 'En volgend jaar zit jij in Kew, dus dan zien we elkaar heel vaak.' Ze keek me ernstig aan. 'Beloof je me dat je niet te snel met je Jonny Legerman trouwt? Leef je leven eerst nog een tijdje, oké?'

'Ja, dat is wel mijn bedoeling. Tot ziens in Londen,' zei ik glimlachend, waarna ik mijn eigen koffer ging pakken voor een zomer in Cornwall.

Mijn laatste jaar in Cambridge voelde alsof ik door een tunnel spoedde met slechts één bestemming: werken in Kew Gardens. In april, vlak voor mijn tentamens, kwam dr. Walters in het herbarium naar me toe.

'Ik heb bericht ontvangen van meneer Turrill, Miss Anderson. Er is een gesprek voor je geregeld voor komende maandag om half elf 's ochtends. Denk je dat dat gaat lukken?'

'Natuurlijk!' zei ik gretig.

'Ik zal het meneer Turrill laten weten. Succes, Miss Anderson.'

De ochtend van het gesprek trok ik mijn beste rok en blouse aan en bond ik mijn haar in een knot naar achteren voor een professioneel uiterlijk. Ik liet mijn botanische tekeningen in een fraai nieuw leren portfolio glijden dat Jonny me met Kerstmis had gegeven. Ik had hem niet verteld over het gesprek, want ik wilde wachten tot ik wist of ik de baan zou krijgen voordat ik over het onderwerp De Toekomst zou beginnen. Tot nu toe hadden we veel gepraat over zíjn carrière en bijna niet over die van mij.

Ik arriveerde op King's Cross tijdens het forensenspitsuur, wurmde me in de Circle Line-metro en stapte over op de District Line naar Kew Gardens Station. Het was een heldere, frisse ochtend en de kersenbomen die de straten flankeerden, stonden in volle bloei. Voor mij zag ik een indrukwekkend smeedijzeren hek met aan weerskanten een versierde zuil. Ik liep door een klein zijhek en bevond me in een groot park met als blikvanger een meer dat de blauwe lucht erboven weerspiegelde, en met paden die naar verschillende victoriaanse gebouwen en kassen leidden. Ik raadpleegde de routebeschrijving die dr. Walters me had gegeven en begaf me naar het receptiegebouw.

Binnen liep ik naar een jonge vrouw met een modieuze cat-eyebril die achter de balie zat.

'Hallo,' zei ik, wensend dat mijn mond niet zo droog aanvoelde. 'Ik ben Posy Anderson en ik heb om half elf een gesprek met meneer Turrill.'

'Gaat u maar bij de anderen zitten, alstublieft, en wacht tot uw naam wordt omgeroepen,' zei ze verveeld.

Ik draaide me om en zag drie jonge mannen in donker pak – alle drie met een leren portfolio als het mijne – in een kleine wachtruimte zitten. Toen ik tussen hen plaatsnam, was ik me meer dan ooit bewust van mijn vrouw-zijn.

Er ging een uur voorbij terwijl de mannen om de beurt een klein kantoor binnen werden geleid en vervolgens terugkeerden en het gebouw verlieten zonder op of om te kijken. Toen de laatste man was vertrokken, zat ik met zweterige handen om mijn portfolio geklemd, me afvragend of ze mij vergeten waren.

'Miss Anderson?' riep een sonore stem.

Er kwam een lange man in een tweed pak het kantoor uit lopen en ik zag vriendelijke blauwe ogen achter een dikke, ronde bril twinkelen.

'Ja.' Ik stond haastig op.

'Ik ben nogal uitgedroogd na al dat gepraat. Wil je een kop thee met me gaan drinken?' vroeg hij.

'Ik… ja, graag.'

Hij loodste me mee het gebouw uit en we liepen gezamenlijk door het park, met de verwarmende zon op ons gezicht.

'Nou, Miss Anderson,' zei hij, zijn handen in zijn zakken stekend. 'Dr. Walters heeft me veel over je verteld.'

Ik knikte, te nerveus om iets te zeggen.

'Ik ben al Keeper of the Herbarium sinds vlak na de oorlog,' ging hij verder, 'en in die tijd is er veel veranderd.'

'Ja,' zei ik, 'ik heb al uw werk gelezen en uw bladvormclassificatiesysteem is ingenieus.'

'Vind je? Nou, dat is goed om te horen. Ik ga dit jaar met pensioen en ik zal Kew met pijn in mijn hart verlaten. We zijn hier één grote familie, begrijp je, en de keuze voor een nieuw lid van de groep is een serieuze taak. Dr. Walters zegt dat je behoorlijk bedreven bent in het maken van botanische illustraties.'

'Ja, hoewel ik niet naar de kunstacademie ben geweest, maar ik teken al planten sinds ik een klein meisje was.'

'Dat is de beste manier om het te leren,' zei hij. 'We hebben iemand nodig die zowel artistiek als wetenschappelijk kundig is. Zowel het Herbarium als het Jodrell Laboratory zal de komende paar jaar behoorlijk uitbreiden, en we hebben een staflid nodig dat als schakel kan fungeren. Ah, we zijn er.'

We waren aangekomen bij een Chinese pagode midden in een keurig verzorgde tuin. Buiten stonden tafeltjes in de zon en meneer Turrill gebaarde naar een stoel. Er kwam een jonge vrouw met een schort voor aanlopen.

'Hetzelfde als anders, meneer Turrill?' vroeg ze.

'Ja, graag, en misschien een stukje gebak voor Miss Anderson en mezelf,' zei hij knikkend. Hij wendde zich tot mij. 'Goed, laten we je illustraties eens bekijken.'

Ik frommelde aan het slotje van mijn portfolio en spreidde het schetspapier uit over de tafel. Meneer Turrill nam zijn bril af om de tekeningen te bestuderen.

'Je hebt veel oog voor detail, Miss Anderson. Ze doen me denken aan het werk van Miss Marianne North.'

'Ik bewonder haar zeer,' zei ik gevleid. Marianne North was zeker een vrouw tegen wie ik erg opkeek – een victoriaanse pionierster die het had aangedurfd in haar eentje te reizen om planten van over de hele wereld te verzamelen.

'Goed, het werk hier in Kew is afwisselend. Je zou hoofdzakelijk in het Herbarium vertoeven, om nieuwe specimens te tekenen en te catalogiseren, en af en toe zou je in het Jodrell Laboratory helpen met het onderzoek naar cytogenetica. En we dragen allemaal ons steentje bij in de kassen. Dr. Walters heeft me verteld dat je de gave hebt om elke plant die op je pad komt nieuw leven in te blazen.'

Ik bloosde. 'Ik ga simpelweg na wat de plant nodig heeft en ik doe mijn best.'

'Uitstekend. Hier in Kew Gardens ontvangen we veel exotische planten vanuit de hele wereld. En vaak hebben we geen idee wat de ideale groeiomstandigheden zijn, vandaar de noodzaak tot experimenteren... en een flinke dosis geluk!' Hij grinnikte en keek me onderzoekend aan.

Op dat moment kwam er een vrouw met een gebruinde huid en korte bruine krullen naar de tafel lopen. Ze was gekleed in een praktisch broekpak en ze had een botaniseertrommel over haar schouder geslingerd.

'William, wie maak je nu weer het hof?' riep ze vrolijk.

'Ah, Miss Anderson, dit is Jean Kingdon-Ward, een van onze gerenommeerde plantenjagers,' zei meneer Turrill, die opstond om haar te begroeten. 'Ze is net terug uit Birma.'

'En zit nog onder de insectenbeten,' lachte ze, en ze schudde mijn hand. 'Aangenaam kennis te maken, Miss Anderson.'

'Miss Anderson studeert binnenkort af aan de universiteit van Cambridge en we denken erover haar een baan in Kew aan te bieden.'

'Dit is de beste plaats ter wereld om te werken, Miss Anderson,' zei Jean. 'William, zal ik deze plant meteen naar het Herbarium brengen?'

'Ja, maar controleer hem deze keer alsjeblieft grondig op insecten,' zei hij met een opgetrokken wenkbrauw. 'Ik hoef je vast niet te herinneren aan de rupsenplaag van vorig jaar?'

'Pietje-precies,' zei Jean, en ze schonk me een glimlach voor ze naar het Herbarium liep.

'Ben je een fervent reizigster, Miss Anderson?' vroeg meneer Turrill me toen onze thee en gebak arriveerden.

'Dat kan ik zijn, ja,' zei ik, een slok nemend van mijn thee en bij mezelf denkend dat ik alles kon zijn wat ze wilden als dat zou betekenen dat ik hier in Kew Gardens mocht werken.

'Jonny, lieverd, ik moet je iets vertellen.'

We lagen in bed in de bed and breakfast te roken na onze vrijpartij.

'Wat dan, lieverd? Je kijkt nogal ernstig.'

'Ik heb een baan aangeboden gekregen in Kew Gardens in Londen. Ik ga er werken in het Herbarium, waar ik de planten zal catalogiseren en schetsen.'

'Nou, dat is fantastisch nieuws!' antwoordde Jonny, die zich met een gemeende glimlach naar me toe draaide. Om de een of andere reden had ik gedacht dat hij misschien boos zou zijn, dus er ging een golf van opluchting door me heen toen hij me feliciteerde.

'Ik zit straks op Mons in Aldershot, dat is maar anderhalf uur met de trein van Londen, dus we kunnen elkaar regelmatig zien als ik verlof krijg na mijn basistraining. Waar ga je wonen?'

'O, ik mag bij Estelle intrekken. Haar flatgenote gaat volgende maand naar een balletgezelschap in Italië, dus ik kan in haar kamer.'

'Dat klinkt perfect, hoewel Estelle wel een tikje losbandig is, Posy. Je gaat haar voorbeeld niet volgen, toch?'

'Natuurlijk niet, lieverd. En we zullen elkaar trouwens amper zien, want ik ben de hele dag aan het werk en zij danst 's avonds.'

'In elk geval houdt het je van de straat tot ik mijn opleiding heb voltooid, en daarna gaan we de wereld verkennen.' Hij drukte me tegen zich aan.

Ik besloot er niet op in te gaan. Het feit dat Jonny veronderstelde dat ik mijn droombaan zou opgeven zodra dat hem goed uitkwam, was een onderwerp om later te bespreken.

Mijn laatste May Ball was bitterzoet. Jonny, ik en een aantal studenten van St John's en New Hall die Cambridge zouden verlaten, dansten tot de vroege ochtend. We dronken champagne tot ik op The Backs tegen Jonny's schouder zakte, huilerig van een teveel aan alcohol, en de zon voor de laatste keer boven de Cam zag opkomen.

'Posy, ik hou van je,' mompelde Jonny.

'Mmm, ik ook van jou,' zei ik soezerig. Ik sloot mijn ogen en stond op het punt in slaap te vallen, maar Jonny schoof onder me vandaan, dus legde ik mijn hoofd op het zachte, zoetgeurende gras.

'Posy?'

Ik deed met moeite mijn ogen open en zag dat Jonny op een knie voor me zat, met een klein sieradendoosje in zijn handen.

'Ik weet dat we elkaar een tijdje geleden hebben beloofd ons te verloven, dus voor onze wegen scheiden, leek het me goed om het officieel te maken. Mijn moeder heeft me in de paasvakantie de ring van haar grootmoeder gegeven en die heb ik sindsdien in mijn zak met me meegedragen, wachtend op het perfecte moment. Het is zo'n heerlijke avond geweest en we gaan allebei weg uit Cambridge en... wat ik wil vragen is...' Hij haalde diep adem. 'Posy Anderson, wil je met me trouwen?'

Hij opende het doosje en onthulde een ring met drie saffieren omgeven door kleine diamantjes, die hij om mijn vinger liet glijden.

'Ik... ja.' Ik zag hoe de ring flonkerde in de eerste zonnestralen. En hoewel ik, toen hij me naar zich toe trok om me te kussen, niet de opwinding voelde die ik misschien zou moeten voelen bij het idee verloofd te zijn, kuste ik hem terug.

ADMIRAL HOUSE

NOVEMBER 2006

GROTE KLAPROOS
(*Papaver rhoeas*)

21

Gedurende het weekend werd Amy heen en weer geslingerd tussen schuldgevoel en euforie. De ochtend na de nacht met Sebastian was ze vroeg opgestaan, want ze kon toch niet slapen, had ze haar kinderen wakker gemaakt en waren ze het huis uit geslopen om hem niet te storen. Ze was meteen naar Southwold gereden, had geld opgenomen bij de bank en was de eerste in de rij op het postkantoor geweest om de elektriciteitsrekening te betalen. Toen ze terugkwam in het koude huis, zag ze dat de koel-vriescombinatie was gaan ontdooien, waardoor er een grote plas op de keukenvloer was ontstaan, wat betekende dat het meeste voedsel dat erin zat bedorven zou raken. Amy redde wat ze kon voor de komende vierentwintig uur en ruimde de troep op. Rond het middaguur was de koelkast weer begonnen te zoemen en het peertje in de keuken gaan branden.

Toen Sam thuis was gekomen, had ze hem op zakelijke toon verteld over de elektriciteit die was afgesloten, waarna ze met z'n drieën de nacht hadden doorgebracht in Admiral House. Als ze het al had willen verzwijgen en had willen liegen over waar ze geweest waren, zou dat zinloos zijn. De kinderen zouden het hem toch wel vertellen.

Sam was vol berouw geweest, had gezegd dat hij kennelijk toch vergeten was te betalen en vroeg of ze het hem ooit zou kunnen vergeven. Amy, die veel te moe was om ruzie te maken en ook bepaald niet het gevoel had dat zij momenteel moreel boven hem stond, had gezegd dat ze het hem vergaf, dat het nu eenmaal zo gegaan was en dat ze bereid was het te vergeten. Duidelijk opgelucht dat hij er zo gemakkelijk vanaf kwam, kondigde Sam aan dat hij gisteren zijn eerste loon had gekregen en dat hij Amy die avond mee uit eten wilde nemen, als ze nog een oppas kon regelen. Ze had hem bedankt maar nee gezegd, want ze moest er niet aan denken een paar intieme uren aan een tafeltje tegenover haar echtgenoot door te brengen. Ze was vroeg naar bed gegaan. Sam was haar gevolgd en had een poging gedaan om met haar te vrijen. Zij had gedaan of ze sliep en hij had haar afwijzing opgevat als een teken dat ze diep vanbinnen toch nog boos op hem was vanwege de elektriciteitsrekening. Hij was de rest van het weekend in een slecht humeur geweest en Amy had haar best gedaan hem zoveel mogelijk te vermijden.

Ze was blij toen het maandag was en ze naar haar werk kon ontsnappen. Ze kocht een sandwich voor de lunch en ging op de boulevard op een bankje zitten eten. Het was een frisse dag, maar het was niet koud. Amy sloot haar ogen en voor het eerst stond ze zichzelf toe zich te herinneren hoe het had gevoeld toen Sebastian de liefde met haar bedreef, de woorden die hij had gesproken, de tedere manier waarop hij haar lichaam, haar gezicht, haar haren had gestreeld. Omdat ze weinig vergelijkingsmateriaal had, alleen maar een paar stoeipartijtjes in haar studietijd en de eerste periode met Sam, vroeg ze zich af of de liefdevolle wijze waarop Sebastian zich had gedragen en de dingen die hij had gezegd normaal waren als een man met een vrouw naar bed ging: was zij gewoon een van zijn vele veroveringen of had het meer betekend?

Amy voelde de kriebel in haar onderbuik terwijl ze eraan dacht en wist dat voor haar beslist het laatste gold.

Ze liep terug naar het hotel, zich afvragend of ze wilde dat het opnieuw zou gebeuren, mocht Sebastian contact met haar opnemen. En hoewel ze haar uiterste best deed om aan haar huwelijk te denken, aan haar kinderen en de nare gevolgen als het zou uitkomen, wist Amy dat ze het inderdaad zou willen.

Maar toen ze de dagen daarna niets van Sebastian hoorde, begonnen haar romantische gedachten te verdwijnen. Het was duidelijk dat hij de verhouding niet wenste voort te zetten. Wat voor andere reden kon hij hebben om geen contact op te nemen?

Ze zei tegen zichzelf dat ze een volwassen vrouw was, dat hij haar niet zijn bed in had gesleurd, dat ze er uit vrije wil en voor haar eigen genot in mee was gegaan. Ze mocht zich dus niet door Sebastian gebruikt voelen. Dat was ouderwets. Tegenwoordig was het volkomen acceptabel als een vrouw met een man naar bed ging zonder daar achteraf over in te zitten.

Desondanks daalde haar stemming tot een nulpunt naarmate de week verstreek en ze niets van hem hoorde. Zelfs Sara en Jake merkten hun moeders kortere lontje op. Sam was zo origineel haar te vragen of ze soms ongesteld was toen ze hun maaltijd met een klap op de tafel zette.

'Mijn moeder heeft gebeld toen jij boodschappen aan het doen was,' zei hij toen ze aan tafel gingen.

'O?'

'Ja, ze wilde weten of we het leuk vinden om zondag bij haar te komen lunchen.'

De gedachte naar Admiral House te gaan vervulde Amy met afgrijzen. Sebastian zou er zijn, zich waarschijnlijk verkneukelend om zijn verovering terwijl zij de vernedering van zijn afwijzing zou voelen.

'Ik ga liever niet, eigenlijk.' Amy stond op en schoof haar spaghetti bolognese in de afvalbak. 'Ik heb een heleboel was- en strijkgoed liggen en eerlijk gezegd heb ik er totaal geen zin in.'

'Rustig maar, schat! Ik dacht dat je graag naar mijn moeder ging.'

'Dat is ook zo... Maar momenteel zie ik het gewoon even niet zitten. Nou, als je het niet erg vindt, ga ik even in bed liggen.'

Amy liep de trap op, liet zich op het onopgemaakte bed vallen en begon hevig in haar kussen te snikken.

Die maandag was er al meer dan een week verstreken en werd het voor Amy onmogelijk om geen hekel aan Sebastian te hebben. Ze besefte dat ze hem, en wat er gebeurd was, zou moeten vergeten. Voor hetzelfde geld ging Sebastian veel vaker met een vrouw naar bed zonder daar verder bij stil te staan. En door hem was zij snauwerig geweest tegenover de kinderen, terwijl zij er niets aan konden doen dat zij zichzelf compleet voor schut had gezet.

Die avond, toen ze het hotel verliet en naar haar auto liep, voelde ze een hand op haar schouder.

'Amy.'

'Hallo, Sebastian.' Ze keek hem niet aan en haar hart begon te bonzen.

'Hoe gaat het met je?' vroeg hij. Ze liep verder naar de parkeerplaats, nerveus om zich heen kijkend of iemand hen zag.

'Prima,' loog ze.

'Waarom ging je die ochtend weg zonder afscheid te nemen?'

'Ik...' Ze was geschokt dat hij, nadat hij een week niets van zich had laten horen, de zaken omdraaide en haar de schuld leek te geven. 'Je sliep. Ik moest mijn elektriciteitsrekening gaan betalen.'

'O. En ik neem aan dat je nu spijt hebt van wat er is gebeurd?'

Ze stopte, draaide zich om en keek hem aan. 'Jij kennelijk wel. Of misschien ben je het inmiddels al helemaal vergeten.'

'Wat?!' Hij leek stomverbaasd dat ze zo kwaad was.

'Laten we wel wezen, je hebt nou niet echt moeite gedaan om de afgelopen week contact met me op te nemen, toch?' zei ze.

'Amy, vorige week ben ik op maandagochtend naar het hotel gekomen. Jij was er nog niet en ik moest een trein naar Londen halen, dus heb ik een briefje voor je achtergelaten bij iemand achter de balie. Heb je dat niet gekregen?'

Ze schudde haar hoofd. 'Nee.'

'Nou, het is toch zo. Check het maar als je weer in het hotel bent. Het was zwaar gecodeerd uiteraard, en kort, maar ik liet je weten dat ik naar Oslo ging voor een literair festival. Mijn mobiele nummer stond erbij met de vraag om me op enig moment te bellen.'

'O.'

'Ja, o,' herhaalde hij. Toen kwam er een glimlach tevoorschijn. 'Dus daar zat ik dan in Oslo, me belabberd te voelen omdat je niet belde, en jij zat hier te denken wat een ongelooflijke klootzak ik was.'

'Daar komt het wel op neer, ja,' beaamde Amy, die een klein glimlachje van opluchting om haar eigen lippen toeliet.

'Amy...' Hij nam haar vingers in zijn hand. 'Ik vraag je nog eens, en wees alsjeblieft eerlijk, heb je spijt van wat er is gebeurd?'

'Jij?'

'God, nee zeg.' Hij schudde heftig zijn hoofd. 'Ik ben alleen maar bang dat jij berouw hebt.'

'Nee,' zei ze zacht, 'helaas niet. Ik zou willen van wel.'

'En ik zou willen dat ik je kon vasthouden,' fluisterde hij. 'Ik heb je zo gemist. In die hotelkamer heb ik alleen aan jou kunnen denken. Wanneer kan ik je weer zien?'

'Ik weet het echt niet.'

'Heb je door de week geen vrije tijd?'

'Woensdagmiddag,' zei ze.

'Posy werkt 's woensdags momenteel tot vijf uur in de galerie, vanwege Kerstmis. Zou je naar Admiral House kunnen komen? Alsjeblieft?' drong hij aan.

Amy wreef over haar voorhoofd. 'God, Sebastian, dit is verkeerd. Ik...'

'We moeten praten, meer niet,' zei hij op milde toon.

'Ik moet de kinderen om half vier van school halen, tenzij ik Marie zou vragen om ze mee te nemen... o, hemel... Dat kan ik echt niet... Ik...'

'Alsjeblíéft, Amy.'

Ze haalde diep adem. 'Oké.' Ze stapte in de auto en schonk hem een vermoeide glimlach. 'Dag, Sebastian.'

'Tot woensdag,' fluisterde hij.

De volgende dag arriveerde Posy aan Ferry Road terwijl Amy de kinderen hun eten gaf.

'Sara, lieverd, wat een fijne knuffel,' zei Posy toen het kleine meisje zich om haar benen wierp. 'Amy, je ziet er goed uit. Beter dan de laatste keer dat ik je zag.' Ze maakte zich van Sara los en liep kordaat de keuken in. 'En Sam zei nog wel dat je je niet goed genoeg voelde om zondag te komen lunchen. Kijk, ik heb een trifle gemaakt voor de kinderen, als dessert.' Posy zette de schaal neer op de keukentafel en keek haar aan. 'Heb je je haar laten knippen?'

Amy bloosde. 'Ja. Ik ben tussen de middag naar de kapper geweest. Mijn haar was al een jaar niet geknipt en het was hoog tijd.'

'Nou, het ziet er prachtig uit. In feite, lieve Amy, zie jíj er prachtig uit.' Posy's ogen knepen zich ondeugend samen. 'Zo te zien gaat het een stuk beter tussen jou en Sam. Klopt dat?'

'Ja, dat klopt.' Amy knikte krachtig.

'Wat bijzonder, zeg, dat je dat zo goed kunt zien. Je hebt die sprankeling weer in je ogen, daar ben ik heel blij om.'

Amy ging aan de slag met het opscheppen van de trifle, zodat Posy haar rode wangen niet zou opmerken, en stuurde de kinderen naar de woonkamer.

'Ik heb gehoord van het debacle met de elektriciteitsrekening, trouwens.' Posy ging aan de tafel zitten. 'Sam schaamde zich dood dat hij was vergeten die te betalen. En dan was ik toevallig ook nog eens niet thuis. Maar ik neem aan dat Sebastian goed voor jullie drieën heeft gezorgd.'

'Ja, inderdaad.'

'Het is een leuke vent. Ik zal hem missen als hij weggaat.'

'Gaat hij weg?' kon Amy niet laten te vragen.

'Niet voor de kerst, voor zover ik weet. Ik bedoel gewoon dat ik aan zijn aanwezigheid gewend ben geraakt. In het nieuwe jaar gaat er natuurlijk sowieso heel veel veranderen,' zuchtte Posy. 'Maar dat jij er zoveel beter uitziet, fleurt me enorm op en geeft me het gevoel dat ik het juiste heb gedaan door Sam zijn kans te gunnen met Admiral House.'

'Ja, nogmaals bedankt, Posy.'

'Hoe dan ook, ik ben hier omdat ik je een paar dingen wil vragen. Allereerst of je wat kerstkaarten voor me zou willen ontwerpen? Het lijkt me fijn om een laatste tekening te hebben van de voorgevel van Admiral House. Tegen betaling, uiteraard.'

'Doe niet zo gek, Posy. Dat doe ik voor niets. Met liefde.'

'Dank je, lieverd. Dat zou fantastisch zijn. En ik wilde ook vragen of je zin hebt om komend weekend wat huizen met me te gaan bekijken. Marie heeft wat opties langsgebracht en er zijn een paar interessante bij.'

'Natuurlijk. Dan moet ik even vragen of Sam op de kinderen wil passen.'

'Lieve schat, ik denk dat Sam op dit moment blootsvoets over gloeiende kooltjes zou willen lopen om vergeven te worden voor zijn wangedrag. Zaterdag dan maar? Dan kunnen we ook nog voor die lunch gaan die we onszelf hebben beloofd. Goed, dan wil ik nog even verifiëren of jullie nog steeds van plan zijn om volgende week naar Tammy's openingsfeest in Londen te gaan?'

'Eerlijk gezegd heb ik daar helemaal niet meer aan gedacht,' zei Amy naar waarheid.

'Nou, het lijkt mij belangrijk dat jij en Sam gaan. Ieder stel kan weleens een nachtje met z'n tweeën gebruiken. De kinderen kunnen bij mij logeren.'

'Dank je.'

'O, en nog iets: in voorbereiding op mijn grote verhuizing ben ik begonnen de kasten in de slaapkamers uit te ruimen,' zei Posy. 'En ik heb rekken met oude avondjurken van mijn moeder gevonden. Veel daarvan zijn vast te erg aangevreten door motten en niet meer te redden, maar er zijn er enkele bij, waaronder een mooie zwarte Hartnell, die je echt eens zou moeten proberen. Mijn moeder had ongeveer jouw maat, en vooral de Hartnell zou perfect zijn voor het feest. De jurken die je niet mooi vindt, kan Tammy krijgen voor haar boetiek. Ik zal ze op het bed laten liggen en als je in de buurt bent, kun je ze passen.'

'Nou...' Er kwam een gedachte in Amy op. 'Misschien kom ik morgenmiddag wel even langs, als je het goed vindt.'

'Prima, lieverd. Ik ben dan in de galerie, maar ik zal de keukendeur openlaten.'

'Maar vertel eens, hoe was het in Amsterdam?'

'Heerlijk.'

'En wanneer kunnen wij kennismaken met jouw Freddie?'

'Hij is niet "mijn" Freddie, lieverd, slechts een heel fijne vriend. Oké, ik moet nu echt weg. Ik laat je nog weten hoe laat de bezichtigingen zaterdag zijn, maar laten we in principe zeggen dat ik je hier om half een kom halen, is dat goed?'

'Prima. Dag, Posy.'

Amy keek hoe haar schoonmoeder naar de woonkamer liep om afscheid te nemen van de kinderen, en dacht bij zichzelf dat zij niet de enige was die tegenwoordig een sprankeling in haar ogen had.

Op woensdagmiddag, blij dat ze het onwaarschijnlijke geluk had gehad dat ze een goede reden had om naar Admiral House te gaan, verliet Amy het hotel en reed ze de tien minuten ernaartoe, met vlinders fladderend in haar buik. Ze parkeerde haar auto voor het huis en liep om naar de keukendeur. Voordat ze die open kon doen, verscheen Sebastian, die haar in zijn armen nam.

'God, ik heb je gemist.' Hij trok haar naar binnen en kuste haar bijna ruw. Amy merkte dat ze met dezelfde gretigheid reageerde. Maar ze maakte zich van hem los, haalde diep adem en keek hem glimlachend aan.

'Ik dacht dat ik was gekomen om te praten?'

'Dat gaan we ook doen,' antwoordde hij, haar hals kussend en tegelijkertijd haar jas uittrekkend. 'Maar kom eerst alsjeblieft mee naar bed. Zonder kleren aan praat het veel fijner.' Zijn handen gleden onder haar blouse en haar lichaam tintelde van verlangen. Ze liet zich door hem meevoeren, de trap op, naar zijn kamer, en ze stond erop dat hij de deur op slot zou doen voor het geval Posy vroeg thuis zou komen.

'Lieverd, ze ziet je auto buiten heus wel staan, maar goed,' plaagde hij haar, de kleren van haar lijf trekkend en haar liefkozend.

Een uur later zat ze in zijn bed, leunend tegen zijn borst terwijl hij haar haren streelde.

'Dit klinkt misschien afgezaagd, maar is het voor jou ooit eerder zo geweest?' vroeg Sebastian.

Amy staarde in de verte. 'Ik zou eigenlijk ja moeten zeggen, dat ik geweldige seks heb gehad met verschillende mannen, zodat ik achteraf niet het gevoel zal hebben dat ik alleen je ego heb gestreeld als je me dumpt...'

'Amy, hou op, ik weet dat je een week lang hebt gedacht dat ik een rotzak was, maar nu moet je me vertrouwen. Zo'n man ben ik niet. In feite was de laatste keer dat ik seks heb gehad...' Hij dacht even na. 'Meer dan een jaar geleden.'

'O, dus je was wanhopig?' Ze speelde met het ruige haar op zijn borst.

'Het is ook nooit goed,' zuchtte hij.

'Nou, in alle eerlijkheid heb ik het op deze manier nooit, maar dan ook nooit, eerder ervaren.' Ze gaf hem een kus op zijn borst. 'Oké?'

Sebastian zweeg even voor hij zei: 'Amy, wat ik voor je voel, dat draait niet alleen om seks. Het gaat veel dieper. En het beangstigt me. De vorige keer dat ik dit voor iemand voelde, overleed ze.'

'Nou, ik ben nog lang niet van plan om te gaan,' beloofde Amy.

Sebastian schudde zijn hoofd. 'Maar jij bent met iemand anders getrouwd. Moreel gezien heb ik niet het recht jou lief te hebben.'

'En vice versa,' zuchtte ze. 'Ik ben een echtgenote en moeder.'

'Wat ik eigenlijk probeer te zeggen is dat het feitelijk beter zou zijn als het alleen maar om een sterke fysieke aantrekkingskracht ging, een wederzijdse overeenkomst zonder verplichtingen. Ik bedoel, wat moeten we hier in godsnaam mee?' zei hij peinzend.

'Sebastian, we kennen elkaar nauwelijks en...'

'Ik heb het gevoel dat ik je al heel lang ken,' wierp hij tegen.

'Maar dat is niet zo.'

'Nee.' Sebastian zweeg weer een tijdje. 'Amy, ik ga je een vreselijke vraag stellen, maar ik wil heel graag het antwoord weten. Hou je nog van Sam?'

Ze beet op haar lip en staarde uit het raam. 'Ik heb mezelf de afgelopen week ook die vraag gesteld. Ik bedoel, nog voor jij en ik... Hij is de vader van mijn kinderen en dat is een band die blijvend is, wat er ook gebeurt. Maar of ik van hem hou... Als ik heel eerlijk ben, nee. Ik hou niet meer van hem.'

Het was de eerste keer dat Amy de waarheid tegenover zichzelf had toegegeven, laat staan tegenover iemand anders. Haar ogen vulden zich met tranen en ze ging rechtop zitten.

'God, wat ben ik een rotmens. Zoals ik hier in bed zit met een andere man, en hem vertel dat ik niet meer van mijn echtgenoot hou.'

'Het gebeurt miljoenen stellen over de hele wereld.' Sebastian streek zachtjes over haar rug. 'En ik heb van Posy gehoord wat een goede echtgenote je voor hem bent, hoe je hem hebt gesteund.'

'En wat val ik nu op dramatische wijze van mijn voetstuk,' mompelde ze somber.

'De grote vraag is natuurlijk...' Sebastian wachtte even, duidelijk nadenkend over hoe hij zijn zin moest formuleren. 'Ga je in stilte lijden en blijf je voor de kinderen bij Sam, of accepteer je dat de relatie voorbij is en ben je moedig genoeg om verder te gaan?'

'Ik weet het niet. Ik weet het echt niet.'

'Nee, natuurlijk niet, en het is een oneerlijke vraag van me. We moeten allebei inzien dat ik een vooringenomen kijk op de situatie heb, dus misschien kan ik er beter niets over zeggen. Het enige wat ik aan je kwijt wil, is dat ik weet dat ik van je hou en dat ik met je samen wil zijn. Als jij vrij was, zou het van mijn kant beter voelen – om het zacht uit te drukken – maar ik beloof je dat ik zal proberen geduldig te zijn en je niet onder druk zal zetten snel een besluit te nemen.'

Ze keek hem aan. 'Sebastian, hoe kun je het na zo korte tijd al zeker weten?'

'Ik weet het niet. Het is gewoon zo. Maar voor mij is het ook veel gemakkelijker. Ik ben ongebonden. Dus ik zal moeten wachten en hopen dat jij op een dag ook vrij zult zijn.'

Twintig minuten later kuste ze hem ten afscheid, met de belofte hem de volgende dag te zullen bellen, en vertrok ze om de kinderen op te halen. Rijdend naar Southwold, haar hart boordevol tegenstrijdige emoties, realiseerde ze zich dat ze helemaal was vergeten de vintage jurken te passen.

Sam was die zaterdag inderdaad bereid om op de kinderen te passen terwijl Amy met Posy op huizenjacht zou gaan.

'Het zal je goeddoen er even uit te zijn,' verklaarde hij. 'En je hoeft niet om de tijd te denken. We redden ons wel.'

'Dank je, Sam. De *shepherd's pie* is over ongeveer een half uur klaar. Zorg ervoor dat ze hun bord leegeten voor je ze hun toetje geeft.'

'Zal ik doen. Dag, schat. Veel plezier,' zei hij toen hij zijn moeder buiten hoorde toeteren. Hij wilde haar op haar mond kussen, maar ze wendde zich af en de kus kwam op haar wang terecht.

Lopend over het pad naar Posy's wachtende auto wenste Amy bijna dat Sam niet zo hard zijn best deed om zijn wangedrag goed te maken. Haar schuldgevoel werd er alleen maar groter door.

'Hallo, lieverd, hoe gaat het?' zei Posy.

'Heel goed,' antwoordde Amy terwijl ze op de passagiersstoel plaatsnam.

'Mooi. Wat is dit leuk, hè, jij en ik met z'n tweetjes? Ik dacht dat we misschien naar Walberswick konden rijden om te gaan lunchen in die gezellige pub. Het eerste huis dat we gaan bekijken, is om twee uur in Blythburgh, dus dat komt qua timing goed uit.'

'Ik laat het aan jou over, Posy,' zei Amy knikkend terwijl ze wegreden, de hoofdstraat vermijdend om langs de zee te rijden.

'Daar woont Evie Newman.' Posy wees naar een groot victoriaans huis toen ze de hoek om gingen en een brede, met bomen geflankeerde straat in reden, op een steenworp afstand van de pier. 'Veel te groot voor alleen haar en haar dochter, maar wel indrukwekkend,' merkte ze op. 'Trouwens, heb je die avondjurken afgelopen woensdag nog gepast? Het leek alsof ze niet waren aangeraakt.'

'Eh, ja. Ze waren helaas allemaal te groot.' Het was de eerste leugen die Amy vertelde en ze kon zichzelf er wel om schieten.

'Echt? Dat verbaast me. Mijn moeder was heel tenger. We moeten je kennelijk een beetje vetmesten, Amy.'

In de pub, waar ze verse mosselen bestelden, lukte het Amy om het gesprek over Posy te laten gaan, die na enige aanmoediging begon te vertellen over haar reisje naar Amsterdam met Freddie.

'Ik besefte dat je in een behoorlijk beperkt wereldje kunt terechtkomen als je in een kleine plaats woont. Toen ik met Sams vader getrouwd was, reisden we over de wereld, van de ene legerbasis naar de andere, en daar dacht ik nooit erg bij na.' Posy nam een slokje van haar wijn. 'Misschien dat ik, als Admiral House is verkocht, op een Scandinavische cruise ga. Ik heb de Noorse fjorden altijd al eens willen zien.'

'En gaat Freddie dan met je mee?'

'Wie weet? Zoals ik je al heb gezegd, zijn we alleen goede vrienden. Écht,' benadrukte ze. 'Maar het is wel veel leuker om zoiets samen met iemand anders te doen. Nou, we kunnen nu beter gaan, anders komen we te laat voor onze eerste afspraak.' Posy trok haar jas aan en keek naar de motregen buiten. 'Een grijze, sombere novemberdag, ideaal om huizen op hun ongunstigst te bekijken.'

De eerste twee huizen waren kansloos, vanwege Posy's wens om een tuin op het zuiden te hebben.

'Ik weet dat ik Marie heb gevraagd om een woning met "karakter",' zei Posy, haar gordel vastklikkend, 'maar eerlijk gezegd vraag ik me af of ik niet gek zou worden in een cottage met een laag plafond, na al die ruimte die ik gewend ben. Nog één huis te gaan, dat is er een in Southwold met drie verdiepingen, dicht bij de vuurtoren. Ik moet toegeven dat het me fijn lijkt om in het centrum te wonen, na zoveel jaren heen en weer rijden.'

Het huis bleek een schot in de roos: recentelijk opgeknapt, met veel licht, een moderne keuken en een kleine maar op het zuiden gerichte tuin. Amy volgde Posy jaloers door het huis, bij zichzelf denkend dat ze een moord zou doen voor zo'n woning.

'Het is totaal anders dan Admiral House, hè?' zei Amy toen ze in de regen stonden en Posy berekende waar de zon overdag zou staan.

'Ik moet zeggen dat ik er zeer over te spreken ben. Misschien zou het eerder een hip type van in de dertig moeten bekoren, maar ik vind het heel mooi. Het is licht en doet ruim aan door de ramen en hoge plafonds, en er zijn genoeg slaapkamers om vrienden en familie te kunnen ontvangen.'

'Het is wel erg duur, Posy. Ik bedoel, het kost bijna de helft van wat je voor Admiral House zult krijgen.' Amy bestudeerde de gegevens terwijl Roger, de makelaar van dienst, de deur achter hen sloot.

'Idioot, hè?' beaamde Posy. 'Aan de andere kant, je kunt het niet meenemen, en aangezien wat er achterblijft zal worden verdeeld tussen Sam en Nick, zou ik zeggen dat een huis als dit een uitstekende langetermijninvestering is,' merkte ze op, rijdend door Southwold. 'Ik zal met Sam praten en hem vragen hoe de vorderingen zijn met Admiral House, want ik geloof dat ik graag een bod zou willen doen.'

Toen ze langs Evies huis reden, staarden beide vrouwen naar de onmiskenbaar bekende rode auto die er tegen de stoep geparkeerd stond.

'Dat is de auto van Nick, toch, Posy?'

'Ja, dat klopt.'

'Wist je dat hij dit weekend in Southwold zou zijn?'

'Nee.' Posy schraapte haar keel. 'Maar, lieverd, hij is volwassen en vertelt zijn moeder niet altijd waar hij gaat of staat.'

Ze reden in stilte verder. Geen van beiden had de behoefte verder op het onderwerp in te gaan.

22

Op de ochtend van het openingsfeest van Reborn werd Tammy zwetend van de zenuwen wakker. Hoewel alles tot in de puntjes georganiseerd was, had ze nog honderd dingen te doen voor vanavond. Ze sprong het bed uit, nam een douche, maakte snel een kop koffie voor zichzelf en reed naar de boetiek. Meena stond al te stofzuigen.

'Maar waar doe ik het eigenlijk voor, met honderd paar voeten die eroverheen zullen banjeren,' snoof ze.

Tammy keek op haar horloge. Ze had om tien uur een interview met iemand van een dagblad; de bloemen voor de etalage zouden om twaalf uur worden bezorgd en de catering kwam om drie uur.

'Waar ze de canapés willen neerzetten, geen idee,' piekerde ze. 'We hebben de tafel in het kantoortje nodig om de champagne in glazen te schenken.' Tammy liet zich op een stoel zakken. 'God, ik geloof dat ik nog nooit eerder in mijn leven zo nerveus ben geweest. Nerveuzer dan toen ik voor het eerst de catwalk in Parijs op moest.'

'O Tammy, onthoud dat de mensen die vanavond komen je vrienden zijn. Ze willen graag dat het een succes wordt. Probeer ervan te genieten. Dagen als vandaag maak je niet vaak mee, hoor. Wanneer komt Nick?'

'Later pas. Hij heeft het ook enorm druk. We hebben elkaar de afgelopen drie weken amper gezien. Hopelijk kunnen we na vanavond weer wat meer tijd samen doorbrengen.'

'Ja. Een leuke man, die Nick van je. Ik mag hem graag,' verklaarde Meena. 'Goed, ik ga de honderd champagneglazen die ze gisteren hebben gebracht omspoelen. Ik vind ze niet zo schoon.'

De bloemen arriveerden en Tammy besteedde een uur aan de inrichting van de etalage, denkend aan Nick. Ze miste hem als ze niet naast hem wakker werd. Met die gedachte klom ze de etalage uit en belde zijn mobiele nummer. Hij nam meteen op.

'Hallo lieverd, met mij.'

'En, hoe voel je je vandaag?' vroeg hij haar.

'Ik ben op van de zenuwen, eerlijk gezegd.'

'Dat begrijp ik helemaal. Ik wacht hier in de winkel nog op een bezorging, maar als die is uitgeladen, kom ik die kant op om je te steunen.'

'Dank je, lieverd, dat is fijn. Ik mis je,' zei ze beschroomd.

'Ik mis jou ook. Tot later.'

Terwijl Tammy haar mobiel weer in de achterzak van haar jeans stopte, besefte ze hoe graag ze 'ik mis je' had willen vervangen door vier woorden die veel meer zouden zeggen.

'Shit, Tammy,' mompelde ze in zichzelf toen ze naar Meena liep om haar te helpen de glazen klaar te zetten. 'Je zit er tot over je oren in.'

Amy was blij dat Posy die ochtend in de galerie werkte, wat betekende dat ze de weekendtassen van de kinderen daarnaartoe kon brengen en niet het risico liep om Sebastian tegen het lijf te lopen in Admiral House.

'Hallo, Amy,' zei Posy glimlachend. 'Ben je er klaar voor?'

'Zo ongeveer wel, maar Jake lijkt die nare hoest en verkoudheid te hebben die Sara een paar weken geleden had. Hij heeft geen koorts en hij is op school, maar ik heb zijn juf jouw nummer gegeven, voor het geval dat. Ik hoop dat je dat niet erg vindt.'

'Natuurlijk niet.'

'Ik heb wat kinderparacetamolletjes in zijn tas gestopt.' Amy reikte hem Posy aan. 'Als hij koortsig lijkt, zullen die wel helpen. Misschien kun je hem vanavond beter niet in bad doen.'

'Amy, probeer je niet ongerust te maken. Ik beloof dat ik goed voor ze zal zorgen. Ik heb er zelf twee grootgebracht, weet je,' antwoordde Posy geduldig. 'Nou, hoe laat heb je met Sam afgesproken?'

'Hij is bij de architect in Ipswich, dus ik rijd naar het station daar. Goed, dan ga ik maar. En je weet dat we vanavond bij Tammy zijn, mocht je ons nodig hebben,' zei ze met nadruk.

'Ja, Amy, dat weet ik. Ga nu maar gauw en amuseer je. Tot morgen.'

Amy zat op het perron in Ipswich nerveus op haar horloge te kijken. De trein naar Londen zou over twee minuten arriveren en Sam was nog in geen velden of wegen te bekennen. Ze had zijn mobiel al herhaaldelijk gebeld, maar die stond uit.

Ze zag de trein naderen en probeerde Sam nog eens te bellen. Deze keer nam hij op. 'Hallo?'

'Met mij. Waar ben je? De trein is er!'

'Lieverd, sorry, ik zit nog bij de architect en ik ga het dus niet halen. Het spijt me, Amy, echt. Ga jij maar. Heel veel plezier.'

'Oké, goed dan.'

Haar boosheid omdat hij haar liet zitten werd getemperd door de schuldbewuste opluchting dat ze de avond niet met hem hoefde door te brengen. Maar kon ze echt wel zonder hem gaan? *Ja, verdorie, dat kon ze.* Voor ze op haar beslissing terug kon komen, stapte Amy in de wachtende trein terwijl de deuren begonnen te sluiten.

Vlak voor zes uur kwam ze aan bij Tammy's boetiek. Ze klopte op de deur en werd begroet door een elegante Indiase dame met een prachtig wit gebit.

'Jij bent Amy, klopt dat?'

'Ja. Is Tammy er niet?'

'Nee, ze is even naar huis gegaan om een bad te nemen en zich om te kleden. Ik ben Meena, haar rechter- en ook linkerhand. Ze vroeg me om jou en je echtgenoot te verwelkomen.'

'Nou, ik ben alleen. Mijn man kon niet komen.'

'Nou, jammer,' zei Meena schouderophalend. 'Wil je misschien een kopje thee?'

'O, ja graag,' antwoordde Amy, en ze volgde Meena de boetiek in, met een bewonderende blik op het roomkleurige damast dat Tammy op kunstige wijze aan het plafond had bevestigd om een soort tentdak te creëren. 'Dit zal wel onnozel klinken, maar waar is de kleding?' vroeg ze.

'We hebben alles naar het souterrain gebracht om hier ruimte te maken. De jurken zullen worden gedragen door Tammy's vriendinnen, echte modellen, plus de vrouwelijke gasten die we ook nog weten over te halen. Tammy heeft een jurk voor jou klaargelegd, mocht je die willen dragen.'

'Dat is heel lief van haar, maar ik ben niet echt een modellentype,' zei Amy.

'Kom nou!' zei Meena. 'Je bent een plaatje. Je doet me denken aan prinses Grace van Monaco in haar jonge jaren. Waarom ga je niet even naar de kleedruimte om de jurk te passen die daar voor je hangt?'

'Waarom niet?' reageerde Amy, denkend aan haar oude zwarte jurkje van Topshop dat lag te kreukelen in haar weekendtas. Ze liep naar de met gordijnen omhangen kleedruimte en zag een glanzende nauwsluitende nachtblauwe jurk van satijn, waarvan de voorkant met honderden glinsterende kraaltjes was versierd.

'Wow!' zei ze toen ze het label bekeek en zag dat het een Givenchy was.

'Amy!' Meena klemde haar handen verrukt ineen toen ze weer verscheen. 'Je ziet er perfect uit.'

'Verrassend genoeg past hij me precies,' erkende Amy, en ze maakte een pirouette.

'En je mooie figuur komt er prachtig in uit. Je zou je haar in een knot moeten dragen, zo.' Meena verzamelde Amy's haar in een toef op haar hoofd. 'Je hebt een prachtige lange hals. Zal ik het voor je stylen?'

'Als je daar tijd voor hebt, heel graag.'

'Ik heb de tijd, en ik vind niets leuker dan iemand optutten voor een feest. In mijn cultuur doen we er uren over om ons klaar te maken. Nou, ga maar voor de spiegel zitten, dan pak ik mijn haarspeldjes.'

Twintig minuten later, nadat Meena niet alleen vakkundig Amy's haar in een knot had opgestoken, maar ook haar make-up had aangebracht, stond Amy op.

'Adembenemend,' riep Meena uit.

'Er is alleen één probleempje,' zei Amy. 'Ik heb geen geschikte schoenen.'

'Aha!' giechelde Meena. 'Waar heb je anders goede feeën voor?' Ze pakte Amy bij de hand. 'Volg mij, Assepoester, naar de winkel van mijn dochter hiernaast, dan ben jij straks klaar voor het bal!'

23

'Hoe zie ik eruit?' vroeg Tammy aan Nick terwijl ze van de trap af de woonkamer in liep.

'Verbluffend mooi, lieverd,' zei Nick, de weelderige groene jurk met blote schouder bewonderend, die schitterend bij de kleur van Tammy's ogen paste. 'Zo kom je in alle roddelrubrieken terecht.' Hij pakte haar bij de schouders en gaf haar een kus. 'Ik ben ontzettend trots op je. Alsjeblieft.' Hij gaf haar een fluwelen doosje.

'Wat is dat?' vroeg ze.

'Een cadeautje voor de bijzondere gelegenheid.'

'Dank je, lieverd.' Tammy maakte het doosje open en zag een verfijnd antiek kettinkje met een peridot liggen. 'Wat schitterend,' zei ze fluisterend, 'en het past perfect bij mijn jurk. Wat goed van je.'

'Het is ongeveer honderdvijftig jaar oud,' zei Nick glimlachend terwijl ze zich omdraaide zodat hij het slotje dicht kon doen. 'Zo.'

Ze draaide zich weer om, terug in zijn armen, en gaf hem een kus. 'Ik vind het prachtig. En ik hou van je,' voegde ze er zachtjes aan toe.

'Serieus?' Hij bracht haar gezicht een stukje omhoog en keek haar recht aan. 'Echt?'

'Ja, echt.'

Hij streek over haar hals en liet zijn hand omlaagglijden naar haar decolleté. 'Kunnen we je feest niet vergeten en vanavond thuisblijven?'

'Ik zou wel willen, maar ik denk dat we nu beter kunnen gaan.' Tammy haalde diep adem. 'Oké dan. Kom.'

Rond acht uur was het feest in volle gang. Buiten stonden paparazzi om de aankomst en het vertrek van de gasten vast te leggen, en Tammy werd voor de deur door een crew met camera geïnterviewd.

Amy had het enorm naar haar zin. Iedereen was heel aardig en vertelde haar hoe mooi ze eruitzag. Ze had een nieuwe vriend gemaakt, die Martin heette, een freelancefotograaf die haar in gelijke mate van champagne en complimentjes voorzag.

'Weet je, jij had gemakkelijk een fotomodel kunnen worden.'

Zijn hand streek over haar schouder toen ze zich plotseling bewust werd van een paar ogen die vanuit de deuropening naar haar staarden. Haar hart sloeg een slag over.

'Neem me niet kwalijk, Martin. Ik ga even een luchtje scheppen.' Ze maakte zichzelf van hem los en liep naar de deur, waar hij stond.

'Ken ik jou?' vroeg hij op ironische toon.

'Wat doe jij hier in vredesnaam?' vroeg ze.

'Ik was in Londen voor een lunch met mijn redacteur. Ik was niet van plan om naar het feest te komen, al is Tammy zo vriendelijk geweest om me uit te nodigen, omdat het niet echt mijn wereldje is. Maar mijn appartement ligt hier praktisch om de hoek, dus ik dacht: ik kom even langs op weg naar de winkel voor melk en brood. Toen zag ik een schoonheid die werd betast door een of andere zweterige kerel. Wie is die gorilla?' vroeg Sebastian, gebarend naar Martin.

'Een modefotograaf,' zei Amy schouderophalend.

'En waar is je echtgenoot?'

'Thuis. Hij redde het niet.'

'En wil dat zeggen,' fluisterde Sebastian in haar oor, 'dat je de hele nacht alleen hier in de stad bent?'

'Ja.'

'Nou, aangezien je er...' Sebastian schudde zijn hoofd en probeerde de juiste woorden te vinden. '... meer dan beeldschoon uitziet en je helemaal alleen in de grote stad bent, vind ik dat het mijn plicht is om je te beschermen tegen harige versierders zoals dat stuk ongeluk daar.' Hij kuste haar teder in haar hals. 'Ik heb zin in je, nu.'

'Sorry, jongens.' Tammy wurmde zich langs hen en Amy bloosde tot in haar haarwortels. 'Hoe gaat het met je Sebastian? Leuk je te zien.'

'Uitstekend,' antwoordde Sebastian vlot. 'Mag ik je feliciteren met deze overduidelijk zeer geslaagde avond?'

'Dat mag,' zei Tammy, tevreden knikkend. 'Het gaat behoorlijk goed, inderdaad. Iedereen lijkt te zijn gekomen en er worden wel wat kolommen aan me gewijd in de kranten en tijdschriften. Luister, als ik jullie niet meer zie, we gaan naderhand met een stel mensen wat eten in La Famiglia, in een zijstraat van King's Road. Ik zou het leuk vinden als jullie allebei komen.'

'Tammy!' riep een stem ergens vanuit de boetiek.

'Ik kom eraan!' Ze trok een wenkbrauw op. 'Sorry, tot later.'

'O jezus,' fluisterde Amy terwijl ze keek hoe Tammy zich een weg door de aanwezigen baande, 'ze moet het gezien hebben.'

'Amy, lieve schat, dit is Southwold niet, en Tammy is niet jouw vriendin Marie. Ze is een kosmopolitische, intelligente vrouw die het geen bal kan schelen of wij al dan niet een affaire hebben,' wierp Sebastian tegen.

'Als je dat zegt, klink ik zo... provinciaal,' zei Amy zacht.

'Ik heb nog nooit iemand er minder provinciaal vinden uitzien dan jou vanavond, lieverd. Nou, laten we de kans die ons in de schoot wordt geworpen aangrijpen en van onze avond genieten.'

Amy wist dat ze veel te veel champagne had gedronken, maar ze was op een glamoureus feest in het hartje van Londen, in een schitterende jurk, en – het beste van alles – met Sebastian.

Een uur later fluisterde Sebastian in haar oor: 'Oké, kunnen we nu alsjeblieft gaan? Ik heb er genoeg van.'

'Maar ik heb het naar mijn zin, en ik wil dat het nog heel even voortduurt. Tien minuutjes,' smeekte ze.

Uiteindelijk lukte het hem om haar mee naar de deur en de stoep op te trekken. 'Kom, je moet nu echt even wat eten,' zei hij.

'Niet nodig,' zei ze met een hikje, en ze kuste hem op zijn wang... net toen er vlakbij een flits afging.

'Meneer Girault, mogen we de naam van uw gezellin voor het bijschrift?' vroeg de fotograaf.

'Nee, verdorie!' antwoordde Sebastian grimmig, en hij trok een giechelende Amy mee de straat in voordat er nog meer foto's genomen konden worden. 'Geweldig gedaan, lieverd, echt helemaal top. Die foto kan maar zo bij een of ander artikel verschijnen!'

'Komen we nu in *Hello*?' Amy huppelde een tikje wankel over straat en Sebastian glimlachte ondanks zichzelf.

'Nou, ik ben blij dat je er zo verguld mee bent. Ik denk dat je echtgenoot dat niet zal zijn.'

'Die leest de *Hello* nooit en om je de waarheid te zeggen, kan het me niet schelen wie die foto ziet.'

'Morgenochtend waarschijnlijk wel,' mompelde Sebastian, terwijl hij haar een nachtwinkel in loodste, waar hij wat koolhydraten kocht om haar wat te ontnuchteren. Daarna nam hij haar mee naar Sloane Gardens en deed de deur naar zijn appartement van het slot. Amy danste naar binnen en liet zich op de bank vallen. 'O, ik heb zo genoten,' zuchtte ze, haar armen uitstekend naar Sebastian. Ze trok hem tegen zich aan. 'En ik hou van jou.'

'Ik ook van jou, dronken lellebel van me. Goed, blijf zitten, dan ga ik koffie en toast maken.'

Toen Sebastian de woonkamer weer in kwam, was Amy al in slaap gevallen. Zuchtend haalde hij een deken, legde die teder over haar heen en liep in zijn eentje naar zijn slaapkamer.

24

Tammy werd wakker van de geur van koffie die gezet werd. Nog slaperig deed ze haar ogen open toen Nick de slaapkamer in liep met een dienblad met verse croissants en een stapeltje ochtendkranten.

'Argh, hoe laat is het?' vroeg ze, haar stem hees van veel te veel Marlboro Lights de vorige avond. Tegenwoordig rookte ze alleen nog maar op feestjes en ze verdroeg het niet meer goed.

'Bijna tien uur.'

'O nee, ik heb met Meena om negen uur afgesproken om haar te helpen met het opruimen van de rommel van gisteravond.' Tammy ging zitten en streek haar verfomfaaide haar uit haar gezicht.

'Ik heb haar gebeld en gezegd dat je nog sliep, en ze zei dat we ons niet druk hoefden te maken en dat zij alvast zou beginnen. Meena is het type mens dat het heerlijk vindt om zich nuttig te maken.'

'Ik weet het.' Tammy giechelde. 'Gisteravond probeerde een ouder mannelijk model met toupet haar trouwens het hof te maken. Vond ze geweldig.'

Nick ging naast haar op het bed zitten en spreidde de dagbladen uit. 'Goed dan. Ik heb alleen maar de kranten gekocht waar jij in staat, uiteraard,' grijnsde hij.

Ze bladerde vier kranten door, die allemaal artikelen van uiteenlopende omvang met foto's plus bijschrift hadden van Tammy met verschillende gasten.

'"Tammy Shaw viert de opening van Reborn, haar nieuwe boetiek. Ex-model Tammy, hier op de foto met haar succesvolle vriend, antiekhandelaar Nick Montague, ontving een aantal beroemdheden." Lieverd, wat zie je er stijlvol uit.' Ze kuste hem in zijn hals en nam de andere kranten door.

'Ik denk dat je het helemaal hebt gemaakt,' zei Nick.

'Nou, godzijdank hebben we dat achter de rug. Nu kan ik aan de gang met mijn onderneming om geld te verdienen.' Tammy reikte naar Nicks hand. 'Dank je voor je steun gisteravond. Je was fantastisch.'

'Doe niet zo mal. Ik verwacht van jou hetzelfde als mijn deuren volgende maand opengaan en ik de lokale daklozen uitnodig voor limonade en een sandwich met goedkope worst.' Nick lachte en gaf haar een kus op haar voorhoofd. 'In feite wil ik je graag ergens mee naartoe nemen voordat je naar de boetiek gaat.'

Nick reed met Tammy de Albert Bridge over, door het drukke verkeer, en parkeerde de auto voor een victoriaans huis in een lommerrijke brede straat met uitzicht op Battersea Park.

'Wat vind je ervan?' vroeg hij haar.

'Waarvan?'

'Van het huis waar we voor staan.'

Tammy keek ernaar. 'Ik vind het... groot.'

'Absoluut. Kom, ik heb de sleutels. Ik ga je een rondleiding geven.'

Nadat hij Tammy over de drie ruime verdiepingen had geloodst, deed Nick de achterdeur open, die toegang gaf tot een grote tuin.

'En, wat vind je?'

'Het lijkt me een fantastisch huis voor een gezin,' zei Tammy een beetje confuus.

'Zeker. Daarom ben ik er zo weg van. Dus, Miss Shaw, zie je al voor je hoe onze koters hier op z'n hardst rondhollen terwijl wij op het terras zitten te genieten van ons welverdiende drankje na een lange dag?' Nick keek recht voor zich uit met zijn handen diep in zijn zakken gestoken.

'Ik... Nick, wat wil je hiermee zeggen?'

'Ik geloof dat ik, in plaats van een vrijgezellenflat te kopen, vraag of jij op den duur zou willen overwegen om een deel van de ruimte die dit huis biedt te vullen. En of je me misschien zou willen helpen om een paar van de genoemde koters te maken die in de tuin zouden kunnen rondhollen.' Hij draaide zich eindelijk naar haar toe en glimlachte. 'Ik kan me niemand anders voorstellen met wie ik dat zou willen doen.'

Tammy schudde haar hoofd. 'Ik ook niet,' zei ze zacht.

Hij liep naar haar toe en hield haar vast. 'Mooi. Tammy?'

'Ja?' Ze keek hem aan.

'Er zijn wat dingen die ik moet uitzoeken en regelen voor ik me echt aan je kan binden, maar ik wil dat je weet dat het wel mijn bedoeling is.'

'Je bedoelt dat je de zaak op poten moet zetten? Dat begrijp ik, Nick. Het heeft geen haast.'

'Dat, en ook nog iets anders, wat ik je zal uitleggen zodra het kan. Maar als je het in principe ziet zitten om met mij in dit huis te wonen, ga ik in elk geval een bod doen en kijken waar het schip strandt. Ik denk echt dat het mogelijkheden biedt en dat we er iets heel speciaals van kunnen maken.'

'Ja,' beaamde Tammy, die zich overweldigd voelde. 'Dat denk ik ook.'

Amy had het gevoel dat ze in een draaimolen lag te slapen. Ze wilde er meteen uit omdat ze moest overgeven. Ze ging snel rechtop zitten terwijl er gal naar haar keel steeg. De kamer was helemaal donker en ze had werkelijk geen idee waar ze was.

'Help,' jammerde ze zachtjes, wankelend van de bank waarop ze had gelegen en vergeefs naar een lichtknop tastend, waarbij ze ergens tegenaan stootte met haar scheenbeen.

'Au!'

Er ging een deur open en daar stond Sebastian te baden in het licht dat uit de gang kwam. 'Goedemorgen.'

'Toilet, ik heb een toilet nodig,' wist ze uit te brengen, naar hem toe strompelend.

'Daar,' zei hij wijzend, en Amy haastte zich erheen.

Ze haalde het net op tijd voordat ze overgaf. Ze waste haar gezicht met koud water en bestudeerde haar spiegelbeeld. De make-up van de vorige avond zat niet meer rond haar ogen maar eronder. Haar knot hing er warrig bij en de mooie avondjurk was verkreukeld en zat vol vlekken.

'O god,' kermde ze. Ze opende de deur van de badkamer en wankelde door de gang. Er kwamen beelden van gisteravond terug in haar gedachten. Sebastian stond in de keuken en ze rook koffie. Ze moest ervan kokhalzen en rende terug naar de badkamer.

'Arme jij,' merkte Sebastian op toen ze voor de tweede keer de keuken binnenkwam. 'Voel je je beroerd?'

'Verschrikkelijk,' gaf Amy toe. Ze liet zich in een stoel zakken en leunde met haar ellebogen op de smalle tafel. 'Heb ik mezelf gisteren belachelijk gemaakt?'

'Helemaal niet. Je was betoverend. Heb je zin in iets?'

'Water, alsjeblieft, en een paar paracetamols als je die hebt.'

'Oké.' Sebastian gaf haar een glas water en twee tabletjes en Amy slikte ze voorzichtig door, hopend dat haar maag ze zou verdragen.

'Het spijt me vreselijk.' Ze schudde haar hoofd. 'Ik begrijp niet waarom ik zo ladderzat ben geworden. Ik kan me niet herinneren dat ik zoveel heb gedronken.'

'Zo gaat dat bij zulke gelegenheden,' zei Sebastian. 'Je drinkt een glas leeg en als bij toverslag verschijnt er weer eentje en je raakt de tel kwijt. Ik vermoed dat je ook niet had gegeten.'

'Nee, niet sinds het ontbijt gisteren,' beaamde Amy.

'Nou, wat had je dan verwacht?'

Ze keek hem aan. 'Ben je boos op me?'

'Alleen uit egoïsme, geloof ik. Onze ene nacht samen en jij valt op de bank in slaap. Ach, in elk geval kon ik Tammy de waarheid vertellen toen ze gisteravond belde om te vragen of je hier was.'

Amy keek hem verschrikt aan. 'Hoe kwam ze aan je nummer?'

'Ze had Posy gebeld.'

'O god,' kreunde Amy. 'Dus ook Posy weet dat ik hier ben.'

'Ja, maar maak je geen zorgen. Ik heb haar gebeld en de nodige uitleg gegeven, en zij vroeg me aan jou door te geven dat het met de kinderen uitstekend gaat. Ik heb geopperd dat het, gegeven jouw toestand, het beste zou zijn als jij met mij mee terugrijdt. Zij haalt de kinderen van school en we zien elkaar dan dus allemaal in Admiral House.'

'Sebastian, het spijt me dat ik je zoveel last bezorg. Ik vind het echt heel vervelend.'

'Geen probleem, hoor.'

'Maar wat als ze denken...' Ze beet op haar lip. 'Dat jij en ik...'

'Gezien jouw toestand van vanochtend geloof ik niet dat er ook maar iemand zal zijn die moeite zal hebben onze uitleg te geloven. Goed, zal ik een bad voor je laten vollopen, zodat jij je kunt opfrissen?'

'O!' Amy bracht haar handen naar haar gezicht. 'Mijn kleren liggen nog in Tammy's winkel.'

'Goed punt. Ik wilde toch even een krant gaan halen, dus als jij in bad gaat, haal ik ze wel op. Ik zal ook de schoenen terugbrengen en die prachtige jurk die Tammy je heeft geleend bij de stomerij afleveren en Tammy de bon geven zodat zij hem kan ophalen, oké?'

Amy knikte dankbaar. 'Bied haar alsjeblieft mijn verontschuldigingen aan. En wil je haar namens mij bedanken voor de jurk en het feest?'

Toen Sebastian het appartement verliet, lag zij al in een naar lavendel geurend bad. Ze voelde zich vreselijk schuldig om haar gedrag, maar verheugde zich ook over het feit dat Sebastian, zonder dat zij hem had verteld wat hij moest zeggen of doen, het heft in handen had genomen. Zo anders dan Sam, die altijd verwachtte dat zij hun leven organiseerde.

Tegen de tijd dat Amy in Sebastians kamerjas – die verrukkelijk naar hem rook – tevoorschijn kwam, was hij alweer terug en stond hij worstjes en eieren met spek te bakken. Er lagen croissants in de oven. 'Je denkt misschien dat je nergens zin in hebt, maar het beste wat je nu kunt doen is eten.' Hij zette een glas sinaasappelsap voor haar neer. 'Drink maar op, dame. Voor wat vitamine C.'

'Dank je.' Amy nam slokjes van het sap en keek hoe Sebastian door de keuken scharrelde. 'Je bent een echte huisman.'

'Als je al zo lang alleen bent als ik, heb je geen keus.'

'Het is lang geleden dat iemand voor mij een ontbijt heeft gemaakt,' zei ze weemoedig.

'Geniet er dan maar van.' Hij schepte het eten op twee borden, zette een daarvan voor haar neer en ging tegenover haar aan tafel zitten.

'Eh... waar zijn we trouwens precies?' vroeg ze terwijl ze voorzichtig een stukje spek naar haar mond bracht.

'Als je bedoelt waar mijn appartement ligt, slechts twee minuten van Sloane Square,' antwoordde Sebastian, 'en ongeveer vijf minuten van Tammy's boetiek.'

'Wat fijn om overal zo dichtbij te zijn.'

'Eerlijk gezegd was ik er niet zo zeker van dat ik het fijn zou vinden toen ik het zes jaar geleden kocht. Mijn vrouw en ik woonden in een klein dorpje in Dorset. Ik vond het er heerlijk. We maakten deel uit van de lokale gemeenschap en diep vanbinnen ben ik eigenlijk een plattelandsjongen. Maar na haar dood wilde ik een plek waar ik anoniem kon zijn, waar niemand me zou lastigvallen en waar ik kon leven zonder steeds aan haar herinnerd te worden.'

'Een compleet nieuw begin.'

'Ja,' zei hij instemmend. 'Ik weet dat mijn vrienden vonden dat ik op de vlucht was, en misschien was dat ook wel zo, maar ik geloof dat je moet doen wat je denkt dat het beste voor jezelf is als je rouwt. En dit was voor mij het beste.'

'Ik kan me nauwelijks voorstellen hoe je zoiets verwerkt. Het verlies van je vrouw en kind tegelijk.'

'Het moeilijkste was de verwachting van geluk voor ze stierf. Daarmee bedoel ik het contrast tussen het verwachte nieuwe leventje en alle vreugde die dat zou brengen, en dan het volslagen tegenovergestelde meemaken: het einde van twee levens. De mensen weten niet wat ze tegen je moeten zeggen. Ze negeren het en proberen je op te vrolijken of ze vergroten het enorm uit en behandelen je als een emotioneel wrak.' Hij haalde zijn schouders op. 'Iedereen bedoelde het goed, maar er was niets wat me troost kon geven.'

'Behalve het schrijven.'

'Ja. Ik denk dat ik het gevoel had dat dat het enige was waar ik controle over kon uitoefenen, gezien de hopeloosheid van mijn echte leven. Ik speelde God: ik besloot wie er zou blijven leven, wie er stierf, wie geluk of ellende toekwam. Het schrijven voorkwam dat ik gek werd.'

'Maar je zult dagelijks wensen dat het anders zou zijn gelopen, neem ik aan? Dat je vrouw nog zou leven?' vroeg Amy.

'Ik ben er fatalistischer over gaan denken. Als zij was blijven leven, zouden we waarschijnlijk nog in dat dorpje in Dorset wonen en was ik misschien redacteur geworden bij de krant waarvoor ik werkte en had ik mijn roman nooit geschreven. Een tragedie maakt of breekt je, en achteraf denk ik dat die van mij me heeft gemaakt. Ik ben veel minder oppervlakkig dan voorheen en ik ben er absoluut een beter mens door geworden. En, Amy, als mijn leven niet die pijnlijke wending had genomen, zouden jij en ik hier niet samen zitten te ontbijten.' Sebastian reikte over de tafel naar haar hand. 'En ik had de ontmoeting met jou niet graag willen missen.'

'Zelfs na mijn gedrag van gisteravond?'

'Ja. Al was het maar tijdelijk, ik genoot ervan om even te doen alsof we bij elkaar hoorden, een echt stel op een avondje uit. Ik was enorm trots dat ik met je samen was.'

'Voordat ik dronken werd, natuurlijk,' wierp ze tegen.

'Nou, eigenlijk was het fijn om je zo blij te zien en te merken dat je in staat bent om zoveel plezier te hebben. In Southwold ben je heel anders.'

'Ik heb meestal niet de tijd of de middelen om plezier te hebben. In feite was ik vergeten hoe het voelde en nu...' Amy schudde haar hoofd en kreeg tranen in haar ogen. 'Het is heel erg, maar ik wil liever niet naar huis.'

Sebastian pakte haar hand en gaf er een kneepje in. 'Ga dan niet.'

'God, was het leven maar zo simpel. Maar dat is het niet. Dat is het nooit als je kinderen hebt.'

'Natuurlijk niet, maar misschien moet je mij even buiten beschouwing laten en jezelf de vraag stellen of je – met of zonder mij – bij Sam wilt blijven?'

'Het is waar dat ik al voordat jij en ik... intiem werden, heb overwogen bij hem weg te gaan. Het probleem is dat hij momenteel in een jubelstemming is vanwege de deal rond Admiral House. Ik kan niet zeggen dat hij me slecht behandelt, want dat is niet zo. Hij probeert juist zijn leven te beteren.'

'Misschien heeft hij door dat er wat gaande is.'

'God, nee! Dat kan toch niet?' Haar hart begon te bonzen. 'Als hij er ooit achter komt, dan...'

Sebastian stond op van zijn stoel. 'Nou, laten we je echtgenoot maar even vergeten en genieten van het kostbare beetje tijd dat we nog hebben, goed?' Hij trok haar overeind, kuste haar en loodste haar mee naar de slaapkamer.

Amy was heel stil tijdens de rit terug naar Southwold. Ze hield Sebastians hand stevig vast en sloot haar ogen. Uiteraard wilde ze haar kinderen graag weer zien, maar de gedachte terug te moeten naar hun armzalige huis en, erger nog, naar Sam, was verschrikkelijk.

Ze vroeg zich af of ze hem zou kunnen verlaten.

Misschien zou ze een klein huisje in Southwold kunnen huren om zichzelf wat lucht te gunnen terwijl ze nadacht over haar toekomst. Het was sowieso verkeerd om rechtstreeks in Sebastians armen te vluchten, ook als hij momenteel niet bij haar schoonmoeder in Admiral House zou wonen. Hij moest de kinderen leren kennen, en vice versa, voor ze langetermijnplannen zouden maken.

Amy sloeg hem heimelijk gade. Hij concentreerde zich op de weg en neuriede mee met Classic FM op de radio. Het was niet alleen het liefdesspel, dat elke keer beter werd. Het was het feit dat hoe meer ze over hem te weten kwam, hoe leuker ze hem begon te vinden. Hij was vriendelijk, grappig, teder, eerlijk en uiterst competent. Daardoor voelde ze zich gekoesterd, beschermd en bemind.

In wezen was hij de tegenpool van Sam. En Amy wist, zelfs na deze korte tijd, dat ze met hem samen zou willen zijn.

Sebastian bracht de auto tot stilstand vlak voordat ze de oprijlaan van Admiral House in reden. Hij opende zijn armen en zij nestelde zich tegen hem aan.

'Ik wil je nog even zeggen dat ik van je hou en dat ik met je samen wil zijn, maar dat ik begrijp hoe lastig deze situatie voor je is. En dat ik zo lang als ik kan zal wachten terwijl jij besluit wat je gaat doen.'

'Dank je,' zei Amy zacht. Ze haalde diep adem. 'Goed, laten we maar naar binnen gaan.'

Sara en Jake zaten in de keuken cupcakes te eten die ze net zelf met Posy hadden gemaakt.

'Mama, mama!' Ze wierpen zich op Amy toen zij en Sebastian binnenliepen.

'Hallo, lieverds, hebben jullie je goed gedragen?'

'Dat weet ik niet, maar het was heel leuk,' zei Jake. 'En papa is er ook.'

Amy's maag draaide zich om. 'O?'

'Hij is met oma in de ochtendkamer. Papa! Mama is terug!' riep Sara.

De deur naar de ochtendkamer ging open en Sam en Posy kwamen tevoorschijn. Sam had een map met papieren en zo te zien een rol ontwerpen bij zich.

'Lieverd.' Sam liep naar Amy toe en kuste haar. 'Het spijt me dat ik het gisteren niet redde, maar als ik het je uitleg, zul je het wel begrijpen.'

Posy, die Sam de keuken in volgde, zag Sebastian kijken hoe haar zoon Amy omhelsde. De uitdrukking op zijn gezicht vertelde haar iets wat ze eigenlijk niet wilde weten. 'Hallo, beiden, goede reis gehad?'

'Ja, dank je, Posy,' antwoordde Sebastian. 'Nou, excuseer me alsjeblieft, ik ga maar eens naar boven om aan het werk te gaan.'

Hij maakt aanstalten het vertrek te verlaten, maar Sam hield hem tegen. 'Kijk voor je gaat nog even naar wat ik mijn moeder net heb laten zien.' Hij loodste Amy mee naar de tafel en rolde de ontwerpen uit. Sebastian volgde met tegenzin. 'Kijk, lieverd, herken je deze plek?'

Amy staarde naar zo te zien het ontwerp van een architect voor een huis. Ze schudde haar hoofd. 'Nee.'

'Herinner je je die vervallen schuur ongeveer driehonderd meter van de achterkant van Admiral House, aan de rand van het landgoed, verborgen achter de naaldbomen?'

'Eh, vaag,' knikte Amy.

'Ik ken die plek wel. Ik ben er vorig weekend naartoe gelopen,' zei Sebastian. 'Het is er mooi.'

'Precies,' zei Sam. 'Nou, ik heb de architect gesproken die werkt aan het ontwerp voor de appartementen, en hij denkt dat we vast wel een vergunning kunnen krijgen om de schuur om te bouwen tot een woning. Als dat lukt, schat...' Hij glimlachte naar Amy. '... dan wordt dit ons nieuwe huis. Kijk, hij heeft een grote zitkamer met een vide getekend, een grote keuken, een speelkamer voor de kinderen... en boven vier slaapkamers. Wat vind je ervan? Zou je er willen wonen?'

Amy dwong zichzelf te glimlachen en knikte. 'Het ziet er geweldig uit,' zei ze.

'Zie je wel, ik heb je toch gezegd dat ik op een dag een mooi huis voor je zou hebben. Wat vind jij, Seb?'

Sebastian huiverde om de afkorting van zijn naam. 'Ik vind het er prachtig uitzien. Nou, excuseer, ik ga me nu echt even afzonderen. Dag, Sam. Dag, Amy.' Hij knikte en verliet de keuken.

'Oké, wie heeft er zin in thee?' vroeg Posy, om de spanning die in de lucht hing te verlichten.

'Ik moet nog naar kantoor om wat telefoontjes te plegen.' Sam keek op zijn horloge. 'Vergeet niet dat de opzichter om tien uur morgenochtend komt, hè mam?'

'Nee, natuurlijk niet,' zei Posy.

'En als er geen grote belemmeringen zijn, kunnen we volgende week in principe contracten tekenen.'

'Ja, Sam, dat heb je al drie keer gezegd,' merkte Posy geduldig op.

'Ik ben gewoon bang dat je op het laatste moment van gedachten verandert. Dat ga je niet doen, toch, mam?'

'Nee, Sam, dat ga ik niet doen.'

'Oké, zal ik over een uur terugkomen om je te halen, Amy?' vroeg Sam.

Ze knikte, hoewel ze zou willen dat hij nooit meer voor haar zou terugkomen. Na het vertrek van haar echtgenoot voelde Amy zich vermoeid en neerslachtig. Ze zeeg neer aan de keukentafel en beide kinderen klommen meteen bij haar op schoot. Posy, die de uitdrukking op Amy's gezicht zag, opperde dat ze de tv in de ochtendkamer aan kon zetten en de kinderen volgden haar.

'Je ziet er afgemat uit, lieverd,' zei Posy, die de keuken weer in kwam en de ketel op het fornuis zette.

'Dat ben ik ook,' zuchtte Amy. 'Ik ben niet gewend aan lange nachten en alcohol. Ik schaam me diep dat ik veel te veel heb gedronken en uiteindelijk knock-out ben gegaan op Sebastians bank.'

'Zoiets zei hij al. Ach, soms doet het je goed om je eens helemaal te laten gaan.'

'Ik zal proberen er geen gewoonte van te maken, Posy. Ik ben tenslotte moeder.' Amy veranderde snel van onderwerp. 'Maar vertel eens, hoe voelt het om Admiral House uit handen te moeten geven?'

'Ik kijk er positief tegenaan. Als we volgende week tekenen, kan ik een bod doen op dat fraaie huis dat we afgelopen weekend hebben bekeken. Dat is best iets om naar uit te kijken, toch?'

'Echt?' Amy keek naar Posy, die heet water in een theepot schonk. 'Weet je heel zeker dat je Admiral House wilt verkopen?'

'Natuurlijk niet, maar desondanks weet ik dat ik er goed aan doe.' Ze keek haar schoondochter even aan. 'Soms, lieve schat, moet je je hoofd volgen, ook al wijst je hart je de andere kant op. We moeten allemaal weleens een moeilijk besluit nemen in ons leven, toch?'

Amy voelde haar wangen warm worden, al wist ze dat Posy het over haar eigen dilemma had. 'Ja,' wist ze uit te brengen.

'Bovendien geloof ik echt dat ik in dat nieuwe huis gelukkig zou kunnen zijn. Ik zal deze tuin uiteraard missen, maar die groeit me steeds meer boven het hoofd. Dus hoe zou jij het vinden om in de oude schuur te wonen als het Sam lukt om die bouwvergunning te krijgen?'

'Het... ontwerp zag er mooi uit.' Amy deed haar best om enthousiasme voor te wenden. 'Maar ik wil niet te vroeg juichen.'

'Ik vind de gedachte van een nog op dit landgoed wonende Montague die hier zijn kinderen grootbrengt wel fijn. Dat maakt het afscheid minder absoluut en natuurlijk betekent het dat ik hier nog op bezoek kan komen,' zei Posy glimlachend.

'Zeker,' beaamde Amy. 'Als het inderdaad zo zal gaan.'

'Ik begrijp dat je vertrouwen in Sams zakelijke ondermeningen nogal op de proef is gesteld, maar ik heb hem nog nooit zo geestdriftig gezien. En het maakt jouw leven er vast ook prettiger op dat je nu een blije echtgenoot hebt.'

Amy had onwillekeurig het gevoel dat Posy zat te vissen en daar kon ze op dit moment niet tegen. 'Ja, natuurlijk.' Ze stond op. 'Als je het niet erg vindt, ga ik nu even met de kinderen televisie zitten kijken.'

Posy zag Amy de keuken uit verdwijnen en zuchtte. Voor een keertje zou ze willen dat de ouderdom niet zoveel wijsheid met zich meebracht.

25

Met veel hulp van Meena had Tammy hard gewerkt om de boetiek na het feest op orde te krijgen. Er waren veel telefoontjes die beantwoord moesten worden, zowel van de media als van potentiële klanten die vroegen naar haar openingstijden.

'Morgen beginnen we echt,' zei Meena toen ze weer naar beneden liepen om de laatste voorraad uit het souterrain op te halen.

'Ja. Goed, als dat het was, ga ik nu naar Nicks winkel. Hij neemt me mee uit eten.' Tammy draaide zich om naar Meena en glimlachte. 'Je bent echt fenomenaal geweest. Mag ik jou volgende week mee uit eten nemen om je te bedanken?'

'Dat is nergens voor nodig, maar ja, het lijkt me erg gezellig, Tammy.'

'Nou, zonder jou had ik het allemaal niet voor elkaar gekregen.' Ze omhelsde Meena hartelijk.

'En dankzij jou voel ik me weer nuttig, dus zijn we allebei blij. Veel plezier vanavond en tot morgen.'

Twintig minuten later kwam Tammy aan bij Nicks antiekzaak en stond ze even naar de etalage te kijken. Er hingen twee ronde art-decospiegels aan onzichtbare draden en daartussen hing een schitterende kroonluchter met rijtjes muranoglas boven een chaise longue met originele roomkleurige leren bekleding. Er ging een golf van liefde en trots door haar heen toen ze de winkel in liep. Ze hoorde luid gehamer vanuit het souterrain.

'Lieverd, ik ben het!' riep ze over de leuning heen.

'Oké! Ik kom er zo aan,' riep Nick terug terwijl het hameren werd hervat.

Tammy dwaalde rond in de showroom, die zich begon te vullen met de stukken die Nick de afgelopen twee maanden zo ijverig had verzameld. Ergens in de showroom ging een mobiele telefoon over. Ze ging ernaar op zoek en trof hem aan op de satijnhouten tafel die Nick als bureau gebruikte.

'Nick, telefoon!' riep ze naar beneden, maar het gehamer hield niet op, dus nam Tammy op. 'Hallo, dit is de telefoon van Nick Montague.'

Na een korte stilte hing de beller op. Tammy checkte de gemiste oproepen en zag dat het meest recente nummer als 'E.N.' werd aangeduid. Ze zag ook dat het nummer eronder 'Mam' was en dat Posy's kengetal gelijk was aan dat van E.N., dus het was kennelijk een beller uit Southwold. Het gehamer beneden stopte eindelijk en een ietwat stoffige, zweterige Nick verscheen bovenaan de trap.

'Je hebt een telefoontje gemist,' zei Tammy. 'Ik heb opgenomen, maar de beller heeft opgehangen. Het was ene "E.N."'

'O ja, dat zal een maat van me zijn geweest die een paar magnifieke marmeren lampvoeten voor me zou bekijken,' zei Nick, die zijn jas aantrok.

'Woont hij in Londen?' vroeg Tammy luchtig.

'Yep, hij woont in Londen. Goed, lieverd, zullen we gaan?'

'Hallo, Sebastian,' zei Freddie toen hij zijn voordeur opende. 'Fijn dat je wilde afspreken.'

'Het is me een genoegen,' antwoordde hij terwijl Freddie hem naar de woonkamer voorging, waar in de haard een vuurtje brandde. 'Om eerlijk te zijn, ben ik blij met elk excuus om achter mijn laptop vandaan te komen.'

'Wil het niet zo lukken?'

'Nee. Ik zit midden in het verhaal. Voor mij is het schrijven van een boek een beetje als het overzwemmen van het Kanaal: je begint vol energie en optimisme, maar tegen de tijd dat je halverwege bent en je geen land achter of voor je ziet, realiseer je je dat je te ver bent om terug te gaan, maar de finish nog lang niet hebt bereikt. Als je begrijpt wat ik bedoel,' voegde Sebastian eraan toe. Hij nam plaats in de stoel waar Freddie naar gebaarde.

'Wil je bier, of misschien een wijntje?'

'Bier, graag.'

Freddie kwam terug met twee flesjes, gaf er een aan Sebastian en ging zitten. 'Proost.'

'Proost.'

Ze namen allebei een slok, waarna Sebastian wachtte tot Freddie zou uitleggen waarom hij met hem wilde praten. Het duurde even voor Freddie zijn ogen van het vuur afwendde.

'Ik wilde het over een paar dingen met je hebben, eigenlijk. Ik heb een onbevooroordeeld oordeel nodig, om het zo maar te zeggen. Jij kent Posy en ik denk dat je haar graag mag, maar je bent niet emotioneel aan haar gehecht. Ik weet ook uit de korte biografie in je boek dat je een ex-nieuwsjager bent, dus dat je vermoedelijk niet gechoqueerd zult zijn door wat ik te vertellen heb.'

'Ik begrijp het. En natuurlijk zal alles wat je me vertelt onder ons blijven.'

'Dank je. Ik weet niet goed waar ik moet beginnen.' Freddie krabde op zijn hoofd. 'Nou, ten eerste maak ik me ongerust over de verkoop van Admiral House aan die zoon van Posy.'

'Juist ja. Denk je dat hij niet te vertrouwen is?'

'Het gaat me niet zozeer om hem, maar om zijn zakenpartner en geldschieter: ene Ken Noakes.'

'En?'

'Posy heeft me wat papieren gegeven om te bekijken en ik kwam erachter dat die Noakes niet wordt genoemd als mededirecteur op het briefpapier, en ook niet in de officiële documenten. Ik ben jaren advocaat geweest en ik ben meer louche figuren uit de vastgoedwereld tegengekomen dan me lief is. En omdat deze man degene is die de hele onderneming financiert – en dat is zo, want we weten allebei dat Sam geen cent te makken heeft – wekte het feit dat hij niet als directeur wordt genoemd onmiddellijk mijn achterdocht.'

'Aha. Nou, ik kan een vriend uit mijn oude werkkring wel vragen om onderzoek naar hem te doen, om eens te kijken wat zijn staat van dienst is. Hij heeft een fijne neus voor onwelriekende zaakjes.'

'Dat zou ik zeer op prijs stellen, Sebastian. Ik zou het heel erg vinden als Posy het vel over de oren werd gehaald met de verkoop van Admiral House. Onder ons gezegd en gezwegen, kan ik niet zeggen dat ik een hoge pet opheb van Sam, maar zoiets kun je tegen een moeder niet zeggen, hè?'

'Nee, zou ik niet doen.'

‘Heb je hem ontmoet?’ vroeg Freddie.

‘Ja, een paar keer, en helaas ben ik dezelfde mening toegedaan als jij.’

‘Ik heb medelijden met die arme vrouw van hem. Hij lijkt me nogal een agressief type. En Posy heeft me verteld hoe lief Amy is.’

‘Ja, dat is ze ook.’

Er viel weer een stilte terwijl Freddie opstond, het vuurtje opstookte dat niet opgestookt hoefde te worden en zich omkeerde naar Sebastian. ‘Verdorie! Hier heb ik een whisky bij nodig. Jij ook een?’

‘Nee, dank je. Dan kan ik de middag wel afschrijven, letterlijk,’ glimlachte hij. Freddie verliet de kamer en toen hij terugkwam met de whisky, keek hij somber. Sebastian besefte meteen dat alles wat Freddie tot nu toe had gezegd bijzaak was en dat hij nu pas te horen zou krijgen wat hij hem werkelijk wilde vertellen. Hij keek toe hoe Freddie ging zitten en een grote slok nam.

‘Nou,’ zuchtte hij met een blik op Sebastian. ‘Vergeef me mijn uitstelgedrag. Je zult het wel begrijpen als ik het je heb verteld. En het zal de eerste keer zijn dat deze informatie mijn mond zal verlaten. Ik hoop dat ik erop kan rekenen dat jij die van jou stijf dichthoudt.’

‘Zeker,’ bevestigde Sebastian.

Freddie haalde beverig adem en dronk zijn glas leeg. ‘Goed dan, luister en huiver...’

Een uur later had Sebastian net als Freddie een paar glazen whisky gehad en stond de fles half leeg op de tafel.

‘Ik weet gewoon niet wat ik moet zeggen.’

‘Nee,’ beaamde Freddie. ‘Wat kan een mens er ook over zeggen?’

‘Ik bedoel, ik ben schrijver en ik geloof niet dat ik ooit zo’n... tragische situatie zou kunnen verzinnen.’

‘Nou, ik kan je verzekeren dat elk woord van wat ik je heb gezegd waar is. Verdrietig genoeg,’ voegde Freddie eraan toe. ‘Als je goed zoekt, vind je het allemaal op internet.’

‘En je bent er zeker van dat Posy nog steeds van niets weet?’

‘Ze heeft er geen weet van, nee. Ik moet zeggen dat ik, toen ik haar na al die tijd weer zag, aannam dat ze inmiddels op de hoogte zou zijn. Dat iemand het haar verteld had. Maar ze is meer dan vijfentwintig jaar van Admiral House weg geweest.’

'Ik snap het wel, eigenlijk,' zei Sebastian. 'Mensen zeggen niet graag onaangename dingen tegen degene die er pijn van ondervindt. Toen mijn vrouw overleed, wilden zelfs mijn beste vrienden het onderwerp vermijden, laat staan onbekenden.'

Freddie keek naar Sebastian en daarna naar de dovende kooltjes van het vuur. 'Begrijp je waarom ik haar die eerste keer heb moeten verlaten?'

'Ja. Je bevond je in een onmogelijke situatie.'

'Toen ik erachter kwam wie ze was, en dat zij van niets wist, had ik eigenlijk geen keus. Ik...' Freddies stem brak en er verschenen tranen in zijn ogen. 'Ik ging er bijna aan kapot, maar ik wist dat zij er helemáál kapot aan zou gaan. Het zou haar hebben gebroken.'

'Als ik je verhaal zo hoor, denk ik dat je gelijk hebt.'

'De vraag die ik mezelf telkens weer stel...' Freddie schonk zichzelf nog een whisky in. 'Zal de waarheid haar nu nog breken?'

Sebastian probeerde zich in te leven, zich voor te stellen hoe híj zich zou voelen... Iets wat hij altijd deed als hij niet goed wist wat hij met een personage aan moest.

'Ik... heb geen idee hoe ze zou reageren, Freddie. Geschokt en vol ongeloof, lijkt me. Aan de andere kant zou ze in elk geval begrijpen waarom jij destijds bij haar bent weggegaan.'

'En waarom ik me ook nu niet aan haar heb kunnen binden. Ze zal zich wel afvragen wat er in vredesnaam aan de hand is. En het idiote is dat ik, na vijftig jaar, alleen maar op een knie wil gaan zitten om haar te vertellen dat ik van haar hou en haar eindelijk de mijne wil maken.' Freddie haalde een zakdoek uit zijn zak en snoot luid zijn neus. 'Misschien moet ik gewoon vertrekken, Sebastian, de boel verkopen...'

'En je bij het vreemdelingenlegioen aanmelden?'

Dat bracht in elk geval een glimlachje op Freddies gezicht. 'Zelfs daar ben ik te oud voor! Wat zou jij doen als je mij was?'

'Ik denk... Ik denk dat ik toch een manier zou proberen te vinden om het haar te vertellen, maar dat is heel persoonlijk, vanwege de loop van mijn eigen leven tot nu toe. Toen ik mijn vrouw verloor, besefte ik dat je de dag moest plukken, vooral als het om de liefde gaat.'

'Daar ben ik het uiteraard mee eens, maar als iets eenmaal is gezegd, kan het nooit meer teruggenomen worden, hè?'

'Nee, maar onthoud dat jullie allebei onschuldige slachtoffers waren van iets waar jullie geen controle over hadden. Ik weet dat je geprobeerd hebt haar te beschermen omdat je veel om haar geeft, maar jij hebt er ook onder geleden. Dat zal ze vast begrijpen.'

'Ik heb er inderdaad onder geleden, en je hebt gelijk. Nou, ik heb genoeg van je tijd in beslag genomen en ik dank je zeer voor je wijze woorden. Misschien... misschien moet ik wachten met het haar te vertellen tot ze uit Admiral House is vertrokken en aan een nieuw leven begint. Ik heb het idee dat de klap dan wellicht minder hard aankomt. Ze zit er dan niet middenin, bij wijze van spreken.'

'Daar kon je weleens gelijk in hebben. Laat haar verhuizen, wat op zich al ingrijpend zal zijn, en laat het stof eerst even neerdwarrelen.' Sebastian stond op en Freddie liep met hem naar de deur. 'Tot ziens, Freddie, laten we contact houden.'

'Absoluut, en ik ben blij dat jij daar bij Posy bent. Ik maak me zorgen om haar, helemaal alleen in dat grote huis.'

'Nou, ik denk dat Posy sterker in haar schoenen staat dan de meeste mensen die ik in mijn leven heb ontmoet,' reageerde Sebastian. 'Ik zal die vriend van me vragen om een en ander over die Ken Noakes uit te zoeken. Je hoort het wel van me.'

Posy kon niet goed slapen door haar gepieker over alles wat ze nog zou moeten doen voor de verhuizing. Die ochtend had Nick gebeld om zijn verontschuldigingen aan te bieden over zijn aanvankelijke reactie op de verkoop van het huis. Hij had haar ook verteld dat hij zijn oude schoolvriend Paul had gevraagd om de schilderijen te komen bekijken. 'Hij hoopt dat ik een Van Gogh over het hoofd heb gezien,' had haar zoon gegrinnikt.

'Lieve jongen, je weet heel goed dat de schilderijen in dit huis kladwerken zijn die eerder in een afvalcontainer thuishoren dan bij Sotheby's.'

'In het slechtste geval is het een excuus om Southwold te bezoeken, mam. Je weet hoe dol Paul altijd op je was, en op Admiral House. Hij wil graag afscheid komen nemen.'

'Van mij of van het huis?'

'Grappig hoor. Goed, Paul komt zaterdag rond tien uur en ik kom dit weekend ook nog bij je aan.'

'Fijn. Ik maak een lekkere lunch. Neem je die beeldschone vriendin van je ook mee?'

'Nee, Tammy heeft het heel druk met de boetiek.'

'Nou, ze zal hier nog wel moeten langskomen om te beslissen wat ze wil hebben uit de jurkencollectie van je oma. Vraag haar mee met Kerstmis, oké? Het zal onze laatste kerst hier zijn en ik wil zoveel mogelijk volk over de vloer om er iets vrolijks van te maken.'

'Ik... ja, natuurlijk.'

'Gaat het wel goed tussen jullie?' informeerde Posy. Ze kende haar zoon door en door en die korte stilte voor zijn antwoord had haar aandacht getrokken.

'Ja hoor, mam. We hebben het allebei gewoon heel druk, meer niet. En nu we het daar toch over hebben: ik moet naar een veiling aan Lots Road. Ik stuur je meteen even een berichtje met het nummer van de lokale veilingmeester in Southwold, zodat hij kan komen om het meubilair in huis te taxeren. Ik waarschuw je maar vast dat je er niet te veel van moet verwachten, mam. Antieke meubels zijn tegenwoordig bijna waardeloos tenzij het om heel bijzondere stukken gaat. Ik zou de dingen met emotionele waarde eruit pikken en apart houden, en een paar containers huren om zaken als bedden en banken weg te gooien. Daar krijg je niets voor.'

'Dat verwacht ik ook niet, lieverd.'

'Dus de verkoop gaat zeker door?'

'Voor zover ik weet, ja.'

'En je voelt je er nog steeds goed bij?'

'Of ik me er goed bij voel, is niet relevant. Ik heb geen keus, Nick, tenzij ik een miljoen voor de restauratie tevoorschijn kan toveren.'

'Nee, dat is ook zo. Ik zou willen dat ik het geld voor je had, maar alles wat ik heb, zit nu in de zaak.'

'En zo hoort het te zijn, Nick. Het is tijd om verder te gaan, hoe moeilijk ook. Ik zal de tuin het ergste missen, maar Sam heeft me in elk geval verteld dat er een onderhoudsfirma zal worden ingehuurd om de appartementen en het landgoed goed te verzorgen. Bovendien heb ik wel zin in moderne meubels en dubbele beglazing.'

'Ja, nou, ik hang maar eens op. Ik spreek je morgen. Ik hou van je, mam.'

'Ik ook van jou, jongen.' Posy legde zuchtend de hoorn neer en nam contact op met de lokale veilingmeester die Nick had aanbevolen voor de taxatie van de spullen in het huis. Ze maakten een afspraak voor over een paar dagen.

Terwijl ze van kamer naar kamer liep om te doen wat Nick had voorgesteld, besefte Posy dat er maar weinig was wat ze wilde meenemen naar haar nieuwe leven. Hier en daar een schilderij, de lichtgroene art-decoklok die op de schoorsteenmantel in de salon stond, haar vaders bureau met zijn versleten leren werkblad...

Posy liet zich op het veelgebruikte matras in een van de logeerkamers zakken. Ze zag zichzelf in de oude, verweerde vergulde spiegel, die het beeld van generaties Andersons had gereflecteerd. Wat zouden zij ervan vinden dat ze een einde maakte aan driehonderd jaar familiegeschiedenis, vroeg ze zich af. Als men vanuit het graf überhaupt nog ergens iets van vond, wat ze tegenwoordig zwaar betwijfelde. Maar toch had ze in de afgelopen weken, sinds ze had besloten te verkopen, de aanwezigheid van haar vader sterker dan in jaren gevoeld.

'Posy, het is tijd,' vertelde ze haar spiegelbeeld.

'Ik vroeg me af, Sebastian, of je een half uur over hebt om met mij samen naar de folly in de tuin te gaan. Daarin bevond zich mijn vaders arendsnest, namelijk, en toen ik klein was, mocht ik er niet in. Mijn vader – die ik adoreerde, zoals je weet – nam me mee over het landgoed en leerde hoe ik met een net vlinders moest vangen. Hij nam ze dan mee naar de folly om ze te "bestuderen" en vertelde me dat hij ze daarna weer vrijliet. Ik ben er een keer stiekem naar binnen geslopen, en wat trof ik daar aan? Een grote collectie ingelijste en zeer dode vlinders aan de muur. Destijds brak dat mijn hart, maar hij was natuurlijk gewoon een verzamelaar. In die tijd was het heel normaal en hij bewaarde ze voor het nageslacht. Er zullen wel wat exemplaren bij zitten die nu zijn uitgestorven.'

Sebastians hand, die een stuk geroosterd brood met zelfgemaakte jam vasthield, bleef onderweg naar zijn mond steken. 'Nou, dan zullen ze in elk geval wel wat waard zijn.'

'Waarschijnlijk, maar ik wil er geen geld voor hebben. Als ze van waarde zijn, doneer ik ze aan het Natural History Museum. Hoe dan ook, ik moet toegeven dat ik de gedachte aan het betreden van de folly niet aanlokkelijk vind. Ik ben er al zestig jaar niet binnen geweest. Na de dood van mijn vader ging ik bij mijn oma in Cornwall wonen en toen ik hier uiteindelijk terugkwam met mijn echtgenoot en kinderen, nou, toen kon ik het gewoon niet aan er naar binnen te gaan.'

'Ik snap wel waarom niet, Posy,' antwoordde Sebastian neutraal.

'En ik denk dat ik het nog steeds niet aankan, niet alleen in elk geval. Maar ik zal wel moeten, want de folly moet worden leeggehaald voor de verhuizing.'

'Natuurlijk ga ik met je mee, Posy. Laat maar weten wanneer.'

'Wat dacht je van vanmiddag? Ik moet het echt binnenkort doen, en nu Paul, Nicks vriend die kunsthandelaar is, dit weekend komt, leek het me een goed idee om hem de vlinders te laten zien.'

Sebastian zag Posy met een zwaar gemoed de keuken verlaten. Hij vroeg zich af waarom ze Sam niet vroeg om met haar mee te gaan. Als haar oudste zoon was hij de voor de hand liggende keus. Hij stond op om zijn bord en mok in de gootsteen te wassen, bij zichzelf denkend dat hij misschien bevooroordeeld was, maar dat hij Sam ook als hij niet verliefd zou zijn op diens vrouw, een onaangename, arrogante kerel zou vinden.

'Je weet het nooit met genen,' mompelde hij, de prachtige brede trap op lopend, waarvan hij hoopte dat Posy het niet erg zou vinden dat hij de schoonheid ervan als hoofdmotief voor zijn boek had gekozen.

'Goed, kun je nu dat half uurtje met me naar de folly gaan?' vroeg Posy hem nadat ze hadden geluncht.

Sebastian legde zijn mes en vork op zijn bord. 'Deze runderstoofpot met dumplings is de beste die ik ooit heb geproefd en ik zou zelfs met je meegaan naar de maan als je hem weer een keertje voor me wilt maken. Nou, ik ga een paar zaklampen halen. Ik betwijfel of er daarbinnen elektrisch licht is.'

Posy glimlachte zwakjes, maar toen Sebastian opstond, voelde hij haar spanning.

Ze liepen door de tuin, waar een herfstmist hing die de hele dag niet was opgetrokken, en Sebastian zag de folly staan achter de rij kale kastanjebomen. Hij huiverde onwillekeurig. Door wat hij wist, voelde hij misschien wel net zoveel onrust als Posy.

Ze naderden de deur, gemaakt van ooit robuust eikenhout dat nu deels verrot was na al die jaren verwaarlozing. Posy bracht de zware bos sleutels naar het slot. Haar hand beefde zo dat het haar niet lukte de juiste sleutel in het gat te steken.

'Wacht, laat mij maar.'

Terwijl Sebastian al zijn kracht gebruikte om een slot te openen waarvan hij zich realiseerde dat het meer dan zestig jaar gesloten was gebleven, voelde hij zijn eigen hartslag versnellen. Wie wist wat ze daarbinnen zouden aantreffen, wat er was overgebleven van de tragedie waarvan hij wist dat die binnen deze muren had plaatsgevonden...

Eindelijk draaide de sleutel om en voordat hij nog tijd had om erover na te denken, duwde Posy de deur open. Ze kwamen een verduisterde ruimte binnen. Sebastian zag dat het raam aan de binnenkant met spinnenwebben en aan de buitenkant met klimop was bedekt. Ze knipten allebei hun zaklamp aan en schenen ermee rond.

'Hier bewaarde mijn vader al zijn sportbenodigdheden,' verklaarde Posy, en ze stapte over een verzameling stokken bedekt met groene aanslag heen. 'Wickets,' zei ze, 'en kijk hier eens.' Ze pakte een houten voorwerp op en zwaaide ermee. 'Een croquethamer. Ik weet nog dat we croquet speelden als mijn ouders een feest gaven.'

Sebastian scheen met zijn zaklamp op een grote kast. De deur hing scheef en toen hij hem opentrok, zag hij een collectie geweren op een keurig rijtje, het ooit glanzende metaal nu roestbruin. Zijn hart sloeg een slag over toen hij zag dat er een ontbrak.

'Mijn vaders jachtgeweren,' zei Posy. 'Ik hoorde 's nachts weleens een geweer afgaan. Mijn vader zei dat het de plaatselijke boer was die op konijnen schoot, maar de boerderij in kwestie is behoorlijk ver weg en het schot klonk vaak dichtbij, dus waarschijnlijk was hij het zelf.'

'Dit is een Purdey. Als die is schoongemaakt, is hij waarschijnlijk vrij veel waard,' zei Sebastian terwijl hij een van de geweren uit de kast pakte.

'Doe jij aan jagen?'

'God, nee, ik weet alleen iets over Purdeys omdat ik onderzoek naar geweren moest doen voor mijn vorige roman,' glimlachte hij. In het halfdonker zag hij Posy haar zaklamp op een wenteltrap richten.

'Zal ik voorgaan?' vroeg hij haar.

'Als je het niet erg vindt. Wees voorzichtig, de draai is vrij scherp, herinner ik me.'

'Oké.'

Het geluid van hun voetstappen op de oude stenen treden weerklonk door het torentje. De geur van vocht was bijna tastbaar en Posy kreeg een niesbui toen ze de smalle overloop boven bereikten.

'Hemeltjelief,' zei ze, in haar waxjas gravend naar een zakdoek om haar neus in te snuiten. 'We ademen waarschijnlijk lucht uit de oorlog in!'

Sebastian bestudeerde de deur voor hem – een kleinere versie van de eikenhouten buitendeur, maar in betere conditie. 'Nou, daar zijn we dan.'

'Ja.' Posy keek naar de deur en er leken honderden herinneringen vanuit het hout op haar af te vliegen.

'Zal ik hem opendoen?'

Posy overhandigde hem de grote ijzeren sleutelring, die haar deed denken aan een te grote armband waaraan de sleutels in verschillende grootte dienst deden als bedeltjes.

Sebastian probeerde de kruk om te checken of de deur wel op slot zat – wat het geval was – en probeerde drie sleutels uit voordat hij de juiste had.

'Klaar om naar binnen te gaan?'

'Mag ik een blinddoek voor, zodat ik niet al die arme dode vlinders hoef te zien?'

'Jawel, maar dat zou deze hele onderneming een vrij nutteloze exercitie maken.'

Sebastian stak zijn hand uit en Posy pakte hem vast. Ze haalde diep adem in een poging haar hevig kloppende hart tot rust te brengen. Achter deze plaat van hout bevond zich de essentie van haar geliefde vader. Ze volgde Sebastian naar binnen, haar ogen op de vloer gericht, die bedekt was met decennia aan stof.

Sebastian scheen met zijn zaklamp door de ronde ruimte en verlichtte zo het grote aantal ingelijste dode vlinders die een tikje overhellend aan de muren hingen. Hij zag een bureau, een leren stoel en een boekenkast, die nog vol stond met zijn papieren bewoners. Erachter viel de lichtstraal op een grote vlek op de muur. Die was koperkleurig met piepkleine spatjes eromheen, alsof een moderne kunstenaar lukraak verf tegen een doek had gegooid.

Het duurde even voor hij het doorhad, maar toen moest hij een grote hap muffe lucht nemen om zichzelf te kalmeren. Hij keek om naar Posy en zag dat ze met haar rug naar hem toe een bepaalde ingelijste vlinder stond te bestuderen.

'Deze herinner ik me. Ik heb hem gevangen en papa was er heel blij mee omdat tijmblauwtjes zeldzaam waren. In feite was het waarschijnlijk de laatste die ik ooit heb gevangen,' zuchtte ze. 'Misschien vraag ik Amy wel om hem te schilderen zodat ik me zijn schoonheid kan herinneren zonder zijn doodsheid te hoeven zien,' zei ze, zich naar hem omdraaiend met een droevige glimlach.

Haar ogen keken rond in het vertrek en Sebastians instinct wilde haar naar buiten trekken voor ze het zou zien, maar het was al te laat. Posy scheen er met haar zaklamp op.

'Wat is dat in vredesnaam?' Ze liep naar de muur om de vlek beter te kunnen bekijken.

'Misschien is het iets wat van het plafond naar beneden is gedropen.'

Hij hoorde zelf de holle klank van zijn leugen.

'Nee...' Posy drukte haar neus zowat tegen de vlek. 'Het ziet eruit als opgedroogd bloed, Sebastian. Het lijkt zelfs alsof iemand hier voor de muur heeft gestaan en is doodgeschoten.'

'Misschien een van je voorouders die iets heeft uitgehaald?'

'Dat zou kunnen, ja, maar ik ben er vrij zeker van dat ik het zou hebben opgemerkt toen ik hier als kind stiekem binnenliep. Ik bedoel, je kunt het nauwelijks over het hoofd zien. Het zit precies tegenover de deur.'

'Misschien hingen er meer ingelijste vlinders overheen die keer dat jij er was.'

'Het kan zijn dat je gelijk hebt. In feite ben ik er zeker van dat mijn vaders admiraalvlinderscollectie daar hing. Als ik het me goed herinner, waren dat de eerste vlinders die ik zag toen ik de deur opendeed, en daarna ben ik snel de trap weer af gerend. Ja, dat zou kunnen.'

Sebastian voelde zich week van opluchting toen Posy zich omdraaide en naar het bureau liep. Ze pakte een groot vergrootglas en blies erop. Duizenden stofjes vlogen de lucht in. Het licht van de zaklamp liet ze glinsteren als glitter.

'Dit was een van zijn martelinstrumenten, vermoed ik. Wat vertellen volwassenen kinderen toch een hoop leugens om ze te beschermen,' zuchtte ze. 'Dat doen we natuurlijk allemaal, maar op den duur vraag ik me af of het echt altijd om bestwil is.'

Opnieuw moest Sebastian diep ademhalen. 'Zal ik de lijsten met vlinders loshalen en meenemen naar het huis?' vroeg hij.

'Graag, Sebastian.' Posy gebaarde naar de boeken op de plank. 'Behalve deze denk ik dat alles verder in de afvalcontainer kan.' Ze huiverde. 'Ik vind het hier helemaal niet prettig. Het heeft een oude atmosfeer. En ik me als kind maar mijn vader voorstellen in zijn glanzende, heldere troonzaal: de koning van het elfjesvolk boven in zijn kasteel,' zei ze schouderophalend. 'Nou ja, dat was maar een spel, nietwaar?'

'Ja, natuurlijk. Ga jij maar vast, Posy. Ik breng de vlinders wel naar het huis.'

'Dank je, Sebastian,' antwoordde ze.

26

Tammy lag naast Nick in bed en keek hoe hij door een verkoopcatalogus bladerde.

'Dus je gaat dit weekend naar Southwold?' vroeg ze.

'Ja, zoals ik al zei, komt Paul naar de schilderijen van mijn moeder kijken, en er is een veiling in Lavenham waar ik zondag naartoe wil. Ik rijd vrijdagavond naar Admiral House en ben zondagmiddag laat weer terug.'

'Zal ik met je meegaan? Ik zou het leuk vinden je moeder te zien en ze zei dat ze wat jurken heeft waar ik nog naar moet kijken.'

'Ik dacht dat je op zaterdag wel in de boetiek zou moeten zijn. Dat is toch je drukste dag van de week?'

'Ik heb Meena, weet je nog, en zij is een veel betere verkoopster dan ik ooit zal zijn!'

'Jawel, maar ze is jou niet, en heb je geen lunch met Jane gepland?'

'Inderdaad, maar die kan ik altijd afzeggen. Ik zou graag je moeder weer eens zien,' zei Tammy.

'Ik denk dat ze momenteel een hele hoop te doen heeft, eerlijk gezegd. Misschien een ander weekend, als alles rondom de verkoop van het huis duidelijker is, oké?'

'God, Nick, dat zeg je elke keer weer!' Alle onzekerheid en frustratie kwamen in Tammy naar boven. 'Ik kan me de laatste keer dat jij en ik samen een weekend hebben doorgebracht niet eens meer heugen. Je gaat altijd overal en nergens in je eentje naartoe.'

'Ja, om een goede voorraad op te bouwen en mijn zaak van de grond te kunnen krijgen. Het spijt me dat mijn aandacht niet uitsluitend op jou gericht is geweest, Tammy,' zei hij koeltjes, 'maar ik dacht dat we elkaars werk begrepen en respecteerden.'

'Dat doen we ook, en dat doe ik ook,' zei Tammy, 'maar te midden van de chaos zou het toch mogelijk moeten zijn om af en toe vierentwintig uur samen door te brengen? Draait het in het leven niet om evenwicht?'

'Tammy, ik wil niet bot klinken, maar nu jouw zaak eenmaal loopt, lijk je mij kwalijk te nemen dat ik tijd aan die van mij moet besteden.'

'Dat is niet eerlijk! Ik heb telkens tijd voor je gemaakt, zodat we samen konden zijn.'

Nick smeet de verkoopcatalogus op de vloer en stapte uit bed. 'Ik heb honderd dingen aan mijn hoofd, die allemaal mijn zorg en aandacht nodig hebben, en het laatste wat ik van jou kan gebruiken, is gedoe. Ik ga naar het huis van Paul en Jane om wat rust te krijgen!'

Tammy hoorde de deur achter hem dichtslaan. Ze begroef haar hoofd in haar kussen en barstte in tranen uit.

Twee dagen later verliet Tammy, die nog niets van Nick had gehoord, rond het middaguur de boetiek voor haar afspraak met Jane bij Langan's aan Beauchamp Place, hun gebruikelijke plek als ze zaterdag gingen lunchen.

'Je ziet er stralend uit,' zei Tammy toen ze tegenover haar vriendin zat.

'Dank je, zo voel ik me ook. Nu ik de eerste echo heb gehad en alles in orde lijkt te zijn met de baby, kan ik me een beetje ontspannen. Een glas wijn voor jou, Tam? Dat lijk je wel te kunnen gebruiken.' Jane keek haar onderzoekend aan. 'Gaat het wel goed met je? Je ziet nogal bleek.'

'Ik slaap de laatste paar dagen niet zo goed, dat is alles.'

'Wat dan? Te druk met het optellen van alle opbrengsten?' Jane glimlachte en bestelde mineraalwater en een wijntje bij een voorbijlopende ober.

'Nee, hoewel het de afgelopen dagen heel goed is gegaan en het vanochtend heel druk was. Ik kan ook niet al te lang blijven. Meena runt de boel nu in haar eentje.'

'Nou, ze lijkt me meer dan bekwaam, maar als het zo goed blijft gaan, zul je een assistent moeten inhuren om jullie allebei bij te staan.'

'Ik weet het. Ik zal erover nadenken,' zei Tammy instemmend.

'Tam, kom op, je zou in de wolken moeten zijn. Iedereen praat over jou en je schitterende japonnen en jij ziet er triestig uit. Wat is er?'

Tammy pakte haar glas wijn en nam een grote slok. 'Ik heb een paar avonden geleden ruzie met Nick gehad en sindsdien heb ik niets meer van hem gehoord. Janey...' Tammy nam nog een slok van haar wijn. 'Ik denk dat Nick iets met een ander heeft.'

Jane keek haar stomverwonderd aan. 'Wat? Nee, van zijn levensdagen niet!'

'Nou, ik denk toch van wel.'

'Maar op jouw feest zagen jullie er samen overgelukkig uit.' Jane schudde haar hoofd. 'Het spijt me, maar ik geloof het gewoon niet. Nick niet, van alle mannen die ik ken. Hij is er het type niet voor.'

'Janey, er is kortgeleden iets gebeurd en ik weet zeker dat Nick erover tegen me heeft gelogen.'

'Wat?'

Tammy vertelde Jane hoe ze het telefoontje op Nicks mobiel had aangenomen en dat er meteen werd opgehangen. Dat ze vervolgens de initialen E.N. had gezien en had geconstateerd dat het kengetal van de beller hetzelfde was als dat van Posy in Southwold.

'Nick zei dat die "E.N." in Londen woont. Waarom zou hij daarover liegen?'

'Misschien woont "E.N." wel een deel van de tijd in Londen. Het lijkt me geen bewijs van ontrouw, Tammy.'

'Nee, ik weet het, maar ik heb gewoon een gevoel...' Tammy streek met haar vingers langs haar wijnglas. 'Bovendien heeft hij me verteld dat er iets is wat hij moet uitzoeken voor hij zich volledig aan me kan binden. Jij hebt het eens gehad over een meisje dat in Southwold woonde en waar hij mee omging?'

'Ja, maar... ik geloof niet dat dat serieus of voor de lange termijn was. Als ik het me goed herinner, woonde ze samen met haar vriend.'

'Maar er was dus wel iets gaande?' wilde Tammy weten.

'Ja.'

'Hoe heette ze?'

'Eh, Evie nog wat, geloof ik. Evie Newman, dat is het.'

'O, mijn god! E.N.!' Tammy voelde tranen in haar ogen opwellen. 'Ik wist het!'

'Alsjeblieft, Tam, probeer kalm te blijven...'

'Hoe kan ik nou kalm blijven? Het is duidelijk dat ze elkaar weer zien.'

'Het is tien jaar geleden en je hebt geen enkel bewijs dat hij nu weer wat met haar heeft,' suste Jane.

'Oké, maar waarom heeft ze hem dan gebeld en waarom wilde hij niet dat ik dit weekend met hem mee zou gaan?'

'Omdat hij dacht dat je je zou vervelen en wel wat beters te doen had, zoals lunchen met mij?'

'Nee, Jane, we weten allebei waarom hij naar Southwold gaat, en als ik terugkijk, is Nick de afgelopen maand bijna elk weekend weg geweest, volgens zijn eigen zeggen naar veilingen.'

'En wat dan nog? Hij is antiekhandelaar, dat is zijn vak,' zei Jane schouderophalend.

'En hij vraagt me nooit mee. In feite verzint hij telkens als ik het voorstel weer een reden waarom ik niet mee kan.'

'Luister, Tammy, ik begrijp je argwaan. Ik zou ook achterdochtig zijn. Maar ik ben er zeker van dat Nick van je houdt, dat heeft hij zelfs aan Paul opgebiecht. Dus voordat je het beste wat je in jaren is overkomen weggooit, moet je Nick ermee confronteren en het uitpraten. Hij kan een heel legitieme reden hebben om in Southwold te zijn. Nou, we kunnen maar beter gaan bestellen als je straks terug moet naar de winkel. Ik neem de zeeduivel.'

'Ik heb geen trek. Ik neem de rucolasalade en nog een glas wijn.'

Jane bestelde en Tammy zat afwezig aan haar servet te plukken.

'Wat het nog vreemder maakt, is dat hij me kortgeleden heeft meegenomen om een huis in Battersea te bekijken en me vroeg wat ik ervan vond; of ik me er onze kinderen rondhollend in de tuin kon voorstellen.'

'Nou dan! Dan is het toch duidelijk?'

'Ja, misschien wel,' zei Tammy, een broodstengel in de olijventapenade dopend, 'maar het verklaart "E.N." nog niet.'

'Luister nou, ik ken Nick al jaren. Hij speelt geen spelletjes, Tammy, echt niet. Paul en ik zeiden laatst nog tegen elkaar dat we allebei dachten dat jij het voor hem bent. Hou je van hem?'

'Ja. Ik vrees met grote vreze van wel.'

'Dan is mijn advies als getrouwde vrouw om dit niet te laten dooretteren. Is Nick vanavond bij zijn moeder in Southwold?'

'Ja, dat is althans wat hij me heeft verteld.'

'Nou, als ik jou was, stapte ik in de auto en reed ik er vanavond heen om hem op te zoeken. Het heeft geen zin om deze kwelling een seconde langer dan nodig te ondergaan. Ga naar hem toe en heb het erover.'

'Misschien,' zei Tammy schouderophalend, 'maar ik ben nog nooit in mijn leven achter een man aan gelopen.'

'Dit is niet zomaar een man, Tam. Het is de man met wie je de rest van je leven wilt delen. Dus zet je trots terzijde en ga met hem praten. Dat is mijn advies, voor wat het waard is,' zei Jane. 'Nou, mag ik nu even klef doen en je de echo van de baby laten zien?'

Toen Tammy terugkwam in de winkel, was Meena dapper bezig om vier klanten tegelijk van dienst te zijn. De uren daarna waren ze beiden continu in touw tot de boetiek om vier uur leegliep en er tegen kwart voor vijf niemand meer was binnengekomen.

'Ik ga vroeg sluiten, Meena,' gaapte Tammy. 'Ik ben bekaf.'

'Je hebt te hard gewerkt. Zorg ervoor dat je morgen goed uitrust, jongedame. Je hebt een drukke tijd achter de rug.'

'Dat is zeker,' antwoordde Tammy terwijl ze de kassa sloot en Meena hielp de kas op te maken.

Een half uur later ijsbeerde Tammy door haar huis en kwam ze maar niet tot rust.

'Verdorie nog aan toe!' zei ze, en ze stopte een waszak en wat extra kleren in een reistas, verliet haar huis en liep naar haar auto. Op weg naar Southwold belde ze Nicks mobiel, die zoals gewoonlijk op voicemail stond. Knarsetandend liet ze een bericht achter.

'Hoi, met mij. Ik wilde zeggen dat ik spijt heb van wat ik eerder deze week zei. Ik was egoïstisch. Ik rijd nu naar Southwold omdat ik je graag wil zien en het wil uitpraten. Ik ben er rond acht uur. Laat het me maar weten als het niet uitkomt. Nou, dag.'

Toen Tammy uiteindelijk over de oprijlaan naar Admiral House reed, bonsde haar hart hevig. Ze was doodsbang voor wat ze misschien zou ontdekken. In elk geval was er iemand, want de lichten waren aan. Ze liep naar de voordeur en klopte luid aan.

'Hallo, Tammy, wat doe jij hier?'

Het was Amy die de deur opendeed, niet Posy.

‘Ik… nou, ik ben hier voor Nick.’

‘Nick?’ Amy fronste. ‘Maar die is hier niet, Tammy.’

‘O.’

‘Maar kom binnen, het is fijn je te zien,’ zei Amy glimlachend, en ze liepen door de hal naar de keuken. ‘Ik werk hier aan de tekening van het huis die op de voorkant van Posy’s kerstkaarten komt te staan.’

Sebastian zat met een glas wijn in zijn hand aan de keukentafel.

‘Tammy, wat een leuke verrassing. Heb je zin in een wijntje? Ik hield Amy even gezelschap terwijl ze aan het afronden was.’

Het feit dat het al drie uur donker was, om nog maar te zwijgen van de al te uitgebreide uitleg, bevestigde wat Tammy al vermoedde op de avond van haar feest.

‘Ja, ik lust wel een drankje,’ zei ze, doodmoe neerzakkend op een stoel. ‘Waar is Posy?’

‘Uit eten met haar oude vriend Freddie,’ zei Amy. ‘Ze is nog maar ongeveer tien minuten weg.’ Amy schonk haar een groot glas wijn in en gaf het haar. ‘Alsjeblieft.’

‘Oké, ik ga weer aan het werk,’ zei Sebastian. ‘Ik laat jullie verder met rust, dames. Fijn je weer even gezien te hebben, Tammy, en nog bedankt voor de uitnodiging voor het feest, ik heb me zeer vermaakt. Dag, Amy,’ voegde hij er met een knikje aan toe.

‘Dag, Sebastian.’

Tammy probeerde niet te glimlachen om hun overdreven formaliteit. Ze nam een flinke slok van haar wijn.

‘Dus Posy verwachtte Nick vanavond niet?’

‘Daar heeft ze niets over gezegd, maar hij heeft waarschijnlijk een sleutel, dus hij zal Posy wel hebben gezegd dat hij zichzelf wel zou binnenlaten.’ Amy wierp een blik op de oven, ervan overtuigd dat Posy, als ze wist dat er iemand zou komen, hoe laat ook, iets voor diegene te eten zou hebben gemaakt om op te warmen. De oven was leeg.

‘Nick heeft me verteld dat hij hier afgelopen nacht heeft gelogeerd.’

‘Dat kan best zijn, Tammy, ik was er pas na de lunch. Zijn vriend Paul, die kunsthandelaar, was hier toen en hij is rond drie uur weggegaan. Het spijt me, maar het lijkt erop dat je een lange rit voor niets hebt gemaakt.’

'Ja,' zei ze met een grimas. 'Ik ben kennelijk in de bonen.'

'Maakt niet uit. Het is sowieso goed om je te zien en ik weet zeker dat Posy het prima vindt als je een nachtje blijft slapen.'

'O nee, ik denk dat ik terug naar Londen rijd.'

Amy zag de ellende in Tammy's expressieve groene ogen. 'Luister, ik wil me er niet mee bemoeien, maar zou het helpen om erover te praten?'

'Er is eigenlijk niets om over te praten. Ik dacht dat Nick zei dat hij in het weekend hier zou zijn. Ik heb het gewoon... verkeerd begrepen.' De emoties van de afgelopen paar dagen werden haar te veel en ze voelde een brok in haar keel ontstaan en tranen in haar ogen opwellen. 'Shit! Het spijt me, Amy. Ik heb het recht niet om jou met mijn problemen op te zadelen.'

'Doe niet zo mal. Hier.' Amy gaf een doos tissues door aan Tammy, die haar neus snoot. 'Ik zal Sam even bellen om te zeggen dat ik wat later thuis ben, zodat we kunnen praten, oké?'

Terwijl Amy met Sam sprak, probeerde Tammy zich te herpakken.

'Begrijp ik goed dat jullie onenigheid hebben gehad over het een of ander?' Amy ging weer aan de tafel zitten.

'Ja.'

'Mag ik je vragen waarover?'

'Nergens over, eigenlijk,' antwoordde Tammy schouderophalend. 'Ik bedoel, het werd veroorzaakt doordat ik ergens achterdochtig over was, waardoor ik onzeker werd, en dat leidde uiteindelijk tot ruzie.'

'Nou, het verbaast me enorm dat je achterdochtige gevoelens had tegenover Nick. Hij adoreert je.'

'Dat zegt iedereen,' zuchtte Tammy. 'Amy, ik wil je wat vragen. Ken jij ene Evie Newman?'

'Ja, die ken ik, maar niet goed. Ik begon net uit te gaan met Sam, maar ik woonde nog in Londen. Tegen de tijd dat ik met Sam trouwde en in Southwold kwam wonen, was Evie al weg.'

'Maar nu is ze terug.'

'Ja.'

'Was Nick verliefd op haar?'

'Van wat ik heb gehoord, ja,' beaamde Amy. 'Het spijt me, Tammy.'

'Het is oké, mijn vriendin Jane heeft me dat al verteld. Vind jij het niet vreemd dat Evie weer in Southwold is opgedoken rond dezelfde tijd dat Nick is teruggekeerd uit Perth?'

Met een bezwaard hart herinnerde Amy zich dat ze Nicks auto had zien staan toen zij en Posy langs Evies huis reden. 'Ik... nou, misschien wel, ja.'

'Ik denk dat hij weer iets met haar heeft. Een paar dagen geleden nam ik een telefoontje aan op zijn mobiel van iemand met de initialen E.N. Toen ik hallo zei, hing de beller op. Maar ik zag dat het een nummer uit Southwold was. Dan moet zij het wel zijn, toch?'

'Nou, het is wel toevallig, ja.'

'Dus jij vindt me niet paranoïde?'

Amy schudde treurig haar hoofd. 'Nee, eigenlijk niet.'

'En vervolgens heeft Nick me verteld dat hij dit weekend in Admiral House zou logeren. Waarom? Waarom heeft hij tegen me gelogen?'

'Ik weet het echt niet.'

'Hij zal wel bij haar zijn.'

Amy gaf geen antwoord, want ze kon niet anders dan het met haar eens zijn. Dat moest aan haar gezicht te zien zijn geweest, want Tammy zei: 'Vertel het me alsjeblieft als je iets weet. Het is beter dat ik er nu achter kom dan dat ik in het duister blijf tasten en me uiteindelijk compleet belachelijk maak.'

'Ik... nou, een paar weken geleden reden Posy en ik langs Evies huis en zagen we daar een rode Austin Healey geparkeerd staan. Maar die hoeft niet per se van Nick te zijn geweest, toch? Het kan zijn dat het toeval was...'

Tammy's ogen vulden zich met tranen. 'Maar we weten allebei dat het géén toeval was. Hoeveel knalrode vintage Austin Healeys denk je dat er in Southwold te vinden zijn? Mijn hemel! Hoe kan hij me dit aandoen?'

'Je weet niets zeker, kom op. Je moet met hem praten. Er kan een goede reden voor hem zijn geweest om bij haar langs te gaan, iets zakelijks bijvoorbeeld,' bepleitte Amy.

Tammy stond op. 'Amy, ik wil je graag om een gunst vragen: wil je met me mee naar Southwold gaan en me laten zien waar Evie Newman woont?'

'Als je dat echt wilt.'

'Ja, dat wil ik echt,' zei Tammy beslist, en ze liep de keuken uit, met Amy achter zich aan. Ze stapten in Tammy's auto en ze startte de motor, waarna ze snel de oprijlaan af reed.

'Hier rechts, dan de eerste links,' instrueerde Amy. 'Oké, het is het huis daar op de hoek.'

Amy durfde nauwelijks te kijken toen Tammy vertraagde en ze langzaam in de richting van Evies huis reden. Ze slaakte een zucht van opluchting toen ze zag dat daar geen auto's op straat stonden.

'Zie je wel? Het was waarschijnlijk toeval...'

'Daar!' Tammy wees naar de overkant van de straat, zo'n dertig meter van het huis. Ze reed langzaam langs de auto en keek naar de nummerplaat. 'Dat is Nicks auto.'

Tammy zette de auto een eindje verderop abrupt stil en de twee vrouwen bleven zwijgend zitten.

Uiteindelijk verbrak Amy de stilte. 'Het spijt me, Tammy. Ik vind nog steeds dat je met Nick moet praten. Er kan een onschuldige verklaring voor zijn. Nick is gewoon niet zo'n type man...'

'Zou iedereen willen ophouden me te vertellen wat voor type man Nick is, want het is nu verdomme wel duidelijk dat hij een echte klóótzak is!' Tammy beukte op het stuur en barstte in tranen uit. 'Sorry dat ik zo schreeuw, Amy. Jij kunt er niets aan doen.'

'Het geeft echt niet. Ik begrijp het volkomen. Laten we terugrijden naar Admiral House, nog een glas wijn nemen en praten.'

'Nee, dank je.' Tammy haalde een papieren zakdoekje uit het handschoenenkastje en snoot haar neus. 'Op dit moment wil ik nooit meer een gebouw binnengaan waar Nick Montague ooit een voet over de drempel heeft gezet. Ik zet je er wel af en dan ga ik meteen terug naar Londen.'

Ze reden in stilte terug naar Admiral House. Amy wist dat het zinloos was om afgezaagde woorden van troost te bieden. Tammy bracht de auto tot stilstand.

'Weet je zeker dat je nog terug kunt rijden?'

'Ja, komt goed.'

'Het spijt me voor je, Tammy.'

'Mij ook.'

'Mag ik je de komende dagen eens bellen om te vragen hoe het met je gaat?' vroeg Amy zacht toen ze het portier opende om uit te stappen.

'Ja, natuurlijk. En bedankt voor al je steun. Dag.'

Amy zag hoe de auto een U-bocht maakte en met gierende banden weer over de oprijlaan reed. Daarna keek ze op en zag ze Sebastian boven voor het raam staan, die de verdwijnende achterlichten van Tammy's auto nakeek.

Aangezien ze zojuist getuige was geweest van de pijn die moreel bedrog zoals dat van haar kon veroorzaken, was Amy niet van plan om naar binnen te gaan en de situatie uit te leggen. Ze haalde haar autosleutels uit haar handtas, stapte in haar auto en reed naar huis, waar haar kinderen en echtgenoot waren.

27

Posy kwam doodmoe thuis van het etentje met Freddie. Hoewel ze gewend was aan zijn stemmingswisselingen – het ene moment warm en sprankelend, het volgende afstandelijk en bijna geheimzinnig – was hij vanavond ongebruikelijk zwijgzaam geweest en had ze het gesprek met moeite gaande gehouden.

Daar kwam bij dat Paul Lyons-Harvey, de vriend van Nick, langs was geweest om de schilderijen in het huis te bekijken. Hoewel ze had gedacht dat ze vrede had met de verkoop, had het horen van zijn inschatting van hun waarde – of in de meeste gevallen het gebrek eraan – het eerste echte besef doen indalen van de enormiteit van wat ze zou gaan doen.

Ze was verrast toen ze Nicks auto geparkeerd zag staan. Ze verwachtte hem pas morgen en voor de verandering was ze niet blij met de aanwezigheid van haar zoon. Ze wilde alleen maar een kruik voor zichzelf maken en naar bed gaan.

'Mam!' Nick liep met verwilderde ogen in de keuken te ijsberen. 'Goddank, je bent terug. Is Tammy hier vanavond geweest?'

'Ik was er niet, Nick, maar waarom zou ze?'

'Ze heeft aan het begin van de avond een bericht ingesproken dat ze hiernaartoe kwam om me op te zoeken en dat ze er rond acht uur zou zijn. Ik heb het pas een kwartier geleden gehoord en ik ben hier meteen naartoe gekomen.'

'O. Nou, Amy was hier, en Sebastian ook. Ga maar naar boven om hem te vragen of Tammy is geweest.'

'Nee, mam, ik wil hem liever niet storen.'

'Hij gaat bijna nooit voor een of twee uur slapen,' zei Posy.

'Jaja, ik ben een vampier die 's nachts tevoorschijn komt,' reageerde Sebastian vrolijk terwijl hij met zijn mok binnenliep. 'Ik kom chocolademelk voor mezelf maken. Hallo, Nick. Tjonge, het lijkt hier wel Piccadilly Circus in de keuken vanavond.'

'Sebastian, is Tammy hier vanavond geweest?' Nick volgde hem naar het fornuis, waar hij wat melk verwarmde in een steelpannetje.

'Yep,' zei hij knikkend. 'Ze was hier vlak na acht uur.'

'Ging het goed met haar?'

'Ik weet het niet. Ik heb haar en Amy laten praten en ben naar boven gegaan om te werken. Ze leek wel behoorlijk verbaasd te zijn dat jij hier niet was. Ik geloof dat ze veronderstelde dat je hier zou zijn.'

'Shit! Hoelang is ze gebleven?' Nick streek met een hand door zijn haar.

'O, ongeveer een kwartier. Daarna scheurden zij en Amy weg in haar auto. Ze kwamen een half uur later terug. Ik moet eerlijk zeggen dat ik achter mijn raam stond te spioneren en dat ik Amy uit Tammy's auto zag komen en vervolgens in haar eigen auto zag stappen. Ze zijn beiden afzonderlijk weggereden. Meer weet ik niet.'

'Wat merkwaardig,' peinsde Posy.

Nick keek op zijn horloge. 'Het is nu tien uur. Amy zal nog wel op zijn, toch?' vroeg hij aan niemand in het bijzonder. Hij liep naar de telefoon, bladerde door Posy's adresboekje en belde. 'Amy? Ja, met Nick. Ik hoorde dat je Tammy vanavond hebt gezien. Vind je het goed als ik even bij je langskom om met je te praten? Oké, bedankt. Tot over een paar minuten.' Nick gooide de hoorn op de haak, pakte zijn sleutels en liep naar de deur. 'Dag, mam, ik neem nog wel even contact op over morgen, maar gezien de omstandigheden zal ik vanavond misschien naar Londen moeten rijden, dus reken maar nergens op.'

'Oké. Maar hou wel contact.'

'Zal ik doen, mam. Dag.'

Sebastian trok een wenkbrauw op toen ze Nicks auto over het grind en de oprijlaan af hoorden jakkeren. 'En ik maar fictie proberen te bedenken terwijl zich om me heen een plot in het echte leven afspeelt.'

'Wil ik weten wat er is gebeurd?' vroeg Posy aarzelend.

'Ik zou het niet durven zeggen, ik tast net zozeer in het duister als jij. Wil je ook chocolademelk? Je ziet er afgemat uit.'

'Ja, graag, en dat ben ik ook,' zei Posy.

'Wil je erover praten?' opperde Sebastian.

'Vanavond niet, nee, maar het is lief dat je het vraagt.' Posy vulde haar kruik. 'Je zou denken dat het leven minder ingewikkeld wordt naarmate je ouder bent.'

'En dat is niet zo?' vroeg hij, Posy haar chocolademelk aanreikend.

'Helaas niet. Welterusten, Sebastian.'

Amy deed in haar ochtendjas de deur open voor Nick.

'Hoi, Amy, sorry dat ik zo laat langskom. Is Sam er ook?' vroeg hij.

'Nee, die is nog in de pub. Hij heeft voor de kinderen gezorgd tot ik terugkwam, dus ik zei dat hij nog wel even kon gaan. Kom binnen,' zei ze, en hij volgde haar de kleine woonkamer in. 'Ga zitten, Nick.'

Dat deed hij niet. Hij ijsbeerde door de kamer. 'Amy, wat is er vanavond gebeurd met Tammy?'

'Ik denk niet dat ik degene ben die je dat moet vertellen. Het lijkt me beter als je met Tammy zelf praat.'

'Waar is ze?'

'Ze zei dat ze terugging naar Londen, dus ik neem aan dat ze naar huis is gegaan.'

'Jezus! Hoe reageerde ze toen ze me niet in Admiral House trof?'

'Ze was van streek. Erg.'

'Zijn jullie naar me op zoek gegaan?'

Amy knikte zwijgend.

'En hebben jullie me gevonden?'

'Ja, Nick, inderdaad. Het spijt me.'

'Maar hoe...' Hij schudde zijn hoofd. 'Jij hebt haar toch niet op ideeen gebracht?'

'Nee! De reden waarom Tammy naar Southwold was gekomen, was op voorhand al dat ze vermoedde dat er iets gaande was. Ze wist het van Evie. Ze had een telefoontje aangenomen op je mobiel en haar conclusies getrokken.'

'Dus ik neem aan dat Tammy je heeft gevraagd je te laten zien waar Evie woont? Waar ze vermoedde dat ik zou zijn?'

'Ja, en ze heeft – wij hebben – je auto zien staan. Wat moest ik anders? Ik had geen idee of je daar zou zijn of niet.' Amy begon ontdaan te raken en werd boos. 'Ik heb met deze hele situatie niets te maken en ik wil nergens van beschuldigd worden en er niet bij betrokken raken.'

'Nee, natuurlijk niet.' Nick liet zich in een stoel zakken. 'Het spijt me dat ik tegen je heb geschreeuwd. O, Amy, wat moet ik in vredesnaam tegen haar zeggen? Hoe moet ik haar dit laten begrijpen?'

'Ik weet het niet, Nick. Ik dacht dat je van Tammy hield.'

'Dat doe ik ook. Maar er is iets... o god...' Hij schudde hulpeloos zijn hoofd. 'Ik weet niet wat ik moet doen.'

'Luister, wat jij in je persoonlijke leven doet, zijn mijn zaken niet, maar het is duidelijk dat je vanavond bij Evie was. Misschien zal Tammy het begrijpen als je kunt uitleggen waaróm je daar was. Ik weet dat ze veel van je houdt, maar je hebt haar wel pijn gedaan.'

Nick staarde in de verte. 'Misschien is het maar beter zo. Ik bedoel, hoe kon ik ooit denken dat ik het allemaal voor elkaar zou krijgen? Het zou niet gewerkt hebben. Dat kan toch ook niet?'

Amy keek hem verward aan. 'Nick, ik kan je niet volgen.'

'Nee, dat snap ik.' Hij stond op. 'Sorry dat ik je heb gestoord, Amy. Het is al laat, ik kan maar beter gaan. Dank je voor je openheid.'

'Ga je nu terug naar Londen?' vroeg ze terwijl ze hem naar de voordeur begeleidde.

Nick haalde zijn schouders op. 'Dat heeft geen zin. Ik zou niet weten waar ik moest beginnen om het uit te leggen. Ik kan de situatie gewoonweg niet veranderen. Tot ziens, Amy.'

Amy liet hem uit. Het was duidelijk wat hij had gedaan, dus ze begreep niet waarom ze een golf van medeleven voor hem voelde.

28

Op maandagochtend klopte Sebastian op de deur van Freddies cottage.

'Hallo, Sebastian, wat kom je doen?' vroeg Freddie, hem voorgaand naar de woonkamer.

'Ik kwam even langs om te kijken of je thuis was, want ik wilde je vertellen dat die contactpersoon uit mijn oude werkkring interessante feiten over Ken Noakes boven tafel heeft gekregen. Hij heeft de naam door zijn computer gehaald en ook zijn bronnen geraadpleegd.' Sebastian trok wat vellen papier uit zijn zak en vouwde ze open. Toen zocht hij zijn leesbril en zette hem op. 'Kenneth Noakes was eind jaren negentig directeur van een vastgoedbedrijf. Hij zou enkele fraaie huizen bouwen op land dat hij had gekocht van een plaatselijke school in het noorden van Norfolk. Hij inde de aanbetalingen, maar vroeg een paar maanden later zijn faillissement aan. De woningen waren nog maar net in aanbouw en de schuldeisers ontvingen weinig tot geen compensatie.'

'Ik wíst het.' Freddie schudde zijn hoofd. 'Wat gebeurde er daarna met onze Ken?'

'Er blijken minstens drie – of mogelijk vier, hij is er nog mee bezig – andere "Noakes" te zijn geregistreerd als directeur van diverse bedrijven. En die zijn allemaal familie van hem. We hebben de ex-vrouw, de huidige vrouw, een broer en mogelijk ook een dochter, maar dat moet, zoals ik al zei, nog worden bevestigd.'

'Het gebruikelijke verhaal: hij mag zelf niet meer te boek staan als directeur, dus gebruikt hij zijn familie op papier en leidt het bedrijf zoals hij anders zou doen, maar dan achter de schermen.'

'Precies.'

'Ging het bij die andere bedrijven ook om projectontwikkeling?'

'Bij een van de vier wel, maar de andere drie waren verhuurmakelaars.'

'Juist ja. Ga verder,' zei Freddie.

'Nou, we hebben hier...' Sebastian las ze op van de print. 'Trimco Ltd, dat handelde onder de naam Westway Holiday Cottages, Ideal Ltd, dat handelde onder de naam Hedgerow Holiday Homes en Chardway Ltd, dat handelde onder de naam St. Tropez Blue.' Sebastian nam zijn bril af. 'Het contact van mijn vriend bij het ministerie van Handel en Industrie heeft uitgelegd dat oplichting met vakantiehuizen helaas verbazingwekkend veel voorkomt. Je huurt een kantoor met wat telefoonlijnen, je maakt een mooie glossy website en adverteert via de gebruikelijke kanalen. Dan strijk je de aanbetalingen op en zes maanden later, als je een leuk bedrag op je bankrekening op het Isle of Man hebt staan, verklaar je het bedrijf failliet en ga je ervandoor met je winst. En dan begin je weer ergens anders.'

'En je laat die arme klanten achter met een verloren aanbetaling en zonder vakantie,' concludeerde Freddie.

'Exact. Die vriend van me heeft het gevoel dat dit nog maar het topje van de ijsberg is. Hij heeft deze bedrijven kunnen opsporen omdat de heer Noakes hiervoor verwanten met dezelfde achternaam heeft gebruikt. Maar hij zal ook wel andere sukkels voor zijn karretje hebben gespannen. Sam is bijvoorbeeld de directeur van Montague Property Development Ltd.'

'Ja.' Freddie zuchtte diep. 'Allemachtig.'

'Inderdaad,' zei Sebastian.

'Waar woont die Noakes?'

'Zo ver is mijn vriend nog niet gekomen, helaas, maar ik geef je op een briefje dat het ergens buiten de Britse jurisdictie zal zijn.'

'En wat nu?'

'James gaat verder graven. Hij heeft een contactpersoon bij de politie en probeert uit te zoeken of de heer Noakes bekend is bij de afdeling fraudebestrijding. Die kans is vrij groot, maar als hij naar het buitenland is uitgeweken, is hij niet zo'n grote vangst dat uitlevering een optie is, gegeven de kosten daarvan en het gebrek aan financiële armslag bij de politie. Hoe dan ook, James heeft gezegd dat ik het aan hem kan overlaten. Hij is er blij mee. Het is een goed verhaal voor zijn krant.'

'Ik weet dat Noakes terug in het land is geweest. Posy heeft me verteld dat Sam hem onlangs heeft ontmoet in Norfolk.'

'Aha.'

'Moeten we het Posy niet vertellen? Ik bedoel, als die Noakes hetzelfde spel weer gaat spelen – adverteren met appartementen voor ouderen in Admiral House, daarvoor aanzienlijke waarborgsommen innen en het bedrijf vervolgens failliet verklaren – behoort zij dat te weten. En hoe zit het met Sam? Denk je dat hij ervan weet?'

'Ik heb geen idee. Je zou verwachten dat hij het verleden van zijn geldschieter heeft gecheckt, maar...'

'Misschien wilde hij het niet weten.' Freddie zei precies wat Sebastian dacht. 'Van wat Posy me over haar zoon heeft verteld, is hij geen beste zakenman. En hij wil zichzelf wanhopig graag bewijzen. Tegenover zijn vrouw en zijn moeder. Wat een puinhoop.'

'Dat kun je wel zeggen. Ik denk dat we beter nog even kunnen wachten terwijl James nader onderzoek doet. Als we meer informatie hebben, kunnen we besluiten wat het beste is. Er zijn nog geen contracten getekend, toch?'

'Nee, hoewel Posy's notaris het contract wel net heeft opgestuurd,' zei Freddie. 'Ze heeft mij gevraagd om ernaar te kijken.'

'Goed. Zorg dan dat ze het je geeft en houd het vast tot we weten hoe de vork in de steel zit.'

'Dat zal ik doen, maar als het allemaal vastloopt, dwarsboomt dat mijn voornemen haar te vertellen over het andere onderwerp dat we besproken hebben. Het kan nog wel maanden duren, misschien zelfs jaren, voordat zich een koper voor haar huis aandient, en ik weet niet hoeveel langer ik de waarheid nog voor me kan houden. Ik word erdoor verteerd...' zuchtte Freddie. 'Vergeet die Noakes, ik heb het gevoel zelf een oplichter te zijn.'

'Ik begrijp het, Freddie, maar laten we James een paar dagen geven om te kijken wat hij nog meer boven tafel weet te krijgen. Nou, ik moet maar eens gaan.'

'Natuurlijk.' Ze stonden op en liepen naar de voordeur. 'Ik ben je zeer dankbaar voor je hulp, Sebastian.'

'Graag gedaan. Tot ziens, Freddie, ik neem contact op zodra ik iets hoor.'

Sebastian liep weg van de cottage, bij zichzelf denkend dat, als er ooit een recensent zou opmerken dat de plot van een van zijn romans onrealistisch was, hij diegene misschien wel op zijn smoel zou slaan.

29

Amy stond uit te kijken over een grijze, woeste zee. De wolken joegen voorbij, langs de hemel geduwd door een felle wind, die ook haar haren bestormde en alle kanten op liet vliegen. Haar oren suisden en de krant die ze had gekocht wapperde in haar handen.

Ze liep naar het bushokje, dat rook naar allerhande onfrisse viezigheid, en ging op een bankje zitten om na te denken.

Gisteravond, toen Sam thuis was gekomen, had hij de plannen voor de schuurverbouwing op de keukentafel uitgespreid.

'Ik heb een gesprek gehad met mijn opzichter en hij is er vrij zeker van dat de wijziging in het bestemmingsplan zal worden goedgekeurd. Het enige bewaar zou van Admiral House kunnen komen, en aangezien ik daar eigenaar van word, hoeven we van die kant geen problemen te verwachten,' had hij grijnzend gezegd. Daarna was hij weer lyrisch geweest over het ontwerp van de architect voor de grote zitkamer met het gewelfde plafond en de oude balken, de open haard en de hypermoderne keuken die ze erin zouden bouwen.

Amy had haar best gedaan om geïnteresseerd en enthousiast over te komen, maar ze wist dat ze daarin had gefaald, waardoor Sam enorm geïrriteerd was geraakt.

'Ik begrijp je niet,' had hij gezegd. 'Ik dacht dat je graag een mooi huis wilde. Dat je daar gelukkig van zou worden.'

Later op de avond, in bed, had Sam aanstalten gemaakt met haar te vrijen. Alleen al zijn aanraking deed haar huiveren van weerzin. Hij had haar terughoudendheid kennelijk gevoeld en was er boos om geworden, waarop hij haar tegen het bed had geduwd, zijn handen om haar polsen boven haar hoofd had geklemd en zich met zijn volle gewicht op haar had gedrukt, zodat ze niet meer kon bewegen.

Ze had gegild dat hij moest ophouden en dat had hij gedaan, hevig vloekend terwijl hij de slaapkamer verliet en naar beneden verdween om troost te zoeken in wat er nog over was van de whisky in de fles die hij eerder had gekocht.

Amy keek naar haar polsen en zag dat de tere huid aan de binnenkant nu lichtpaars was geworden waar hij ze had vastgegrepen.

Ze trok haar mouwen naar beneden om de plekken te verbergen en ze voelde weer tranen achter haar ogen prikken bij de gedachte aan de tedere, liefhebbende manier waarop Sebastian haar had liefgehad.

Ze realiseerde dat Sam altijd agressief was geweest in bed – vooral als hij het nodige had gedronken – en dat hetgeen zij vroeger voor hartstocht had aangezien, dat helemaal niet was.

Het is niet normaal dat hij je pijn doet, Amy...

Ze wilde dat ze iemand in vertrouwen kon nemen over Sams opvliegendheid en de dingen die hij haar in de loop der jaren had aangedaan, maar wie kon ze het vertellen? Bovendien gebeurde het gewoonlijk alleen als hij te veel had gedronken. Maar vanochtend was er iets gebeurd waar ze zich erge zorgen over maakte. Ze was boven bezig geweest om Sara klaar te maken voor school toen ze iets had horen vallen in de keuken en Sam hoorde schreeuwen. Ze had zich naar beneden gehaast, waar een gebroken botervlootje op de vloer lag en Sam Jake door elkaar stond te schudden alsof hij een lappenpop was. Ze had tegen Sam gegild dat hij moest loslaten en had haar zoontje in haar armen genomen, die ze voelde beven van angst om zijn vaders plotselinge uitbarsting.

In de auto op weg naar school had ze Jake voorzichtig gevraagd of papa ooit eerder zoiets had gedaan.

'Niet zo, mama, maar hij geeft me als jij weg bent soms een klap als ik stout ben.'

'Mij ook,' voegde Sara eraan toe vanaf de achterbank. 'Papa wordt soms heel boos.'

Amy wreef radeloos met haar vingers over haar voorhoofd op en neer.

'O god, o god,' mompelde ze mismoedig in zichzelf. Ze kon het zelf wel verdragen, maar als hij zijn levensangst op de kinderen ging afreageren...

Ze besefte dat het niets te maken had met waar ze woonden – of hoeveel geld ze al dan niet hadden. Ze wilde nergens met Sam samen zijn. De simpele waarheid was dat ze helemaal niet meer bij hem wilde blijven. Zijn woede werd onbeheersbaar, en na vanochtend wist Amy dat ze iets aan de situatie moest doen.

Ze stond op en liep naar haar werk. Eén ding wist ze nu zeker. Omwille van haar kinderen moesten ze vertrekken.

Later die middag bladerde ze de woningadvertenties in *The Southwold Gazette* door. Er waren wel wat vakantiehuisjes die de eigenaren in de winter wilden verhuren, de meeste tegen een redelijke prijs per maand. Dat was niet perfect, want ze zouden er met Pasen uit moeten, wanneer het vakantieseizoen aanbrak, maar ze zouden in elk geval weg kunnen van hun huidige plek – en bij Sam vandaan.

Wat Sebastian betreft... Ja, ze hield van hem, maar ze verliet Sam niet voor Sebastian, ze verliet hem om de veiligheid van hun drieën.

Ze wachtte tot het rustig was in de receptie en belde toen het nummer dat ze uit de krant had overgenomen.

'Hallo, ik bel over uw advertentie in *The Gazette*. Is het huis nog beschikbaar?'

'Jazeker,' zei een warme mannenstem.

'Ik heb twee kinderen, zou dat een probleem zijn?'

'Voor mij niet, nee, maar misschien is het dan wat te klein.'

'Ik ben niet op zoek naar een groot huis. Kunt u me er iets over vertellen?'

'Er is een ruime slaapkamer met een tweepersoonsbed en een bijbehorende badkamer, verder een kleine keuken en een afzonderlijke badkamer plus een woonkamer met een kleine vide erboven. Daar heb ik een slaapbank staan, maar voor permanenter gebruik kunt u er ook een echt bed neerzetten.'

'Dat klinkt perfect,' zei Amy zacht. 'Zou ik kunnen komen kijken?'

'Natuurlijk. Wanneer zou u langs willen komen?'

'Kunt u aan het eind van de middag, om half zes?'

'Ja, dan kan ik.' Hij gaf haar het adres en ze schreef het op. 'Mijn naam is Lennox, en u bent?'

'Eh... Amy.' Ze wilde haar achternaam niet geven. De Montagues waren bekend in Southwold. 'Dan zie ik u later vandaag. Dag, meneer Lennox.'

Freddie had net de hoorn neergelegd na zijn telefoontje met Amy toen de telefoon meteen weer ging.

'Hallo, Sebastian. Heb je nieuws?'

'Mijn vriend en ex-collega James heeft me net gebeld. Het lijkt erop dat de afdeling fraudebestrijding inderdaad graag een praatje zou willen maken met Kenneth Noakes.'

'Juist.'

'Zoals James al vermoedde, heeft Noakes het land verlaten voordat hij ingerekend kon worden. Ik heb net een telefoontje gekregen van iemand van de fraudebestrijding. Ze willen erg graag weten of de heer Noakes binnenkort weer in Engeland zal zijn.'

'En hoe vissen we dat uit?'

'Amy zal het misschien wel weten. Laten we proberen erachter te komen.'

'En mag ik je vragen hoe we dat gaan doen, Sebastian?' grinnikte Freddie. 'Ik ben naar Southwold gekomen om rustig te leven, ver weg van de misdaad, niet om undercoveragent voor de afdeling fraudebestrijding te worden!'

'Nee, natuurlijk niet. Het is gewoon een kwestie van je oor te luister leggen. Als Posy iets zegt over de datum van de ondertekening, bijvoorbeeld.'

'Waarom luisteren ze Sams telefoon niet gewoon af?'

'De agent die ik sprak, zei dat ze eerst de "eenvoudige" benadering willen proberen, en kijken of ze Noakes kunnen overrompelen als hij hier in het Verenigd Koninkrijk is. Hoewel ze hem zullen pakken als ze kunnen, heb ik niet het gevoel dat Noakes bovenaan hun lijstje staat. Hij is voor hen een kleine crimineel.'

'Maar een grote voor de mensen die hij heeft opgelicht en natuurlijk voor onze dierbare Posy.' Freddie gromde geërgerd. 'Ik ben bang dat ik het vele malen heb gezien tijdens mijn carrière in de advocatuur. De politie heeft te weinig personeel en te weinig geld; vaak kwam een overduidelijk schuldige verdachte vrij door een procedurefout.'

'Nou, we doen wat we kunnen. Ik hou je op de hoogte. Dag, Freddie.'

'Tot ziens, Sebastian.'

Amy kwam aan bij een mooie cottage binnen loopafstand van het hotel. Ze bedacht hoe gunstig de locatie voor haar zou zijn. De cottage lag aan het einde van een straatje, en hoewel ze dacht dat ze Southwold op haar duimpje kende, had ze dit pandje nooit gezien. Het was van natuursteen gebouwd en het zag er onberispelijk uit. Het binnenplaatsje was geveegd en de koperen deurklopper pas gepoetst. Ze klopte aan om te laten weten dat ze er was. De deur ging open en een paar heldere ogen keken eromheen.

'Jij bent Amy, veronderstel ik?' vroeg hij.

'Ja, en u moet meneer Lennox zijn.'

'Dat klopt, maar zeg maar Freddie. Goed dan, hier heb ik de sleutels, dus zullen we meteen maar naar het hophouse gaan kijken?'

Amy knikte en volgde Freddie over de kasseien van de binnenplaats naar het verbouwde pandje aan de andere kant. 'Nou, ik heb je over de telefoon al gewaarschuwd dat het hophouse geen ruim huis is. Ik denk dat je het wellicht te klein zult vinden,' zei hij, de voordeur van het slot draaiend.

Amy deed er ongeveer twee minuten over om door het huisje te lopen. Freddie had gelijk, het was klein, maar ze vond het prachtig. Het was duidelijk zorgvuldig gerestaureerd en de ruimte was efficiënt en creatief ingedeeld. Door het verhoogde plafond van de woonkamer voelde het niet claustrofobisch aan.

'Is er een stukje tuin bij?' vroeg ze.

Freddie schudde zijn hoofd. 'Helaas niet, maar wat mij betreft mag je best in mijn tuin tegen de tijd dat het beter weer wordt.'

'Ik neem aan dat het voor de korte termijn wordt verhuurd, tot het vakantieseizoen begint?'

'Ik zou het graag van maand tot maand bekijken, als je geïnteresseerd bent. Eens zien hoe het allemaal loopt. We zullen elkaar nogal op de lip zitten, zoals je ziet,' zei hij glimlachend.

'Echt, Freddie, ik denk dat het ideaal is voor ons, maar zeg het alsjeblieft als je liever een huurder zonder kinderen hebt. Ik zou graag zeggen dat die van mij altijd rustig en gehoorzaam zijn, maar helaas zijn het…'

'Gewoon kinderen,' maakte hij de zin voor haar af. 'Persoonlijk heb ik helemaal geen moeite met kleine koters. Zullen we naar mijn cottage gaan voor een kopje thee?'

Amy keek op haar horloge. 'Ja, ik heb nog heel even,' antwoordde ze, en ze volgde hem naar buiten en weer over de binnenplaats.

'Heb je zelf ook familie?' vroeg ze toen hij haar een kop thee aanreikte en ze in de woonkamer gingen zitten.

'Jammer genoeg niet. Zoals ik een vriendin van me laatst nog vertelde, hoef ik alleen maar rekening te houden met mezelf.'

'Dus, Freddie, wanneer zou ik erin kunnen trekken en wat voor waarborgsom ben ik je verschuldigd?' vroeg Amy.

'Ik geloof dat een maand vooruitbetaling de gebruikelijke voorwaarde is. En je kunt er op elk gewenst moment in.'

'Zou het morgen al kunnen? Als ik je de eerste maand huur en de waarborgsom eerst heb betaald, natuurlijk.'

Freddie zag de wanhoop in haar ogen. 'Dat is prima. Wat dacht je van eerst alleen een week vooruitbetaling? Dan noemen we het een proefperiode en kijken we hoe het gaat? We kunnen het aanvankelijk als vakantiehuisje beschouwen, als het ware.'

'Echt?' Amy's ogen glansden van de tranen. 'Dat is heel aardig van je, Freddie.'

'Vergeef me mijn bemoeizucht, maar ik neem aan dat de vader van de kinderen niet bij jullie intrekt?'

'Nee. We... Nou, we gaan uit elkaar, maar ik werk als receptioniste in The Feathers Hotel, dus als je wilt, kan ik je van daaruit referenties geven.'

Eindelijk viel het kwartje. 'Amy, ben je toevallig familie van Posy Montague?' vroeg Freddie haar.

'Eh, ja. Ik ben haar schoondochter.'

'Dat dacht ik al,' zei hij knikkend. 'Je bent Amy Montague, en je bent getrouwd met haar zoon, Sam. Jullie hebben twee kinderen en je werkt je het schompes als hotelreceptioniste om je gezin te onderhouden. Posy zegt altijd wat een juweel je bent.'

'Dan ben jij dus Freddie, de vriend van Posy,' zei Amy langzaam, terwijl het allemaal op zijn plek viel. 'O, hemel.' Ze keek hem paniekerig aan. 'Wat ongemakkelijk. Het punt is, Freddie, dat niemand weet dat ik wegga bij Sam. Hij niet en Posy ook niet.'

'Lieve schat, nog voordat je het vraagt, beloof ik je dat ik mijn mond stijf dicht zal houden.'

Amy stond op. Ze voelde zich tegelijkertijd beduusd en getroost. Freddie leek zo'n aardige man – ze moest zich beheersen om niet tegen zijn schouder in huilen uit te barsten en hem alles te vertellen. 'Zal ik morgen met de huur voor de eerste week langskomen?'

'Het heeft geen haast, Amy. Ik kan me voorstellen dat je momenteel veel aan je hoofd hebt.'

'En, Freddie?' Amy draaide zich bij de voordeur naar hem om, haar ogen smekend om geheimhouding.

Hij legde een vinger tegen zijn lippen. 'Ik hou mijn mond, erewoord.'

'Ik...' Amy bleef stilstaan op de drempel. 'Weet je of Posy thuis is?'

'Nee, ze werkt tot laat in de galerie. Er is vanavond een privébezichtiging, maar als je haar wilt spreken, heeft ze vast wel een kwartiertje voor je.'

'Ik... nee, het is al goed. Dag, Freddie.'

Freddie sloot de deur en liep de serre in om zichzelf een groot glas whisky in te schenken.

'Wat moet ik hiermee?' mompelde hij in zichzelf. Hij voelde het web van de familie Montague strakker om zich heen spannen. Hij had de plekken op Amy's pols gezien toen ze haar arm omhoog had gebracht om haar thee te drinken. Maar hoe kon hij Posy ooit vertellen dat haar zoon klaarblijkelijk gewelddadig was? Het feit dat hij haar schoondochter een veilige haven bood tegen Sam zou door haar als verraad kunnen worden beschouwd.

'Lieve Posy,' fluisterde Freddie tegen de heldere nachthemel boven de serre. 'Is het ons lot dat we nooit samen zullen zijn?'

Op weg naar huis met de kinderen reed Amy, in de wetenschap dat Posy in de galerie was, naar Admiral House. Ze moest Sebastian zien, heel eventjes de geborgenheid van zijn armen om haar heen voelen en hem vertellen over haar belangrijke beslissing.

Ze parkeerde voor het huis, draaide zich om en zag dat Sara zat te slapen in haar autozitje.

'Jake, ik moet heel even naar binnen om met oma te praten. Wacht je hier? Ik blijf niet lang weg.'

Jake knikte, zijn ogen strak gericht op het stripboek dat ze voor hem had gekocht. Ze haastte zich om het huis heen, liet zichzelf binnen en holde de trap op naar de kamer waar Sebastian zat te werken.

'Amy!' Hij draaide zich om van achter zijn computer en stond op.

'Ik kan niet blijven. De kinderen zitten in de auto.'

Sebastian liep naar haar toe en trok haar tegen zich aan. 'Lieverd, ik heb je gemist,' fluisterde hij in haar hals.

'Er is vanochtend iets gebeurd en ik heb een besluit genomen. Ik heb een kleine woning gevonden voor mij en de kinderen en ik ga weg bij Sam. Ik ga het hem morgen vertellen.'

Sebastian staarde haar geschokt en verbaasd aan. 'Is het harteloos als ik je zeg hoe blij ik daarom ben?'

'Waarschijnlijk wel, maar ik wil het geloof ik wel graag horen.'

'Nou, lieverd, ik ben er blij om.' Hij drukte haar stevig tegen zich aan. 'En ik beloof je dat ik er zoveel als nodig is voor je zal zijn.'

'Dat zal wel meevallen,' zuchtte ze. 'De woning die ik heb gevonden, is eigendom van Freddie, die oude vriend van Posy. Hij woont ernaast.'

Sebastian trok een wenkbrauw op. 'Nou, dat is dan prettig geregeld. Ik woon bij de aanstaande ex-schoonmoeder en jij huurt een huisje onder de neus van de vriend van de betreffende schoonmoeder.' Hij glimlachte naar haar. 'We kunnen net zo goed een advertentie op de voorpagina van *The Gazette* plaatsen.'

'Ik weet het, maar ik denk dat Freddie een fatsoenlijke man is en dat hij discreet zal zijn. Bovendien is het betaalbaar, heel mooi en meteen beschikbaar.'

'Ja, Freddie is inderdaad een fijne, fatsoenlijke kerel, en als je financieel hulp nodig hebt, ben ik er voor je. Je hoeft het maar te vragen.'

'Dank je, Sebastian, maar dit moet ik echt in mijn eentje doen. En ik wil dat je weet dat mijn besluit niets met jou te maken heeft.'

'Niets?'

'Het is... nou, ik heb gewoon geen keuze meer.'

'O.'

'Ook als ik jou nooit had leren kennen, zou ik dit moeten doen.'

'Juist ja.'

'Geen woord tegen Posy, oké? Nog niet.'

'Natuurlijk niet.'

Toen Amy afwezig met een hand door haar haar streek, zag Sebastian de plek op haar pols.

'Hoe kom je daaraan?' vroeg hij.

'Ik ben gestruikeld en gevallen, en mijn pols ving de ergste klap op. Ik moet gaan, Sam zal zich afvragen waar we blijven.'

'Amy, ben je alsjeblieft voorzichtig? Sam kan... kwaad worden als je het hem vertelt.'

'Ja, maak je geen zorgen. Sam is er vanavond niet. Hij heeft een afspraak in dat Victoria Hotel in het noorden van Norfolk. De financier komt met het geld voor de aanbetaling, zodat de contracten omtrent dit huis ergens in de komende dagen ondertekend kunnen worden.'

Bingo, dacht Sebastian.

'Dus ik ga vanavond onze spullen pakken,' ging Amy verder, 'en ze in de auto leggen. Nadat ik het hem morgenochtend heb verteld, ben ik meteen klaar om te gaan.'

'Amy, vertel me alsjeblieft, ben je bang voor Sam?'

'Bang? Nee, natuurlijk niet. Ik weet alleen wel dat hij kwaad zal zijn als ik het hem vertel, dat is alles. Ik bel je zodra het achter de rug is.'

'Amy?'

'Ja?' Ze stond stil en draaide zich naar hem om.

'Weet dat ik van je hou. En als je me nodig hebt, ben ik er voor je, oké?'

Van achter zijn raam zag Sebastian Amy in haar gedeukte auto stappen, de motor starten en over de oprijlaan verdwijnen. Toen pakte hij zijn mobiele telefoon en koos het nummer dat hij van de afdeling fraudebestrijding had gekregen, om door te geven waar de heer Noakes zich vanavond zou bevinden. Als alles goed ging, zou Amy het Sam helemaal niet hoeven vertellen...

30

Toen de kinderen in bed lagen, stopte Amy een reistas vol met haar kleding en verzamelde ze wat speelgoed van de kinderen, dat ze onder een deken achter in de auto legde. Daarna ging ze naar bed en deed haar best om in slaap te vallen, maar dat gaf ze uiteindelijk op. Ze zette een kop koffie voor zichzelf, waar haar hart nog sneller van ging kloppen.

'Kalm blijven, Amy, je moet kalm blijven voor de kinderen,' fluisterde ze tegen zichzelf toen ze het duifgrijze ochtendlicht uit de nacht tevoorschijn zag komen.

Ze probeerde zich te concentreren op het feit dat zij en de kinderen vanavond veilig in het knusse toevluchtsoord van het hophouse zouden zitten. Ze kon wel huilen van opluchting dat ze het had gevonden. Hoewel ze het niet tegen Freddie had gezegd, was de verscholen ligging een enorm pluspunt. En als het Sam toch zou lukken haar te vinden, hoefde ze maar te gillen en Freddie zou haar horen.

Ze maakte om zeven uur de kinderen wakker en gaf ze hun ontbijt. Ze probeerde zo normaal mogelijk te doen. Op weg naar school hoorde ze Jake zijn stripboek lezen en hoorde ze Sara babbelen over haar engelkostuum voor het kerstspel.

Toen ze weer thuis was, liep ze naar hun slaapkamer en stopte hun kleren in twee vuilniszakken, die ze haastig toevoegde aan de verzameling in de kofferbak van haar auto. Vervolgens ging ze aan de keukentafel zitten, buiten zichzelf van de spanning. Ze dacht er zelfs over om de restjes uit een fles rode wijn die op de tafel stond achterover te slaan. De klok aan de muur vertelde haar dat het bijna negen uur was – nog een uur voordat Sam had gezegd dat hij thuis zou komen. Ze dacht er net over om een stukje te gaan lopen toen haar mobiele telefoon ging.

'O god,' zei ze zacht toen ze zag dat het Sam was.

'Hallo?'

'Amy, godzijdank! Je moet me komen ophalen.'

'Heb je pech met je auto?'

'Nee, ik... ik ben in Norfolk, in het politiebureau van Wells. O god, Amy...' Sams stem brak. 'Ze hebben me gearresteerd.'

'Ik... Maar waarom dan?'

'Ik kan nu niet praten. Mijn advocaat heeft geregeld dat ik op borgtocht word vrijgelaten, maar ik heb duizend pond nodig. Kun jij naar mijn moeder gaan, haar vertellen wat er is gebeurd en haar smeken je het geld te lenen? Ik moet nu gaan. Dag, lieverd, ik hou van je.'

De verbinding werd verbroken. Amy staarde naar haar telefoon, een ogenblik wezenloos van de schok. Toen ze weer tot zichzelf kwam, merkte ze dat ze van top tot teen beefde. Ze belde Posy's nummer en vertelde haar over het telefoontje van Sam.

'Ik rijd naar Southwold en ga meteen naar de bank om het geld te halen. Daarna kom ik naar jou toe. Geen paniek, Amy, het gaat vast om een vergissing.'

Terwijl ze zat te wachten op Posy, wist Amy intuïtief dat er geen vergissing in het spel was. Ze bleef aan de keukentafel zitten, turend naar een barst die over de muur zigzagde.

'O, lieverd van me.' Posy stond wit van de schrik op de stoep. Amy ging haar voor naar de woonkamer. 'Wat heeft hij precies gezegd?'

'Dat hij gearresteerd is en dat hij op het politiebureau van Wells in Norfolk zit,' antwoordde Amy werktuiglijk.

'Amy, wat kan hij gedaan hebben?'

'Ik heb geen flauw idee,' zei ze mat.

'Zou hij dronken achter het stuur hebben gezeten?'

'Misschien.'

'Wat als er iemand gewond is geraakt...'

'Het beste wat ik kan doen, is erheen gaan, dan hoor ik het wel.'

'Zal ik met je meegaan voor de morele steun?'

Amy dacht aan alle spullen in de kofferbak en schudde haar hoofd. 'Dank je, ik red me wel.'

'Goed dan, nou, hier heb je duizend pond aan contanten.' Posy haalde een envelop uit haar handtas.

'Dank je wel,' zei Amy, die het geld in haar eigen tas deed. 'Ik neem contact op zodra ik iets weet.'

Posy omhelsde Amy stevig. 'Geen dank. Ik ben er voor jullie en de kinderen.'

Amy stond zichzelf niet toe na te denken tijdens de anderhalf uur durende rit naar Wells. Ze zette Classic FM luid aan en concentreerde zich op de weg.

In het kleine politiebureau vulde ze een formulier in en overhandigde ze de duizend pond. Ze kreeg het verzoek in de wachtruimte te gaan zitten, die gelukkig leeg was.

Ten slotte verscheen Sam. Hij zag er vreselijk uit: lijkbleek met haar dat in pieken alle kanten op stond als dat van een peuter. Ze stond op en hij viel haar in de armen. 'Godzijdank ben je er, lieverd, godzijdank.'

'Kom, laten we gaan, goed?' zei ze mild.

Terwijl ze naar buiten liepen, hield Sam zich aan haar arm vast alsof hij zelf niet de kracht had om te lopen.

'Mijn auto staat nog bij het hotel,' zei hij toen hij zich op de passagiersstoel liet zakken en Amy de motor startte.

'Oké. Zeg maar waar ik langs moet.'

'Eerst richting de kustweg en dan ligt het Victoria Hotel ongeveer tien minuten verderop aan de linkerkant. Je herkent het wel.'

Toen ze de auto door de smalle straten van het plaatsje stuurde en uiteindelijk over de kustweg reed, herinnerde Amy zich inderdaad de laatste keer dat ze naar het mooie hotel waren gegaan, nu meer dan tien jaar geleden. En de opwinding die ze had gevoeld toen Sam haar langs de kust had gereden, hopend dat hij haar een aanzoek zou doen. Dat had hij niet gedaan, maar het was toch een heerlijke nacht geweest. Destijds was de glinsterende zon van de partij. Vandaag hingen er grijze wolken, zwanger van de regen, laag boven het land. Ze kwamen aan bij de parkeerplaats en Amy stopte naast Sams Fiat.

'Denk je dat je alleen terug naar huis kunt rijden?' vroeg ze hem.

'Ik… Ja.'

'Nou, ik niet. Pas als ik weet wat je volgens de politie hebt gedaan.'

'O god, Amy.' Sam schudde zijn hoofd zonder haar aan te kijken. 'Ik heb het weer zwaar verpest voor jou en de kinderen. Ik dacht echt dat het me deze keer zou lukken, dat ik je reden zou geven om trots op me te zijn. Nu is alles kapot, alles. Wat moeten we beginnen?'

'Dat weet ik niet tot je me vertelt wat er is gebeurd.'

'Het gaat om mijn zakenpartner, Ken Noakes. Hij blijkt een eersteklas boef en oplichter te zijn. Om kort te gaan: hij bedondert mensen al jaren. Het komt erop neer dat het geld dat zou worden gebruikt om het project van ons vastgoedbedrijf te financieren feitelijk gestolen is. Of in elk geval toebehoort aan schuldeisers. We zaten in de bar wat te drinken – Ken had de honderdduizend pond bij zich voor de aanbetaling op Admiral House – en plotseling verschenen er twee agenten in burger, die ons vroegen mee te komen om vragen te beantwoorden over "frauduleuze geldpraktijken..."' Sam schudde zijn hoofd. 'Ik herinner me niet de exacte woorden. Ik was te zeer in shock. Een van hen zette me in zijn auto en Ken ging met de andere agent mee. Ik heb hem niet meer gezien.'

'Oké, maar als het te maken heeft met het verleden van Ken Noakes, waarom hebben ze jou dan ook gearresteerd?'

'Omdat ik verdomme de directeur van zijn bedrijf ben! Ken is alleen maar mijn geldschieter, zijn naam staat niet eens op het briefpapier! Jezus! Hoe kon ik nou weten dat zijn geld afkomstig was van louche zaakjes? Die lui van de fraudebestrijding geloofden niet dat ik er niets van wist.'

'O, Sam...' Amy beet op haar lip. 'Had je er echt geen idee van?'

'Natuurlijk niet! Jezus, Amy,' vloekte hij kwaad. 'Je kunt veel van me zeggen, maar ik ben geen crimineel. Oké, ik heb wat mislukte ondernemingen geleid en geloof me, ze hebben alles wat daar niet aan klopte erbij gehaald. Ze beschuldigden me van handelen terwijl ik al bankroet was met het vorige bedrijf dat ik runde, wat ook een overtreding is. Daar zouden ze me voor kunnen aanklagen, maar de advocaat die bij me was, denkt dat hij vrijspraak kan regelen in ruil voor mijn getuigenis tegen Ken. Het probleem is dat ik niets weet, helemaal niets.' Sam keek haar aan. 'Amy, je gelooft me toch wel?'

En ondanks alles geloofde Amy hem inderdaad. Haar echtgenoot was geen crimineel, alleen maar wanhopig en niet zo snugger.

'Natuurlijk. Laten we thuis verder praten.'

'O god.' Sam legde zijn gezicht in zijn handen. 'Hoe kan ik mam ooit weer onder ogen komen? De verkoop van Admiral House is van de baan, dat is wel zeker. Ik ben een mislukkeling. Niets wat ik ooit heb gedaan, is goed gegaan en ik heb het zo hard geprobeerd. Het spijt me vreselijk, Amy. Ik heb je weer teleurgesteld.' Plotseling greep hij haar bij haar arm. 'Beloof me dat je niet bij me weggaat. Zonder jou en de kinderen ben ik... Nou, dan kan ik niet verder.'

Amy kon geen antwoord geven.

'Beloof het me, Amy, alsjeblieft. Ik hou van je, echt.' Sam begon te snikken. 'Ga niet bij me weg, alsjeblieft...' smeekte hij terwijl hij over de pook naar haar toe boog en zich als een kind aan haar vastklampte.

'Ik ga niet bij je weg, Sam.' Amy hoorde een matte stem die niet klonk als die van haar.

'Beloof je dat?'

'Dat beloof ik.'

Eenmaal thuis zei Amy dat Sam maar beter naar boven kon gaan om te douchen. Twintig minuten later kwam hij beneden, weer wat tot zichzelf gekomen.

'Ik rijd naar Admiral House om met mijn moeder te gaan praten. Ik ben haar op zijn minst een verklaring verschuldigd.'

'Ja, dat is zo.' Amy ging door met het opvouwen van kleren uit de droger, die ze in een wasmand legde.

'Ik hou van je, Amy, en het spijt me zo ontzettend. Ik haal ons op de een of andere manier uit deze puinhoop, dat beloof ik. Dag, lieverd.'

Toen Sam weg was, wachtte Amy vijf minuten voordat ze naar haar auto liep en de inhoud uit de kofferbak haalde en naar binnen zeulde. Ze deed alles terug in de kasten en laden van haar eigen kamer en die van de kinderen. Daarna liep ze de trap weer af, haalde het stukje papier met Freddies nummer uit haar portemonnee en belde ernaartoe met haar mobiele telefoon.

'Hallo?'

De troostende klank van zijn stem dreigde de vreemde kalmte die over haar was gekomen te verstoren. Ze haalde diep adem.

'Hallo, Freddie, met Amy Montague. Ik bel je om je te laten weten dat er iets tussen is gekomen en dat ik het huis vandaag toch niet kan betrekken.'

'O. Nou, dat is geen probleem. Laat me maar weten wanneer het wel uitkomt, Amy. Er is geen haast bij.'

'Het lastige is dat ik niet weet wanneer dat zal zijn, dus je kunt het hophouse beter aan iemand anders verhuren.'

Er viel een stilte aan de andere kant van de lijn.

'O. Is alles wel in orde, Amy?'

'Niet echt, nee, maar Posy zal je wel vertellen wat er is gebeurd. Ik... Ik moet nu ophangen, Freddie, maar heel erg bedankt voor je vriendelijkheid. Dag.'

Ze beëindigde het telefoontje voor ze in tranen uitbarstte. Daarna, wetend dat Sam elk moment weer thuis kon zijn, belde ze Sebastians nummer. Ze kreeg de voicemail.

'Met mij, Amy. Kom vandaag om vijf uur alsjeblieft naar het bushokje bij de boulevard.'

Amy stopte haar telefoon in haar handtas en liep naar boven om haar werkuniform aan te trekken.

Sebastian was er al toen Amy arriveerde. Hij stond op van het bankje en maakte aanstalten haar te omhelzen, maar ze hield hem af.

'Amy, ik weet wat er is gebeurd. Posy heeft het me verteld nadat Sam was weggegaan.'

'Ja.' Amy's stem klonk monotoon. 'Ik ben hier om je te vertellen dat ik bij Sam blijf omdat ik zijn echtgenote ben, de moeder van zijn kinderen, en hij me nodig heeft.'

Sebastian deed zijn best om zijn woorden zorgvuldig te kiezen. 'Ik begrijp dat het een schok voor je was vandaag, en uiteraard vind je dat je hem nu moet bijstaan. Het stof moet eerst neerdalen, dat is logisch.'

'Nee, het is meer dan dat, Sebastian. Wat we hebben gedaan – wat ik heb gedaan – was verkeerd. Ik ben de vrouw van Sam, ik heb een gelofte afgelegd in een kerk. Ik ben de moeder van zijn kinderen en... ik kan hem niet verlaten. Nooit.'

'Vertel je me nou dat wij... dat dit tussen ons voorbij is?'

'Ja. Ik heb ooit ergens voor getekend en daar moet ik me aan houden. Sam is er verschrikkelijk aan toe, en wat ik zelf ook voel, ik moet hem steunen. Als hij het te weten zou komen, van ons, denk ik dat hij eraan onderdoor gaat. Vanochtend in de auto dreigde hij zo ongeveer met zelfmoord.'

'Ik begrijp het, maar misschien dat het op den duur...'

'Nee! Sebastian, er komt geen "op den duur". Geloof me alsjeblieft. Ik zal mijn echtgenoot nooit verlaten, dus is het niet eerlijk jou aan het lijntje te houden. Bouw een leven op met iemand die vrij is, alsjeblieft,' smeekte ze hem.

'Ik wil geen leven met een ander. Ik wil bij jou zijn. Ik hou van je!'

'Het spijt me, Sebastian, maar zoals ik al zei, is het voorbij. Ik moet nu gaan. Dag.'

Amy draaide zich om en begon van hem weg te lopen.

'Amy! Wacht! Ik weet wat hij je aandoet!'

Ze schudde haar hoofd en bleef snel richting High Street lopen. Sebastian zag haar een hoek omslaan en toen was ze weg. Hij vloekte binnensmonds, want hij wist dat hij dit allemaal zelf in gang had gezet. Als hij de fraudebestrijding niet attent had gemaakt op de plek waar Ken Noakes zich bevond, zouden Amy en de kinderen nu veilig in Freddies huisje zitten. In zijn poging om Posy te beschermen, had hij zijn eigen kans op geluk verwoest – en die van Amy.

Sebastian ging op het bankje aan de boulevard zitten, legde zijn hoofd in zijn handen en snikte.

POSY

DAGPAUWOOG
(*Inachis io*)

LONDEN

DE ZOMER VAN 1958

Ik stond in de bus, ingeklemd tussen aan de ene kant een vrouw met een wandelwagen, en aan de andere kant een jongeman die naar oud zweet rook. Hoewel de ramen open waren, was het er warmer dan in alle kassen waar ik ooit in had gewerkt. Ik was blij toen ik Barons Court om de hoek zag verschijnen. Ik trok aan de bel en wurmde me door de menigte om achter uit de bus te stappen.

Londen was in augustus uiterst onaangenaam, dacht ik bij mezelf, met een steek van heimwee naar de heerlijke zomerdagen die ik in dezelfde periode in Cornwall had doorgebracht. De stad was niet gebouwd voor die paar dagen per jaar dat het zo heet was, realiseerde ik me toen ik over de stoep naar mijn flatgebouw liep. Estelle en ik woonden op de bovenste verdieping, wat betekende dat ik zes trappen moest beklimmen voordat ik er was. Ik was ervan overtuigd dat de lichaamsbeweging goed voor me was, maar niet bij een temperatuur van over de vijfentwintig graden. Ik draaide de voordeur van het slot, nat van het zweet, en liep rechtstreeks naar de kleine en nogal deprimerende badkamer om een lauw bad te laten vollopen. Zoals gewoonlijk rook de woonkamer naar sigarettenrook, en ik zette het raam zo wijd mogelijk open om te luchten, waarna ik de salontafel opruimde, die vol stond met lege bierflesjes, ginglazen en overvolle asbakken.

Ik nam ze mee en leegde ze in respectievelijk de gootsteen en de afvalbak, me afvragend of het echt wel zo'n goed idee was geweest om een appartement met Estelle te delen. Onze levensstijl was heel verschillend: ik was elke ochtend vroeg uit de veren, want ik begon om negen uur in Kew Gardens, terwijl Estelle veel langer kon uitslapen – haar dagelijkse les in Covent Garden ging pas om elf uur van start. In de middag kwam zij thuis om te rusten voordat ze weer wegging voor een optreden, vlak voordat ik thuiskwam. Ik zou nu tot een uur of elf alleen zijn en tegen die tijd zou ik in bed liggen, uitgeput na een lange werkdag. En net als ik in slaap zou vallen, zou de voordeur opengaan en zou Estelle binnenkomen met een stuk of wat bohemien vrienden, zo uit de bars rond het theater, om het feest voort te zetten. Ik zou wakker liggen met de muziek op volle sterkte – ooit had ik gehouden van Frank Sinatra, maar nu voelde hij als mijn kwelgeest met zijn warme stem die me tot in de kleine uurtjes toezong.

Nadat ik de woonkamer had opgeruimd en me afvroeg waarom Estelle er nooit aan dacht om het zelf te doen voordat ze naar het theater ging, kleedde ik me uit en klom in het bad, dat zo klein was dat ik mijn knieën tegen mijn borst moest houden.

Ik ga vanavond om acht uur naar bed, dacht ik terwijl ik zat te weken. Daarna stapte ik uit het bad en wreef me droog met een handdoek. Gekleed in mijn kamerjas maakte ik toast met kaas voor mezelf en ging op de bank zitten eten. Ik vroeg me af of ik saai was omdat ik zaailingen de voorkeur gaf boven steeds maar feestvieren. Toen ik een paar dagen geleden over het lawaai klaagde, had Estelle gezegd dat ik te vroeg oud werd.

'Je kunt slapen als je in de veertig bent, lieve Posy. Geniet van je jeugd zolang het kan,' had ze nonchalant gezegd terwijl ze nog een trekje van een joint nam die ze kreeg aangereikt van een jonge man die overduidelijk lippenstift op had. Ik had me teruggetrokken in mijn slaapkamer en watjes in mijn oren gestopt.

In elk geval genoot ik van mijn werk. Meneer Hubbard, de nieuwe Keeper of the Herbarium, leek me te mogen en moedigde me aan. Elke ochtend ontvingen we in Kew nieuwe plantjes vanuit de hele wereld: sommige werden door de plantenjagers afgeleverd in speciale botaniseertrommels om ze levend te houden gedurende maanden van reizen door bergen en jungles, en sommige werden opgestuurd van botanische tuinen in Singapore, Australië of de beide Amerika's. Nadat ik de plantjes zorgvuldig had gecontroleerd op kleine verstekelingen als luizen of vliegjes, begon ik ze te bestuderen, maakte wetenschappelijke tekeningen aan mijn bureautje en nam foto's die ik in de donkere kamer ontwikkelde.

Ik leerde de plantjes met de plantenpers inleggen op archiefpapier en noteerde de oorsprong, de verzamelaar, de familie en het geslacht op kleine labels. Het ontcijferen van de notities van diverse botanisten van over de hele wereld nam de meeste tijd in beslag, maar gaf uiteindelijk essentiële informatie over de zorg voor en het onderhoud van de plant. Als ze eenmaal gedroogd waren, legde ik de geperste plantjes in de hoge kasten in het midden van het Herbarium, een vertrek van twee verdiepingen dat al boordevol specimens zat. Ik vroeg mijn collega Alice hoeveel het er in totaal waren, en ze kauwde even op haar potlood voordat ze antwoordde: 'Misschien zo'n vierenhalf miljoen?'

Ik had me geen fijnere plek kunnen wensen om te werken: de tuin om me heen bood een zeer nodig contrast met de drukte van de stad.

Ik ben in wezen een plattelandsmeisje, erkende ik tegenover mezelf terwijl ik gaapte, mijn bord en bestek afwaste en naar bed ging. 'Ik mis Cambridge en Jonny,' mompelde ik liggend op het harde matras zonder iets over me heen – het was veel te warm voor een laken. Nog steeds zwetend bevrijdde ik mezelf ook van mijn nachtjapon en bleef naakt liggen. Ik reikte naar het boek op mijn nachtkastje en probeerde te lezen, maar ik was zo moe dat ik al snel in slaap werd gesust door een licht briesje dat door het open raam naar binnen kwam.

Een paar uur later werd ik wakker van de voordeur die dichtsloeg en het geluid van lachende stemmen in het kleine halletje.

'O god,' kreunde ik toen ik Frankie uit de platenspeler hoorde schallen. Ik pakte het glas water dat op mijn nachtkastje stond en dronk gretig. Ik ging weer achterover liggen, sloot mijn ogen en zou ook willen dat ik naar de maan kon vliegen, net als Sinatra in 'Fly Me to the Moon'. Daar zou het tenminste stil zijn.

'Ben zo terug, ga alleen even...'

Plotseling ging mijn slaapkamerdeur open en verscheen er een silhouet in de deuropening, afgetekend tegen het licht achter hem. Ik slaakte een gilletje en zocht tastend naar mijn laken om mijn naaktheid te bedekken toen het licht werd aangeknipt.

'Ga weg!' riep ik naar de gestalte, die nog in de deuropening stond. Ik kon zijn gezicht niet goed zien, maar in een flits realiseerde ik me precies wie hij was.

'O god, neem me niet kwalijk, ik zocht de wc,' zei mijn indringer, die met een hand door zijn dikke, golvende haar streek en me aanstaarde. Ik bloosde en trok het laken strakker om me heen.

'Geeft niet,' zei ik naar adem happend. 'De wc is aan de andere kant van de gang.'

'Natuurlijk. En nogmaals mijn excuses.' Hij keek me nog eens aan, zijn ogen half dichtgeknepen. 'Ken ik je niet ergens van? Je komt me bekend voor.'

'Ik denk het niet,' zei ik, want ik wilde dat hij weg zou gaan.

'Heb je misschien in Cambridge gestudeerd?'

'Ja,' zuchtte ik. 'Inderdaad.'

'En had je een vriendin die Andrea heette?'

'Ja.'

'Ik vergeet nooit een gezicht,' zei hij glimlachend. 'Ze heeft je meegenomen naar een van mijn feesten, ik weet het nog goed. Je droeg een rode jurk.'

'Ja, dat klopt,' zei ik terwijl mijn ogen wenden aan het zwakke licht en ik zijn grote, reebruine ogen zag.

'Goh. Wat is de wereld klein. Ik ben Freddie Lennox. Het is fijn je weer te zien, eh...'

'Posy Anderson.'

'Natuurlijk, ik herinner het me weer. Mag ik vragen waarom jij je hier als een soort Assepoester hebt afgezonderd terwijl anderen feestvieren?'

'Omdat ik, anders dan de meeste gasten, een baan heb.'

'Dat klinkt serieus,' zei Freddie glimlachend. 'Nou, dan zal ik je je schoonheidsslaap maar gunnen. Het was leuk om hernieuwd kennis met je te maken, Posy. Welterusten.'

'Welterusten.'

Hij knipte het licht uit en sloot de deur achter zich, en ik ging met een zucht van verlichting weer achteroverliggen. Ik herinnerde me ook het feest waar Andrea me mee naartoe had genomen – en ik herinnerde me Freddie levendig. Destijds vond ik hem de knapste man die ik ooit had gezien, veel te hoog gegrepen voor mij vanwege zijn uiterlijk, zijn zelfvertrouwen en het feit dat hij derdejaars was. Ik was stomverbaasd dat hij zich mij herinnerde, ik had hem maar heel kort gesproken.

Ik luisterde naar de muziek uit de naastliggende kamer en dacht aan

Freddie, die slechts een paar meter bij me vandaan stond, waarschijnlijk met een drankje in de hand en een praatje makend met een van Estelles buitengewoon aantrekkelijke ballerinavriendinnen. Ik reikte naar de watten die ik in mijn la bewaarde, brak er twee stukjes af en stopte ze in mijn oren.

De volgende ochtend kwam ik mijn slaapkamer uit en zuchtte bij de aanblik van de janboel in de woonkamer. Er lag iemand op de vloer en iemand op de bank, maar ik negeerde ze en liep naar de keuken om een kop thee en wat toast te maken. Ik was net bezig de toast met jam te besmeren toen er achter me een bekende stem klonk.

'Goedemorgen, Posy. Hoe gaat het met je op deze prachtige dag?'

Freddie stond in de deuropening naar me te kijken.

'Prima, dank je wel,' zei ik beleefd. Ik sneed de toast doormidden.

'Precies waar ik trek in heb,' zei hij met een gebaar naar de toast. 'Mag ik er ook een?'

'Ga je gang,' zei ik. 'Ik heb haast.' Met mijn thee en mijn bordje liep ik naar de keukendeur. Hij zette een stap achteruit om me erdoor te laten en glimlachte naar me.

'Dank je.'

'Ik moet zeggen,' fluisterde hij toen ik hem passeerde, 'dat ik je veel liever zonder kleren aan zie.'

Ik verborg mijn blos en sloop door de woonkamer naar mijn slaapkamer. Zittend op het bed at ik mijn toast en dronk mijn thee. Ik beloofde mezelf dat ik het met Estelle over de situatie zou hebben. Dat ik werd lastiggevallen door vreemde mannen terwijl ik mijn ontbijt maakte, was echt niet acceptabel. Ik pakte mijn handtas en mijn leren koffertje, bracht wat lippenstift aan en verliet mijn kamer.

'Waar ga je naartoe?' vroeg Freddie toen ik de voordeur opendeed.

'Kew Gardens.'

'Wat eh... botanisch,' antwoordde hij, me volgend terwijl ik de eerste trap van vele begon af te dalen. 'Voor je plezier?'

'Nee, ik werk daar.'

'Ben je hovenier?'

'Nee, ik ben wetenschapper.'

'Ja, ja, natuurlijk. Ik herinner me dat je me dat vertelde. Heel indrukwekkend.'

Ik vroeg me af of hij me plaagde en dat moet hij gevoeld hebben, want hij voegde 'echt' toe aan het eind van zijn zin. 'Ik heb in Cambridge rechten gestudeerd.'

'O ja?' zei ik toen we de lange afdaling over de trap achter de rug hadden en ik de voordeur opendeed.

'Ja, maar ik wilde eigenlijk acteur worden, dus ik dacht: laat ik in Londen mijn geluk beproeven.'

'Juist ja,' zei ik toen we de stoep op liepen en hij genoeglijk naast me bleef lopen.

'Ik heb wat voor de radio gedaan en heb een klein rolletje in een televisiedrama gespeeld, maar daarmee houdt het ook wel op.'

'Het leven van een acteur lijkt meer om geluk te draaien dan om talent, heb ik van Estelles vrienden begrepen.'

'Zeer waar,' beaamde Freddie. 'Ik heb Andrea via de Footlights ontmoet, misschien weet je dat nog.'

'Ja, dat weet ik nog.'

'Het was de belangrijkste reden voor mij om naar Cambridge te komen. Ik mis die tijd, jij niet?' vroeg hij me toen we bij mijn bushalte arriveerden.

'Ja, ik ook. Nou, sorry, maar dit is mijn bus en ik moet echt gaan.'

'Natuurlijk, Posy. Dan ga ik nu naar mijn eigen appartement om me op te frissen. Ik heb later op de dag een auditie.'

'Succes dan maar,' zei ik, de bus in stappend.

'Hoe laat kom je thuis?' riep hij naar me toen de busconducteur de bel luidde om de chauffeur te laten weten dat het veilig was om te vertrekken.

'Gewoonlijk rond zes uur,' riep ik terug.

'Dag, Posy, tot spoedig ziens!'

Die dag kon ik me minder goed op mijn tekeningen concentreren dan anders. Ondanks mezelf dacht ik steeds aan Freddies prachtige ogen en zijn dikke bos glanzend haar waar ik zo graag mijn vingers doorheen zou laten glijden...

'Werkelijk, Posy,' berispte ik mezelf toen ik tussen de middag buiten mijn sandwiches zat te eten, 'je bent nota bene verloofd en hij is een berooide acteur. Beheers je een beetje, meid.'

In de bus op weg naar huis kon ik het niet laten me in gedachten voor te stellen dat hij op me zou wachten bij de voordeur, en ik sprak mezelf opnieuw streng toe toen ik bijna thuis was. Maar tot mijn grote schok stond hij er echt, buiten voor de flat. Hij zag er opvallend (en uiterst aantrekkelijk) uit in zijn blauwfluwelen smokingjasje met een paisley stropdas.

'Goedenavond, Posy. Ik kwam me verontschuldigen omdat ik gisteravond zomaar bij je kwam binnenstormen.' Hij stak me een verwelkend bosje bloemen en een bruine papieren zak toe. 'Ik heb wat gin en zoete vermout meegebracht. Heb je ooit een Gin & It gedronken?'

'Dat geloof ik niet, nee,' zei ik, en ik opende de voordeur.

'Dan drink je die vanavond voor het eerst, beste Posy. We hebben iets te vieren.'

'Is dat zo?'

'Absoluut. Mijn auditie was geslaagd!' zei hij terwijl hij me de trap op volgde. 'Ik heb een figurantenrol in een toneelstuk van Noël Coward dat zal worden gespeeld in de Lyric aan Shaftesbury Avenue. Ik heb maar liefst vier regels, Posy! Is dat niet geweldig?'

'Jazeker,' antwoordde ik. Ik begon de trap te beklimmen en voelde me… Nou, eerlijk gezegd wist ik niet goed wat ik voelde. Ik begreep niet waarom hij hier was, want hij was toch zeker niet geïnteresseerd in een meisje als ik?

We bereikten de kleine overloop op de bovenste verdieping en ik opende de deur naar het appartement. Freddie volgde me naar binnen en nam de woonkamer in ogenschouw, die nog niet was opgeruimd na het feestje van gisteravond.

'Lieve help, wat een bende hier. Ik help je wel op te ruimen.'

Dat deed hij, wat ik heel lief van hem vond, en daarna maakte hij een Gin & It voor ons allebei.

'Proost,' toostte Freddie. 'Op mijzelf in de voetsporen van Laurence Olivier.'

'Op jou,' zei ik, en ik nam een slok van het drankje, dat erg lekker was.

'Ik meen me te herinneren dat je van oorsprong uit Suffolk komt, net als ik. Ga je er nog vaak naartoe?'

'Nooit,' zuchtte ik. 'Ik ben er vertrokken toen ik zeven was.'

'Een prachtige county,' zei Freddie, 'maar ik geef natuurlijk de voorkeur aan Londen, jij niet?'

'Niet echt, nee. Ik hou van weidse landschappen.'

'Echt?'

'Ja. Als ik het geld ervoor heb, denk ik dat ik naar Richmond verhuis. Dat is dicht bij Kew en er is een prachtig park.'

'Ik ben er nooit geweest. Lijkt het je leuk om er morgen te gaan picknicken?'

'Ik... nou,' zei ik blozend, want ik wist niet wat ik moest zeggen.

'Heb je het vreselijk druk? Of probeer je me te vertellen dat ik maar beter kan opzouten en je met rust moet laten?'

Ik wist dat ik hem nu zou moeten vertellen dat ik verloofd was. Het zou overduidelijk zijn, en veel eenvoudiger, als ik een ring aan mijn vinger had, maar omdat ik zoveel tijd met mijn handen in de aarde zat, bewaarde ik mijn mooie verlovingsring veilig in een doosje in de la van mijn nachtkastje. Ik werd gekweld door besluiteloosheid: de 'brave' Posy moedigde me aan de gepaste woorden uit te spreken, en de 'stoute' Posy stond me niet toe mijn mond open te doen om te zeggen wat gezegd moest worden.

'Nou?' Freddie keek me recht aan.

'Nee, ik heb het niet druk,' hoorde ik een verraderlijke stem die de mijne was zeggen. 'Het lijkt me leuk.'

Na mijn tweede Gin & It verklaarde Freddie dat hij honger had en dat hij iets uit de magere voorraad in de kast zou samenstellen. We aten in ongedwongen sfeer sardines met beboterd brood en Freddie vermaakte me met verhalen over zijn leven in Londen en de beroemde acteurs die hij had ontmoet.

'Oké,' zei hij uiteindelijk, 'ik moest maar eens gaan, anders mis ik mijn laatste bus naar huis, naar Clapham.'

Ik keek op mijn horloge en kon amper geloven dat het al elf uur was geweest.

'Het was een bijzonder fijne avond,' zei hij terwijl hij opstond.

'Ja, dat was het zeker.' Ik stond ook op, een beetje draaierig van de gin.

'En ik moet zeggen, lieve Posy, dat ik je adembenemend mooi vind.'

Voor ik het wist, had Freddie me in zijn armen genomen en kuste hij me. En het voelde hemels. Mijn lichaam reageerde meteen, op een manier die ik met Jonny nooit had ervaren. En ik was teleurgesteld toen hij me losliet.

'Nu moet ik echt voortmaken, of ik slaap vannacht op een bankje in het park,' zei hij glimlachend. 'Ik ben hier morgen om twaalf uur. Neem jij het eten mee, dan zorg ik voor de drank. Goedenacht, lieve meid.'

'Goedenacht.'

Na zijn vertrek zweefde ik naar mijn slaapkamer, ontdeed me van mijn kleren en lag op het bed in een verrukkelijk waas van gin en lust. Ik stelde me voor hoe Freddies elegante vingers zachtjes over mijn borsten en buik naar beneden gleden... Toen Estelle met haar gebruikelijke club vrienden arriveerde, had ik daar amper moeite mee, en ik kon morgen tenminste een deel van de ochtend uitslapen.

'Welterusten, lieve Freddie,' zei ik toen ik mijn ogen sloot.

Hoewel ik de volgende ochtend wakker werd met een knallende hoofdpijn en een hart vol schuldgevoelens, moet ik toegeven dat geen van beide ongemakken me zover kregen dat ik de picknick in het park met Freddie afzegde. We zaten op het droge gras en dronken wijn op een deken, mijn hoofd rustend op zijn schouder.

Ik kon bijna niet geloven hoe vanzelfsprekend het voelde – ik wist nog dat het maanden had geduurd voordat Jonny en ik ons in fysieke zin met elkaar konden ontspannen. Er werd veel gezoend en maar weinig gepraat en ten slotte vielen we allebei in slaap. We namen de bus terug naar de flat en hij ging met me mee naar boven. Zoals gewoonlijk was de troep van de avond ervoor er nog, maar die negeerden we, en we bleven zoenen.

'Posy,' zei hij, snuffelend in mijn hals, 'je weet dat ik je dolgraag mee zou nemen naar de slaapkamer en...'

'Nee, Freddie!' Ik zat meteen rechtop, duf van te veel wijn en zon, en ik keek hem streng aan. 'Zo ben ik gewoon niet.'

'En dat respecteer ik,' zei hij knikkend. 'Ik zeg alleen dat ik het zou willen – dolgraag. Elke keer als ik mijn ogen sluit, heb ik visioenen van jou zittend op je bed als een albasten sculptuur van Afrodite, met slechts een laken om je naaktheid te bedekken.' Hij glimlachte.

'Waarom verlang je naar me, Freddie? Je hebt toch zeker liever een glamoureuze actrice in plaats van een kleurloze wetenschapper als ik.'

'Hemel, Posy, je bent bepaald niet kleurloos. Dat ik me zo tot je aangetrokken voel, komt gedeeltelijk omdat je niet doorhebt hoe prachtig je bent. Je bent zo natuurlijk,' zei hij terwijl zijn lippen naar die van mij bewogen. 'Zo'n verademing naast de meisjes die ik gewoonlijk tegenkom...'

Ik deinsde achteruit. 'Nou, ik ben op heel veel manieren anders dan zij. Ben jij puur om mijn lichaam in me geïnteresseerd?' vroeg ik hem botweg.

'Daar ben ik zeker in geïnteresseerd, ja, zoals ik al heb toegegeven. Maar nee, het is meer dan dat. Onder deze lege acteursfaçade ben ik eigenlijk een serieus mens, begrijp je? Heel veel van de vrouwen die ik ontmoet, zijn oppervlakkig en gebruiken hun hersens niet. Als de aanvankelijke aantrekkingskracht is verdwenen, moet je een gesprek kunnen voeren, toch?'

'Ja, dat denk ik wel.'

'En jij bent zo intelligent, Posy. Ik vind het fijn om je te horen praten over folietunnels en compost. Het windt me op.'

Ik stond hem toe me weer te zoenen, gerustgesteld door wat hij had gezegd. En, dacht ik bij mezelf toen hij was vertrokken, het ergste wat er kon gebeuren was dat hij zich aan me zou vergrijpen en me met een gebroken hart zou achterlaten. En als ik was voorbestemd om voor de rest van mijn leven met Jonny getrouwd te zijn, was het me toch zeker wel gegund om voordat het zover was nog een avontuurtje te beleven?

De zomer ging vlot over in de herfst en mijn verhouding met Freddie duurde voort. Jonny, die me elke week schreef vanuit zijn officiersopleiding in Aldershot, liet me weten dat hij snel verlof zou krijgen en dan een weekend naar Londen zou kunnen komen om me te bezoeken. Hij klonk gelukkig en had het over het regiment waar hij zich bij zou voegen – de 7th Gurkha Rifles – en over waar 'wij zouden wonen' als hij zijn training van zes maanden voltooid zou hebben. Hij hoopte op een exotische plek als Malaya.

Het drong tot me door dat ik niet goed over de toekomst had nagedacht; en nu zat ik er eigenlijk al middenin, met Jonny die trainde voor het leger en met mijn eigen droombaan in Kew. Als ik inderdaad met hem zou trouwen, zou ik hem moeten volgen waar hij ging, wat betekende dat ik al mijn eigen doelen en ambities zou moeten opgeven. Terwijl ik met Freddie in Londen kon blijven en mijn carrière kon opbouwen…

Freddies toneelstuk was in première gegaan en ik was gaan kijken om hem zijn vier regels te horen zeggen, en ik had gejuicht toen hij een buiging maakte. We zagen elkaar minder vanwege zijn optredens in de avond, maar we brachten elke zondag samen door.

'Ben je al met hem naar bed geweest?' vroeg Estelle me toen ik me klaarmaakte om met hem te gaan lunchen in het Lyon's Corner House aan Charing Cross Road.

'Natuurlijk niet, Estelle,' zei ik, mijn lippen stiftend voor de spiegel die boven de bank in de woonkamer hing.

'Dat verbaast me, je zou denken van wel.'

'Hoe bedoel je?'

'Gewoon omdat jullie zo vertrouwd met elkaar omgaan.'

'Nou, we hebben het nog niet gedaan.'

'Je bent vast wel in de verleiding gekomen. Hij is een ontzettende spetter,' zei Estelle, nog steeds aan het vissen. 'Hoe ga je nu verder met Jonny Legerman?'

'Ik… weet het niet.'

'Heb je Freddie over hem verteld? Weet hij dat je verloofd bent?'

'Eh, nee, dat weet hij niet.'

'Nou ja, Posy,' giechelde Estelle. 'En ik me maar zorgen maken over mijn eigen moraal terwijl jij je verloofde bedriegt!'

Op weg naar Freddie voor de lunch dacht ik na over wat Estelle had gezegd. Ik wist dat ze gelijk had. Verstandelijk was het me gemakshalve gelukt om mijn verhouding met Freddie te vergoelijken, simpelweg omdat we niet met elkaar naar bed waren geweest, maar ik wist dat ik zowel tegen mezelf als tegen Freddie loog. Ik was tot over mijn oren verliefd op hem, dat was de waarheid.

Ik moest Jonny vertellen dat het voorbij was. Dat was wel zo eerlijk.

Maar wat als Freddie je verlaat?

Als hij dat deed, dacht ik bij mezelf, verdiende ik het om Jonny te verliezen. Hij was zo goed en lief en betrouwbaar – de perfecte echtgenoot in spe. Hij zou er kapot van zijn als hij wist hoe zijn verloofde zich gedroeg.

Na de lunch zei ik tegen Freddie dat ik hoofdpijn had, nam ik de bus naar huis en ging in mijn slaapkamer zitten om Jonny een brief te schrijven. Er waren minstens zes versies voor nodig, omdat het zo lastig was om de juiste woorden te vinden, maar uiteindelijk vouwde ik de brief dubbel en deed hem in een envelop. Toen haalde ik mijn verlovingsring uit zijn doosje, bedekte hem met watten en sellotape, en stopte hem bij de brief. Ik plakte de envelop dicht met mijn tong, schreef er het adres van Jonny's opleiding op en plakte een postzegel in de rechter bovenhoek. Voor ik van gedachten kon veranderen, liep ik naar de brievenbus, haalde diep adem en gooide de envelop erin.

'Het spijt me verschrikkelijk, lieve Jonny. Dag.'

Drie dagen daarna ging ik met Freddie naar bed. En als ik al diep vanbinnen nog een beetje had getwijfeld of het verbreken van mijn verloving een verkeerde beslissing was geweest, werd mijn angst weggenomen door het gevoel dat hij me gaf. Het gebeurde in Freddies appartement in Clapham. Naderhand lagen we te roken en Gin & It te drinken, inmiddels ons lievelingsdrankje.

'Dus je was geen maagd.' Freddie liet een hand over mijn borst glijden. 'Ik dacht misschien van wel. Wie was de gelukkige?'

'Freddie, ik moet je iets vertellen,' zuchtte ik.

'Voor de draad ermee, lieverd. Heb ik een rivaal die jou het hof maakt?'

'Tot voor kort wel, ja. Ik was... verloofd toen we elkaar ontmoetten, namelijk, met iemand die Jonny heet. Hij is in opleiding voor het leger en, nou ja, ik heb hem een paar dagen geleden geschreven om hem te laten weten dat ik de verloving verbrak. Dat ik niet met hem kon trouwen.'

'Had dat met mij te maken?'

'Ja,' antwoordde ik naar waarheid. 'Maar, ik bedoel, maak je niet bezorgd, hoor. Ik denk heus niet dat jij en ik ons nu gaan verloven, maar ik vond het wel zo netjes om het hem te vertellen.'

'Stille wateren, diepe gronden,' zei Freddie glimlachend. 'Ik maar denken dat je heel lief en onschuldig was. En al die tijd was er iemand anders in het spel.'

'Ja, ik weet dat ik me verschrikkelijk heb gedragen, en het spijt me. Ik heb hem niet meer gezien sinds onze hernieuwde kennismaking omdat hij in opleiding zit. Dus ik ben je niet ontrouw geweest, Freddie.'

'Dus daarom ging je niet met me naar bed?'

'Ja.'

'Nou, ik van mijn kant ben erg verheugd dat hij weg is en dat je moraal je niet langer tegenhoudt.' Hij sloeg zijn armen om me heen en hield me stevig vast. 'Zullen we het nog eens doen om het te vieren?'

Ik was blij dat Freddie niet van slag leek te zijn door mijn bekentenis. Eigenlijk was ik bang dat hij het gevoel zou hebben dat ik hem onder druk zette, wat uiteraard niet het geval was. Ik vertelde mezelf dat er meer redenen waren geweest om de verloving te verbreken: niet in de laatste plaats de gedachte dat ik mijn geliefde baan zou moeten opgeven om met Jonny naar het buitenland te gaan. Maar als ik eerlijk tegen mezelf was, zou ik, als Freddie het me zou vragen, met hem naar het andere eind van de wereld reizen zonder er een seconde over na te hoeven denken.

Na die eerste heerlijke keer in bed trok ik min of meer bij Freddie in. Ik wachtte tot hij thuiskwam na de voorstelling en dan bedreven we de liefde tot in de kleine uurtjes, waarna ik in zijn armen in slaap viel. Het vreemde was dat ik me, hoewel ik weinig slaap kreeg, zo fris als een hoentje voelde als ik wakker werd en naar Kew vertrok. Toen ik jonger was, had ik heel veel romantische boeken gelezen, en nu begreep ik eindelijk wat de schrijvers hadden verwoord. Ik had me nooit eerder in mijn leven zo gelukkig gevoeld.

Halverwege oktober ging ik zoals elke week naar Barons Court om kleding te wisselen en mijn post op te halen. In mijn slaapkamer lag een dikke, gladde envelop met een Italiaans poststempel op me te wachten.

Maman, dacht ik terwijl ik hem openscheurde.

Ma chère Posy,

Het is alweer erg lang geleden dat ik je heb geschreven, en ik hoop dat je me dat kunt vergeven. We hebben het erg druk gehad met het huwelijk van een van Alessandro's zoons. Gefeliciteerd met je cum laude afstuderen in Cambridge. Ik ben heel trots dat ik zo'n intelligente dochter heb.
Posy, Alessandro en ik vliegen begin november naar Londen, en ik zou je heel graag willen zien. We verblijven in The Ritz tussen de eerste en de negende, dus bel me alsjeblieft om me te vertellen wanneer je kunt komen. Het is al te lang geleden, dus zeg alsjeblieft dat je je maman wilt zien en wilt kennismaken met haar echtgenoot.

Veel liefs,
maman

Ik zat naar de brief te staren en bedacht dat het bijna veertien jaar geleden was dat ik maman voor het laatst had gezien. Hoe je het ook wendde of keerde, mijn moeder had me in de steek gelaten. En hoewel mijn volwassen, verstandige kant zich realiseerde dat het goed was geweest dat ik de stabiliteit van oma in Cornwall had gehad in plaats van meegesleept te zijn door Europa in de tijd dat ik opgroeide, was mijn emotionele kant nog net zo gekwetst en boos als ieder door zijn of haar moeder verlaten kind.

In de bus terug naar Clapham peinsde ik over de vraag of ik het met Freddie moest bespreken, maar ik besloot dat niet te doen. Ik kon de gedachte dat hij medelijden met me zou hebben niet verdragen, dus ik zweeg erover. Toen ik terugkwam, merkte hij dat ik met mijn gedachten ergens anders zat.

'Wat is er, lieve meid? Ik zie dat er iets mis is.'

'Niets, Freddie, ik heb alleen maar hoofdpijn.'

'Kom dan maar hier, dan wis ik je gloeiende voorhoofd af.' Ik nestelde me in zijn armen en voelde me getroost.

'Weet je, lieverd, ik heb nagedacht over de vraag of wij samen misschien een appartement zouden moeten zoeken. Dit eenpersoonsbed wordt een beetje te krap, vind je niet?'

Ik keek hem aan. 'Je wilt gaan samenwonen?'

'Kijk niet zo geschokt, lieverd. We wonen nu ook samen, alleen niet officieel.'

'Jeetje, Freddie, ik weet niet wat mijn oma zou zeggen als ze het wist. Ik bedoel, het is een beetje gewaagd, nietwaar?'

Het zijn de jaren vijftig, Posy, en veel mensen doen het, heus. Ik wil dat je een fatsoenlijke keuken hebt waar je al die kostelijke maaltijden kunt maken waar je het altijd over hebt,' zei hij glimlachend.

'Mag ik erover nadenken?'

'Ja, natuurlijk.' Freddie gaf me een kus op mijn wang.

'Dank je.'

Alles bij elkaar was mijn leven in de herfst van 1958 zo ongeveer volmaakt. Het voelde alsof geen enkel deel van mij onvoldaan was: ik had mijn fijne baan en ik had Freddie, die mijn gedachten, mijn lichaam en mijn hart vulde. Ik was bijna bang door het geluk dat ik ervoer, want dat kon niet eeuwig duren, toch?

Bemoedigd door mijn roze wolk besloot ik dat ik met maman moest afspreken als ze in Londen was, alleen al uit beleefdheid. Dus in de week dat ze had geschreven in de stad te zijn, belde ik hotel The Ritz en werd doorverbonden met haar dienstmeisje. Ik vertelde haar dat ik maman komende zaterdag kon ontmoeten voor de afternoon tea. Vervolgens ging ik naar Swan & Edgar in Regent Street en kocht een mooi pak dat ik ook voor andere gelegenheden zou kunnen gebruiken.

Toen ik The Ritz een paar dagen later binnenkwam, voelden mijn benen alsof ze uit watten bestonden en voelde ik mijn hart luid bonzen.

'Kan ik u helpen, *madam*?' vroeg de maître d'hôtel, die wacht leek te houden over de weelderige lounge waar de thee werd geserveerd.

'Ja, ik ben op zoek naar de conte en contessa D'Amici.'

'Ah, ja, madam, ze verwachten u. Volgt u mij maar.'

Terwijl de maître d' me langs de goedgeklede gasten leidde, die thee dronken en verfijnde minisandwiches aten, schoten mijn ogen door de ruimte om alvast een glimp van mijn moeder op te vangen. En daar was ze, haar blonde haar in een elegante wrong, haar make-up perfect. Ze zag er nog precies hetzelfde uit, afgezien van een driedubbele roomkleurige parelketting om haar hals en een fonkelende scala van diamanten aan haar vingers en pols. Ze zat naast een kleine, kale man, die er in mijn ogen twee keer zo oud uitzag als zij, maar misschien was maman alleen maar buitengewoon goed geconserveerd.

'Mijn lieve Posy, mag ik je voorstellen aan Alessandro, je stiefvader.'

'*Cara mia*, je bent nog mooier dan je moeder me heeft verteld. Het is een eer je te ontmoeten.' Alessandro stond op en greep mijn handen vast, en tot mijn verrassing had hij tranen in zijn ogen. Ik had me voorgenomen hem niet aardig te vinden, maar zijn vriendelijkheid was voelbaar en ik kon zien hoe dol hij op mijn moeder was.

Terwijl ik komkommersandwiches oppeuzelde en glas na glas champagne dronk, vermaakte Alessandro me met verhalen over hun leven in Italië, over hun palazzo en hun zomercruises langs de Amalfikust.

'Je moeder is – wat is het woord? – wonderrrrbaar! Zij is het licht van mijn ogen!'

Ik keek omlaag naar mijn thee toen hij haar een handkus gaf. Maman schonk hem een stralende blik en ik realiseerde me dat ik me niet kon herinneren dat ze in Admiral House ooit zo geglimlacht had.

'Je moet ons echt eens komen bezoeken!' zei maman toen de obers de bordjes hadden weggehaald. 'Kerstmis in het palazzo is zo prachtig, en komende zomer kunnen we met de boot langs de kust varen en je de mooiste plekken van Italië laten zien.'

'Ik weet niet wanneer ik vrij kan krijgen van mijn werk,' dekte ik me in.

'Maar je zult toch weleens vakantie hebben,' zei ze. 'Ik...' Maman wendde zich tot haar echtgenoot. '*Amore mio*, wil je me een moment alleen geven met mijn dochter?'

'*Si, certo*.' Na nog een kus op mamans hand liep Alessandro de theesalon uit.

Toen we alleen waren, boog ze zich naar me toe. 'Posy, ik weet dat ik een heel groot deel van je leven heb gemist...'

'Maman, ik begrijp het, je hoeft niet...'

'Jawel,' zei ze vurig. 'Je hebt je ontwikkeld tot een prachtige, slimme en sterke vrouw, en ik betreur het dat ik daar weinig aan heb bijgedragen.' Haar adem stokte in haar keel. 'Er zijn zoveel dingen die ik je zou willen uitleggen, maar...' Ze schudde haar hoofd. 'De tijd is verstreken en het heeft geen zin om achterom te kijken.' Ze klopte op mijn hand. 'Chérie, wil je er alsjeblieft over denken om met Kerstmis naar Italië te komen?'

Ik liep weg van The Ritz, een beetje beneveld na al die champagne en me afvragend of ik me inderdaad in mijn moeder had vergist; ze had het zo goed gebracht dat ik oprecht met haar te doen had gehad. Ik had er de busrit terug voor nodig om de schone schijn van me af te laten glijden en me te realiseren dat ze me weer had gemanipuleerd en dat ik erin getrapt was. Ze had me bijna niets over míjn leven gevraagd, afgezien van de basale dingen als waar ik woonde en werkte. Hoewel ik haar had willen vertellen over Freddie en mijn liefde voor hem, was het onderwerp niet ter sprake gekomen. Ze had het veel te druk gehad met het beschrijven van haar eigen glamoureuze leven, waarin ze met Alessandro door Europa rondreisde van de ene naar de andere chique gelegenheid. Ik had een nacht alleen nodig en belde naar Freddie om te zeggen dat ik vanavond in mijn eigen appartement zou blijven. Daar ging ik in mijn slaapkamer thee zitten drinken om nuchter te worden en na te denken.

En toen ik dat deed, begon mijn hart weer te bevriezen. Ik besloot dat ik de kerst niet in het palazzo ging doorbrengen en me ook in de zomer niet bij hen in Italië zou voegen... Maman probeerde het niet goed te maken voor míj, ze probeerde voor zichzélf goed te maken dat ze me zo in de steek had gelaten.

'Je hebt het de afgelopen veertien jaar zonder haar gered, Posy, dus je zult het ook de komende jaren redden,' zei ik, mijn tranen ruw wegvegend.

Er werd op mijn deur geklopt en Estelle stak haar hoofd om de deur.

'Gaat het wel, Posy?'

Ik haalde mijn schouders op.

'Kan ik je ergens mee helpen?'

'Ja. Denk jij dat je ooit kunt stoppen van een van je ouders te houden? Ik bedoel, zelfs als ze je vreselijke dingen aandoen, is die liefde er dan nog steeds?'

'Goh, Posy, dat is een diepzinnige vraag.' Estelle ging naast me op het bed zitten. 'Andrea met haar academische graad kan je misschien beter helpen.'

'Maar de liefde is geen theoretisch gegeven, toch? Je kunt haar niet definiëren of meten. Liefde… ís er gewoon.'

'Ja, je hebt natuurlijk gelijk, en wat je vraag betreft: ik weet het echt niet, Posy. Ik bedoel, ik ben dol op mijn ouders, dus ik heb er nooit over hoeven nadenken, maar als het erop aankomt, geloof ik dat je je vrienden kunt uitkiezen en je familieleden niet. Je hóéft ze niet te mogen, maar als we het over liefde hebben, met name die voor een moeder, is die er misschien wel simpelweg voor altijd, hoe slecht ze zich ook tegenover je gedraagt. Die liefde is onvoorwaardelijk, denk je niet?'

'Ja, ik denk van wel, wat jammer is, want ik zou veel liever niet van haar houden.'

'Dus de ontmoeting verliep stroef?'

'Nee, perfect juist,' zei ik glimlachend. 'En dat is het probleem. Ik wil niet weer door haar teleurgesteld worden. En als zij denkt dat ze na al die jaren zo weer mijn leven binnen kan wandelen… Ze heeft me gevraagd of ik morgen met haar wil gaan winkelen!'

'Nou, dat kan de moeite waard zijn, Posy. Van wat ik van je heb gehoord, heeft ze een hoop geld.'

De altijd pragmatische Estelle schonk me een glimlachje.

'Ik wil me niet laten omkopen, Estelle, en dat is wat ze zou doen. En dan zou ze denken dat we het hadden goedgemaakt en dat alles weer in orde was.'

'Ik begrijp het. Nou, gelukkig woont ze in Italië en zal ze niet vaak bij je op de stoep staan. Uit het oog, uit het hart, tenslotte.'

'Dus jij vindt me geen ondankbaar schepsel?'

'Helemaal niet, nee. Ze heeft je verlaten toen je net je vader had verloren. Een paar mooie jurken veertien jaar laten kunnen dat niet goedmaken.'

'Dank je, Estelle,' zei ik, me naar haar toe draaiend. 'Ze gaf me een schuldgevoel omdat ik niet meteen ja zei op haar vraag of ik op bezoek wilde komen.'

'Nou, je hoeft je niet schuldig te voelen, Posy. Zíj behoort de volwassene te zijn, niet jij. Goed, ik moet nu gaan. Ik heb een afspraakje!' zei Estelle met glanzende ogen.

'Je bent behoorlijk in de wolken, zie ik. Danst hij de hoofdrol in Covent Garden?'

'Nee, daarom ben ik nou juist zo in de wolken. Geloof het of niet, hij heeft een echte baan. Hij doet iets in de City met aandelen en effecten. Hij draagt een pak, dat ik natuurlijk dolgraag van zijn lijf wil scheuren, maar ik heb het gevoel dat hij heel beschaafd is.'

'Zeg je nou dat hij normaal is?'

'Verrukkelijk normaal,' giechelde Estelle, en ze liep naar de deur. 'Ik ga mijn keurigste jurk tevoorschijn halen.'

'Ik wil alles horen, de volgende keer dat we elkaar zien,' riep ik.

'Afgesproken!'

'Zeg eens, wat zijn jouw plannen voor de kerst, Posy?' vroeg Freddie mij toen we thee dronken in een café tussen zijn zaterdagmatinee en avondvoorstelling.

'Ik ga naar huis, naar mijn oma in Cornwall, zoals altijd,' vertelde ik hem. 'En jij?'

'O, ik denk dat ik naar mijn moeder ga voor onze gebruikelijke ellendige paar dagen. Ik heb je toch wel verteld dat ze aan een zenuwziekte lijdt? En juist de kerstdagen en de jaarwisseling zijn een extra slechte tijd voor haar. In elk geval heb ik dit jaar een geldig excuus! Ik hoef er maar drie dagen door te brengen, want we hebben voorstellingen tot aan het nieuwe jaar.'

Freddie zei nooit veel over zijn thuissituatie of zijn jeugd (die naar ik veronderstelde ongelukkig was geweest, van het weinige wat ik van hem had gehoord), dus hoewel ik tegenover hem lyrisch had gesproken over papa en hoe geweldig hij voor me was voordat hij in de oorlog was omgekomen, was ik terughoudend geweest over mijn eigen jeugd. Als we het onderwerp al aanstipten, vertelde hij me altijd dat het verleden er niet toe deed en dat we allebei vooruit moesten kijken, wat ik prima vond.

'Dus je hebt geen tijd om naar Cornwall te komen?'

'Helaas niet, hoe graag ik ook zou willen. Jouw kerstdagen lijken me echt het einde.'

'O, ze zijn niet indrukwekkend of zo, maar gewoon heel... kerstachtig, denk ik. En ik zou het heel fijn vinden om je aan mijn oma te kunnen voorstellen.'

'Ik beloof je dat ik een keer meega zodra deze verrekte serie optredens achter de rug is,' zuchtte Freddie. 'Ik heb er schoon genoeg van, Posy, echt. Al die uren rondhangen in mijn kleedkamer, alleen maar om die vier regels te kunnen oplepelen. En ik weet zeker dat die vervloekte acteur voor wie ik invaller ben, heeft besloten om met opzet niet ziek te worden. Alle anderen hebben weleens een verkoudheid opgedaan, behalve hij. Ik hoopte dat een agent me de rol een keer zou zien spelen.'

'Nou, in elk geval heb je werk, dat is al iets.'

'Ja, maar het levert vrijwel niets op,' voegde hij er mistroostig aan toe. 'Serieus, Posy, ik denk erover de handdoek in de ring te gooien en september volgend jaar mijn rechtenstudie weer op te pakken als de situatie de komende maanden niet verandert. Ik bedoel, een man – of vrouw – kan niet op sardines alleen leven, hè?'

'Ik heb mijn salaris, Freddie, en we redden het best, toch?'

'Jawel, maar hoewel ik graag wil doen alsof ik helemaal voor gelijkwaardigheid ben, en het me niet uitmaakt wie van beiden het geld verdient, weet ik niet of ik het een prettig idee vind om door jou te worden onderhouden.'

'Oeps,' zei ik glimlachend, 'daar heb je weer een glimp van de traditionalist in jou.'

'Ja, ik geef het toe. Ik heb mijn uitstapje in de acteerwereld gehad en in elk geval kan ik zeggen dat ik het geprobeerd heb. Maar vanochtend dacht ik nog dat het vak van advocaat voor een groot deel bestaat uit optreden voor een publiek, nietwaar? Het verschil is dat je goed betaald wordt voor je inspanningen, en dat je op de koop toe misschien nog wat voor de wereld kunt betekenen. Het acteerberoep is eigenlijk vrij betekenisloos, vind je niet? Ik bedoel, het draait allemaal om jezelf.'

'Waarschijnlijk wel, ja, hoewel het andere mensen veel plezier oplevert. Een voorstelling haalt ze gedurende een paar uur uit de soms wrede werkelijkheid van hun eigen bestaan.'

'Je hebt natuurlijk gelijk,' beaamde hij. 'Misschien word ik gewoon oud, maar op een dag wil ik je graag een mooi huis kunnen geven en genoeg geld hebben om een paar kinderen te kunnen krijgen.'

Ik sloeg mijn ogen neer zodat hij ze niet kon zien glanzen van vreugde. Ik wilde niets liever dan met Freddie trouwen en de rest van mijn leven met hem delen. Ik had mezelf zelfs betrapt op het bekijken van bruidsjaponnen in vrouwenbladen.

'We zouden het samen goed doen, toch, jij en ik?' Ik keek op en hij glimlachte naar me.

'Ik denk het wel, ja. Je… zou nooit van me vragen om te stoppen met werken, toch?'

'Ben je mal! Ik bedoel, ik mag hopen dat je een paar weken vrij zou nemen als we kinderen zouden krijgen, en ik zou veel meer moeten verdienen dan jij, natuurlijk, maar…'

Ik gaf Freddie een speelse stomp tegen zijn arm, wetend dat hij me plaagde. Hij keek op zijn horloge.

'Oké, ik kan me maar beter richting mijn gevangeniscel van een kleedkamer begeven voordat de uitvoering van start gaat. Dag, lieverd, ik zie je vanavond thuis.'

Ik keek hoe hij zich tussen de tafels door bewoog en zag een paar jongedames opkijken terwijl hij passeerde. Hij was uitzonderlijk knap en voor de zoveelste keer vroeg ik me af hoe het in vredesnaam mogelijk was dat hij de mijne wilde zijn.

'Hij is gewoon perfect,' mompelde ik in mezelf, lopend door Regent Street en kijkend naar de kerstetalages van de warenhuizen. De straat was gevuld met mensen zoals ik en de verkopers van gepofte kastanjes deden goede zaken.

'Vanavond vind ik het leven heerlijk,' zei ik tegen de kastanje die ik in mijn mond stopte, waarna ik naar de bus holde die me terug zou brengen naar Freddies appartement in Clapham.

De avond voordat ik met de trein naar Cornwall zou gaan, was bitterzoet. Hoewel ik me erop verheugde om oma en Daisy te zien, realiseerde ik me dat Freddie en ik amper een nacht bij elkaar weg waren geweest in de afgelopen vier maanden. Freddie kwam thuis vanuit het theater, voegde zich bij me in bed en beminde me met nog meer hartstocht dan anders.

'God, ik ga je vreselijk missen,' zei hij, mijn haar strelend toen ik naderhand in zijn armen lag. 'Posy, lieve schat, wil je met me trouwen?' fluisterde hij in mijn oor.

'Ik... meen je dat serieus?' Ik bewoog mijn hoofd om hem aan te kunnen kijken bij het flakkerende licht van de kaars.

'Natuurlijk!' Freddie keek beledigd. 'Over zoiets zou ik heus geen grapjes maken. Nou?'

'En dat is het? Je gaat niet op een knie zitten?' plaagde ik hem, terwijl mijn hart zowat uit elkaar barstte van opwinding en liefde.

'De jongedame kan het krijgen zoals ze het hebben wil.'

Hij zuchtte, klom uit het bed en zakte op een knie voor me neer. Hij nam mijn hand in de zijne en keek naar mij omhoog. 'Lieve Posy, ik...'

'Aangezien dit een formeel aanzoek is, denk ik dat je mijn echte naam moet gebruiken.'

'Welke echte naam?' Hij fronste naar me.

'De officiële naam die op mijn geboorteakte staat natuurlijk. Posy is een bijnaam, snap je.'

'Juist ja. En wat is je officiële naam?'

'Adriana Rose Anderson.'

'Adriana Anderson?' Zijn ogen schoten even de andere kant op, kennelijk beduusd.

'Een afschuwelijke naam, ik weet het. Ik ben naar mijn moeder vernoemd, ben ik bang. Nou ja, je hoeft hem maar twee keer te gebruiken – nu en op de huwelijksdag. Dus...'

Freddie richtte zijn ogen weer op mij en haalde ogenschijnlijk wat bedrukt zijn schouders op.

'Ik... nou, ik denk dat je gelijk hebt, Posy. Ik moet dit netjes doen. Met kleren aan dus maar, hè?' grinnikte hij nerveus terwijl hij opstond.

'O Freddie, ik plaagde maar wat. Je hoeft me echt niet bij mijn officiële naam te noemen of zo.'

'Nee, als je terugkomt in het nieuwe jaar, dan... bedenk ik wel wat.'

Hij stapte weer naast me het bed in en ik blies de kaars uit en kroop in zijn armen.

'Je lijkt van streek te zijn, lieverd,' fluisterde ik.

'Nee, nee, helemaal niet. Ik ben alleen moe van de twee voorstellingen.'

'Posy?' vroeg hij toen ik juist in slaap begon te vallen. 'Hoe heette het huis waar je als kind in Suffolk bent opgegroeid?'

'Admiral House,' mompelde ik slaperig. 'Welterusten, lieve Freddie.'

Het was heerlijk om thuis te zijn, bij oma in Cornwall, en de kerst verliep zoals altijd op de traditionele manier.

'En wanneer ga ik die Freddie van je een keer ontmoeten?' vroeg oma me nadat ik het gesprek voor de zoveelste keer op iets had gebracht wat hij had gezegd of gedaan.

'Als hij klaar is met het toneelstuk in Londen. Hij heeft me gevraagd je te zeggen dat hij zich er erg op verheugt.'

'Nou, het is duidelijk dat je helemaal weg van hem bent, lieve Posy. Uiteraard baart het me onwillekeurig enige zorgen dat hij acteur is, met alles wat daaraan vastzit. Het is niet bepaald een beroep dat vastigheid biedt, toch?'

'Freddie heeft al gezegd dat hij er bijna zeker van is dat hij in september zijn studie rechten gaat vervolgen. Hij wil goed voor me zorgen, dus maak je niet ongerust, oma.'

'Dus denk je dat hij met je wil trouwen, Posy?'

'O ja, daar hebben we het al over gehad. Als het erop aankomt, is hij namelijk heel traditioneel ingesteld.'

'En je hebt nooit spijt gehad van het verbreken van je verloving met Jonny?'

'O nee, oma, zeker niet.'

'Hij was een fijne man, Posy. Hij zou een uitstekende echtgenoot voor je zijn geweest.'

'Dat zal Freddie ook zijn.'

'Als hij je vraagt.'

'Oma, dat heeft hij al gedaan, althans officieus.'

'Sorry, Posy, ik maak me alleen een beetje zorgen of je je afwijzing van Jonny niet zult betreuren. Ik begrijp de bekoring van nieuwe hartstocht wel, maar naar mijn ervaring is langzaam maar zeker op de lange duur beter.'

'Oma, het feit dat Freddie het probeert te maken als acteur maakt hem nog geen wispelturige bohemien. Als je hem leert kennen, zul je het begrijpen, echt. Nou, laat ik nu maar naar bed gaan voordat de

Kerstman komt.' Ik glimlachte, kwam overeind en liep naar haar toe om haar een kus te geven. 'Welterusten, lieve oma.'

Ik zat de hele eerste kerstdag op Freddies beloofde telefoontje te wachten, maar om de een of andere reden kwam het niet. Ik weet het aan een storing bij de telefooncentrale, want er zou vast heel veel gebeld worden tussen huishoudens door het hele land, en onze lijn had nooit tot de betrouwbaarste behoord.

'Hij belt morgen, zeker weten,' troostte ik mezelf toen ik die avond ging slapen.

Op tweede kerstdag ging ik op bezoek bij Katie in de kleine cottage waar ze woonde met haar man en twee kinderen.

'Het zijn schatjes,' zei ik met een glimlach. Mary, de peuter, klom op mijn schoot voor een knuffel terwijl Katie de pasgeboren Jack voedde. 'Ik kan nauwelijks geloven dat je al twee kinderen hebt. Ik voel me nog niet oud genoeg om moeder te worden.'

'Nou ja, het hoort erbij, hè?' Katie haalde haar schouders op. 'Maar bliksem, het is hard werken, hoor. Ik zou een moord doen voor een goede nachtrust.'

'Helpt Thomas je met de kinderen?'

'Ben je gek?' Ze rolde met haar ogen. 'Die zit bijna elke avond in de pub.'

Toen ik terug naar huis liep, dacht ik bij mezelf dat Katie geen wandelende reclame voor het moederschap was. Ze zag er altijd zo onberispelijk uit, maar nu was haar vettige haar naar achteren getrokken en in een elastiekje samengebonden, en liep ze om elf uur 's ochtends nog in haar ochtendjas rond.

Ik hoop dat ik mezelf nooit toesta zo te worden als Freddie en ik kinderen krijgen, dacht ik toen ik Manor House in liep en naar de keuken liep, waar Daisy haar traditionele stoofpot van restjes maakte.

'Is er nog voor me gebeld terwijl ik weg was, Daisy?'

'Nee, Miss Posy, sorry.'

'O, oké. Kan ik iets voor je doen?'

'Nee, alles is onder controle, dank je wel.'

Oma had de dominee en zijn vrouw uitgenodigd voor de lunch, maar ik was afgeleid en vroeg me af waarom Freddie in vredesnaam nog niet had gebeld om me alsnog een fijn kerstfeest te wensen. Ik begon me af te vragen of hij misschien een ongeluk had gehad, of hij ergens in een ziekenhuis lag, gewond en alleen...

'Oma, vind je het goed als ik naar Freddies appartement in Londen bel? Ik ben nogal ongerust omdat ik nog niet van hem heb gehoord.'

'Natuurlijk, lieverd,' antwoordde oma.

Ik ging naar boven om mijn adresboekje te halen en belde met trillende handen het nummer. De gezamenlijke telefoon voor de drie appartementen in het verbouwde huis bevond zich in de hal.

'Laat er alsjeblieft iemand opnemen,' fluisterde ik, want ik moest gewoon weten of hij in orde was.

'Hallo, Clapham 6951.'

'Hallo, spreek ik met Alan?'

'Ja.'

'Alan, met Posy,' zei ik tegen Freddies flatgenoot. 'Is Freddie er ook?'

'Nee, Posy, ik dacht dat je wel wist dat hij naar huis zou gaan om een paar dagen bij zijn moeder te logeren. Maar als het goed is, komt hij vanavond na de voorstelling thuis.'

'Juist. Ik was gewoon een beetje bang dat er iets was gebeurd, omdat ik nog niets van hem heb gehoord. Wil je een boodschap aan hem doorgeven? Hem vragen of hij me vanavond wil bellen zodra hij thuis is? Zeg maar dat het niet uitmaakt hoe laat.'

'Zal ik doen, Posy. En ik ga er helemaal van uit dat het goed met hem gaat. Je weet hoe hectisch de kerstdagen kunnen zijn.'

'Zeker, dat weet ik. Dank je, Alan, en tot binnenkort.'

'Dag, Posy.'

Ik voelde me na dat telefoontje een beetje onnozel. Natuurlijk was er niets met Freddie gebeurd; hij had waarschijnlijk zijn handen vol gehad aan zijn moeder. Nu zou ik tenminste later van hem horen. Opgelucht voegde ik me bij oma voor een kaartspelletje.

Hoewel ik tot lang na middernacht wakker bleef, zittend op de onderste tree van de trap tegenover het tafeltje waarop het telefoontoestel stond, zodat ik het telefoontje niet zou missen, bleef het stil.

Toen ik mismoedig de trap weer op liep, vulde mijn hoofd zich met donkere, verschrikkelijke gedachten. Freddie had nog nooit een telefoontje niet beantwoord. Na een slapeloze nacht wist ik dat me nog maar één ding te doen stond. Tegen de tijd dat oma beneden kwam voor het ontbijt, had ik al gepakt en was ik klaar om naar het station te gaan.

'Het spijt me enorm, lieve oma, maar een van mijn vriendinnen is in Londen in het ziekenhuis opgenomen, en ik moet echt terug om bij haar op bezoek te gaan. Ze schijnt er slecht aan toe te zijn,' loog ik.

'Echt? Ik heb de telefoon gisteravond en vanochtend helemaal niet gehoord.'

'Nou, gelukkig maar dat ik je niet heb gestoord, oma.'

'Kom je terug om hier de jaarwisseling te vieren?'

'Dat hangt af van hoe het met mijn vriendin gaat. Ik laat het je zo snel mogelijk weten. Goed, ik moet nu weg als ik de trein van negen uur wil halen. Dag, oma, hopelijk tot snel.'

'Goede reis, lieve Posy,' riep ze me na toen ik door de voordeur naar buiten rende, waar Bill de oude Ford al warm had laten draaien en mijn koffer achterin had gegooid.

Oma geloofde me niet, dat wist ik, maar het was niet anders. Wat er ook aan de hand was met Freddie, ik kon het gewoonweg niet verdragen om hier nog vijf dagen in het ongewisse te blijven.

Toen de trein uiteindelijk aankwam in Paddington Station nam ik de metro naar Barons Court en stommelde ik de vele trappen op naar het appartement om mijn zware koffer naar boven te brengen en me op te frissen voordat ik naar Freddie zou gaan. Estelle had de vorige avond overduidelijk een feestje gehad, want het was weer een puinhoop in de woonkamer. Ik negeerde het, ging naar de wc en liep toen mijn slaapkamer in.

Daar, op mijn kussen, lag een envelop. Ik herkende Freddies handschrift meteen. Mijn vingers trilden zo erg dat het me moeilijk viel de envelop open te scheuren. Met al bij voorbaat een waas van tranen in mijn ogen begon ik te lezen.

Lieve Posy,

Ik zal het kort houden. Toen ik je vlak voor je naar Cornwall ging een aanzoek deed, heb je misschien gemerkt dat ik naderhand in een wat ongewone stemming was. Misschien dat het uitspreken van

de woorden het besef in me losmaakte dat jij en ik gewoon niet voor elkaar bestemd zijn. Hoewel ik eerder dacht dat ik er klaar voor was om me te binden, te settelen en te trouwen, denk ik dat dat niet het geval is. Lieve Posy, het ligt geheel aan mij, niet aan jou, echt niet, maar voor je eigen bestwil moet je geloven dat er voor ons samen geen toekomst is weggelegd.
Het spijt me dat ik zo cru klink, maar ik wil ervoor zorgen dat je mij zo snel mogelijk uit je gedachten bant, en dat je iemand vindt die jou werkelijk verdient. Ook zal ik je niet om vergiffenis vragen, want daar heb ik eenvoudigweg geen recht op.

Ik wens je een lang en gelukkig leven,
Freddie

Ik ademde in met korte, scherpe stootjes, en mijn hart pompte als een gek om daar genoeg zuurstof voor te leveren. Ik legde mijn hoofd tussen mijn benen in een poging de duizeligheid in te dammen voordat ik zou flauwvallen.

Dit was toch zeker een of andere ellendige grap? Geen enkel woord in de brief klonk als de Freddie die ik kende en liefhad. Het was alsof er een kwaadaardige duivel bezit had genomen van zijn ziel en hem had gedwongen de koude, harteloze zinnen op papier te zetten. Al zou ik ze honderdduizend keer lezen, ik wist dat er geen warmte in lag. Hij had net zo goed alleen maar *Ik hou niet meer van je* kunnen opschrijven.

Toen de duizeligheid wegebde, ging ik zwakjes achterover op mijn kussen liggen, te geschokt om te huilen. Ik begreep gewoon niet wat er was gebeurd in de tien korte minuten tussen ons liefdesspel en zijn aanzoek, en zijn vreemde gedrag naderhand. De enige verklaring was dat het hardop zeggen van de woorden hem inderdaad had doen beseffen dat het geen liefde was. Tenzij, dacht ik, met weer een golf van pijn door mijn gekwelde hart, hij iemand anders had leren kennen…

Ja. Dat was de enige verklaring voor deze complete ommekeer. Kon het die jonge, aantrekkelijke actrice uit het toneelstuk zijn? Zij had Freddie beslist bewonderende blikken toegeworpen toen we met de hele cast na een voorstelling wat waren gaan drinken. Of misschien dat meisje van de rekwisieten, met haar ravenzwarte haren, haar eyeliner en rode lippenstift...

'Hou op, Posy,' kreunde ik in mezelf, met mijn hoofd tegen het kussen op en neer schuddend. Wat de reden ook was, de woorden die in de brief stonden, vertelden me dat onze relatie definitief voorbij was en dat de toekomst die drie dagen van mij was geweest aan diggelen lag.

Ik stond op, pakte de brief en verfrommelde hem driftig tot een prop. Die droeg ik met mijn vingertoppen, alsof hij me nog verder zou kunnen verwonden, naar de woonkamer. Ik gooide hem in de open haard, hield er een lucifer bij en keek toe hoe hij tot as verbrandde.

Misschien kon ik doen alsof ik de brief niet had gezien, kon ik hem vanavond gewoon opwachten bij de artiesteningang alsof er niets was gebeurd...

Nee, Posy, dan zou je hem de woorden die hij heeft opgeschreven horen uitspreken, wat de pijn alleen maar erger zou maken...

Ik liep naar de keuken om te kijken wat er over was van het feestje van de vorige avond. Ik pakte een glas, schonk er een flinke scheut uit de ginfles in, voegde een restje vermout toe en sloeg de borrel in één keer achterover. Ik schonk mezelf nog wat meer in – alles om de pijn te verdoven – en daarna nog wat. Een uur later liet ik me op mijn bed vallen, mijn hoofd tollend, en niet lang daarna leunde ik over de rand van mijn bed en gaf ik over op de vloer. Het kon me niet schelen, want niets deed er nog toe. Mijn gouden toekomst met de man van wie ik hield, zou nooit werkelijkheid worden. En niets zou er ooit nog toe doen.

ADMIRAL HOUSE

DECEMBER 2006

HULST
(*Ilex aquifolium*)

31

Toen Posy de avond na Sams arrestatie thuiskwam, uitgeput na een slapeloze nacht waarin ze over haar zoon had liggen piekeren, gevolgd door een drukke dag in de galerie, trof ze onder een fles champagne een envelop aan op de keukentafel. Ze ging vermoeid zitten om hem te openen.

Lieve Posy,

De eerste versie van mijn boek is af, dus ik heb gedaan waarvoor ik naar Admiral House was gekomen. Ik moet me innig verontschuldigen voor het feit dat ik ben vertrokken zonder persoonlijk afscheid van je te nemen, maar helaas kan ik niet anders vanwege mijn drukke programma. Bijgevoegd vind je mijn huur tot eind december, met wat extra voor al die flessen wijn die je zo hartverwarmend met me hebt gedeeld. Ik heb mijn adres en telefoonnummer bovenaan deze brief geschreven. Als je ooit in Londen bent, kom me dan alsjeblieft opzoeken, dan trakteer ik je op een super-de-luxe lunch. Posy, je bent een heel bijzondere dame. Je verdient alle geluk, en je familie heeft ontzettend met je geboft. Maar vergeet niet om af en toe ook aan jezelf te denken, oké?

Dank en veel liefs,
Sebastian

PS Ik zal je een exemplaar van de roman sturen. Je zult er misschien gedeelten van je prachtige huis in herkennen!

Posy haalde het geld uit de envelop en zag dat Sebastian er minstens het dubbele van wat hij haar verschuldigd was in had gedaan. Er prikten tranen achter haar ogen. Afgezien van het feit dat ze hem vreselijk zou missen, was ze verbaasd over zijn haastige, onaangekondigde vertrek.

Terwijl ze de fluitketel op het fornuis zette, voelde ze dat de sfeer in huis al was veranderd. Hoewel Sebastian veel van zijn tijd boven had doorgebracht, was de aanwezigheid van een andere persoon voelbaar geweest. Nu was ze weer alleen. Normaal gesproken zou ze daar prima mee om kunnen gaan – tenslotte had ze vele jaren in haar eentje in dit huis gewoond. Maar vanavond, na die toestand met Sam en de bloedvlekken die ze op de muur in de folly had gezien, was ze niet louter alleen, maar eenzaam. En ze had iemand nodig om mee te praten. Ze pleegde een snel telefoontje, pakte de shepherd's pie die ze eerder voor Sebastian had gemaakt en nam ook de fles champagne mee. Ze verliet het huis, liep naar haar auto en reed naar Freddie.

'Kom binnen, lieverd,' zei Freddie terwijl hij haar mee naar binnen loodste.

'Dank je, Freddie. Ik heb een shepherd's pie meegenomen. Die hoeft alleen even in de oven opgewarmd te worden.'

'Wat een traktatie,' zei hij glimlachend. 'Ik stond op het punt roerei op toast te maken.'

'Ik stoor toch niet, hoop ik?' vroeg Posy, hem naar de keuken volgend.

'Helemaal niet.' Freddie keek naar de fles champagne. 'Hebben we wat te vieren?'

'Helaas niet, nee. Dit is een afscheidscadeau van Sebastian. Hij is heel plotseling vertrokken.'

'Echt? Dat verbaast me. Hij leek me zo'n stabiele kerel, maar je weet het natuurlijk nooit met die artistieke types. Zullen we hem opentrekken?'

'Waarom niet?' zuchtte Posy. 'En dan niet om iets te vieren, maar om in zelfmedelijden te zwelgen.'

'Nou, dan maak ik hem open als jij de *pie* in de oven zet. Dan kun je me daarna vertellen wat er is gebeurd.'

'Het is Sam, Freddie. Hij is gisteravond gearresteerd in het Victoria Hotel in Norfolk, op grond van fraude.'

‘Och heden,’ zei Freddie, hopend dat zijn gezicht niet zou verraden dat hij dit al van Sebastian had gehoord. Hij haalde twee champagneglazen uit de kast.

‘Hij is op borgtocht vrijgelaten,’ ging Posy verder, ‘en zijn advocaat denkt dat hij misschien niet wordt aangeklaagd als hij getuigt tegen zijn voormalige zakenpartner, maar daar beslist het OM over.’

‘Het kan allemaal wel even duren, Posy. Toen ik nog in het vak zat, bedroeg de achterstand in het geval van zaken als deze maanden. Die partner van hem was een onbetrouwbaar sujet dus?’

‘Blijkbaar wel. Ik ken de details niet, maar het punt is dat niet alleen mijn zoon is gearresteerd, maar dat ook de verkoop van Admiral House niet doorgaat. Dank je, Freddie,’ voegde ze eraan toe toen hij haar een glas champagne overhandigde. ‘Ik weet niet goed waar ik op moet toosten.’

‘Op het leven, misschien? Op het feit dat er gisteren ondanks alle ellende niemand is overleden en op het feit dat Sam er zo te horen hopelijk van afkomt met een berisping van de rechter. Er is simpelweg geen ruimte om alle kleine criminelen op te sluiten, Posy.’

‘Mijn zoon een crimineel,’ huiverde Posy. ‘Krijgt hij een strafblad?’

‘Misschien wel, ja, maar het heeft geen zin om daar nu over na te denken. Er is nog een lange weg te gaan. Op jou, Posy,’ proostte Freddie, en hij nam een slok champagne.

Ze aten de shepherd’s pie aan tafel in de serre, en Posy merkte dat Freddie stiller was dan gewoonlijk.

‘Koffie?’ vroeg hij.

‘Graag.’

Ze namen hun koppen mee naar de woonkamer en gingen voor het haardvuur zitten.

‘Gaat het wel, Freddie? Je lijkt… niet helemaal jezelf.’

‘Nee, dat is ook zo. Nou, dat zal wel komen omdat ik niet helemaal mezelf ben.’

‘Kun je me vertellen waarom?’

Hij keek haar aan met een droevige blik in zijn ogen. ‘Posy, ik… Ach, hoe moet ik dit verwoorden? Ik moet je iets vertellen. Ik heb het telkens uitgesteld, wachtend op het juiste moment, maar ik vind echt dat ik het niet langer voor me kan houden. Het gaat om iets wat ik je misschien al vijftig jaar geleden had moeten vertellen, maar dit is eigenlijk ook weer geen goed moment.'

'Hemel, Freddie, wat kijk je ernstig. Als het te maken heeft met een ander meisje destijds, maak je dan maar geen zorgen. Het is al zo lang geleden.'

'Nee, Posy, helaas voor ons beiden heeft het met zoiets niets te maken.'

'Vertel me dan alsjeblieft wat er aan de hand is. Op de een of andere manier lijkt alles momenteel slecht nieuws te zijn, dus ik betwijfel of het verschil zal maken.'

Freddie stond op en liep naar Posy toe. Hij stak zijn hand naar haar uit. 'Dit misschien wel, vrees ik. En voordat ik het je vertel, aangezien er echt geen goed moment voor is, wil ik dat je weet dat ik toen van je hield en dat ik nu van je hou. Maar ik kan dit afschuwelijke geheim werkelijk niet meer voor mezelf houden.'

'Alsjeblieft, Freddie, je maakt me bang. Vertel het me gewoon, oké?' drong Posy aan.

'Goed dan.' Freddie liep terug naar zijn stoel. Hij nam een slok brandy voordat hij zei: 'Het gaat om je vader, Posy.'

'Mijn vader?' fronste Posy. 'Wat is er met mijn vader?'

'Posy, lieverd, er is gewoon geen andere manier om dit te zeggen. Je vader is niet gestorven terwijl hij in zijn Spitfire vloog, zoals je destijds te horen hebt gekregen. Hij...' Freddie zocht naar de woorden. 'Hij, nou, hij werd schuldig bevonden aan moord en...' Hij zweeg en zuchtte lang en diep.

Posy's hoofd tolde en ze staarde hem aan. 'Wat, Freddie? Zeg het dan, in godsnaam.'

'Hij is opgehangen voor zijn misdaad. Het spijt me zo verschrikkelijk, zó verschrikkelijk, maar geloof me, het is de waarheid.'

Posy sloot haar ogen een ogenblik, zonder adem te halen, duizelig. 'Freddie, lieverd, ik denk dat er sprake is van een misverstand. Mijn vader is gedood in zijn Spitfire. Hij was een held, geen moordenaar. Dat verzeker ik je.'

'Nee, Posy, dat is wat ze je hebben verteld toen je klein was, maar het was een leugen.' Freddie stond weer op, liep naar het kleine bureau aan het raam en trok een map uit een van de laden. 'Hier is alle informatie.' Hij vouwde de map open en haalde er een kopie van een krantenknipsel uit. 'Hier, Posy, kijk.'

Posy pakte het vel papier aan en zag het gezicht van haar vader en toen de kop die erboven stond.

LAWRENCE ANDERSON SCHULDIG BEVONDEN AAN MOORD!

'O mijn god, o mijn god...' Posy liet het papier los en het dwarrelde naar de vloer. 'Nee! Ik geloof er niets van. Waarom zou iedereen tegen me liegen?'

'Hier, drink een slokje brandy.' Freddie reikte haar een glas aan, maar ze sloeg het af.

'Ik begrijp het niet, Freddie. Waarom hebben ze het me niet verteld?' herhaalde ze.

'Omdat ze je wilden beschermen. Je was nog maar een klein meisje, en uit alles wat je hebt verteld, zowel vroeger als nu, is wel duidelijk geworden dat je dol op hem was.'

'Natuurlijk was ik dol op hem, hij was mijn vader! Hij was een zachtaardige man, we verzamelden samen vlinders... Hij zou geen ander mens vermoorden. Mijn god!' riep Posy handenwringend uit. 'Waarom zou hij?'

'Het was een crime passionel, Posy. Hij kreeg verlof voor oudejaarsavond van 1944 en ging naar huis om je moeder te verrassen. Toen hij aankwam in Admiral House betrapte hij haar op heterdaad met... een andere man, boven in de folly. Hij haalde een van zijn jachtgeweren uit de kast beneden en schoot de man van dichtbij dood tegen de muur.'

Posy keek omlaag naar de zwart-witfoto die op de vloer lag. Daarop stond haar vader die zo te zien met handboeien om bij de rechtbank werd weggeleid. Ze kon geen woord uitbrengen en al helemaal niet helder nadenken.

'Ik vind het echt verschrikkelijk om je dit te vertellen, Posy.'

'Waarom heb je het dan gedaan?' Ze keek hem aan. 'Waarom in vredesnaam?'

'Ik moest wel. De man die hij heeft gedood – hij heette Ralph Lennox – was mijn vader.'

Posy sloot haar ogen, probeerde kalm te blijven en diep adem te halen. Ze kon dit niet, ze wílde dit niet bevatten.

Ralph… De naam galmde door haar hoofd en bracht haar terug naar haar kindertijd, nu ruim zestig jaar geleden. En daar was hij. Oom Ralph, de beste vriend van haar vader, de man die chocolade voor haar meenam als hij bij haar moeder op bezoek ging… De vader van Freddie.

'Posy, gaat het? Alsjeblieft, ik begrijp hoe groot de schok moet zijn. Maar begrijp je het? Dat ik je dit wel móést vertellen om onze relatie een kans te gunnen? Ik heb het… ik kón het je al die jaren geleden niet vertellen. Achteraf gezien hadden er misschien alarmbelletjes moeten gaan rinkelen toen ik je achternaam hoorde, en dat je van oorsprong uit Suffolk kwam. Maar ik was zo van je gecharmeerd dat ik er niet bij stilstond. Ik realiseerde me pas wie je was toen je me je officiële naam vertelde, die nacht in bed toen ik je een aanzoek deed. Ik wist hoe dol je op je vader was en dat jij dacht dat hij was gestorven in zijn vliegtuig tijdens een luchtgevecht, dus ik had geen andere keuze dan me van je los te maken. Ik wist dat de schok van de wijze waarop én de reden waarom je vader werkelijk was gestorven, jou zou breken en ik kon de gedachte dat ik degene zou zijn die het je vertelde niet verdragen. Wat me óf een lafaard maakt, óf overbezorgd… Ik weet het niet,' zuchtte Freddie. 'Maar ik had niet met je kunnen trouwen zonder dat jij ervan wist. Alsjeblieft, Posy, zeg iets.'

Posy deed haar ogen open.

'Ik vraag me af hoe je mijn aanblik kunt verdragen. De dochter van de man die jouw vader heeft doodgeschoten.'

'Grote god, Posy! Dat had niets met jou te maken, en dat heb ik nooit gedacht, toen niet en nu niet. Het was een speling van het lot dat wij elkaar vonden. Ik… hield toen van je en dat doe ik nu ook, en ik smeek je me te vergeven dat ik je na al die jaren nu toch de waarheid heb verteld. Toen ik je opnieuw ontmoette, veronderstelde ik dat je er inmiddels van wist. Aangezien je weer in Suffolk woonde, op het landgoed waar het was gebeurd, dacht ik dat iemand uit de buurt er wel iets over gezegd zou hebben, maar dat is kennelijk niet het geval geweest.'

'Nee.' Posy stond abrupt op. 'Neem me niet kwalijk, Freddie, maar ik ga nu naar huis. Bedankt dat je het me hebt verteld. Ik begrijp waarom je dat hebt gedaan. Maar ik moet nu echt gaan.'

'Natuurlijk. Zal ik je naar huis rijden, Posy? Je bent misschien niet goed in staat om te...'

'Nee, ik kan heel goed zelf rijden.'

'Hier, neem de map maar mee. Als je de eerste schok hebt verwerkt, wil je vast bevestigd krijgen wat ik je heb verteld.' Freddie volgde haar naar de gang, waar ze haar jas al aantrok, en reikte haar de map aan. 'Het spijt me zo vreselijk, Posy. Ik wilde je voor geen goud van streek maken. Ik hoop dat je dat weet. Maar ik kon niet anders...'

'Ja.' Posy had de deur al geopend. 'Laat me nu alsjeblieft met rust. Goedenacht, Freddie.'

32

Tammy werd de tweede zaterdag van december wakker en realiseerde zich dat het drie weken geleden was sinds ze achter Nicks bedrog was gekomen. Het voelde als maanden. Hoewel ze bedolven werd onder het werk en net een assistente had aangenomen om de boetiek waar te nemen als zij op jacht was naar voorraad, had ze weinig tot geen plezier beleefd aan het ontluikende succes van haar zaak. Ze was zich er ook van bewust dat ze nog naar Southwold moest om de vintage jurken uit Admiral House op te halen. Maar hoe kon ze daar in vredesnaam weer naartoe gaan?

'Het is zakelijk, Tammy, en je zult wel moeten,' zei ze tegen zichzelf terwijl ze zich probeerde te concentreren op haar vele taken in de winkel die ochtend. Kasten vol vintage kleding kwamen niet elke dag voorbij, en hoewel ze een advertentie in het tijdschrift *The Lady* had geplaatst om vrouwen van zekere leeftijd ertoe te bewegen hun oude japonnen te verkopen, was de respons wisselend geweest. Gisteravond, toen ze niet kon slapen en probeerde haar gedachten af te leiden van Nick, had ze een idee gekregen waarvan ze dacht dat het misschien heel goed zou werken: de japon die vrouwen bij uitstek bewaarden, was hun bruidsjurk. Wat als ze in de boetiek een bruidsafdeling zou beginnen, waarvoor ze alleen de beste vintage juweeltjes zou uitkiezen?

'Het huwelijk... pf!' mompelde ze, en ze nam een slok van de nu lauwe thee die Meena haar eerder had gebracht.

Ondanks zichzelf was Tammy verbijsterd dat Nick niets van zich had laten horen. Hoewel ze hem niet wilde zien – natuurlijk niet – had ze gedacht dat ze op zijn minst het genoegen zou hebben om hem in zijn gezicht te zeggen wat voor klootzak hij was. Het feit dat hij zelf niet de moeite had genomen om contact met haar op te nemen, had de situatie alleen maar verergerd: het maakte haar kwaad en ze was er tegelijkertijd kapot van.

Ze voelde ook de nodige wrok jegens degenen die haar hadden verteld wat voor fijne man Nick was, want die hadden als het ware bijgedragen aan de misleiding. Daarom had ze zich van hen afgekeerd en beantwoordde ze geen telefoontjes van de mensen die hadden meegewerkt aan de verkeerde beeldvorming. Ze had Nicks kleren en de spullen die hij de afgelopen maanden in haar appartement had laten liggen in vuilniszakken gestopt. Hoewel ze eigenlijk zin had om de inhoud te verbranden, had Tammy besloten de zakken mee te nemen naar de boetiek, ze later bij Paul en Jane voor de deur te zetten, op de bel te drukken om hen erop attent te maken en er dan tussenuit te knijpen.

Nog in dezelfde stemming haalde Tammy diep adem en belde ze Posy's nummer met haar mobiel. De telefoon ging over en er kwam geen antwoordapparaat om een boodschap achter te kunnen laten. Dus knarsetandde ze en belde Amy's mobiele nummer.

'Hallo, met Sara,' zei een hoge kinderstem.

'Hallo, Sara, is je moeder er ook?'

'Ja, maar ze doet de was want ik heb ketchup op mijn tuinbroek geknoeid en...'

'Hallo?'

'Met Amy?'

'Ja, met wie spreek ik?'

'Met Tammy.'

'O, hoi.' Amy's stem klonk mat en monotoon. 'Heb je mijn berichtjes gekregen?'

'Ja. Sorry, Amy, ik heb het erg druk gehad en...'

'Je bent me geen uitleg verschuldigd. Ik wilde je alleen maar laten weten dat ik Nick heb gezien die avond nadat je Admiral House had verlaten. Hij weet dat jij zijn auto bij Evies huis geparkeerd hebt zien staan. Mocht je er troost uit putten, hij was totaal van slag.'

'Niet echt, nee, maar bedankt.'

'Heb je van hem gehoord?' vroeg Amy zacht.

'Nee, en ik wil er liever niet over praten.'

'Dat begrijp ik.'

'Ik belde eigenlijk omdat ik contact wilde opnemen met Posy over de kleren van haar moeder. Ze zal nu wel snel gaan verhuizen.'

'Nee, helaas niet. Het gaat niet door, Tammy. De verkoop is van de baan.'

'Goh. Wat is er gebeurd?'

'Dat is... een lang verhaal.'

Tammy hoorde Amy zuchten aan de andere kant van de lijn. Zij klonk net zo neerslachtig als ze zichzelf ook voelde.

'Gaat het wel?'

'Niet echt, nee, maar laat maar.'

'Nou, als het me lukt Posy te bereiken en een tijd te prikken om de vintage jurken te halen, zullen we dan samen gaan lunchen?'

'Dat zou ik leuk vinden,' antwoordde Amy flauwtjes.

'Is Posy in Admiral House?'

'Ik denk het wel, ja, maar ik heb haar al meer dan een week niet gezien. Ik bel haar ook wel even en als ik haar niet kan bereiken, zal ik langsgaan om te kijken of ze in orde is.'

'Dank je, Amy. Laten we contact houden. Tot later.'

'Dag.'

'Zin in een nieuwe kop thee?' Meena stak haar hoofd om de deur van het kantoortje.

'Graag,' zei Tammy en ze keek hoe de oudere vrouw weer verdween. Tammy had Meena meteen verteld dat zij en Nick verleden tijd waren, om te voorkomen dat zijn naam nog genoemd zou worden. Meena had het onderwerp sindsdien niet meer aangesneden, maar Tammy wist dat ze op andere manieren liet zien dat ze om haar gaf. Ze had op een ochtend een verse bos bloemen meegenomen, had cakejes meegebracht om haar te verleiden iets bij de thee te nemen en ze had haar een prachtige sjaal gegeven die ze zelf had geborduurd en erbij gezegd dat die de kleur van haar ogen had.

Tammy nam de kop thee dankbaar aan en bracht de volgende drie kwartier door achter de computer om de boekhouding te bekijken. Hoewel de opbrengsten overeenkwamen met haar verwachtingen, bleek het budget voor de extra voorraad die ze nodig had, samen met het salaris van Meena én een parttimeverkoopassistente, de financiën behoorlijk onder druk te zetten.

'Eerst zaaien, dan oogsten,' mompelde Tammy. Daarna verliet ze de winkel en reed ze de tien minuten naar het huis van Paul en Jane. Ze zag dat in Sloane Square de kerstverlichting al aan de bomen hing. Het zag er idyllisch uit en ze wilde elk lampje er het liefst met haar blote handen af rukken.

Ze parkeerde de auto en haalde de vuilniszakken uit de kofferbak. Ze zette ze op het stoepje, belde aan en liep snel weg toen Paul de voordeur opende.

'Hoi, Tam. Kom je niet even binnen?' Paul trok een wenkbrauw op toen hij de volle vuilniszakken zag. 'Wat zit hier in vredesnaam in? Een lijk?'

'Was het maar zo. Het zijn de spullen van Nick.'

'O. Waarom breng je die hiernaartoe?'

'Omdat hij hier woont, toch?' zei ze, nog steeds van een veilige afstand.

'Helaas, niet meer. Hij heeft zijn boeltje een paar dagen geleden gepakt toen Jane en ik de stad uit waren. Hij heeft een briefje achtergelaten met een bedankje en een behoorlijk goede fles brandy, en sindsdien heb ik hem niet meer gezien. Ik moet zeggen dat wij beiden dachten dat hij het erop had gewaagd en fulltime bij jou was ingetrokken.'

'Nee, dus.'

'O.' Paul keek beduusd. 'Waar is hij dan?'

'Ik heb geen flauw idee.'

'Aha. Wil je een wijntje? Ik beloof je dat de kust veilig is wat Nick betreft. En Janey is weg voor een avondshoot.'

'Vooruit dan maar,' zuchtte Tammy, die plotseling bedacht dat ze er wel eentje kon gebruiken. Ze volgde Paul door de gang naar de keuken.

Hij opende een fles wijn en schonk voor hen allebei een glas in. 'Wat is er gebeurd, Tammy?'

'Vind je het erg als ik het er niet over wil hebben?'

'Als je dat niet wilt, prima,' antwoordde Paul. 'Ik moet zeggen dat het achteraf allemaal best vreemd is gegaan. Ik wilde gisteren even bij Nick langsgaan in zijn winkel, maar de zaak is nog dicht. Ik had durven zweren dat hij deze week open zou gaan.'

'Ja, dat klopt,' beaamde Tammy.

Paul nam een slok van zijn wijn. 'Nou, als hij niet bij ons of bij jou is, en de showroom is gesloten, dan vermoed ik dat hij is weggegaan.'

'Waarschijnlijk wel.'

'Nou, ik hoop maar dat die ouwe jongen het goed maakt.'

'Persoonlijk, Paul, hoop ik dat hij zal branden in de hel.'

'Dus ik neem aan dat jullie twee…'

'Voorgoed verleden tijd zijn, ja.' Tammy leegde haar glas. 'Hoe dan ook, dank je voor de wijn. Gaat het goed met Janey?'

'Die straalt,' glimlachte Paul.

'Vertel haar maar dat het me spijt dat ik haar een tijdje niet heb gesproken en dat ik haar morgen bel,' zei Tammy. Ze liep terug door de gang naar de voordeur.

'Tammy?'

'Ja?'

'Pas goed op jezelf. En hou contact.'

'Zal ik doen. Dank je, Paul.'

33

Amy legde haar telefoon neer na het gesprek met Tammy en bedacht dat een lunch met haar in elk geval wat kleur bracht te midden van het grijze waas dat momenteel over haar leven hing. Ze liep terug naar de woonkamer, waar Jake en Sara opgetogen bezig waren de kerstversiering aan de onderste takken van de kitscherige nepkerstboom te hangen die Amy eerder op de dag van de vliering had gehaald.

'Misschien kan ik ook wat versiersels een beetje hoger aan de boom hangen, jongens?' opperde ze, in een poging wat enthousiasme uit te stralen.

'Nee, Sara en ik vinden hem mooi zo,' zei Jake beslist.

'Oké, oké,' zei Amy knikkend. Het maakte toch weinig uit hoe de kerstboom eruit zou zien. Ze kregen tenslotte geen gasten over de vloer met de kerst.

'Ik ga nu even de lunch klaarmaken,' zei ze.

'Kunnen we daarna mijn engelkostuum maken, zoals je had beloofd, mama?' vroeg Sara bedeesd.

'Ja, natuurlijk.' Ze gaf Sara en kus op haar goudkleurige krullen en liet de boom aan de kinderen over. Ze legde wat worstjes onder de grill en probeerde Posy weer te bereiken, maar haar vaste telefoon bleef eindeloos overgaan en ze nam haar mobiel ook niet op. Amy liet zich op een keukenstoel zakken en legde haar hoofd op haar armen. Hoewel de kinderen veeleisend, lawaaiig en zich totaal onbewust van hun ouders' beproevingen waren, dankte Amy God dat ze hen had. Ze hielden haar bezig en zorgden voor afleiding. Ze dacht echt dat ze zonder hen niet verder zou hebben gekund.

De afgelopen twee weken waren zonder twijfel de ergste van haar leven geweest. Sam bivakkeerde op de bank, waar hij 's ochtends, 's middags en 's avonds televisie zat te kijken, grotendeels zwijgend en haar alleen antwoord gevend met een 'ja' of 'nee'. Ze had voorzichtig gesuggereerd dat hij naar de huisarts zou kunnen gaan om wat pillen te vragen om zijn overduidelijke depressie te verzachten, maar hij had haar compleet genegeerd.

Toen ze uiteindelijk de moed had gevat om te opperen dat hij misschien op zoek zou kunnen gaan naar werk – dat misschien zou helpen om zijn problemen van zich af te zetten, om nog maar te zwijgen van het verlichten van hun financiële situatie – had hij haar aangekeken alsof ze gek was.

'Denk je nou echt dat er ook maar iemand is die mij zou aannemen, met een rechtszaak die boven mijn hoofd hangt en de toestand waarin ik verkeer?'

'Sam, je weet dat je advocaat je heeft verteld dat je bijna zeker niet zult worden aangeklaagd. Ze gaan er inmiddels van uit dat je niets van Ken Noakes en zijn verleden wist.'

'Ze kunnen nog van gedachten veranderen, Amy. Dat klote-OM... Ik moet misschien wel maanden lijdzaam afwachten tot ze daar hun besluit hebben genomen.'

'Lunch!' riep ze vanuit de keuken naar Sam en de kinderen. Sara en Jake huppelden binnen en gingen aan tafel zitten.

'Breng die van mij maar hier op een dienblad, Amy,' riep Sam vanuit de woonkamer.

Dat deed Amy, waarna ze zich weer bij de kinderen voegde en luisterde naar hun gebabbel over de Kerstman en wat hij voor ze zou meenemen.

Ze slikte de brok in haar keel weg, wetend dat er gewoonweg geen geld was voor dure cadeaus. Ze had haar verborgen spaarpot al moeten aanspreken om het hele gezin te kunnen voeden. Later, toen ze de afwas had gedaan, liep ze de woonkamer in, waar Sam nog languit op de bank lag en de kinderen kibbelden over wie de laatste kerstbal mocht ophangen.

'Sam, heb jij onlangs nog wat van je moeder gehoord?'

'Wat?' Hij keek haar aan. 'Ben je helemaal gek geworden, Amy? Na wat ik heb gedaan, betwijfel ik of ze ooit nog met me wil praten.'

'Je weet best dat dat niet waar is. Ze was heel begripvol toen je naar haar toe ging nadat je was gearresteerd.'

Sam haalde stuurs zijn schouders op en nam een teug uit zijn flesje bier.

'Ik heb net beide nummers weer geprobeerd en ze nam nog steeds niet op. Ik zal de galerie eens bellen,' zei ze, terug naar de keuken lopend. 'Misschien werkt ze extra vanwege de kerst.'

Amy belde, en na een kort gesprek met de galeriehouder liep ze naar haar jas, die aan een haak aan de muur hing.

'Meneer Grieves zegt dat je moeder zich tien dagen geleden ziek heeft gemeld, en dat hij sindsdien niets meer van haar heeft gehoord. Ik ga nu die kant op. Let jij zolang op de kinderen?'

Ze kreeg het gebruikelijke schouderophalen, en voordat ze in woede kon uitbarsten vanwege zijn gebrek aan bezorgdheid om zijn moeder – of eigenlijk iedereen behalve hemzelf – verliet ze het huis.

Ze reed door High Street en probeerde iets van plezier te voelen om de mooie lichtjes die de etalages omlijstten en de opgetogen bedrijvigheid op de drukke stoepen. Het was een opluchting om het huis uit te zijn, ook al was ze intens bezorgd om Posy. Het was niets voor haar schoonmoeder om niet eens te bellen of telefoontjes naar haar mobiel te beantwoorden. En Amy, die in haar eigen problemen verzonken was geweest, realiseerde zich dat ze het niet had gemerkt.

'Laat er alsjeblieft niets ernstigs aan de hand zijn, lieve Posy,' smeekte ze de donker wordende hemel.

Toen ze aankwam bij Admiral House, zag Amy dat Posy's auto voor het huis stond. Ze liep de hoek om naar de keukendeur, hopend dat haar angstgevoel gebaseerd was op haar eigen stress en niet op de werkelijkheid. De keuken was donker en de radio – die altijd op BBC Radio 4 stond en normaal gesproken op de achtergrond tegen zichzelf praatte – was ongebruikelijk stil.

'Posy? Ik ben het, Amy. Waar ben je?' riep ze, naar de ochtendkamer lopend, die ook verlaten was.

Nadat ze alle kamers beneden had gehad – inclusief de wc – bleef Amy Posy's naam roepen terwijl ze de trap op liep. De deur van de grote slaapkamer was dicht en ze klopte erop, met in gedachten allerlei beelden van wat ze er misschien achter zou aantreffen. Toen er geen reactie kwam, raapte ze haar moed bijeen en duwde de deur open, bijna huilend van opluchting toen ze zag dat het bed leeg en keurig opgemaakt was. Daarna ging ze alle kamers af, even pauzerend in de slaapkamer waar Sebastian toen hij hier verbleef haar zo teder had bemind…

'Hou op!' siste ze zichzelf toe, waarna ze zich omdraaide om de zolder boven te gaan inspecteren. Ook die was verlaten, dus het was duidelijk dat Posy niet thuis was. En toch stond haar auto…

Ze rende de trappen af en vloog door de gangen naar de keuken, haar hoofd vol met visioenen van Posy die dagen geleden in de tuin in elkaar was gezakt en daar alleen lag, gewond en pijn lijdend, of erger nog…

'Hallo, Amy,' zei een vertrouwde stem toen ze de keuken weer binnenkwam. Het licht was nu aan en Posy stond bij het fornuis in haar waxjas haar handen te warmen en te wachten tot het water in de fluitketel zou koken.

'O mijn god! O mijn god, Posy!' hijgde Amy, en ze zeeg neer op een stoel. 'Ik dacht dat je, ik dacht dat je…'

'Dood was?' Posy keek Amy aan met een glimlach, die haar ogen echter niet bereikte.

'Ja, om eerlijk te zijn. Waar was je? Je hebt je telefoon niet beantwoord, je bent niet op je werk geweest…'

'Ik was hier. Wil je thee?'

'Ja, graag.'

Amy bestudeerde Posy. Ze zag er fysiek nog hetzelfde uit, maar er was iets anders aan haar. Het was alsof al haar joie de vivre – die niet alleen haar levenslust omvatte, maar ook haar compassie en haar zorg voor de mensen om haar heen – uit haar was weggezogen.

'Alsjeblieft.' Posy zette een mok voor Amy neer. 'Ik heb helaas alleen koekjes uit de winkel. Ik heb de laatste tijd niets gebakken.'

'Ik hoef ook niets, dank je.'

Ze keek hoe Posy haar eigen thee inschonk, maar niet bij Amy aan de tafel ging zitten, zoals ze gewoonlijk deed. 'Ben je ziek geweest?' waagde ze te vragen.

'Nee hoor, ik ben in mijn gebruikelijke uitstekende conditie,' antwoordde Posy.

Amy realiseerde zich dat ze nooit eerder een gesprek met haar schoonmoeder had hoeven 'leiden', en ze worstelde ermee. Posy was anders altijd heel geïnteresseerd in wat ze te vertellen had.

‘Wat heb je dan allemaal gedaan?’

‘Ik ben vooral veel in de tuin geweest.’

‘Juist ja.’

Er viel een stilte en Amy wist niet hoe ze die moest vullen.

‘Posy, gaat het om Sam en wat er is gebeurd?’ vroeg ze uiteindelijk. ‘Ik vind het heel erg, ik bedoel, ik hoop en verwacht dat zich wel een andere koper aandient en…’

‘Het gaat niet om Sam, Amy. Voor de verandering gaat het eens om mij.’

‘O. Is het iets waar ik je mee kan helpen?’

‘Nee, lieverd, maar het is aardig dat je het vraagt. Ik moest alleen over iets nadenken, dat is alles.’

‘Over het huis?’

‘Nou, gedeeltelijk wel, ja.’

Amy nam een slokje van haar thee. Ze besefte dat ze niet meer informatie uit Posy zou krijgen.

‘Tammy heeft geprobeerd contact met je op te nemen over het ophalen van de oude kleren van je moeder.’

‘Die heb ik allemaal in dozen verpakt en naar de schuur gebracht. Zeg maar dat ze ze op elk gewenst moment kan ophalen.’

Amy zag een vreemde huivering door Posy heen gaan.

‘Goed, ik geef het door. Ik mag Tammy heel graag en het is erg jammer dat… nou ja.’ Ze kon het niet langer verdragen en stond op. ‘Ik moet maar eens teruggaan, maar als ik iets voor je kan doen, laat het me dan alsjeblieft weten, Posy.’

‘Dank je, lieverd. Liefs en groeten aan Sam en de kinderen.’

‘Zal ik doen.’

Amy zette haar mok in de gootsteen en liep naar de achterdeur. Ze draaide zich om en keek Posy aan.

‘We houden allemaal heel veel van je. Tot ziens, Posy.’

‘Tot ziens.’

Op weg naar huis staarde Amy bedrukt voor zich uit. Tot op dit moment had ze zich niet gerealiseerd hoeveel geborgenheid en steun Posy in de loop der jaren had geboden met haar eindeloos positieve uitstraling en praktische maar fijngevoelige adviezen. Ze stopte bij de supermarkt om daar pasta en aardappels te kopen, waar haar gezin hopelijk genoeg aan zou hebben tot haar salaris komende woensdag zou binnenkomen. Ook legde ze nog een sixpack bier in haar winkelmandje, dat ze met het laatste beetje geld in haar portemonnee nog kon betalen, en liep naar de kassa.

Terwijl ze stond te wachten haalde Amy zich Posy's gezichtsuitdrukking voor de geest.

En besefte ze dat ze er gebroken had uitgezien.

Posy stond in de ochtendkamer te kijken naar de langzaam verdwijnende achterlichten van Amy's auto, die over de oprijlaan van Admiral House wegreed. Ze werd geplaagd door schuldgevoelens omdat ze niet de gebruikelijke Posy was, maar het lukte haar nu gewoon even niet. In feite wist ze niet eens zeker of zij wel werkelijk die 'gebruikelijke' Posy was, of slechts een personage, een rol die ze had aangeleerd en gedragen als een lievelingsvest, strak om zich heen geslagen om de angstige, verwarde ziel die erin woonde te verbergen.

Nou, dat vest had ze in de afgelopen tien dagen uitgetrokken, zo versleten als het was na al die jaren. Nadat Freddie het haar had verteld en haar de map had overhandigd, was ze op de automatische piloot naar huis gereden. Ze had zichzelf binnengelaten, was de trap op gelopen en naar bed gegaan. Daar had ze bijna drie dagen gelegen. Ze was alleen af en toe opgestaan om naar de wc te gaan en wat water te drinken uit het glas dat op de wastafel stond. Ergens op de achtergrond had ze de telefoon horen rinkelen, maar ze had niet opgenomen.

Ze had veel tijd doorgebracht met staren naar het plafond zonder het echt te zien, en ze had de eindeloze algoritmen in haar brein gevolgd om te doorgronden wat Freddie haar had verteld. In het besef dat het een onmogelijke opgave was, had ze heel veel geslapen – misschien, dacht ze, had haar lichaam haar daarmee willen beschermen tegen de enormiteit van de schok en de pijn. Ze rouwde weer helemaal opnieuw om een vader die ze – begreep ze nu – nooit gekend had en een moeder die ze maar al te goed had gekend.

Een crime passionel... een brute moord...

Beide, concludeerde Posy.

Het pijnlijkste was nog wel het feit dat alles wat ze meer dan zestig jaar over haar vader had geloofd, op bedrog berustte. En er was geen enkele twijfel aan dat Freddie haar de waarheid had verteld. Toen ze uiteindelijk de map open durfde te doen, hadden de krantenkoppen niets aan de verbeelding overgelaten.

LAATSTE NIEUWS OVER DE VLINDERKAMERMOORD! ECHTGENOTE EN MINNAAR OP HETERDAAD BETRAPT DOOR SPITFIRE-PILOOT! OORLOGSHELD ANDERSON VEROORDEELD TOT DE STROP!

Eerst had ze de map snel weer gesloten, want ze wist dat de smeuïge details haar louter pijn zouden opleveren. Freddie had haar de map meegegeven als bewijs omdat ze op het moment zelf niet kon accepteren wat hij haar vertelde. Maar daarna was ze tot het inzicht gekomen dat het allemaal klopte. Ze wist dat haar lieve oma er alles aan zou hebben gedaan om haar te beschermen: tijdens de jaren in hartje Cornwall was er weinig kans dat ze zou horen dat haar vader in de gevangenis zat en was aangeklaagd voor de moord op oom Ralph.

'Freddies vader,' mompelde ze, een gedachte die ze nog steeds moeilijk kon bevatten.

En natuurlijk werd ze in de kranten 'Adriana Rose' genoemd – het gegeven dat Freddie had doen beseffen wie ze was, die avond dat hij haar zijn aanzoek deed. Daarvóór was er niets geweest wat 'Posy', het meisje uit een klein dorpje bij Bodmin Moor, in verband bracht met het verschrikkelijke dat ver weg in Londen aan een galg was gebeurd.

Posy zou alleen willen dat ze haar dierbare oma had kunnen vragen hoe zíj de schande en de pijn had doorstaan van haar zoon die terechtstond voor moord en vervolgens werd opgehangen als straf voor zijn misdaad. Beelden van oma's lijkbleke, gespannen gezicht verschenen in haar gedachten... Die dag dat er een telegram was gekomen, een paar uur voordat haar moeder kwam om Posy te vertellen dat haar vader dood was – en al die keren dat ze naar Londen was gegaan, waarschijnlijk om op bezoek te gaan bij haar zoon en de laatste keer om afscheid van hem te nemen...

'Hoe zou ze de confrontatie met maman hebben ervaren?' had ze naar het plafond gemompeld. De echtgenote van haar zoon, de vrouw wier gedrag hem had aangezet tot het doden van een medemens.

Ze had vervolgens in de oude kranten gelezen dat de verdediging van haar vader had gesteld dat Lawrence, na jaren zijn leven te hebben geriskeerd om zijn land te beschermen, niet toerekeningsvatbaar was. Ze hadden gepleit voor clementie tegenover een oorlogsheld wiens zenuwen tot het uiterste getergd waren door de loterij van de mogelijke dood waar hij dag na dag aan had blootgestaan bij zijn vluchten over Europa. Kennelijk had de rechtszaak het land verdeeld en de media voorzien van een hoop voer om hun pagina's mee te vullen terwijl de publieke opinie heen en weer werd geslingerd.

En wat als hij was blijven leven? Was veroordeeld tot levenslang? Ze vroeg zich af of ze het haar dan verteld zouden hebben.

Wat haar diep in haar hart het meeste trof, was de manier waarop haar moeder het land bijna meteen had verlaten om haar leven snel weer op te pakken, alsof haar oude leven een jurk was die ze niet meer mooi vond. Ze had hem afgedankt en vlot een nieuwe gevonden.

'En míj achtergelaten,' had ze er hardop aan toegevoegd, met nog meer tranen die opwelden. 'O, oma, was je maar hier, kon ik maar met je praten.'

Uiteindelijk was ze uit bed gekomen en had ze haar toevlucht gezocht op de enige plek waar ze troost kon vinden. Voor de verandering was ze blij met het onkruid dat in de bloembedden omhoogkwam, ongeacht het seizoen. Ze had het uit de aarde getrokken en haar zintuigen werden weer helderder, maar er speelden zoveel vragen door haar hoofd dat ze bijna gek werd van frustratie. Oma en Daisy waren er niet meer, en de enige persoon die haar kon helpen een deel van de antwoorden te vinden, was iemand die ze nooit meer onder ogen kon komen. Haar vader had zijn vader vermoord, zijn jeugd verwoest, terwijl zij die van haar in zalige onwetendheid had doorgebracht.

Posy had gehuiverd bij de herinnering aan de vele keren dat ze tegenover Freddie lovend over haar vader had gesproken, met name in het begin, en ze realiseerde dat Freddie in dezen het echte slachtoffer was. Geen wonder dat hij haar had verlaten toen hij erachter kwam wie ze eigenlijk was. Niet Posy, de jonge vrouw die glans gaf aan zijn leven, maar Adriana Rose, de dochter van de man die zijn vader voor altijd van hem had afgenomen.

Natúúrlijk had hij verondersteld dat ze het inmiddels wist, dat iemand het haar in de afgelopen vijftig jaar verteld zou hebben, maar dat was niet gebeurd. Posy had ook teruggedacht aan het moment dat ze met haar jonge gezin en echtgenoot was teruggekeerd naar Southwold en Admiral House. Ze had haar geheugen afgezocht en herinnerde zich vaag de vreemde blikken van enkele oorspronkelijke inwoners. Die had ze destijds toegeschreven aan het feit dat er een onbekende in hun kleine gemeenschap arriveerde, maar met de kennis van nu was daar duidelijk een heel andere reden voor geweest.

Ze schaamde zich enorm – bezoedeld door het verleden dat haar vader voor haar had gecreëerd, een verleden dat haar tot op de dag van vandaag had achtervolgd en dat, door de ironie van het lot, de loop van haar leven had veranderd. Als hij zijn daad niet had gepleegd, zouden zij en Freddie zijn getrouwd zoals gepland, hadden ze samen kinderen gekregen en een gelukkig leven geleid…

'Haat ik mijn vader?' had ze aan het tuinharkje gevraagd terwijl het onder de lichtbevroren aarde groef om de wortels van een stuk onkruid te zoeken.

Het was een vraag die ze zichzelf telkens weer stelde, maar haar hart weigerde nog steeds een oordeel te vellen. Ze verwachtte bijna dat het haar zo'n afwezigheidsbericht zou sturen dat haar altijd zo irriteerde. Ze hoopte maar dat het snel zou terugkeren van verlof en haar antwoord zou geven.

Posy dronk de rest van haar thee op. Ze luisterde naar de stilte in het huis en rilde. Tot overmaat van ramp was de kans om weg te komen van het gebouw dat getuige was geweest van de tragedie – en dus om een nieuwe start te maken – voorlopig klein. Geen wonder dat Freddie haar had aangemoedigd om het huis te verkopen. Hoe hij het had aangekund om zich in de buurt van het gebouw te begeven waar zijn vader was omgebracht, kon ze niet bevatten.

Nu ze de afgelopen tien dagen haar wonden had gelikt, realiseerde Posy zich dat ze deze situatie alleen kon overleven door zich op de toekomst te richten. Ze kon Admiral House op de vrije markt aanbieden, het verkopen en misschien wel helemaal uit Southwold vertrekken. Maar haar geliefde kleinkinderen dan, haar baan en haar leven hier? Ze had een aantal van haar leeftijdgenoten na hun pensioen naar de zon zien vertrekken, maar zij was vrijgezel en alleen. Bovendien wist ze één ding zeker: het verleden ging met je mee, hoezeer je ook probeerde ervan weg te vluchten. En misschien was dit huis en alles wat er was gebeurd haar lotsbestemming. Zoals Miss Havisham en haar verloren liefde zou ze hier blijven tot ze stierf, langzaam wegterend in Admiral House...

'Hou óp, Posy!'

Amy's bezoekje had de ban verbroken. De gedachte te worden beschouwd als slachtoffer was in Posy's ogen erger dan al het andere.

'Genoeg zelfmedelijden, je moet jezelf herpakken,' zei ze tegen zichzelf. Het idee dat Amy thuis zou komen en haar zoon zou vertellen dat het slecht gesteld was met zijn moeder, was prikkel genoeg.

Die gedachte leidde tot een andere vraag: zou ze haar zoons vertellen wat ze over hun opa had ontdekt?

Nee, was het instinctieve antwoord van haar brein.

'Ja,' zei ze hardop. Want moest je zien wat het gevolg was geweest van de beschermingsdrang in haar eigen omgeving. Bovendien waren haar Sam en Nick volwassen en hadden ze hun opa nooit gekend. Ja, als de tijd rijp was, zou ze het hun vertellen.

Ze liep naar de radio en zette hem weer aan. Daarna verzamelde ze de ingrediënten om een cake te bakken, die ze morgen mee zou nemen naar haar kleinkinderen.

Posy begon het meel te zeven boven een kom. De orde was hersteld. Voorlopig...

'En waar ben jíj geweest?'

Amy keek naar Sam, die dreigend stond te wankelen in de deuropening van de woonkamer. Ze zag dat hij dronken was, maar waar hij het geld vandaan had gehaald om meer alcohol te kopen was haar een raadsel. Het was toch niet mogelijk dat hij haar geheime spaarpot had ontdekt?

'Bij je moeder, Sam. Ik maak me zorgen om haar. Ze is zichzelf niet.'

'Heb je weer over me lopen klagen?'

'Nee, natuurlijk niet. Ik heb je net gezegd dat ik me zorgen om haar maak,' herhaalde ze. 'Hebben de kinderen al gegeten?' Ze nam de boodschappen mee naar de keuken en zette ze op de tafel.

'Er was niets te eten, Amy, dat weet je best.'

Ze zag Sams ogen oplichten toen hij het bier zag. Hij pakte een flesje, wipte de dop eraf en nam een grote slok. Ze beet op haar tong om te voorkomen dat ze zou zeggen dat hij zo te zien al genoeg had gehad, en liep naar de woonkamer, waar Jake en Sara een video zaten te kijken.

'Hoi, lieverds,' zei ze, en ze gaf ze allebei een kus. 'Ik ga pasta maken voor het avondeten. Het duurt niet lang, beloofd.'

'Oké, mama.' Jake kon zijn ogen amper van het scherm losrukken.

Ze liep de keuken weer in om eten te koken.

'Wat maak je?' vroeg Sam haar.

'Pasta.'

'Niet weer pasta, verdomme! Ik heb de afgelopen twee weken niets anders voorgeschoteld gekregen!'

'Sam, we hebben geen geld voor iets anders!'

'O, jawel hoor. Ik heb onder in de kast wat gevonden.'

'Dat is voor de kerstcadeaus voor de kinderen, Sam! Je hebt het toch niet uitgegeven?'

'Je hebt het toch niet uitgegeven?' praatte hij haar wreed na. 'Je vertrouwt me dus niet. Ik dacht dat ik je echtgenoot was,' zei hij, en hij opende nog een flesje bier.

'Dat ben je, Sam, en je bent ook vader. Je wilt toch wel dat de kinderen cadeautjes krijgen?'

'Tuurlijk, maar waarom komen mijn wensen altijd op de laatste plaats? Nou?' Sam kwam achter haar staan en boog zich over haar heen terwijl zij de waterkoker met het hete water pakte om in de pan te gieten.

'Voorzichtig, Sam, straks mors ik het water nog.'

Amy rook aan zijn adem bij haar schouder dat hij heel, heel dronken was. Hij had dus haar spaarpotje gevonden en was naar de slijterij gegaan toen zij weg was. Ze liep naar het fornuis en vulde de pan met kokend water, waar ze de pasta aan toevoegde.

'Ik weet dat het niet het enige geld in huis is, Amy.'

'Natuurlijk wel. We mochten willen dat er meer was, maar dat is niet zo.'

'Ik weet gewoon dat je liegt.'

'Echt niet, Sam.'

‘Nou, ik eet verdomme geen pasta meer! Ik wil een afhaalmaaltijd en een goede fles wijn, dus je kunt me maar beter vertellen waar het is.’

‘Meer geld hebben we niet in huis, Sam, ik zweer het je.’

‘Zeg me waar het is, Amy.’

Sam haalde met een zwaai de pan met de borrelende inhoud van het fornuis.

‘Zet hem neer voor je ermee morst, alsjeblieft!’ Amy werd nu bang.

‘Pas als je me vertelt waar je de rest van het geld hebt gelaten!’

‘Dat kan ik niet, want er is geen geld, echt niet!’

Amy zag het dampende water op de keukentegels klotsen terwijl hij naar haar toe liep.

‘Sam, voor de laatste keer, ik zweer je, er is geen...’

‘Je liegt!’ Sam smeet de pan in haar richting. De inhoud kwam als een kleine vloedgolf op haar af en ze gilde toen ze de gloeiende hitte tegen haar benen voelde slaan voordat de pan op de vloer kletterde.

Sam haalde naar haar uit en pakte haar bij haar schouders.

‘Ik wil alleen maar weten waar je het geld hebt verstopt.’

‘Ik... Er ís geen geld,’ riep ze uit. Ze wurmde zich uit zijn greep en wankelde de gang in, maar hij pakte de achterkant van haar shirt vast en draaide haar rond om haar tegen de muur klem te zetten. Ze probeerde hem weg te duwen, krabbend en klauwend, maar hij was te sterk.

‘Sam, hou óp! Alsjeblieft!’

Zijn handen lagen nu om haar keel en ze voelde dat ze werd opgetild tegen de muur. Haar voeten zochten naar houvast.

‘Amy, vertel me waar het geld is, vertel me gewoon...’

Maar ze had geen adem om iets te zeggen, haar ogen puilden uit en haar mond opende zich wanhopig, snakkend naar zuurstof. Haar hoofd tolde en ze stond op het punt bewusteloos te raken.

Toen klonk er van dichtbij een schreeuw en verslapte de greep om haar hals. Ze gleed langs de muur op de vloer en hapte gulzig naar lucht. Ze knipperde met haar ogen en keek op terwijl de wereld weer langzaam in beeld zweefde. Boven haar stond Freddie Lennox, met een worstelende Sam in zijn armen.

‘Mama, wat gebeurt er?’

Door een waas heen zag Amy dat Jake met zijn armen om Sara heen in de deuropening naar de woonkamer stond.

'Lieverd, mama komt straks bij je,' hijgde ze hees.

Freddie zag de kinderen, liet Sam op de vloer vallen en was in een paar lange passen bij hen. Hij nam Jake en Sara stevig bij de hand en keerde terug om zich over Amy heen te buigen.

'Kun je staan, lieverd?'

'Ik denk het wel.' Amy probeerde het, maar haar benen gehoorzaamden niet.

Sam stommelde naar hen toe.

'Waar bemoei je je verdomme mee?' zei hij op lijzige toon tegen Freddie.

'Waag het niet nog bij haar in de buurt te komen,' zei Freddie ijzig. 'Raak Amy nog eens aan en ik bel meteen het alarmnummer. Goed. Jake, pak jij Sara's hand, dan help ik mama naar de auto, oké?'

'Amy, stop! Waar ga je naartoe?' jammerde Sam toen Freddie de kinderen door de voordeur loodste en Amy achter hen aan half naar buiten droeg.

'Amy! Ik...'

Freddie trok de deur achter zich dicht en begeleidde hen naar zijn auto.

'Nou,' zei hij toen ze allemaal zaten. 'Dan brengen we je nu naar het ziekenhuis, jongedame.'

Amy schudde haar hoofd. 'N-Nee, het gaat wel. E-Echt. Het zijn alleen maar mijn benen, hij heeft er kokend water naar gegooid,' wist ze uit te brengen, haar tanden klapperend van de schok.

'Dan moeten we je zeker laten controleren,' zei Freddie beslist, en hij startte de motor. 'Gaat het, jongens?' Hij draaide zich om en zag twee paar angstige ogen.

'Ik geloof het wel,' zei Jake.

'Goed zo.' Freddie reed weg van de stoep en Amy sloot haar ogen van pure opluchting.

34

De vaste telefoon ging toen Tammy de volgende avond op het punt stond de boetiek te verlaten.

'Het is Jane,' zei Meena. 'Ze klinkt raar.'

'Oké.' Tammy pakte de hoorn. 'Hoi, Janey, gaat het wel?'

'Ach, jawel, redelijk, maar ik moet je dringend spreken. Kun je hiernaartoe komen?'

'Natuurlijk,' antwoordde Tammy, hoewel ze eigenlijk bekaf was.

'Dank je, Tam. Tot zo.'

Tammy verliet de winkel en reed naar Gordon Place. Ze hoopte, misschien wel tegen beter weten in, dat Jane geen miskraam had gehad. Ze belde met angst en beven aan.

De deur ging meteen open. 'Hoi, lieverd, dank je voor je komst.'

Tammy vond dat Jane er erg ontspannen uitzag voor iemand die net een traumatische ervaring achter de rug had.

'Wat is er aan de hand?'

'Kom mee naar de keuken. Wil je een wijntje?' bood Jane aan.

'Graag.' Tammy nam het glas aan. 'Hoe gaat het met jou en de baby?'

'Uitstekend.' Jane streek trots over haar blouse naar beneden om een kleine ronding te onthullen. 'Vertel eens, wat doe jij met de kerst?'

'Naaiwerk.' Tammy keek haar argwanend aan. 'Janey, wat is er gaande?'

'Niets, helemaal niets...'

De voordeur ging open en weer dicht. Tammy hoorde het geluid van naderende mannenstemmen en haar hart begon luid te bonzen. 'Janey, nee hè... alsjeblieft!' Ze keek als een in het nauw gedreven dier om zich heen in de keuken.

'Dat lijkt me een zeer goede prijs en ik denk dat je je moeder zou moeten adviseren het bod te accepteren,' zei Paul terwijl hij de keuken binnenliep.

Met Nick.

Hun ogen ontmoetten elkaar. Toen begonnen ze allebei tegelijk te praten.

'Jezus, Paul!' riep Nick uit.

'Nou, bedankt, Janey! Ik ben weg.' Tammy wilde hem voorbijlopen, keek omlaag en zag nu pas een jong meisje van een jaar of negen, misschien tien, dat Nicks hand vasthield.

'Nou?' zei Paul. 'Ga ik ze aan elkaar voorstellen of doe jij dat, Nick?'

Nick zuchtte gelaten. 'Tammy, dit is Clemmie. Mijn dochter.'

'Neem me niet kwalijk, allemaal, maar ik ga.' Tammy liep hen allemaal voorbij, op weg naar de voordeur. Het bloed pompte zo snel door haar aderen dat ze zich duizelig voelde. Eenmaal buiten begon ze weg te vluchten van wat ze niet wilde weten, of horen.

'Wie was dat, papa? Ze is heel mooi,' zei Clemmie.

'Ga in godsnaam achter haar aan, man!' drong Paul aan toen Nick Tammy bleef nastaren. 'Vind je niet dat ze in elk geval recht heeft op uitleg?' Paul duwde hem praktisch de keuken uit. 'Wij zorgen wel voor Clemmie. Gá dan!'

Nick stapte de stoep op en zag Tammy wegsnellen. Hij aarzelde, maar hield haar in het vizier, nog steeds onzeker. Toen begon hij te rennen. Paul had gelijk. Tammy had recht op uitleg. Nu het geheim was onthuld, moest hij op zijn minst met haar gaan praten.

Tammy holde blindelings verder in de richting van Kensington Gardens. Ze had behoefte aan lucht en ruimte. In het park liet ze zich op een bankje zakken, waar ze het uitschreeuwde van frustratie toen Nick een paar seconden later achter haar verscheen.

'Ga alsjeblieft weg!'

'Tam, ik begrijp dat je me nooit meer wilt zien, en het spijt me. We zijn er allebei ingeluisd, ik zweer je dat het niet mijn idee was.'

Haar hoofd was gebogen en ze zag alleen zijn schoenen en de pijpen van zijn jeans. Ze kneep haar ogen stijf dicht want zelfs die wilde ze niet zien.

'Luister, ik zal je vertellen wat er is gebeurd en dan laat ik je met rust,' zei Nick. 'Oké, het zit zo: elf jaar geleden nam ik een jonge vrouw, Evie Newman, in dienst in mijn winkel in Southwold. Ze was enthousiast en bereid het vak te leren. We konden heel goed met elkaar opschieten, en hoewel ik wist dat ze een relatie had, eh… werd ik verliefd op haar. Maar ze gaf me nooit enige reden om aan te nemen dat mijn gevoelens werden beantwoord. Toen reisden we naar een veiling in Frankrijk. We gingen daar naar een bar en dronken veel te veel. En die nacht gingen we met elkaar naar bed. Op dat moment dacht ik dat al mijn dromen uitkwamen. Ik biechtte op wat ik voelde en vertelde haar dat ik van haar hield.'

Nick begon heen en weer te lopen terwijl hij sprak.

'De dag daarna, toen we thuiskwamen, veronderstelde ik dat we aan het begin stonden van een prachtige, allesomvattende liefdesverhouding, maar zij deed de weken erna juist haar best om me te mijden. Een aantal weken later vertelde ze me dat ze zwanger was. Brian, haar vriend, had een nieuwe baan als docent in Leicester en ze zouden SouthWold verlaten.'

Nick schopte met zijn schoen tegen een steentje, dat over de grond schoot.

'Het is moeilijk om uit te leggen wat voor soort liefde ik destijds voor Evie voelde. Achteraf heb ik me pas gerealiseerd dat het geen gezonde manier van liefhebben was, maar een obsessie. Nadat ze me had verteld dat ze zou weggaan, wist ik dat ik niet kon wonen op een plek waar ik steeds aan haar herinnerd zou worden, dus ik verkocht de zaak en verhuisde naar Australië. Mag ik gaan zitten?'

Tammy haalde haar schouders op en hij nam plaats op het bankje, waarbij hij wat ruimte tussen hen liet.

'Ik zag Evie voor het eerst weer een paar maanden geleden, toen ik mijn moeder in Southwold bezocht. Ze had me namelijk een brief geschreven. Ik ben naar haar toe gegaan en ze legde me uit waarom ze contact met me had opgenomen. Volg je me nog?'

'Ja,' fluisterde Tammy.

'Nou, de reden waarom ze me had geschreven, was Clemmie. Evie vertelde me dat Brian en zij na hun verhuizing naar Leicester relatieproblemen hadden gekregen, maar dat zij niet begreep waarom. Niet lang nadat Clemmie was geboren, biechtte Brian aan haar op dat hij zich vijf jaar eerder had laten steriliseren. Hij was ruim vijftien jaar ouder dan zij en hij had al een scheiding achter de rug, en twee kinderen die bij hun moeder woonden. Met andere woorden: hij kon onmogelijk de vader van Clemmie zijn. Hij had gedacht dat hij zou kunnen omgaan met Evies ontrouw en dat hij Clemmie kon grootbrengen als zijn eigen kind, maar dat lukte hem kennelijk toch niet. Dus ging hij snel daarna bij haar weg en groeide Clemmie op zonder te weten wie haar vader was.'

Nick bestudeerde Tammy's gezicht om te kijken hoe ze reageerde. Ze keek uitdrukkingsloos voor zich uit, dus ging hij verder.

'Evie vroeg me die avond in Southwold of ik bereid was een DNA-test te doen die zou uitwijzen dat ik inderdaad Clemmies vader was. Dus dat deed ik – om eerlijk te zijn in de hoop dat de uitkomst negatief zou zijn. Ik had jou net ontmoet, we maakten toekomstplannen, ik...' Nick schudde zijn hoofd en zuchtte. 'Hoe dan ook: het resultaat was een positieve match met Clemmies DNA. Ik ben haar biologische vader.'

Tammy ademde langzaam in en probeerde kalm te blijven. 'Waarom was je er niet blij mee? Je hebt net gezegd dat je van Evie hield. Al je dromen kwamen toch uit?'

'Ooit zou dat het geval zijn geweest, ja. Maar zoals ik al zei, was het een obsessie, geen echte liefde. Niet zoals de liefde die ik voor jou voel. Bovendien...'

'Wat?' drong Tammy aan, die alleen maar wilde dat er een eind aan deze nachtmerrie zou komen.

'Evie heeft leukemie en is stervende. Ze heeft me gevraagd om de vaderschapstest te doen zodat Clemmie na haar dood in elk geval een van haar biologische ouders zou hebben. En haar familie zou leren kennen. Daarom is ze teruggegaan naar Southwold.'

'O, mijn god.' Tammy staarde Nick geschokt aan. 'Dat is... verschrikkelijk.'

'Ja. Ze is nog maar eenendertig, net zo oud als jij.'

Ze zaten beiden een tijdje te zwijgen.

'Nick,' zei Tammy zacht. 'Het spijt me heel erg dat ik je dit vraag na wat je me net hebt verteld, maar ben je... weer met haar samen?'

'Nee. Dat zweer ik je. Ik heb haar over jou verteld, gezegd dat ik van je hou en dat ik een toekomst met je wilde.'

'Maar...' wist ze uiteindelijk uit te brengen, 'als Evie gezond was, zou je dan met haar samen willen zijn?'

'Geloof me, daar heb ik eindeloos over nagedacht, Tammy. En het antwoord is nee. Ik hou van jou, met of zonder Evie in mijn leven. Jij hebt de ban verbroken. Ik ben nog nooit zo gelukkig geweest, echt niet, en toen gebeurde dit allemaal en...'

Nick legde zijn hoofd in zijn handen en Tammy zag dat zijn schouders schokten. Ondanks zichzelf dwong haar hart haar hand ertoe om naar de zijne te reiken en er zachtjes in te knijpen.

'Het spijt me zo, Tammy, van deze puinhoop.'

'Nick, waarom heb je me dit in vredesnaam niet eerder verteld?'

'Omdat ik er voor Evie moest zijn en omdat ik tijd nodig had om Clemmie te leren kennen, om een relatie met haar op te bouwen en uit te zoeken hoe het tussen haar en mij zou gaan voordat ik de situatie aan jou zou voorleggen. Bovendien, zoals wel bleek uit wat er vervolgens gebeurde, dacht ik dat je niet zou geloven dat ik geen verhouding met haar moeder had. Ik dacht werkelijk dat je me zou verlaten als je achter de waarheid zou komen. We kennen elkaar nog niet lang. Hoe kon ik je vragen om te gaan met het feit dat ik mijn ex-geliefde en mijn dochter regelmatig bezocht?'

'Ik heb je auto bij haar in de straat zien staan toen Amy en ik die avond langs haar huis reden.'

'Dat weet ik. Amy heeft het me verteld. Ik was bij Evie en Clemmie. Ik heb de meeste weekenden met hen doorgebracht. Mocht het verschil maken, Evie zei dat ze jou graag zou willen ontmoeten als de tijd rijp was.'

'Waarom zou ze mij in vredesnaam willen ontmoeten?'

'Omdat,' zuchtte Nick, 'ze wist dat de mogelijkheid bestond dat jij op een dag Clemmies stiefmoeder zou worden.'

'O.' De gedachte veroorzaakte een brok in Tammy's keel. 'Nou, het had wellicht geholpen als je me de feiten had meegedeeld in plaats van geheimzinnig te doen, zodat ik de meest voor de hand liggende conclusie trok. Je vertrouwde me niet, Nick. Je vertrouwde niet op mijn liefde,' fluisterde ze.

'Ik weet het, en het spijt me vreselijk.'

'En waar ben je de afgelopen twee weken dan geweest?' vroeg ze hem. 'Paul zei dat je niet meer bij hen aan Gordon Place woonde.'

'Dat klopt. Ik heb mijn spullen in het nieuwe huis in Battersea gedumpt, daarna heb ik Clemmie vroeg van school gehaald en zijn we samen naar Verbier gevlogen voor een skivakantie. We hadden wat tijd met zijn tweeën nodig. Afgezien daarvan kon Clemmie wel wat vrolijkheid gebruiken in haar leven. Ze ziet haar moeder voor haar ogen wegkwijnen.'

'Wat hartverscheurend voor haar.'

'Dat is ook zo. Evie is er een paar jaar geleden achter gekomen dat ze leukemie had. Clemmie was min of meer haar eerste verzorgster tijdens de behandeling. Daarna was Evie een jaar lang in remissie, maar in juni kwam de ziekte in alle hevigheid terug en kreeg ze te horen dat ze terminaal was.'

'Dus Clemmie weet dat haar moeder zal doodgaan?'

'Ja, inderdaad. Het is een lieve meid, Tammy, en ze is ontzettend dapper. Ze is uiteraard heel verdrietig om haar moeder. Ik kan daar niets aan veranderen, maar ik kan er wel voor haar zijn, haar afleiding bieden terwijl Evie...' Nick haalde zijn schouders op. 'Sinds we terug zijn uit Verbier hebben we meubels uitgezocht voor haar slaapkamer in het huis in Battersea. Het is belangrijk dat ze het gevoel heeft een thuis te hebben.'

'Het huis waar je me een aantal weken geleden vroeg of ik er met je zou willen wonen?'

'Ja.'

Tammy keek hem aan en slaakte een zucht. 'Wow, dit is nogal wat. Was je van plan het me ooit te vertellen?'

'Ik... weet het niet. Nadat het verleden midden in mijn heden tot uitbarsting was gekomen, heb ik slechts van dag tot dag geleefd. Ik moest er zijn voor Clemmie en ik wist niet goed hoe ik het jou moest uitleggen.'

'Ik begrijp het.'

'Echt?'

'Ja.'

Nick draaide zich naar haar toe, zijn ogen nat van de tranen. Hij pakte haar hand stevig vast.

'Dank je.'

Zo zaten ze lang naast elkaar. Tammy deed haar best om alles wat hij haar verteld had te verwerken.

'Nick?'

'Ja?'

'Kun je me nu alsjeblieft eerlijk vertellen of je nog gevoelens hebt voor Evie?'

'Ik... geef om haar, Tammy, uiteraard. Ze is stervende en ze is nog zo jong en het leven is zo wreed, maar of ik van haar hou zoals ik van jou hou? Nee.'

'Echt niet? Alsjeblieft, Nick, wees eerlijk tegen me,' zei ze smekend.

'Echt niet.' Hij keek haar weer aan en glimlachte. 'En vanavond ben ik nog meer van je gaan houden om de manier waarop je hebt gereageerd op wat ik je heb verteld. Je bent mooi vanbinnen en vanbuiten. De vraag is: kun jij het aan met een man samen te zijn die, out of the blue, ineens een negenjarige dochter heeft?'

'Ik heb nooit serieus nagedacht over kinderen,' gaf ze toe.

'Ik ironisch genoeg ook niet tot ik jou leerde kennen,' zei Nick met een glimlach. 'Maar nu heb ik al een kind dat niet van jou is, en ik zou het volledig begrijpen als dat feit je afschrikt. Clemmie zal de komende maanden heel veel liefde nodig hebben. Ik moet er voor haar zijn, Tammy.'

'Natuurlijk.'

'En het spreekt voor zich dat ik het geweldig zou vinden als jij er ook voor haar wilt zijn.'

'Ik... o god, Nick, ik weet het niet. Ik heb geen idee of ik moederlijk ben aangelegd, en bovendien zal Clemmie waarschijnlijk een hekel aan me hebben omdat ik nooit haar echte moeder kan vervangen.'

'Ze zal echt geen hekel aan je hebben, Tam. Geloof me, ze is een ontzettend lief en vriendelijk kind. Voordat jij en ik... uit elkaar gingen, heb ik haar over je verteld, en gezegd dat ik hoopte dat we op een dag zouden trouwen. En zij zei dat ze je graag wilde leren kennen.'

'Serieus?'

'Ja.'

Tammy keek hem aan en geloofde wat hij zei. Ze besefte ineens ook dat ze het ijskoud had.

'Nick, ik geloof dat ik even tijd nodig heb om alles wat je me hebt verteld tot me door te laten dringen.'

'Dat snap ik.'

'Ik bedoel, ik kan niet zomaar Clemmies leven binnenwandelen, er vervolgens achter komen dat ik het niet aankan en weer vertrekken. Begrijp je?'

'Helemaal.' Nick glimlachte zwakjes. 'Maar weet dat ik van je hou en dat ik heel graag wil dat het allemaal gaat lukken. Maar ik zal het begrijpen als je het gevoel hebt dat je niet tegen de situatie opgewassen bent, dat het gewoon te veel gevraagd is.'

'Dank je.' Tammy stond op en stak haar handen in de zakken van haar leren jasje om ze op te warmen. 'Ik laat het je weten zodra ik het voor mezelf op een rijtje heb gezet. Dag, Nick.'

'Dag.'

Nick keek haar na. Hij zag hoe haar haren het licht vingen toen ze onder een lantaarnpaal door liep. Hij deed een schietgebedje en kwam overeind om terug te keren naar zijn dochter.

35

‘Hallo, Sam. Ik heb een cake gebakken voor de kinderen.’

Posy keek haar zoon onderzoekend aan terwijl hij de deur voor haar openhield. Hij zag er verschrikkelijk uit. Zijn ogen waren roodomrand, zijn huid was ziekelijk bleek met een dun laagje zweet erop, hoewel het binnen ijskoud was, zoals ze constateerde toen hij haar voorging naar de woonkamer. Sam liet zich weer op de bank zakken, de kussens aan één kant opgestapeld, wat haar deed vermoeden dat hij daar de nacht had doorgebracht. Er stonden bierflesjes als kegels op de salontafel opgesteld en er stond een halflege fles whisky naast.

‘Is Amy thuis?’

‘Nee.’

‘Waar is ze dan?’

‘Dat moet je mij niet vragen, mam.’

‘En de kinderen?’ vroeg Posy.

‘Bij Amy. Ze zijn gisteravond weggegaan met die vent van je.’

‘Freddie?’

‘Die bedoel ik.’

‘Hij is mijn vent niet, Sam, en wat deed hij hier in vredesnaam?’

‘Geen flauw idee.’

‘Vertel je me nou dat Amy je heeft verlaten?’

‘Zou kunnen. Ik bedoel, moet je me zien en kijk eens om je heen.’ Sam gebaarde met zijn arm de kamer rond. ‘Zou jij hier willen blijven?’

‘Amy houdt van je, Sam. Ze zou nooit zomaar weggaan.’ Posy realiseerde zich dat ze de cake nog steeds in haar handen had. Ze schoof wat flesjes opzij zodat ze hem op de tafel kon zetten. ‘Heb je gedronken?’ vroeg ze naar de bekende weg.

‘Mijn problemen verdronken, bedoel je.’

'Ik ga de waterkoker aanzetten om koffie voor je te maken. Dan kun je me straks vertellen wat er precies is gebeurd.'

In de keuken trof Posy op de grond een pan aan met gestolde pasta, die er als ingewanden uit hing. De vloer eromheen was nog nat en Posy pakte een doek om het water op te dweilen. Daarna schepte ze de pasta terug in de pan en gooide de inhoud in de afvalbak.

'Goed, wat is er gebeurd?' vroeg ze toen ze de woonkamer weer binnenkwam en de koffie voor haar zoon neerzette. 'Uit de toestand in de keuken maak ik op dat jullie ruzie hebben gehad.'

'Ja, dat klopt, en ze is vertrokken met de kids.'

'Waarnaartoe?'

'Vraag het die vent van je. Hij heeft haar en de kids meegenomen. En me ervan beschuldigd dat ik haar heb aangevallen!' Sam keek zijn moeder met tranen in zijn ogen aan. 'Je weet dat ik dat nooit zou doen, mam. Het was maar een stomme ruzie.'

Posy's hoofd tolde. Sam leek wartaal te spreken. Ze nam een slok van haar koffie en probeerde te interpreteren wat hij zei.

'Freddie heeft jou ervan beschuldigd dat je Amy hebt aangevallen?'

'Yep,' zei Sam knikkend. 'Belachelijk, toch?'

'Waarom ben je dan niet achter ze aan gegaan?'

'Ik weet toch niet waar hij woont?' Er verschenen weer tranen in zijn bloeddoorlopen ogen. 'Ik hou van Amy, mam, dat weet je. Ik zou haar of de kids nooit pijn doen.'

'Probeer je te vermannen, Sam. Drink die koffie op, ga naar boven en neem een koude douche. Je stinkt naar een brouwerij, en deze kamer ook. Ondertussen probeer ik je vrouw en kinderen te vinden.'

'Ze gaat je alleen maar een hoop leugens vertellen, snap je dat niet? Ja, ik had wat gedronken en het ging er wel wat verhit aan toe, maar...'

'Genoeg, Sam.' Posy stond op. 'Tot later.'

'Mam! Ga nou niet! Kom terug!'

Posy sloeg de deur achter zich dicht. Ze bedacht dat Sams gejammer haar deed denken aan de eerste keer dat ze hem op kostschool achterliet. Destijds had ze het hartverscheurend gevonden en had ze de hele weg naar huis zitten snotteren. Maar Sam was nu achtendertig, een echtgenoot en een vader.

Ze stapte in haar auto en er ging een rilling door haar heen. Zijn voortdurende egoïsme en zelfmedelijden – om nog maar te zwijgen van zijn katerige, riekende toestand van vanochtend – hadden haar gebruikelijke moederlijke medeleven niet bepaald opgewekt. Tot haar verbijstering besefte ze dat ze walgde van haar eigen zoon.

Ze tikte met haar vingers op het stuur, want ze stond nu voor een dilemma. De enige die volgens Sam wist waar Amy en de kinderen waren, en die haar kon vertellen wat hier gisteravond was gebeurd, was nou net de persoon die ze nooit meer onder ogen kon komen.

Zou ze ervan weglopen? Amy en Sam aan hun lot overlaten? Hun huwelijk ging haar tenslotte niet aan.

Maar je kleinkinderen dan...

Er moest wel iets heel ergs zijn gebeurd als Amy zich genoodzaakt had gezien samen met de kinderen en Freddie het huis te verlaten. En wat het ook was, Posy wist dat ze erachter moest zien te komen, dat ze anders geen rust zou hebben. Ze startte de motor en reed langzaam naar het centrum van Southwold. Freddie zou het ongetwijfeld bij het verkeerde eind hebben, toch? Sam had Amy toch zeker niet aangevallen? Sam had veel gebreken, maar ze had hem nooit gewelddadig gezien. Ze vroeg zich af of hij op instorten stond, of hij iets stoms zou doen nu hij alleen was...

'Nee,' zei ze hardop. Wat je ook over Sam kon zeggen, hij zou zichzelf niets aandoen. Daar kwam nog bij dat hij daar waarschijnlijk te laf voor was. Ze parkeerde aan High Street en liep kordaat naar het straatje dat naar Freddies huis leidde. Voor ze zich kon bedenken, belde ze aan. Een paar seconden later deed Freddie open.

'Hallo, Posy.' Hij schonk haar een flauw glimlachje. 'Ik neem aan dat je hier voor Amy en de kinderen bent?'

'Ja, dat klopt, maar voor ik ze zie, wil ik van jou horen wat jij gisteravond hebt gezien.' Posy hoorde hoe bruusk ze klonk. 'Als je het niet erg vindt,' voegde ze er schuldbewust aan toe. Freddie kon er immers niets aan doen.

'Ik zal het je vertellen, maar ik waarschuw je dat het geen prettig verhaal is.' Hij ging haar voor naar de woonkamer.

'Zijn ze hier?'

'Nee, ze zijn hiernaast in het hophouse, mijn kleine huurwoning.'

‘En gaat het… goed met ze?’

‘Met de kinderen wel. Ze hebben eerder vanochtend mijn kerstboom versierd, zodat Amy kon slapen. Het zijn schatten, allebei,’ zei Freddie glimlachend.

‘En hoe gaat het met Amy?’

‘Het komt wel goed met haar. Ik heb haar meteen naar de spoedeisende hulp gebracht om naar de brandwonden op haar bovenbenen te laten kijken. Gelukkig had ze een jeans aan en was het minder erg dan het geweest had kunnen zijn. Ze hebben de wonden verzorgd en haar pijnstillers gegeven.’

‘Heeft hij een pan met kokend water naar haar gegooid?’

‘Klaarblijkelijk, ja. Ik arriveerde pas nadat dat was gebeurd.’

Posy zag de pan die nog op de vloer van de keuken lag voor zich en slikte zwaar.

‘En wat trof je aan?’

‘Posy, ik… wil je wat drinken of zo?’

‘Nee, dank je. Wat trof je aan, Freddie? Vertel het me gewoon.’

‘Ik liep naar de voordeur en hoorde binnen luid geschreeuw. Ik opende de deur, die niet op slot was, en zag Sam in de gang staan met zijn handen om Amy’s keel.’

‘O, mijn god.’ Posy liet zich in een stoel vallen.

‘Posy, het spijt me verschrikkelijk. Ik… Ik had het niet zo bot moeten uitdrukken. Ik zal een brandy voor je halen.’

‘Nee! Het gaat wel, Freddie, echt. Ik ben alleen… geschokt, natuurlijk.’ Posy slikte. ‘Probeerde hij… haar te vermoorden?’

Freddie zweeg een moment. ‘Dat durf ik niet te zeggen. Hij was stomdronken, dat is een ding wat zeker is.’

‘Goeie hemel, Freddie.’ Posy bracht een hand naar haar voorhoofd. ‘Heeft ze plekken op haar hals?’

‘Ik ben bang van wel. De dokter in het ziekenhuis stond op het punt de politie te bellen, maar dat wilde Amy per se niet. Ze heeft me vanochtend nog eens gezegd dat ze geen aangifte wil doen.’

Posy had er geen woorden voor, dus bleef ze zwijgend zitten, haar handen ineengeklemd op haar schoot. Freddie liep aarzelend naar haar toe.

‘Het spijt me ontzettend. Dit kon je er echt niet bij hebben, na wat ik je verteld heb. Alsjeblieft, lieve Posy, zeg me wat ik kan doen om je te helpen.'

Ze keek op en schudde kort haar hoofd. 'Freddie, je hoeft je niet te verontschuldigen. Jij kunt hier niets aan doen. Jij hebt geen enkele schuld aan… de puinhoop die mijn leven is geworden. Kun je me nu naar Amy brengen?'

'Zeker.'

Posy volgde hem zijn cottage uit, en over de binnenplaats naar het hophouse. Hij klopte op de deur en Jake deed open.

'Hallo, oom Freddie,' zei hij met een grote grijns. 'Mogen we weer kerstprogramma's kijken op je satelliettelevisie?'

'Natuurlijk mag dat. Slaapt je moeder? Oma is hier om haar op te zoeken.'

'Hoi, oma, mama is wakker. Ik heb haar een glas water gegeven. Ze is gisteren verbrand door een pan, en papa was een beetje dronken, dus die mocht niet rijden, en daarom hebben oom Freddie en wij haar naar het ziekenhuis gebracht.'

Sara was achter haar broer in de deuropening verschenen. Haar mond was besmeurd met chocolade. 'Hallo, oma, oom Freddie is met ons naar de speelgoedwinkel geweest en heeft een nieuwe pop voor me gekocht,' zei ze, en ze stak haar armen uit voor een knuffel.

Posy deed haar best om niet te huilen en trok haar beide kleinkinderen stevig tegen zich aan, God dankend om hun onschuld. En om Freddies goedheid.

'Kom maar mee, dan, jongens. Laten we televisie gaan kijken. Ik geloof dat *The Muppet Christmas Carol* over tien minuten begint. Mijn favoriete kerstfilm,' voegde Freddie eraan toe, en hij stak naar beide kinderen een hand uit. Nadat Sara haar nieuwe pop had gehaald, liep Freddie met een kind aan elke hand over de binnenplaats naar zijn eigen huis. Posy keek ze na en stapte naar binnen. Amy zat op de bank met een klein dekentje dat amper groter was dan een washandje over haar bovenbenen.

'Dat is Sara's nieuwe poppendekentje. Ze vond dat ik lekker warm moest blijven,' zei Amy toen ze het weghaalde – waarmee ze drie grote witte zwachtels blootlegde – en het in een rieten wiegje legde dat bij haar voeten op de vloer stond. Toen bewogen haar ogen nerveus omhoog om Posy aan te kijken.

‘O, lieve schat, wat vind ik dit verschrikkelijk.’ Posy liep naar haar toe en ging naast haar op de bank zitten. Ze pakte Amy’s hand. ‘Hoe voel je je?’

‘Het gaat wel. De dokter heeft gezegd dat ik er waarschijnlijk geen littekens aan overhoud, wat fijn is, en ik heb sterke pijnstillers gekregen.’ Amy onderdrukte een gaap. ‘Het nadeel is dat ik er erg slaperig van word. Het spijt me zo, Posy.’

‘Lieve meid, waar zou jíj in hemelsnaam spijt van moeten hebben? Freddie heeft me verteld wat hij gisteren aantrof.’ Nu ze dicht bij haar zat, zag Posy de donkere vlekken in Amy’s hals. Ze huiverde onwillekeurig.

‘Ik...’ Amy schudde haar hoofd en beet hard op haar onderlip. ‘Je moet het Sam niet al te erg kwalijk nemen. Hij heeft het heel moeilijk gehad en hij had gewoon veel te veel gedronken en...’

‘Nee, Amy, vergoelijk zijn gedrag alsjeblieft niet. Het is volkomen onacceptabel. Hij mag dan mijn zoon zijn, maar lieve help, dat hij zijn echtgenote zo mishandelt... Ik...’ Posy schudde haar hoofd. ‘Hij heeft zich schandelijk misdragen en laat me je dit zeggen: als jij aangifte wilt doen, ga ik met je mee naar het politiebureau. Alsjeblieft Amy, zeg eens eerlijk. Was dit de eerste keer of is het al eerder gebeurd?’

‘Ik... nooit zo erg als gisteren,’ zuchtte Amy.

‘Ja, dus.’

Na een lange pauze knikte Amy, een beweging die kennelijk pijn deed, want ze kromp ineen en bracht haar hand naar haar nek.

‘Nou, het spijt me heel erg dat ik niet heb gezien wat er vlak voor mijn ogen gaande was.’

‘Het gebeurde niet vaak, hoor, Posy, alleen als hij dronken was, maar de laatste tijd...’

‘Het had niet één keer mogen gebeuren, Amy. Begrijp je dat? Er is geen excuus voor mishandeling van een vrouw. Nooit.’

‘Maar ik...’ Amy’s ogen vulden zich met tranen. ‘Ik ben niet echt een goede echtgenote geweest, Posy. Ik... heb iemand leren kennen.’

‘Sebastian?’

Amy keek haar schoonmoeder geschokt aan. ‘Ja. Hoe wist je dat?’

‘Het was van jullie gezichten af te lezen, vrees ik. Wist Sam ervan?’

‘Nee, althans, dat denk ik niet. Hij was zo druk bezig met zijn nieuwe onderneming, maar… snap je? Het is niet helemaal zijn schuld.'

'Jawel, Amy, geloof me,' zei Posy fel. 'Uit wat je hebt gezegd, maak ik op dat het begon lang voordat je Sebastian leerde kennen, toch?'

'Ja.'

'En je mag jezelf niet kwalijk nemen dat je bij iemand anders troost hebt gezocht. Dat is heel begrijpelijk, gegeven de omstandigheden. Je bent ook maar een mens, Amy, en na wat jij hebt moeten doorstaan, nou…'

'Dus je hebt geen hekel aan me?'

'Natuurlijk niet.'

'Maar… ik hield van hem, ik hóú van hem, Posy. Sebastian was zo lief voor me, zo fijngevoelig, ik…'

Amy begon te snikken en Posy sloeg haar armen voorzichtig om haar schoondochter heen, hield haar vast en streek liefdevol over haar blonde haar. Toen ze was gekalmeerd, haalde Posy haar zakdoek uit de zak van haar jeans en reikte hem Amy aan. Amy snoot haar neus en hees zichzelf in een comfortabelere houding.

'Het spijt me zo, Posy.'

'Verontschuldig je niet langer, lieverd. Het leven kan heel wat ellende met zich meebrengen. We komen er wel doorheen, dat beloof ik je.'

'Ik moet het zelf doen, Posy. Jij hebt al genoeg op je bordje.'

'Mijn familie is mijn "bordje", zoals jij het uitdrukt, en daar horen jij en mijn lieve kleinkinderen bij.' Tijdens Amy's huilbui had Posy zitten nadenken. 'Sam heeft dringend hulp nodig, en misschien is dat altijd al zo geweest…'

'Hoe bedoel je?'

'De liefde van een moeder kan soms blind zijn voor de werkelijkheid. Hoe dan ook, willen jullie bij me komen logeren in Admiral House?'

'Als jij het goed vindt, blijven we hier een poosje. Dat mag van Freddie. Ik voel me hier veiliger omdat Sam niet weet waar we zijn. Ik wil hem nu sowieso even niet zien. En Freddie is een schat van een man, Posy. Hij is zo aardig voor ons geweest en de kinderen zijn nu al dol op hem. Je mag je gelukkig prijzen.'

'Ja, hij is een goed mens.'

'Hij geeft overduidelijk heel veel om je. Daarom kwam hij gisteravond bij me, om te vragen hoe het met jou ging. Hij maakte zich zorgen om je, en ik eerlijk gezegd ook. Is alles wel in orde, Posy?'

'Jawel, Amy, en mijn enige zorg nu is dat het ook met jullie goed komt. Ik moet zeggen dat dit huisje van Freddie bijzonder knus is.'

'Ik ben er weg van.' Amy glimlachte voor het eerst weer echt. 'Het voelt... geborgen,' voegde ze eraan toe.

'En dat is precies wat je nodig hebt. Nou, laat ik het je nog één keer vragen: weet je heel zeker dat je geen aangifte tegen Sam wilt doen?'

'Heel zeker. Ik wil het gewoon graag vergeten en niet met Sam in een slepende rechtszaak belanden.'

'Goed, het is jouw besluit, Amy, maar er moet wel iets gebeuren. Op dit moment is hij een gevaar voor andere vrouwen die op zijn pad komen. Je weet toch wel dat je nooit meer naar hem kunt terugkeren?'

'Misschien als hij zou stoppen met drinken, Posy. Dan zou ik het kunnen overwegen. Hij is tenslotte de vader van mijn kinderen.'

'Precies, en juist omwille van de kinderen moet je bij hem uit de buurt blijven. Als hij gewelddadig is tegenover jou, hoelang duurt het dan voordat hij zich ook tegen Sara en Jake keert?'

Diep in gedachten staarde Amy in de verte. Ze wendde zich weer tot Posy. 'Het is vreselijk, maar als ik eerlijk ben, hou ik niet meer van hem, ook niet als hij van de drank af zou zijn. Ik voel me daar heel schuldig over.'

'Je moet begrijpen, Amy,' zei Posy langzaam, 'dat liefde na die eerste gloed van hartstocht verdiend moet worden, wil een relatie de tand des tijds doorstaan. Ook zonder te weten wat ik nu weet, zag ik heus wel dat Sam niet zijn best deed jouw liefde te verdienen.'

'God, Posy, hoe kun je zo eerlijk zijn over je eigen zoon? Dat lukt de meeste moeders niet.'

'Ik heb door schade en schande geleerd dat je je vrienden kunt uitkiezen, én je partner, maar je familie niet. Ik zal altijd van Sam houden, natuurlijk, en ja, ik zal hem proberen te helpen waar ik kan – als hij mijn hulp wil accepteren – maar dat wil niet zeggen dat ik hem op dit moment mág. Om je de waarheid te zeggen, schaam ik me al jaren voor hem. En ik besef dat hij deels door mij is geworden wie hij is,' zei Posy zacht. 'Goed, dat was mijn biecht voor vandaag.'

Ze keken samen een tijdje naar het flakkerende vuur, waarna Posy zich weer tot Amy wendde en glimlachte. 'Ik geef de schuld aan het beeld van het "perfecte gezin" dat ons wordt voorgespiegeld: we hebben allemaal het gevoel dat we falen omdat ons leven nooit voldoet aan het plaatje in films, of, belangrijker nog, aan de schone schijn die velen van ons zelf aan de wereld presenteren. Je weet nooit wat er gaande is achter gesloten deuren en ik garandeer je dat de meeste families niet zo gecompliceerd in elkaar steken als de onze. Nou, ik vind dat we allebei wel een lekkere kop thee kunnen gebruiken.'

Ze stond op en liep naar de kleine maar fraai ingerichte keuken.

'Posy?'

'Ja?'

'Dank je. Voor alles. Ik vind je de meest fantastische vrouw die ik ken, en ik hou heel veel van je.'

'Bedankt, lieverd,' antwoordde Posy. Er prikten tranen achter haar ogen terwijl ze de waterkoker aanzette. 'Ik hou ook van jou.'

Een kwartier later verliet Posy het hophouse en liep ze over de binnenplaats. Freddie opende zijn deur en kwam naar haar toe.

'Hoe gaat het met haar?'

'Ze is rustig,' zei Posy. 'We hebben besproken wat ze nu gaat doen.'

'En dat is?'

'Ze gaf uiteindelijk toe dat ze niet terug wil naar Sam, ook niet als hij zichzelf op orde weet te krijgen, maar ze durft het hem niet te vertellen.'

'Ze moet niet bij hem in de buurt komen, Posy. Het spijt me dat ik het moet zeggen, maar jij hebt niet gezien wat ik gisteravond zag.'

'Natuurlijk niet. Ze zei dat ze van jou een tijdje in het hophouse mag wonen. Ik heb gezegd dat ze welkom is in Admiral House, maar ze wil voorlopig liever hier blijven. Ze zegt dat ze zich veilig voelt.'

'Mooi zo. Dat is het belangrijkste. Zij en de kinderen mogen blijven zo lang als ze willen.'

'Dank je, Freddie, voor je goedheid,' zei Posy. 'En nu, moet ik Sam weer opzoeken en wat kleren en speelgoed voor Amy en de kinderen halen.'

'Ik ga met je mee, Posy, je kunt niet alleen gaan.'

‘Ik begrijp je bezorgdheid, maar ik ken mijn eigen zoon. Hij is vandaag een en al zelfmedelijden en totaal niet gevaarlijk.’

‘Laat me je dan alsjeblieft ernaartoe rijden.’

‘Ik vind dat je al genoeg voor mijn familie hebt gedaan.’

‘En jij, Posy? Hoe gaat het met jou?’

‘Ik red wat er te redden valt. Nu moet ik echt gaan.’ Ze draaide zich om en wilde weglopen, maar Freddie pakte haar bij haar arm.

‘We moeten praten.’

‘Ik weet het, maar nu niet, Freddie, alsjeblieft. Ik kan het niet aan. Later.’ Posy schonk hem een flauw glimlachje en liep weg door het smalle straatje.

Er werd niet gereageerd toen ze op de deur van het huis van Amy en Sam klopte, dus liet Posy zichzelf binnen met de reservesleutel die ze had. Ze riep de naam van haar zoon, checkte alle vertrekken beneden en liep toen naar de slaapkamers boven. Hij was niet thuis. Ze pakte een paar weekendtassen en stopte er zoveel kleding van Amy en de kinderen in als ze kon vinden. Nadat ze ook een doos met speelgoed had ingepakt, liep ze naar buiten en legde ze alles in de kofferbak van haar auto. Net toen ze die dichtdeed, zag ze Sam over de stoep naar haar toe lopen.

‘Hoi mam, hoe gaat het met Amy en de kids? Waar zijn ze?’

Posy was blij dat hij tenminste niet dronken was. ‘Zullen we binnen praten?’

Ze ging hem voor naar de woonkamer. Posy ging zitten, Sam niet.

‘En? Waar zijn ze?’ vroeg hij opnieuw.

‘Dat ga ik je niet vertellen.’

‘Je gaat me niet vertellen waar mijn vrouw en kinderen zijn?’

‘Je hebt Amy gisteravond mishandeld, Sam. Je mag van geluk spreken dat ze heeft besloten geen aangifte te doen. De dokter op de spoedeisende hulp vond dat ze dat moest doen.’

‘Spoedeisende hulp?’ Sam keek verbijsterd. ‘Echt, mam, het was maar een ruzie die een beetje uit de hand liep.’

‘Amy heeft brandwonden op haar benen en kneuzingen in haar hals, waar je haar hebt beetgepakt. Er is ook een ooggetuige die het prima zal vinden om de rechter te vertellen wat hij heeft gezien. Je zou ongetwijfeld worden aangeklaagd voor mishandeling en waarschijnlijk voor een tijdje in de gevangenis belanden.' Posy wees naar de stoel tegenover haar. 'Dus ik stel voor dat je nu gaat zitten en luistert naar wat ik te zeggen heb.'

Dat deed Sam, zijn gezicht inmiddels lijkbleek.

'Amy en de kinderen zijn hier definitief weg. Ik heb hun kleren en speelgoed in mijn kofferbak.'

'Logeren ze bij jou?'

'Nee, ze zijn op een veilige plek, en ik waarschuw je, Sam, als je probeert om Amy op haar werk of de kinderen op school te benaderen, gaat Amy alsnog naar de politie, dus ik zou je willen verzoeken bij ze weg te blijven.'

'Maar ik heb toch het recht om de kids te zien?'

'Op den duur wordt er vast wel een regeling getroffen, maar eerst wil ik over jou praten.'

'En me voor de zoveelste keer vertellen hoe teleurgesteld je in me bent?'

'Die woorden heb ik nooit uitgesproken, dat weet je heel goed, Sam. Ik heb je ten volle gesteund, ik ben zelfs zover gegaan dat ik je de koopoptie op Admiral House gunde, dus ga nu niet zielig zitten doen. Dit – wat er gisteravond is gebeurd – was van een heel andere orde, en ja, ik geef toe dat ik geschokt en beschaamd ben over je gedrag. Maar ik ben wél je moeder en ik hou van je. Ik ben hier om je te vertellen dat je hulp nodig hebt. Het is duidelijk dat je een alcoholprobleem hebt, waardoor je zo gewelddadig wordt dat je je vrouw mishandelt.'

'Mam, ik heb Amy nooit pijn willen doen. Ik hou van haar.'

Posy negeerde zijn woorden en ging verder. 'Ik stel voor dat ik betaal voor jouw opname in een afkickkliniek, waar ze je kunnen helpen om je alcoholgebruik en je agressie te leren beheersen. Wat ik niet ga doen, is jouw leven zoals het nu is subsidiëren. Je krijgt geen cent meer van me, en zonder Amy's salaris zul je, veronderstel ik, steun moeten trekken, of hoe ze dat tegenwoordig ook noemen. Dus wat ga je doen?'

Sam staarde haar aan alsof ze gek was geworden. 'Mam, alsjeblieft, hou op! Ik weet dat wat er gisteravond is gebeurd verkeerd was, maar ik hoef niet naar een of andere inrichting te worden gestuurd om af te kicken! Ik ben vandaag niet dronken, toch? Kijk dan naar me! Het gaat prima.'

'Dat zal best, maar als je wél drinkt, heb je blijkbaar de neiging om gewelddadig te worden, Sam. Je had Amy gisteren wel vermoord kunnen hebben als Freddie niet was komen opdagen. Je had verdorie je handen om haar keel!'

'Dat kan ik me echt niet herinneren, mam.'

'Wat het nóg belangrijker maakt om hulp te zoeken. Anders vermoord je op een dag toch nog iemand. Sam, je moet inzien hoe ernstig dit is. Iemand anders is getuige geweest van wat je hebt gedaan, en de dokters op de spoedeisende hulp hebben het ook gezien. Je zou zelfs kunnen worden aangeklaagd voor poging tot moord, volgens Freddie.'

'En wat weet hij daar nou van?'

'Hij is strafrechtadvocaat geweest, Sam. Hij weet er dus van alles van.' Posy stond op. 'Hoe dan ook: ik kan je alleen maar goede raad geven, en de hulp die ik denk dat je nodig hebt aanbieden, maar ik ga je niet dwingen. Goed, ik moet gaan.' Ze liep naar de deur.

'Mam! Waar ga je heen?'

'Ik ga Amy en de kinderen hun spullen brengen. Zal ik er een verontschuldiging van jouw kant aan toevoegen? Die heb ik tot nu toe niet van je gehoord.'

'Ik... ja natuurlijk spijt het me, maar...'

'Geen gemaar, Sam. Het wordt tijd dat je verantwoordelijkheid neemt voor je daden. Bel me maar als je hebt besloten wat je gaat doen. Goedenacht.'

Posy stapte in haar auto en sloeg het portier dicht. Eenmaal achter het stuur hoorde ze zichzelf met korte, scherpe haaltjes ademhalen en zag ze dat haar handen trilden. Sam stond voor de deur naar haar te staren. Voordat hij in zijn auto kon springen om haar naar Freddies huis te volgen, startte ze de motor en reed weg.

36

'Je ziet er doodmoe uit, lieverd,' zei Freddie toen hij de deur voor Posy opendeed.

'Ik ben ook uitgeteld. Sorry dat ik je weer kom lastigvallen, maar Amy en de kinderen zijn niet in het hophouse, dus ik heb hun spullen maar even bij ze voor de deur gezet.'

'Dat komt omdat ze hier bij mij zijn. We hebben net gegeten.'

'O. Nou, wil je Amy dan vertellen dat ik haar...'

Posy wankelde plotseling en dacht voor de tweede keer die dag dat ze misschien wel zou flauwvallen.

Freddie greep haar bij de arm en droeg haar half de woonkamer in. 'Blijf hier maar even zitten. Dan haal ik een brandy voor je en vertel ik Jake en Sara dat hun speelgoed er is. Dan hollen ze zo terug naar het hophouse.'

'Dank je. Ik kan ze nu even niet om me heen hebben.'

Freddie sloot de deur achter zich en Posy keek rond in de gezellige kamer, het vuur dat brandde in de haard, de lichtjes in de kerstboom flonkerend voor het raam. Haar hartslag begon te vertragen en haar oogleden werden zwaar. Tegen de tijd dat Freddie weer binnenliep met haar brandy, sliep ze bijna.

'De kust is veilig. Ze zijn teruggegaan naar het hophouse. Alsjeblieft,' zei hij. 'Drink maar op.'

'Laat ik dat maar niet doen, want de alcohol zou meteen naar mijn hoofd stijgen. Ik heb sinds het ontbijt niets meer gegeten.'

'Dan krijg je een kom van mijn lamsstoofpot – Amy en de kinderen hebben ervan gesmuld – en verruil ik de brandy voor een glas witte wijn. Ik ben zo terug.'

Het was zo lang geleden dat iemand voor haar had gezorgd – haar een drankje had gebracht, voor haar had gekookt – dat ze er emotioneel van werd terwijl ze op Freddie wachtte.

‘Kijk eens, lieve Posy.’ Freddie zette een dienblad – waar ook een linnen servet op lag en een peper-en-zoutstelletje op stond – op haar schoot. Hij tilde het glas wijn eraf en reikte het haar aan. ‘Ik ga de keuken opruimen. Er is niets erger dan eten als er iemand zit toe te kijken.’

Wat is hij toch attent, dacht ze weer toen ze het stoofpotje naar binnen lepelde, en ontzettend lief…

Toen ze klaar was, droeg ze het dienblad naar de keuken.

‘Voel je je beter?’ vroeg Freddie, die een pan stond af te drogen.

‘Veel beter. Dat was verrukkelijk.’

‘Dank je. Maar wees maar niet al te zeer onder de indruk. Mijn vrouw plaagde me altijd dat ik maar twee recepten kende: een barbecue in de zomer en die stoofpot in de winter! Zullen we even gaan zitten?’

Posy vond dat ze eigenlijk naar huis zou moeten gaan, maar het was hier zo warm en knus vergeleken met het grote, koude Admiral House dat ze instemde. Freddie stookte het vuur op en nam plaats in de leunstoel tegenover haar, met een glas brandy in de hand.

‘Hoe ging het met Sam?’

‘Ik weet het niet zo goed. Ik heb hem aangeboden te betalen voor een behandeling van zijn alcoholverslaving in een afkickkliniek, maar hij zit nog in de ontkenningsfase.’

‘Dat is altijd zo met kwelgeesten, is mijn ervaring. Het is altijd de schuld van een ander, zij hebben niets gedaan, enzovoort, enzovoort.’

‘Dat is interessant. Sam belde me al vaak vanaf school om te klagen over ruzies met zijn vrienden.’ Ze zuchtte. ‘Hoe dan ook, vind je het erg om er niet meer over te praten? Vanavond althans niet meer. Amy en de kinderen zijn hiernaast veilig en ik heb alles gedaan wat ik kon. Nogmaals bedankt, Freddie. Je had me gisteravond op mijn mobiele telefoon moeten bellen. Dan had ik Amy naar de spoedeisende hulp gebracht.’

Hij keek haar onderzoekend aan. ‘Zou je dan hebben opgenomen als je had gezien dat ik het was?’

‘Nee, waarschijnlijk niet.’ Ze schonk hem een flauw glimlachje.

‘Dus je bent nog steeds kwaad op me dat ik je heb verteld wat er lang geleden werkelijk is gebeurd?’

'Nee, niet kwaad. Waarom zou ik? Ik had gewoon tijd nodig om het allemaal te verwerken. Om het beeld dat ik van mijn vader had bij te stellen nadat ik hem meer dan zestig jaar op een voetstuk had geplaatst.'

'Als ik niet was teruggekeerd in je leven, was je het misschien nooit te weten gekomen.'

'En zou dat dan goed zijn geweest? Om te sterven zonder ooit de waarheid gekend te hebben? Nee, achteraf ben ik blij dat je het me hebt verteld.'

'En je begrijpt waarom ik me al die jaren geleden gedwongen zag je te verlaten?'

'Ja. Ik denk dat je moeder niet erg gelukkig zou zijn geweest met de bruid van je keuze.' Posy zuchtte. 'De dochter van de man die haar echtgenoot had vermoord.'

'De echtgenoot die haar jarenlang met jouw moeder had bedrogen,' voegde Freddie er zacht aan toe. 'Weet je, toen ik me realiseerde wie jij was, herinnerde ik me dat we elkaar een keer hadden ontmoet toen we klein waren.'

'Is dat zo?'

'Ja. Ik was ongeveer vijf en jij hooguit drie jaar oud. Jouw ouders kwamen bij ons logeren en hadden jou meegenomen. Ik weet nog dat ik midden in de nacht wakker werd en een enorme herrie uit de slaapkamer van mijn ouders hoorde komen. Mijn moeder huilde hysterisch en mijn vader probeerde haar te kalmeren. Achteraf denk ik dat ze had ontdekt dat er iets was tussen mijn vader en jouw moeder.'

'En ik herinner me dat oom Ralph Admiral House geregeld bezocht als papa weg was. De verhouding moet jaren geduurd hebben. En ik weet nog dat Daisy, onze dienstbode, iets zei over maman die ons het huis uit wilde hebben voor de kerst toen we allebei naar oma werden gestuurd. Waren jouw ouders nog bij elkaar toen… het gebeurde?' vroeg ze hem.

'Tegen die tijd zat ik al op kostschool, maar ja, ze woonden nog in hetzelfde huis, al sliepen ze niet in hetzelfde bed en spraken ze amper met elkaar. Het huwelijk was duidelijk voorbij, maar mijn moeder was financieel afhankelijk van mijn vader; zoals de meeste vrouwen in die tijd had ze geen eigen inkomen. Misschien accepteerde ze de situatie omdat ze geen andere keus had. En omdat ze van hem hield.' Freddie zuchtte. 'Ze was diepbedroefd toen hij... stierf. Ze is er nooit overheen gekomen en bracht de rest van haar leven als weduwe door, eenzaam en bitter. Ik weet nog dat ik je destijds vertelde hoe ellendig onze kerstdagen waren. En met name oudejaarsavond was akelig, zoals je je wel kunt voorstellen.'

'O, zeker,' zei Posy. 'Ik vraag me af of mijn vader het wist voordat hij... ze betrapte?'

'Wij mensen hebben een ongelooflijk vermogen om dingen te negeren die we niet willen zien, Posy.'

'Je hebt gelijk. Kijk maar naar mij en mijn zoon. Mijn vader was dol op mijn moeder. En als hij het niet wist, en ze daar zo vond, in zijn speciale vlinderkamer, ze op heterdaad betrapte... Nou, dan begrijp ik wel waarom hij heeft gedaan wat hij deed, hoe verkeerd het ook was.'

'Helemaal als je bedenkt dat hij zijn leven al vijf jaar riskeerde als Spitfire-piloot. Wat dat met hem gedaan moet hebben...' Freddie huiverde. 'Velen zijn er nooit overheen gekomen.'

'Maar dat is geen excuus voor moord.'

'Nee, maar men had er in de rechtszaak wel rekening mee moeten houden. Ik vind dat hij niet opgehangen had moeten worden, zoals vele anderen dat destijds ook vonden.'

'En hoe ging dat bij jou, Freddie? Hebben ze jou verteld wat er was gebeurd?'

'Aanvankelijk niet, nee. Ik herinner me alleen een klop op de deur en twee politieagenten. Ik werd naar mijn kamer gestuurd en enkele ogenblikken later hoorde ik mijn moeder gillen. De politie ging weg en mijn moeder kwam naar mijn slaapkamer. Ze was hysterisch, wat niet verbazingwekkend is. Ze bleef maar doorrazen dat mijn vader dood was tot onze dienstbode de dokter belde. Die sleurde haar praktisch mijn kamer uit en zal haar wel een kalmerend middel hebben gegeven. De dag daarna ging ik terug naar school. En daar brachten mijn medeleerlingen me op de hoogte van de bloederige details uit de kranten.'

'O, Freddie, wat spijt me dat. Je was nog maar tien. Het moet afschuwelijk voor je zijn geweest.'

'Dat was het ook, maar jij hoeft je niet te verontschuldigen, mijn lieve Posy. We zijn niet verantwoordelijk voor de zonden van onze vaders,' zei hij zwakjes glimlachend. 'En ik kende de waarheid tenminste, hoe wreed ook, en ik had geen andere keuze dan ermee te leren leven. Dat ik me op zeker moment realiseerde wie jij was, heb ik als het meest tragisch ervaren. En het feit dat jij van niets wist. Ik had je zo vaak over je vader horen praten, met zoveel liefde... Ik wist dat ik je hart zou breken als ik je de waarheid vertelde.'

'Toch zou ik willen dat je dat had gedaan.'

'Werkelijk, Posy? Achteraf is het misschien gemakkelijk om dat te zeggen, maar ik betwijfel of je met me had kunnen trouwen als je het eenmaal wist. Het zou allemaal te veel zijn geworden. Denk je niet?' vroeg Freddie.

'Ja.' Posy slaakte een diepe zucht. 'Maar ik was ontroostbaar toen je me verliet. Ik... haatte je.'

'Dat begrijp ik, maar wat had ik anders kunnen doen?'

'Niets, dat weet ik nu. Ik besloot meteen dat ware liefde een fantasie was en dat ik mijn verdere leven zonder levensgezel zou slijten.' Posy keek Freddie met een droevige glimlach aan. 'En in feite is het ook bijna zo gegaan. Ik heb het grootste deel van mijn volwassen leven in mijn eentje doorgebracht, afgezien van de twaalf jaar waarin ik met mijn lieve Jonny samen was.'

'Hoe is dat uiteindelijk gegaan, Posy? Ik bedoel, je had hem immers over mij verteld en de verloving verbroken?'

'We zagen elkaar weer op een feest dat Andrea gaf, een paar maanden nadat jij me had verlaten. Jonny was met verlof. Hij was klaar met zijn officierstraining en zou kort daarna in het buitenland worden gestationeerd. Hij vroeg hoe het met me ging, of jij en ik nog samen waren, en ik vertelde hem dat het niets was geworden. Ongeveer een week later nodigde hij me uit voor een etentje en omdat ik niets anders te doen had, ging ik op zijn uitnodiging in. Hij was heel rustig, en hij was lief voor me, Freddie. Hij zei dat hij me mijn verhouding met jou vergaf, dat het allemaal heel begrijpelijk was, gezien de lange tijd dat hij uit beeld was geweest. Wat het absoluut niet was – begrijpelijk, bedoel ik.' Posy bloosde. 'Hij vroeg me weer mee uit, en nadat ik maanden verdriet had gehad om jou, was het een verademing om in elk geval weer te kunnen glimlachen om zijn verhalen. Het voelde comfortabel om met hem samen te zijn, net zoals eerder, en hij gaf me het gevoel dat ik bemind en gewenst was in een tijd dat ik daar behoefte aan had, dus toen hij me vroeg of ik opnieuw wilde overwegen met hem te trouwen, zei ik ja. Ik wilde afstand creëren ten opzichte van mijn herinneringen aan jou, dus ik gaf mijn baan in Kew Gardens op, ben vrij snel getrouwd en ging met Jonny mee naar zijn eerste standplaats in Cyprus.'

'En was je gelukkig met hem?'

'Ja. We hadden een fijn leven. Ik heb op heel interessante plekken gewoond, waaronder Maleisië. Hoewel ik zelf niet meer werkte, waren de flora en fauna in de jungles adembenemend.' Posy glimlachte. 'Ik kon verder werken aan mijn verzameling botanische tekeningen.'

'Hield je van hem?'

'Ja. Niet op die allesoverheersende, hartstochtelijke manier als ik van jou had gehouden, maar ik was er absoluut kapot van toen hij overleed. Hij was een zeer goede man en een fantastische vader voor Sam. Het is zo ontzettend triest dat hij Nick nooit heeft gekend en niet de kans heeft gehad om te genieten van het burgerlijke bestaan in Admiral House, maar zoals we allebei tot onze schade hebben ondervonden, kan het leven bijzonder wreed zijn. Ik heb geleerd dat je altijd moet proberen de dag te plukken.'

'Ja, en daarover gesproken...' Freddie leunde naar voren en pakte Posy's hand. 'Kun je het me vergeven, Posy?'

'Mijn hemel, Freddie, er valt niets te vergeven.'

'Kun je dan... kunnen *wij* het weer proberen? Ik bedoel, je weet het nu, dus in mijn ogen is er voor het eerst in onze relatie niets wat ons tegenhoudt samen te zijn.'

'Nee, dat is ook zo,' zei Posy.

'En?'

'Ik... ja, we kunnen het zeker proberen. Als jij dat tenminste wilt.' Posy voelde dat ze bloosde.

'O ja, dolgraag. Ik hou van je, lieve schat, dat heb ik altijd gedaan. Ik wil niet nog meer tijd verspillen. Wie weet hoelang we nog hebben? We zijn het toch zeker aan onszelf verschuldigd om gelukkig te zijn nu het nog kan?'

'O Freddie, je weet hoe gecompliceerd mijn familie in elkaar zit en...'

'Alle families zijn gecompliceerd, Posy, en het is beter daarmee om te moeten gaan dan een eenzaam, leeg leven te leiden. We weten allebei hoe dat voelt, immers?'

'Ja, dat is waar.' Posy gaapte plotseling. De stress van de afgelopen dag speelde haar parten.

'Je bent bekaf, meid. Waarom blijf je vannacht niet hier?'

Ze keek hem zwijgend aan en hij grinnikte.

'Nou zeg, wat denk je wel niet van me?'

'Ik weet heel goed wat ik van je moet denken, Freddie Lennox,' antwoordde ze met een schalks glimlachje. 'Er is niets mis met mijn geheugen.'

'Nou, voor vannacht heb ik vooralsnog een heel comfortabele logeerkamer die je met alle liefde mag gebruiken, en ik beloof je dat je eer niet zal worden geschonden.' Hij stond op en stak een hand uit. 'Ik breng je wel even naar boven en laat je zien waar je slaapt.'

'Dank je. Ik ben echt te moe om naar huis te rijden.'

Posy pakte Freddies hand en hij leidde haar mee de trap op naar een smalle overloop. 'Kijk, dit is jouw kamer.' Hij opende een deur en knipte het licht aan.

'Heel mooi,' zei ze, en ze nam de rustgevende kleuren, de geur van verf en nieuw tapijt in zich op terwijl hij de dikke gordijnen sloot. 'En lekker warm.'

'Ik ben blij dat je erover te spreken bent. Nou, kan ik je een van mijn T-shirts aanbieden om in te slapen?'

'Dat zou heel fijn zijn,' antwoordde ze.

'Ik ben zo terug,' zei hij, en hij liep de kamer uit.

Posy ging op het bed zitten en voelde hoe comfortabel het matras was vergeleken met het oude paardenharen exemplaar op haar eigen bed. Ze besefte hoezeer ze zich op haar gemak voelde, hier in Freddies huis.

'Zouden we echt nog een toekomst samen hebben, na alles wat er is gebeurd?' fluisterde ze in zichzelf. Nou, in principe stond niets hun meer in de weg, en wat had ze te verliezen? Posy voelde een vleugje van wat ze misschien wel geluk kon noemen door zich heen gaan.

Er werd beleefd op de deur geklopt voordat Freddie binnenkwam met een T-shirt en een mok.

'Ik heb warme chocolademelk voor je gemaakt, lieverd. Om je te helpen in slaap te komen,' zei hij terwijl hij de mok op het nachtkastje zette.

'Dat is lief van je, Freddie. Dank je.'

'Goed dan, slaap lekker.' Hij boog zich voorover, nam haar gezicht in zijn handen en plantte een lichte kus op haar lippen. Toen ze niet achteruit deinsde, kuste hij haar nog een keer, en nu echt. Zijn armen gleden om haar lichaam en Posy werd het bedwelmende gevoel van opwinding gewaar.

'Ik ga maar gauw voor ik me kan misdragen.' Hij glimlachte en ging weer rechtop staan. 'Welterusten.'

'Welterusten, Freddie.'

Posy knipte het licht uit en ging in het comfortabele bed liggen. Er spookten wel honderd gedachten door haar hoofd. Het was dan ook nogal een dag geweest.

'Zoals Scarlett O'Hara ooit heeft gezegd: "Ik zal er morgen over nadenken,"' zei ze tegen zichzelf voordat ze in slaap viel.

37

'Hoi,' zei Tammy aarzelend toen ze de deur naar Nicks winkel opende. 'Ik kwam even langs op weg naar huis om te kijken hoe het hier gaat.'

'Het vordert langzaam maar gestaag.' Hij glimlachte naar haar terwijl hij een jarendertig-kaptafel met spiegel door de showroom sleepte.

'Die is schitterend, Nick. Ik zou willen dat ik genoeg geld had om hem te kopen.'

'Nou, als ik er flink winst op maak, kan ik vast wel een vergelijkbare voor je vinden.'

'Heb je al besloten wanneer je opengaat?'

'Ik wacht ermee tot Clemmie na de kerst weer terug op school is. Ze heeft me nu hard nodig.'

'Ja, natuurlijk.'

Er hing een stilte tussen hen in. Uiteindelijk liep Nick naar haar toe. 'Hoe gaat het met je?'

'Best goed, eigenlijk. Ik heb heel veel nagedacht.'

'Juist. En?'

Tammy zag de hoop in Nicks ogen. 'En... ik zou Clemmie graag ontmoeten.'

'Echt?'

'Ja. Ik kan niets beloven, Nick, maar gewoon om te kijken of we met elkaar kunnen opschieten.'

'Oké. Nou, in feite moet ik mijn moeder snel een bezoek gaan brengen om alles uit te leggen. Ze moet weten dat ze een kleinkind heeft én wat er met Evie aan de hand is voordat het te laat is. Ze mocht haar heel graag.'

'Ja, dan moet je dat gauw doen, Nick.'

'Ik dacht erover om aanstaande woensdag te gaan. Denk je dat jij die dag op Clemmie kunt passen?'

'Ik weet het niet, Nick.' Tammy fronste. 'Ik ben dan in de boetiek. Wat moet ik met haar doen?'

'Je bedenkt vast wel iets om haar te vermaken, Tam. En anders kan ze bij Jane en Paul blijven.'

'Maar als je naar Southwold gaat, zal Clemmie toch mee willen om haar moeder te zien?'

'Evie is naar het ziekenhuis in Ipswich gebracht. Ze is helaas erg ziek. Ze heeft een nierontsteking en ze proberen haar te stabiliseren. Ik ga haar uiteraard opzoeken, maar ze wil niet dat Clemmie nu op bezoek komt.'

'Ik… oké. Hoe erg is het? Ik bedoel…'

'Is het einde verhaal?' Nick vulde de woorden voor haar in. 'Wie weet? Ze komt hier misschien nog doorheen, maar verdrietig genoeg is het slechts een kwestie van tijd voor het een keer niet goed gaat.'

'God, Nick, wat is het toch verschrikkelijk. Ik kan me nauwelijks voorstellen hoe ze zich moet voelen. En natuurlijk wil ik wel op Clemmie passen,' zei Tammy.

'Dank je.' Nick omhelsde haar stevig. 'Goed dan, ik zal mijn moeder bellen en daarna ga ik Clemmie ophalen bij Jane en Paul. Ze is vandaag met Jane naar een fotoshoot geweest. Ze was heel enthousiast. Het ging om een video voor de nieuwste single van een of andere boyband. Ik had er nog nooit van gehoord, maar zij wel.'

'Allemachtig.' Tammy rolde met haar ogen. 'Een dagje in de boetiek kan alleen nog maar tegenvallen.'

'Vast niet. Dan zie ik je woensdag dus, oké?'

'Oké. Tot dan, Nick.'

Tammy gaf hem een kus en verliet de winkel. Ze stapte in haar auto en slaakte een diepe zucht. 'Wat heb ik me op de hals gehaald?' vroeg ze zichzelf terwijl ze de motor startte en naar huis reed. Zich binden aan Nick was al heel wat, maar nu was er ook nog een kind in het spel. Ze had geen idee of ze iets van een moederhart in zich had.

'Wat als ze me niet aardig vindt?' Tammy beet op haar lip terwijl ze stilstond voor een stoplicht. 'Wat moet ik dan? Bovendien heb ik mijn eigen zaak en kan ik haar echte moeder nooit vervangen en…'

Tammy parkeerde de auto voor haar huis en deed de voordeur open. Ze schonk zichzelf een groot glas witte wijn uit de koelkast in en nam een flinke slok. Het had geen zin om zich er druk over te maken. Ze moest gewoon afwachten hoe het woensdag zou gaan.

'Hoi, Tam, daar zijn we dan.'

Nick liep met Clemmie aan de hand de boetiek binnen.

'Hallo, Nick, hoi, Clemmie.' Tammy glimlachte naar het meisje en kreeg een verlegen glimlach terug.

'Hoi, Tammy.'

'Ik hoop dat je me vandaag een beetje kunt helpen.'

'Ik zal mijn best doen,' zei Clemmie, 'maar ik heb nog nooit in een winkel gewerkt.'

'Oké, ik ga. Ik bel je wel als ik daar weer wegga, maar ik denk dat ik om zes uur wel terug ben.'

'Prima, Nick. Groeten aan je moeder,' zei Tammy.

'Zal ik doen. Dag, Clemmie.' Nick kuste zijn dochter op haar zijdezachte kruin. 'Gedraag je een beetje.'

'Oké. Dag, papa,' zei ze terwijl Nick nog even zwaaide en de zaak verliet.

'En wie hebben we hier?' Meena verscheen vanuit het kantoortje en liep met kordate passen door de winkel naar hen toe.

'Ik ben Clemmie. Aangenaam kennis te maken.'

'En ik ben Meena. Wat een goede manieren heb je, Clemmie. Nou, hoe zou je het vinden om met mij naar beneden te gaan om een ketting te maken voor je moeder, als kerstcadeau? Ik heb kralen in allerlei kleuren, dus je kunt de tinten kiezen die zij mooi vindt.'

'Dat lijkt me heel leuk.'

Tammy zag ze naar beneden gaan en zuchtte. Meena was een natuurtalent met kinderen, want zij had er zelf een aantal grootgebracht, maar zijzelf wist zich er niet zo goed raad mee.

Gelukkig werd het druk in de boetiek en was Tammy de hele ochtend bezig met klanten helpen. Met de feestdagen voor de deur verkocht ze in één ochtend meer dan ooit tevoren.

Tussen de middag kwamen Meena en Clemmie naar boven. 'Wij gaan wat te eten halen voor de lunch. Waar heb jij zin in, Tammy?'

'Mijn gebruikelijke salade, graag. En een cola. Ik kan wel wat cafeïne gebruiken,' zei ze. Ze zag Clemmie langs de rijen kleding lopen.

'Wat een prachtige jurken, Tammy,' zei ze ademloos.

‘Dank je, Clemmie. Ik… nou, dan zie ik jullie straks wel weer.’

Tammy draaide zich om en liep het kantoortje binnen, zichzelf verwensend omdat ze zo gemaakt had geklonken. Zíj was de volwassene, maar ze stond met de mond vol tanden en wist niet wat ze tegen Clemmie moest zeggen.

Tien minuten later kwamen de twee terug met de lunch en gingen ze met zijn drieën in het kantoortje zitten om te eten.

‘Ik vind cola lekker, maar ik mag het van mama niet hebben. Ze zegt dat het niet goed is voor je tanden,’ zei Clemmie toen Tammy een slok uit haar blikje nam.

‘Daar heeft je moeder gelijk in,’ zei Tammy knikkend.

‘Nou, jouw tanden zien er perfect uit, Tammy,’ zei Clemmie, die verlangend naar het blikje keek.

‘Wil je er wat van? Een klein beetje kan geen kwaad, lijkt me.’

‘Ja graag, maar vertel het papa niet, anders wordt hij nog boos.’

‘Ik hou mijn mond,’ zei Tammy, en ze schonk wat cola in een glas. De klingelende bel kondigde de komst van een klant aan.

‘Ik ga wel,’ zei Meena. ‘Lunchen jullie maar verder.’

‘Meena is heel aardig,’ zei Clemmie. ‘Ze zei dat ze de volgende keer een curry voor me gaat maken. Ik ben dol op curry’s, maar ik heb ze alleen maar van afhaalrestaurants gehad, niet zelfgemaakt.’

‘Dan zul je niet weten wat je proeft. En zet je schrap, want ze maakt ze heel pittig.’ Tammy glimlachte en Clemmie giechelde.

‘Papa zei dat jij model bent geweest voor je een winkel had.’

‘Ja, dat klopt.’

‘Je hebt heel mooi haar, Tammy. Ik zou willen dat ik zulk haar had. Dat van mij is saai.’

‘Nee hoor. Het is vol en glanzend en steil, zoals ik het juist altijd liever had gewild.’

‘Jouw haar is vast heel vaak gestyled toen je model was.’

‘Inderdaad, en daar had ik een hekel aan.’

‘Vond je het wel leuk om model te zijn?’

‘Sommige dingen waren wel leuk, ja. Ik hield van reizen en nieuwe plaatsen ontdekken en ik heb echt magnifieke kleren aan gehad, maar het is ook gewoon keihard werken.’

‘Ik dacht dat modellen met prinsen trouwden.’ Clemmie nam een slokje cola en keek Tammy een tikje bezorgd aan. 'Dus waarom ben jij met papa?'

'Omdat ik van hem hou,' zei ze schouderophalend.

'Ik hou ook van hem. Ik wist niet of dat zo zou zijn toen mama me over hem vertelde, maar nu vind ik het heel fijn dat hij mijn vader is. Heb jij Posy ontmoet?'

'Ja, één keer. Ik vond haar heel aardig. En jij?'

'Ik ook. Ze is heel jong voor een oud iemand.' Clemmie nam een hap van haar baguette. 'Wist je dat zij mijn oma is?'

'Ja.'

'Papa gaat haar vandaag over mij vertellen. Ik ben benieuwd wat ze zal zeggen.'

'Ik ben er zeker van dat ze er heel blij mee zal zijn. Jouw moeder en zij waren vroeger goed bevriend, heb ik van je vader gehoord.'

'Dat weet ik. Papa zegt dat ik ook een neefje en nichtje heb, en een oom en tante. Ik heb nooit eerder familie gehad. Mama en ik waren met zijn tweetjes.'

Clemmie slaakte een lange zucht en haar ogen vulden zich met droefheid. Intuïtief pakte Tammy haar kleine hand vast. 'Je familie en je vader zullen er voor je zijn.'

'Ik denk dat ze misschien wel snel doodgaat, Tammy. Ik hoorde papa over zijn mobiele telefoon met de dokter praten. Ik hoop dat ik haar voor die tijd nog kan zien. Ik wil...' Clemmie beet op haar lip en kreeg tranen in haar ogen. 'Ik wil afscheid nemen.'

'Natuurlijk, lieverd. Kom eens hier.' Tammy stak haar handen uit naar Clemmie en trok haar op schoot. Ze streek over het donkere haar en voelde een brok in haar eigen keel. 'Weet je, Clemmie? Ik vind jou echt ontzettend dapper.'

'Nou, mama is nog veel dapperder.'

'Ik heb haar niet ontmoet, maar ze zou vast zeggen dat jij ook heel dapper bent.'

'Het is soms wel moeilijk, maar ik doe mijn best. Voor haar.'

'Ze zal wel enorm trots op je zijn, Clemmie. Dat zou ik ook zijn als je mijn dochter was.'

'Nou, ik word toch min of meer jouw dochter als je met papa gaat trouwen?'

'Ik… ja, en ik word de meest trotse stiefmoeder ooit, dat beloof ik je,' zei Tammy, terwijl ze haar tranen terugdrong en zich realiseerde dat ze het meende. 'Ik weet dat ik nooit je echte moeder kan zijn, maar ik hoop dat we goede vriendinnen kunnen worden.'

'Ja.' Clemmie pakte een van Tammy's handen en bekeek haar nagels. 'Dat is een mooie kleur, Tammy. Kun je die van mij ook zo lakken?'

'Natuurlijk. Het flesje nagellak zit in mijn handtas.' Tammy wees ernaar. 'Haal het er maar uit, dan lak ik ze nu meteen.'

'Maar je hebt klanten.'

'Daar redt Meena zich wel mee. Doe de deur maar dicht, dan zeg ik tegen Meena dat wij vergaderen.'

Ze knipoogde samenzweerderig naar Clemmie, die van haar schoot klom om de handtas te pakken, waarna ze met een grijns de deur dichtduwde.

'Hoi, mam, hoe gaat het met je?' vroeg Nick toen hij de keuken van Admiral House binnenliep.

'Nick, mijn lieve jongen! Hoe gaat het met jóú?' vroeg Posy terwijl ze de pollepel waarmee ze in een pan soep had staan roeren neerlegde, en haar zoon omhelsde.

'Het gaat goed met me, mam. Maar ik eh… moet wel even met je praten.'

Posy zag de ernstige uitdrukking op het gezicht van haar zoon. 'Zal ik de fles wijn die in de koelkast staat opentrekken?'

'Dat doe ik wel, maar ik neem maar een klein glaasje. Ik rijd later nog terug naar Londen.'

'Echt? Ik hoopte dat je een nachtje zou blijven.'

'Dat gaat niet, ben ik bang,' zei Nick, die de fles wijn uit de koelkast haalde.

'Wacht Tammy op je?'

'Ja. Mam, zullen we gaan zitten?' Nick nam de fles mee naar de tafel en schonk wat wijn in de glazen die Posy al voor de lunch had klaargezet.

'Goed dan, ga jij maar eerst, want ik heb jou ook wat dingen te vertellen,' zei Posy. 'Waar was je de afgelopen weken, Nick? Je nam je mobiele telefoon niet eens op.'

'Het spijt me, mam. Ik had je moeten laten weten waar ik was, maar... helaas had ik andere dingen aan mijn hoofd. Gaat het wel goed met je?'

'Nu wel weer, maar mijn verhaal hoor je straks wel. Vertel me wat er in jouw leven is gebeurd, Nick.' Posy nam een slok wijn om haar zenuwen te kalmeren. Ze hoopte maar dat het niet nog meer slecht nieuws was; ze wist niet hoeveel ze daar nog van kon verdragen.

'Herinner je je Evie Newman?'

'Natuurlijk, Nick. Je weet hoe graag ik haar mocht. Ze is weer terug verhuisd en ik heb haar dochtertje een keer mee uit genomen, een schat van een kind, maar Evie was niet zo toeschietelijk.'

'Nee. Nou, ik hoop dat je zult begrijpen waaróm als je hebt gehoord wat ik te vertellen heb, mam.' Nick nam een slok van zijn wijn en deed zijn best om zo rustig mogelijk uit te leggen wat er allemaal was gebeurd.

'Juist ja.' Posy's brein werkte op volle kracht om te verwerken wat Nick haar zo-even had verteld. 'Mijn hemel.' Ze keek Nick aan. 'Dus wat je in feite zegt, is dat Clemmie jouw dochter is?'

'Ja, mam, inderdaad.'

'Wat betekent dat ze mijn kleindochter is?'

'Ja.'

'Ik... Hoelang weet je dat al?'

'Ik hoorde het pas nadat ik terug in Engeland was.'

'Ben je op Evies verzoek thuisgekomen?'

'Nee, dat was puur toeval. Evie had wel een brief naar Australië gestuurd – ze had me via mijn antiekzaak gevonden – maar toen vertelde jij haar dat ik terug was, dus liet ze die brief voor me achter in de galerie, om me te vragen contact met haar op te nemen.'

'Ik begrijp het. Denk ik. Maar waarom nu, Nick?' Posy fronste. 'Waarom heeft ze er tien jaar mee gewacht voor ze het je vertelde?'

'Mam, ik ben bang dat dit het pijnlijke deel van het verhaal is. De reden waarom ze contact met me heeft opgenomen, is dat ze erg ziek is. Ze heeft leukemie en de kans is groot dat ze de kerst niet eens meer haalt. Het spijt me, mam. Ik weet hoe dol je op haar was.' Nick reikte over de tafel heen en pakte zijn moeders hand.

'Ach, nee toch, die prachtige meid en nog zo jong...' Posy haalde een zakdoek uit haar broekzak en snoot haar neus. ‘En dat terwijl ik hier bijna zeventig jaar oud zit te zijn, gezond en wel. Het leven is zo oneerlijk! Maar ik had kunnen weten dat er iets mis was. Ze zag er heel slecht uit toen ik langskwam om Clemmie mee op stap te nemen.’

‘Ik weet het, mam, het is heel tragisch.’

Moeder en zoon zaten samen een tijdje te zwijgen, beiden in gedachten verzonken.

‘Dus Evie nam contact met je op over Clemmie,’ zei Posy ten slotte. ‘Omdat je haar vader bent.’

‘Ja.’

‘En Evie heeft zelf verder geen familie, natuurlijk… Ze was al op jonge leeftijd wees. Hoe gaat het met Clemmie?’

‘Verbazingwekkend goed naar omstandigheden, maar dat heeft deels te maken met de manier waarop Evie ermee om is gegaan. Ze is heel dapper. Dat zijn ze allebei.’

‘En kunnen jij en Clemmie het met elkaar vinden?’

‘Meer dan dat, mam. Ik was zo nerveus toen ik haar ging ontmoeten, maar het voelde meteen heel vanzelfsprekend, alsof we elkaar altijd al hadden gekend. Ik weet dat ik Evie nooit kan vervangen, en dat ga ik ook helemaal niet proberen, maar ik zal er voor haar zijn.’

‘En Tammy? Hoe neemt zij deze situatie op?’

‘Dat heb ik niet zo goed aangepakt, moet ik toegeven,’ zei Nick schouderophalend. ‘Ik was zo bang om Tammy te verliezen dat ik niet wist hoe ik haar over Clemmie moest vertellen, dus ik vertoonde vluchtgedrag, waardoor het tussen ons bijna kapot is gegaan. Maar Jane en Paul brachten ons weer bij elkaar en toen heb ik haar uiteindelijk de waarheid verteld. Ze gaat er fantastisch mee om en op dit moment past ze zelfs op Clemmie. Het is heel raar, mam. Ik ben meer dan tien jaar alleen geweest, langer als je de tijd meetelt dat ik verliefd was op Evie, en nu lijkt het erop dat ik plotseling een gezin heb.’

‘Clemmie en Tammy zijn allebei heel speciaal, Nick. Ik hoop dat je weet hoe gelukkig je je mag prijzen.’

‘O, zeker. Tammy was heel gespannen omdat ze vandaag voor het eerst tijd zou doorbrengen met Clemmie. Ik hoop maar dat het goed gaat.’

‘Vast wel. Het bewijst dat ze veel van je houdt, Nick.’

‘Ik weet het, en ik ga er alles aan doen om haar te laten zien hoe dankbaar ik haar ben.’

‘Hou je van haar? Het weerzien met Evie zal ook wel weer veel gevoelens teweeg hebben gebracht.’

‘Dat was ook zo, ís ook zo, maar ik denk dat ik haar altijd op een voetstuk heb geplaatst. Wat ik voor Tammy voel, is heel anders. Het voelt...’ Nick zocht naar het juiste woord. ‘Het voelt écht. Zij voelt echt.’

‘En Evie? Wie zorgt er voor haar, Nick?’

‘Ze ligt nu in het ziekenhuis in Ipswich. Maar als ze thuis is, is er vierentwintiguurszorg aanwezig.’

‘Ik zou willen dat ik het geweten had, dan had ik kunnen helpen, maar ze maakte me heel duidelijk dat ze me niet wilde zien.’

‘Ze was beschaamd om wat ze had gedaan, mam, maar nu je het weet, zal ze blij zijn dat jij een officiële rol zal kunnen spelen in Clemmies leven.’

‘Dat denk ik ook, Nick. Zeg haar alsjeblieft dat ik er voor Clemmie zal zijn.’ Posy schraapte haar keel en stond op. ‘Nou, ik denk dat we maar eens wat moeten eten. Soep?’

‘Graag, mam.’

Posy vulde twee kommen en legde er wat warm brood uit de oven bij.

‘Goed,’ zei Nick, ‘en wat is er hier allemaal gebeurd?’

‘Heel veel, ben ik bang, en het is niet allemaal aangenaam.’

‘Sam?’ gokte Nick.

‘Ja,’ antwoordde ze terwijl ze ging zitten. ‘Laten we eerst eten, voor de soep koud wordt. Het is niet leuk om te horen.’

Later, toen ze aan de koffie zaten, vertelde Posy Nick dat de verkoop van Admiral House niet doorging.

‘Sorry dat ik het zeg, maar het is wel weer verrekte typerend voor hem. En wordt hij aangeklaagd?’

‘Als hij getuigt tegen die Ken Noakes, wat hij vast zal doen, komt hij er waarschijnlijk met een waarschuwing van af. Maar er is helaas nog iets anders, Nick, iets veel ernstigers.’

Met een zwaar gemoed vertelde Posy Nick over het feit dat zijn broer zich had schuldig gemaakt aan huiselijk geweld.

‘En hij weigert nog steeds om naar een kliniek te gaan om daar aan zijn probleem te werken. Hij vindt dat hij geen probleem heeft.’

‘Nou, dat heeft hij wel degelijk, mam,’ zei Nick beslist. ‘Ik had je dat jaren geleden al kunnen vertellen. Hij heeft me het grootste deel van mijn jeugd het leven zuur gemaakt.’

Nick zag alle kleur uit zijn moeders gezicht wegtrekken.

‘Het spijt me, mam. Het moet vreselijk voor je zijn om dit te horen, maar je moet weten dat wat er met Amy is gebeurd niet eenmalig was. Ik weet dat hij ook andere jongens op school heeft getreiterd, maar op de een of andere manier wist hij er altijd ongestraft mee weg te komen.’

‘Nick, ik weet niet wat ik moet zeggen. Heeft hij je erg veel pijn gedaan?’

‘Alle broers vechten weleens, maar je weet dat ik geen agressief type ben, dus ik vocht niet terug. Hoe dan ook, het stopte toen ik een jaar of dertien was en ik sterker en langer werd dan hij. Ik vrees dat hij een paar meppen van me in ontvangst heeft genomen die hem altijd bij zullen blijven. Daarna liet hij me met rust.’

‘Ik had het moeten zien… Waarom heb je het me niet verteld, Nick?’

‘Ik was te bang dat hij wraak zou nemen. Zo komen pestkoppen er vaker mee weg. Amy zou aangifte moeten doen. Dat zou Sams verdiende loon zijn. Gaat het wel, mam?’

‘Om eerlijk te zijn, nee. Dat kan toch ook niet? Ik bedoel, toen jullie opgroeiden, was ik weleens bang dat Sams dwarse gedrag het gevolg was van het verlies van zijn vader op zo jonge leeftijd, maar ik dacht niet dat hij in staat was tot zulke boosaardigheid. En te weten dat jíj in jouw jeugd bang was voor je broer? Dat geeft me het gevoel dat ik een slechte moeder ben geweest. Ik had de signalen moeten opvangen en je moeten beschermen, Nick, en daar heb ik in gefaald.’

‘Kom nou, mijn leven is nooit in gevaar geweest en jij was – jij bént – een fantastische moeder en oma.’

‘Mijn hemel!’ Posy haalde haar zakdoek weer tevoorschijn. ‘Wat een enerverende weken zijn dit geweest, alles bij elkaar genomen. Nou, ik ga niet zitten zwelgen in zelfmedelijden. Evies situatie maakt het allemaal relatief, nietwaar? Ik kan alleen maar zeggen hoe erg ik het vind dat ik niet doorhad wat Sam jou aandeed.’

'Luister, mam,' zei Nick, 'waarom laat je Sam niet aan mij over? Ik ga bij hem langs op weg naar het ziekenhuis. Om hem ervan te overtuigen dat hij naar een afkickkliniek moet.'

Posy keek hem aan. 'Dat klinkt onheilspellend. Je doet hem geen pijn, toch?'

'God, mam, natuurlijk niet! Het is waarschijnlijker dat hij míj pijn wil doen. Jij hebt genoeg gedaan. Laat mij het maar afhandelen.'

'Dank je, Nick. Zeg hem alsjeblieft dat het voor zijn eigen bestwil is.'

'Zal ik doen. Goed, dan ga ik nu maar.' Nick stond op. 'Ik denk er trouwens over om een tijdje met Clemmie in Admiral House te komen logeren, als jij dat goed vindt. Dan zijn we dichter bij het ziekenhuis, mocht er wat gebeuren.'

'Dat zou ik uiteraard fijn vinden, Nick. Maar je werk dan?'

'Allemaal uitgesteld tot in het nieuwe jaar. Voor de verandering heb ik mijn prioriteiten op orde,' zei hij glimlachend.

'Nou, ik zal er met alle liefde voor Clemmie zijn als ze me nodig heeft. En ook voor Evie. Doe haar de groeten en alle liefs, oké?'

'Natuurlijk, mam. En als we meer tijd hebben, moeten we over Admiral House praten.'

'Ja. Ik ben weer terug bij af, maar je hebt wel belangrijker dingen aan je hoofd op dit moment. En om met een positieve noot te eindigen, Nick. Ik... wil je binnenkort graag aan iemand voorstellen,' zei ze, terwijl ze met hem mee liep naar de achterdeur.

'Echt? En is die "iemand" een man?' Er speelde een zweem van een glimlach om Nicks lippen toen hij zag dat zijn moeder bloosde.

'Ja, hij heet Freddie, en hij is de liefste man die ik ken.'

'Dat klinkt serieus, mam.'

'Dat is het misschien ook wel,' beaamde Posy. 'Ik heb hem leren kennen toen ik nog veel jonger was, en onlangs opnieuw toen hij in Southwold is komen wonen.'

'Maakt hij je gelukkig?'

'Ja,' zei Posy knikkend, 'hij maakt me gelukkig.'

'Dan ben ik heel blij voor je, echt. Je bent veel te lang alleen geweest.'

'Jij ook.' Posy gaf hem een liefhebbende kus. 'Tot later, Nick, en bel me alsjeblieft als je bij Sam bent geweest.'

'Doe ik. Dag, mam.'

Drie uur later, op weg terug naar Londen, belde Nick zijn moeder, zoals ze hem had gevraagd. De telefoon werd opgenomen bij de tweede keer overgaan. 'Hoi, mam, alles in orde?'

'Ja, en met jou?'

Nick hoorde de spanning in haar stem.

'Alles in orde, ook met Sam. We hebben gepraat en hij gaat akkoord met opname om af te kicken. We hebben een kliniek opgezocht en meteen gebeld of hij er terechtkon. Morgen haal ik hem op en breng ik hem ernaartoe.'

'O, dat is goed nieuws! Was hij… Ik bedoel, hoe reageerde hij?'

'Ik denk dat hij na een paar dagen alleen in dat vreselijke huurhuis van hem, zonder geld om drank te kopen, al wel wat tot bezinning was gekomen,' antwoordde Nick diplomatiek, want hij wilde zijn moeder de aanvankelijke agressie die Sam had tentoongespreid, en wat er voor nodig was geweest om hem te overtuigen, besparen.

'En de kosten? Ik heb op internet ook al naar klinieken gekeken en ze zijn ontzettend duur.'

'Maak je daar maar geen zorgen over, mam. Ik betaal.'

'Dank je, lieve jongen. Ik heb me erg ongerust over hem gemaakt. Nou, belangrijker nog: hoe gaat het met Evie?'

'Die is heel zwak. Ze slikt veel medicijnen en heeft het grootste deel van de tijd die ik bij haar was geslapen. Ik heb haar wel jouw liefs en groeten overgebracht. En als jij het inderdaad goed vindt, kom ik volgende week zeker met Clemmie naar Admiral House. Ik denk dat we dichter bij het ziekenhuis moeten zijn. Evie heeft trouwens gezegd dat ze Tammy graag wil ontmoeten, dus zij komt misschien ook mee.'

'Hoe meer zielen, hoe meer vreugd, als je me de uitdrukking in dit geval wilt vergeven, lieverd. O, ik leef zo met jullie allemaal mee.'

'Dat weet ik. Hoe dan ook: ik laat je zo snel mogelijk weten wanneer we komen.'

'Oké. Rijd voorzichtig, Nick, en dank je voor alles.'

'Zal ik doen. En pas jij ook op jezelf, mam? Tot gauw.'

Nick glimlachte ondanks zichzelf toen hij het telefoontje beëindigde. Tegen de tijd dat hij gepensioneerd was, zou zijn moeder hem waarschijnlijk nog steeds op het hart drukken dat hij voorzichtig moest rijden. Hij vond het akelig dat hij haar over Sam had moeten vertellen – hij wist hoezeer ze daarover van streek zou zijn – maar nu begreep ze tenminste waarom haar zoons niet hecht met elkaar waren.

Toen hij Chelsea naderde, gingen Nicks gedachten terug naar Tammy en Clemmie. Tammy had hem een berichtje gestuurd toen hij het ziekenhuis verliet om hem te zeggen dat ze Clemmie mee naar huis nam en dat ze pizza's zouden bestellen, wat hem een goed teken leek.

'Hoi, lieverd,' zei hij toen Clemmie de deur van Tammy's huis opendeed.

'Hoi, papa,' antwoordde ze, en hij zag dat haar ogen sprankelden. 'We zitten op de pizza's te wachten. We hebben er ook een voor jou besteld.'

'Lekker,' zei hij terwijl hij naar binnen liep en zag dat Tammy in de keuken de borden tevoorschijn haalde. 'Heb je een fijne dag gehad?'

'Heel fijn,' zei Clemmie, die haar handen uitstak om haar nagels te showen. 'Tammy heeft ze gelakt. Wat vind je ervan?'

Nick keek omlaag naar de helder turquoise tint en knikte. 'Prachtig.'

'Is dit niet het leukste huis dat je ooit hebt gezien, papa?' zei Clemmie. 'Het is net een poppenhuis voor volwassenen. Kunnen we hier gaan wonen in plaats van in Battersea?'

'Ik denk dat het een beetje te klein is voor ons drieën, maar het is inderdaad heel mooi. Hoi, Tammy.' Nick gaf haar een keurige kus op haar wang. 'Hoe gaat het?'

'Prima,' zei Tammy glimlachend. 'We hebben een leuke dag gehad, toch, Clemmie?'

'Ja. We wilde Tammy's oude Barbie-video's gaan kijken onder het pizza eten, maar daar heb jij vast geen zin in?'

'Het geeft niet, Clemmie, wat jullie willen.'

'Nou, het hoeft niet, want Tammy zegt dat ik een keer een nachtje mag komen slapen. Hoe gaat het met mama?'

'Redelijk goed. Veel liefs en groeten van haar,' voegde hij eraan toe toen Tammy gebaarde naar het glas wijn dat ze voor zichzelf inschonk, en hij knikte. 'Ik ben vandaag ook bij Posy, je oma, geweest. Ze vroeg zich af of we een tijdje bij haar zouden willen logeren. Dan zouden we dichter bij je mama zijn.'

'Mag Tammy ook mee?'

'Natuurlijk. Als ze weg kan van de boetiek.'

‘Ik kan de winkel vast wel een paar dagen aan Meena overlaten,’ zei Tammy, die Nick een glas wijn aanreikte.

De bel ging en Clemmie liep naar de voordeur om de pizza’s in ontvangst te nemen.

‘Hoe ging het vandaag?’ fluisterde Nick tegen Tammy.

Tammy schudde haar hoofd. ‘Je hebt een schat van een dochter, Nick. Ik hou nu al van haar.’

Haar woorden brachten plotselinge tranen naar zijn ogen, maar hij drong ze terug. ‘Meen je dat?’

Tammy pakte zijn hand. ‘Ja, dat meen ik.’

38

‘Goed, Amy, Nick heeft Sam gisteren naar de kliniek gebracht. Wat vind je daarvan?’ vroeg Posy haar onder het genot van een kop thee in het hophouse.

‘Eerlijk gezegd ben ik opgelucht, Posy. Nu weet ik tenminste dat hij niet langskomt als ik morgen terug naar mijn werk ga. Ik was bang dat hij dat misschien zou doen.’

‘Verder wilde ik je vertellen dat ik Nick afgelopen weekend heb gesproken. Hij heeft me verteld dat Sam hem vroeger ook heeft getiranniseerd. Het is belangrijk dat je weet dat jij niet de enige bent, dat Sam ook tegenover anderen gewelddadig is geweest. Je kunt je vast wel voorstellen hoe verschrikkelijk ik het vind dat ik niet heb gezien wat zich voor mijn ogen afgespeeld moet hebben, zowel in zijn als in jouw geval.’

‘Ik kan je verzekeren, Posy, dat Sam er altijd erg goed in was ervoor te zorgen dat niemand het zou merken,’ zuchtte Amy.

‘Ga je jullie scheiding in gang zetten?’

‘Uiteindelijk wel, maar misschien stel ik dat uit tot na zijn behandeling. Het zal sowieso geen vechtscheiding worden. We hebben niets om over te ruziën, behalve de kinderen.’

‘Nou, daar zul je tegen die tijd heel voorzichtig mee om moeten gaan, Amy. Als hij niet drastisch verandert, zal het niet veilig zijn om Sam met ze alleen te laten.’

‘Dat weet ik, maar ik hoop eigenlijk dat hij een ander mens zal zijn als hij uit de kliniek terugkomt. Weet je hoelang hij wordt opgenomen?’

‘Volgens Nick minstens zes weken, waarna de artsen gaan evalueren hoe het gaat. Nou, ik ga maar eens. Over een paar uur komt Nick met Tammy en Clemmie.’

‘Clemmie? De dochter van Evie bedoel je?’

'Ja, die bedoel ik. En tevens het kind van Nick. Het lijkt erop dat Sara en Jake een nichtje hebben.'

Amy staarde Posy met grote ogen aan. 'Clemmie is Nicks dochter?'

'Ja. Evie is helaas ernstig ziek. Een aantal weken geleden heeft ze onverwachts contact opgenomen met Nick om het hem te vertellen.'

'Dus daarom zagen Tammy en ik zijn auto bij haar huis staan. Tammy was ervan overtuigd dat ze iets met elkaar hadden. Ze was helemaal van streek toen ze wegging. Maar als ze vandaag meekomt, wil dat dus zeggen dat de lucht tussen hen is geklaard.'

'Ja, dat klopt, en ik ben blij voor hen allemaal, hoewel ze bij mij komen logeren om dichter bij het ziekenhuis te zijn. Evie heeft niet lang meer te leven. Nou, ik moet gaan. Misschien hebben jij en de kinderen zin om deze week te komen eten?'

'Dat zou fijn zijn, Posy, en dank je voor alles. Je bent geweldig.'

'Nonsens, als ik geweldig was geweest, was die rottigheid met Sam nooit gebeurd. Hoe dan ook, ik moet nu echt weg.'

Posy verliet het hophouse en liep over de binnenplaats toen Freddies voordeur opening.

'Posy, lieverd, heb je tijd voor een kop thee?'

'Het spijt me, Freddie, maar ik moet ervandoor.'

'Een knuffel, dan?'

'Daar heb ik altijd tijd voor,' zei ze toen Freddie haar tegen zich aan trok en ze voor het eerst die dag volledig uitademde.

'Ik weet dat je een druk programma hebt, maar denk je dat het mogelijk is om een afspraak te maken voor een lunch of etentje later in de week?'

'Ja, natuurlijk, Freddie, je weet dat ik je graag wil zien. Het is inderdaad druk, nu Nick met Clemmie en Tammy komt logeren, maar kom alsjeblieft langs om ze allemaal te ontmoeten.'

'Dat lijkt me fijn. En, lieve Posy, neem jezelf wel in acht, oké?'

'Ik doe mijn best, Freddie, beloofd.'

'Goed zo,' zei hij toen Posy zich uit zijn omarming losmaakte. 'Onthoud dat je je pensioenleeftijd al ruimschoots bent gepasseerd en dat je alle recht hebt om het rustig aan te doen.'

'Maak je geen zorgen.' Ze gaf hem een kus op zijn wang. 'Dag, Freddie, tot snel.'

Terwijl Posy terugreed naar Admiral House, stond ze zichzelf een paar seconden toe om al het andere naar de achtergrond te dringen en even alleen aan Freddie te denken, aan de belofte van geluk die hij in haar leven had gebracht. Ze hoopte maar dat ze binnenkort de tijd zou krijgen om ervan te genieten. En zo kwamen haar gedachten weer uit bij Evie en haar dochter.

Thuis maakte ze de bedden voor haar gasten op, bakte een cake speciaal voor Clemmie en bereidde een visovenschotel voor het avondeten.

Toen de schemering viel, ging Posy naar buiten voor een wandeling door de tuin om haar hoofd tot rust te brengen en een luchtje te scheppen. Ze bleef even staan bij de folly en keek omhoog naar de kamer met het torentje en het deels door klimop bedekte raam.

Peinzend liep ze terug naar het huis, waar ze haar mobiele telefoon uit haar handtas haalde en door de nummers scrolde. Na een ogenblik geaarzeld te hebben, haalde ze diep adem en belde.

'Hallo, Posy,' antwoordde de warme, melodieuze stem na een paar keer overgaan. 'Waar heb ik deze eer aan te danken? Is alles goed?'

'Alles is net zo gecompliceerd als altijd, Sebastian,' zei Posy, 'maar ik overleef het wel. Hoe gaat het met jou?'

'O, ongeveer hetzelfde. Ik grijp elk excuus aan, waaronder een hoop kerstborrels waar ik niet echt naartoe wil, om niet aan mijn bureau te gaan zitten en het boek af te maken, maar het gaat best redelijk.'

'Sebastian, ik vroeg me eigenlijk af of je me ergens mee zou kunnen helpen.'

'Waar ik kan, Posy, dat weet je.'

'Freddie heeft me verteld dat hij met jou over mijn... vader heeft gesproken.'

'Dat klopt, ja. En zo te horen heeft hij jou het verhaal daarna ook verteld.'

'Inderdaad. Het was een enorme schok, zoals je je wel kunt voorstellen, maar ik sla me er wel doorheen. Er zit niets anders op, hè?'

'Helaas niet. En als iemand dat kan, ben jij het, Posy. Je bent de sterkste persoonlijkheid die ik ken. Dat heb ik Freddie ook gezegd toen hij mij vroeg of ik van mening was dat hij het je moest vertellen. Hij wilde je voor geen goud van streek maken. Hij is dol op je, Posy, echt.'

'En ik ben dol op hem. Alles is nu goed tussen ons.'

'Daar ben ik heel blij om,' reageerde Sebastian. 'Na al die jaren verdienen jullie dat allebei.'

'Dank je, lieve Sebastian. Het leven is de laatste tijd in allerlei opzichten moeilijk geweest. En wat die hele toestand rondom mijn vader betreft, probeer ik nu een manier te vinden om me te verzoenen met wat er is gebeurd – en met hem.'

'Je bedoelt dat je het een plekje wilt geven, zoals ze tegenwoordig zeggen.'

'Juist ja. En ik heb misschien wel een manier bedacht om dat mogelijk te maken.'

'Goed zo. Zeg maar wat ik kan doen om je te helpen.'

En dat deed Posy.

'Ik begrijp het,' zei Sebastian na een korte stilte. 'Nou, ik kan sowieso mijn contactpersoon bij het ministerie van Binnenlandse Zaken bellen. Hij heeft me geholpen met mijn research voor *The Shadow Fields* en zou misschien wat voor me kunnen doen. Ik heb geen idee of het gebruikelijk is of niet.'

'Misschien kunnen ze je in elk geval vertellen waar hij is, Sebastian. Dat zou al iets zijn.'

'Natuurlijk. Ik laat je weten wat ik kan achterhalen en dan kun jij er hopelijk verder mee.'

'Dank je, Sebastian, dat waardeer ik zeer. En nu moet ik me naar de oven haasten voordat mijn visovenschotel verbrandt.'

'Ik kan hem hier bijna ruiken. Je hebt me met je kookkunst te veel verwend, Posy. Afhaalmaaltijden smaken niet meer hetzelfde als voorheen. Je hoort van me als ik meer weet, tot gauw.'

Posy schakelde haar mobiel uit en haalde de visschotel uit de oven.

'Nick, lieverd.' Posy gaf haar zoon een kus toen hij door de keukendeur naar binnen liep.

'Hallo, mam. Het ruikt hier weer heerlijk,' zei hij glimlachend, waarna hij zich tot Clemmie wendde, die zijn hand stevig vasthield. 'Jouw oma bakt de beste chocoladecake van de wereld.'

'Hallo, Clemmie,' zei Posy, met een blik op het bleke gezicht van het meisje, met de gelaatstrekken die zo op die van haar moeder leken. 'Mag ik je een knuffel geven?'

'Ja, Posy... ik bedoel oma,' zei ze blozend.

'Ik snap dat het verwarrend is,' zei Posy terwijl ze het kind in haar armen nam en haar tegen zich aan hield. 'Maar wel leuk dat we familie zijn, vind je niet?'

'Ik geloof het wel, ja,' fluisterde Clemmie verlegen.

'Waarom ga jij niet even je jas uittrekken, dan krijg je een plak van die chocoladecake waar je vader het over had. Je hebt vast veel trek na die lange rit.'

'Hallo, Posy,' zei Tammy, die de rij sloot.

'Lieverd, wat ontzettend fijn om je weer te zien. Ik zal de fluitketel opzetten.' Posy vulde de ketel en liep naar het fornuis. 'Goede reis gehad?'

'Redelijk, we zaten in elk geval niet in de spits,' zei Nick, die Clemmie nauwlettend in de gaten hield terwijl hij het mes pakte om een plak cake voor haar af te snijden.

'Als je die op hebt, Clemmie, zal ik je je kamer laten zien. Vroeger sliep je vader daar, toen hij nog veel jonger was,' zei Posy.

'Wat is dit een groot huis, oma.' Clemmies ogen dwaalden door de keuken. 'Het lijkt wel een kasteel.'

'Ja, het is groot, en het heeft veel mensen nodig om het te vullen,' zei Posy glimlachend toen de ketel begon te fluiten.

'Jij bofte maar dat je hier woonde toen je klein was, papa.' Clemmie brak haar plak cake in stukjes en stopte ze een voor een in haar mond.

'Ja hè? Vind ik zelf ook.'

'Goed, zullen we theedrinken in de ochtendkamer?' opperde Posy. 'Ik heb een vuur gemaakt.'

Een half uur later was Tammy met Clemmie naar boven gegaan om uit te pakken, en zat Posy met haar zoon voor de haard.

'Nog nieuws uit het ziekenhuis?'

'De situatie is nog hetzelfde. Ik ga er morgen met Tammy naartoe. Evie wil haar graag zien. Wil jij op Clemmie passen?'

'Natuurlijk. Ze kan best met me mee naar de galerie voor een paar uurtjes. Hoe gaat het met haar?'

'Ze weet dat haar moeder nog in het ziekenhuis ligt. Evie wilde haar pas weer zien als ze weer thuis zou zijn, maar ik denk dat het daar niet meer van gaat komen,' zuchtte Nick. 'Ik zou willen dat de kerstdagen niet in aantocht waren. Het lijkt allemaal nog erger als iedereen verder in feeststemming is.'

'Nou, we zullen ons best doen om Clemmie het gevoel te geven dat ze hier welkom is. De kerstboom komt morgenmiddag, dus ze kan me helpen die te versieren.'

'En misschien kun je ook bij Evie op bezoek gaan, afhankelijk van hoe ze zich voelt.'

'Zeker, lieverd. Zo, dan ga ik nu maar eens groente opzetten voor bij de visovenschotel.'

Na het eten ging Nick met Clemmie naar boven om haar naar bed te brengen en stonden Tammy en Posy samen af te wassen.

'Amy vertelde me dat je erachter was gekomen dat Nick steeds bij Evie op bezoek ging,' zei Posy voorzichtig.

'Ja, dat klopt.'

'Nou, het siert je dat je bereid bent om hem en Clemmie te steunen.'

'Ik hou van hem, Posy,' verklaarde Tammy simpelweg. 'Toegegeven, ik had mijn twijfels of ik geschikt zou zijn als stiefmoeder voor Clemmie. Een week geleden had ik niet gedacht dat ik iets moederlijks in me had en vroeg ik me af hoe Clemmie op me zou reageren. Maar ze was zo geweldig, Posy. Het leek wel alsof ze begreep hoe nerveus ik was. Ze maakte het heel gemakkelijk voor me om meteen van haar te gaan houden. Ze is een schat van een kind en de verantwoordelijkheid die ik nu al voor haar voel, beangstigt me bijna.'

'Dan moet je dat Evie vertellen als je haar morgen spreekt, Tammy.'

'God, ik zie er zo tegen op, Posy,' zuchtte Tammy. 'Denk je echt dat ze dat wil horen? Zal ze niet het gevoel krijgen dat ik haar kind van haar af wil pakken of zo?'

'Ik denk dat het precies is wat ze graag wil horen, Tammy. Het enige wat er voor haar toe doet is dat haar dochter in een liefdevolle, beschermende omgeving zal worden opgevangen. Als ik haar was, zou ik er althans zo tegen aankijken.'

'Ik geloof niet dat ik goed ben in zo'n situatie,' bekende Tammy. 'Ik stort waarschijnlijk in en huil tranen met tuiten.'

'Je dacht ook dat je geen greintje moedergevoel zou hebben, Tammy, maar het tegendeel blijkt waar. Het is allemaal niet niks, waar je mee te maken krijgt, dus bekijk het gewoon per dag. Ik van mijn kant ben zeer verheugd dat jij er zult zijn voor mijn zoon en kleindochter, en ik geloof dat Evie, als ze je eenmaal heeft ontmoet, er net zo over zal denken.'

'Dank je, Posy, je steun betekent heel veel voor me.' Tammy droogde haar handen af aan een theedoek. 'Nou, ik ga Clemmie maar eens welterusten wensen.'

Tammy voelde zich misselijk toen Nick haar over de afdeling voorging naar Evies kamer. Ze had zich nooit op haar gemak gevoeld in ziekenhuizen – ze was er doodsbenauwd voor met al die apparaten die bliepend en zoemend het leven waar ze aan vastzaten controleerden.

'In die kamer ligt ze.' Nick gebaarde naar de deur.

'O hemel.' Tammy pakte zijn hand stevig vast. 'Ik weet niet of ik dit kan, Nick, ik...'

'Het zal heus wel goed gaan, lieverd. Ze slaapt het grootste deel van de tijd en ik ben bij je, dus maak je geen zorgen. Oké?' Hij bracht haar kin een stukje omhoog en keek haar aan.

'Oké, sorry.'

Nick duwde de deur open en ze liepen de kamer binnen. Tammy keek naar de kleine, fragiele gestalte die in het bed lag. Evie leek nietig tussen alle apparaten die om haar heen stonden – en nauwelijks ouder dan haar dochter.

'Ga jij daar maar zitten,' fluisterde Nick, gebarend naar een stoel.

Tammy nam plaats naast Nick, haar ogen gericht op de machine waarop Evies gelijkmatige hartslag te zien was. Het was gewoon onvoorstelbaar dat een vrouw van haar eigen leeftijd over een aantal dagen misschien al van de aarde zou verdwijnen. Tammy slikte zwaar. Ze had tenslotte het recht niet te huilen, want zij had de rest van haar leven nog voor zich, met de man van wie ze hield en Evies geliefde dochter.

Uiteindelijk knipperden Evies lange wimpers en opende ze haar ogen.

Meteen pakte Nick Evies hand.

'Hallo, lieverd. Ik ben het, Nick. Heb je goed geslapen?'

Evie liet een zweem van een glimlach zien en een heel licht knikje.

Hij stak zijn hand in de zak van zijn jasje en trok een kaart vol rode hartjes tevoorschijn die Clemmie eerder had gemaakt. 'Clemmie heeft deze voor je meegegeven.' Nick hield de kaart voor Evie omhoog, zodat ze hem kon zien. 'Zal ik voorlezen wat erop staat?'

Opnieuw een amper waarneembaar knikje.

'"Lieve mama, ik mis je en ik hou heel, héél veel van je. Zeg maar tegen papa wanneer ik bij je kan komen. Heel veel liefs, Clemmie."'

Tammy zag een traan verschijnen in Evies ooghoek. Ze hoorde haar slikken.

'Evie, ik heb Tammy meegebracht, zoals je had gevraagd.'

Evie draaide haar hoofd langzaam naar Tammy toe en keek haar even aan. Tammy voelde dat ze rood werd van het ongemakkelijke gevoel dat ze had.

'Hoi, Evie, ik ben Tammy. Fijn je te ontmoeten.'

Evie glimlachte en bevochtigde haar lippen met haar tong. 'Ja,' fluisterde ze. Ze stak een magere arm uit en opende haar handpalm. Tammy legde haar hand zachtjes op de hare.

'Je bent erg mooi, zoals Nick al zei.'

'Hij heeft kennelijk een goede smaak als het om vrouwen gaat,' zei Tammy glimlachend met een kneepje in Evies hand.

'Ja.' Evie zweeg even alsof ze de energie verzamelde om verder te spreken. 'Heb je kennisgemaakt met... Clemmie?'

'Ja. Ze is een schat van een meid, Evie. Echt, je hebt het zo goed gedaan met haar. Ik...' Tammy onderdrukte haar tranen. 'Je zult wel trots op haar zijn.'

'Ja, heel trots.'

Tammy zag dat Evies oogleden begonnen dicht te vallen.

Een verpleegkundige stak haar hoofd om de deur. 'Hallo, ik kom alleen even Evies gegevens en medicijnen checken,' zei ze opgewekt terwijl ze het klembord van het voeteneinde van het bed pakte. Tammy vroeg zich af hoe iemand die hier elke dag mee werd geconfronteerd, kon blijven glimlachen.

'Alles is in orde,' zei de verpleegkundige. 'Ik zal jullie met rust laten.'

Evie bleef slapen toen ze de kamer had verlaten. Nick wendde zich tot Tammy. 'Je doet het uitstekend,' stelde hij haar gerust. 'Heb je zin in een kop thee? Ik haal wel wat uit de kantine nu ze toch slaapt.'

Tammy wilde hem vragen te blijven, ze wilde zeggen dat ze hem nodig had om dit te doen, maar ze liet hem gaan. Ze vroeg zich af hoe Meena zich redde in de boetiek, dacht na over de voorraad die slonk en keek toen naar Evie en besefte dat die dingen niet belangrijk waren. Alles wat wél belangrijk was, werd weerspiegeld in deze kamer: zo goed mogelijk zorgen voor het kind van deze moeder.

'Tammy?'

Evies stem haalde haar uit haar overpeinzingen.

'Ja?'

'Waar is Nick?'

'Die is thee aan het halen, hij is zo weer terug.'

'Nee, ik ben blij dat we even alleen zijn. Ik... wil zeggen dat ik het fijn vind dat jij er zult zijn voor Clemmie. Nick is...' Evie slikte pijnlijk. '... goed voor haar, maar hij is een man, snap je?'

'Ja, dat snap ik,' zei Tammy glimlachend.

'Clemmie heeft een vrouw nodig, een moeder. Wil jij... haar zijn?'

'O Evie, zonder meer. Ik zei gisteravond nog tegen Posy dat ik aanvankelijk bang was dat ik geen moedergevoelens in me had. Maar toen leerde ik Clemmie kennen... en begon ik van haar te houden. Ik voel me nu al verantwoordelijk voor haar.'

'Dat is goed om te horen.' Evie knikte. 'Ik weet... dat ik niet lang meer heb. Ik moet Clemmie zien. Om... afscheid te nemen.' Ze beet hard op haar lip en knikte.

'Wanneer wil je haar zien?'

'Zo... snel mogelijk.'

'Oké, dat zal ik tegen Nick zeggen.'

'Zorg goed voor haar, oké? Hou van haar voor mij...'

'Dat beloof ik je, Evie.'

'Dank je.'

Evies ogen sloten zich weer net op het moment dat Nick terugkwam met de thee.

'Gaat het, lieverd?' vroeg hij terwijl hij ging zitten en Tammy een piepschuimen bekertje met thee overhandigde. Hij veegde teder een van de tranen weg die over haar wangen rolden.

'Ze heeft zojuist gezegd dat ze Clemmie wil zien om... afscheid te nemen. Zo snel mogelijk.'

'Oké.' Nick nam een slokje van zijn thee en ze bleven zwijgend zitten terwijl Evie sliep. Veertig minuten later was ze nog niet wakker en gebaarde Nick dat ze beter konden weggaan.

'Ik heb de dokter gesproken toen ik terugliep met de thee,' zei hij terwijl ze over de afdeling liepen. 'Ik breng jou straks naar huis en vanavond ga ik terug met Clemmie. Evie had gelijk, ze heeft niet veel tijd meer.'

'Oké,' antwoordde Tammy.

'Ik zal mijn moeder ook meenemen, zodat zij naderhand kan terugrijden met Clemmie, dan kan ik hier bij Evie blijven,' voegde hij eraan toe toen ze door de uitgang liepen en Tammy de frisse buitenlucht gretig inademde. 'Ik wil niet dat ze alleen is als...'

'Dat spreekt voor zich, Nick. Posy en ik ontfermen ons wel over Clemmie, dan kun jij er voor Evie zijn,' zei ze toen ze in de auto stapten.

'Weet je zeker dat je dat geen probleem vindt?'

'Wat? O mijn god, natuurlijk niet.'

'Sommige vrouwen zouden het moeilijk vinden,' zei Nick, en hij startte de motor. 'Tenslotte heb ik vroeger van haar gehouden. Ik ben me ervan bewust dat deze situatie bepaald niet de ideale start voor onze relatie is.'

'Alsjeblieft, Nick, hou op. Als ik er niet voor jou en Clemmie wilde zijn, was ik hier niet, toch? En Evie heeft je nu harder nodig dan ik.'

'Dank je, Tammy.' Hij schonk haar een mat glimlachje en ze reden weg. 'Het is goed dat je haar vandaag hebt gezien. Wat heeft ze nog meer gezegd?'

'Ze zei...' Tammy's adem stokte. 'Ze vroeg me om goed voor Clemmie te zorgen. Ik heb gezegd dat ik mijn best zou doen.'

'Dat doe je nu al, lieverd, en ik ben je eeuwig dankbaar.'

Tammy schonk zichzelf net een groot glas wijn in nadat ze Nick, Clemmie en Posy had uitgezwaaid, toen ze een paar koplampen over de oprijlaan zag aankomen.

'Wie kan dat nou zijn?' fluisterde ze in zichzelf toen de auto om het huis heen reed.

Ze tuurde uit het keukenraam en zag Amy naar de achterdeur lopen.

'Is er iemand thuis?' riep Amy terwijl ze de deur opendeed.

'Alleen ik!' Tammy liep naar Amy toe en gaf haar een kus op haar wang. 'Wat fijn om je te zien. Ik dacht dat Posy je verteld had dat ze vanavond met Nick en Clemmie naar het ziekenhuis zou gaan.'

'Dat is ook zo, maar ik wilde jou graag zien, en Freddie zei dat hij de kinderen wel een tijdje over de vloer wilde hebben. Hij is echt geweldig. Heb je hem al ontmoet?'

'Nee, vertel eens?'

'Hij is een goede vriend van Posy. Maar ook mijn reddende engel. Het is een heel bijzondere man, en ik zweer het je, als Posy me niet voor is, denk ik dat ik zelf met hem ga trouwen,' grinnikte Amy. 'Heb je een wijntje voor me?'

'Zeker heb ik dat,' zei Tammy. Ze schonk haar een glas in. 'Wow, Amy,' voegde ze eraan toe, 'Nick heeft me verteld wat je allemaal hebt doorgemaakt, maar je ziet er goed uit.'

'Nu ik over de schok heen ben, begin ik me ook goed te voelen. Het is de opluchting, denk ik, te weten dat Sam niet kan opduiken, dat ik niet bang hoef te zijn om zijn sleutel in het slot te horen omdraaien... Proost dan maar.'

Ze tikten hun glazen tegen elkaar.

'Je had iets moeten zeggen, Amy. Je weet dat ik alles zou hebben gedaan om je te helpen.'

'Ja, dat weet ik, maar ik was te bang dat hij wraak zou nemen. En Sam zou het allemaal hebben ontkend. Je hebt hem ontmoet, je hebt gezien hoe hij is. Hij weet iedereen in te palmen met zijn charmes.'

'Nou, ík was niet van hem gecharmeerd,' huiverde Tammy. 'Ik had al met dat type man te maken gehad.'

'Echt?' Amy keek haar aan terwijl ze aan de keukentafel gingen zitten.

'Helaas wel, ja. Gelukkig voor mij had ik geen kinderen, was ik financieel onafhankelijk en had ik werk waarvoor ik de hele wereld over reisde. Ik kon ontsnappen, dat kon jij niet. Dus ja, ik begrijp enigszins wat je hebt doorgemaakt. Het draait allemaal om macht, vertelde mijn therapeut me achteraf. Kleinzielige mannen die zich alleen groot kunnen voelen door macht over hun vrouw uit te oefenen door middel van woede en geweld. Dus laten we drinken op het feit dat hij weg is.'

'Niet voor lang. Hij blijft misschien maar zes weken in de kliniek.' Amy rilde. 'En daarom wilde ik graag met je praten. Posy heeft me verteld dat Sam Nick vroeger ook tiranniseerde. Daarna heb ik een lang gesprek met Freddie gehad, die strafrechtadvocaat is geweest, en ik... nou, ik wil aangifte doen van mishandeling.'

'Oké. En hoe voel je je daaronder?'

'Doodsbang, trouweloos, schuldig...' Amy haalde haar schouders op. 'Maar zoals Freddie en Posy allebei tegen me hebben gezegd: als ik het niet doe, kan Sam dit ook weer iemand anders aandoen. En dat wil ik niet op mijn geweten hebben. Wat vind jij?'

'Ik vind het ongelooflijk dapper, Amy, en het lijkt me de juiste beslissing.'

'Wat denk je dat Posy ervan zal zeggen? Ik bedoel, ze is zo goed voor me en ze heeft me overal in gesteund, maar uiteindelijk is Sam toch haar zoon.'

'Dat weet ik, en ik begrijp waarom je je zorgen maakt, maar Amy, ik ga ervan uit dat Posy ook zal vinden dat je dit moet doorzetten.'

'Volgens Freddie is het onwaarschijnlijk dat Sam lang de gevangenis in zal gaan. Het feit dat hij al in een kliniek zit om te werken aan zijn alcoholisme en agressieproblemen zal de rechter ervan overtuigen dat hij verantwoordelijkheid neemt voor zijn daden. Hij krijgt misschien zelfs een voorwaardelijke straf, maar daar gaat het me helemaal niet om. Ik wil alleen maar dat wordt vastgelegd wat hij heeft gedaan, zodat het zwart op wit staat, mocht hij in de toekomst weer in de fout gaan. Ik zie enorm tegen de rechtszaak op. De gedachte dat ik in de rechtszaal een getuigenis moet afleggen tegen mijn echtgenoot...' Amy huiverde. 'Maar hij had me die avond kunnen vermoorden en ik wil er niet medeschuldig aan zijn als het een volgende keer misgaat.'

'Nee, inderdaad, en iedereen zal er de komende tijd voor je zijn, dat weet ik zeker. Echt, Amy, ik ben trots op je. Heel veel vrouwen zijn, begrijpelijk genoeg, te bang om hun mishandelaar voor het gerecht te brengen, vooral als het om hun echtgenoot of partner gaat. Als meer vrouwen dat zouden doen, realiseerden bepaalde mannen zich misschien dat ze er niet mee wegkomen.' Tammy reikte over de tafel om Amy's hand te pakken en gaf er een kneepje in. 'Doe het voor ons allemaal, Amy, maar voorál voor jezelf en je schatten van kinderen.'

'Nou, ik wacht ermee tot na de kerst. Al met al heeft de familie Montague op dit moment genoeg zorgen, maar dank je voor je steun, Tammy.' Amy's ogen glinsterden van de tranen en ze nam een grote slok wijn. 'Laten we het dan nu maar ergens anders over hebben. Hoe gaat het met Evie?'

'Helemaal niet goed. Ik ben vandaag bij haar geweest.'

'En?'

'Ik heb voornamelijk geprobeerd niet de hele tijd te zitten snotteren. Het is verschrikkelijk, Amy. Clemmie is nu naar het ziekenhuis om afscheid van Evie te nemen.'

'Mijn god, wat kan het leven soms een hel zijn, hè? Arme Nick en arme Clemmie.'

'Ja. Maar Nick doet het heel goed met haar, hij is heel zorgzaam en lief.'

'Nick is een goede vent, Tammy. En je hoeft je echt niet af te vragen of hij en Evie...'

'O nee, dat doe ik allang niet meer, Amy. Ik ben gewoon blij dat hij er nu voor Evie kan zijn.'

'Hoe kunnen twee broers zo compleet verschillend zijn?' zuchtte Amy. 'Het ziet ernaar uit dat ik voor de verkeerde heb gekozen.'

Tammy nam een slokje van haar wijn en keek Amy aan. 'Heb je de laatste tijd nog van Sebastian gehoord?'

'Nee, hoezo?'

'Nou, op mijn feest leek het... nou, het leek of jullie wat met elkaar hadden, eerlijk gezegd.'

'Eh... Dat was ook een tijdje zo. Ik stond zelfs op het punt om Sam te verlaten, vlak voordat hij gearresteerd werd wegens die oplichting rond Admiral House. Toen hij op borgtocht werd vrijgelaten, wist ik dat ik het niet kon maken. Ik heb Sebastian gevraagd weg te gaan, ik heb gezegd dat ik hem nooit meer wilde zien.'

'Oké. En is het echt voorbij? Ook nu je bij Sam weg bent?'

Amy staarde in de verte. 'Ik blijf mijn hart maar vertellen dat het een gepasseerd station is, maar het lijkt niet te willen luisteren. Nou ja, ik heb mijn kans gehad, en die heb ik verpest. Bovendien moet ik me op de kinderen richten. Door wat er is gebeurd, zijn zij hun vader nu kwijt.'

'Dus je gaat Sebastian niet laten weten dat je Sam hebt verlaten?'

'Nee,' zei Amy beslist. 'Trouwens, hij is sindsdien ook verdergegaan met zijn leven. Ik was waarschijnlijk slechts een prettige afleiding toen hij hier verbleef.'

'Nou, ik heb jullie samen gezien en volgens mij was het veel meer, Amy.'

'Tammy, het spijt me, maar kunnen we het ergens anders over hebben?'

'Sorry, natuurlijk. Hoe gaat het met de kinderen?'

'Heel goed.' Amy's gezicht lichtte op. 'Ze vinden het heerlijk in hun nieuwe huis en ze zijn dol op hun oppas – Freddie dus. Hij verwent ze schandelijk. Trouwens, weet jij wat Nick en jij met Kerstmis gaan doen?'

'Ik denk dat het afhangt van hoe het met Evie zal gaan, eigenlijk. We hebben nog geen plannen.'

'Dat begrijp ik. Maar ik ben heel blij dat jullie weer samen zijn, Tammy. En welkom in de wereld van het moederschap.' Amy glimlachte en ze tikten hun glazen weer tegen elkaar.

'Dank je. Het is een beetje sneller dan ik in gedachten had, maar Clemmie is een schat van een kind en in elk geval wordt me de pijn van de bevalling bespaard.'

'Zo is dat,' giechelde Amy, 'maar wie weet wat de toekomst brengt. Wonen jij en Nick al samen in Londen?'

'Nee, want ik wilde Clemmie nog even de ruimte geven. Maar ik denk dat ik na de kerst misschien wel bij ze ga wonen in Nicks nieuwe huis in Battersea.'

'Ik hoop dat jullie gaan trouwen, Tammy. Het zou leuk zijn als er een feest was om naar uit te kijken.'

'Eén stap tegelijk, maar ik zou het inderdaad ook leuk vinden. Het zou waarschijnlijk ook goed zijn voor Clemmie. Maar ik wacht tot hij me vraagt.' Tammy glimlachte. 'Wij lijken alles in de verkeerde volgorde te doen.'

'Zo gaat dat met moderne gezinnen, toch? Weet jij overigens of Posy al weet wat ze nu met Admiral House gaat doen?'

'We hebben het er vanochtend kort over gehad. Ik denk dat ze het in januari te koop zet.'

‘Ik vind het heel triest. Het huis is al driehonderd jaar familiebezit. En het is zo prachtig. Sebastian was er helemaal verliefd op, en ik ben er ook weg van. Ik zal er een schilderij van maken voor het wordt verkocht. Het lijkt me mooi om dat dan aan Posy te geven voor haar zeventigste verjaardag.’

‘Is Posy al bijna zeventig?’ Tammy keek verrast. ‘Wauw, ik had haar tien jaar jonger geschat.’

‘Ik weet het, ze zet ons allemaal voor schut met al die energie die ze heeft. Nou, ik kan maar beter teruggaan om Freddie te bevrijden, want die zit voor de twaalfde keer naar *The Muppet Christmas Carol* te kijken. Het was fijn je weer te zien, Tammy, en als je zin hebt, kom dan gerust eens langs. Ik woon in een doodlopende zijstraat van High Street, maar als je me belt, geef ik je de precieze routebeschrijving wel. En neem Clemmie mee, dan kan ze haar ondeugende neefje en nichtje ontmoeten.’

‘Als ik tijd heb, zal ik dat zeker doen. Het was heel fijn je te zien, Amy.’ Tammy stond op en gaf haar een kus. ‘Pas goed op jezelf, oké?’

‘Dat doe ik, kan ik nu met recht en reden zeggen. Tot gauw, Tammy.’

39

De volgende middag liep Tammy met Clemmie en Posy door de tuin toen haar mobiele telefoon in haar broekzak overging.

'Neem me niet kwalijk, beiden, ik ben zo terug,' zei ze, en ze mimede 'Het is Nick' over Clemmies hoofd. Posy knikte en liep verder met Clemmie, zodat Tammy het telefoontje ongestoord kon voeren.

'Hallo?'

'Tammy, met Nick. Evie is twintig minuten geleden gestorven.'

Ze hoorde de vermoeidheid en leegte in zijn stem. 'Wat spijt me dat verschrikkelijk, Nick.'

'Dank je. Ik moet hier nog wat formulieren invullen en dingen regelen, maar daarna kom ik thuis. Zeg nog maar niets tegen Clemmie tot ik terug ben, oké? Ik moet degene zijn die het haar vertelt.'

'Natuurlijk. Hou je taai, lieverd. Ik hou van je.'

Tammy wierp een blik door de met nevel bedekte tuin en rook de troostende geur van houtrook. Posy knipte wat hulst van een struik terwijl Clemmie de ladder vasthield.

Tammy liep naar hen toe en Posy stapte van de ladder met haar ogen op die van Tammy gericht. Ze schudde lichtjes haar hoofd en Posy knikte.

'Het lijkt erop dat in elk geval één van mijn nakomelingen net als ik van tuinieren houdt, nietwaar, Clemmie?' Posy glimlachte.

'O ja, ik ben dol op bloemen en planten, en oma gaat me er alles over leren als ze in de lente gaan bloeien.'

'Dat ga ik zeker. Nou, zullen we dan maar naar binnen gaan voor een lekkere mok warme chocolademelk en een plakje cake? Het begint hier buiten behoorlijk koud en donker te worden.'

Terwijl ze terugliepen naar het huis keek Tammy omhoog naar de hemel, waar ze de eerste sterren al zag twinkelen.

Goede reis, lieve Evie. Ik beloof dat ik mijn uiterste best zal doen om goed voor je dochter te zorgen...

Nick kwam een uur later thuis, met een afgetobd, bleek gezicht. Hij nam Clemmie mee naar de ochtendkamer, waar zij en Posy de kerstboom hadden opgezet, en sloot de deur achter zich.

'Ik kan wel een groot glas wijn gebruiken, en jij vast ook,' zei Posy somber. Ze haalde de fles uit de koelkast.

'Ja, dank je, Posy.'

De twee vrouwen gingen zwijgend aan de tafel zitten, ieder in de eigen gedachten verzonken.

'Ik was net iets jonger dan Clemmie toen ik te horen kreeg dat mijn vader was gestorven,' zei Posy ten slotte. 'Het verschil is dat ik er niet op was voorbereid. Maar hoezeer haar moeder ook haar best heeft gedaan om haar te helpen dit bericht te kunnen verwerken, het zal zeker niet meevallen. Ze zal er helemaal kapot van zijn. Tot nu toe was het nog geen werkelijkheid, en nu is het moment echt daar.'

'Hoe is jouw vader overleden, Posy?'

'Dat is een lang verhaal, Tammy.' Posy glimlachte droevig. 'Er is onlangs iets gebeurd waardoor ik het gevoel had dat ik hem opnieuw kwijtraakte.'

Ze hoorden de deur van de ochtendkamer opengaan en Nick verscheen met Clemmie in zijn armen. Haar hoofd lag tegen zijn schouder.

'Ze zei dat ze jou wilde zien, mam,' zei hij, en hij gaf haar over aan Posy.

Tammy ving een glimp op van Clemmies betraande gezicht en voelde haar hart overstromen van liefde. Nick stak zijn hand naar haar uit terwijl Posy Clemmie op haar schoot omarmde.

'Is er nog wat wijn?' vroeg hij.

Tammy haalde de fles uit de koelkast en pakte een extra glas, waarna ze met zijn tweeën de keuken verlieten.

'Hoe nam ze het op?'

'Relatief kalm. Ze vertelde me dat Evie gisteren al afscheid van haar had genomen,' zei hij terwijl ze voor het haardvuur in de ochtendkamer gingen zitten. 'Maar ze is uiteraard intens verdrietig.'

'Natuurlijk.'

'Ik heb haar verteld dat haar mama vredig is weggegleden naar de hemel, en zo is het ook gegaan. Evie viel in slaap en werd gewoon niet meer wakker. Het was het beste zo, Tammy, ze had zoveel pijn. Ik...'

Toen was het Nicks beurt om te huilen. Tammy trok hem naar zich toe en hij snikte zachtjes tegen haar schouder.

'Ik vind het zo erg,' fluisterde ze.

Nick maakte zich van haar los en veegde zijn ogen af aan zijn trui. 'Sorry dat ik bij je zit uit te huilen, Tammy. Ik moet mezelf vermannen voor Clemmie. Er moeten dingen geregeld worden, zoals Evies uitvaart. Ze wilde een rustige dienst in de plaatselijke kerk. En dan is er nog het huis in Southwold. Ze heeft uiteraard alles aan Clemmie nagelaten. Ze dacht dat het misschien het beste zou zijn om het te verkopen en het geld te reserveren voor haar opleiding.'

'Dat is van later zorg, Nick. Het belangrijkste is dat we nu oog hebben voor Clemmie.'

'Ja.' Nick schonk haar een flauw glimlachje. 'Je bent fantastisch, dank je. Het spijt me zo, Tammy, ik...'

'Stil nou maar, Nick. Hier draait de liefde toch om? Je ook samen door slechte tijden heen slaan?'

'Nou, laten we hopen dat er daarna goede tijden komen.'

'Vast wel, Nick. Dat geloof ik zeker,' zei Tammy meevoelend.

Evies uitvaart vond een week later plaats op een druilerige, grijze woensdag. Naderhand gingen de weinige aanwezigen mee naar Admiral House voor een glas bisschopswijn en Posy's zelfgemaakte mincepasteitjes.

'Ik ben heel trots op haar,' zei Posy tegen Nick. Ze keken naar Clemmie, die met haar neefje en nichtje op de keukenvloer zat. 'Ze lijkt zich goed aan te passen. Heb je al besloten of ze teruggaat naar kostschool?'

'We hebben het erover gehad en Clemmie zegt dat ze daar in elk geval voorlopig wil blijven. Ze heeft er veel vriendinnen gemaakt en het brengt ook iets van het normale leven terug, wat ze nodig heeft, denk ik,' antwoordde Nick.

'Hallo, Posy,' zei Marie, die naar hen toe kwam. 'Hoi, Nick.'

'Hoi, Marie, fijn dat je er bent,' reageerde hij beleefd.

'Vanzelfsprekend. Evie en ik waren beste vriendinnen, vroeger op school. We hadden zoveel dromen...' Marie schudde haar hoofd. 'Wie had gedacht dat dit voor Evie in het verschiet lag?'

'Ja, het is heel droevig,' zuchtte Posy.

'Ik ben me ervan bewust dat dit eigenlijk niet het moment is om erover te beginnen, maar heb je al nagedacht over wat je gaat doen met Admiral House?' vroeg Marie.

'Niet echt, lieverd, nee, maar als ik het weet, ben jij de eerste die het hoort,' zei Posy geïrriteerd.

'Nou, ik kom na de kerst in elk geval bij je langs om Evies huis te koop te zetten,' zei Nick.

'Prima. Ik verwacht dat het niet moeilijk zal zijn het kwijt te raken. Clemmie zal waarschijnlijk rijker worden dan menig ander. Bel me maar als het uitkomt.' Marie vertrok weer met een knikje.

Nick zag de uitdrukking op Posy's gezicht. 'Het leven gaat door, mam,' zei hij, 'zo zit de wereld nu eenmaal in elkaar.'

'Ik weet het. Dat was niet anders toen mijn vader overleed.' Posy draaide zich om en wierp een blik op Freddie, die er knap uitzag in zijn donkere pak. Hij was diep in gesprek met Tammy.

'Hij lijkt me een aardige kerel,' zei Nick met een grijns.

'Dat is hij ook. Ik prijs me gelukkig.'

'Het wordt tijd dat er eens iemand voor jou zorgt.'

'Ik hoop dat we voor elkaar kunnen zorgen,' zei Posy glimlachend. 'Op een dag zal ik je alles over hem vertellen, en waarom we al die jaren geleden niet samen konden zijn. Trouwens, heb jij al over de kerstdagen nagedacht, Nick?'

'Ik heb het er gisteravond met Tammy en Clemmie over gehad, en we zouden ze graag hier met jou willen doorbrengen, als jij dat goed vindt.'

'Ja, natuurlijk, Nick. Freddie, Amy en de kinderen komen ook. Voor hen is het ook een moeilijke tijd, hun eerste kerst zonder hun vader. Hoe dan ook: we maken er zo vrolijk mogelijke dagen van.'

Posy hoorde haar mobiele telefoon overgaan in haar handtas. 'Sorry, Nick, ik moet even opnemen.'

'Oké.'

'Hallo?'

'Posy, met Sebastian.'

‘Hallo, Sebastian.’

‘Bel ik ongelegen?’

‘Nee, helemaal niet.’ Posy liep de keuken uit en sloot de deur achter zich om hem te kunnen horen. ‘Is het gelukt?’

‘Ja. Je vader is begraven in een anoniem graf op het terrein van Pentonville Prison.’

‘Anoniem?’

‘Nou, er is geen grafsteen, alleen een nummer dat aangeeft waar hij te ruste is gelegd.’

‘Juist ja. En kan ik hem bezoeken?’

‘Nou, het is niet gebruikelijk, maar mijn contactpersoon heeft zijn invloed aangewend, en ja, je mag ernaartoe. Heb je vrijdag tijd?’

‘Hier maak ik tijd voor. Ik zal er zijn. Sebastian?’

‘Ja?’

‘Zou je met me mee willen gaan?’

‘Natuurlijk. Maar wil je niet liever een familielid meenemen?’

‘Nee, beslist niet. Mijn zoons weten nog nergens van.’

‘Oké dan, ik had niet gedacht dat ik dit ooit tegen je zou zeggen, Posy, maar ik zie je dan om twee uur bij de gevangenispoort.’

‘Perfect. Ik ben je enorm dankbaar dat je dit voor me hebt uitgezocht en geregeld.’

‘Graag gedaan, Posy. Ik zie je vrijdag. Tot dan.’

Posy wachtte een ogenblik om tot rust te komen. Ze bedacht hoe ironisch het was dat ze erachter kwam waar haar vader lag op de dag dat ze iemand anders hadden begraven die te vroeg was gestorven. Ze haalde diep adem en liep de keuken weer in.

40

‘Hallo, Posy. Ben je er klaar voor?’ Sebastian glimlachte naar haar.

‘Voor zover ik dat ooit kan zijn, ja.’

‘Ben je er absoluut zeker van dat je dit wilt doen? Ik bedoel, het is best deprimerend,’ zei hij met een gebaar naar het strenge gebouw waar ze voor stonden.

‘Absoluut, ja.’

‘Goed dan.’ Sebastian drukte op de knop van de intercom, gaf hun namen door en de deuren klikten open.

Een kwartier later werden ze door een gevangenismedewerkster een tuin in geleid. ‘Uw vader is hier begraven, volgens de gegeven coördinaten,’ zei ze terwijl ze over het gras – en talloze lichamen, stelde Posy zich voor – naar een plek bij de hoge gevangenismuren liepen.

‘Juist,’ zei de medewerkster, met een blik op de print die ze had meegenomen. Ze wees naar een grasheuveltje links van hen. ‘Daar ligt hij.’

‘Dank u.’

‘Wil je dat ik meeloop?’ vroeg Sebastian haar.

‘Nee, dank je. Laat me maar even.’

Posy liep met bonzend hart naar het lage heuveltje dat de medewerkster had aangewezen. Ze bleef er staan, haar ogen nat van de tranen omdat er aan het oppervlak niets was wat erop duidde dat haar vader hier lag.

‘Hallo, papa,’ fluisterde ze. ‘Het spijt me zo dat je op deze vreselijke plek bent terechtgekomen. Je verdiende beter.’

Terwijl Posy daar stond, drong het voor het eerst tot haar door dat haar vader bevoegd was verklaard om te doden vanuit zijn Spitfire in de context van de oorlog. Daarvoor was hij geëerd, een held genoemd. Maar hier lag hij tussen honderden andere misdadigers omdat hij de man die hem op wrede wijze had bedrogen van het leven had beroofd.

'Je hoort hier niet thuis, papa, en ik wil dat je weet dat ik het je heb vergeven. En dat ik altijd van je zal houden.'

Ze opende het linnen tasje dat ze bij zich had en haalde er het boeketje uit dat ze had gemaakt: delicate witte kerstrozen met daartussen glanzend groene hulsttakjes vol bessen.

Ze legde het neer, sloot haar ogen en prevelde een gebedje.

Sebastian en de gevangenismedewerkster stonden van een respectvol afstandje toe te kijken.

'Weet ze dat er nog twee andere lichamen in hetzelfde graf liggen?'

'Dat weet ze niet, en dat hoeft ze ook niet te weten,' fluisterde Sebastian gedecideerd terwijl Posy een kruisje sloeg en vervolgens naar hen terugliep.

'Klaar?' vroeg hij.

'Ja, dank je.'

Bij het verlaten van de gevangenis wendde Sebastian zich tot haar. 'Nu we dat achter de rug hebben... Wat dacht je ervan een taxi te nemen en naar Fortnum's te gaan voor een luxueuze afternoon tea?'

'Sebastian, ik kan me niets leukers voorstellen,' zei Posy glimlachend. 'Laten we gauw weggaan van deze nare plek.'

Een half uur later zaten ze in de kerstachtige sfeer van de Fountain Room in Fortnum & Mason. Sebastian had voor hen beiden een glas champagne besteld.

'Op je vader, Posy. En op jou.' Hij tikte met zijn glas tegen het hare en ze namen allebei een slokje. 'Hoe voel je je nu je hebt gezien waar hij begraven is? Beter of slechter?'

'Beslist beter,' zei Posy knikkend terwijl ze een minikomkommersandwich pakte. 'Hoe vreselijk ook, ik heb nu kunnen afsluiten wat er is gebeurd. Ik heb afscheid van hem genomen.'

'Het was een moedige stap, Posy.'

'Nou, ik ben blij dat ik het gedaan heb, en ik ben je heel dankbaar dat je het voor me hebt geregeld. Maar vertel eens, hoe vordert je boek?'

'O, gestaag. Ik ga het begin februari inleveren.'

'En wat doe je met de kerst?'

'Niets,' zei Sebastian. 'Als iedereen plumpudding zit te eten, ga ik in alle rust aan het werk.'

'Dat klinkt tamelijk ongezellig, als ik zo vrij mag zijn.'

'Dat moge zo zijn, maar het verdient de voorkeur boven Kerstmis met mijn moeder en die vreselijke man met wie ze is getrouwd nadat mijn vader een aantal jaren geleden is gestorven. Kerst is voor familie, en die heb ik niet, zo is het nu eenmaal.'

'Nou, wil je Kerstmis dan misschien met mijn familie in Admiral House doorbrengen?'

'Posy, dat is heel lief van je, maar ik denk dat jouw familie niet op mij zit te wachten.'

'Hoezo niet?'

'O,' mompelde Sebastian, een scone met boter besmerend, 'gewoon omdat ik een buitenstaander ben.'

'In feite, Sebastian, denk ik dat mijn familie het heel fijn vindt als je komt. Eén persoon in het bijzonder.'

'En wie zou dat dan zijn?'

Posy keek hem aan en nam nog een minisandwich. 'Amy, natuurlijk.'

Ze zag Sebastian blozen tot in zijn haarwortels.

'Zeg nou niet dat je niet weet waarover ik het heb, Sebastian, want dat zou een leugen zijn, en ik heb in mijn leven genoeg leugens gehoord.'

'Oké, dan lieg ik niet.' Hij pakte zijn glas champagne en nam een slok. 'Hoe ben je erachter gekomen?'

'Het was van jullie gezichten af te lezen.'

'Misschien wel, maar Amy heeft me duidelijk te kennen gegeven dat ze Sam nooit zou verlaten.'

'En dat is de reden waarom je Admiral House zo plotseling verliet.'

'Ja. Vergeef me, Posy, je zult wel woedend op me zijn. Sam is jouw zoon en...'

'Amy is bij hem weg, Sebastian. Hij heeft haar lelijk aangevallen, maar dankzij Freddie is de schade gelukkig beperkt gebleven. Sam zit nu in een kliniek in Essex om te werken aan zijn alcohol- en agressieproblemen.'

'God, Posy.' Sebastian schudde zijn hoofd. 'Ik ben... nou, ik weet eigenlijk niet wat ik ben, eerlijk gezegd. Geschokt komt er het dichtste bij, denk ik.'

'Heb jij ooit vermoed dat Amy slachtoffer was van huiselijk geweld, Sebastian?'

'Ik... Het is wel door mijn hoofd geschoten, ja. Ze had blauwe plekken waar je ze niet zou verwachten...'

'Je hoeft niet preuts te doen, Sebastian. Ik vraag me vaak af waarom de jongere generatie zich zo op de vlakte houdt tegenover ouderen als het gaat om dingen als seks, terwijl wij over het algemeen veel meer ervaring hebben dan zij. Hoe dan ook is het zo dat Amy niet teruggaat naar Sam, zelfs niet als hij compleet veranderd de kliniek uit wandelt.'

'Ik moet zeggen dat ik daar opgelucht over ben. Ze is zo'n goed mens en ze heeft een rottijd achter de rug.'

'Dat heeft ze zeker. Sebastian, hou je van haar?'

'Ja, Posy, en als ik daar al niet zeker van was toen ik vertrok, ben ik dat nu absoluut wel. Hoewel ze me vertelde dat er geen hoop voor ons was, heb ik de afgelopen maand alleen aan haar gedacht. Om je de waarheid te zeggen is dat de reden waarom het me niet lukte om te schrijven.' Hij zuchtte.

'Dus hoe zou je het vinden om de kerst met ons door te brengen?' Posy herhaalde de vraag.

'Ik weet het eigenlijk niet.' Hij keek haar onderzoekend aan. 'Als ik eerlijk ben, vind ik het moeilijk te begrijpen waarom je de echtgenote van je zoon aanmoedigt zich weer in de armen van haar geliefde te storten.'

'Ik ben realistisch, Sebastian. Niet alleen Amy heeft het moeilijk gehad, maar jij ook. Heel veel mensen is geen happy end gegund, ik heb er zelf vijftig jaar over gedaan om dat van mij te vinden, en als het in mijn macht ligt om anderen een handje te helpen, zal ik dat doen. Amy heeft je nodig, en mijn kleinkinderen ook.'

'En Sam dan?'

'Geen moeder wil toegeven dat ze een rotte appel heeft voortgebracht, maar dat is hij kennelijk wel. En omdat ik dat heb genegeerd, heb ik Nick niet behoed voor een hoop narigheid in zijn kindertijd, en verloor Amy, die me zeer dierbaar is, bijna haar leven. Ik heb me de afgelopen dagen afgevraagd of het in de genen zit. Tenslotte heeft mijn vader zijn beste vriend vermoord.'

'Posy, dat was iets heel anders. Een crime passionel. Als het in Frankrijk was gebeurd, had hij waarschijnlijk gratie gekregen.' Sebastian glimlachte. 'Genen zijn genen, ja, maar vergeet niet dat ieder van ons een uniek DNA heeft. En dat kan allerlei persoonlijkheidskenmerken bevatten.'

'Daar zul je wel gelijk in hebben, zo heb ik er nog nooit over nagedacht. Natuurlijk voel ik me enorm schuldig over Sams gedrag. Lag het aan iets wat ik heb gedaan, of gelaten, was het een gevolg van het verlies van zijn vader toen hij nog klein was, enzovoort... Maar dat gepieker leidt nergens toe.'

'Dat klopt, Posy, maar in elk geval zijn Amy en je kleinkinderen nu veilig.'

'Ik zou ze ook graag gelukkig zien. Kom je met kerst, Sebastian? Freddie komt ook, net als mijn zoon Nick met Tammy.'

'Het is heel aardig van je, Posy, maar mag ik erover nadenken voor ik antwoord geef?'

'Natuurlijk. Nou, dan ga ik je nu het aangrijpende verhaal vertellen over de manier waarop ik aan een extra kleinkind ben gekomen...'

'Eindelijk alleen!' Freddie omhelsde Posy, die bij hem voor de deur stond. 'Kom binnen, kom binnen. Ik heb het gevoel dat ik je weken niet voor mezelf heb gehad,' zei hij toen hij haar losliet en haar voorging naar de woonkamer, waar een dienblad met een fles champagne en twee glazen op de salontafel stond.

'Goh, waar hebben we dat aan te danken?'

'Helemaal nergens aan, behalve dan dat het kersttijd is, maar wat ik nog belangrijker vind: onze beide harten kloppen nog altijd. Je hoeft op onze leeftijd geen excuus te hebben om champagne te drinken, Posy.'

'Ik heb gisteren ook al champagne gedronken.'

'Echt? En waar dan wel?' vroeg Freddie terwijl hij de fles ontkurkte, in beide glazen wat champagne schonk en haar er een overhandigde.

'In Fortnum's. Ik heb een afternoon tea gehad met Sebastian.'

'Kijk eens aan! Heb ik een rivaal?'

'Als ik dertig jaar jonger was, dan zeker,' zei Posy glimlachend. 'Proost.'

'Proost,' Freddie hief zijn glas. 'Hoe gaat het met hem?'

'Goed, Freddie, je moet de groeten hebben. Ik begrijp dat hij jou een luisterend oor heeft geboden in ons melodrama.'

'Dat heeft hij inderdaad, en ik ben hem dankbaar voor zijn goede raad. Maar ter gelegenheid waarvan had je met hem in Fortnum's afgesproken?'

'Ik had hem gevraagd uit te zoeken waar het graf van mijn vader zich bevond, en daar ben ik gisteren geweest.'

'O. Waar was dat?'

'Pentonville Prison. En voor je nog iets zegt, het was inderdaad een naargeestige boel. Maar het heeft zin gehad, want nu heb ik het gevoel dat ik verder kan met mijn leven.'

'Dan ben ik blij voor je, Posy, hoewel ik ook met je mee zou zijn gegaan, als je het me had gevraagd.'

'Het was iets wat ik zonder jou moest doen, Freddie. Ik hoop dat je dat begrijpt.'

'Dat doe ik.'

'Ik heb Sebastian trouwens voor de kerst uitgenodigd.'

'O ja? Nou, ik verheug me erop hem weer te zien. In jouw familie zijn de mannen nogal in de minderheid momenteel.'

'Hij en Amy hadden een verhouding toen Sebastian bij mij in Admiral House verbleef.'

'Echt? En wist je daarvan?'

'Ik had wel een vermoeden, ja. En ze hebben het allebei aan me toegegeven. Hij is zo'n fijne man, Freddie. Precies het type dat Amy nodig heeft.'

'Probeer je ze nu te koppelen?'

'Na wat er de afgelopen weken is gebeurd, denk ik dat we het erover eens zijn dat het leven veel te kort is. Wij hebben een leven lang geluk aan ons voorbij moeten laten gaan, en dat wil ik niet voor Amy en Sebastian.'

'Sjonge,' zei Freddie glimlachend, 'dat is nogal een genereus gebaar, gezien het feit dat Sam je zoon is.'

'Nou, aangezien Sam me een paar dagen geleden vanuit de kliniek belde, en me vertelde dat hij een vrouw had leren kennen met wie hij meer dan goed kon opschieten, denk ik niet dat hij lang alleen zal zijn. Ze heet Heather en ze zit daar voor haar alcoholverslaving. Ze schijnt alles te weten over zijn agressie- en alcoholproblemen, en ze probeert hem te helpen. Gezien de omstandigheden klonk hij erg opgewekt. En nuchter natuurlijk.'

'Nou, dat is goed nieuws.'

'Ja, dat is het zeker, en wat Amy en Sebastian betreft: ik heb hem alleen maar uitgenodigd. Hoe het verdergaat tussen hen, is hun zaak.'

'Juist ja. Nou, ik hoop dat je trek hebt? Het is wel weer mijn stoofpot.'

Freddie had de kaarsen op de tafel in de keuken aangestoken en Posy ging zitten terwijl hij opschepte.

'Posy, lieverd, ik moet je iets bekennen.'

'O hemel, Freddie.' Posy's hart begon te bonzen. 'Ik weet niet meer hoeveel slecht nieuws ik nog kan verdragen. Wat is het?'

'Nou, het gaat over de arrestatie van Sam. Een tijd geleden sprak ik met Sebastian. Ik wantrouwde die Ken Noakes en heb Sebastian gevraagd of hij contacten had uit zijn jaren als journalist die konden helpen zijn achtergrond te onderzoeken. En dat heeft hij gedaan. Iemand van de fraudebestrijding nam vervolgens contact op met Sebastian om hem te verzoeken een seintje te geven als hij enig idee had waar meneer Noakes uithing. En zo werd hij gearresteerd, samen met je zoon.'

'O. Nou...' antwoordde ze na een korte stilte. 'Het is minder erg dan ik verwachtte. Ik zou je zelfs moeten bedanken.'

'Echt?' Freddie bestudeerde behoedzaam haar gezicht.

'Absoluut. God weet wat er was gebeurd als jullie tweeën je er niet mee hadden bemoeid. Sam bevond zich op glad ijs en nu krijgt hij tenminste de hulp die hij nodig heeft. En de gedachte dat die vreselijke man Admiral House in handen had gekregen... Wat jullie hebben gedaan, heeft de zaak op de spits gedreven. Dat was pijnlijk, maar nodig.'

'Dus je vergeeft het me?'

'Er valt niets te vergeven, Freddie. Echt niet.'

'Godzijdank. Na al die jaren waarin ik dat verschrikkelijke geheim met me mee heb gedragen, wilde ik niets meer voor je verzwijgen. Nou... hoe gaat het met Clemmie?' vroeg hij terwijl ze aten.

'Naar omstandigheden goed. Ze verheugt zich op Kerstmis. Ze zijn voor een paar dagen terug in Londen en komen op kerstavond weer hiernaartoe. Ik wil het speciaal voor haar maken, als ik kan.'

'Dat lukt vast wel, Posy. En Admiral House?'

'Alles uitgesteld tot na de kerst,' zei Posy beslist.

'Natuurlijk. Nou, neem nog wat.'

Na het eten liepen ze met z'n tweeën terug naar de woonkamer, waar ze met een glas brandy bij het haardvuur gingen zitten.

'Laten we hopen dat we in het nieuwe jaar in rustiger vaarwater terechtkomen,' zei Freddie.

'Ja, en ik wil je bedanken voor al je steun, niet alleen aan mij, maar ook aan mijn familie. Je bent zo goed voor ons, Freddie. Iedereen is dol op je.'

'Is dat zo?'

'Ja. Toen ik je aan ze voorstelde, voelde ik me net een kind dat haar ouders om goedkeuring vroeg. Het is belangrijk om goedkeuring van je familie te krijgen, vind je niet?'

'Jazeker, en ik ben blij dat ik ermee door kan.'

'Meer dan dat, Freddie. Maar nu moet ik maar eens gaan. Ik ben bekaf na de afgelopen dagen.'

'Posy?' Freddie stond op en liep naar haar toe. Hij pakte haar hand en trok haar overeind. 'Wil je niet blijven?'

'Ik...'

'Alsjeblieft?' Hij kuste haar, en toen hij haar tien minuten later mee naar boven troonde, kon het haar niet schelen dat haar lichaam al zo'n zeventig jaar achter de rug had, omdat voor hem hetzelfde gold.

41

'Amy, zou jij naar Halesworth Station willen rijden om een oude vriend van me op te halen? Wij zijn druk met de mincepasteitjes bezig, nietwaar, Clemmie?'

'Ja,' beaamde Clemmie, die de pasteivulling in de deegbakjes schepte.

'Natuurlijk. Naar wie moet ik uitkijken?'

'O, hij heet George. Ik zal hem een berichtje sturen om te zeggen dat hij moet uitkijken naar een mooie blondine,' zei Posy glimlachend.

Freddie, die aan de tafel zat, rolde geamuseerd met zijn ogen.

'Oké, willen jullie dan een oogje op de kinderen houden? Ze zitten in de ochtendkamer te raden naar de inhoud van alle pakjes onder de boom.'

'Dan kan ik er maar beter voor zorgen dat ze ze niet openmaken,' zei Clemmie, die haar handen aan haar schort afveegde en de keuken verliet.

'George?' zei Freddie terwijl hij achter Posy kwam staan en haar schouders masseerde.

'Zo heet de hoofdpersoon in het boek van Sebastian,' zei ze schouderophalend. 'Het was de eerste naam die in me opkwam.'

'Juist. Kan ik iets voor je doen?'

'Ja, je kunt de tafel dekken. Tammy en Nick zijn boven om de laatste cadeautjes in te pakken. De kinderen worden deze kerst tot op het bot verwend.'

'Okido,' zei Freddie, en hij liep naar de la om het bestek te pakken. 'Ik vroeg me trouwens af...'

'Wat?' vroeg Posy. Ze deed de klep van de oven open en schoof de plaat met mincepasteitjes naar binnen.

'Of je, als alle drukte voorbij is, een paar weken met me op vakantie wilt gaan? Dat heb je wel verdiend, Posy.'

'Nou, dat klinkt heerlijk, maar…'

'Geen gemaar, Posy, ik weet zeker dat iedereen best een paar weken zonder je kan. We hebben recht op wat tijd voor ons samen, lieve schat.' Met zijn handen vol messen en vorken plantte hij een liefhebbende kus op Posy's wang. 'Ik dacht aan het Verre Oosten. Maleisië, misschien?'

'Ach, daar zou ik heel graag weer eens naartoe gaan, Freddie.'

'Goed zo. Dan gaan we gewoon, nu we nog fit en gezond genoeg zijn.'

'Je hebt gelijk, ja,' beaamde Posy. 'Ik ga dolgraag mee.'

Toen kwamen de drie kinderen de keuken binnen en richtte Posy haar aandacht op hen.

Amy stond op het perron in haar handen te wrijven om warm te blijven. Het was ijskoud en de trein had een kwartier vertraging. Eindelijk kwam hij dan toch het station binnenrijden, waarna de passagiers zich over het perron verspreidden, hun handen vol tassen met kerstcadeautjes. Amy zocht de menigte af en hoopte maar dat Posy's berichtje was doorgekomen, anders zou ze die George misschien niet eens vinden. Het perron stroomde langzaam leeg, en Amy stond op het punt zich om te draaien en haar mobiele telefoon uit haar auto te halen om Posy te bellen, toen ze een paar meter verderop een lange gestalte zag staan.

Amy slikte en vroeg zich af of ze een of ander vreemd visioen had, maar nee, hij was het echt. Ze zag hem langzaam naar haar toe lopen.

'Hallo, Amy.'

'Hallo. Sorry, maar ik moet snel naar mijn auto, want ik kom ene George afhalen, een vriend van Posy, en…'

'Ja, dat ben ik,' zei hij glimlachend.

'Maar jij bent George niet, en Posy heeft jou toch zeker niet voor Kerstmis uitgenodigd?'

'Nou, eigenlijk wel.'

Amy staarde hem zwijgend aan.

'Bel haar maar als je me niet gelooft.'

'Maar waarom…'

'Omdat ze een van de meest fantastische mensen is die ik ooit heb ontmoet, maar als jij me er liever niet bij wilt hebben, neem ik de volgende trein terug naar Londen. Ben ik welkom, Amy?'

'Voor de kerst, bedoel je?'

'Eigenlijk hoop ik op meer dan alleen prettige kerstdagen,' zei hij met een grijns. 'Zou er ook een gelukkig nieuwjaar in zitten?'

'Ik...' Amy's hoofd tolde.

'Mocht het helpen, Posy heeft me alles verteld, en ik vind het zo erg dat je hebt moeten doormaken wat je hebt doorgemaakt met Sam. Ik zou hem met mijn blote handen kunnen wurgen, eerlijk gezegd, maar ik betwijfel of dat zin zou hebben, dus ik zal mijn best doen me te beheersen. Hoe dan ook: denk je dat je een besluit kunt nemen voordat we op tragische wijze doodvriezen?'

Amy kon Sebastian niet goed zien door het waas van tranen. Haar hart, dat ze achter slot en grendel had gehouden sinds hij was vertrokken, stond op punt van ontploffen.

Ze slikte. 'Nou ja, je bent Posy's gast en ze heeft me gevraagd om je mee te nemen.'

'En weet je zeker dat je dat wilt?'

'Ja, dat weet ik zeker.'

'Laten we dan gaan.' Hij stak zijn hand uit. En samen liepen ze hand in hand door het verlaten station naar de auto.

ZES MAANDEN LATER

THEEROOS

(*Rosa odorata*)

42

Posy zat voor de spiegel van haar toilettafel en bracht mascara aan op haar wimpers. Daarna stiftte ze haar lippen in een nieuwe kleur, speciaal voor vanavond gekocht, maar die wreef ze er meteen weer af.

'Veel te fel voor een ouwe taart als jij, Posy,' vermaande ze zichzelf.

Door het open raam hoorde ze het orkestje stemmen op het terras. De cateringmedewerkers waren druk bezig in de keuken en zij had er van haar familie de afgelopen drie uur niet naar binnen gemogen.

Ze stond op, liep naar het raam en keek naar beneden. Het was een prachtige, zachte juniavond, die haar erg deed denken aan het laatste grote feest dat hier was gehouden, toen ze nog maar zeven jaar was. Ze had op een van de treden naar de tuin gezeten, stilletjes, zodat ze niet gezien en naar bed gestuurd zou worden, en haar vader was naast haar komen zitten om een sigaretje te roken.

Beloof me dat je, als je de liefde ooit vindt, die dan vastgrijpt en nooit meer loslaat, had hij gezegd.

Zijn woorden weerklonken in haar oren en ze hoopte maar dat vanavond zijn goedkeuring zou kunnen wegdragen.

Freddie en zij waren gisteren getrouwd op het bureau van de burgerlijke stand, met alleen familie erbij. En vanavond – op haar zeventigste verjaardag – gingen ze het vieren.

Posy ging op de rand van het bed zitten en trok haar schoenen aan. Ze hadden een kort, slank hakje en ze zaten erg oncomfortabel, maar ze kon moeilijk haar rubberlaarzen dragen op haar speciale avond, zoals Clemmie had opgemerkt toen ze met haar was gaan shoppen om een paar te kopen dat bij haar outfit paste.

Tammy had de jurk voor haar gevonden – een zacht glinsterende, roomkleurige jarendertigjapon die de hobbels en bobbels die de leeftijd met zich mee had gebracht mooi camoufleerden en haar niet liet lijken op een schip met volle zeilen.

Er werd op de deur geklopt.

'Wie is daar?'

'Tammy en Clemmie,' riep Clemmie. 'We hebben de bloemen voor je haar.'

'Kom binnen!'

Dat deden ze. Tammy zag er adembenemend uit in een smaragdgroene nauwsluitende jurk, en Clemmie droeg een bronskleurig tafzijden jurkje dat haar teint prachtig deed uitkomen.

'Mijn hemel, wat zien jullie er schitterend uit,' zei Posy glimlachend.

'Jij ook, oma. Ik bedoel, helemaal niet oma-achtig,' giechelde Clemmie.

'Vanavond, lieverd, voel ik me ook niet zo,' beaamde Posy.

'Hier heb je een glas champagne tegen de zenuwen. Zal ik de bloemen in je haar spelden?' vroeg Tammy.

'Graag.' Posy nam een slokje van haar champagne, liep terug naar de toilettafel en ging zitten. Op Freddies aandringen had ze haar haar langer laten groeien, waardoor het nu zacht golvend langs haar gezicht viel.

'Zo,' zei Tammy terwijl ze de twee roomkleurige rozenknopjes vastmaakte, die ze in de tuin had geplukt.

'Hoe staat het met de catering? Staan de drankjes klaar?'

'Oma, maak je niet zo druk. Alles is geregeld.'

'Heus waar, Posy,' zei Tammy. 'Heb je verder nog iets nodig? De gasten beginnen te arriveren en de mannen zijn beneden om ze te ontvangen. Wij moeten ons tussen de mensen begeven.'

'Nee, ik heb niets nodig, dank je. Kom eens hier, mijn mooie meiden, dan geef ik jullie een kus.' Posy stak haar handen uit om Clemmie naar zich toe te trekken, maar haar kleindochter pakte haar linkerhand vast met haar eigen veel kleinere hand en hield die op voor Tammy.

'Kijk, Tammy, Posy heeft nu twee ringen aan haar vinger en jij maar één.'

'Brutaaltje,' berispte Tammy haar. 'Jij wilt gewoon nog een keer zo'n mooie bruidsmeisjesjurk dragen.'

'Ik wil alleen maar graag dat papa en jij gaan trouwen zodat we een echt gezin kunnen zijn.'

'Over niet al te lange tijd, Clemmie, dat beloof ik, maar laten we eerst Posy haar bruiloft en verjaardagsfeest gunnen, oké?'

Tammy rolde boven Clemmies hoofd met haar ogen naar Posy, die haar kleindochter een kus gaf. 'Goed, naar beneden, jongedame. Tot straks.'

'Freddie komt je over ongeveer een kwartier halen.'

'Dank je, Tammy. Ik voel me helemaal in de watten gelegd.'

'Nou, dat verdien je, Posy. Je hebt heel veel voor ons allemaal gedaan, en nu is het jouw beurt.'

De twee verlieten de kamer en Posy nam nog een slok van haar champagne. Ze ging op de vensterbank zitten en keek naar het groeiende aantal gasten dat op het terras beneden stond.

Er werd weer op de deur geklopt.

'Kom binnen.'

Deze keer was het Amy, die er beeldschoon uitzag in turquoise zijde.

'Ik kwam je even persoonlijk gelukwensen, Posy.'

'Dank je, lieverd. Je ziet er oogverblindend uit, trouwens. Het is echt de avond van het nieuwe begin, hè?'

'Ja, dat klopt, maar ik beloof je, Posy, als Sebastian en ik uiteindelijk Admiral House betrekken, zul je hier altijd welkom zijn.'

'Dat weet ik, lieverd, en daar ben ik dankbaar voor. Het huis heeft een facelift nodig, en een gezin dat erin komt wonen. Ik vind het heel fijn dat Sebastian het heeft aangedurfd.'

'Nou, het kan wel een jaar duren voor we erin trekken, vanwege de renovatie, maar ik beloof je dat ik er goed voor zal zorgen, als jíj belooft dat je ons met de tuin komt helpen. Ik zou niet weten waar ik moest beginnen.'

'Dan zul je een en ander moeten leren. Als ik terug ben van mijn huwelijksreis, sta ik tot je beschikking.'

'Je vindt het echt niet erg, hè?'

'Natuurlijk niet. Tenslotte zijn Jake en Sara mijn kleinkinderen, dus in wezen wordt de stamboom hier voortgezet.'

'Ik... Heb je wat van Sam gehoord?' vroeg Amy beschroomd.

'Ja, hij heeft me eerder vandaag gebeld om me een fijne avond te wensen.'

'O.' Amy keek Posy een tikje ongemakkelijk aan. 'Hoe klonk hij?'

'Vrij opgewekt, alles in aanmerking genomen. Hij logeert nog steeds bij Heather – die vrouw die hij in de kliniek heeft leren kennen – in haar huis in Wiltshire. Hij heeft me verteld dat ze erover denken om na de rechtszaak, afhankelijk van het vonnis, naar het buitenland te verhuizen. Heather schijnt behoorlijk wat geld te hebben en tussen de regels door begrijp ik dat ze Sam op het rechte pad houdt. Hij is in elk geval van de alcohol af. Heather is geheelonthouder sinds de kliniek, en ze sleept Sam twee keer per week mee naar een AA-bijeenkomst.' Posy glimlachte triest.

'Ik vind het heel jammer voor je dat hij niet naar de bruiloft of het feest wilde komen,' zuchtte Amy. 'Het kan zijn dat Sebastian de oorzaak is, niet alleen omdat hij met mij samen is, maar ook omdat hij de fraudebestrijding heeft geholpen om hem en Ken Noakes op te sporen. Het zit me best dwars dat Sebastian daar een rol in heeft gespeeld, maar... O Posy, gelukkig is het zo gelopen. Sam had heel hard hulp nodig.'

'Het is beter zo. Niets in het leven is ooit perfect, lieverd.' Posy stond op. 'Nou, laten we ons concentreren op leukere dingen. Ik wil dat je van de avond geniet.'

'Dat komt wel goed. O, en ik heb je verjaardagscadeau meegenomen. Het is van ons allemaal. Maak het maar open als je eraan toe komt.'

'Dat zal ik doen,' zei Posy toen Amy gebaarde naar een groot, plat vierkant pakket in bruin papier dat ze tegen de muur had gezet. 'Dank je, lieverd.'

'Niets te danken hoor, na alles wat je voor me hebt gedaan.' Amy liep naar Posy toe en gaf haar een knuffel. 'Je bent echt geweldig. Nou, dan ga ik maar eens naar beneden. Veel plezier vanavond.'

'Dat zal vast wel lukken.'

Posy zag Amy vertrekken en liep naar het met bruin papier bedekte pakket. Ze ging op het bed zitten en hield het een poosje op haar schoot, peinzend over Sam, verdrietig om zijn afwezigheid. Ze hoopte maar dat hij voldoening zou vinden in zijn nieuwe leven, maar op de een of andere manier betwijfelde ze het. Als ze iets had geleerd, was het dat niemand ooit wezenlijk veranderde.

'Niet nu, Posy,' fluisterde ze tegen zichzelf, en ze richtte haar aandacht op het platte pak op haar schoot. Ze scheurde het papier eraf en zag de achterkant van een schilderdoek. Ze draaide het om en hield haar adem in toen ze het schilderij van Admiral House zag.

Amy had gekozen voor het achteraanzicht, met het terras dat afliep naar de tuin op de voorgrond. Ze zag de vlindertuin, het bloemperk, de rozen en de wilgentunnel, allemaal weergegeven in prachtige volle bloei.

Er schoten tranen in haar ogen en ze slikte en drong ze terug, zodat haar make-up niet zou uitlopen. Dit was háár bijdrage aan Admiral House geweest en ze wist dat ze opvolgers had die de tuin in de toekomst zouden koesteren. Ze zou Sebastian en Amy aanraden een goede tuinman te vinden – zo te zien aan dit schilderij was Amy veel te getalenteerd om haar dagen wroetend in de aarde door te brengen.

Er werd opnieuw op de deur geklopt en Freddie kwam binnen. Hij zag er buitengewoon knap uit in zijn smoking.

'Hallo, lieve schat,' zei hij glimlachend terwijl Posy opstond. 'Je ziet eruit als een plaatje.'

Hij opende zijn armen en ze vlijde zich tegen hem aan.

'Hoe voel je je?' vroeg hij.

'Nerveus.'

'En een beetje droevig omdat dit je laatste feest in Admiral House zal zijn?'

'Niet echt, nee,' antwoordde ze.

'Dat verbaast me.'

'Nou, ik heb de afgelopen maanden iets geleerd.'

'En wat mag dat zijn?'

'Dat een thuis niet draait om stenen en cement,' zei ze glimlachend. 'Mijn thuis is hier, in jouw armen.'

Freddie keek haar aan. 'Hemel, mevrouw Lennox, dat is een wel heel romantische uitspraak.'

'Ik word nog soft op mijn oude dag, maar ik meen het. Werkelijk.'

Hij gaf haar een kus op haar voorhoofd. 'Nou, ik beloof je dat je deze armen wat mij betreft nooit hoeft te verlaten. En ook dat we, als je groter wilt wonen in een huis met een tuin, daar na onze huwelijksreis naar op zoek kunnen gaan.'

'Nee, jouw cottage is perfect, Freddie. Een ideale thuisbasis om naar terug te keren van al die reizen die we zullen maken.'

'Dat zullen we nog wel zien. Eén telefoontje van een familielid dat je nodig heeft en je rept je naar huis,' grinnikte hij. 'En zo hoort het ook. Ik hou van je, mevrouw Lennox.'

'Ik ook van jou.'

Er werd weer aangeklopt, en Freddie en Posy lieten elkaar snel los toen Nick binnenliep.

'Nee maar.' Hij trok een wenkbrauw op. 'Het is alsof ik twee tieners in een slaapkamer aantref, waar ze dingen doen die ze zouden moeten laten. Ben je er klaar voor, mam? Iedereen verzamelt zich nu in de hal.'

'Ik geloof het wel, ja.'

Ze draaide zich met glanzende ogen om naar Freddie.

'Weet je, er komt weer leven terug in dit huis.'

Freddie knikte. 'Ik weet het, lieve schat, ik weet het.' En daarmee begeleidde hij haar de deur uit.

Posy stond bovenaan de trap, geflankeerd door haar echtgenoot en haar zoon. Boven haar schitterde de kroonluchter terwijl ze haar blik op de hal beneden richtte, waar een zee van gezichten deinde. Onder hen die van haar geliefde familie – een nieuwe generatie waar zij het leven aan had geschonken, hun ogen vol hoop voor de toekomst.

Er begon iemand te klappen, waarop de overige gasten meeklapten tot de hal zich even later vulde met gejuich.

Posy hield zowel Freddies als Nicks hand stevig vast en liep de trap af om zich onder de mensen te mengen.